科学数据库与信息技术论文集

第十一集

中国科学院科学数据库办公室　编

科学出版社

北　京

内 容 简 介

本书收入论文 59 篇，主要反映中国科学院近年来在科学数据库的建库技术、网络技术、信息服务技术等方面所取得的成果及学术上取得的进展。这些论文也集中体现了近年来国内数据库与信息技术方面的研究和应用水平。

本书可供从事数据库技术、网络技术和信息系统研究的科技人员、工程技术人员参考，也可供相关学科的研究人员、大专院校师生阅读。

图书在版编目(CIP)数据

科学数据库与信息技术论文集. 第 11 集/中国科学院科学数据库办公室编. —北京：科学出版社，2012.1

ISBN 978-7-03-033242-4

Ⅰ.①科… Ⅱ.①中…Ⅲ. ① Ⅳ. ①数据库-文集②信息技术-文集 Ⅳ. ①TP392-53②G202-53

中国版本图书馆 CIP 数据核字(2011)第 280967 号

责任编辑：陈 静 王 颖 任 静/责任校对：刘小梅

责任印制：赵 博/封面设计：刘可红

科学出版社出版

北京东黄城根北街 16 号

邮政编码：100717

http://www.sciencep.com

源海印刷有限责任公司 印刷

科学出版社发行 各地新华书店经销

*

2012 年 1 月第 一 版 开本：787×1092 1/16

2012 年 1 月第一次印刷 印张：30 1/2

字数：741 000

定价：138. 00 元

（如有印装质量问题，我社负责调换）

序

中国科学院科学数据库已经历了二十多年的建设和发展历程。二十多年来，在院、所各级领导关注、指导和全体建库工作者的共同努力下，科学数据库逐步成为国内外有较大影响的重要数据库之一，并在科技创新、学科发展、国家经济建设、国防建设、规划决策、国际合作等诸多方面得到广泛应用，取得了显著的社会效益和一定的经济效益。

"十一五"期间，中国科学院科学数据库作为中国科学院信息化建设的重要基础设施，在科学数据环境建设与应用等方面都取得了重大进展与突破。在数据资源建设方面，重点对科学数据库资源进行了整合，形成了8个主题库、4个专题库、2个参考型库以及37个专业数据库，整合可共享的数据量达148TB；在服务环境建设方面，基本形成了由网格运行服务总中心、学科领域网格主节点和数据资源网格节点三层架构的科学数据网格体系。研发部署了数据访问服务等一系列中间件以及科学数据网格门户系统，在化学、生物学、空间科学、人地系统4个学科领域建成了网格应用示范系统。科学数据库已初步形成结构合理的科学数据资源体系，并取得了数据资源整合服务的良好效果。2010年，在线数据访问量年均达707万人次，年均数据下载量达101.8TB；累计为210项科研项目提供了直接的数据服务。

2012年3月在海南省三亚市即将召开的第十一届"科学数据库与信息技术"学术研讨会，主要是进一步研讨自2010年第十届学术研讨会以来，在科学数据库建库技术、网络技术、信息服务技术、共享政策、标准规范、应用服务、总体发展等方面的进展和取得的成果，并对科学数据库今后发展相关的新技术、新思路进行探讨。这次会议收到论文近70篇，经编辑委员会认真评审，选出59篇论文进行会议交流并收入本次会议的论文集。这些论文集中体现了近年来中国科学院科学数据库及有关信息技术的研究和应用的水平，可供从事数据库及信息系统研究的同行和学生参考。

中国科学院科学数据库今后将会更好地面向国家"十二五"发展战略规划和中国科学院"创新2020"的发展需求，更紧密地与社会经济发展计划相结合，与中国科学院知识创新工程和研究所的学科发展相结合，突出科学数据长期有效积累与支持科学研究应用服务，为我国的基础科学数据共享做出更大的贡献。

"十二五"中国科学院信息化专家咨询委员会主任

2011年9月16日

目　录

数据共享与标准规范

文献数据库及全文检索技术

数据库应用

总　论

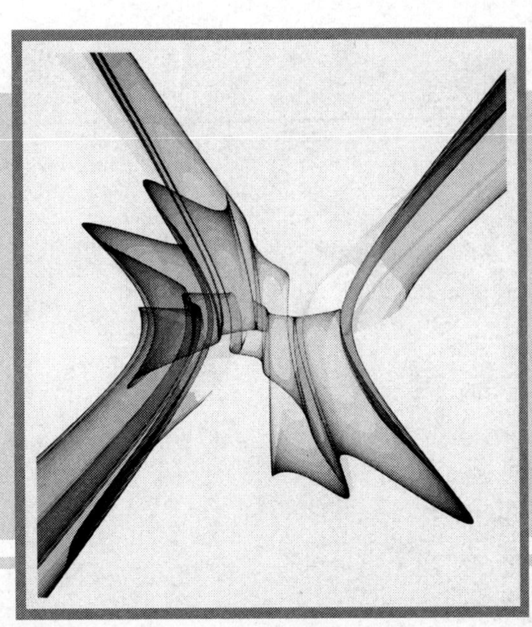

中国科学院科技数据资源现状及其发展思考

陈明奇

（中国科学院办公厅　北京　100864）

摘　要　本文首先介绍了中国科学院信息数据资源整体情况和科技数据资源的发展应用现状，然后重点介绍了中国科学院及部分研究所的数据管理和共享实践情况，以及“十二五”期间科技数据资源有关工程的主要任务，最后分析了中国科学院科技数据资源的可持续发展的机制，提出了相应的针对性建议。

关键词　信息资源；科技数据；可持续发展机制

2011 年 2 月 11 日，《科学》杂志推出以“数据处理”[1]为主的专辑，关注数据洪流带来的挑战与机遇。专辑在导言部分中指出，数据的搜集、维护和使用已成为科学研究的主要方面。对许多学科而言，海量数据意味着更严峻的挑战，更好地组织和使用这些数据会有助于将巨大机遇变为现实。科学由数据所推动。今天的社会因多种不同目的而需要使用这些科学数据，因此，应当让数据能够被更广泛地获取，这成为科学研究的一个基本要素。数据管理是一项需要共同努力的事业。促进科学事业发展最重要的力量必须来自科学界，《科学》呼吁科学界在数据的供应和管理上做出积极贡献。

除了科学界之外，企业界对数据的重视程度也在不断提高，有些企业[2]和专家提出我们已进入了“大数据”时代的观点。

因此，数据资源不仅对科技，也正在和即将对社会、经济发展产生重大影响。必须对科技数据在科研活动中的基础性地位、战略性地位给予充分认识，不断加强科技数据的积累整合与共享应用，这是中国科技发展必须面临的长期任务之一。中国科学院的科技数据工作，理应在其中发挥重要作用。

1. 中国科学院信息资源与数据资源情况

依据“摸清家底、推动共享、整合集成、服务应用”的原则，中国科学院在 2010 年开展了中国科学院信息化资源的整理，并出版了《中国科学院信息化资源报告》，目的是尽可能全面地展现中国科学院历年以来通过信息化手段所积累的各类全局性资源，以及具有一定推广和应用价值的专业资源。这为中国科学院信息化资源的推广和共享创造了条件，为整合集成各类信息化应用提供了便利环境。

在此过程中，研究提出了中国科学院信息化资源的定义，即以科研信息化（包括科研活动和科研管理）为核心，围绕数据生命周期全流程而积累起来的基础设施、信息、技术、工具、政策、人才、应用服务等一切要素的集合。

中国科学院信息化资源体系由基础支撑资源、信息与软件应用系统资源、保障环境资源三个部分构成。基础设施包括网络接入、高性能计算、数据存储、互联网基础资源；信息资源包括科学数据库、教学资源库；业务平台包括科研管理系统、科研系统平台、教育培训系统、网络科普平台、信息发布平台、其他应用软件等。

经征集整理，中国科学院可公开并共享的主要信息资源情况如图 1 所示[3]。

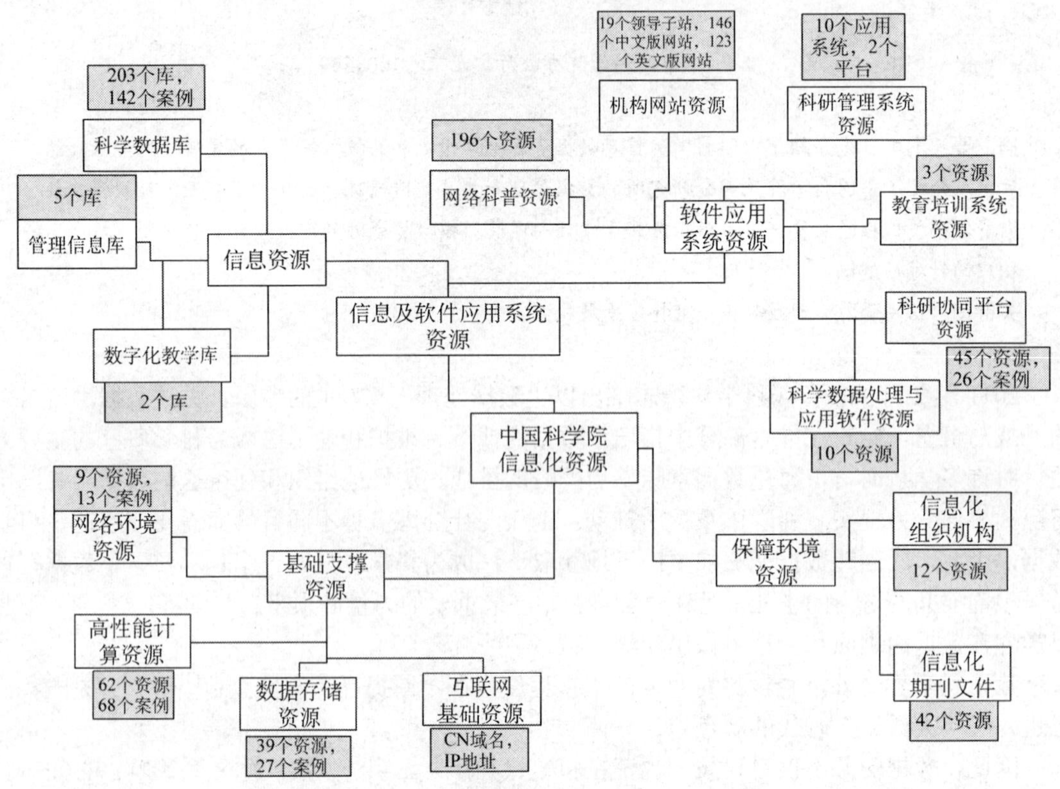

图 1　中国科学院信息资源分布地图

“十一五”期间，中国科学院科技数据基础设施正式列入中国科学院信息化基本环境，并进行重点建设，为科研活动提供综合性的数据应用环境[4]。全院从信息化战略资源高度，系统地规划科学数据资源体系。根据学科领域的数据整合需求，初步建成了化合物参考型数据库、中国植物物种信息参考型数据库，以及天文科学、空间科学、人地系统、资源环境遥感、化学、材料、中国动物、微生物与病毒等 8 个主题数据库。根据重大项目需求，建设了核聚变、生态系统功能区划、冻土环境、中国科学院青海湖联合科研基地等 4 个专题数据库。同时，根据科研数据整理和共享需求支持建立了 37 个专业数据库。专业数据库由具体研究所承担建设，主题、专题和参考型数据库则通过组织相关研究所进行跨所联合建设。

此外，积极引进了国际上优质的科学数据资源，集中建设了陆地资源卫星遥感影像库（LANDSAT）、遥感影像数据库（MODIS）、数字高程数据库（DEM）、生物信息学数据库、气象资料数据库、斯隆数字巡天数据库（SDSS）、大气科学数据库等数据资源。截至 2010

年底，科学数据库建成可共享数据 148TB，通过资源整合形成了 528 个数据库。中国科学院科学数据库数据资源领域分布情况如图 2 所示。

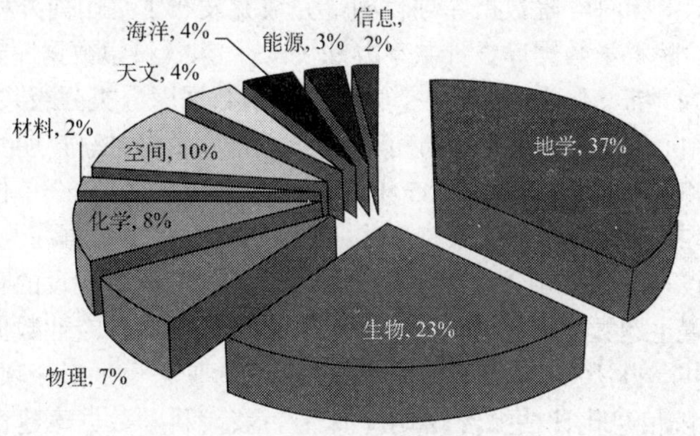

图 2　中国科学院科学数据库数据资源领域分布（专业库个数）状况

通过科学数据库门户推动科学数据共享和提供集成服务，由建库单位的数据网站以及部署在科学数据中心的服务镜像保障服务稳定运行，同时还开展必要的离线数据支持服务。截至 2010 年底，“十一五”期间科学数据库访问量累计达 2606 万人次，数据下载量累计达 243TB，提供数据服务的各类重大科研项目 210 项，典型应用案例 101 项。中国科学院科学数据库网络年度访问人次增长趋势图如图 3 所示。

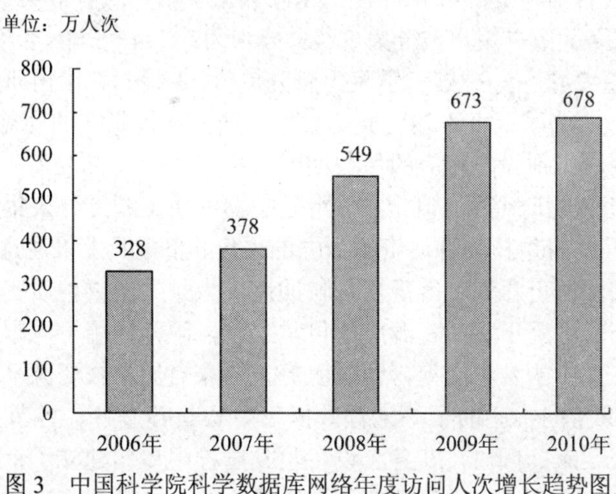

图 3　中国科学院科学数据库网络年度访问人次增长趋势图

2. 中国科学院科技数据资源共享实践

中国科学院科学数据共享的提出、研究和实践由来已久。1982年，科学数据库工作被列为中国科学院“七五”和后十年十项重大基本建设项目之一，这就是早期科学数据共建共用的具体举措。经过二十多年的发展，特别是伴随着信息技术的革新及其在科学活动中的广泛且日渐深入的应用，众多学科领域的科学数据已呈海量趋势并仍在快速增长中。同样，在此过程中，科学数据共享的探索也在逐步深入，部分科研项目、学科领域和研究所都分别基于自身的需求、特点，在科学数据共享方面进行了积极的研究和实践，并取得了很好的效果。

2004 年前后，中国科学院数据库项目相继完成并发布了《国内外科学数据共享政策研究报告》、《中国科学院科学数据库设计共享办法（试行）》、《科学数据库建设指南》、《科学数据库服务指南》，以及地学、化学、生物三个学科领域的数据库分类分级共享服务指南等成果。院计算机网络信息中心科学数据中心制定了“科学数据库数据共享声明”，由此各数据库明确自己的数据共享和发布策略。截至 2005 年 10 月，参加项目的 45 个单位均发布了其数据共享的声明，明确了 423 个专业子库的共享方式，其中 77%以上的数据库为公开共享。2008 年，“数据应用环境建设与服务”项目组面向“十一五”科学数据库建设的新特点，特别是数据库类型的多元化设置主题数据库、参考型数据库、专题数据库、专业数据库，对《中国科学院科学数据库设计共享办法（试行）》进行了修订完善，使之更加适合项目工作的需求。

从《中国科学院信息化评估报告 2010》来看，我院科学数据库建设整体规划和统筹管理方面有所加强；大多数研究所比较重视数据库规范性建设，69.3%的研究所能提供科学数据库的相关质量管理措施和方法。此外，也有一些研究所对数据库的运行管理和共享制定了具有自己特色的制度规范与管理体系，或者积累了较好的实践经验。

中国科学院水利部成都山地所制定了《山地科学数据共享服务条例》，主要规范了山地科学数据库管理，包括总则、管理机构的职责、日常运行、安全管理和保密守则等；数据采购、更新与汇交，包括数据采购流程、数据更新周期和内容、数据汇交流程等；数据共享发布与安全保密，包括不同涉密等级数据共享原则，数据共享办法和实施细则等。

中国科学院地理科学与资源研究所对 CERN 数据和用户实行分类、分级管理，同级用户拥有同等的权利和义务。数据用户被分为 5 级，分别为：0 级——国家及院有关部门；1 级——CERN 各成员单位；2 级——中国科学院内研究单位；3 级——国内研究单位及其他非营利机构；4 级——其他。 为了保证不损害原始数据生产方和提供方的利益，保护其合法产权，对各类数据分不同用户级别设定相应的保护期限。

中国科学院昆明植物研究所，制定了《野生植物种质资源野外采集数据整理整合标准规范》，明确了长期保存的野生植物种质资源数据的采集、整理及上报注意事项，确保了种质资源库植物资源数据来源的可靠性、客观性、长期性，为野生植物种质资源的采集和保存提供数据保障。该规范不仅适用于种质资源库的日常工作，同样适用于同国内外不同种质保存机构之间的种质交换工作中的数据交换，同时服务于国家自然科技资源平台项目。

中国科学院国家空间中心的子午工程数据库中心与各设备、各节点签订了数据接口规范，明确了数据汇交要求；同时，在各个设备验收过程中专门建立了针对数据质量的专家评议体系，数据通过专家评议后，才能汇交到数据库系统中，数据入库过程遵循统一的数据管理规范，以保证数据在存储和发布过程中的规范性，切实保证数据资源的可靠性和可用性。

3. 科技数据资源整合与共享工程的主要内容

目前，全院面向科研信息化整体运维服务的数据应用环境已初步形成，为科技数据的存储与积累、分析与处理、共享与应用奠定了良好的发展基础。为此，中国科学院在“十二五”期间，将面向数据驱动科学发现的新趋势和当代科技数据海量化的新特征，计划实施科技数

据资源整合与共享工程[5]，该工程在“十二五”期间涉及的科技数据信息资源的主要任务是:

（1）加强科技数据整合，提供科技数据与信息资源服务。面向中国科学院“科技海”中积累和产生的海量数据，以中国科学院大科学装置产生的实验数据，各类地面、海洋、大气和空间监测体系获取的观测数据，各类社会经济发展数据，仿真模拟与计算数据等为重点，实现各类科研数据的有效保存、管理与共享。

（2）完善科技数据网格，实现数据资源共建共享与协同服务。基本建成中国科学院“科技海”中各类科技数据资源自动汇聚、发布、集成、共享的动态科技数据网格环境，形成由网格运行服务总中心、网格主节点和网格节点组成的层次架构。基于科技数据网格环境，面向“科技海”中各类个性化应用的需求，提供各种开放接口，实现科技数据与科技文献、专利资源的关联与集成，为用户提供多源异构的数据服务（data as a service，DaaS），直接调度、按需使用分布式、海量的科技数据与信息资源，形成从数据到知识的智能服务环境。并作为科技数据运行服务的基础平台，着力面向各类项目的应用需求，支撑领域数据深度集成，实现开放、稳定和安全的科学数据网格服务。

（3）加强科技数据政策和标准规范研究制定，确保科技数据海—云服务可持续发展。深入分析科技数据资源保存和共享的发展趋势，结合科技活动实际情况，制定全院科技数据政策，推动基础科研数据管理规划、科研数据归档保存和科技数据资源整合服务，与科研项目管理相结合，逐步建立科技数据的归档、追溯、发布与引用等管理和评价机制。通过实施全院一致的基本数据政策，指导科研数据的全生命周期管理和推动有竞争力的科技数据资源整合建设与共享服务。针对基础科研数据的管理和科技数据整合服务，制定数据归档管理和资源整合的相关技术标准和指导规范，重点形成科研项目活动的数据管理规范，基础科研数据的管理、发布、引用等技术标准和规范，数据基础设施的运行管理规范、质量与评价的服务质量(SLA)标准规范，面向科技数据云服务的资源定位、数据接口、数据分发等规范，以及数据密集型处理的大规模数据集模型规范、数据流框架等。通过相关标准规范的确立，保障科技数据的长期运行服务，以及资源整合和深层挖掘应用。

通过实施该工程，将推动全院科技数据资源、数据存储与处理设施、科技数据与信息资源共享、科学数据应用环境等建设与服务，形成以海量科技数据为核心的系列“海—云”服务，成为科技云的重要支柱，进一步提升科技数据战略资源管理和支撑服务能力，逐步建成面向科技界开放共享的国家级科技数据中心，为中国科学院及我国的科技创新提供强大的数据基础。

4. 推动科技数据资源的可持续发展

科技数据是最宝贵的资源，这已成为各方的共识。在中国科学院参与单位及专家学者的共同努力下，中国科学院的科学数据库发展了二十多年，在数据资源积累、标准规范、数据共享技术与数据应用、服务，以及人才队伍培养方面都取得了长足的进步。尤其经过“十一五”期间的整合，形成了由专业数据库、主题数据库、专题数据库和参考型数据库组成的科学数据资源体系。孙九林院士等专家的有关思考和建议对我院科技数据库的发展具有重要的参考作用[6]。下一步发展面临的主要问题是持续加强信息资源的整合共享与有效利用水平。此外，缺乏可持续发展机制也是面临的一个主要问题，需要有所突破。

“十二五”期间，为了推动中国科学院科技数据资源的可持续发展，需要从不同层面上继续建立相应的运行机制。

从研究所层面，应改变由课题组或项目组管理数据资源的情况，应基于研究所层面来管理数据资源并提供共享服务，确保数据资源的长期可持续发展。研究所应基于本所涉及的主要学科领域创新发展，高度重视科技数据资源的持续积累和整合，将之视为学科发展的重要基础设施，为研究所的“创新 2020”以及“十二五”期间的“一三五”发展战略提供支撑服务，通过建立专业机构，建设专门基础设施或依托院基础设施，出台专门政策等措施，改变科技数据资源实际上掌握在课题组或者 PI 手中的局面，确保数据资源为所里的战略发展 服务。

从院层面，一方面是改变立项机制，应建立科技数据资源质量和服务效果的科学评估系统，制定一套类似 SCI 论文引用指数的科技资源引用指数，对科技数据资源的共享及使用情况进行评价；即基于后评价制度，对科技数据资源进行不同额度支持，从而推动其运行、可服务，并推动质量和效果优秀的科技数据资源获取国家和社会力量支持。另一方面，应建立促进科学资源积累、共享与利用政策。制定落实相关政策制度，推动我院科学数据的积累、共享、共建、共用。例如，制订并发布我院科学数据共享办法（试点），借鉴国内外已经制订的科技计划项目数据汇交办法，开展针对我院某一领域或某一先导专项的科技计划项目数据共享方案的研究工作，重点研究解决包括共享数据的内容和方式、各方职责的划分与绩效考评等在内的若干关键问题。

相信通过上述不同层面的努力，逐步建立包括统一数据管理及共享数据政策体系、考核机制、运维保障机制等在内的可持续发展机制，中国科学院科技数据资源事业必将在相应的可持续发展机制的保障下不断取得进步。

参 考 文 献

[1] http://www.sciencemag.org/site/special/data/.

[2] http://www.mckinsey.com/mgi/publications/big_data/pdfs/MGI_big_data_full_report.pdf.

[3] 中国科学院信息办. 2010 年中国科学院信息化发展报告. 北京, 2010.

[4] 中国科学院信息办. 2010 年中国科学院信息化资源报告. 北京, 2010.

[5] 中国科学院“十二五”信息化发展规划编写组. 中国科学院“十二五”信息化发展规划, 北京, 2011.

[6] 孙九林. 科学数据库发展战略思考//科学数据库与信息技术论文集. 北京：兵器工业出版社, 2010.

The Status and the Sustainable Development of Scientific Data Resource in CAS

Chen Mingqi

（General Office of Chinese Academy of Sciences, Beijing 100864, China）

Abstract Firstly, the overall situation of information resources of Chinese Academy of Sciences(CAS) ，and the current development and application's status of scientific data resources of CAS are investigated. Then the practices of CAS and some institutes of CAS are mainly introduced, and the objective and main tasks of the scientific data resource project of the Twelfth Five-Years plan are introduced. Lastly, in order to achieve the sustainable development of scientific data resources, the related mechanisms are analyzed ,and suggestions are proposed.

Key words information resource; scientific data; sustainable development mechanisms

科学数据的个体识别和跨学科集成

陈维明

（中国科学院上海有机化学研究所　上海　200032）

摘　要　个体异构是进行科学数据集成，特别是基于内容层面的跨学科数据集成的主要困难。本文从本体角度分析了科学数据个体异构现象，建议通过数据对象目录实现跨学科的科学数据集成，并对化学物质、植物和疾病3种不同类型数据对象的个体识别问题进行了分析。就通过个体识别和数据对象目录实现跨学科数据集成的具体问题提出了相关建议。

关键词　科学数据；个体识别；对象目录；跨学科集成

如果从1982年中国科学院在国内率先提出建设科学数据库的设想算起，科学数据库的建设已经走过了30个年头。在中国科学院的长期支持下，建库单位从最初的几个研究所扩展到中国科学院的62个研究所，几乎覆盖了中国科学院的所有研究领域。科学数据库在数据资源建设、标准规范研究、共享服务环境和应用等方面都取得了显著的成绩，已经成为国内最具特色的科学数据资源之一，数据库数目达到528个，数据总量超过148TB。

“十一五”期间，科学数据库以应用需求为导向，重点进行了数据资源集成和科学数据网格环境建设，在化学、生物、空间科学、人地系统等领域完成了专业数据网格应用服务的研发和部署。科学数据网格环境为科学数据的跨平台共享提供了技术和网络环境方面的支持，用户可以从任何一个服务站点出发，存取同一网格环境下不同服务站点的数据资源。但是，网格并不保证这些数据内容的相关性。由此可见，分布式数据资源系统的数据共享不仅需要数据网格的支持，还需要基于内容的数据资源集成，两者缺一不可。

“十一五”期间，在化合物参考型数据库和化学主题数据库项目的支持下，利用化学学科的特点和传统，借助化学物质及其唯一标识，实现了化学数据基于内容（化合物）的数据集成。完成了中国科学院上海有机化学研究所、过程工程研究所和长春应用化学研究所三个服务站点间的化学数据共享。用户可以从任一服务站点出发，获取提问化合物的所有化学数据，无论这些数据当前存储在哪个研究所的服务器上。然而，由于化学学科的某些特殊性，对化合物进行算法注册的方法不完全适用于其他学科的数据集成。那么如何对其他学科，特别是交叉学科的科学数据进行基于内容的数据资源集成，跨越学科界限实现完全的数据共享仍是一个有待研究和解决的问题。

近年来科学数据的集成共享问题得到了普遍重视，提出了许多针对具体科学数据的解决方案[1-7]。目前常用的科学数据集成方法可以分成数据仓库（data warehouse）、联邦数据库（federated database system）和中间件（middleware）三大类[8]。数据仓库方法通过数据的物

本文得到中国科学院信息化专项项目、国家科技基础条件平台项目、上海市科委研发公共服务平台项目（11DZ2292000）的资助。

理集成实现异构数据源的集成，通过对异构数据源的数据清洗解决数据异构问题，而为了确保数据仓库与各个数据源中的数据保持一致需要定期更新数据仓库。联邦数据库方法主要借助数据库映射实现各异构数据源之间的互操作，从而实现异构数据的集成，对于 n 个异构数据库需要建立 $n(n-1)$个模式映射规则。当数据库很多时，联邦数据库会变得难于实现和维护。中间件方法是一种模型层数据集成方法，通过统一的全局数据模式解决数据异构问题，根据采用的技术可以分成基于包装器/中介器、基于本体、基于网格和基于 XML 四种类型。中间件方法的核心在于如何建立统一的全局数据模式以解决语义异构问题。

基因本体（gene ontology，GO）是目前生物信息领域最具代表性的一种全局数据模式[9]，它是一个有向无环图（DAG）型本体，使用了 is_a 和 part_of 两种关系，目前包含生物过程、分子功能和细胞组件 3 个子本体。基因本体对于生物信息领域数据集成的最主要作用是提供了一个控制词表[10]，需集成的数据（库）可以通过数据（记录）与基因本体概念对照表，或者在原数据上加注基因本体概念实现异构数据的集成。然而，建立现有数据（记录）与基因本体概念对照表，或者在现有数据上加注基因本体概念仍然是一项费时费力的工作，涉及数据的语义异构和个体识别问题。

本文试图从本体和科学数据的一般特点出发，探讨跨学科科学数据集成的一般方法和具体途径。

1. 科学数据中的个体异构

科学数据库的异构现象普遍存在于不同来源和不同机构建立的数据库之间。尽管科学数据库的异构现象不影响单个数据库的独立运行服务，也不代表哪个数据库质量更好，但是异构现象严重影响了科学数据的共享。

现有研究表明，影响数据集成从而影响数据共享的数据异构，可以根据异构原因分成系统异构、结构异构、语法异构和语义异构 4 个层次[11]。信息技术的发展已经提供了一些技术和方法，可以比较有效地解决系统异构、结构异构和大部分的语法异构问题。目前的互联网技术、各种数据访问组件可以很好地解决主机、操作系统和网络环境引起的系统异构和结构异构问题；数据交换标准和常用标记语言可以解决大多数语法异构问题。由于语义异构涉及对数据内容的理解和判断，所以目前还没有通用的解决方法。

在三大语义异构问题（模式异构、上下文异构、个体异构）中，对科学数据集成影响最大的是个体异构。

科学数据的一般形式由描述实体的数据和描述其属性的数据两部分组成。这里实体是指所述个体（对象）的集合，属性是指这些个体（对象）的性质。科学数据的个体异构是指对同一个体使用了不同的表述方法，使得在不同数据库中的相同个体无法确定相互间的关系。尽管数据仓库或网格技术可以将两个数据库在物理上或逻辑上成为一体，但是无法建立两个数据库中个体的对应关系，从而实现同一个体所有属性数据的集成。

由于数据来源限制或使用不同的实体标识规则，科学数据库的个体异构是一个很普遍的现象。化学领域的科学数据通常将化学物质作为实体，所有化学数据都是这些化学物质（实体）的属性数据。尽管都使用了化学物质作为实体，但是对化学物质的标识可以有多种方法。根据数据来源情况，可以选用化合物在各种系统登录号，如 CAS RN、Beilstein BRN、PubChem

CID 等，也可以选用化合物结构式，或选用化合物名称，包括 IUPAC 名称、CAS 索引名、各种俗名、商品名。由于上述化合物的各种合理标识符间不存在直接的对应关系，所以这类化学数据库将由于个体异构问题难以实现数据集成。显而易见，一个包含化学物质所有合理标识符间对照关系的数据库可以解决这类个体异构问题，但是由于数据来源和工作量等方面的原因难以真正实现。

植物、动物等生命科学领域的科学数据通常将物种作为实体，以物种名称作为标识。由于动植物学界存在多种命名规则，以及异名、俗名等情况，所以同一个物种由于资料来源不同，可能在不同数据库中使用不同的物种名称而造成个体异构。从信息处理和集成的角度，植物物种常见的个体异构现象主要出现在物种科属和种下分类方面。例如，一个植物物种的两个名称具有相同的种加词，但是使用不同的属名，如(欧洲云杉)*Pinus abies* 和 *Picea abies*；或者一个植物物种具有相同的种名，但是分别标识为亚种或变种，如（荒野嵩）*Artemisia campestris* ssp. *maritima* 和 *Artemisia campestris* var. *maritima*。尽管植物学命名规则[12]已经规定了一个植物物种的多个名称中，只有一个名称是正名，其余只能作为异名或被舍弃，但是从信息处理的角度，这些数据都是明确和可用的，应当被集成。与化学物质的情况类似，一个包含植物物种所有正名、异名和俗名及其对应关系的数据库，可以解决植物领域数据的个体异构问题，然而在现实中难以真正实现。

与已经具有相当严格的实体对象标识规则的化学和动物、植物等生命科学不同，医学领域的疾病是一类借助主标识和限制性描述进行对象标识的例子。美国国立医学图书馆的医学主题词表（medical subject headings, MeSH）和世界卫生组织的国际疾病分类（international classification of diseases, ICD）[13]是现有的两个主要的疾病分类规则。前者主要用于医学期刊文献和书籍标引加工，后者最初用于死亡统计，由于更接近临床，所以目前已被绝大多数医院接受用于疾病、伤残、死亡统计和医学领域的资料整理和分析。我国疾病分类与代码国家标准(GB/T 14396-2001)等效采用了世界卫生组织的国际疾病分类的第十次修订版(ICD-10)。由于疾病涉及临床表现和病因，同样的临床表现（如“休克”）可能由不同的病因造成，因此分属不同的具体疾病，如表 1 和表 2 所示，这两种疾病分类方法都使用了主标识和限制性描述的模式。不同资料来源的疾病数据，在疾病分类的限制性描述部分的表述和词序方面可能存在差异，从而导致个体异构。这类数据需要通过对主标识和限制性描述的智能化比较解决个体异构问题。

表 1 ICD-10 疾病分类和命名

疾病代码	英文疾病名称	中文疾病名称
A48.3	Toxic shock syndrome	中毒性休克综合症
O75.1	Shock during or following labor and delivery	产程和分娩期间或以后休克
T80.5	Anaptrylactic shock due to serum	血清引起的过敏性休克
T88.2	Shock due to anaesthesia	麻醉引起的休克
T79.4	Traumatic shock	创伤性休克
R57	Shock,not elsewhere classified	休克，不可归类其他处者
R57.0	Cardiogenic shock	心源性休克
R57.1	Hypovolemic shock	血容量减少性休克
R57.8	Other shock	其他休克
R57.9	Shock unspecified	休克，未特指
T78.2	Anaptrylactic shock,unspecified	过敏性休克，未特指

表 2 MeSH 疾病分类和命名

疾病代码	英文疾病名称	中文疾病名称
C23.550.835	SHOCK	休克
C14.280.647.500.750 C14.907.585.500.750 C23.550.835.550	SHOCK CARDIOGENIC	休克，心源性
C23.550.414.980 C23.550.835.650	SHOCK HEMORRHAGIC	休克，出血性
C01.539.757.800 C23.550.470.790.500.800 C23.550.835.900.712	SHOCK, SEPTIC	休克，败血症性
C23.550.835.888，C26.797	SHOCK, TRAUNATIC	休克，创伤性

2. 对象目录与科学数据的集成

值得注意的是，科学数据中对象个体和对象个体属性是相对的，特别是在交叉学科和跨领域的科学数据中。在某个学科领域作为对象个体属性的数据，在另一个相关学科领域可能是对象个体；而在某个学科领域作为对象个体的数据，在另一个相关学科领域则成为属性数据。例如，化学文献数据。从文献角度，文献是对象个体，文献中的化合物是该文献的属性数据，意为该文献涉及了多个化合物；而从化合物角度，化合物是对象个体，文献是属性数据，意为这一化合物在该文献中被提及。美国化学文摘社在其数据库系统中建立了美国化学文摘社文献标识（CAS document identifier）和美国化学文摘社化合物标识（CAS substance registry number, CAS RN）两个对象目录，所有文献数据分别与两个对象目录集成，建立了文献与化合物的关系，从而产生了一种脱胎于原来数据的新的服务，可以从一个化合物出发得到有关这个化合物的所有文献。而原来的数据以文献为单位，只能从文献出发得到该文献所涉及的化合物。

药物数据是另一个跨领域学科数据的例子。药物数据中通常包含药物化合物和它所治疗的疾病，其中化合物是药物数据的对象个体，所治疗的疾病是化合物的一种属性数据；而从医学角度，疾病是医学领域的对象个体，而药物化合物则成为疾病的属性数据。如果建立化合物标识和疾病标识两个对象目录，将药物数据分别与两个目录集成，则可以从某种疾病出发，得到可用于治疗该疾病的所有药物。

数据与相关对象目录的集成，将建立相关学科领域对象个体间的关系，数据不再局限于本学科领域，也可以为其他领域所使用。也许有人会认为，使用全文检索技术搜索文献数据中的化合物标识或药物数据中的疾病标识，也可以得到类似的结果。需要指出的是，使用全文检索和通过对象目录间关系的检索有着本质上的区别。全文检索不可避免地存在噪声，需要以浏览方式人工剔除误命中的结果，而借助对象目录间关系的检索可以根据需要，跨越多个集成的学科获得最终结果。例如，从药物化合物出发，借助疾病对象个体和人类基因对象个体间的关系，获得与该药物可治疗疾病相关的人类基因，从而得出该药物可能对某些人类基因有活性作用的线索。此外，对象目录还提供了对该类对象个体进行浏览性展示和个性化检索的功能。例如，借助植物对象目录，可以提供基于植物分类学的植物物种浏览和检索。

借助化合物对象目录，可以提供化合物的结构和子结构检索，这些检索功能都直接依赖对象目录。

跨领域的科学数据和相关领域的对象目录是进行科学数据跨学科集成的两大基础条件。科学数据的对象目录是一个符合某种对象标识规则的全体科学数据对象个体的集合，是科学数据集成最重要的基础。对象目录在数据集成中的两大作用是：①汇聚同一个体所有属性数据；②建立与相关对象目录对象个体间的关系，实现跨学科的数据集成和应用。

按照对象目录编制方式的不同，对象目录可以分成基于算法分类和基于规则分类两大类。基于算法分类的对象目录主要使用算法，根据对象的特征属性进行对象分类，主要用于特征属性的定义和表述明确、而对象的结构和属性比较复杂的实体对象（如化学物质、蛋白质、基因序列等）；基于规则分类的对象目录主要根据一组分类规则进行对象分类，主要用于特征属性的定义和表述相对比较模糊、而对象的结构和属性比较简单的实体对象，大多需要人工审定（如植物、中药材、疾病等）。对象目录的具体编制方式主要取决于所选用的特征属性。如果选择化学结构作为化合物特征属性，则化合物目录需要使用算法分类，如果选择系统命名作为化合物特征属性，则化合物目录需要使用规则分类。

对象目录对科学数据的重要性在于它的缺失将直接影响其所在学科领域的数据服务能力。例如，国际著名的化学数据库在其系统中有文献标识（document identifier）和化合物标识（RN）两个对象目录，尽管在数据中已对很多概念和对象进行了标引，在涉及化合物的天然产物来源时还标引了源植物名称，但是由于没有建立植物对象目录，所以无法支持从一个植物出发获取其所有化学成分，或者从一个化合物出发获取含有该化合物的所有植物的服务。用户可以使用植物名称从该数据库查到包含该植物的所有文献摘要，但是其中很多文献与植物成分研究无关；用户也可以从一个化合物出发查到与该化合物有关的所有文献摘要，其中很多文献涉及化合物的性质、制备，但与植物成分研究无关。

“十五”期间，我们曾经与上海中药创新研究中心合作建设了中药数据库，内容涵盖与中药有关的中药材（包括源植物）、化学成分（化合物）、方剂、疾病、疾病靶蛋白五大类数据。为解决中药各领域间相关数据的集成问题，在中药数据库中建立了植物目录、中药材目录、方剂目录、化合物目录、疾病目录五个对象目录。其中，方剂目录把使用药材和用量作为对象特征属性，解决了大量方剂的同名不同方和同方不同名现象，实现了不同来源的方剂数据的集成。中药数据库的五大对象目录在完成中药相关数据集成的同时，还催生了一些新的服务功能。例如，从一种疾病出发，通过方剂数据获取用于治疗该疾病所有方剂中各种药材的使用频率，继而找出对该疾病有直接作用的主要药材。

3. 科学数据的个体识别

无论是学科内还是学科间的科学数据集成，对象目录都是数据集成和未来服务的重要基础。科学数据集成的最重要步骤是，建立待集成数据库对象个体与对象目录中对象个体的对应关系。由于数据来源和标识方法的差异，不同数据库间的科学数据个体异构是一个普遍存在的问题，因此借助判别函数和特征向量，通过个体识别建立数据库对象个体与对象目录对象个体间的关系，是解决个体异构问题，实现科学数据集成的基本方法。

对象个体的标识方法与科学领域具体对象的特点密切相关，因此适用于不同对象的个体识别方法也有很大差别，化学物质目录、植物目录和疾病目录可以作为需要使用不同个体识别方法建立对象个体间联系的例子。

化学物质和其他尺寸在分子水平上的对象（如蛋白质、基因等）都可以使用其物质组成作为区别对象个体的特征向量。使用物质组成作为个体特征向量的特点是，特征向量比较复杂而特点明确，可以使用算法进行比较，个体间不再分类或区分层次。因此，这类对象通常使用算法进行对象组成信息的匹配比较，根据异同赋予对象个体特定的标识符，包括按照收录顺序给新对象个体编号作为标识符。目前，化学物质的标识方法大都基于其化学结构，根据算法和具体标识方法的不同，同一化合物存在多种化学物质标识符，如美国化学文摘社的RN、PubChem 的 CID、Beilstein 的 BRN、美国国家职业安全研究所的 RTECS、IUPAC 的 InChI-key、科学数据库使用的 SRN 等。由于不存在简单的对应关系，所以这类化学物质不同标识符之间的转换必须依赖标识符对照表。解决这类对象个体异构问题，实现数据集成的一个通行办法是，使用算法对对象个体的组成信息（如化学结构）进行比较和匹配，建立相同个体间的联系。此时建立有效的算法和获取对象个体的组成信息是解决这类个体异构问题的关键。“十一五”期间，中国科学院上海有机化学研究所、过程工程研究所和长春应用化学研究所合作完成的跨平台化学数据库集成就是基于这一方法。

植物物种和生命科学领域的其他物种，如动物、微生物等大多使用基于规则的方法，以形态学信息作为区别对象个体的特征向量。使用形态学信息作为个体特征向量的特点是使用自然语言进行描述，比较直观，但难以通过算法进行比较。部分形态学特征被用于对象个体的分类以建立树状结构的（植物）分类表。这类对象通常使用符合一定规范并且经过人工审定的名称作为对象个体的标识符。由于历史原因、规则的差异和认识的不同，来自不同数据源的同一对象个体（如植物）可能使用了不同的名称，而其中部分由于格式和规则差异引起的异名，可以使用算法辅助进行识别和规范。

在植物化学成分研究领域，绝大多数作者会在研究报告中给出源植物的学名，但是人名部分的拼写、属和种下分类方面的差异都会造成植物物种的个体异构。为此我们在植物成分数据库的建设中，规定使用（植物学名去除定名人部分的）植物拉丁名作为植物物种标识符，以消除由于人名引起的个体异构；规定两个具有相同种加词但是使用不同属名的植物种名为潜在异名关系（如 *Pinus abies* 和 *Picea abies*），经人工审核后可作为同一个体的异名，以消除由于属的选择差异引起的个体异构；规定两个使用相同种名但使用不同种下分类的植物物种，如果在去除分级缩写词（ssp.、var.、f.等）后具有完全相同的植物物种名称，为潜在异名关系（如 *Artemisia campestris* ssp. *maritima* 和 *Artemisia campestris* var. *maritima*），经人工审核后作为同一个体的异名，以消除由于种下分类差异引起的个体异构。此外，由于历史和认知的局限性，某些植物名称被作为多种植物物种的异名，例如 *Artemisia vulgaris* 被作为同一属内 *Artemisia divaricata*、*Artemisia igniaria*、*Artemisia indices*、*Artemisia lavandulaefolia*、*Artemisia mongoliea*、*Artemisia myriantha* var. *pleiocephala* 等多个植物的异名。在数据集成过程中，这种一个异名对应多个植物物种的情况可能引起混乱和数据的过度集成。为此，我们规定对应多个植物物种的异名作为一种特殊的独立物种，其与相关植物物种间存在可能异名关系，并规定所有植物物种个体需保留原始名称信息，以应对可能出现的一个异名对应多个植物物种的情况。

医学领域的疾病是另一类使用基于规则的方法，以临床表现和病因作为对象个体标识符的对象目录。疾病目录除了具有植物目录的一些共性特征外（如使用自然语言进行描述，使用符合一定规范并且经过人工审定的名称作为对象个体的标识符），还有其他一些影响个体识别的重要差别：①疾病目录是一个完全分类，即在一个疾病类目（如肺炎）下已经预设了涵盖不确定病因的子类（如“细菌性肺炎，不可归类在他处者”、“肺炎，病原体未特指”）；②一个疾病可能涉及数个不同的分类，需要根据病因或限定词确定其真正的分类；③疾病个体的标识符，特别是病因部分，允许使用意义相同但形式上有差异的表述。这些原因使得疾病对象的个体识别不能简单沿用植物对象的算法辅助个体识别方法。由于数据来源和表述方式的不同，来自药物、医疗和基因的疾病信息在形式上有很大差异，但是在描述临床表现和病因方面的用词是比较一致的。例如，国际疾病分类 ICD-10 的“急性淋巴细胞性白血病”，不同数据来源表述为“白血病，急性淋巴细胞”、“急性淋巴细胞白血病”；国际疾病分类 ICD-10 的“非胰岛素依赖型糖尿病”，不同数据来源表述为“糖尿病，非胰岛素依赖”、“轻、中度非胰岛素依赖型糖尿病”、“成人非胰岛素依赖型糖尿病”。这类对象的个体识别实际上是一个不确定性模式匹配问题，可以借助共现理论（Co-occurrence Theory）的共现分析方法[14]进行个体识别。

在建设来自药物、基因等数据中疾病信息的疾病目录集成中，针对疾病对象标识的特点，我们初步制定了一些匹配规则，如建立以疾病 A 对疾病 B 匹配度、疾病 B 对疾病 A 匹配度和逆序数为主要参数的疾病标识相似性评价指标，在同等情况下具有“未特指”（unspecified）等限定词的疾病标识符优先，作为大类的疾病标识符优先于其子类疾病标识符等。希望在经过算法辅助疾病个体识别后，对一些有疑义的疾病标识使用人工审核进行最终的确认，以实现疾病信息的算法辅助个体识别。

现代科学的学科分类体系在促进科学发展的同时，也人为地隔断了学科间的联系，科学数据的集成从另外一个角度努力将原本各自独立的信息连接成为一个整体，以图再现自然界各种实体对象间的联系，发现原来被忽略的关系。对象目录是科学数据跨学科集成的关键，而个体识别是解决不同来源数据间的个体异构问题，实现数据集成的主要技术基础。

通过对化学物质目录、植物标识和植物目录的深入研究，以及对疾病标识和疾病目录的初步分析，我们确定了“十二五”期间建设涵盖植物、化合物、疾病和基因的跨学科数据资源系统的目标，拟定了针对不同类型个体异构的个体识别方案。

基于分类规则的实体对象的个体识别（如植物、疾病）是一个不确定模式匹配问题，需要使用人工智能和统计数学方法，则必然面临成功率问题，部分需要人工辅助审核。这类个体识别的准确性和人工辅助的工作量在很大程度上取决于各种方法的参数，而这些参数需要通过实验确定。

参 考 文 献

[1] Trissl S, Rother K, Muller H, et a1. Columba: an integrated database of proteins, structures, and annotations. BMC Bioinformatics, 2005, 6:81.

[2] Chaurasia G, Malhotra S, Russ J, et al. UniHI4: new tools for query, analysis and visualization of the human protein-protein interactome. Nucleic Acids Res, 2009, 37: 657-660.

[3] Muilu J, Pehonen L, Litton J E. The federated database– a basis for biobank-based post-genome studies, integrating phenome and genome data from 600 000 twin pairs in Europe. European Journal of Human

Genetics, 2007, 15(7):718-723.

[4] Androulakis S, Schmidberger J, Bate M A, et al. Federated repositories of X ray diffraction images. Acta Crystallogr D Biol Crystallogr, 2008, D64:810-814.

[5] Hwang D, Fotouhi F, Son Y. A case study: development of an organism-specific protein interaction database and its associated tools. International Journal of Cooperative Information Systems, 2003, 12(2):225-239.

[6] Kohler J, Philippi S, Lange M. SEMEDA:ontology based semantic integration of biological databases. Bioinformatics, 2003, 9(18):2420-2427.

[7] Luo Y, Jiang L, Zhuang TG. A grid-based model for integration of distributed medical databases. Journal of Digital Imaging, 2008, 22(6):579-588.

[8] 张智, 张正国. 生物医学异构数据库集成的研究进展. 中国生物医学工程学报, 2010, 29(3):454-463.

[9] 杨文, 孙继林. GO在生物数据整合中的应用. 图书情报工作, 2008, 52(11):124-127.

[10] 曹顺良, 张忠平, 李荣, 等. BioDW——一个生物信息学数据集成系统.微计算机应用, 2005, 26(1):59-62.

[11] 陈维明. 科学数据集成的语义问题//科学数据库与信息技术论文集(第十集). 北京:兵器工业出版社, 2010:8-14.

[12] McNeill J, Barrie F R, Burdet H M, et al. International Code of Botanical Nomenclature (Vienna Code). Konigstein: Koeltz Scientific Books, 2006.

[13] 中华人民共和国国家质量监督检验检疫总局.中华人民共和国国家标准GB/T 14396-2001 疾病分类与代码.

[14] 曹恬, 周丽, 张国煊. 一种基于词共现的文本相似度计算. 计算机工程与科学, 2007, 29(3):52-53,73.

On the individual identification and interdisciplinary integration for the scientific data

Chen Weiming

(Shanghai Institute of Organic Chemistry, Chinese Academy of Sciences, Shanghai 200032, China)

Abstract Individual heterogeneity is the main difficulty in interdisciplinary scientific data integration. The individual heterogeneity in scientific data integration was analyzed from the view of ontology, and object taxonomic catalogue was suggested for the data integration. The special issues of individual identification in different data objects, such as chemical substances, plant species and diseases, were discussed. Some solutions regarding interdisciplinary scientific data integration by individual identification and object taxonomic catalogues were suggested.

Key words scientific data; individual identification; object taxonomic catalogue; interdisciplinary integration

数据库系统及建库技术

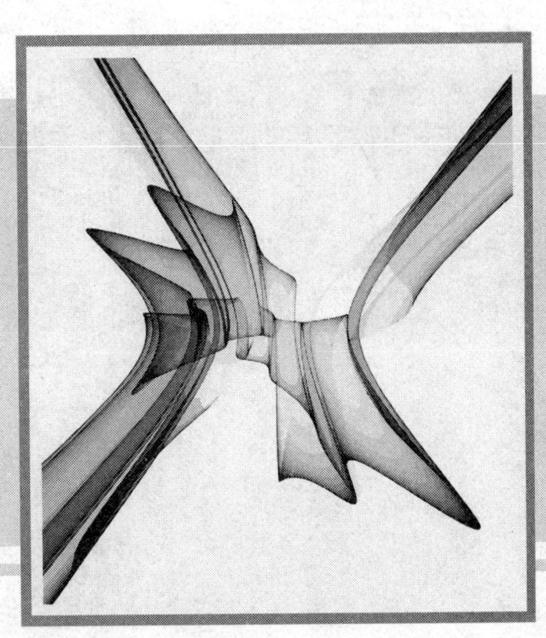

化合物子结构检索及时响应的流程优化与分布式优化研究

李英勇　陈维明

（中国科学院上海有机化学研究所　上海　200032）

摘　要　针对大规模在线化学结构数据库子结构检索的及时响应问题，本文将原检索流程改为流式处理方式，并将耗时最多的高亮处理步骤延后执行，从而大大加快了Web检索的响应速度。另外，研究了分布式计算在子结构检索系统中的应用，通过PC机群的强大计算能力分担在线子结构检索的用户并发访问的压力；并详细比较了分布式系统内两种通信方式的性能，测试结果表明消息通信方式的检索速度优于数据库通信方式。

关键词　子结构检索；及时响应；流式检索；分布式计算

作为化学结构数据库的一项重要服务功能，化合物子结构检索是一种NP（nondeterministic polynomial）完全问题，不存在直接解，检索时间随着化学结构原子数和化合物数量的增加而非线性地增长[1]。如何获得用户可接受的平均检索时间，一直是研究人员十分关注的问题，其方法主要有改进算法和提升硬件性能两个方面。在算法改进方面，从20世纪50年代至今，涌现出了大量优秀的子结构检索算法，我们也在这方面做了大量研究工作[2]。尽管这些算法已经取得了很好的改进效果，但仅适用于化学结构数据规模相对较小的情况。计算机硬件性能的不断提升也极大提高了子结构检索的速度。我们也研究了采用并行方法充分挖掘多核计算机的硬件性能[1]。然而，从用户体验角度，Web服务的响应时间应当在5～10s内。因此，对于千万级别的大规模在线化合物子结构检索系统，以上方法仍无法满足Web访问的及时响应要求。

Web用户对检索结果的阅读是顺序进行的，而且子结构检索结果相互独立。因此，可以将整个检索过程流式进行，即一边检索一边向用户输出当前结果，从而显著缩短子结构检索的响应时间。

同样，由于检索结果的相互独立性，可以采用分布式计算平台，将整个检索任务化整为零地分散处理，再收集汇总结果，从而显著提高检索速度。

本文以开发的子结构检索系统为基础[2]，研究针对大规模在线化合物子结构检索的流程优化方法和分布式处理优化方法。

本文得到中国科学院信息化专项项目、国家科技基础条件平台项目、上海市科委研发公共服务平台项目（11DZ2292000）的资助。

1. 子结构检索及时响应的流程优化

子结构检索流程包括输入、预筛选、AA 匹配、高亮处理和输出 5 个步骤，如图 1 所示。其中，输入步骤接受用户输入的提问结构和检索参数；预筛选步骤通过一定的筛选策略将明显不符合检索条件的结构预先排除，从而减少后续 AA 匹配的工作量；AA 匹配步骤对预筛选得到的结果候选集中的库结构逐一与提问结构进行原子匹配验证（atom by atom match），最终得到检索结果集；高亮处理步骤将命中结构图形中与提问结构匹配的部分高亮显示出来；输出步骤实现检索结果的控制分页显示。

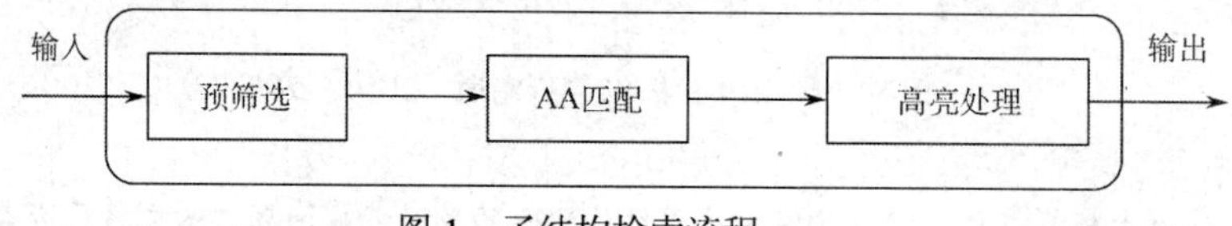

图 1　子结构检索流程

在一台服务器上详细测试了子结构检索中预筛选、AA 匹配和高亮处理步骤的执行时间。本文中所有的 AA 匹配和高亮处理步骤均采用文献[1]中介绍的 OpenMP 并行方法进行优化处理。

服务器具体配置如下。CPU: Intel Xeon E7420 2.13G×2。RAM: DDR2 32G。OS: Windows Server 2003 R2 X64 SP2。Database: SQL Server 2005 X64。

化学结构数据库有 200 万个化学结构。测试中选取了 8 个子结构检索提问结构，如图 2 所示。为了研究方便，检索时通过参数控制命中结构的原子数范围，并要求命中结构中键的环或链性质也必须匹配上。例如，甲苯（图 2 中结构 1）不能检索到萘（图 2 中结构 2），但能检索到查尔酮（图 2 中结构 4）。这样，可将检索结果集的大小控制在适于研究的范围内。其测试结果如表 1 所示。

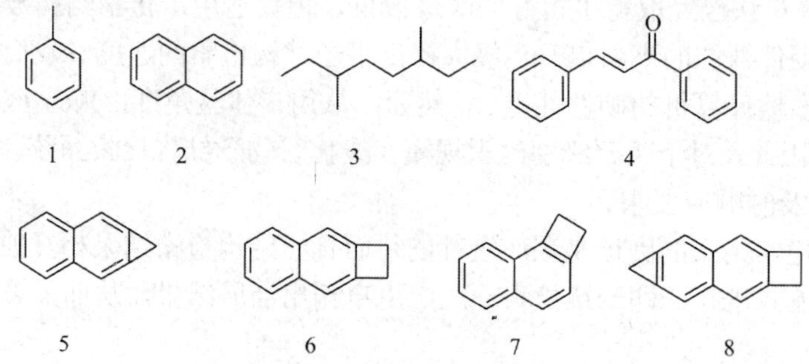

图 2　8 个子结构检索提问结构

将 AA 匹配时间和高亮处理时间分别除以各自操作的结构数量，得到 AA 匹配和高亮处理步骤分别操作单个结构所用时间，如图 3 所示。其中，纵坐标是操作单个结构的时间（单位 ms）；横坐标是提问结构序号。

由表 1 和图 3 可见，高亮处理速度远低于 AA 匹配速度，检索中高亮处理占用时间是 AA 匹配用时的 6～10 倍。当匹配化合物数量较多时，高亮处理对整体检索速度的影响尤其明显。

这是因为高亮处理步骤的加入增加了工作量，处理后生成的大量高亮结构图形数据的存储操作也很耗时。所以，不难预料，高亮处理步骤的引入会极大地延缓整个检索的响应速度。

表 1　子结构检索各步骤用时比较表　（时间单位：ms）

提问结构序号	预筛选时间	结构数量	AA 匹配时间	结构数量	高亮处理时间
1	1000	80	266	76	2578
2	328	80	218	48	1423
3	1469	1760	3497	44	1837
4	860	240	1282	40	1218
5	141	40	265	13	375
6	235	120	577	23	673
7	250	40	235	6	187
8	125	0	0	0	0

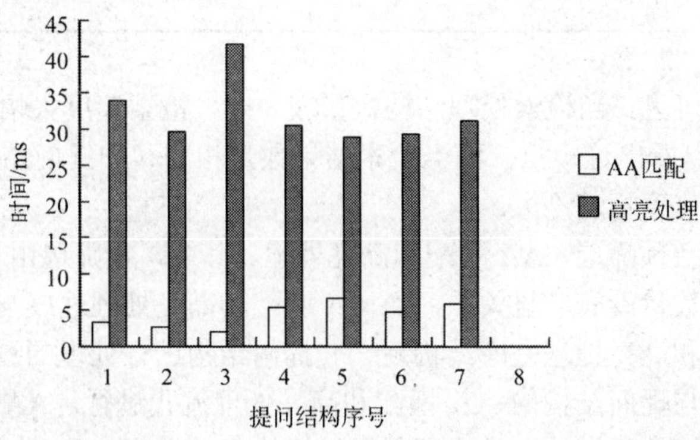

图 3　子结构检索中 AA 匹配和高亮处理单个结构所用时间的比较

表 2 给出包括与不包括高亮处理步骤的子结构检索速度。由表 2 可见，当不包括高亮处理步骤时，子结构检索的速度大大提高。验证了上面的想法。由图 3 数据可知，单个结构的高亮处理速度还是很快的，因此，子结构检索时可以暂不执行高亮处理，待用户浏览检索结果时，针对用户点击的结果即时执行高亮处理。这样将高亮处理步骤延后执行的方法，可以大大提高子结构检索速度。

表 2　包括与不包括高亮处理步骤的子结构检索时间　（时间单位：ms）

提问结构序号	检索结果数量	检索时间（含高亮处理）	检索时间（不含高亮处理）
1	3193	186250	13328
2	878	52797	4500
3	74	47281	12031
4	1190	105172	32078
5	13	859	469
6	23	1703	922
7	6	734	547
8	0	140	172

当检索结果集较大时，例如提问结构 1 和 4 的检索情况，因为需要处理的结构数量过多，所以不含高亮处理的检索时间仍然很长。又由于预筛选候选集与提问结构的 AA 匹配是相互独立的，可以先执行部分候选结构的 AA 匹配，得到部分结果。这样处理的结构数量较少，速度应该很快。仅处理部分筛选候选集的测试结果如表 3 所示。

表 3 仅处理部分筛选候选集的测试结果 （时间单位：ms）

提问结构序号	检索结果数量	检索时间（含高亮处理）	检索时间（不含高亮处理）
1	40	2500	1343
2	40	1875	703
3	40	6750	5469
4	40	3485	2547
5	13	843	515
6	23	1700	1031
7	6	859	578
8	0	141	156

对照表 3 和表 2 可见，当检索处理结构数量较少时，检索速度大幅提高。从提问结构 1、2 和 4 的测试数据可以看出这一点。而当检索结果数量相同（如提问结构 5、6、7 和 8）时，两种检索方式的响应速度相差不大。

整个检索过程包括预筛选、AA 匹配和高亮处理。其中，预筛选由于采用全文检索技术，预筛选速度与库结构数量没有明显关系，而 AA 匹配和高亮处理速度与命中结构数量成正比关系。并且 AA 匹配和高亮处理是库结构逐一与提问结构进行处理的过程，相互是独立的。因此，可以将库结构与提问结构的 AA 匹配和高亮处理流式进行。AA 匹配并高亮处理完一个结果即输出，最后汇总所有输出结果即得子结构检索结果集。

针对 Web 服务，可以在对全库预筛选完成后，AA 匹配操作分段进行（比如，以 40 个结果为一段），每次仅 AA 匹配一段并输出 40 个结果供用户查阅，当用户快查阅完当前结果时，再 AA 匹配输出下一段结果。而当用户点击察看某个结果时，再针对此结果执行高亮处理，并返回高亮结构图形给用户。如果 Web 用户只查阅了部分结果后即关闭网页放弃此次检索，AA 匹配和高亮处理操作就不再继续执行。

这样，既可以满足 Web 用户检索的实时性响应要求，又降低了多个 Web 用户并发访问时对服务器的计算压力。修改后的子结构检索流程如图 4 所示。其中，新检索指用户提交了

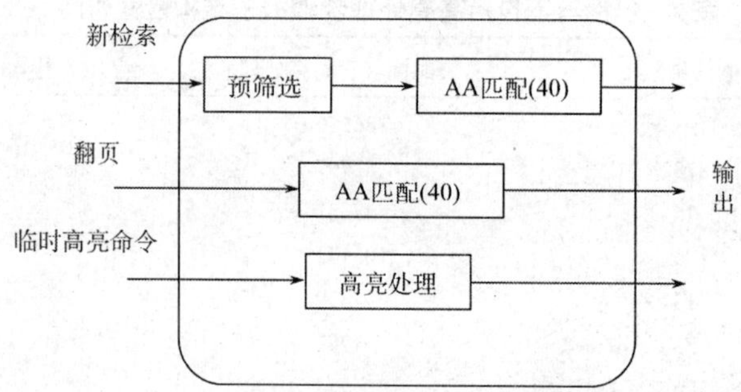

图 4 针对 Web 服务优化的流式子结构检索流程

一个新的子结构检索时的处理流程，处理时执行预筛选和 AA 匹配（处理前 40 个结果）步骤；翻页指继续处理下一段结果，无需执行预筛选步骤，仅执行 AA 匹配，输出后续的 40 个结果，当用户查阅完当前结果时执行翻页操作；临时高亮命令是用户点击某条检索结果时，才执行临时高亮处理此结果。

2. 子结构检索及时响应的分布式优化

上述流式检索方法能明显提高单机子结构检索的响应速度。但当数据库数据量过大或 Web 用户并发访问人数过多时，对单机的处理能力仍是极大的挑战。因此，进一步研究了分布式计算方式用于子结构检索的情况，用 PC 机群来分担单机的执行压力，并在搭建的分布式子结构检索系统上详细测试了这种流式检索方式的执行效率。

分布式并行计算（parallel and distributed computing）是随着计算机网络的迅速发展而兴起的一种计算模式，它与以超级计算机为中心的集中计算模式相对应。超级计算机是一台处理能力强大的“巨无霸”，但其造价和运行费用极高。分布式并行计算模式通过计算机网络整合网络中的所有计算资源，通过将大型、复杂的计算任务化整为零，以“蚂蚁搬山”的方式分散处理，使得整个系统的处理能力得到大幅度提高，其计算能力可以与超级计算机竞争，成本却相对很低廉。

处理并行化通常是指将一个任务划分成若干个可并行处理的子任务，并将这些子任务分配到不同的处理单元（如分布在网络中的各个计算节点或同一计算机中的多个 CPU）协同处理。如果任务是由分布在网络中的各计算节点协同处理完成的，那么这样的处理过程就是分布式。实现分布式计算的关键是对所要完成的任务进行合理的分割与分配，使得分割后的各个子任务能够被并行处理。

共享存储和消息传递是目前两种主流的分布式编程模型。消息传递方式中，程序员必须对计算任务和数据进行划分，并安排在并行计算时，处理机间所有的通信。在某些情况下，程序员安排处理机间通信很困难，特别是确定何时向哪个处理机发送或接收数据。但是其性能要比共享存储方式高[3]。

徐衍波在 Windows 操作系统上，采用 TCP/IP 通信方式，设计开发了一套轻量级的分布式计算框架——OseServersX 框架[4]。

我们采用 OseServersX 框架，构造了分布式计算平台，并将子结构检索系统移植到此平台上。将子结构索引库进行划分，均匀分布在分布式平台的各节点上，从而实现了子结构索引库的并行筛选，并省去了跨机器读取数据库的网络开销。随后的 AA 匹配和高亮处理步骤，也在各节点上并行执行。

构造的消息通信方式的分布式子结构检索系统架构如图 5 所示。主节点负责接收用户的查询请求，分发检索任务给各从节点，并收集从节点返回的检索结果。各从节点负责从本机子结构索引库预筛选、AA 匹配和高亮处理，采用图 4 所示的流式检索方式。DB_1 至 DB_n 是子结构索引数据库，分布于各从节点。

另外，数据库允许多用户并发访问，可以通过在数据库表中增加标识列，作为分布式系统中各节点间读写相关记录的握手协议与锁机制。因此，数据库也可以作为分布式计算系统内节点间的通信途径。同时也搭建了基于数据库通信方式的分布式子结构检索系统，如图 6

所示。其中，Task DB 数据库存储子结构检索提问信息和检索结果。

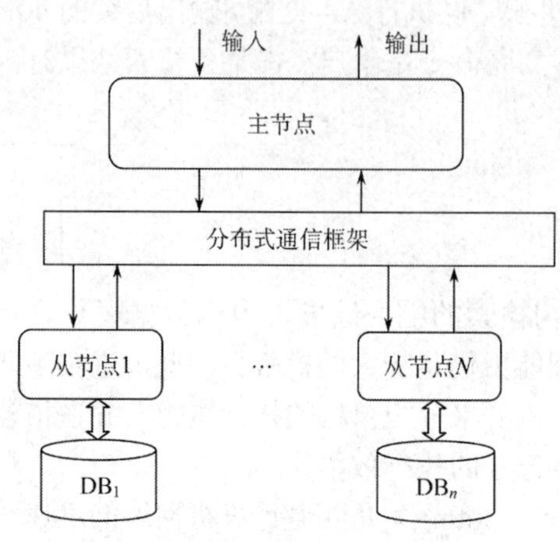

图 5　采用消息通信方式的分布式子结构检索系统架构

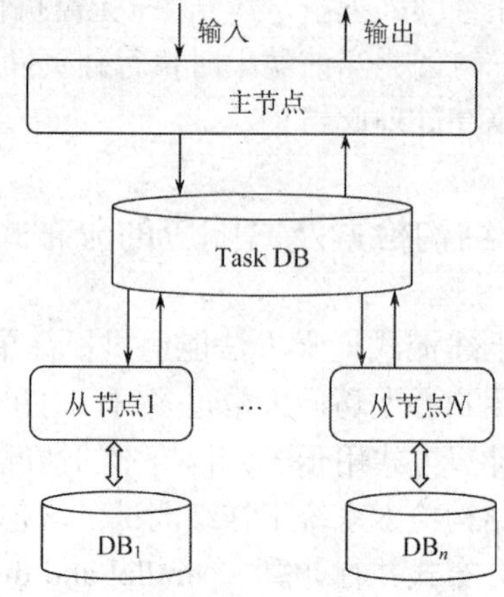

图 6　采用数据库通信方式的分布式子结构检索系统架构

采用 1 台台式机（作为主节点）和 5 台服务器（作为从节点）构建分布式检索系统，比较了数据库通信和消息通信两种方式的分布式计算性能。具体配置参数如表 4 所示，各计算机间采用百兆位以太网连接。

表 4　测试计算机配置参数表

计算机配置	台式机	服务器
个数	1	5
CPU	Intel Core Quad Q9550 2.83G×2	Intel Xeon E7420 2.13G×2
RAM	DDR3 3.5G	DDR2 32G
OS	Windows XP Win32 SP3	Windows Server 2003 R2 X64 SP2
Database	无	SQL Server 2005 X64

测试用化学结构数据库包含 1000 万个化学结构，分布于 5 台服务器上，每台服务器存储 200 万个化学结构。仍选用图 2 所示的 8 个子结构检索提问结构。

分别采用图 6 的数据库通信分布式子结构检索系统架构和图 5 的消息通信分布式子结构检索系统架构，从节点均采用图 4 所示的流式子结构检索流程，组建了分布式子结构检索系统。测试结果如表 5 所示。其中，新检索是用户初次检索，处理时要执行预筛选步骤；翻页指继续处理下一段结果，无须执行预筛选步骤；高亮是用户点击某条结果时，才临时高亮处理此结果。其结果数量是 5 台服务器处理结果数量的总和。翻页列的空格项是因为新检索时即处理完了所有结果，故没有翻页步骤测试数据。

高亮处理单个结果的速度取决于提问结构和库结构的具体情况，在测试中，两种通信方式下高亮处理差不多都能在 1s 以内完成，大多数结构可在 500ms 左右完成，适用于 Web 服务。

表 5　分布式子结构检索系统测试结果　　（时间单位：ms）

提问结构序号	数据库通信方式			消息通信方式		
	新检索	翻页	高亮	新检索	翻页	高亮
1	2016	1218	546	1141	860	391
2	1188	932	500	782	406	359
3	2546	2000	500	1781	1150	390
4	2225	1742	530	1625	1172	344
5	1110	–	578	578	–	390
6	1250	–	797	719	–	437
7	1140	–	516	625	–	328
8	625	–	547	235	–	375

因为省却了预筛选步骤，故翻页操作比对应的新检索操作响应速度快，大多在 1 ~ 2s 内完成。而且，新检索和翻页速度都能满足 Web 服务的实时性要求。

由表 5 数据比较两种通信方式发现，消息通信方式的响应速度普遍优于数据库通信方式。其中，新检索速度平均提升 41%，翻页速度平均提升 40%，高亮处理速度平均提升 32%。在数据库通信方式中，当多个从节点同时读写同一数据库 Task DB 时（见图 6），会对硬盘上同一数据库文件进行竞争，结果会降低检索效率。而在消息通信方式中，检索命令是由主节点分发给各从节点，互相之间没有竞争关系。因此，消息通信方式的检索速度大大高于数据库通信方式的检索速度。

需要特别指出的是，比较表 5 和表 3，会发现有些提问结构（如提问结构 3 和 4）在分布式系统中处理速度甚至快于单机处理速度。这是因为提问结构 3 和 4 在有些从节点上的预筛选效果较好（这与化学结构数据在各节点上的分布不均有关），处理速度比其他节点高。为了提高系统的检索响应速度，主节点收到第一个返回的从节点结果后，会立即返回给输出模块，而不是等待收到所有从节点结果再汇总返回。即检索响应速度取决于处理速度最快的从节点速度。所以，当提问结构在某个节点上预筛选效果特别高时，分布式检索速度会快于单机检索速度。

接下来在主节点上用测试软件同时启动 20 个线程，每个线程顺序执行 3 次子结构检索，均选用提问结构 4，以模拟 Web 服务的多用户并发访问压力。两个架构的测试结果如图 7 所示。其中，横坐标是并发执行的 60 次检索，纵坐标是检索时间（单位 ms）。

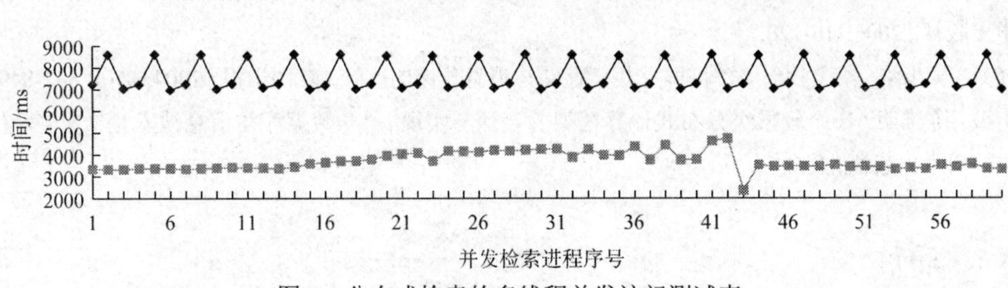

图 7　分布式检索的多线程并发访问测试表

由图 7 和表 5 可见，在多线程并发访问情况下，数据库通信方式的平均检索时间为 7616 ms，是单线程时检索时间的 3.4 倍；消息通信方式的平时检索时间为 3692 ms，是单线程时检索时间的 2.3 倍。

在并发访问情况下，两种分布式系统的检索速度都有所下降。数据库通信方式中，由于多线程对 Task DB 数据库的并发读写竞争更为激烈，所以数据库对并发读写的响应速度大幅下降，导致检索速度也大幅下降，而且各次检索的时间值波动较大。消息通信方式中，并发访问时消息量的增加会造成网络通信的拥堵，因此检索速度也有所下降，但下降幅度较数据库通信方式小，并且各次检索的时间值波动较小。由此说明对于并发访问，消息通信框架的承受力比数据库通信框架的承受力强。

3. 结论

从本文的实验可以看出，将高亮处理延后到用户浏览结果时再执行，并将子结构检索流式执行，这样针对 Web 服务的流程改进极大地提高了子结构检索速度。通过检测 Web 用户的浏览进度，可以适时提前 AA 匹配输出下一段结果，使用户的浏览不会因为处理下一段结果的延时而中断。同时，即时高亮处理的速度足够快，使用户浏览时不会感到明显的停顿。

由于分布式系统的可扩展性，当数据库增大时，可以继续增加节点个数。本系统将数据库和软件配置于节点本身，尽量减少系统内节点间的通信量。由此可以预见，在数据库增大、节点数量增加后，检索速度不会明显下降。当系统速度达不到要求时，也可以通过增加节点数量以分担检索工作量，在数据库大小不变的情况下，提高子结构检索速度。

对两种通信方式（数据库通信方式和消息通信方式）的比较表明，消息通信方式的速度高于数据库通信方式。在大规模在线实时子结构检索这种对处理速度异常敏感的服务中，这样的速度提升就显得异常重要了。另外，采用数据库通信，需要数据库与程序的配合实现通信协议，这样与数据库紧密耦合的通信方式，其移植性较消息通信方式差一些。实验中观察到，当多节点频繁、持续访问同一数据库时，会对数据库造成较大的处理压力，有时数据库的读写速度会异常缓慢。这一点也不利于系统的继续扩展。因此，采用消息通信方式的分布式计算平台更适合于大规模在线化合物子结构检索系统。

参 考 文 献

[1] 李英勇，陈维明. 化合物子结构检索的分布式计算和并行计算比较研究//科学数据库与信息技术论文集（第十集）. 北京：兵器工业出版社, 2010.

[2] 李英勇，陈维明. 一种有效的子结构索引方法//科学数据库与信息技术论文集(第八集). 北京：中国环境科学出版社, 2006:116-120.

[3] 章隆兵，吴少刚，蔡飞，等. PC 机群上共享存储与消息传递的比较. 软件学报, 2004, 15(6):842-849.

[4] 徐衍波，陈维明. 一个轻量级分布式计算框架的设计与实现//科学数据库与信息技术论文集(第十一集). 北京：科学出版社, 2012.

Stream and Distributed Processing of Chemical Substructure Search

Li Yingyong, Chen Weiming
(Shanghai Institute of Organic Chemistry, Chinese Academy of Sciences,
Shanghai 200032, China)

Abstract To speed up the on-line response of chemical substructure search on large scale chemical database, we changed the original search routine to stream processing and ran highlighting process which is the most time-consuming process before structure display. This change obviously reduced the search time. Furthermore, we used distributed computation on substructure search, and relied on PC cluster's great computation power against Web user's concurrent access pressure. The comparison of two communication means in distributed system showed that the speed of message communication is superior to database communication method.

Key words chemical substructure search; prompt response; stream processing; distributed computation.

植物化学成分数据库建设

徐挺军　赵英莉　陈维明

（中国科学院上海有机化学研究所　上海　200032）

摘　要　植物化学成分作为一种交叉学科的科学数据涉及化学和植物学两类信息。本文讨论了植物化学成分数据建设的有关问题和解决方法，包括数据加工和质量管理、植物物种目录建设、植物化学成分数据建库方法，以及植物和化合物数据与相关数据目录系统的集成问题。

关键词　植物化学成分；物种目录；化合物目录；数据加工

随着人类健康问题日益受到重视，药物研究成为一个重要研究方向，进入一些重大研究计划。20世纪初至20世纪80年代是化学药物飞速发展的时代，研究人员发明了现在所使用的一些最重要的化学药物。进入20世纪90年代以后，新药研究的风险越来越大，药物研发成为一个高投入、高风险的过程。FDA近期数据显示[1]，仅有三成药物的市场利润能补偿其研发成本从而获得盈利，而仅有约1/5000的化合物最终成为药物，其中安全性和有效性问题是导致临床研究失败的主要原因。

有统计显示，目前临床使用的药物中约有70%来源于天然产物或天然产物的衍生物[2]。其中天然产物大多是植物的次生代谢产物，是植物在长期进化过程中对生态环境适应的结果。相对于纯粹的化学合成化合物，具有毒性相对较小的特点，因此越来越受到药物研究人员的重视。甚至有药物研究人员指出，大型化学数据库中只有约2.5%的天然产物才是药物研究的主要对象。然而，几乎所有大型化学数据库都未提供数据库中天然产物相关信息的获取方法。例如，拥有数千万化合物的国际最著名的化学数据库提供的检索服务，可以从植物名称查询到涉及这个植物的所有研究文献和文献中涉及的化合物，也可以从具体化合物查到所有涉及这个化合物的研究文献，但是其无法提供一个植物含有的所有已知天然产物的信息，也无法提供一个天然产物来自哪些植物的信息。为此，国内一些研究机构相继开发了一些源自中药的天然产物数据库，如上海中药创新研究中心开发的中医药信息数据库[3]、中国科学院上海药物研究所与创腾科技有限公司共同开发的中国天然产物数据库（CNPD）[4]。

然而，与中药有关的源植物只是世界植物资源的一小部分，已发现的相当一部分药用天然产物来自于传统中药以外的植物，如源自红豆杉的紫杉醇、源自尼日利亚植物 *Physostigma venenosum* 的毒扁豆碱等。为此，我们计划建设一个涵盖所有植物化学成分研究成果的数据库，为生物制药、食品安全、营养学等领域的研究人员提供更好的基础数据和文献信息支持。

计划中的植物化学成分数据库是一个涉及生物、化学、药物等学科，涵盖植物（物种）、化学成分、生物活性、研究文献等信息的综合性数据库。数据库的植物化学成分研究数据采用人工标引的方式采集。其中，植物物种信息汇集了来自几个权威生物信息数据库的物种数

本文得到中国科学院信息化专项项目、国家科技基础条件平台项目、上海市科委研发公共服务平台项目（11DZ2292000）的资助。

据，用于建立相对比较完整的植物物种目录。化学成分通过化合物系统登录号（SRN）[5]与化合物基础数据库和有关的化合物属性类数据库实现数据集成，以提供更加完整和全面的化合物信息和检索服务。

1. 数据库内容组织和结构设计

植物化学成分数据库目前包含植物、化学成分、文献三大类数据，未来考虑增加活性数据。植物物种信息由植物的名称和分类学信息组成，以实现既能从植物的名称查找到该植物，也能从分类学角度，即界、门、纲、目、科、属、种依次定位到该植物，还包括可能收集到的植物性状和图谱信息。化学成分是指从该植物所含有或者提取得到的化合物，包括化合物名称、结构、分子式、含量等信息，其通过化合物系统登录号与化合物基础数据库集成，提供多种化合物检索方法，实现与其他化学数据库中化合物属性数据的共享。

由于植物的化学成分依所取用的部位（如根、茎、叶、花等）不同，在化合物种类和含量上有很大差别，并且随提取方法和检测组分不同而有很大差异，为此在植物和化学成分间增加了研究组分实体，包含植物取用部位、提取方法和使用组分，并增加了鉴定方法信息。数据库以研究组分作为基本单元，与数据的来源文献关联，部分文献可能涉及多个研究组分，包括不同植物或植物组、不同部位、不同提取组分等情况。

植物化学成分数据中的植物物种数据将与植物物种目录集成，其中的化学成分（化合物）数据将与化合物基础数据库的化合物目录集成。数据库通过这两个目录建立植物与化学成分间的关系，提供查询一个植物物种的所有已知化学成分和查询含有某个化学成分的所有植物物种的服务。需要注意的是，根据原始数据的表述不同，数据库的植物物种与化学成分关系分成已知含有和可能含有两种类型的关系。如果研究组分在对应文献中只涉及一个植物物种，则相应化学成分与植物物种间的关系为已知含有；如果研究组分在对应文献中涉及一个以上的植物物种，则相应化学成分与所有植物物种间关系均为可能含有。部分化学成分与植物物种间的可能含有关系可以被更新为已知含有关系，只有在其他研究文献数据表明该化学成分与这一植物物种间的关系为已知含有关系的情况下。

植物化学成分数据库的实体关系[6]如图 1 所示。

2. 植物化学成分数据的分析加工

植物化学成分数据采集自公开发表的含有植物化学成分研究的文献，采用人工标引的方式进行数据分析和处理。为支持规模化的人工分析和保证数据分析质量，开发了一个面向数据加工的植物化学成分（加工）数据库，将所有原始文献先行导入数据库，然后分析人员根据标引规则，在标引软件的支持下进行植物化学成分数据分析，从文献数据中标引/提取植物物种信息（拉丁名、中英文名、品种名、产地）、取用部位（如全植物/根/茎/地下茎/树皮/叶/花/果/籽等）、提取组分说明（如乙醚提取物/挥发油/精油等）、分离方法、鉴定方法、化合物、含量等信息（见图 2），标引数据的具体例子见表 1。

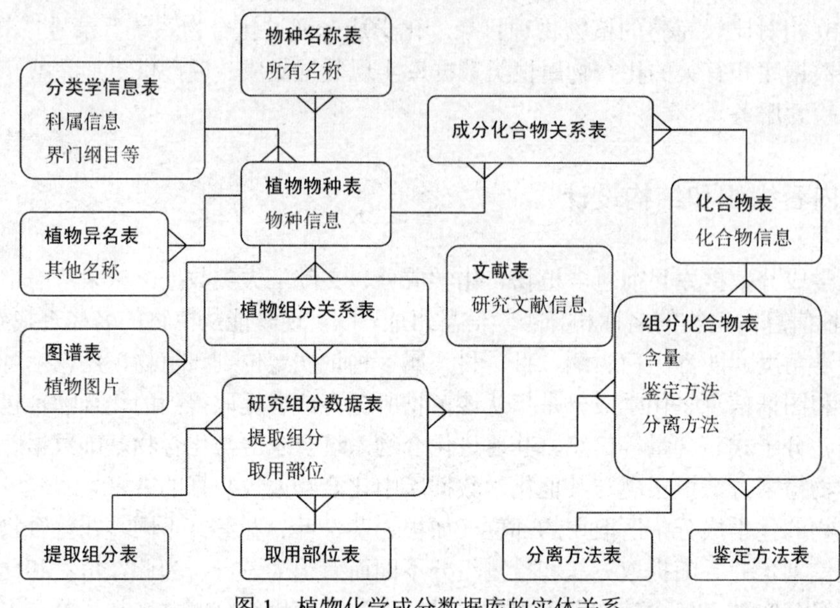

图 1 植物化学成分数据库的实体关系

表 1 植物化学成分标引数据

<table>
<tr><th>文献编号</th><th>成分研究数据</th><th>成分化合物信息</th></tr>
<tr><td rowspan="10">15998</td><td rowspan="10">拉丁名：Oryza sativa
英文名：black glutinous rice
产地：Guizhou, China
取用部位：grains
提取组分：Liposol. and water-sol.
系统分离方法：identified by gas chromatog. identified by HPLC and Rf in thin chromatog. identified by comparing their fluorescence and spectrogram character with the std.'s
系统鉴定方法：purified through magnesium gel and sucrose gel chromatog. purified through silica G gel column and paper chromatog</td><td>化合物名：a-carotene
含量：1.80 mg/g fresh wt</td></tr>
<tr><td>化合物名：b-carotene
含量：0.87 mg/g fresh wt</td></tr>
<tr><td>化合物名：chlorophyll a
含量：2.42 mg/g fresh wt</td></tr>
<tr><td>化合物名：Cyanin-3-diglucoside</td></tr>
<tr><td>化合物名：Cyanin-3-glucoside</td></tr>
<tr><td>化合物名：glucose</td></tr>
<tr><td>化合物名：linoleic acid</td></tr>
</table>

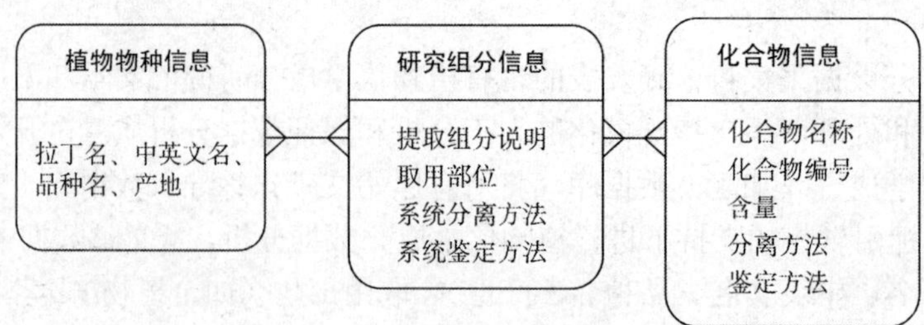

图 2 植物成分研究文献标引数据示意

鉴于人工处理数据必然存在各种原因引起的偶然失误，为此建立了数据加工质量控制措施。

（1）植物物种信息检查。将标引得到的植物物种（拉丁名）与植物物种目录进行对比，对植物物种目录中不存在的植物物种进行警示，要求标引人员再次与文献比较进行确认。对于标引人员确认的正确标引自文献的植物新物种，人工审核之后将正确的植物物种名称加入植物物种目录。

（2）化合物信息检查。将标引得到的化学成分（化合物）信息通过化合物结构登录、名称或编号匹配方法定期与化合物基础数据库的化合物目录进行对比。对化合物目录中不存在的化合物进行人工审核，确认正确后加入化合物基础数据库。

（3）人工抽查。安排人员按照一定比例对处理完成的文献进行事后标引质量检查，如发现错误在退回重新标引的同时，建立同类问题的识别和检查机制拦截问题数据。

（4）数据回溯。在数据库的所有实体表中建立来源标识以支持数据回溯和更新操作。一旦在数据加工、入库或者应用时发现可疑或者错误数据，可根据来源标识追踪到数据的原始来源和状态，完成修改和处理以后对数据库内的对应数据进行更新。

3. 植物物种目录

植物物种目录是植物化学成分数据库的主要目录系统，不仅支撑着植物信息的整合和服务，还用于支持植物物种标引信息的质量检查。鉴于植物化学成分数据库的目标是涵盖所有植物成分研究文献，植物物种目录应当包括尽可能多的已知植物物种，为此对 4 种植物物种数据进行了整合（见表 2）。

表 2 植物物种目录数据来源

来 源	内 容	收 集 数 据
《中国种子植物科属词典》	中国种子植物科属信息	科属信息
《中国植物志》	中国植物物种信息	植物名称
USDA plants database（美国农业部自然资源保护署植物数据库）	美国及其属地植物物种信息	植物名称和分类学信息
ITIS 整合分类学数据库（整合分类学信息系统数据库）	世界植物物种和分类学信息	植物名称和分类学信息

《国际植物命名法规》（International Code of Botanical Nomenclature, ICBN）[7]规定一种植物只有一个合法的正确学名，该植物的其他名称均应作为异名或废弃名。然而由于历史原因和语言的不同，一种植物物种通常具有多个不同的名称，研究人员仍然有可能在研究文献中沿用这些名称表示植物物种，特别是在与食品有关的植物中，如稻米、实用菌、蔬菜等方面。从植物化学成分研究角度，这些数据都是确定和有意义的，应当被整合。为此，植物物种目录收录所有已知的植物物种名称，包括异名、英文名、中文名，同时建立一些植物物种名称表达和集成规则，以保证名称表达的规范和一致性。我们规定使用（植物学名去除定名人部分的）植物拉丁名作为植物物种标识符，以消除由于人名和拼写引起的表述差异；规定两个具有相同种加词但使用不同属名的植物种名为潜在异名关系（如 *Pinus abies* 和 *Picea abies*），经人工审核后可作为同一植物物种的异名，以消除由于属的选择规则不同引起的问题；规定两个使用相同种名但使用不同种下分类的植物物种，如果在去除分级缩写词（ssp.、 var.、f.等）后具有完全相同的植物物种名则称为潜在异名关系（如 *Artemisia campestris* ssp. *maritima* 和 *Artemisia campestris* var. *maritima*），经人工审核后作为同一植物物种的异名，以消除由于种下分类差异引起的问题。

对于因历史原因和认知的局限性，某些植物名称被用作多种植物物种的异名的情况，例如 *Artemisia vulgaris* 被用作同一属内 *Artemisia divaricata*、*Artemisia igniaria*、*Artemisia indices*、*Artemisia lavandulaefolia*、*Artemisia mongoliea*、*Artemisia myriantha* var. *pleiocephala* 等多个植物的异名的情况，规定对应多个植物物种的异名作为一种特殊的独立物种，其与相关植物物种间存在可能异名关系。尽管这一规则可能不符合目前的植物命名法规，但是从数据集成角度，这一方法在最大限度集成相关数据的同时，可以避免数据过度集成引起的错误。

4. 植物化学成分数据的整理和入库

与普通数据库略有不同的是植物化学成分数据在入库的同时需要同步完成相关数据与植物物种目录、化合物目录的集成，因此数据建库有一定的顺序要求。存放在植物化学成分（加工）数据库中经人工标引的植物化学成分数据分 4 步完成整个数据建库过程。

（1）植物化学成分数据整理。从提高标引效率减少失误的角度，所有人工标引数据要求直接摘录原文作者用词，因此在表述和用词方面并不规范。如稻米的 bran、husk、hull、chaff 等几种表达方式都是指稻谷的谷皮。植物化学成分数据整理阶段的主要目的是规范用词，将对提取组分、取用部位、分离方法、鉴定方法的多种表述进行规范，新出现的表述将在人工审核后加入对应的数据表。

（2）植物物种名称规范。全球植物物种超过 30 万，并不断有新的植物物种被发现和研究，数据库的植物物种目录需要不断更新和完善。植物物种名称规范阶段将提取植物化学成分数据中的所有物种信息，并与植物物种目录进行匹配，提示数据中存在的新物种。新的植物物种经人工审核后加入植物物种目录。

（3）化合物信息规范和登录。植物化学成分研究文献中涉及的化学成分通常以化合物名称、化合物标识或化合物结构来表示。在化合物信息规范和登录阶段，将分别提取植物化学成分数据中的所有化合物名称和化合物标识。其中，化合物名称通过化学专业数据库服务站点提供的名称到结构转换服务得到对应的化合物结构，这些化合物将在化合物基础数据库进行结构登录获取对应的系统登录号（SRN）。化合物标识将通过化学专业数据库服务站点提供的化合物标识转换服务，将这些化合物标识转换成对应的化合物系统登录号。

在化合物信息规范和登录阶段，植物化学成分数据中的所有化合物信息，无论是以化合物名称、化合物标识还是化合物结构表示，最终都将被化合物系统登录号替换。

（4）植物化学成分数据入库。植物化学成分数据入库阶段，所有植物化学成分数据以文献的研究组分为单位，按下述顺序加载到数据库：①将研究组分数据加入数据库，包括植物物种信息、取用部位、提取组分说明、分离方法、鉴定方法、化合物信息等；②建立研究组分中的所有植物物种与植物物种目录的关系；③建立研究组分中所有化合物与化合物目录的关系，包括加注所属关系（已知含有/可能含有）。

5. 应用示例

植物化学成分数据库建设包括前期的植物成分数据标引加工和面向应用服务的植物成分数据库建库两个阶段。目前第一批数据的标引加工已经完成，涉及 2 万种植物约 10 万种化合物，部分数据正在进行质量审核。面向应用服务的植物成分数据库的植物物种目录已经完成，包含全球 8 万余种植物，部分通过质量审核的标引数据已经完成建库，开始提供试运行服务。数据库目前提供从植物物种查询所有化学成分、从某个化合物查询包含该化合物的所有植物和从植物分类浏览植物和植物化学成分 3 种类型检索服务，检索示例分别列出于图 3、图 4 和图 5。

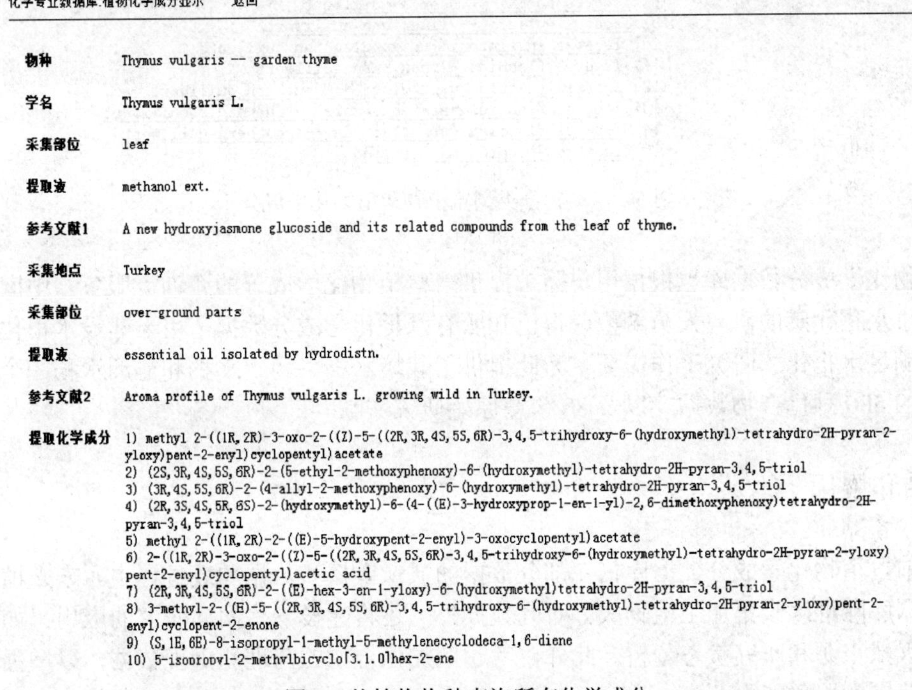

化学专业数据库:植物化学成分显示　返回

物种	Thymus vulgaris -- garden thyme
学名	Thymus vulgaris L.
采集部位	leaf
提取液	methanol ext.
参考文献1	A new hydroxyjasmone glucoside and its related compounds from the leaf of thyme.
采集地点	Turkey
采集部位	over-ground parts
提取液	essential oil isolated by hydrodistn.
参考文献2	Aroma profile of Thymus vulgaris L. growing wild in Turkey.
提取化学成分	1) methyl 2-((1R,2R)-3-oxo-2-((Z)-5-((2R,3R,4S,5S,6R)-3,4,5-trihydroxy-6-(hydroxymethyl)-tetrahydro-2H-pyran-2-yloxy)pent-2-enyl)cyclopentyl)acetate 2) (2S,3R,4S,5S,6R)-2-(5-ethyl-2-methoxyphenoxy)-6-(hydroxymethyl)-tetrahydro-2H-pyran-3,4,5-triol 3) (3R,4S,5S,6R)-2-(4-allyl-2-methoxyphenoxy)-6-(hydroxymethyl)-tetrahydro-2H-pyran-3,4,5-triol 4) (2R,3S,4S,5R,6S)-2-(hydroxymethyl)-6-(4-((E)-3-hydroxyprop-1-en-1-yl)-2,6-dimethoxyphenoxy)tetrahydro-2H-pyran-3,4,5-triol 5) methyl 2-((1R,2R)-2-((E)-5-hydroxypent-2-enyl)-3-oxocyclopentyl)acetate 6) 2-((1R,2R)-3-oxo-2-((Z)-5-((2R,3R,4S,5S,6R)-3,4,5-trihydroxy-6-(hydroxymethyl)-tetrahydro-2H-pyran-2-yloxy)pent-2-enyl)cyclopentyl)acetic acid 7) (2R,3R,4S,5S,6R)-2-((E)-hex-3-en-1-yloxy)-6-(hydroxymethyl)tetrahydro-2H-pyran-3,4,5-triol 8) 3-methyl-2-((E)-5-((2R,3R,4S,5S,6R)-3,4,5-trihydroxy-6-(hydroxymethyl)-tetrahydro-2H-pyran-2-yloxy)pent-2-enyl)cyclopent-2-enone 9) (S,1E,6E)-8-isopropyl-1-methyl-5-methylenecyclodeca-1,6-diene 10) 5-isopropyl-2-methylbicyclo[3.1.0]hex-2-ene

图 3　从植物物种查询所有化学成分

当前位置:植物化学成分数据库->从物质检索植物的结果　从名称检索植物　从描述检索植物　从物质检索植物　查看植物分类　返回上一页

您检索的是含有物质：4-allyl-2-methoxyphenol　的植物。
共检索到6条记录.

序号	植物描述	分类	化学成分	备注
1	Thymus vulgaris -- garden thyme	Species -- 种	化学成分	用来显示图片
2	Spilanthes acmella -- para cress	Species -- 种	化学成分	用来显示图片
3	Achillea ligustica -- Ligurian yarrow	Species -- 种	化学成分	用来显示图片
4	Ageratum conyzoides -- tropical whiteweed -- 藿香蓟	Species -- 种	化学成分	用来显示图片
5	Chrysanthemum coronarium -- 茼蒿	Species -- 种	化学成分	用来显示图片
6	Theobroma cacao -- cacao -- 可可	Species -- 种	化学成分	用来显示图片

页码:1/1

关闭窗口

打印

图 4　从化合物查询含有该化合物的所有植物

化学专业数据库:植物种属描述 返回

属名 Isoetes -- quillwort

植物分类(上级)Plantae Kingdom
Tracheobionta SubKingdom
Lycopodiophyta Division
Lycopodiopsida Class
Isoetales Order
ISOETACEAE -- Quillwort family

下级分类(物种)
1) Isoetes sinensis -- 中华水韭
2) Isoetes yunguiensis -- 云贵水韭
3) Isoetes taiwanensis -- 台湾水韭
4) Isoetes hypsophila -- 高寒水韭
5) Isoetes acadiensis -- Acadian quillwort
6) Isoetes appalachiana -- Appalachian quillwort
7) Isoetes bolanderi -- Bolander's quillwort
8) Isoetes boomii -- Boom's quillwort
9) Isoetes butleri -- limestone quillwort
10) Isoetes engelmannii -- Appalachian quillwort
11) Isoetes flaccida -- southern quillwort
12) Isoetes flaccida var. alata -- southern quillwort
13) Isoetes flaccida var. chapmanii -- Chapman's quillwort
14) Isoetes flaccida var. flaccida -- southern quillwort
15) Isoetes flaccida var. rigida

图 5 从植物分类浏览植物和植物化学成分

植物化学成分数据库也根据用户需求提供一些植物化学成分的咨询类服务。中国水稻研究所从事水稻化感的研究人员希望获得已知所有水稻化学成分数据，用于建设水稻化合物数据库，满足水稻化感研究工作需要。为此提供了栽培水稻、药用水稻和非洲水稻 3 个物种已知含有的 580 种化合物数据，以及 80 余篇原始研究文献。

6. 总结和展望

目前，植物化学成分数据库仍在部分数据的质量审核和数据加载过程中。未来植物化学成分数据库除继续收集加工植物成分研究数据外，还将建设一些面向研究的应用，如批量化合物的天然来源和研究状态分析。此外，考虑增加化合物的药理和毒理数据，以增强数据库的服务范围和服务能力。

作为较长期的目标，植物化学成分数据库将考虑作为化学与生命科学相结合的跨学科数据资源系统的一部分，通过植物物种目录、化合物目录和疾病目录集成现有数据库中的植物、化合物、药物、疾病和基因数据，建立跨学科的数据资源系统和相互间的联系，提供面向药物研究的数据应用服务。

参 考 文 献

[1] 王庆利, 胡晓敏, 冯毅. 新药研发需要关注的几个问题. 中国处方药, 2009, (2): 46-47.

[2] 韩力, 郑丹, 黄学石, 等. 临床试验中的天然产物：抗菌和抗真菌药物. 药学学报, 2007, 42(3): 236-244.

[3] http://tcm.wanfangdata.com.hk/Introduce.aspx.

[4] http://www.caigou.com.cn/c53722/product_682922.shtml.

[5] 赵英利, 徐衍波, 李英勇, 等. 化合物参考数据库的设计//科学数据库与信息技术论文集（第十集）. 北京:

兵器工业出版社, 2010.
[6] 植物化学成分数据库设计说明书_V1.00.
[7] 国际植物命名法规(International Code of Botanical Nomenclature, ICBN).

Development of Plant Chemical Constituent Database

Xu Tingjun, Zhao Yingli, Chen Weiming
(Shanghai Institute of Organic Chemistry, Chinese Academy of Sciences, Shanghai 200032, China)

Abstract Plant chemical constituents, one kind of interdisciplinary scientific data, includes both botany and chemistry information. Some important issues and solutions regarding to the development of plane chemical constituent database are discussed in this paper, such as data indexing and quality auditing, construction of plant species catalogue, data loading of plant chemical constituents, and plant species and compound data integration with related catalogues.

Key words plant chemical constituents; species catalogue; compound catalogue; data processing

中国植物物种信息数据库关联性设计与查询服务

何延彪　　庄会富　　王雨华

（中国科学院昆明植物研究所　云南昆明　650204）

摘　要　实现各种植物物种信息的整合，使植物综合信息查询走向专业智能化，是植物信息数据库发展的一个重要方向。中国植物物种信息数据库基于植物物种及物种各个属性信息之间的联系。本文介绍了以植物物种为核心的数据库设计模型和综合查询服务，初步完成了对植物经典分类知识体系的整合模型，使用自动分类技术实现了关键词级的语义查询服务，提高了整个植物物种信息数据库的使用率和可用性。

关键词　植物物种；植物分类学；物种信息数据库

1. 中国植物物种信息数据库简介

中国植物物种信息数据库由植物学学科积累深厚、专业数据库资源丰富的中国科学院昆明植物研究所、中国科学院植物研究所、中国科学院武汉植物园和中国科学院华南植物园联合建设。该数据库面向国家重大资源战略需求和重大领域前沿研究需求，充分运用植物学、植物资源学和植物区系地理学等有关理论、方法和手段，依靠植物学专家，通过重复验证，制定通用的标准、规范和数据质量保证措施，采集、集成、整合现有的各相关数据库。数据库的主要内容为植物物种的基本信息、系统分类学信息、生态信息、生理生化性状描述信息、生境与分布信息、文献信息、图谱图片等信息。

本文所描述的植物物种信息数据库与中国植物物种信息数据库指同一数据库，网址为http://www.plants.csdb.cn/eflora/default.aspx。

2. 数据库设计与数据关联

2.1　数据库内容与来源

植物物种信息数据库的数据主要来源于已经出版或者公开发行的内容，在网站相应的地方都标有数据来源或者出处。

在数据建设过程中，收集了海量的与植物物种有关的基本信息、系统分类学信息、生态信息、生理生化性状描述信息、生境与分布信息、文献信息、图谱图片等。根据植物知识体系结构，在构建库的过程中尝试采用相关算法与知识本体相结合的方式，对收集的数据及信息资源，根据知识本体进行知识单元分解与编码。

在数据库设计方案上，主要考虑到所有信息与物种关联，所以设计的主旨是以植物物种为核心，依次按分类进行扩展。

（1）植物物种。物种的划分归属于植物分类系统，直接与分类级别相关。在数据库设计过程中，考虑到主要资料来源于《中国植物志》，数据库使用的分类系统与《中国植物志》所采用的分类系统相同。植物的分类级别为： 门、亚门、纲、亚纲、目、亚目、科、亚科、族、亚族、类、亚类、属、亚属、组、亚组、系、亚系、群、亚群、种、亚种、变种、变型。

（2）植物物种名录。植物物种名录是植物物种信息数据库的主要部分之一。植物的名录主要分为四类：植物拉丁正名、植物拉丁异名、中文正名、中文俗名，彼此相互关联。一个物种对应一个拉丁正名、一个中文正名、多个拉丁异名与多个中文俗名，中文俗名又因多个地方叫法不一，故又称为地方名。数据库中的植物名录来源于《中国植物志》、《云南植物志》、*Flora of China*、Tropicos（http://www.tropicos.org/）、中国科学院植物研究所提供的资料和 Species 2000（http://www.sp2000.org/）。

（3）形态描述。对植物物种的形态描述。数据库中的形态描述资料来源于《中国植物志》、《云南植物志》、*Flora of China*。

（4）检索表。检索表反映植物物种分类检索规则。数据库中的检索表数据来源于《中国植物志》、《云南植物志》、*Flora of China*。

（5）地理分布。植物物种的地理分布包括海拔数据等信息。数据库中的地理分布数据来源于《中国植物志》、《云南植物志》。用于服务网站的地理分布数据是将原始数据进一步分析生成的数据，部分数据可能与原始描述有所差别，但与原始资料描述的意义相近或者相同。

（6）功能利用。植物物种的经济利用与功能包括药用与主治功能等信息。数据库中的功能利用信息来源于《中国植物志》、《云南植物志》、《云南经济植物索引》、《中国民族药志要》、《中国中药资源志要》。

（7）图谱。图谱包括墨线图、种质资源采集、彩色图谱。数据主要来源于《中国植物志》、《云南植物志》、中国西南野生生物种质资源库（http://www.genobank.org/），以及中国科学院武汉植物园和中国科学院华南植物园提供的数据。

（8）珍惜、濒危与保护植物信息。主要包括植物的濒危、保护等级及其特有性。保护名录来源于国家林业局网站（http://www.forestry.gov.cn/）、中国数字植物标本馆（http://www.cvh.org.cn/）以及 CITES_2005（http://www.cites.org/）。

（9）植物分类学知识本体。根据植物学对植物的分类与论述，抽象植物分类可以用概念、术语来建立植物分类本体知识。以框架模型为主，结合语义网络（概念对象的可理解性）和对象以及逻辑表示来建立植物分类领域的本体知识对象模型，再用这样的本体知识库来处理和分析物种分类术语。这部分内容主要参照《图解植物学词典》。

2.2 数据结构

根据植物学及数据库等资源收集数据资料，以物种为核心，将各种信息的分类同时整合为一个整体，考虑深层次的统计分析与智能化查询服务，中国植物物种信息数据库的设计模型如图 1 所示。

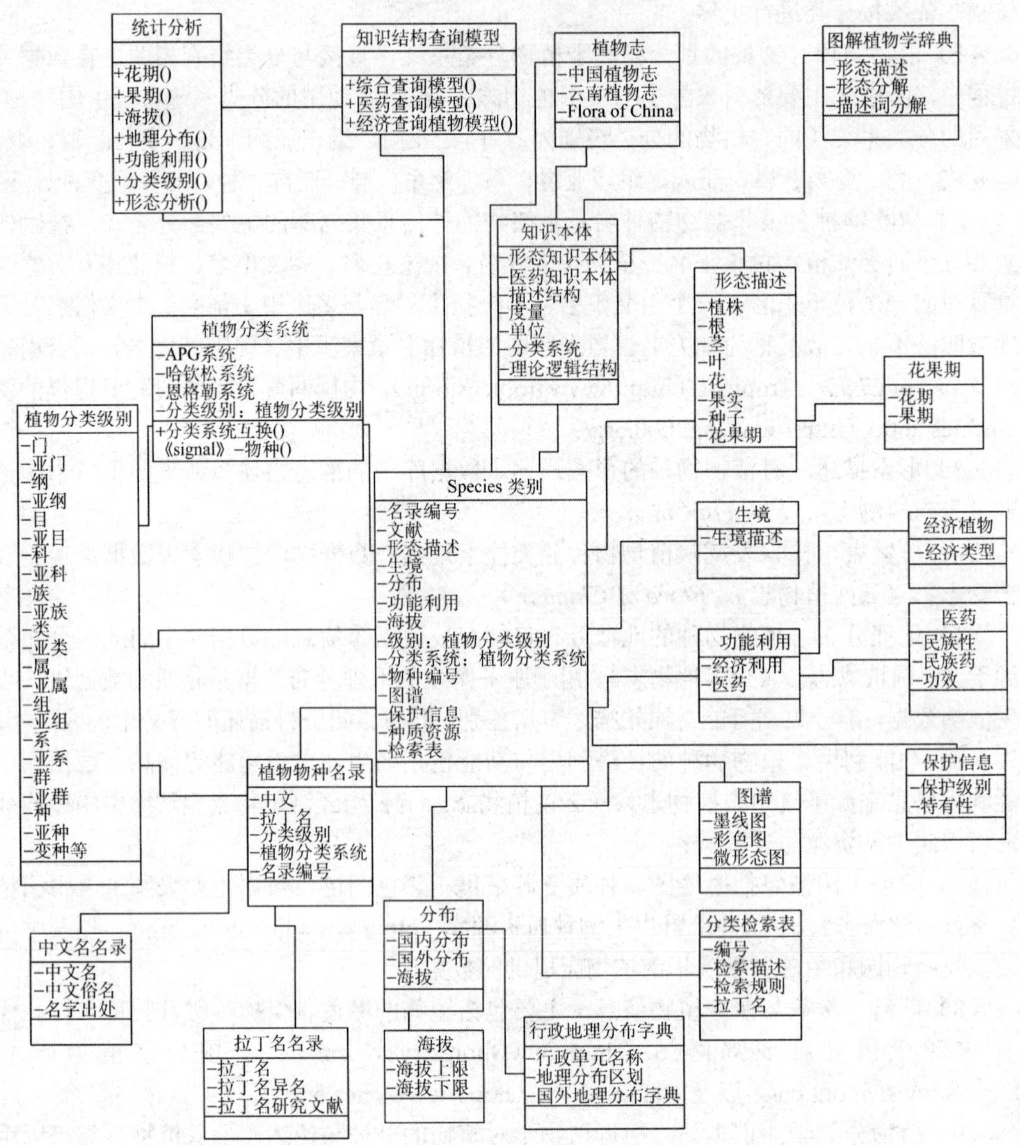

图 1 中国植物物种信息数据库的设计模型

2.3 植物物种名录与物种信息主体数据关联设计

从抽象的角度，可以把植物物种数据库结构分为两大组成部分。

（1）物种名录。根据现阶段正在使用的物种接受名来编号，形成物种唯一编号。名录中的拉丁正名，拉丁异名，出处文献，中文名，中文俗名及出处等有关的名录信息与唯一编号关联；

（2）除物种名录以外的物种信息。物种各个有关的信息被分解存入数据时，在设计上是以抽象维的概念来实现。药用中的各种药用主治功能作为一个维度存在，复合存在于物种信息中的功能利用维度中；生境、形态描述、地理分布、分类检索表等信息作为一个维、复合维与物种的唯一编号对应。

所以数据库中各个维度上的信息相互关联则最终体现在与名录之间的关联，同时又通过这样的关联找到另外的对应的物种信息。通过这种方式可以实现间接关联信息的直接查询，例如，通过地理分布来查询花期（见图 2）、果期统计结果，通过中文异名来查询功能利用等。

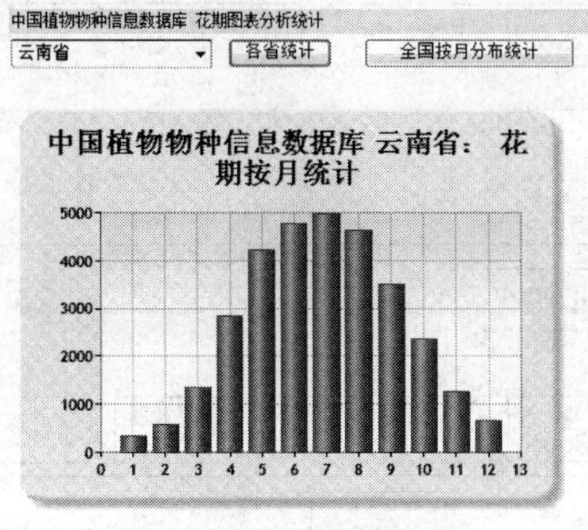

图 2　云南省花期统计图

3. 服务网站建设

网站采用 B/S 模式，具有易部署，服务范围广，不受时间和空间地域的限制等优点。该系统以互联网为环境，Web 页面为基础，为用户提供了植物物种信息的共享与查询服务，同数据库进行直接或者间接的数据交互、浏览、查询和分析，形成多种结构和服务模式。

整个 Web 服务网站的结构主要包括以下几方面。

（1）操作系统支持平台：Web 服务的操作系统 Windows Server 2008，Linux 64。

（2）数据库系统：Oracle Database 10g。

（3）网站服务器：Microsoft .NET 3.5。

（4）Web 应用服务程序：自主开发，包括最终应用服务和分析程序，主要功能见表 1。

表 1　服务网站的主要功能

功　能	功能程序说明
综合查询	对数据库中主要信息进行一站式查询
经济植物查询	经济植物类型、经济植物名录查询
地理分布查询	国内、国外地理分布查询
中文名索引	中文正名、中文俗名笔画索引查询
拉丁名索引	拉丁正名、拉丁异名索引查询
志书式检索	以志书编排方式，逐级查询
分类等级检索	按分类等级树型排列查询
检索表检索	对二次分析之后的植物物种分类检索规则进行查询
统计分析	花期、果期、地理分布等动态信息展示与结果统计
用户管理	用户权限访问管理
日志管理	对网站服务采用日志跟踪统计，提供用户访问综合查询信息相关关键词的动态跟随服务等

整个服务网站以操作系统 Windows Server 2008 为平台，以 Oracle 数据库进行数据存储，以应用程序功能性开发为基础，整个数据库服务网站的结构模型如图 3 所示。

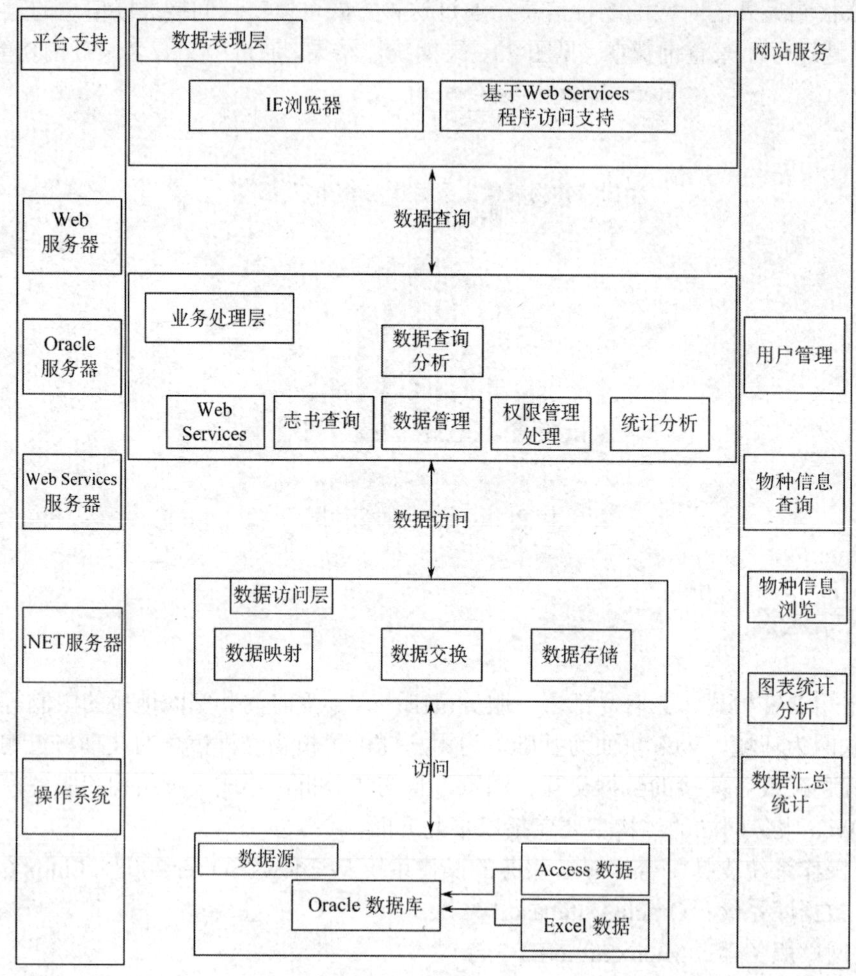

图 3 数据库服务网站的结构模型

4. 综合查询

4.1 基本功能

通过综合的查询设计（相关知识体系情况），初步完成对植物经典分类知识体系的整合。整合主要体现在网站上所设计的综合查询功能中。

综合信息查询是植物物种信息数据库的主要查询入口，采用与用户交互的自反馈设计。随着用户使用人数与次数的不断增加，查找的可用性与准确性会不断提高，对于用户来说，自动提示输入的关键词与所要查询关键词内容一致性提高。同时，采用自动分类技术，构造关键词语义层次的查询。

在同一输入框里，整合以知识点为基础，可以查询如下内容：

（1）植物物种标准拉丁名和中文名信息；
（2）植物物种拉丁异名和中文俗名；
（3）植物物种地理分布数据；
（4）植物物种生境信息；
（5）植物物种形态描述信息；
（6）植物志全文查询；
（7）药用及经济功能查询。

对于用户输入的查询关键词，以逗号分隔，最多不超过 5 个，在输入过程中自动提示；对用户输入的查询关键词进行首字向前匹配，同时提示所查询关键词的相关信息；如果查询名录，则提示所在科，或者异名出处、访问次数等。

综合查询逻辑模型如图 4 所示。

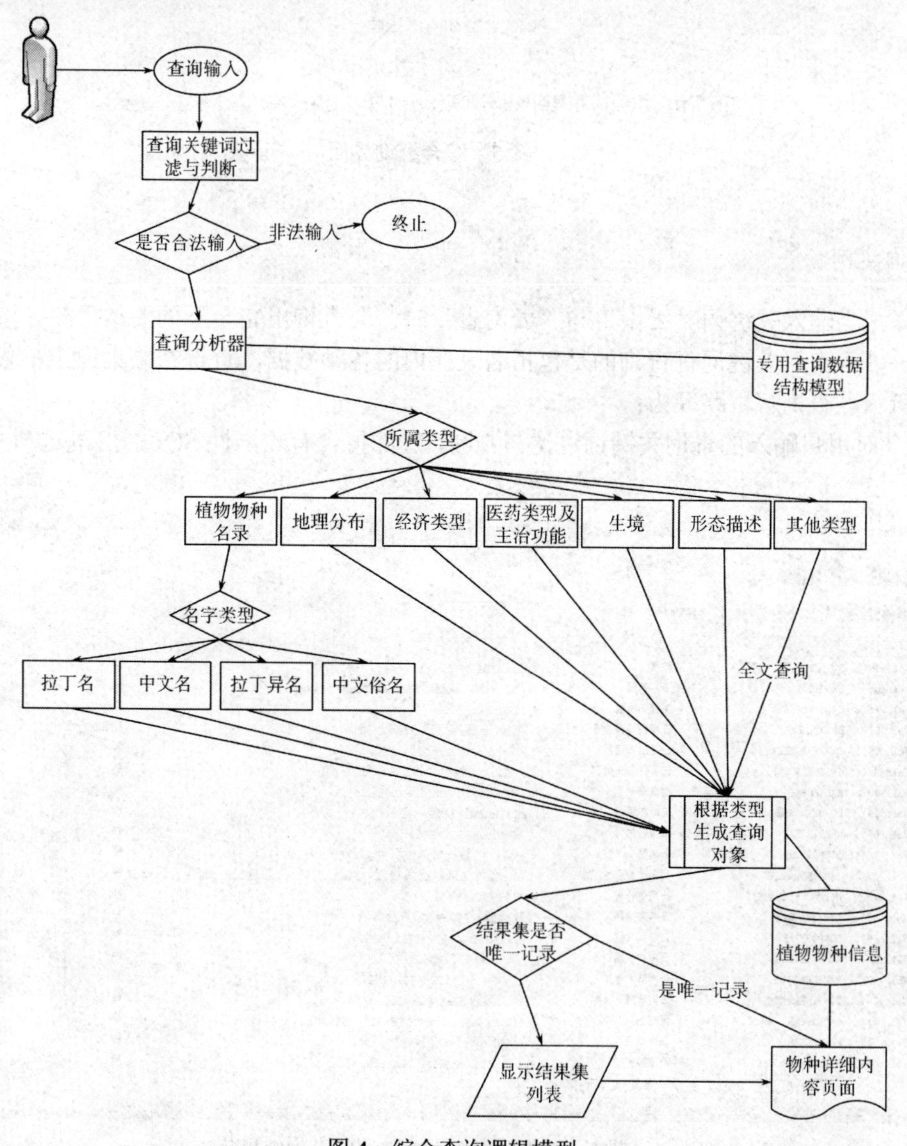

图 4　综合查询逻辑模型

综合查询界面如图 5 所示。

植物综合查询　药用植物查询　经济植物查询　地理分布查询　云南高等植物查询

红景|　搜索

红景天　国家Ⅱ级保护植物名录 |景天科 |访问次数：241
红景天属　名录 |景天科 |访问次数：228
红景天系　名录 |景天科 |访问次数：144
红景天组　名录 |景天科 |访问次数：133
红景天（原变种）　名录 |景天科 |访问次数：106
红景天小叶变种　名录 |景天科 |异名出自：植物分类学报增刊 |访问次数：4

首页|关于本库

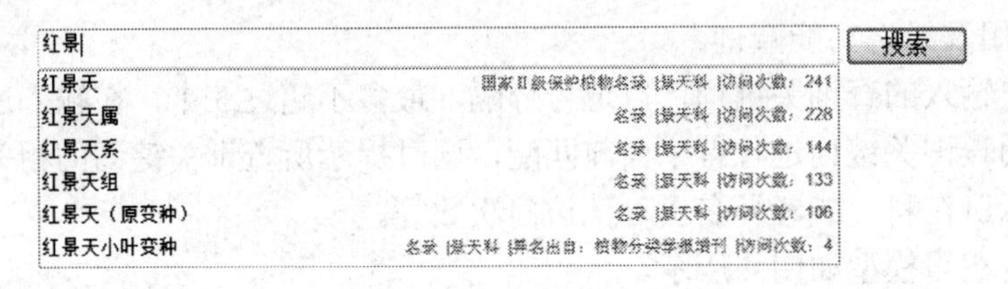

版权所有：中国科学院昆明植物研究所 2004-2010　备案序号：滇ICP备10001266号

图 5　综合查询界面

4.2　查询实例

例如，当输入关键词“云南”与“云南省”时，会查询出完全不同的结果集。按查询模型设计，“云南”关键词首查询的是包括名录在内的各种数据，查询结果集为 701 条数据，如图 6 所示。查询解析路径为：

（1）对用户输入的查询关键词过滤与判断，过滤掉含有攻击性 SQL 注入标志性字符串；

http://www.plants.csdb.cn/eflora/view/plant/SearchReulst.aspx?Mode=SearchALL&Name=%d4%c6%c4%cf

植物物种信息 查询

综合信息 药用植物 经济植物 地理分布 云南高等植物

云南　搜索

Vol. 43(2)	RUTACEAE	枳属	Poncirus Raf.	属
Vol. 66	LABIATAE	子宫草属	Skapanthus C. Y. Wu et H. W. Li	属
Vol. 11	Cyperaceae	褐穗莎草组	Sect. Fusci Kunth	组
Vol. 21	BETULACEAE	云南鹅耳枥亚组	Subsect. 2. Monbeigianae (Hu). P. C. Li	亚组
Vol. 35(1)	SAXIFRAGACEAE	云南山梅花系	Ser. Delavayani S. Y. Hu	系
Vol. 34(1)	CRASSULACEAE	云南红景天系	Ser. Yunnanenses (Frod.) S. H. Fu	系
Vol. 49(2)	MALVACEAE	磨盘草	Abutilon indicum (L.) Sweet	种
Vol. 39	LEGUMINOSAE	云南相思树	Acacia yunnanensis Franch.	种
Vol. 54	ARALIACEAE	云南五加	Acanthopanax yui Li	种
Vol. 76(1)	COMPOSITAE	云南蓍	Achillea wilsoniana Heimerl ex Hand.-Mazz.	种
Vol. 73(2)	CAMPANULACEAE	云南沙参	Adenophora khasiana (Hook. f. et Thoms.) Coll. et Hemsl.	种
Vol. 46	HIPPOCSATANACEAE	云南七叶树	Aesculus wangii Hu	种
Vol. 63	APOCYNACEAE	云南香花藤	Aganosma harmandiana Pierre	种
Vol. 79	COMPOSITAE	云南兔儿风	Ainsliaea yunnanensis Franch.	种
Vol. 52(2)	ALANGIACEAE	云南八角枫	Alangium yunnanense C. Y. Wu ex Fang et al.	种
Vol. 47(1)	SAPINDACEAE	云南异木患	Allophylus hirsutus Radlk.	种
Vol. 16(2)	ZINGIBERACEAE	云南草蔻	Alpinia blepharocalyx K. Schum.	种
Vol. 31	LAURACEAE	西畴油丹	Alseodaphne sichourensis H. W. Li	种
Vol. 31	LAURACEAE	云南油丹	Alseodaphne yunnanensis Kosterm.	种
Vol. 35(2)	HAMAMELIDACEAE	云南蕈树	Altingia yunnanensis Rehd. et Wils.	种

首页 上一页 下一页 尾页 1 / 36 共701 条记录 转到第 1 页

图 6　以“云南”为关键词的查询结果集

（2）如果字符中为空则返回，否则进入下一步；

（3）查询数据结构模型，返回关键词分类属性；

（4）“云南”关键词包含多种类型信息，以全文类型进行查询，只是 like 匹配级，同时名录优先原则，中间无意义转换。

以关键词“云南省”查询的是“云南省”境内或者与云南省区域高度相关的地理分布数据，结果集为 16340 条数据，如图 7 所示。查询解析路径如下：

（1）对用户输入的查询关键词过滤与判断，过滤掉含有攻击性 SQL 注入标志性字符串；

（2）如果字符中为空则返回，否则进入下一步；

（3）查询数据结构模型，返回关键词分类属性；

（4）“云南省”返回的类型信息为行政地理分布，以行政地理分布类型查询，查询过程中存在行政地理分布级别，并包含意义转换。

1	72	醉鱼草状六道木	Abelia buddleioides W. W. Smith	CAPRIFOLIACEAE	种
2	72	糯米条	Abelia chinensis R. Br.	CAPRIFOLIACEAE	种
3	72	南方六道木	Abelia dielsii (Graebn.) Rehd.	CAPRIFOLIACEAE	种
4	72	蓪梗花	Abelia engleriana (Graebn.) Rehd.	CAPRIFOLIACEAE	种
5	72	细瘦六道木	Abelia forrestii (Diels) W. W. Smith	CAPRIFOLIACEAE	种
6	72	二翅六道木	Abelia macrotera (Graebn. et Buchw.) Rehd.	CAPRIFOLIACEAE	种
7	72	小叶六道木	Abelia parvifolia Hemsl.	CAPRIFOLIACEAE	种
8	72	伞花六道木	Abelia umbellata (Graebn. et Buchw.) Rehd.	CAPRIFOLIACEAE	种
9	49(2)	长毛黄葵	Abelmoschus crinitus Wall.	MALVACEAE	种
10	49(2)	咖啡黄葵	Abelmoschus esculentus (L.) Moench	MALVACEAE	种
11	49(2)	黄蜀葵	Abelmoschus manihot (L.) Medicus	MALVACEAE	种
12	49(2)	黄蜀葵（原变种）	Abelmoschus manihot (L.) Medicus var. manihot	MALVACEAE	种
13	49(2)	刚毛黄蜀葵（变种）	Abelmoschus manihot (L.) Medicus var. pungens (Roxb.) Hochr.	MALVACEAE	变种
14	49(2)	黄葵	Abelmoschus moschatus (L.) Medik.	MALVACEAE	种
15	49(2)	箭叶秋葵	Abelmoschus sagittifolius (Kurz) Merr.	MALVACEAE	种
16	7	苍山冷杉	Abies delavayi Franch.	PINACEAE Lindl.	种
17	7	苍山冷杉（原变种）	Abies delavayi Franch. var. delavayi	PINACEAE Lindl.	变种
18	7	云南黄果冷杉（变种）	Abies ernestii Rehd. var. salouenensis (Borderes-Rey et Gaussen,	PINACEAE Lindl.	变种
19	7	冷杉	Abies fabri (Mast.) Craib	PINACEAE Lindl.	种
20	7	中甸冷杉	Abies ferreana Bordères et Gaussen	PINACEAE Lindl.	种

1:181　16340 行被选择，耗时 6.489 秒

图 7　以“云南省”为关键词的查询结果集

数据库服务网站网页显示的数据量最多不超过 1000 条，如图 8 所示。

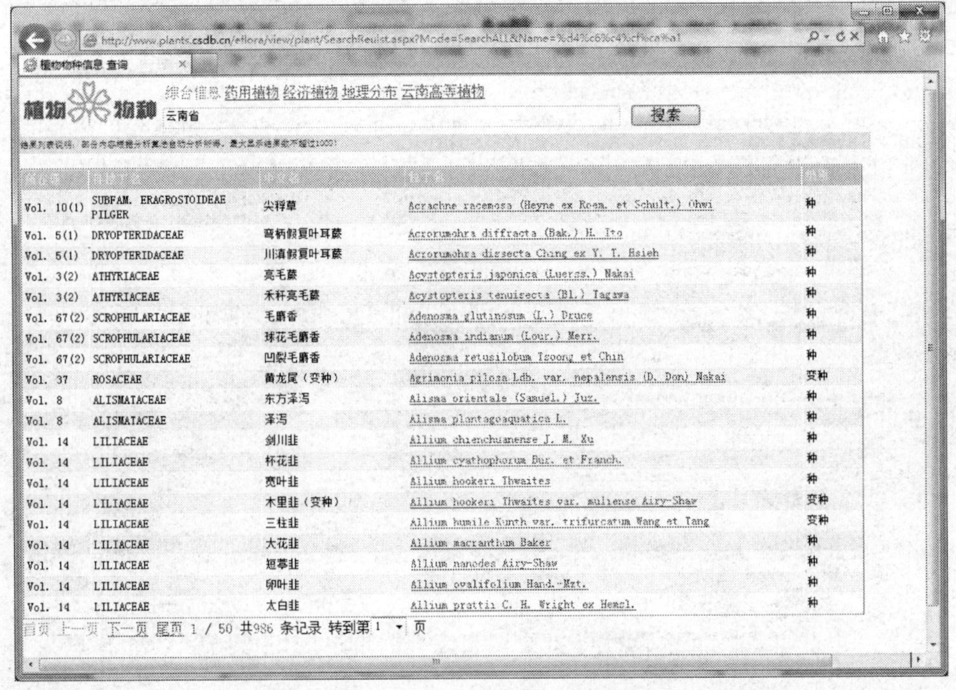

http://www.plants.csdb.cn/eflora/view/plant/SearchReulst.aspx?Mode=SearchAll&Name=%d4%c6%c4%cf%ca%a1

植物物种信息 查询

植物 物种

综合信息 药用植物 经济植物 地理分布 云南高等植物

云南省　搜索

Vol. 10(1)	SUBFAM. ERAGROSTOIDEAE PILGER	尖稃草	Acrachne racemosa (Heyne ex Roem. et Schult.) Ohwi	种
Vol. 5(1)	DRYOPTERIDACEAE	弯柄假复叶耳蕨	Acrorumohra diffracta (Bak.) H. Ito	种
Vol. 5(1)	DRYOPTERIDACEAE	川滇假复叶耳蕨	Acrorumohra dissecta Ching ex Y. T. Hsieh	种
Vol. 3(2)	ATHYRIACEAE	亮毛蕨	Acystopteris japonica (Luerss.) Nakai	种
Vol. 3(2)	ATHYRIACEAE	禾秆亮毛蕨	Acystopteris tenuisecta (Bl.) Tagawa	种
Vol. 67(2)	SCROPHULARIACEAE	毛麝香	Adenosma glutinosum (L.) Druce	种
Vol. 67(2)	SCROPHULARIACEAE	球花毛麝香	Adenosma indianum (Lour.) Merr.	种
Vol. 67(2)	SCROPHULARIACEAE	凹裂毛麝香	Adenosma retusilobum Tsoong et Chin	种
Vol. 37	ROSACEAE	黄龙尾（变种）	Agrimonia pilosa Ldb. var. nepalensis (D. Don) Nakai	变种
Vol. 8	ALISMATACEAE	东方泽泻	Alisma orientale (Samuel.) Juz.	种
Vol. 8	ALISMATACEAE	泽泻	Alisma plantagoaquatica L.	种
Vol. 14	LILIACEAE	剑川韭	Allium chienchuanense J. M. Xu	种
Vol. 14	LILIACEAE	杯花韭	Allium cyathophorum Bur. et Franch.	种
Vol. 14	LILIACEAE	宽叶韭	Allium hookeri Thwaites	种
Vol. 14	LILIACEAE	木里韭（变种）	Allium hookeri Thwaites var. muliense Airy-Shaw	变种
Vol. 14	LILIACEAE	三柱韭	Allium humile Kunth var. trifurcatum Wang et Tang	变种
Vol. 14	LILIACEAE	大花韭	Allium macranthum Baker	种
Vol. 14	LILIACEAE	短葶韭	Allium nanodes Airy-Shaw	种
Vol. 14	LILIACEAE	卵叶韭	Allium ovalifolium Hand.-Mzt.	种
Vol. 14	LILIACEAE	太白韭	Allium prattii C. H. Wright ex Hemsl.	种

首页 上一页 下一页 尾页 1 / 50 共986 条记录 转到第 1 页

图 8　以“云南省”为关键词，服务网站查询显示的结果集

图 9 所示为在植物综合查询中查询中文俗名的界面。例如，查询中文俗名“上甘草”，查询结果如图 10 所示。

图 9 在植物综合查询中查询中文俗名的界面

中国植物志 | Flora Of China | 云南植物志

假秦艽 Phlomis betonicoides Diels

来源：中国植物志 第65(2)卷 || 唇形科 LABIATAE || 灰白毛系 Ser. Canescentes Knorr. || 假秦艽 Phlomis betonicoides Diels

9. 假秦艽 粗弓（云南丽江纳西语），甘草、上甘草、白洋参、白元参（云南丽江），白玄参（四川盐源）图版84:1-7

Phlomis betonicoides Diels in Notes Bot, Gard. Edin burgh 5: 241. 1912, In ibid. 7: 117, 314. 1912, 383. 1913; Kudo in Mere. Fac. Sci. Agr. Taihoku Univ. 2: 216. 1929 (auct. sphalmate ut "Dunn"); Hand. -Mazz. in Act. Hort, Gothob 13: 346. 1939——Phlomis tuberosa auct, non Linn. : Dunn in Notes Bot Gard. Edinburgh 5: 187. 1915, p. p.; Kudo in l. c. 216. 1929; Hand. -Mazz. in Act. Hort. Gothoh. 9: 81. 1934, p. p., Symb. Sin. 7: 921. 1936.

多年生草本。根茎肥厚，疙瘩状串联。茎高30-80厘米，直立，四棱形，密被射线不等长的星状糙硬毛，不分枝。基生叶狭卵形、卵状披针形、三角形或卵圆形，长7.5-14厘米，宽5-7.5（10）厘米，先端钝或急尖，基部圆形、浅心形至心形，边缘为具胼胝腺体小突尖的圆齿状至牙齿状，茎生叶卵圆形至披针形，长5-9厘米，宽2-4.5厘米，边缘为不整齐的圆齿状或牙齿状，苞叶披针形，长2.5-6厘米，宽1-2厘米，边缘牙齿状，叶片均上面密被中枝特长的星状糙伏毛或单毛，下面沿网脉上密被中枝特长的星状疏柔毛及单毛，其余部分被星状短柔毛，基生叶叶柄长3-15厘米，茎生叶叶柄长（0.3）1-3厘米，苞叶无柄。轮伞花多花密集；苞片深紫色，刺毛状，向上弯，略坚硬，被具节缘毛，长6-9毫米，与萼近等长。花萼管状钟形，长约10毫米，上半部及脉上被具节刚毛，其余部分疏被微柔毛，齿刺毛状，长1.8-4毫米，坚硬，平展，齿间具2小齿，边缘密被缘毛。花冠粉红色，长约1.8厘米，外面密被星状糙短硬毛，冠筒内面具毛环，冠檐二唇形，上唇长约8毫米，边缘为不整齐的齿状，自内面具髯毛，下唇长6-7毫米，先端3圆裂，中裂片倒卵状椭圆形，较大，侧裂片较小，近圆形，边缘均具不整齐的齿缺。雄蕊内藏，花丝具长毛，基部在毛环上不远处具短距状附属器。小坚果顶端微鳞毛，成熟时无毛。花期6-8月，果期9-10月。

产云南西北部，四川西南部及西藏东部；生于林间草地、林下或草坡上，海拔2700-3000米。模式标本采自云南丽江。

可分两个变型。一为原变型 f. betonicoides。另一变型为白花变型f. alba C. Y. Wu in Addenda 594. 1977.与原变型不同在于茎与叶毛被疏而短，花白色，产云南中甸，多生于空旷山坡，模式标本采自云南中甸哈巴雪山。两个变型的根均入药，民间用以治肚胀（食物中毒）、肚痛、腹泻及风寒感冒，又可健胃。

与“假秦艽 Phlomis betonicoides Diels”相关的种有：
青河糙苏Phlomis chinghoensis C. Y. Wu
长白糙苏Phlomis koraiensis Nakai
山地糙苏Phlomis oreophila Kar. et Kir.
无长毛(变种)Phlomis oreophila Kar. et Kir. var. evillosa C. Y. Wu
山地糙苏（原变种）Phlomis oreophila Kar. et Kir. var. oreophila
草原糙苏Phlomis pratensis Kar. et Kir.
螃蟹甲Phlomis younghusbandii Mukerj.

假秦艽 Phlomis betonicoides Diels 相关参考资料

功用信息 | 图片引用 | 种质资源 | 用户评论

功能用途分类：医药

【藏药】楼莫尔：块根治咽喉疫病，肺病《中国藏药》。【白药】土西参：根治消化不良，腹胀，咽喉疼痛《滇药录》。【纳西药】粗弓：根治消化不良，腹胀，咽喉疼痛，跌打劳伤，肺炎《滇药录》。【普米药】提擦：根治消化不良，腹胀，咽喉疼痛，感冒咳嗽，支气管炎，各种食物中毒《滇药录》。

来源：

图 10 通过中文俗名“上甘草”查询到的各种相互关联的物种详细信息

5. 植物物种信息数据库中其他查询服务

植物物种信息数据库除综合查询服务以外，针对数据库中的数据结构与类型，还设计了以下查询服务，设计原理与综合查询基本相同，其中名录查询、药用植物查询、经济植物查询、地理分布查询是综合查询的子功能查询服务模块。

（1）名录查询。根据植物物种名录的类型进行分类，可以对指定的类型进行字母、笔画索引查询，查询结果可下载。

（2）图谱查询。根据输入的查询关键词检索对应的植物图谱，结果以图谱列表的形式显示。可对种级别以上的类群进行查询，也可对输入的名字的类型（中文名、拉丁名、中文俗名、拉丁异名）与名字的级别（科、族、属等植物分类等级）进行识别。如输入为百合科，返回结果为与百合科有关的所有物种图谱列表。

（3）药用植物查询。可识别的民族药的类型：京药、黎药、西傣药、哈尼药、纳西药、德昂药、彝药、鄂伦春药、聂苏诺期药、德傣药、傣药、布依药、达斡尔药、畲药、独龙药、普米药、蒙古药、基诺族、塔吉克药、爱伲药等，可识别的药用主治功能点 12000 个左右。

（4）经济植物查询。可查询经济植物名录，可识别的经济植物类型包括：果蔬植物、兽用药植物、动物饲料植物、淀粉蛋白等食用植物、蜜源植物、土农药植物、淀粉蛋白质等食用植物、树脂及树胶植物、油料植物 、观赏植物、兽用药物类、绿肥植物、色素及染料植物、纤维类植物、经济昆虫寄生植物、木材类植物、经济昆虫寄主植物、绿化水土保持植物、芳香油类植物、鞣料植物、饮料植物、药用植物。

（5）地理分布与统计查询。识别完整准确的行政地理分布名，查询结果包括地理分布级别上的语义转换。

（6）检索表查询。基于植物分类检索与鉴定规则库浏览和查询；查询结果可显示对应的植物物种或者类群的分类检索表。按照原著编排的电子检索表，可以作为未知植物鉴定工作的辅助工具，可用于标本及活植物的识别鉴定等。

6. 结束语

根据植物分类学知识体系结构，在构建库的过程中采用了相关算法与知识本体相结合的方式设计数据库结构，基本上实现了现阶段数据库建设要求和信息处理要求，但随着各类信息量的不断增加，会产生冗余性数据和结构性重复，这无形中会使数据库结构变得更加复杂，所以今后将加强对数据库结构的进一步优化设计工作。

在网站建设与数据查询服务方面，初步完成了对数据库内容的整合服务，开发了一站式综合查询和各种功能性查询模块，但主要是基于信息的展示与共享，今后需要增加针对最终用户的互动性功能，开展可定制的数据服务。同时，进一步完善查询、统计、数据分析等功能，加强利用植物分类学知识本体对各种相关知识资源的整合与分析，提供更加专业、更加智能、更加准确的综合查询、统计、分析服务。

Scientific Database Associated Design and Query Service of Chinese Plants Species

He Yanbiao, Zhuang Huifu, Wang Yuhua

(Kunming Institute of Botany, Chinese Academy of Sciences, Kunming 650204,China)

Abstract Based on the knowledge framework and logical relation between data entities of plants taxonomy, we designed the scientific database of Chinese plant species. We collected all taxonomy information of more than 30 000 plant species in this database. We developed Websites to provide intelligent searching service on the integrated data. Further construction will focus on data integrated, service customized, and intelligent information-retrieval. Our work improves the usage and availability of our databases on scientific research.

Key words plant species; taxonomy information; scientific database of Chinese plant species

数字化物种编目的三个重要问题

王利松　杨　永

（中国科学院植物研究所　北京　100093）

摘　要　数字化编目信息在生物多样性信息系统的建设中起着最为基础和重要的作用。本文简要介绍和讨论了数字化编目实践中需要得到重视的三个问题，即信息标准、数据模型和信息整合。信息标准保证了数据内容本身的有效性和科学性；数据模型合理的应用使科学概念在信息系统的构建中得到合理的处理和应用；信息整合则将分类学知识的历史积累贯穿到完整的时间框架，从而对相关信息进行合理的评估和分析。

关键词　生物多样性信息学；高等植物；物种编目；数据库；中国

1. 前言

发现和描述地球上的分类学多样性是所有生物学知识的起始点[1]。但是，因为研究范围的广泛性和复杂性，探知地球生物确切物种数目的科学问题——物种编目（species inventory）成为系统生物学研究领域的七大科学问题之一[1]。生物多样性研究和保护评估依赖于合理的分类学数据基础[2]。容易获得和及时更新的分类学数据对所有与生物多样性相关的学科都是至关重要的[3-4]。物种编目是长期野外调查和研究积累的结果。如果要回答任何一个国家或地区已知物种的数目，它们在野外是否还存在，如何保护这些重要的生物资源这类问题，那么就需要持续更新的物种编目信息[5]。

据粗略估计，全球有花植物 22~40 万种，涉及的学名（拉丁名）达百万个以上[6-11]。物种编目信息的数字化研究工作见证了计算机信息技术在生物多样性领域应用的整个发展历程：从早期 20 世纪 80 年代的邱园索引（Index Kewensis）到 20 世纪 90 年代由许多国际组织联合建立的国际植物学名索引（International Plant Name Index，IPNI）、整合分类学信息系统（Integrated Taxonomic Information System，ITIS）、美国密苏里植物园的 TROPICOS 以及近些年在全球编目数据库中占有重要地位的物种 2000（Species 2000）等全球性电子名录；以类群为主的国际豆科植物信息系统（International Legume Database & Information Service，ILDIS）、全球菊科植物名录（Global Compositae Checklist）、鱼类数据库（FishBase）；以地区为主的非洲植物名录数据库项目（African Plant Checklist and Database project，APCD）[12]、澳大利亚植物名称索引（Australia Plant Names Index，APNI）、北美植物志整合系统（Synthesis of the North American Flora，SNAF）等。

近年来，信息技术的发展极大地改善了传统分类编目研究的工作模式，使科学家们开始思考在电子环境下的分类学研究[3,4,13-27]，提出了诸如电子分类学（e-taxonomy/cybertaxonomy）[28]、全球统一分类（unitary taxonomy）[25,29]等问题。也有多个世界著名研究机构在积极开展电子分类学的实践活动，例如，由英国自然环境研究委员会（Natural Environment Research Council，NERC）资助，大英自然历史博物馆（The Natural History Museum, London）、牛津大学（University of Oxford）和英国邱园（Royal Botanic Gardens Kew）联合发起的CATE （Creating a Taxonomic E-Science，http://www.cate-project.org/）项目，世界茄科植物数据库（http://www.nhm.ac.uk/research-curation/research/projects/solanaceaesource/），世界禾草数据库（GrassBase，http://www.kew.org/data/grasses-db.html）和欧洲分布式分类学协会（European Distributed Institute of Taxonomy，EDIT）等。要实现电子环境下的分类学协同工作环境，首要的一个步骤就是建立起科学和合理的分类编目信息基础。

虽然物种编目信息的数字化有着悠久的研究和实践历史，但直到现在人们依然面临以下三个关键性的问题：

（1）数字化编目信息中哪些信息成分是必需的？即信息标准问题。

（2）数字化编目信息如何准确和有效地反映分类学研究的信息本质及信息成分间的相互关系，即数据模型的问题。

（3）数字化编目信息如何有效整合？这个问题相对复杂，它包括数字化编目如何与系统性的出版物（如《中国植物志》、*Flora of China* 等系统性的志书）保持一致，如何把新的研究成果（研究发表的新物种）整合到现存数据中，如何处理已经固化的信息集和动态变化信息集的关系这几个方面。

2. 信息标准

尽管物种编目对分类学家和专门的数据库设计者来说并不是新鲜事物，研究人员们也经常讨论与名录编撰相关的问题，但在实践中，对一个数字化名录究竟应该包括哪些内容，哪些信息是必需的，并没有形成一个统一的认识。只是在最近几年，由于信息交换和共享的需要，研究人员才开始仔细考虑这些问题。Paton 等研究者[30]认为一个名录应该包括以下五个方面的基本信息：①接受名及其原始发表文献；②异名及其原始发表文献，异名与接受名的关联关系；③最近的专家审核情况（包括审核人和审核时间）；④地理分布信息；⑤信息来源（数据的提供者或者是参考文献）。

综合 Paton 和其他研究者的观点以及数据建设中的广泛实践经验，我们认为必需的信息成分可以概括为三个水平上的信息：①名称水平的信息；②分类群水平的信息；③数据可靠性水平的信息。名称水平上的信息包括：名称+名称作者+名称发表的原始文献及其年代，例如水杉：*Metasequoia glyptostroboides* Hu et W. C. Cheng Bull. Fan Mem. Inst. Biol. Bot., new series. 1（2）: 54, 1948。分类群水平的信息是在名称信息基础上的扩张，包括该名称是接受名、异名还是存疑名称，异名与接受名的对应关系，类群在分类系统中的位置（界、门、纲、目、科和属），该类群的地理分布。数据可靠性水平的信息包括时间戳（包括数据上网的时间、更新的时间、审核的时间等）、该信息的审核专家或作者，或者是该信息的数据来源（网络数据库或者其他出版物）。如果这三个方面的信息比较完善，就可以保证一个数字化名录数据本身的科学性、权威性、可靠性和时效性，这是编目信息必备的要素。例如，每一个名字都给出其发表的原始文献，这样就从命名学的规范上避免了名录中包括那些实际上没有正式发表、不被分类学认可的无效名字，并能够在分类群信息水平上给用户做出明确的标记。而对分类群的处理都要求给出对它进行过审核的分类学家的名字和时间，这保证了分类观点的来源是权威和可靠的，用户可以通过这些信息向专家直接反馈相关的意见，并且这些分类观点的信息是具有时效性的。尽管这些内容并不复杂，但是在实践中能够达到这种基本要求的数据库并不多见。

3. 数据模型

在信息系统或者数据库的建设实践中，应尽可能区别出所有信息成分，客观反映分类学知识动态变化的本质。早在 20 世纪 90 年代初，许多研究者就致力于构建存储多元分类信息的模型[31]，并提出了许多数据模型，例如，HICLAS[32]，PROMETHUS[33]，BERLING/IOPI[34-38]，TAXONOMER[39]，NOMENCURATOR[40]，以及包括 TDWG 提出的 Taxon Profile 模型。无论建立什么具体的模型，对于数字编目信息来说，最重要的是正确理解名称（scientific name）和分类群（taxon）这两个基本概念的区别和联系。分类学家对分类群的定义常常是以形态特征的描述、插图、凭证标本等形式出现在分类学研究著作中。它们所定义的分类概念代表了作者全面的观点，并且通过名称的方式来表达这个名称所包括的、在自然界中被观察到的对象和没有被观察到的对象[29,34,36-38,41]。名称本身只是指代具体分类群的一个标签。名称本身的信息，如它的拼写方式、名称的作者、发表的原始文献来源及其年代这些信息是相对稳定不变的，而变化的是名称所指代的具体分类群概念。某个物种的系统特征、地理分布等生物属性，是和具体的分类群相联系的。因此，编目数据模型的关键就在于区别名称水平和分类群水平的信息，并如何实现它们。分类概念方法（taxonomic concept method）正是在这种背景下被提出来的，用以解决科学名称含义变化所带来的语义含糊性问题（semantic ambiguities）[17,29,38,42-43]。为了简化分类概念方法在信息化的实践，科学家这样来定义分类概念（taxonomic concept）：它是指在某个特定的出版物中由特定的作者指明的一个生物有机体科学名称的内涵或可参考性信息的外延[17, 44]。简单地说，就是要告诉分类学信息的使用者，是谁（分类学家），在什么地方（文献来源），什么时间（文献发表时间），定义了这个分类群（这个分类群可能是一个科、属或者一个物种）。在数据库中采用相应的数据项来表示出分类概念这个信息成分。最简洁的表示方式是通过拉丁词“secundum”（根据、按照的意思）的缩写sec.来表示，或者是使用“according to”的表示[38]（见表 1）。更为复杂的分类概念实施方法可参考文献[44]。分类概念方法实施的重要意义在于，它在数据库中将事实性成分（名称）和主观性成分（分类群）[22]进行了分离，它保证了分类观点在电子环境下更准确的表达，是分类学在语义网络环境下实施的重要步骤[45-47]。

表 1　一个相同的名称在不同研究著作中代表了不同的分类群定义

名　称 Name	分类群定义的来源 Authority of the taxon concept	文　献 Reference
Pternopetalum delavayi（Franch.）Hand.-Mazz.	sec. Shan et al （1978）	《中国植物志》55 卷（2）

续表

名称 Name	分类群定义的来源 Authority of the taxon concept	文献 Reference
Pternopetalum delavayi (Franch.) Hand.-Mazz.	sec. Fu et al. (2005)	*Flora of China* vol. 15 p. 234-567
Pternopetalum delavayi (Franch.) Hand.-Mazz.	sec. L. S. Wang (2008)	Taxonomic Revision of the *Pternopetalum devalyai* complex (Apiaceae) *Annales of Botanici Fennici*. 2008, 45: 105–112.

4. 信息整合

我国植物学经历四代植物学家 80 多年的研究，积累了异常丰富的编目基础信息[48]：从令世界瞩目的国家性植物志《中国植物志》（FRPS）[49-51]和即将完成的 *Flora of China*（FOC）到一些生物多样性热点地区的志书或名录，如《横断山区维管植物》、《雅鲁藏布江大峡弯河谷地区种子植物》、《青藏高原维管植物及其生态地理分布》、《秦岭植物志》，再到一些名山大川、自然保护区的植物名录，如《峨眉山植物》、《滇中南无量山种子植物》、《滇东北巧家药山种子植物名录》。这些已经出版的研究著作相互之间都有重复性信息、不匹配的信息。例如，相同物种不同的分类处理、不同的地理分布信息等。那么，按照什么样的原则和方式来实现这些信息的数字化管理和应用是必须考虑的问题。这就需要遵循以下两个原则：

（1）区别索引数据库和分类学数据库；

（2）建立包括索引和分类学数据库的多层次数据体系。

索引数据库是指只包括学名及其名称来源，但不包括任何分类学观点的名称数据集。索引数据库充当着元数据标签的作用。而分类学数据库需要包括“分类”信息，也就是说它需要告诉使用者，该名称所指代的分类群是什么，还需要包括异名处理、分类阶元等信息、地理分布等信息[22,52-53]。这种数据库有时又称为命名数据库（nomenclator）。例如，IPNI, UBio, GNI 就是典型的索引数据库，它只提供给用户一个所有符合植物学命名法规的植物学名的列表及其原始文献，但它并没有指明哪些名字是目前所使用的接受名，哪些是异名，这些异名和哪些接受名有关系。这些名称的来源并不是如我们想象的都是科学文献中记载和命名法规认可的正确名字，它们也可能来源于某个在线的数据库。

正如刚才所言，名称本身是一种数据标签。它充当着元数据标签的作用，用来标记文献上与该名称相对应的各项信息，这些信息可能是一个物种的相关描述信息（形态特征的描述、地理分布、珍惜濒危保护信息等），也可能是一张图片或者是一份引证的标本。可以想象一下如下的情形：由于研究的时效性或其他原因，文献中出现的物种学名会出现各种命名上的拼写变体，命名上无效的，甚至是书写或印刷带来的错误。因此，索引数据库的根本作用是标示各种数据来源，而不是对名称的合法性、拼写变体、错误进行深入的考查和修正。这个信息集对普通用户来说没有任何意义，它并不能回答诸如中国有多少植物物种、分布在哪些地方等科学问题。但是，它是符号信息学原则所需要的一套数据参考标准，用于信息系统的信息关联和整合，提供信息系统交换信息的一种机制。

分类学数据库与索引数据库有根本的区别。分类学数据库是系统最终提供给用户的产品。它的信息应该能够告诉用户，哪些名字是目前使用的某个物种的科学名称，该物种还包括哪些异名，这些物种的其他相关信息是什么。它是通过专家参与审核，去除掉非法、无效和各种错误信息之后的，符合科学研究标准的信息集合。这个信息集合是用来回答某些基础科学问题的参考标准。物种 2000、中国节点、鱼类库（FishBase）就是一些典型的分类学数据库。区别索引数据库和分类学数据库的价值在于将名称信息集和分类信息集进行有效 分离。

区别索引数据库和分类学数据库的另外一个重要意义在于可以对分类学研究的重要阶段成果进行评估和分析，向用户提供多元分类信息的参考标准。例如，《中国植物志》和即将完成的 *Flora of China* 都代表分类学家对中国植物阶段性的认识。正式出版之后，它们是已经固化的知识产品，而后续的分类学修订、新物种、新分布记录等信息将不会出现在这些著作中。同时，分类学研究的时效性也决定了这两部著作的信息并不是完全对应的。例如，《中国植物志》上记载了中国 300 科 3434 属 31180 种[49-51]，而即将出版完成的 *Flora of China* 中记载的植物数字将会有所差别。在现实的研究活动中，研究人员会根据自己特定研究项目的需要来选择是参考《中国植物志》还是 *Flora of China* 的分类标准，甚至是最新的分类学研究结果。尽管在理论上我们并不否认，分类学信息的使用者应当参考最新的分类学研究成果，但也不能忽略《中国植物志》这样的历史巨著在目前甚至将来的很长一段时间被大量研究人员使用的现实。因此，需要考虑在《中国植物志》、*Flora of China* 和整合了最新分类学研究结果的三个大的信息集之间建立关联，便于用户追溯和利用合理的分类学信息（见图 1）。

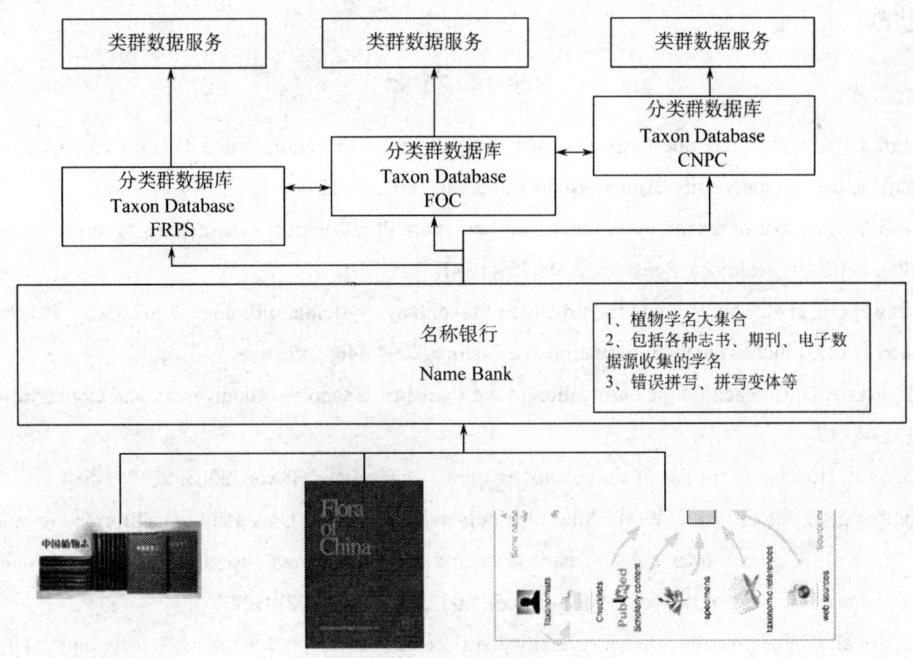

图 1　多层次的数据体系

5. 结束语

将来的生物多样性研究将日益依赖分布式的数据网络、科学的工作流（scientific workflow）以及以实体为基础的机制来处理大空间和时间尺度上的生物多样性基础数据[54-55]。因此，生物多样性信息学研究需要一个坚实的信息技术的下层建筑来支持生物多样性研究的复杂任务[56-57]。与生物有机体相关的信息数据库的建设和设计需要考虑在将来的分布式网络应用环境下的数据共享问题，以及是否有能力容纳不断发生变化的多个分类学观点共存的分类学信息模型。生物多样性数据的管理将广泛使用元数据方法[39, 53, 58]。可靠和长期的数据整合将依赖明确定义的概念及其概念间的相互关系，以及生物多样性信息与这些概念的关联关系。为了推动分类群概念的认知和跨平台的信息传递，分类群概念将获得全球唯一数字标识符（globally unique digital identifiers）[53, 59-61]。管理分类群概念的应用程序将允许专家以图形化的方式来查看多个相关的分类概念并对这些曾经的分类处理进行更深入的分析和研究。

信息技术的发展促使生物学领域更加关注生物学基础数据的共享和整合[44, 54, 62]。为了促进数据间的整合，需要有一个准确和切实可行的数据标签来标记复杂多样的生物学基础数据。同时，也需要建立反映生物学信息本质和成分之间内在关系的模型，以及用于这些模型和数据的词汇列表。因此，生物多样性信息学不得不面临为系统的构建者们提供一个一致的参考标准和框架的问题。数字化的编目信息在这方面既扮演着非常重要的角色同时又面临相当大的挑战。

参 考 文 献

[1] Cracraft J.The seven great questions of systematic biology: An essential foundation for conservation and the sustainable use of biodiversity. Ann Missouri Bot Gard, 2002,89: 127-144.

[2] Mace G M. The role of taxonomy in species conservation. Philosophical Transactions of the Royal Society of London. Series B: Biological Sciences, 2004,359(1444): 711-719.

[3] Godfray H C J, et al. The Web and the structure of taxonomy. Systematic Biology, 2007,56(6): 943-955.

[4] Godfray H C J. Linnaeus in the information age .Nature ,2007,446: 259.

[5] Valdecasas A G, Camacho A I.Conservation to the rescue of taxonomy. Biodiversity and Conservation, 2004, 12: 1113-1117.

[6] Govaerts R. How many species of seed plants are there? - a response. Taxon, 2003, 52: 583-584.

[7] Groombridge B, Jenkins M D. World Atlas of Biodiversity. Berkeley: University of California Press, 2002.

[8] Kier G, et al. A global assessment of endemism and species richness across island and mainland regions. Proceedings of the National Academy of Sciences, 2009, 106(23): 9322-9327.

[9] Kier G, et al. Global patterns of plant diversity and floristic knowledge. Journal of Biogeography, 2005, 32(7): 1107-1116.

[10] Scotland R W, Wortley A H. How many species of seed plants are there? Taxon, 2003, 52: 101-104.

[11] Thorne R F. How many species of seed plants are there? Taxon, 2002, 51: 511-512.

[12] Klopper R R, et al. Floristics of the angiosperm flora of Sub-Saharan Africa: an analysis of the African Plant Checklist and Database. Taxon, 2007, 56: 201-208.

[13] Alves,valka R J, Filho V, et al. Is classical taxonomy obsolete? Taxon, 2007,56(2): 287-288.

[14] Johnson N F. Biodiversity informatics. Annual Review of Entomology, 2007,52(1): 421-438.

[15] Tillier S, Roberts D. Taxonomy on the fly in a European web project. Nature, 2006,440(7080): 24.

[16] Walter D E, Winterton S. Keys and the crisis in taxonomy: extinction or reinvention?. Annual Review of Entomology, 2007,52(1): 193-208.

[17] Franz N M, Peet R K, Weakley A S. On the use of taxonomic concepts in support of biodiversity research and taxonomy// Wheeler Q D. The New Taxonomy. Systematics Association Special Volume Series 74. Boca Raton, FL:Taylor & Francis, 2008:63-86.

[18] Martin, et al. Taxonomists and conservation. Science, 2004, 305(5687): 1104c-1105.

[19] Miller J R. Biodiversity conservation and the extinction of experience. Trends in Ecology & Evolution, 2005, 20(8): 430-434.

[20] Miller G.taxonomy: Linnaeus's Legacy carries on. Science, 2005,307(5712): 1038a-1039.

[21] Miller G.taxonomy: Taxonomy's Elusive Grail. Science, 2005, 307(5712): 1038b.

[22] Patterson D J, et al. Taxonomic indexing: extending the role of taxonomy. Systematic Biology, 2006, 55(3): 367-373.

[23] Raven P. Taxonomy: where are we now? Philosophical Transactions of the Royal Society Series B: Biological Sciences, 2004,359(1444): 729-730.

[24] Clark B R, et al. Taxonomy as an eScience. Philosophical Transactions of the Royal Society Series A: Mathematical, Physical and Engineering Sciences, 2009,367(1890): 953-966.

[25] Scoble M. Unitary or unified taxonomy? Philosophical Transactions of the Royal Society Series B: Biological Sciences, 2004,359(1444): 699-710.

[26] Wheeler Q D, Raven P H, Wilson E O. Taxonomy: impediment or expedient? Science, 2004,303(5656): 285.

[27] Wheeler Q D. Taxonomic triage and the poverty of phylogeny. Philosophical Transactions of the Royal Society of London, Series B: Biological Sciences, 2004, 359(1444): 571-583.

[28] Mayo S J. Alpha e-taxonomy: responses from the systematics community to the biodiversity crisis. Kew Bulletin, 2008,63: 1.

[29] Berendsohn W G, Geoffroy M. Networking taxonomic concepts – uniting without "unitary-ism" // Curry G , Humphries C. Biodiversity Databases: From Cottage Industry to Industrial Networks. Systematics Association Special Volume 73. Boca Raton, FL: Taylor & Francis, 2007: 13-22.

[30] Paton A J, et al. Towards target 1 of the global strategy for plant conservation: a working list of all known plant speciesprogress and prospects. Taxon, 2008,57: 602-611.

[31] Beach J H, Pramanik S, Beaman J H. Hierarchic taxonomic databases // Fortuner R. Advances in Computer Methods for Systematic Biology: Artificial Intelligence, Databases, Computer Vision. Baltimore, MA:John Hopkins University Press, 1993:241-256.

[32] Zhong Y, et al. Data model and comparision query methods for interacting classsifications in taxonomic databases. Taxon, 1996,45: 223-241.

[33] Pullan M R, et al. The prometheus taxonomic model: a pratical approach to representing multiple classifications. Taxon, 2000,40: 55-75.

[34] Geoffroy M, Berendsohn W G. The concept problem in taxonomy: importance, components, approaches. Schriftenreihe für Vegetationskunde, 2003,39: 5-14.

[35] Berendsohn W G, et al. The Berlin taxonomic information model. Schriftenreihe für Vegetationskunde, 2003, 39: 15-42.

[36] Berendsohn W G, et al. A comprehensive reference model for biological collections and surveys. Taxon, 1999,48: 511-562.

[37] Berendsohn W G. A taxonomic information model for botanical databases: the IOPI model. Taxon, 1997,46: 283-309.

[38] Berendsohn W G. The concept of "potential taxa" in databases. Taxon, 1995,44: 207-212.

[39] Pyle R L. Taxonomer: a relational data model for managing information relevant to taxonomic research. Phyloinformatics, 2004,1: 1-54.

[40] Ytow N, Morse D R, Roberts D M. Nomencurator: a nomenclatural history model to handle mutiple taxonomic views. Biological Journal of the Linnean Society, 2001,73: 81-98.

[41] Berendsohn W G. Survey of existing publicly distributed collection management and data capture software solutions used by the world's natural history collections. Copenhagen ,2003.

[42] Kennedy J, et al. Standard Data Model Representation for Taxonomic Information. OMICS: A Journal of Integrative Biology, 2006,10(2): 220-230.

[43] Kennedy J, Kukla R, Paterson T. Scientific names are ambiguous as identifiers for biological taxa: their context and definition are required for accurate data integration // Data Integration in the Life Sciences: Proceedings of the Second International Workshop, 2005:3615.

[44] Franz N M, Peet R K. Towards a language for mapping relationships among taxonomic concepts. Systematics and Biodiversity, 2009,7(1): 5-20.

[45] Atkins D E, et al. Revolutionizing Science and Engineering through Cyberinfrastructure: Report of the National Science Foundation Blue-Ribbon Advisory Panel on Cyberinfrastructure. 2003.

[46] Berners-Lee T, Hendler J, Lassila O. The semantic web. Scientific American, 2001, 284: 34-43.

[47] Gangemi A, Mika P. Understanding the semantic web through descriptions and situations. Lecture Notes in Computer Science ,2003,2888: 689-706.

[48] Liu Q R, Yu M, Ma J. Review on the Chinese local floras. Guihaia, 2007,27(6): 844-849.

[49] Li D Z. Floristics and plant biogeography in China. Journal of Integrative Plant Biology, 2008,50(7): 771-777.

[50] Ma J, Clemants S. A history and overview of the Flora Reipublicae Popularis Sinicae (FRPS, Flora of China, Chinese edition, 1959-2004). Taxon, 2006, 55: 451-460.

[51] Yang QE, et al. World's largest flora completed. Science, 2005, 309(5744): 2163b.

[52] Lughadha E N.Towards a working list of all known plant species. Philosophical Transactions of the Royal Society Series B: Biological Sciences, 2004, 359(1444): 681-687.

[53] Page R D M. Taxonomic names, metadata, and the Semantic Web. Biodiversity Informatics, 2006: 3.

[54] Ludascher B, et al. Scientific workflow management and the Kepler system. Concurrency and Computation: Practice & Experience, Special Issue on Scientific Workflows, 2006,18: 1039-1065.

[55] Ludascher B, et al. Managing Scientific Data:From Data Integration to Scientific Workflows. GSA Today, Special Issue on Geoinformatics, 2005:21.

[56] Michener W K, et al. A knowledge environment for the biodiversity and ecological sciences. Journal of Intelligent Information Systems, 2007, 29(1): 111-126.

[57] Page R D M. Phyloinformatics: toward a phylogenetic database//Data Mining in Bioinformatics, 2005:219-241.

[58] Michener W K, Brunt J W. Ecological Data: Design, Management, and Processing. Malden, MA : Blackwell Science,2000.

[59] Page R D M. Biodiversity informatics: the challenge of linking data and the role of shared identifiers. Briefings in Bioinformatics, 2008, 9(5): 345-354.

[60] Page R D M. LSID Tester, a tool for testing Life Science Identifier resolution services. Source Code for Biology and Medicine, 2008,3(1): 2.

[61] Paskin N. Digital object identifiers for scientific data. Data Science Journal ,2005,4: 12-20.

[62] Jones M B, et al. The new bioinformatics: integrating ecological fata from the gene to the biosphere. Annual Review of Ecology, Evolution, and Systematics, 2006,37(1): 519.

Three important issues in electronic species inventory projects

Wang Lisong, Yang Yong

(Institute of Botany, Chinese Academy of Sciences, Beijing 100093,China)

Abstract Electronic species inventory is the most important and preliminary data set for biodiversity information system. In this paper, three issues related to electronic species inventory projects, that is, information standards, data models and information integration, are briefly discussed. Information standards ensure validation and authority of the data content; data models should be based on related scientific concepts; information integration aims to combine historical taxonomic knowledge and its dynamic changes together, and facilitate future analysis and assessment.

Key words biodiversity informatics; higher plants; species inventory; database; China

植物药用知识传承与利用的数据库建设与应用探索

庄会富　何延彪　王雨华

（中国科学院昆明植物研究所　云南昆明　650204）

摘　要　提出了植物药用知识数据库的建设规范与框架，以植物拉丁学名为统一的数据接口，建成了共享、集成的植物药用知识整理与信息发布平台；以近 20 年出版的权威资料为数据源，收集整理了 40 余个民族药用体系约 8000 种植物资源的传统民族、民间药用信息；开发了数据检索、浏览界面，并依托植物物种信息数据库进行了发布；在提供在线服务的同时，探索了可定制数据服务的新模式，为“高登美抗皮肤病传统药物筛选”、“滇西北重要及有用植物编研”等多个科研项目提供了整合的数据支持。

关键词　民族民间药；药用植物；传统知识；科学数据库

1. 引言

传统植物药用知识不仅包括“中药”、“藏药”等体系完善的医药知识，还包括各地区、各民族的人们在长期的人与自然的相互作用中积累的植物传统利用知识。我国拥有世界上最大的传统医药知识库，除了中药与四大民族药，还有近 40 个民族独特的民族、民间医药体系；我国有记载使用的药用植物超过 11000 种[1]，常用的中草药也有千余种[2]。

浩如烟海的传统医药知识存在形式多样，从传统的书籍资料到现代的数据库都有人在使用，而有些欠发展区域仍以人（草医、药农、民间专家）的记忆为载体，以言传身教为手段传承药物知识[3]，这些信息和知识是传统文化保护和植物资源开发的必要基础，然而知识和信息必须以一种适当的形式让他人能够利用，否则这些资料的实际利用价值就很低[4]。随着现代科技发展，这些传统的文献书籍以及整合程度不高的数据库，其信息组织与传播方式无法满足现代科研对数据信息的整合需求，给传统医药的研究开发、植物资源的利用与保护等科研、生产活动带来了诸多不便。

因而，针对现有植物传统知识信息组织与传播体系的不足，基于中国科学院昆明植物研究所在植物学、民族植物学的深厚学术积淀，以及中国科学院科学数据库、基础科学数据共享网的大力支持，我们提出了传统植物药用知识数据库的建设计划，应用现代信息技术手段收集、整理和发布传统医药信息，服务传统文化知识的传承与挖掘开发，服务战略生物资源的可持续利用。

2. 传统植物药用知识数据库的构建

1）知识结构与系统设计。

药用植物具有自然属性和社会属性。自然属性指的是植物作为自然界的客观存在(物种)，涉及植物学的相关知识；而社会属性是指植物因其药用功效，被赋予了经济、文化价值，代代相传积累下丰富的传统利用知识[5]。数据库建设是一个知识信息收集、整理，以及数据再组织的过程，就本数据库建设而言，通过广泛的收集植物相关的传统利用信息，使用信息技术手段再现传统知识的内在逻辑关系，将药用植物具有的自然属性与社会属性通过数据库建设进行整合与汇总，涉及植物物种、药材、方剂、使用人群（民族、社区居民）以及地域等相关实体。数据库的建设就是针对这些数据实体，开展信息收集、整合与发布，再现特定空间区域中人与植物的药物使用关系。

在分析民族民间药用知识的逻辑结构之后，参考《药用植物资源数据规范》[6]，设计了包含“植物物种”、“药材”、“方剂”、“使用人群（民族、社区居民）”、“地域”以及相关辅助实体的数据库结构，以植物物种（拉丁学名）为索引，以药用植物资源（植物物种）为主体，整合各个民族、民间药用体系的植物药用知识，构建了植物传统药用知识数据库。

2）原始数据处理与信息整合。

通过专家访谈和需求分析，选取了代表性的志书、典籍、热点研究文献资料等作为数据库的主要信息源，以保证数据的质量，主要是，《中国中药资源志要》[1]、《中华本草》[7]、《全国中草药名鉴》[8]、《中国民族药志要》[9]、《中国民间单验方》[10]、《滇南本草》[11]等典籍以及新近发表的民族植物学论文。

书籍资料通过扫描与文本识别进行数字化整理与录入；文献数据主要通过网络检索，利用相关的资料收集植物资源（主要针对研究利用较多的热点植物资源，例如，药典中收载的植物资源)；另外，作为一个整合的信息发布平台，相关科学考察项目的原始调查数据也是我们重要的数据源。现已收集整理了约 8000 种与高等植物相关的民族、民间药用知识，涉及数据条目 10 万余条。

相关的信息数据主要包括：

（1） 植物分类学信息（鉴别知识）。认识、鉴别植物是研究、利用的基础，是确立研究开发对象所需的基本的知识。各时期、各民族、各地区的人们给植物取的各种名称，主要包括：各级名称信息、古籍文献名、各地地方名、民族名，药物使用时的药材名、药材别名等，以及分类学各类名称。

（2） 空间地域信息。植物传统利用知识具有明显的地域性、民族性，与特定地域人文环境密切相关，植物传统利用知识是社区居民民族文化的重要组成部分。特定的植物药用知识存在于特定的民族聚居区，所以要切实反映传统医药知识的全貌，必须记录该药用知识的地域性、民族性，即使用地区、使用民族等。

（3）传统利用知识。药材使用的植物器官部位、采集炮制方法、药性功效、功能主治、禁忌等；方剂的组成、来源、功能主治、禁忌等。传统药用数据库涉及的知识框架如图 1 所示。

中国植物物种信息数据库的数据检索界面与信息发布界面如图 2 所示。数据库在线查询作为常规信息发布手段，虽能满足大多数科研人员的需求，但在应对项目立项、开题等需要大量的、整合的专题数据时，传统的在线检索不方便获取数据，因而我们设置了“专题定制”

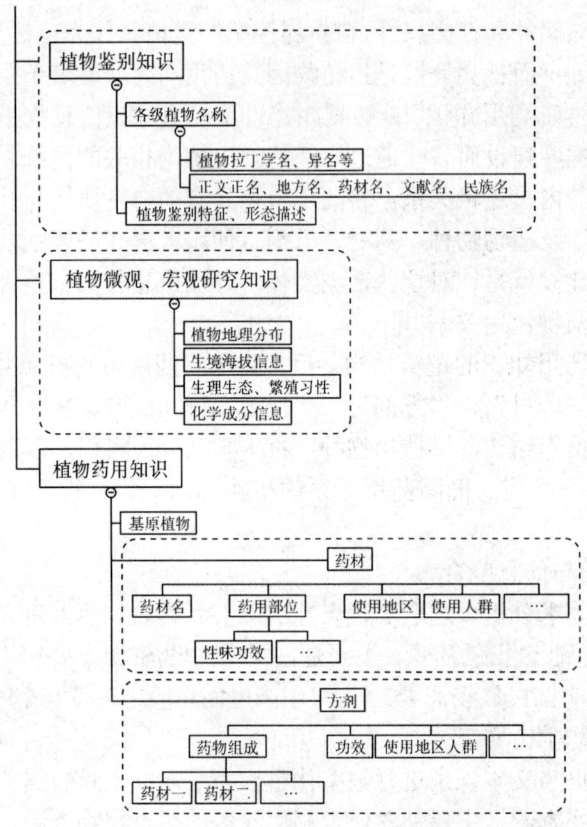

图 1 传统药用数据库涉及的知识框架

的服务模式，从数据库后台为相关研究人员提供专题相关的整合数据，现已为“高登美抗皮肤病传统药物筛选”、“德钦藏药资源调查”[13]、“滇西北重要及有用植物编目”等多个科技项目提供了数据支持。

（a） 信息检索界面

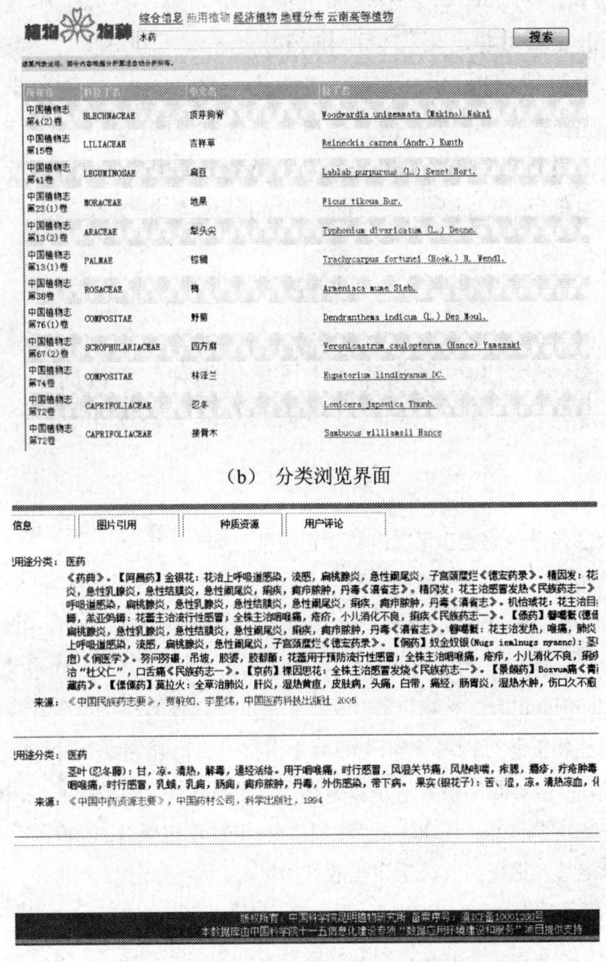

（b） 分类浏览界面

（c） 各个民族、民间药用体系中的详细使用信息

图 2　数据检索界面与信息发布界面[12]

3. 总结与讨论

数以千计的西方医药数据库由于信息丰富可靠、检索便捷、更新及时等特点而为广大医药领域的科研人员所熟悉和乐于使用，并且已经在西药的研究和开发过程中起着举足轻重的作用[14]，我们构建传统医药知识数据库也想借鉴西医数据库的经验，通过现代的网络信息技术，让“传统”的知识在“现代”的网络上传播流通起来，通过在线发布的方式，服务于传统医药知识的传承与开发，支撑相关的科研项目。

本数据库建设仍处于起步阶段，在数据的丰富程度以及交叉学科的整合程度上仍有较大不足，在科学数据共享规范之下，我们也将继续从以下几个方面进行建设。

（1）推进数据的发布与应用。知识与信息只有在“传播”与“共享”中才能发挥其价值，传统药用知识不仅能为科研提供原始数据，更是传统文化的重要组成部分，其科普价值值得开发，服务科研的同时更要服务科普。

（2）加强交叉学科的数据整合。结合研究所科研需求，整合细胞水平和分子水平的植物化学、药物筛选等科研实验数据，最终以中国植物物种信息为索引，构建包含植物物种信息、传统利用知识、现代实验数据以及科技文献资源为一体的药用植物科学数据库；

（3）在基础数据基础上，开发数据分析模型，为药用植物资源及特定对象的评价提供一个科学、合理、快速、具体的评价手段，为药用植物资源的开发利用及药材生产提供导向和决策依据，为提高自主创新能力提供完整而有力的科学数据支撑体系[3]。

4. 致谢

本论文得到了中国科学院科学数据库“中国植物物种信息数据库（参考型数据库）”及国家科技基础条件平台建设项目“基础科学数据共享网——理化天文空间生物”的支持。

参 考 文 献

[1] 国家药材公司. 中国中药资源志要. 北京：科学出版社, 1995.

[2] 张惠源, 袁昌齐，孙传奇. 我国的中药资源种类. 中国中药杂志, 1995, 20(7):387-390.

[3] 李丽玲. 药用植物资源数据规范研究及信息平台建设[硕士学位论文]. 昆明：中国科学院昆明植物研究所, 2008.

[4] 裴盛基, 淮虎银，Alan Hamilton. 植物资源保护. 北京：中国环境科学出版社, 2009.

[5] 王雨华. 滇西北药用植物资源可持续管理研究[博士学位论文]. 昆明：中国科学院昆明植物研究所, 1999.

[6] 李丽玲, 王雨华. 药用植物资源的整合信息数据标准规范探讨. 云南植物研究, 2008, 30(5):597-602.

[7] 中华本草编委会. 中华本草（第一卷）. 上海：上海科学技术出版社, 1999.

[8] 谢宗万. 全国中草药名鉴. 北京：人民卫生出版社, 1996.

[9] 贾敏如, 李星炜. 中国民族药志要. 北京：中国医药科技出版社, 2005.

[10] 国家药材公司. 中国民间单验方. 北京：科学出版社, 1995.

[11] 兰茂. 滇南本草. 1396-1476(明).

[12] 中国植物物种信息数据库. http://db.kib.ac.cn, 2009.

[13] 马建忠, 庄会富. 从高山到河谷:德钦藏药植物资源的多样性及利用研究. 云南植物研究, 2010, 32(1):67-73.

[14] 唐晓帆, 郭建军. 传统医药的著作权和数据库保护. 知识产权, 2005(03):24-30.

The Construction and Application of a Database for Ethno Medicinal Plants

Zhuang Huifu, He Yanbiao, Wang Yuhua

(Kunming Institute of Botany, Chinese Academy of Sciences, Kunming 650204,China)

Abstract With the application of information and internet technologies, we developed a traditional knowledge database of plant medicines. The database is a shared, integrated collecting and publishing platform of ethnic medicine knowledge. In the database, we integrated authoritative literatures of the nearly two decades, collected more than eight thousand plants species of forty ethnic medicine systems. And we published this database based on "the Scientific Database of Chinese Plants Species". Besides online services, we provide customizable services, such as supporting a research topic with integrated data.

Key words ethnic and fork medicine; medicinal plants; traditional knowledge; scientific database

毫米波射电天文数据库研究

逯登荣[1]　孙继先[1]　刘　梁[2]　杨　戟[2]

（1. 中国科学院紫金山天文台青海站　德令哈　817000;
2. 中国科学院紫金山天文台　南京　210008）

摘　要　毫米波射电天文数据库是针对中国科学院紫金山天文台13.7米毫米波射电望远镜近十年所观测的分子谱线数据的管理、维护、查询、再利用等进行研发的。该数据库于2010年初开发，并于同年5月投入试运行，开始为国内外广大科研人员提供服务。2010年底，国家重大科研装备"超导成像频谱仪" 成功研制并在13.7m 望远镜上安装完成，将开始对整个银河系平面±5°范围内的CO 同位素三条分子谱线大尺度巡天。对于伴随而来的海量观测数据，毫米波射电天文数据库也将为其提供数据存储、网络发布和资源共享。因此，毫米波射电天文数据库为推进科学数据在天文等相关领域的全面应用及提升科学数据应用水平等方面都有着重要意义。

关键词　数据库；LAMP（Linux、Apache、MySQL、PHP）；射电天文数据

1. 引言

13.7 米毫米波射电望远镜是我国唯一的一架工作在毫米波波段的天文观测设备，望远镜年均开机运行 292d，24h 持续运行。迄今为止，美、日、德、英、俄等十多个国家的研究人员以及国内外高等院校和科研单位的天文学家，利用该望远镜观测研究恒星形成、宇宙的起源及演化等方面，取得了一大批研究成果。这些研究成果表明，13.7 米毫米波射电望远镜的谱线观测质量已居于国际同类设备的前列，同时标志着我国的天文观测在国际上的巨大影响力及对整个天文界所做出的巨大贡献[1-2]。

对于天文学而言，观测是天文学研究的主要手段。毫米波天文观测信息已成为研究天体起源、宇宙演化的重要波段信息。而毫米波望远镜的建造和运行技术要求很高，全世界工作在这一波段的望远镜设备较少，如欧洲 IRAM 30m、日本 NRO 45m、美国五大学 FCRAO 13.7m 等。因此，毫米波射电天文观测资料是国际上全波段研究天体起源和演化科学中的稀缺资源。

当前，世界各国天文界和各大天文观测项目都非常重视数据中心建设和数据的规范化发布与共享。世界上主要的天文数据中心和数据资源系统有十多个，主要集中在美、英、日、德、韩、法、俄等国家。这些数据资源中毫米波波段的数据很少，据我们所知，仅有哥伦比亚 1.2m 望远镜的巡天数据（http://skyview.gsfc.nasa.gov/cgi-bin/skvbasic.pl）和 FCRAO 13CO 巡天数据库（http://www.bu.edu/galacticring/new_data.html）。前者由于望远镜口径小，采集数据的空间分辨率很低，且只有 12CO 的分子谱线数据，后者只有部分天区的 13CO 分子谱线数据[3]。

而在我国，天文数据中心建设相对落后，现有的国家天文台的天文数据服务主要处于镜

像国外数据库，另外也开始建立自己的科学数据库。数据利用率低，观测资源浪费是我国天文观测的现状之一。例如，紫金山天文台青海站13.7m 望远镜2003~2011年观测的200万条谱线数据只有课题的申请人可以使用，而其他科研人员则无法进一步了解和再次开发利用这些观测数据，这就远远降低了观测数据的使用率。为了更好地维护和管理这些成果，减小科技资源的浪费，紫金山天文台建立了毫米波射电天文数据库，实现了数据的高度共享，为各国研究人员提供了一个新的资源平台。除跨年度的长期项目和本年度申请观测的课题数据外，所有谱线数据全部对外开放，任何人都能通过该数据库下载使用数据，再次“深挖”有用的科学信息，进行天文及相关学科的科学研究。

目前，毫米波射电天文数据库已经包含13.7m 望远镜以前观测的所有分子谱线数据，而即将进行的13.7m 望远镜和超导成像频谱仪，对整个银河系平面±5°范围内的大尺度巡天所产生的12CO（J=1-0）、13CO（J=1-0）以及 C18O（J=1-0）等三条同位素分子谱线数据也将会不断加入。而数据库的不断更新、发布，将使该库成为国际上天文领域领先的数据库之一。

毫米波射电天文数据库的开发主要包括后台数据库的建立和维护，以及前台应用平台的开发等方面。对于前者要求建立起数据一致性强、信息完整、安全性能强的数据库。而后者要求具有友好实用、科学严谨、简明完整、适应扩展等友好界面。

2. 系统开发平台

本数据库在界面上和内容上完全按照科学数据库建设标准规范建设[4]，技术上将充分利用数据网格和虚拟天文台的最新技术，搭建逻辑上统一、物理上分布合理的天文数据共享环境。在系统开发上选择普遍、廉价的被称为“黄金组合”的 LAMP（Linux、Apache、MySQL、PHP）解决方案包。为了保证数据的安全、可靠，数据和前端网页分别由不同的服务器管理、存储，也就是基于 Web 管理信息系统的 B/S 模式[5]。

2.1 收集整理以前的观测数据，完善数据资源体系

虽然数十年来，紫金山天文台青海站13.7 m 射电望远镜已经获得了一大批珍贵的观测资料，但之前对这些数据没有完整的、统一的、规范的管理体系，数据的保存、管理比较散乱，数据没有统一的格式。因此，毫米波射电天文数据库将结合国内外天文研究与创新项目的需求，整合本站多年以来观测的毫米波射电天文数据，完善数据资源体系，形成了由数据库管理、可在线检索访问的数据资源。

2.2 “超导成像频谱仪”安装后的谱线巡天观测数据

巡天观测是目前天文观测的重要手段，也是当前观测数据最重要的来源。巡天观测的数据量通常都很大，比如 SDSS DR7约为50TB。因此传统的数据管理、保存方法无法提供数据发布服务，而是由巡天项目组自行管理发布。但是这种大型的巡天数据集都具有极高的科学价值，被国内外天文学家广泛使用。2010年底13.7m 射电望远镜上成功安装了国家重大科研装备——超导成像频谱仪，将对整个银河系平面±5°范围内12CO（J=1-0）、13CO（J=1-0）以及 C18O（J=1-0）三条同位素分子谱线进行大尺度巡天，因此而产生的巡天观测数据资料，该库将进行统一的编目、保存和管理，为国内外天文及相关科研研究者提供在线检索、访问，

使此观测资料能够得到更加充分的应用。

3. 数据库建立

本数据库的建设和服务将充分尊重数据拥有者的意愿，保护数据观测者的积极性和知识产权。按照国际惯例，课题观测者对观测的数据拥有一年的独享权限，一年后按照观测者的意愿决定是否完全开放，开放的数据资源任何人都可以下载、使用。以在线服务为主，离线服务为辅。每天观测的谱线数据通过任务自动上传到数据服务器后，根据一定的标准将质量合格的数据自动入库，以保证数据库及时更新。

用户可以通过 Web 服务器上网页查询功能查找符合条件的数据（如图1），然后返回查询数据的主要信息（如图2），利用 JpGraph 库实现的 QuickLook 可以查看谱线详细信息（如图3）。

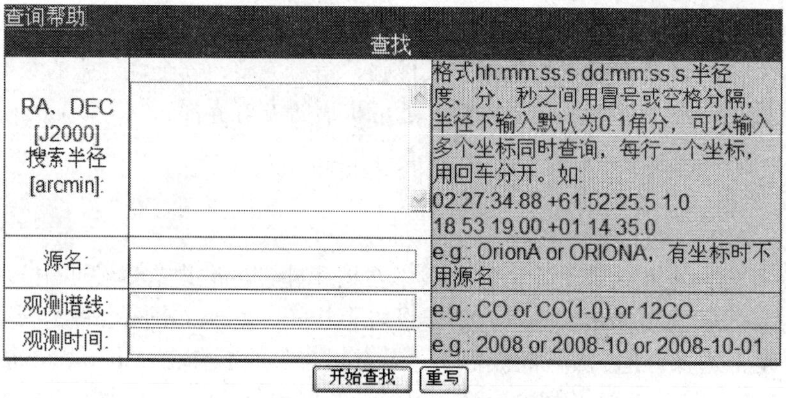

查询帮助

查找		
RA、DEC [J2000] 搜索半径 [arcmin]:		格式hh:mm:ss.s dd:mm:ss.s 半径度、分、秒之间用冒号或空格分隔，半径不输入默认为0.1角分，可以输入多个坐标同时查询，每行一个坐标，用回车分开。如: 02:27:34.88 +61:52:25.5 1.0 18 53 19.00 +01 14 35.0
源名:		e.g.: OrionA or ORIONA，有坐标时不用源名
观测谱线:		e.g.: CO or CO(1-0) or 12CO
观测时间:		e.g.: 2008 or 2008-10 or 2008-10-01

开始查找 重写

图 1　毫米波射电天文数据库查询功能

Download All 找到2146条谱线

Source	R.A.(J2000)	Dec.(J2000)	RAoff(m)	Decoff(m)	VLSR (Km/s)	Line	Observar	Obs_date	Dvel(Km/s)	Quicklook
cepa	22:56:19.20	+62:01:57.4	0.0	0.0	-10	12CO(1-0)	BZY	2010-03-09	0.079	Quicklook
cepa	22:56:19.20	+62:01:57.4	0.0	0.0	-10	C18O(1-0)	BZY	2010-03-09	0.115	Quicklook
cepa	22:56:19.20	+62:01:57.4	0.0	0.0	-10	C18O(1-0)	BZY	2010-03-09	0.083	Quicklook
cepa	22:56:19.20	+62:01:57.4	0.0	0.0	-10	12CO(1-0)	BZY	2010-03-09	0.369	Quicklook
cepa	22:56:19.20	+62:01:57.4	0.0	0.0	-10	C18O(1-0)	BZY	2010-03-09	0.115	Quicklook
cepa	22:56:19.20	+62:01:57.4	0.0	0.0	-10	C18O(1-0)	BZY	2010-03-09	0.115	Quicklook
cepa	22:56:19.20	+62:01:57.4	0.0	0.0	-10	13CO(1-0)	BZY	2010-03-09	0.083	Quicklook
cepa	22:56:19.20	+62:01:57.4	0.0	0.0	-10	13CO(1-0)	BZY	2010-03-09	0.113	Quicklook
cepa	22:56:19.20	+62:01:57.4	0.0	0.0	-10	13CO(1-0)	BZY	2010-03-09	0.113	Quicklook
cepa	22:56:19.20	+62:01:57.4	0.0	0.0	-10	12CO(1-0)	BZY	2010-03-09	0.079	Quicklook
cepa	22:56:19.20	+62:01:57.4	0.0	0.0	-10	C18O(1-0)	BZY	2010-03-09	0.083	Quicklook
cepa	22:56:19.20	+62:01:57.4	0.0	0.0	-10	C18O(1-0)	BZY	2010-03-09	0.115	Quicklook
cepa	22:56:19.20	+62:01:57.4	0.0	0.0	-10	C18O(1-0)	BZY	2010-03-09	0.115	Quicklook
cepa	22:56:19.20	+62:01:57.4	0.0	0.0	-10	13CO(1-0)	BZY	2010-03-09	0.113	Quicklook
cepa	22:56:19.20	+62:01:57.4	0.0	0.0	-10	13CO(1-0)	BZY	2010-03-09	0.113	Quicklook
cepa	22:56:19.20	+62:01:57.4	0.0	0.0	-10	13CO(1-0)	BZY	2010-03-09	0.083	Quicklook
cepa	22:56:19.20	+62:01:57.4	0.0	0.0	-10	12CO(1-0)	BZY	2010-03-09	0.369	Quicklook
cepa	22:56:19.20	+62:01:57.4	0.0	0.0	-10	13CO(1-0)	BZY	2010-03-09	0.113	Quicklook
cepa	22:56:19.20	+62:01:57.4	0.0	0.0	-10	12CO(1-0)	BZY	2010-03-09	0.369	Quicklook
cepa	22:56:19.20	+62:01:57.4	0.0	0.0	-10	C18O(1-0)	BZY	2010-03-09	0.115	Quicklook
cepa	22:56:19.20	+62:01:57.4	0.0	0.0	-10	C18O(1-0)	BZY	2010-03-09	0.083	Quicklook

图 2　查询数据主要信息

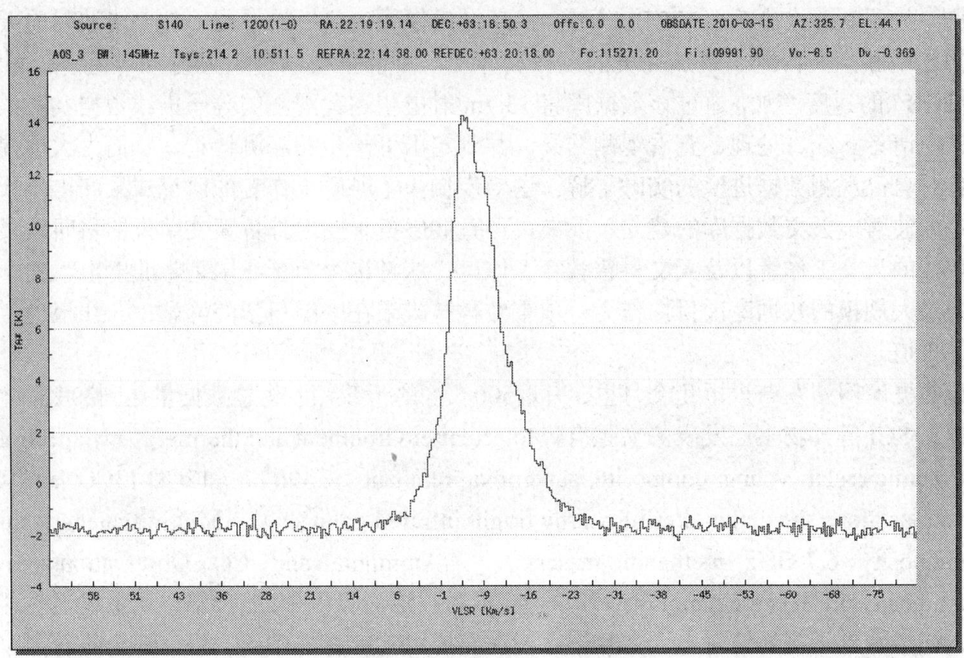

图 3 谱线数据 QuickLook 图示

毫米波射电天文数据库数据集分为三个部分：元数据、FITS 数据和附件。

（1）元数据。天文学元数据主要遵循国际虚拟天文台联盟资源元数据标准（IVOA RM，http://www.ivoa.net/Documents/latest/RM.html）以及 Readme 元数据标准。毫米波射电天文数据库根据这些标准将数据的元信息进行存储归档。

（2）FITS 数据。天文数据分为文件型数据和数据库数据，前者主要是天文学数据格式 FITS 和 VOTable，后者为存储在数据库中的星表等数据，而 13.7M 射电望远镜观测的数据主要是以 FITS 格式存储的[6-7]。

FITS（Flexible Image Transport System）是国际天文联合会（IAU）确定的世界各天文台之间用于数据传输、交换的统一标准格式。它描述了数据的定义和数据编码的一种方法，与机器无关。它提供了图像的单值转换，精度包括符号在内可以达到 32 位。对一维、二维、甚至多维的数据类型都提供了合适的转换。绝大多数的天文学数据都是以 FITS 格式进行存储和传输。

本数据库的海量天文文件数据将使用 iRODS 进行存储和管理，其文件的元数据信息将存储在数据库中，以供搜索、查询。数据的查询结果将以 FITS 格式返回给访问、查询者。

（3）附件。附件部分包含观测课题数据库、利用该数据库数据发表的文章数据库、下载量统计数据库、数据入库记录数据库等与毫米波射电天文数据库紧密相关的一些辅助库，还有其他一些与该库数据紧密相关的资料。

4. 数据库的应用

毫米波射电天文数据库自 2010 年 5 月投入试运行至今，该库已经收录了 207 万条分子谱线数据，数据量总大小为 150GB。目前 “超导成像频谱仪”的使用，使毫米波射电天文数据库的作用和意义得到了更加完美的发挥和体现，目前正在以每天大约 5~7 万条（大小为3.7~5.2GB）的速度增加，通过该数据库将 13.7m 射电望远镜观测的分子谱线数据实时的提供给课题申请者下载、处理、查看观测结果，并制定出下一步的观测计划，从而大大地提高了申请者对自己观测数据进度的实时了解，进一步加快了科研工作者的研究成果产出步伐。

毫米波射电天文数据库的建立、发布，可直接服务于国内外各天文单位的科研人员，各大中院校的天文工作者以及天文科普教育工作者。这是迄今为止我国毫米波射电天文学领域完成的最大规模的数据库项目，作为一项重要科技成果在中国科学院网站“一线报道”栏目给予了报道。

该数据库网站发布短短几个月里，有近500人次的下载，下载总数据量达到200GB，由这些数据在 SCI 等刊物上已发表的文献有《Molecular environment and thermal X-ray spectroscopy of the semicircular young composite supernova remnant 3C396》、《12CO,13CO and C18O observations along the major axes of nearby bright infrared galaxies》、《Multiwavelength study of low-luminosity 6.7-GHz methanol masers》、《Ammonia and CO Observations towards low-luminosity 6.7GHz methanol maser》，正在准备投送和投稿中的有3篇，从上述这些科研成果中，已经看到了毫米波射电天文数据库正在发挥出它应有的作用，相信其会随着国家科学发展观的不断落实和数据库容量的不断增加而发挥出越来越重要的作用，也将随着科学数据库 e-Science 研究的开展，将有力地推动各专业数据库及其模型库之间的跨学科交叉研究。

5. 结束语

毫米波射电天文数据库已经为国内外天文工作者使用13.7m 望远镜观测的数据发挥了积极作用。今后12CO（J=1-0）、13CO（J=1-0）以及 C18O（J=1-0）三条同位素分子谱线的大尺度巡天资料，每天将以大约5~7万条（大小为3.7~5.2GB）的速度增加来更新该数据库，对于广大科研人员来说，将更显珍贵。相比之下，目前国际上毫米波射电天文谱线数据公布使用的只有12CO（J=1-0）分子谱线巡天数据，并且此数据代表的角度分辨率比13.7m 望远镜的数据要低很多倍。同时，13.7m 望远镜资料与国际上同类设备相比，具有多维的物理信息量、分辨率高、均一性好等优点。因此，与当前国际上公布的巡天数据相比，我们的数据质量将显著超越当前国际水平，是处于竞争优势的新型数据。对于国内外研究人员来说，这些新型数据必将带来众多研究成果，加快人类对外太空的探索步伐；同时，毫米波射电天文数据库也将极大地提高我国在这一领域的竞争力。

本数据库得到了中国科学院“十一五”信息化专项中“中国科学院数据应用环境建设与服务” 科学数据库建设和科技部“国家科技基础条件平台建设项目基础科学数据共享网”理化天文空间生物项目的资助，该数据库在建设过程中得到了中国科学院计算机网络信息中心科学数据中心的大力支持和技术帮助，同时也得到了“中国科学院天文科学数据主题库建设与服务”课题组成员（国家天文台和上海天文台）的鼎力协助、中国科学院紫金山天文台青海站的大力支持，李阳、巨秉刚、王敏为数据库建设给予了很多帮助，在此表示衷心的感谢。

参 考 文 献

[1] 杨戟. 毫米波射电天文主题数据库项目实施方案. 北京, 2011.

[2] 刘梁. 毫米波射电天文主题数据库设计报告. 北京, 2011.

[3] 崔辰州. 中国科学院天文科学数据主题库建设与服务. 北京, 2011.

[4] 中国科学院计算机网络信息中心. 科学数据库建设标准规范. 北京, 2011.

[5] 石景山. 基于 Web 的信息系统的开发. 科技情报开发与经济, 2011.21(6):140-142,145.

[6] Wells D C, Greisen E W, Harten R H. FITS: a flexible image transport system. A&AS , 1981(44):363-370.

[7] Hanisch R J, et al. Definition of the Flexible Image Transport System. A&A, 2001, 376: 359-380.

Millimeter-wave Radio Astronomy Database

Lu Dengrong[1], Sun Jixian[1], Liu Liang[2], Yang Ji [2]

（1. Qinghai Station of Purple Mountain Observatory, Chinese Academy of Sciences, Delingha 817000, China;

2. Purple Mountain Observatory, Chinese Academy of Sciences, Nanjing 210008, China）

Abstract The Millimeter-wave Radio Astronomy Database is designed for management, maintenance, query and reuse of the molecular line data that observed by the 13.7m millimeter- wave radio telescope during the last ten years. The database was designed at the beginning of 2010 and started services for researchers in May. A superconducting imaging spectrometer was installed successfully on the 13.7m millimeter-wave radio telescope in 2010. It can observe the three molecular line data of the CO isotope in the range of large-scale sky, which exists in the range of ±5 degrees from the galactic plane. The Millimeter-wave Radio Astronomy Database will also provide storage, Web publishing and sharing services for these observing data. So, the database would significantly improve the scientific data utilization in the astronomical field.

Key words Database；LAMP；radio astronomy data

化合物结构的唯一性编码和化学数据库管理

许　禄[1]　章文军[1,2]

（1. 中国科学院长春应用化学研究所　长春　130022；2. 河北工业大学应用化学系　天津　300130）

摘　要　本文介绍了高选择性拓扑指数EAID算法，其中包括化合物结构与拓扑图表征、结点权重计算，以及EAID值的计算；给出了EAID指数唯一性验证结果：（1）EAID 对烷烃异构体的唯一性的验证；（2）EAID 对含复杂环体系的识别能力；（3）EAID 对含杂原子的化合物的区分；（4）对实际的大型结构库的验证。

关键词　拓扑指；唯一性；EAID指数

1. 前言

在化学信息管理中，一个最基本的问题是化合物的结构在计算机中的描述。数据库的登录，化合物结构的存储、管理和检索，结构解析专家系统，有机化合物合成路线方案选择，计算机辅助分子设计等诸多方面的研究都和计算机的结构表达及结构编码密切相关。

一个新化合物合成之后，要确认其“新”，通常提交到美国化学文摘服务社（CAS），由他们进行大型数据库检索，若是新化合物便给一登录号 RN。而这种验证的过程是非常复杂的，因为由化合物所包含的信息如化合物名称、分子式、相对分子质量等不是唯一的。化合物的结构与化合物具有唯一的对应性，但比较的过程就涉及对结构的编码。

有机化合物结构在计算机中存储有多种形式，常用的如线性编码、二维连接表（即邻接矩阵）、连接堆栈、拓扑指数编码和碎片编码等。其中，最常用的是二维连接表。但是，在建造二维连接表时，分子中原子顺序的编码具有任意性，即对同一分子不同人的标示可能是不一样的。正是由于这种“任意性”而导致编码的不一致性。为此，20 世纪 60 年代，美国数学家 Morgan 应 CAS 的需要提出一种方案，称为 Morgan 算法[1]。运用这种算法使得分子中原子顺序的编码规范划一，也就是说，运用这种算法可使化合物的二维连接表具有唯一性。CAS RN 与化合物具有一一对应的关系。

目前，在美国 CAS 登录的化合物已逾 5000 万个，运用 CAS RN 可以进行化学信息的管理。譬如，运用 CAS RN 可以建立红外光谱、质谱和碳 13 NMR 间的关联，以进行中国科学院化学学科（即不同单位）间的数据通信。但是，我们发现，中国科学院上海有机化学研究所、中国科学院长春应用化学研究所和中国科学院过程工程研究所所建数据库中的化合物，有相当的比例并无 CAS RN。因而，在网络的统一管理即数据共享中，尚需采用别的编码方案，如 IUPAC 的 InchI（International Chemical Identifier）。InchI 的编码较长，形成这种编码和计算机操纵比较费时，为此，我们进行了高选择性拓扑指数的研究。

拓扑指数是指从化合物的结构所衍生出来的一种数学不变量，即图的不变量。拓扑指数一般为一实型的数。因为是简单的数字，所以计算机对之操纵简单、快捷。

对一个新的拓扑指数有两个基本要求：一是具有良好的与化合物性质的相关性，以用于化合物结构-性质/活性相关性的研究；二是具有良好的唯一性，即不同的结构对应不同的数值，亦即具有高选择性。假如所有的化合物均可由一个与之对应的数来表征，则化合物的管理，如确认一个化合物是否为新化合物，将会变得异常简单。

目前，已建议的拓扑指数有几百种，但高选择性拓扑指数甚寡。拓扑指数 BID 由著名计算机化学家 Balaban 所建议[2]，该指数的选择性最好，但仅可区分到含 20 个碳原子的链烷烃，且此指数不能够用于含杂原子和多重键的化合物。由我们所建议的拓扑指数 EAID[3]，可以区分含 22 个碳原子的链烷烃，共计 380 多万种化合物的异构体；当用于含杂原子和多重键的化合物时，40 多万个结构异构体无一发生简并（即不同的结构对应同一数值）。当前，对 EAID 的选择性，我们尚在进一步进行观察，期待将它用于大型化学数据库的管理和检索。

2. EAID 指数算法

2.1 化合物结构与拓扑图表征

用结点代表化合物结构中的原子, 用边代表化合物结构中的连接键, 则化合物结构就是一个拓扑图。化合物结构的拓扑图是一个有色图, 因而要用一些物理化学参数来表征这一有色图。

在图论中常用结点的度 δ（即该点的直接邻结点数）作为结点的性质。对化合物结构拓扑图, 这里采用原子的分子连接度 δ^{V} 代替度,

$$\delta^{\mathrm{V}} = Z - h$$

式中，Z 为原子的价电子数, h 为该原子所连的氢原子数。有机化合物中常见元素的各种 δ^{V} 值列于表 1。而表征结点化学特征的另一物理化学参数是原子的共价半径。

化合物中键属性给定了某种规定, 如单键、双键、三键和芳香键的权重分别为 1、2、3 和 1.5 , 以这样权重值来表征拓扑图的边。

表1 常见元素的各种δ^{V}值

NO.	SYMBOL	δ^{V}	NO.	SYMBOL	δ^{V}	NO.	SYMBOL	δ^{V}
1	CH_3-	1	14	NH_2-	3	27	=S=	6
2	-CH_2-	2	15	-NH-	4	28	>S（=）=	6
3	CH_2=	2	16	NH=	4	29	H_2P-	3
4	>CH-	3	17	>N-	5	30	-PH_2=	3
5	-CH=	3	18	-N=	5	31	-PH-	4
6	CH≡	3	19	N≡	5	32	>PH=	4
7	>C<	4	20	>N（=）-	5	33	>P-	5
8	>C=	4	21	-N（=）=	5	34	=P<-	5
9	-C≡	4	22	=N≡	5	35	F-	7
10	=C=	4	23	HS-	5	36	Cl-	7
11	HO-	5	24	-S-	6	37	Br-	7
12	-O-	6	25	S=	6	38	I-	7
13	O=	6	26	>S=	6			

2.2 结点权重计算

在化合物结构拓扑图中，以某一结点为中心，根据各结点与中心间的距离可以把结点分层。与中心直接相连的结点为第一层，直接与第一层中结点相连的外层结点为第二层，以此分下去，直到把所有的结点都划分完为止。

以中心结点的δ^{V}值为第一列，以第一层中所有结点的δ^{V}值的加和值为第二列，用同样加和的方法可得到第三、第四及所有列的数值。从结点1开始，依次以结点为行，则得到了一个结点的分子连接度矩阵CVM（Connectivity Valance Matrix），其矩阵元为$(\mathrm{cvm})_{ij}$，矩阵中没有被赋值的元素皆为 0。

以中心结点与第一层中结点的所有连接键的权重值的加和值为第一列，以第一层中结点和第二层中结点间的所有连接键的权重值的加和值为第二列，用同样加和的方法可得到第三、第四及所有列的数值。从结点1开始，依次以结点为行，即可得到键矩阵B（Bond Matrix），其矩阵元为 b_{ij}，没有被赋值的元素皆为0。

由CVM矩阵和B矩阵，可计算出结构图中各结点的权重值S为

$$S[i]=(\mathrm{cvm})_{i1}+\sum_{j=1}^{K}(\mathrm{cvm})_{i(j+1)}\times b_{ij}\times 10^{(-j)} \tag{1}$$

式中，K是以i原子为中心到最外层原子的层数。

2.3 EAID 值的计算

EAID 的值的计算过程分如下 4 步进行。

（1）建立化合物结构拓扑图的连接矩阵 $\boldsymbol{A}=\{a_{ij}\}$，其中，

$$a_{ij}=\begin{cases}0, & i,j \text{ 不相连}\\ 1, & i,j \text{ 以单键相连}\\ 2, & i,j \text{ 以双键相连}\\ 3, & i,j \text{ 以三键相连}\\ 1.5, & i,j \text{ 以芳香键相连}\end{cases} \tag{2}$$

（2）建立扩展连接矩阵 $\mathbf{EA}=\{(\mathrm{ea})_{ij}\}$，

$$(\mathrm{ea})_{ij}=\begin{cases}\dfrac{\sqrt{(\mathrm{Radii})_i}}{6}, & i=j\\ \dfrac{(\sqrt{a_{ij}})w_{ij}}{6}, & i\neq j\end{cases} \tag{3}$$

式中，$(\mathrm{Radii})_i$ 是第 i 个原子以 Å 为单位的共价半径，w_{ij} 是图中两端点为 i 和 j 的边的权重因子，表示为

$$w_{ij}=\sqrt{\frac{S[i]}{S[j]}}+\sqrt{\frac{S[j]}{S[i]}} \tag{4}$$

$S[i]$是结点 i 的权重值，见式（1）。

（3）计算 **EA** 矩阵的幂级数之和，得到一个新矩阵 $\mathbf{EA}^* = \{(\mathrm{ea}^*)_{ij}\}$，

$$\mathbf{EA}^* = \sum_{k=0}^{N-1} (\mathbf{EA})^k \tag{5}$$

式中，N 为图中结点的总数，即分子中原子总数。当 k=0 时，$(\mathbf{EA})^k$ 是一单位矩阵。

（4）**EA*** 的对角元素相加，即得到新的拓扑指数 EAID，表示为

$$\mathrm{EAID} = \sum_{i=1}^{N} (\mathrm{ea}^*)_{ii} \tag{6}$$

3. EAID指数唯一性验证

3.1 EAID对烷烃异构体的唯一性的验证

烷烃是验证拓扑指数最为常用的一类化合物，这是因为：①在图论上，烷烃是结点度数不大于4的树，在图论中研究的较多且较深入；②烷烃是有机化合物中较为简单的一类，其异构体易于得到，如碳原子数较少的烷烃异构体可由手工穷举出来。

随着碳原子数的增加，异构体的数目增加极为迅速。例如，含20个碳原子的饱和链烷烃异构体有36万多个，含21个碳原子的饱和链烷烃异构体有91万多个，含22个碳原子的饱和链烷烃异构体有227万多个（见表2）。同时，随着碳原子数的增加，从图的角度来看，异构体间的差别相对来说也越来越小，因而，对之进行区分也变得越来越困难。早期发表的指数绝大部分验证到13个碳原子的烷烃时已出现简并[4]。如前所述，目前世界上具有最好区分能力的指数是Balaban的BID指数，但也仅能区分到含20个碳原子的烷烃异构体。

我们曾经由 ESESOC结构产生器（中国科学院长春应用化学研究所研制）穷举生成了1~22个碳原子的所有烷烃异构体（C_nH_{2n+2}, n=1,2,⋯,22），总共3807434个（见表2）。验证结果表明，EAID对这380万多个烷烃异构体均能进行唯一区分，即没有出现简并。

表2 烷烃的异构体数目及1~n个碳原子累计数目（C_nH_{2n+2}）

n	异构体数目	累计数目	n	异构体数目	累计数目
1	1	1	12	355	664
2	1	2	13	802	1466
3	1	3	14	1859	3324
4	2	5	15	4347	7671
5	3	8	16	10359	18030
6	5	13	17	24894	42924
7	9	22	18	60523	103447
8	18	40	19	148284	251731
9	35	75	20	366319	618050
10	75	150	21	910726	1528776
11	159	309	22	2278658	3807434

3.2 EAID 对含复杂环体系的识别能力

与链烷烃相比，对含单环、多环或稠环体系的区分则更为困难。为了验证EAID指数对复

杂环体系的识别能力，由结构产生器穷举生成了含 3~12个四价碳原子的所有结构异构体，即穷举生成了与分子式C_n（n=3, 4, 5, 6, 7, 8, 9, 10, 11, 12）相一致的所有202558个结构图。各分子式及对应异构体数目见表3。

表3 多环体系的异构体数目及1~n个碳原子累计数目（C_n）

n	异构体数目	累计数目
3	1	1
4	3	4
5	6	10
6	19	29
7	50	79
8	204	283
9	832	1115
10	4330	5445
11	25227	30672
12	171886	202558

这些异构体大部分都是一些高度对称及高度相似的复杂多环体系。例如，在这202558个结构图中，全部结点均由>C<组成的图就有1849个，结点均由>C=组成的图就有461个，等等。

实验中计算了这202558个结构图的EAID指数值，结果表明，所有这些异构体的EAID指数均不相等，没有出现简并。由此可见，EAID指数对含复杂环及多重键体系的结构图具有良好的区分能力。

3.3 EAID 对含杂原子的化合物的区分

在已知的有机化合物中，有80%以上的化合物含有杂原子（非碳、非氢原子）。化学图论方法中一个很重要的问题就是要如何处理杂原子信息。为验证EAID指数对含杂原子的化合物的区分能力，选择了含n=8个原子的系列化合物。其中，包括所有含8个碳原子、含7个碳原子和1个氧原子、含7个碳原子和1个氮原子，以及含6个碳原子、1个氧原子和1个氮原子的化合物，总计有430472个结构异构体。

（1） C_8H_n，n=0,2,4,6,8,10,12,14,16,18。

（2） C_7H_nO，n =0,2,4,6,8,10,12,14,16。

（3） C_7H_nN，n =1,3,5,7,9,11,13,15,17。

（4） C_6H_nNO，n =1,3,5,7,9,11,13,15。

各分子式及其所产生的结构异体数目列于表4中。 这430472个结构异构体中包含了各种类型的化合物，如饱和的、不饱和的、链式结构、含环以及多环结构等。

通过计算表4中的430472个结构异构体的EAID指数，该指数均能很好地区分而无简并，即EAID指数能很好区分含杂原子的化合物。

表4 一些8原子的分子式及其异构体数目

分子式	异构体数目	累计数目
C_8H_{18}	18	18
$C_7H_{16}O$	72	90
$C_7H_{17}N$	89	179
$C_6H_{15}NO$	405	584
C_8H_{16}	139	723
$C_7H_{14}O$	596	1319
$C_7H_{15}N$	801	2120
$C_6H_{13}NO$	3418	5538
C_8H_{14}	654	6192
$C_7H_{12}O$	2589	8781
$C_7H_{13}N$	3826	12607
$C_6H_{11}NO$	14410	27017
C_8H_{12}	2082	29099
$C_7H_{10}O$	7166	36265
$C_7H_{11}N$	11773	48038
C_6H_9NO	37202	85240
C_8H_{10}	4679	89919
C_7H_8O	13177	103096
C_7H_9N	24627	127723
C_6H_7NO	61255	188978
C_8H_8	7437	196415
C_7H_6O	15804	212219
C_7H_7N	34745	246964
C_6H_5NO	61974	308938
C_8H_6	7982	316920
C_7H_4O	11332	328252
C_7H_5N	31163	359415
C_6H_3NO	33896	393311
C_8H_4	5308	398619
C_7H_2O	3971	402590
C_7H_3N	15489	418097
C_6HNO	7038	425117
C_8H_2	1804	426921
C_7O	356	427277
C_7HN	2991	430268
C_8	204	430472

3.4 结构库的验证

对含约600万个化合物的结构库，我们正在验证EAID指数的选择性。这600万个结构包括了有机化学中所有门类的化合物，如烃类、醚类、脂类、醇类、芳香类、稠环类、卤素取代类，以及螺旋环类和具有桥键类化合物。已验证的结果又一次证明指数EAID具有极其良好的选择性。

参 考 文 献

[1] Morgan L. The generation of a unique machine description for chemical structures - a technique developed at chemical abstracts service. Journal of Chemical Documentation, 1965, 5:102.

[2] Balaban A T. Numerical modeling of chemical structures: local graph invariants and topological indices//King R B, Rouvray D H. Graph Theory and Topology. Amsterdam:Elsevier,1987:159.

[3] Hu C Y, Xu L. On highly discriminating topological index. J Chem Inf Comput Sci, 1996, 36:82.

[4] Razinger M, Chretien J R, Dubois J E. Structural selectivity of topological indexes in alkane series. J Chem Inf Comput Sci, 1985, 25:23-27.

Unique Code for Compounds and Management for Chemical Databases

Xu Lu[1], Zhang Wenjun[1,2]

(1. Changchun Institute of Applied Chemistry, Chinese Academy of Sciences, Changchun 130022, China;

2. Department of Applied Chemistry, Hebei University of Technology, Tianjin 300130, China)

Abstract In this paper, we introduce the algorithm for highly discriminating EAID, which includes topological representation of structures, the weights assigned for the nodes in a molecule, and the computing process of EAID value. The discriminating power of EAID on (1) the alkyl hydrocarbons; (2)the complicated structures; (3)the compounds containing heteroatoms; (4)a big database of structures were tested.

Key words topological index; uniqueness; EAID index

空间数据存储技术及四大空间数据库发展浅析

苏　华[1]　罗小青[2]　王云鹏[1]　黎丽莉[1]　杨静学[1]

（1. 中国科学院广州地球化学研究所　广州　510640;

2. 中南大学地球科学与信息物理学院　长沙　410083）

摘　要　地理信息系统逐渐发展成为地理信息科学，如今更倾向于地理信息服务，空间数据管理在整个演变过程中占据了核心地位。海量的空间数据需要不断进步的空间储存技术来解决其管理过程中出现的问题，这也带动了空间数据库一次又一次的革新。本文结合 Oracle Spatial，SQL Server 2008 Spatial，PostGIS 以及 ArcSDE 这四大主流空间数据库，阐述空间数据存储技术的发展，以及这四大主流空间数据库的优势与劣势，并结合相关实例说明它们各自适合的应用领域。

关键词　空间存储；空间数据库；Oracle Spatial；SQL Server 2008 Spatial；PostGIS；ArcSDE

1. 引言

地理信息系统（geographic information system，GIS）主要研究的是地球上的一个个实体对象，此对象除包含了本身的属性信息，还包含了具体的空间地理坐标即空间信息。传统的关系型数据库，针对属性与空间信息，GIS 对其进行采集、存储、分析和管理。空间信息数据有五个基本特征，其一就是海量数据特征[1]。随着计算机技术的不断发展，很大程度上满足了人们对海量空间存储的需求，但是 GIS 的目的是要达到服务的效果，使其很好的应用于人们的日常生活中，这就意味着对于普通的个人计算机机也要满足数据存储的要求。而普通电脑的存储量总是有限的，因此只能通过改进数据结构本身来提高空间数据存储效率，从而满足用户日益增长的访问需求。

空间数据模型是空间数据存储的具体形式，采用面向对象的观点来建立空间数据模型。因为地理空间数据可归结为实体、图层和地图三个层次[2]，所以空间数据存储相应地就需要从这三个方面实现。空间数据库即空间数据存储技术，关键体现在空间数据模型，它将空间数据对象按照定义好的数据模型存储到机器中。空间数据库对空间数据进行管理，以达到高效的存储、管理、查询和访问。

2. 空间数据存储技术

2.1　空间数据存储技术的发展

根据属性数据与空间数据的结合程度，空间数据存储技术的发展可分为五个模式[3]。

本文得到中国科学院信息化项目（INFO-115-C01-SDB4-06）资助。

模式一：文件系统存储。属性数据与空间数据都用文件存储，它们之间利用一个唯一标识符（OID）进行连接，如图 1 所示。

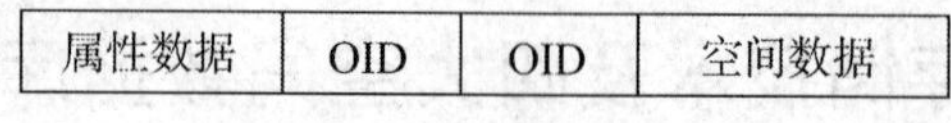

图 1　文件系统存储模式

查询时利用唯一标识符可对属性数据与空间数据进行交互查询，此种存储方式的模型简单，在认知上比较容易被理解；但是当数据量过大时，查询效率降低，而且无法保证数据的一致性；对于 GIS 的空间分析功能也无法满足，这种数据结构建立简单，也无法建立复杂的数据模型，在进行 GIS 的空间分析时，不能完成对数据的处理。这种方式数据安全隐患较大。

模式二：文件与关系数据库混合管理存储。此种模式将属性数据与空间数据利用两种不同的方式进行管理，属性数据利用现已较成熟的数据库管理系统（DBMS）进行存储，而空间数据则依然采用文件方式进行存储，它们之间利用唯一指针进行连接。模式二在属性数据和空间数据的管理上是独立的，这种模式相对于模式一提高的地方在于对于属性数据的管理和访问十分方便，但是无法保证属性数据与空间数据的一致性，依然没有解决模式一中对于空间数据的管理和访问中出现的问题。

模式三：全关系数据库存储。此存储模式相对于前两种有了根本的变化，即将属性数据与空间数据都利用关系库进行存储，在关系数据库中引用一些比较复杂的数据类型，这类数据类型是为空间数据所设计，其目的就是将空间数据存储到关系型数据库中。这样，属性数据与空间数据的存储类型与方式都得到了质的提升，数据的完整性与一致性也大大提高。但这也只是解决了数据存储的问题，并没有利用数据库来解决 GIS 的空间分析功能。在利用这种模式进行空间分析时，查询的数据与效率都比较低，基本无法完成复杂的分析功能，失去了 GIS 本来的意义。

模式四：关系—对象数据库的结合存储。模式三解决了数据存储一致性的问题，但是关系型数据库对于空间数据的操作效率远远无法满足空间数据利用的需要，通用的关系型数据库管理系统不能对非结构化的空间数据进行操作，因此亟需要解决关系型数据库能管理非结构化数据的需求，而模式四解决了这个问题。在关系型数据库中加入扩展模块，使之能够直接存储与管理非结构化的空间数据，定义一类操作点、线、面等的空间对象函数，这些对象函数都是预定义的，用户不能根据自己的功能需求而随意进行改动。这也决定了它的限制性，不能解决空间对象嵌套问题，而且不能根据自己的需求随意制定对象结构。

模式五：面向对象数据库存储。面向对象数据管理最适合对空间数据进行管理，它与空间数据的存在模式相一致，即面向对象，它既支持变长的数据，也支持嵌套的数据，而且用户可以自定义各种数据结构。但是这种存储方式实现比较困难，能够实现其功能的软件自身并不成熟，并且价格昂贵。

2.2　空间数据存储技术的实现

空间数据存储技术历经了四个时期，应用较多的是关系-对象型存储模式。对于空间数据采用了面向对象模型，从点到层分为实体、图层和地图。利用关系型数据库将实体存储，利用关联字在展示的时候将数据调出，进行图层显示，多个图层的叠加组成地图。在实体中，关系型数据库主要引用了 geometry 模型，此模型提供了点、线、面和多边形，每一类模型都是预定义好的类型，例如存储一个点，除了基本的属性数据外，此点还包括一个 shape 字段，此字段包括了此点的位（x, y）值，数据结构如下代码所示，并且会有一个 OID 唯一标识。线、面和多边形模型是在点模型基本上扩展的，如线模型的 shape 字段则包括两个点的位置值，即起点与终点。

```
Type struct Point {
     x double,
     y double
  };
```

不同的数据库厂商设计的空间数据模型会有所不同，在使用上也会有所区别，但是本质上都是利用面向对象的模型，现在空间存储技术发展也日益成熟。

3. 空间数据库

3.1 Oracle Spatial

Oracle Spatial 是 Oracle 公司推出的空间数据库组件，通过 Oracle 数据库系统存储和管理空间数据， Oracle 从 9i 开始对空间数据提供了较为完备的支持。Oracle Spatial 主要通过元数据表、空间数据字段（即 SDO_GEOMETRY 字段）和空间索引来管理空间数据[4]，并在此基础上提供一系列空间查询和空间分析的函数，让用户进行更深层次的 GIS 应用开发。Oracle Spatial 使用空间字段 SDO_GEOMETRY 存储空间数据，用元数据表来管理具有 SDO_GEOMETRY 字段的空间数据表，并采用 R 树索引和四叉树索引技术来提高空间查询和空间分析的速度。

Oracle Spatial 的元数据表存储了有空间数据的数据表名称、空间字段名称、空间数据的坐标范围、坐标参考信息以及坐标维数说明等信息。用户必须通过元数据表才能知道 Oracle 数据库中是否有 Oracle Spatial 的空间数据信息。

空间数据字段 SDO_GEOMETRY 字段，是预定义好的数据结构，理解 SDO_GEOMETRY 是编写 Oracle Spatial 程序接口的关键。SDO_GEOMETRY 是按照 OpenGIS 规范定义的一个对象，其原始的创建方式如下代码所示。

```
CREATE TYPE sdo_geometry AS OBJECT (
   SDO_GTYPE     NUMBER,
   SDO_SRID      NUMBER,
   SDO_POINT     SDO_POINT_TYPE,
   SDO_ELEM_INFO MDSYS.SDO_ELEM_INFO_ARRAY,
   SDO_ORDINATES MDSYS.SDO_ORDINATE_ARRAY
);
```

其中，SDO_GTYPE 是一个 NUMBER 型的数值，用来定义存储对象的类型；SDO_SRID 也是一个 NUMBER 型的数值，它用于标识与几何对象相关的空间坐标参考系；SDO_POINT 是一个包含(X, Y, Z)数值信息的对象，用于表示几何类型为点的几何对象；SDO_ELEM_INFO

是一个可变长度的数组，每3个数作为一个元素单位，用于解释坐标是如何存储在SDO_ORDINATES数组中的；SDO_ETYPE 用于表示几何对象中每个组成元素的几何类型；SDO_INTERPRETATION具有两层含义，具体的作用由SDO_ETYPE是否为复杂元素决定；SDO_ORDINATES是一个可变长度的数组，用于存储几何对象的真实坐标，该数组的类型为NUMBER型，它的最大长度为1048576。

Oracle Spatial提供了R树索引和四叉树索引两种索引机制来提高空间查询和空间分析的速度。用户需要根据空间数据的不同类型创建不同的索引，当空间数据类型比较复杂时，如果选择索引类型不当，将使Oracle Spatial创建索引的过程变得非常慢。

3.2　SQL Server 2008 Spatial

SQL Server 2008 Spatial 支持两种空间数据类型：geometry 数据类型和 geography 数据类型。这两种数据类型在 SQL Server 中都是作为.NET 公共语言运行时（CLR）数据类型实现的。geometry 和 geography 数据类型支持 11 种空间数据对象或实例类型。但是，这些实例类型中只有7种“可实例化”；可以在数据库中创建并使用这些实例（或可对其进行实例化）。这些实例的某些属性由其父级数据类型派生而来，使其在 GeometryCollection 中区分为 Points、 LineStrings、Polygons 或多个 geometry 或 geography 实例，结构图如图2所示。

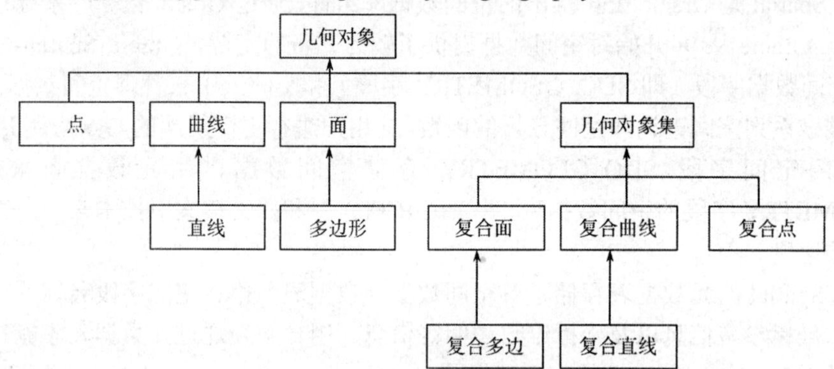

图2　SQL Server 2008 Spatial 空间数据几何类型层次结构

3.3　PostGIS [5]

PostGIS 是针对 PostgreSQL 后台服务设计的一套空间扩展，如图3所示。它是利用OGC 的 WKT（Well-Know Text）和 WKB（Well-Know Binary）格式来规范对象的类型与坐标。PostGIS/PostgreSQL 中的数据能够用作一些地图空间服务软件的数据源，例如 MapServer 和 GeoServer 等。PostGIS 是通过 GNU GPL 注册的，并且是一款免费数据库软件。

PostGIS 一大扩展功能便是能读取各种数据，如 Shape，TAB，DGN 等，能将各种格式的数据转换成 PostGIS 数据用的 OGC 二进制格式的数据，它自身还带有针对 Shape 的转换器 loader 和 dumper，loader 是将 Shape 转换成 PostGIS 数据格式，dumper 与之相反。PostGIS 数据转换功能之强大，是许多商用的数据库软件都无法与之相比。

PostGIS 的空间数据类型利用 OGC 的 WKT 语言来定义，此语言简单易用，最大的特点便是所写即所存。在 PostGIS 中有五个数据类型，即 POINT、LINESTRING、

MULTILINESTRING、POLYGON 和 MULTIPOLYGON。存储数据语言简明，如存储一个点，只需要数据库中写入 POINT（2572292.2 5631150.7） 即可。

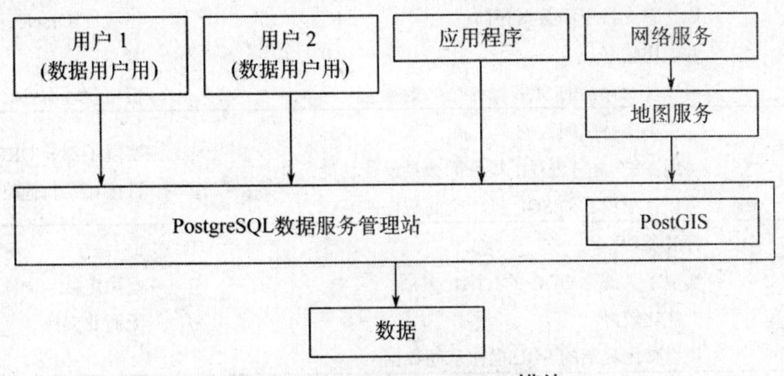

图 3　PostGIS/PostgreSQL 模块

在 PostGIS 中做空间分析，熟悉属性数据查询的语法，则对于空间分析不需要过多的学习。空间分析的语法结构与属性查询语法结构基本一致，了解 PostGIS 用于空间分析的各种函数，如 overlap( ) 等函数，按照预定的结构应用就可进行空间分析操作，查询的速度相对而言较快。PostGIS 中采用了 GiST（Generalized Search Tree）索引，此空间索引能提高查询速度，并且这种索引可以利用 SQL 语言进行创建。

3.4　ArcSDE

ArcSDE（Spatial Database Engine）是美国著名的地理信息研究机构 ESRI 推出的空间数据库解决方案。ArcSDE，即数据通路，是 ArcGIS 的空间数据引擎，它是在关系数据库管理系统（RDBMS）中存储和管理多用户空间数据库的通路。通过它，ArcGIS 无需建立自己的数据库[6]，可直接访问现有各种数据库，如 Oracle、Microsoft SQL Server 等。ArcSDE 是为了解决 DBMS 的多样性和复杂性而存在的，ArcSDE 的体系结构给用户提供了巨大的灵活性，它允许用户能够自由地选择 DBMS 来存储空间数据。

从空间数据管理的角度看，ArcSDE 是一个连续的空间数据模型，借助这一空间数据模型，可以实现用 RDBMS 管理空间数据库。在 RDBMS 中融入空间数据后，ArcSDE 可以提供空间和非空间数据进行高效率操作的数据库服务。ArcSDE 采用的是客户/服务器体系结构，所以众多用户可以同时访问和操作同一数据。ArcSDE 还提供了应用程序接口，软件开发人员可将空间数据检索和分析功能集成到自己的应用工程中去。

4. 应用实例

4.1　空间数据库的比较

GIS 的应用渗透于各行各业，各种对象的空间信息被存储到各种数据库中。针对不同行业和部门以及不同的应用和需求，所要选择的空间数据存储方式也会不一样。以上介绍的四种空间数据存储模式各有千秋，它们之间的比较，如表 1 所示。

表1 四大空间数据库的优缺点比较

数据库类型	优点	缺点
Oracle Spatial	原生态支持空间数据存储； 性能比较好； 可以使用灵活的 SQL 操作空间数据	搭载在 Oracle 数据库上，安装比较繁杂； 价格相较而言比较贵
SQL 2008 Spatial	原生态支持空间数据库存储； 可用.NET 语言进行扩展空间数据操作功能； 可以使用灵活的 SQL 操作空间数据	实现了部分 ORC 标准； 性能相比其他略差
PostGIS	开源免费； 实现了大部分 OGC 的标准，灵活； 性能比较好； 可以使用灵活的 SQL 操作空间数据	不稳定； 无商业支持
ArcSDE	使用方便，与主流的关系型数据库结合方便； 有多种现有的数据模型使用，如网络模型，几何模型	价格昂贵； 性能一般

4.2 基于应用选择空间数据库

各行各业对于空间数据会有不同的需求和应用，在设计每个 GIS 系统的时候也会有不同的需求和条件。在 GIS 系统研发过程中，如果经费充足，且系统安全稳定性要求较高、数据量大，则可以考虑利用 Oracle Spatial 或 ArcSDE。在这里需要说明的是，ArcSDE 访问数据在数据量大时会较慢，如果 GIS 系统平台采用的是 ESRI 的，则可以优先考虑利用 ArcSDE，否则尽可能先选择 Oracle Spatial。

如果科研经费不足，本身的 GIS 平台是利用开源软件搭建的，则首先考虑选择 PostGIS。PostGIS 是一款开源软件，且使用起来简洁方便，各种程序接口比较完备，空间数据类型较多，数据转换功能更是有些商业软件无法比拟的，因此小型的或者开源的 GIS 系统使用 PostGIS 空间数据库是最佳选择。但由于 PostGIS 是开源的，因此它不具备商业稳定性，这是开发商业 GIS 系统所要顾及的问题。

SQL 2008 Spatial 是微软开发的空间数据库，秉承了微软软件的一贯风格，最大的特点是友好的界面。随着 WebGIS 的发展，许多编程工作者利用 C#语言作为系统开发语言，搭载平台则利用微软的 Microsoft Visual Studio 系列软件，而 SQL 2008 Spatial 能与之很好的结合，并且在 Microsoft Visual Studio 设计了许多自带组件并应用于此款数据库的读取，这就使得该款数据库能与微软的开发平台紧密结合并相互支持。在设计中型 GIS 系统时，可以考虑使用 SQL 2008 Spatial 空间数据库。

5. 结束语

随着 GIS 的不断发展，空间数据的应用越来越广泛，因此专门管理这些海量数据的空间数据库的作用也愈加凸显。为了达到 GIS 使用的大众化，空间数据访问效率需要不断提高，对于如何存储和管理空间数据使其达到高效满意的服务效果已成为热点的研究课题。本文通过阐述空间数据存储的发展来展望今后空间数据的存储模式。此外探讨了四大空间数据库并说明了它们的结构和性能；通过对比研究，得出这四大空间数据库的优劣势；通过选取一些环境实例展示它们各自的特性及适用情况。

空间数据存储模式将会不断改进，使得空间数据存储和管理能克服现有的技术瓶颈；数据库技术的发展也将带动空间数据存储技术的发展，使得空间数据更加有效地被人们所利用，并更好地为人们所服务。

参 考 文 献

[1] 龚健雅. 空间数据库管理系统的概念与发展趋势. 测绘科学, 2001, (3): 4-9.

[2] 杨雪银. GIS空间数据模型与数据存储初探. 西南林学院学报, 2003,23 (2): 53-55.

[3] 李骁, 范冲, 邹峥嵘. 空间数据存储模式的比较研究. 工程地质计算机应用, 2009, (2): 1-3.

[4] 潘农菲. 基于Oracle Spatial的GIS空间数据处理及应用系统开发. 计算机工程, 2002, (2): 278-280.

[5] Introduction to spatial data management with PostGIS. http://postgis.refractions.net.

[6] 熊丽华, 杨峰. 基于ArcSDE的空间数据库技术的应用研究. 计算机应用, 2004,24 (3): 90-91,96.

Analysis of Spatial Data Storage Technology and the Development of Four Major Spatial Databases

Su Hua[1], Luo Xiaoqing[2], Wang Yunpeng[1], Li Lili[1], Yang Jingxue[1]

(1.Guangzhou Institute of Geochemistry, Chinese Academy of Sciences, Guangzhou 510640, China;

2. School of Geosciences and Info-Physics, Central South University, Changsha 410083, China)

Abstract Geographic Information System (GIS), gradually becoming Geographic Information Science, now is more trending to be Geographic Information Service. In this evolution process, the management of spatial data occupies a dominant position. To store the mass spatial data and solve the problems appearing in the storage process, we need to continually improve the technology in spatial database, leading to spatial database innovation again and again. In this paper, we presented the development of spatial data storage technology by introducing four major spatial databases (Oracle Spatial, SQL Server 2008 Spatial, PostGIS and ArcSDE), and then described the advantages and disadvantages of those spatial databases and illustrated the application fields of these four major spatial databases.

Key words spatial data storage; spatial database; Oracle Spatial; SQL Server 2008 spatial; PostGIS; ArcSDE

NoSQL 当前发展及应用状况

黎丽莉[1,2] 杨静学[1,2] 苏 华[1,2] 李 岩[1,2] 王云鹏[1]

（1.中国科学院广州地球化学研究所 广州 510640;
2.中国科学院研究生院 北京 100039）

摘 要 由于 Web 2.0 网站和云计算的兴起，传统的关系型数据库在处理大规模数据、对数据的并发操作以及数据库的高可扩展性等方面出现了性能瓶颈，显得力不从心。NoSQL 作为一项全新的数据库革命性运动，其发展趋势日益高涨。非关系型数据库现在成了一个极热门的新领域，非关系数据库产品的发展也是非常迅速的。本文简单介绍了NoSQL 数据库及其基本特点，列举了一些流行的 NoSQL 产品，并对它的前景进行了展望。

关键词 NoSQL; 关系型数据库; 存储模型; 可扩展性

1. 背景

随着网络日益渗透到社会生活中，用户与网站交互的信息量越来越大，数据库服务器的设计好坏，是衡量网站的一个重要标准。Web 2.0时代，是一个数据爆炸的时代。像谷歌、亚马逊这样的企业，每时每刻都有无数的用户在使用它们提供的互联网服务，必然带来巨大的数据吞吐量，在同一时间，会有成千上万的连接对数据库进行操作。而像 Facebook、Twitter 这样的 SNS 网站，每个月产生的数据更是庞大的难以忍受，且这些数据的类型并不能在事先完全预定义到一个 RDBMS 的表中。用户对于数据高并发读写的需求、对海量数据的高效率存储和访问的需求、对数据库的横向扩展性的需求，都成为了关系型数据库无法克服的困难。而关系型数据库主要特性，如数据库事务一致性需求、数据库的读写实时性需求以及多表关联查询需求等，对于 Web 2.0 网站来说却无用武之地。为了解决这类问题，NoSQL 应运而生。

2. NoSQL 简介

NoSQL，又被称为 Not Only SQL，是一种完全不同于传统关系型数据库的数据库管理系统。NoSQL 数据库是指非关系型的、定义不是很明确的数据存储仓库。维基百科为 NoSQL 给出的定义是：NoSQL 是一项运动，这个运动推动了广义定义的非关系型数据储存系统的发展，并打破了长久以来关系型数据库一家独大的局面[1]。

NoSQL 数据库主要用来解决数据库的非关系性、分布式、开源以及横向扩展性等问题，其最初针对的便是网站数据库，特别是超大规模和高并发的 SNS 类型的纯动态网站。它打破

本文得到中国科学院信息化项目（INFO-115-C01-SDB4-060）资助。

了长久以来关系型数据库与 ACID 理论大一统的局面，数据存储也不需要固定的表结构，也不存在连接操作，并且支持分布式存储，能透明的扩展节点，因此在大数据存取上具备了关系数据库无法比拟的性能优势[2]。

NoSQL 的整体架构主要被分为四层（见图 1）。接口层（interface layer），主要作用是为上层应用提供合适和方便的数据调用接口；数据逻辑模型层（logical data model layer），描述数据的逻辑表现形式；数据分布层（data distribution model layer），定义了数据是如何分布的；数据持久层（data persistence layer）主要是定义数据的存储形式。

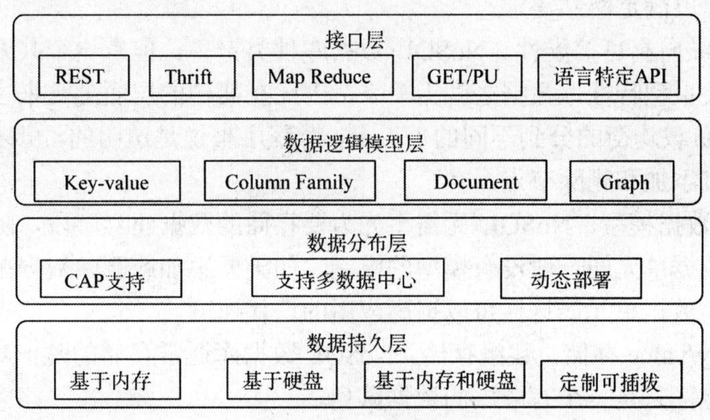

图 1　NoSQL 的整体架构

2007 年，NoSQL 这一概念开始兴起，并且发展得十分迅速，从 2009 年开始，国内的 NoSQL 领域也开始活跃。目前 Google 的 BigTable、Facebook 的 Cassandra、Apache 的 HBase 和 Amazon 的Dynamo 等使用的就是 NoSQL 型数据库，国内的主要有豆瓣的 BeansDB、人人网的 Nuclear、开源的 NoSQL 产品等。

3. NoSQL 的特点

2000 年，Eric Brewer 教授给出了著名的 CAP 理论（见图 2）。在任何数据库设计中，一个 Web 应用至多只能同时具有其中的两个属性，不可能三者兼顾。

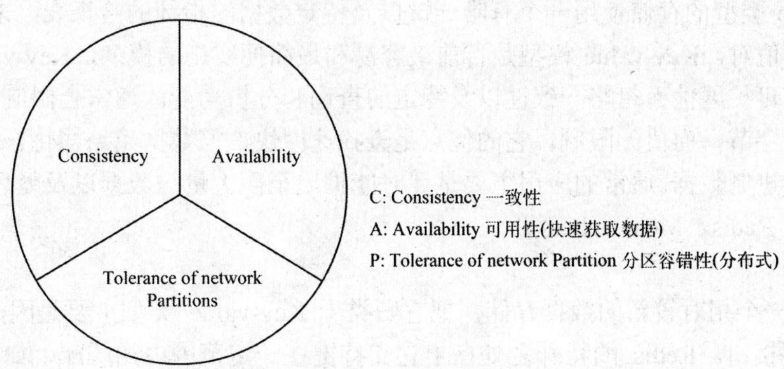

图 2　CAP 理论示意图

NoSQL 的主要目标就是提高横向扩展性，这就需要很强的网络分区容错性，因此采取了 BASE 模型，即 Basically Available（基本可用）、Soft-state(软状态/柔性事务)以及 Eventually Consistency（最终一致性），以牺牲高一致性来获得可用性[3]。

相比于关系型数据库，NoSQL 的优势在于：

（1）避免了不必要的复杂性。关系型数据库提供各种各样的数据和严格的数据一致性，NoSQL 则不需经过全部的一致性检查。

（2）高吞吐量和高性能。NoSQL 数据库能提供比传统关系型数据库高得多的数据吞吐量以及读写性能，以满足网站需求。

（3）横向和纵向高可扩展性。NoSQL 数据库种类繁多，但有一个共同的特点就是去掉了关系数据库的关系型特性。数据之间无关系，因此在架构的层面上带来了可扩展的能力。NoSQL 数据库把负载均衡的分到不同的主机上，对程序来说是透明的，可以在不停止节点服务的情形下，随时添加和删除节点。

（4）灵活的数据模型。NoSQL 无需事先为要存储的数据建立字段，随时可以存储自定义的数据格式，数据单元间一般没有模型的限制。如果要添加或删除数据单元里的数据项，不会影响到其他的数据单元，这样可以提高应用的迭代速度。

（5）列，Key/value 存储，数组存储。NoSQL 数据库通常存储的是一对键值或数组，它们的结构并不固定，只是一个有顺序的数据队列。

（6）快速的查询处理。一些 NoSQL 数据库的查询过程操作可以直接在硬盘上操作，也可以通过内存来加快速度。

（7）经济性。NoSQL 数据库使用廉价服务器集群来管理暴增的数据与事务规模，相对高性能机器的 RDBMS 的集群其有更多的数据节点，且提供了更廉价、更可靠、更多备份的服务。

4. NoSQL 的类型及应用[4-8]

NoSQL 数据库根据使用的数据存储模型不同，大致分为以下几类。

4.1 Key-value 类型

Key-value 类型的存储使用一个有唯一键以及特定数据的指针的哈森表，来实现 Key 指向 Value 的键值对，Key-value 模型是目前最容易和最简便实施的模型，Key-value 的数据存储更为重视高可扩展性而忽略一致性以及特定的查询和分析功能。通常会限制要存储的键的长度为若干个字节，而值无限制。它的优点是查找速度快，但数据无结构化，通常只被当做字符串或者二进制数据。通常的应用主要是针对能扩展至巨大量的数据以及处理大量的负载，代表的产品有 Redis、Memcached 等。

4.1.1 Redis

Redis 是一个相对较新的数据存储，把它归类于 Key-value 类型主要是因为它的地图/字典的应用程序接口。Redis 的特殊之处在于它支持键在一定范围内的匹配，如数值范围和常规的表达式的匹配。Redis 能保存链表和集合的数据结构，而且还支持对链表进行各种操作。Redis 的一个主要优势是将整个数据库统统加载在内存中进行操作，定期通过异步操作把数据库数据 flush 到硬盘上进行保存。因为是纯内存操作，每秒可以处理超过 10 万次读写操作。另外 Redis 也可以对存入的 Key-value 设置终止时间。

Redis 的主要缺点是数据库容量受到物理内存的限制，不能用作海量数据的高性能读写，并且它没有原生的可扩展机制，不具有可扩展能力，要依赖客户端来实现分布式读写，因此 Redis 适合的场景主要局限在较小数据量的高性能操作和运算上。目前使用 Redis 的网站有 github，Engine Yard。

4.1.2 Memcached

广泛应用于大规模和超大规模的网站的 Memcached 是目前流行的减少数据库负载、提升系统的访问速度的途径。Memcached 是一个通用的分布式的超高速内存缓冲系统，它通过将数据和对象存储在 RAM 中来加快动态数据库驱动的网站速度以减少阅读外部数据源的次数。Memcached 提供了一个分布在多台机器上的巨大的哈希表来存储各种格式的数据。但是 Memcached 不能支持节点间的任何复制，对机器故障的容忍度也很小。使用这个系统的网站包括 You Tube、Facebook 和 Twitter 等，Google 的应用程序引擎也通过 API 提供了 Memcached 的服务。

4.2 文档类型

文档类型的数据存储被认为是于 Key-value 类型存储的更高等级，这种半结构化的文档以类似 JSON 格式进行存储，支持与每个键关联的嵌套值，这样就可以对某些字段建立索引，实现关系数据库的某些功能。文档类型 NoSQL 对数据结构要求不严格，表结构可变，不需要像关系型数据库一样需要预先定义表结构，但它的查询性能不高，缺乏标准的查询语法。代表的产品有 MongoDB、CouchDB 等。

4.2.1 MongoDB

MongoDB 是一个用 C++编写、在开源项目里开发的自由模式的文档数据库，它介于关系型数据库和非关系型数据库之间，是非关系数据库当中功能最丰富，最接近关系型数据库的。Mongo 最大的特点是支持的查询语言非常强大，几乎可以实现类似关系型数据库单表查询的绝大部分功能，而且还支持对数据建立索引。

MongoDB 数据库存储在一个 MongoDB 的服务器中，这个服务器能支持多个独立的、单独存储的数据库。MongoDB 自带的 GridFS 分布式文件系统，能支持海量的数据存储，提高海量数据的访问效率。但它的并发读写效率不是特别出色。目前使用 MongoDB 的网站有 SourceForge.net、纽约时报等。

4.2.2 CouchDB

CouchDB（如图 3）是 Apache 基金会的一个开源项目，它是基于 Erlang/OTP 构建的、以 JSON 为数据存储格式的文档型数据库，能支持高并发访问，数据同步以及高容错性的分布式存储。

CouchDB 提供了一个 RESTful JSON API，可以从任何允许 HTTP 请求的环境访问，CouchDB 内置的 Web 管理控制台能直接使用来自浏览器的 HTTP 请求与数据库交流。使 CouchDB 用 JavaScript 以 map/reduce 风格来构建索引及数据查询。它可以在同步复制操作中加上一个过滤器，以便有选择性的同步数据。CouchDB 也提供增量复制，具有双向冲突检测和解决能力。

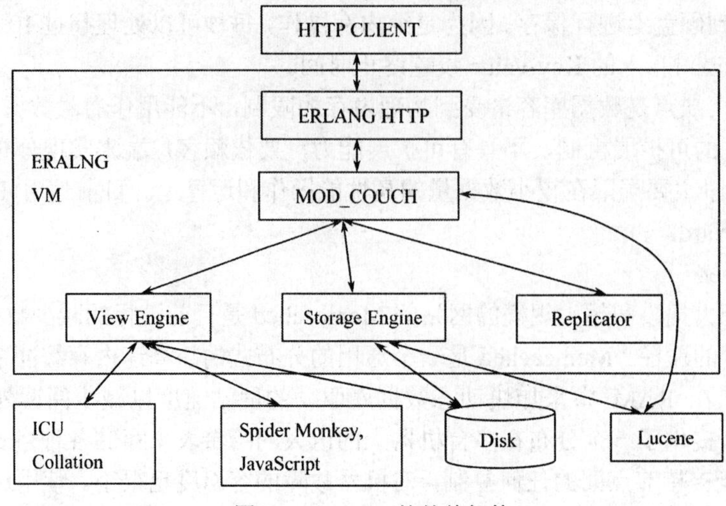

图 3 CouchDB 的整体架构

4.3 面向列型

这类 NoSQL 产品以列簇式存储，将同一列数据存在一起，属于同一列的数据尽可能地存储在硬盘同一页中，这样的话在查询时会节省大量 I/O,也更容易进行分布式扩展，可以在不停止结点服务的情形下，增加更多的结点，它的优点是查找速度快，可扩展性强，但功能相对局限，主要应用于汇总和数据仓库等，代表产品有 Cassandra、Hypertable 等。

4.3.1 Cassandra

Cassandra 项目是 Facebook 在 2008 年以开源方式推出的，目前除了 Facebook 之外，twitter 和 digg.com 都在使用 Cassandra。Cassandra 的主要特点就是它不是一个数据库，而是由一堆数据库结点共同构成的一个分布式网络服务，对 Cassandra 的一个写操作，会被复制到其他结点上去，对 Cassandra 的读操作，也会被路由到某个结点上面去读取。对于一个 Cassandra 群集来说，扩展其性能是比较简单的事情，只需在群集里面添加结点就可以了。

Cassandra 支持动态的列结构，模式灵活，增加或删除字段非常方便，能对 Key 进行范围查询，也支持比较丰富的数据结构和功能强大的查询语言，但和 MongoDB 比其查询功能稍弱一些。

4.3.2 Hypertable

它是搜索引擎公司 Zvents 开发的一款开源分布式数据储存系统。Hypertable 是按照 1000 结点的比例设计，以 C++撰写，可架在 HDFS 和 KFS 上。尽管还在初期阶段，但已有不错的效能。例如，写入 28M 列的资料，各节点写入速率可达 7MB/s，读取速率可达 1M cells/s。Hypertable 目前一直没有太多高负载和大存储的应用实例。

4.4 图类型

图类型的 NoSQL 是基于图论的，包括结点、属性和边，其中结点代表实体，属性表示和结点有关的信息，边代表结点和结点或结点和属性之间的关系（如图 4）。图类型数据库能快速地对关联的数据集、地图等进行操作，直接的应用于面向对象的结构上，对于大数据集具有较强的可扩展性。主要应用于社交网络、推荐系统等，专注于构建关系图谱，代表的产品有 Neo4j、DEX 等。

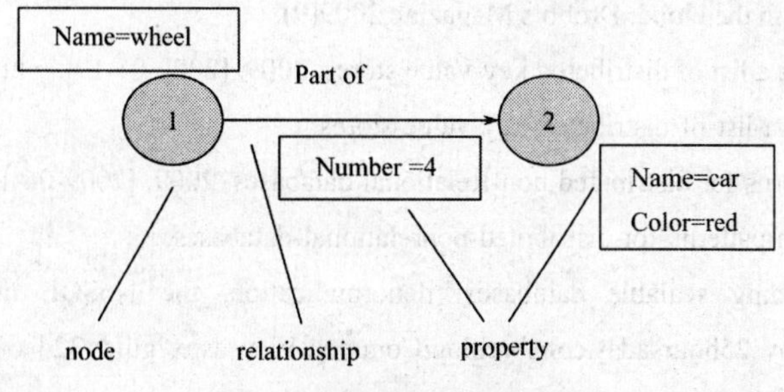

图 4　图类型数据库的构成

4.4.1　Neo4j

Neo4j 是一个用 Java 实现、完全兼容 ACID 的图形数据库。数据以一种针对图形网络进行过优化的格式保存在磁盘上。Neo4j 既可作为无需任何管理开销的内嵌数据库使用；也可作为单独的服务器使用。在这种使用场景下，它提供了广泛使用的 REST 接口，能够方便地集成到基于 PHP、.NET 和 JavaScript 的环境里。开发者可以通过 Java-API 直接与图形模型交互。Neo4j 的数据结构不是必须的，甚至可以完全没有，这样就可以简化模式变更和延迟数据迁移。

4.4.2　DEX

DEX 是一个用 Java 和 C++编写的高性能图类型数据库，能整合多种数据源，它的特征主要是，数据结构是图类型的；数据操作和查询是基于面向图的操作；对数据有一定的限制以保证数据和数据之间关系的整合。DEX 最大的优势是对于大图形有专门的结构以达到高存储和检索性能。

5. NoSQL 的前景

相对于已经存在了 30 多年的 RDBMS 而言，NoSQL 的实际应用才刚刚起步，它作为一种新型的数据库，打破了传统数据库存储的观念，提出了创新的存储方式，能对半结构化或非结构化的信息进行存储、索引和查询，在海量存储、快速访问、分布式、面向较多的并发用户上很好地满足了云计算时代数据存储的要求。但是 NoSQL 数据库还有很多的不足之处，如不提供对 SQL 的支持、很难实现数据的完整性、缺乏强有力的技术支持、技术人员思维的转换等，使得 NoSQL 在短时间内还很难在企业中普及开来，目前并不能完全取代 RDBMS，但在实际应用中可以让两者相互补充，以达到最优效果。

参 考 文 献

[1] http://en.wikipedia.org/wiki/NoSQL.

[2] 李莉莎. 关于 NoSQL 的思考. 中国传媒科技，2010(4):40-41.

[3] Brewer E A. Towards robust distributed systems//Proceedings of the Nineteenth annual ACM symposium on Principles of distributed computing(PODC). New York:ACM, 2000.

[4] Ippolito B. Drop ACID and think about Data. Pycon,2009.[2009-03-28]. http://highscalability.com/drop-acid-and-think-about-data.

[5] North Ken. Databases in the cloud. Drobb's Magazine,2009(9).

[6] Jones R. Anti-RDBMS: a list of distributed key-value stores. 2009. [2009-01-19]. http://www.metabrew.com/article/anti-rdbms-a-list-of-distributed-key-value-stores.

[7] Lipcon T. Design patterns for distributed non-Relational databases. 2009. [2009-06-11]. http://www.slideshare.net/ guestdfd1ec/design-patterns-for-distributed-nonrelational-databases.

[8] Obasanjo Dare. Building scalable databases: denormalization, the NoSQL movement and digg.2009. [2009-09-10].http://www.25hoursaday.com/weblog/CommentView.aspx?guid=324e0852-ba72-4cc4-94bb-66b553fda165.

Discussion on the current development and application of NoSQL

Li Lili[1,2], Yang Jingxue[1,2], Su Hua[1,2], Li Yan[1,2], Wang Yunpeng[1]

（1.Guangzhou Institute of Geochemistry, Chinese Academy of Sciences, Guangzhou 510640, China;

2. Graduate University of the Chinese Academy of Sciences, Beijing 100039, China）

Abstract With the development of Web 2.0 and Cloud Computing, the traditional RDBMS has a lot of difficulties in dealing with ultra large-scale data and high concurrent data processing. NoSQL, as a new revolutionary of database, is growing quickly and strongly. The non-relationship database has been an extremely popular new domain.The development of NoSQL products is very rapid. In this paper, we introduced the NoSQL and its characteristics. We discussed some popular NoSQL products in details. We described the development trends and prospects of NoSQL.

Key words NoSQL; RDBMS; Data Store Model; Scalability.

系统生物学中多组学综合数据库的设计与实现

唐碧霞　王彦青　陈　旭　庞　博　赵文明

(中国科学院北京基因组研究所　北京　100029)

摘　要　系统生物学中多组学综合数据库主要以整合基因组学、转录组学、蛋白质组学等组学数据为主，并提供数据的访问与下载服务。本文从系统的建设过程出发，详细的描述了系统架构设计以及数据库设计方案，并结合在系统开发过程中遇到的问题给出了解决方法，最后本文给出了系统的运行效果图。

关键词　系统生物学；组学；数据库；整合

1. 引言

在第二代高通量测序技术的推动下，生命科学的研究进入了前所未有的新阶段，各类组学数据，如基因组、转录组、蛋白组等层出不穷，科学家对于复杂问题的研究已经不仅仅依赖于单类数据，而更多的需要借助于不同类别的数据来支持和佐证自己的发现或观点，这便是系统生物学（System Biology）的范畴。系统生物学将在基因组序列的基础上完成由生命密码到生命过程的研究，这是一个逐步整合的过程，由生物体内各种分子的鉴别及其相互作用的研究到途径、网络、模块，最终完成整个生命活动的路线图。这个过程可能需要一个世纪或更长时间，因此常把系统生物学称为21世纪的生物学[1]。

系统生物学研究主要以基因组学（Genomics）、转录组学（Transcriptomics）、蛋白组学（Proteomics）等相关组学数据为基础，中国科学院北京基因组研究所拥有产出海量组学数据的能力，同时，启动并参与了诸多国际及国内大项目，如国际人类基因组计划、水稻基因组研究、人类基因转录组研究、人参基因组计划等，并产生了海量组学数据。面对如此大的数据资源，如何进行有效和充分的整合以及如何发掘和表现组学数据之间的关系将是十分迫切且艰巨的工作。

本文从系统的建设过程出发，结合实际的系统设计与数据库设计以及系统实现过程，详细说明了系统生物学中多组学综合数据库的建设方案。

2. 系统的结构与功能

2.1　系统总体结构

系统生物学中多组学综合数据库系统以整合各组学数据为目标，并且随着时间的推移，还需要能满足数据更新与数据扩展的需求。因此，如何设计出一个灵活、可扩展的系统结构与数据库结构是本系统在设计时要考虑的关键问题。

MVC是目前比较成熟的Web应用程序开发架构，通过将应用程序分成模型、视图、控制器三层，使得系统具有较低的耦合性从而保证了系统扩展性。而SSH（Struts+Spring+Hibernate）是目前比较流行的J2EE应用程序开发框架组合，其中Struts[2]与Spring[3]框架的实现采用了MVC的架构思想。因此，使用该框架组合搭建出来的应用程序，其本身具有一定的可扩展性。本系统架构是在SSH框架的基础上，结合实际的应用需求设计出来的，具体如图1所示。

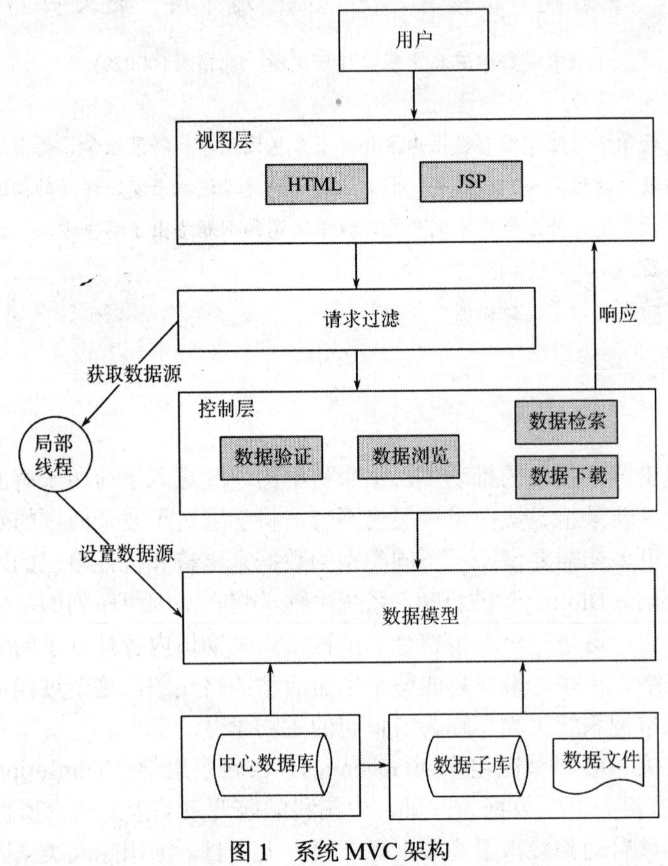

图1 系统MVC架构

整个业务流程如下：用户通过视图层的操作界面发出请求，首先要通过请求过滤模块进行过滤处理。请求过滤程序从页面请求参数中过滤出数据库访问请求类型，并抽取出数据源参数，保存在局部线程（ThreadLocal）的数据源变量中，用于后面的数据模型。在控制层，根据已配置好的请求处理程序，调用不同的业务控制模块进行请求处理，业务控制模块在执行时，则调用相应的数据模型进行业务逻辑处理。数据模型中涉及数据库访问操作时，需要先从ThreadLocal中获取数据源参数，然后利用该数据源参数去获取相应的数据库连接，并执行SQL语句获取数据，然后将数据结果返回至控制层。最后，控制层根据配置好的请求返回页面将响应返回到相应的页面，页面解析返回数据，并最终显示给用户。

基于此系统架构，底层子数据库可以根据需求进行扩展，只需在数据模型中，编写相应的业务逻辑处理程序，并在Spring配置文件中配置数据源即可。中间的控制层，能灵活加入各种功能模块，可适应今后系统功能扩展的需求。

2.2 系统实现的关键功能

系统生物学中多组学综合数据库系统主要是提供数据访问服务，因此，实现的功能主要集中在数据浏览与数据检索上。对于数据浏览，主要是提供多样化的数据浏览方式，如基于图形界面的浏览方式将数据以图形化的方式进行展示，方便用户查看数据；基于平文格式的数据浏览主要是参考国际上一些基因组序列显示格式如GenBank[4]，从而符合用户阅读序列数据的习惯。对于数据检索，本系统实现了元数据检索、跨库检索、位置检索、数据库表检索四种方式，适应多样化的数据检索需求。下面对各数据检索功能进行简单介绍。

（1）元数据检索。元数据检索是基于中国科学院网络中心开发的资源注册系统中的元数据注册功能进行开发集成的。本系统注册了所有子库的元数据信息，注册的信息包括数据库建设目的、数据分类、数据范围、数据来源、数据量、联系人等。用户可以根据本系统服务界面提供的"查找数据库"功能进行元数据检索。在界面上输入查询关键字查找各数据子库著录的元数据信息，关键字的类别包括作者、题名、关键字等，查询结果以列表形式显示。

（2）跨库检索。跨库检索最初的开发目的是源于物种同源性分析，而基因的同源性在生物学领域中具有较广泛的意义，因此实现基因的跨库检索对物种同源性研究具有较为重大的意义。

本系统实现的针对基因的跨库检索只是对基因名的检索，属于数据较初级层次的跨库检索。用户在跨库检索界面上，能选择在所有物种或指定物种中进行跨库检索，然后输入检索关键词，系统将会到指定的数据库中进行检索，并将检索结果返回。今后，将会基于发掘出来的数据关联关系开发出更深层次的跨库检索功能。

（3）位置检索。基因组序列是基于长度的，因此，基于位置进行检索是较常用的检索方式。基于位置的检索并不是针对某一物种的某一种数据类型进行检索，而是需要将该位置范围内的所有数据类型的信息显示出来，而且有时会涉及多个物种。针对此种需求，国际上一些公共数据库常采用的方式是使用基因组浏览器图形化显示数据，如 NCBI 的 MapViewer[4]、UCSC 的 Genome Browser[5]等。本系统采用开源的基因组浏览器 GBrowse[6] 来显示基因组序列数据，并结合 GBrowse 开发了基于位置检索的 Genome View 功能。用户可以在界面上选择物种，输入染色体位置范围或基因进行检索，检索结果页面将转向 GBrowse 显示界面。

（4）数据库表检索。数据库表检索是为了满足用户通过设置数据库关键字段的查询条件，检索细粒度范围内的数据需求。本系统提供的数据库表检索功能支持多字段查询条件的设置，用户可以针对某一子库，选择多个字段进行组合查询，支持模糊查询，检索结果以列表形式给出。

3. 数据库结构设计

本库以物种为单位，建立各物种数据子库。对于属于同一物种的不同亚种，考虑亚种数据量以及亚种数据的更新，在进行设计时，以亚种为单位建立数据库。不同物种之间以物种分类号（tax id）进行区分，不同亚种则以亚种名进行区分。各物种或亚种子库统一命名为 odbcdb_数据库名_年限_版本号。在物种（或亚种）数据库存储的数据类型包括基因组数据以及部分转录组数据等多种组学类型的数据。

在数据库的建设过程中，元数据的管理极为重要，是用户和建库人员了解数据库基础信息的重要渠道。在物种数据库之上，通过建立中心数据库对各子库的元数据进行管理。在元数据中，定义了各子库的数据库编号，该数据库编号将作为用户界面识别和访问不同子库的关键信息。另外，考虑到数据库版本或版权问题，某些子库可能并不对外部提供服务，通过设定“是否可用”与“是否对外开放”字段控制子库的访问。中心数据库根据系统的实现功能，还建立了一些数据库表如映射表等用于数据的整合。

在物种子数据库中，除使用数据库记录来存储数据信息外，还有很大一部分信息是以文件方式进行存储的，如基因序列等。因此对于数据文件有必要建立相应的元数据来对文件内容进行描述，方便对文件的管理。

整个数据库的数据组织方式如图2所示。

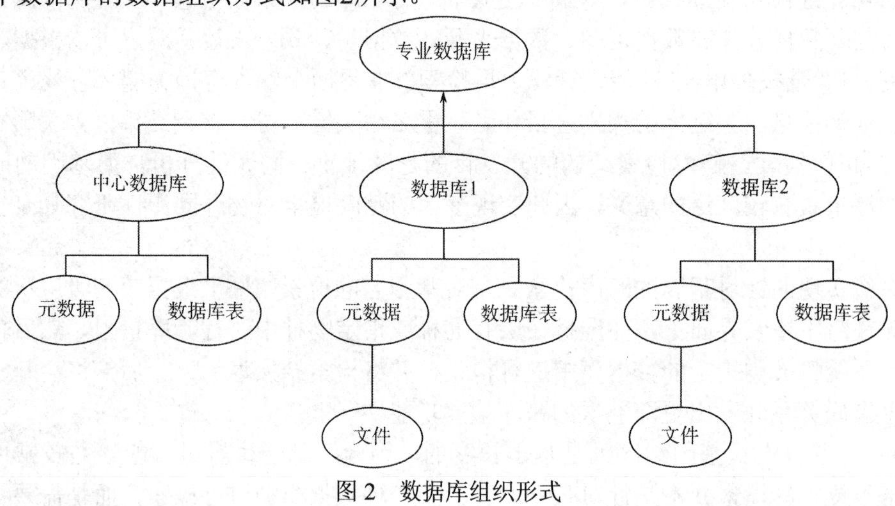

图 2 数据库组织形式

采用这种数据库组织形式，今后在加入新物种（或亚种）或更新物种（或亚种）数据信息时，其元数据信息必须在中心数据库注册。中心数据库将作为数据浏览和数据库检索的入口数据库。通过这种方式，方便今后数据库的扩展。

4. 系统实现的关键问题及解决方法

本系统基于动态网页开发技术JSP以及SSH框架实现，后台数据库采用MySQL存储数据。在页面前端使用JavaScript、Ajax[7]等技术提供较好的界面友好性。在系统实现过程中，主要解决了以下关键问题。

4.1 数据源动态设置

对于多数据库系统来说，比较关键的问题是如何根据用户的数据请求，去访问相应的数据库获取数据，即数据源动态设置的问题。对于使用SSH框架实现的Web应用程序来说，这个问题更为明显。Spring的配置文件中要求用户必须先指定数据源参数，并且在数据库访问类中指明使用的数据源（DataSource）,在程序访问数据库时，将使用该数据源配置参数去连接指定的数据库。如果配置固定的数据源将无法满足数据源动态配置的需求。

本系统在实现时，编写了一个动态数据库源类（MultiDataSource），用于根据请求数据源参数动态从上下文应用环境中获取数据源。配置文件的数据源配置中使用MultiDataSource。用户请求传到控制层时，控制层将首先解析请求数据库的相关参数，将此参数传入到业务逻辑层，业务逻辑层将调用数据访问层相应的数据库操作函数（本系统使用jdbcTemplate），在SQL语句执行前，数据访问层将调用MultiDataSource获取相应的数据源，并使用该数据源连接数据库，然后执行相应的SQL语句从数据库中获取数据。

4.2 跨库检索实现

跨库检索能整合多个数据库的信息资源并呈现给用户，是多数据库系统比较常见的检索方式。跨库检索较常见的问题是数据库表结构不一致，不利于某一数据类型的统一检索。

由于历史原因，本系统多个物种的基因表结构并不完全相同，本文在进行数据库表设计时，对于基因的表结构差异通过建立映射表的方法解决，从而便于今后系统的扩展。在进行检索时，先检索映射表，得到各库实际对应的基因字段，然后再去各库对应的基因表进行检索。基于基因的跨库检索目前仅仅是基于基因名进行检索，并没有考虑基因的结构与功能。

本系统在实现时，采用Ajax技术实现多数据库的跨库检索。用户在界面发出请求后，前台页面的Javascript获取用户的检索关键词，并组装请求参数，通过Ajax向多个数据库发出检索请求。任一数据库完成检索后，都会通过Ajax的回调函数局部更新页面标签，将检索结果嵌入。通过Ajax技术并不需要等待所有库检索完成后，才返回检索结果，从而提高用户体验。

5. 数据库应用

系统生物学中多组学综合数据库系统目前主要集成了水稻、家蚕、家鸡、流感病毒和人的dbSNP数据，提供数据浏览、检索与下载功能。已对外提供数据访问服务，该服务站点的所有数据均免费向用户开放，用户不需登录即可访问。图3给出了该系统的访问界面。

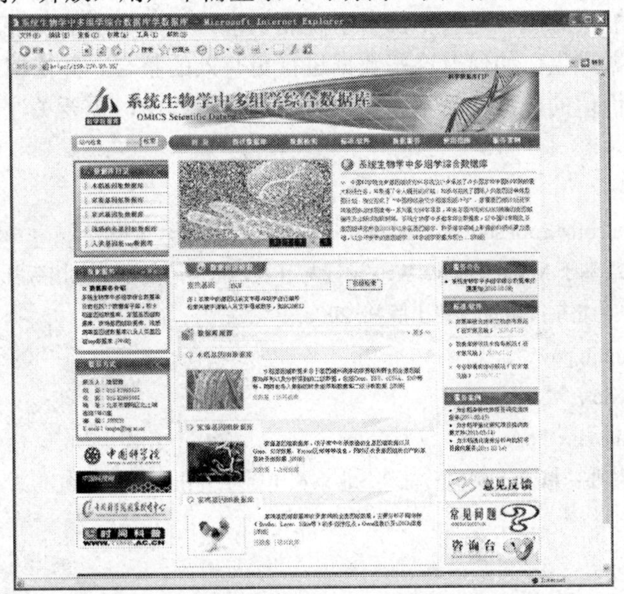

图3 系统生物学中多组学综合数据库访问界面

图4给出了数据全局检索界面。用户选择检索物种后，输入检索关键字，系统将给出在不同库中的数据检索记录结果数。点击结果数，将会看到记录的详细信息。

图5给出了基于位置检索的基因组浏览器的检索界面及相应的GBrowse结果显示页面，GBrowse中显示的是水稻*indica* 9311亚种在染色体1上位于检索位置范围内的Gene数据分布情况。

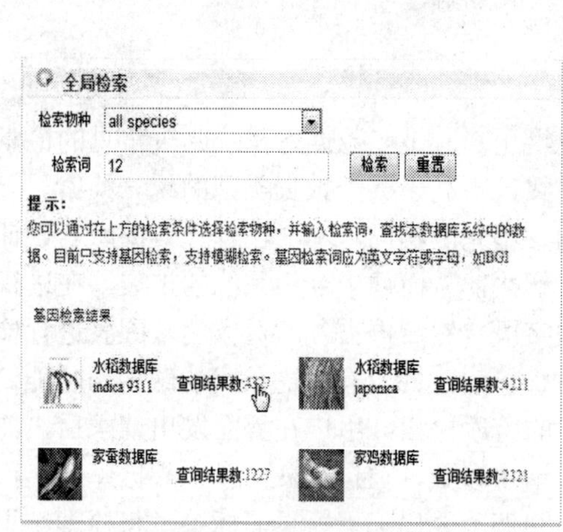

图 4　数据全局检索界面

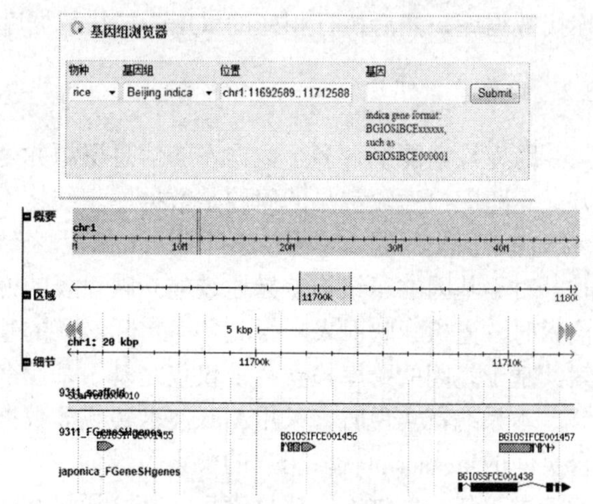

图 5　基于位置检索的 Genome View

6. 总结

系统生物学中多组学综合数据库以建立综合型组学数据库为目标，目前集成了水稻、家鸡、家蚕、流感病毒以及人的dbSNP数据供用户访问。本文结合系统生物学中多组学综合数据库系统的建设过程，详细描述了系统架构设计以及数据库结构设计，并结合在实现过程中遇到的问题给出了解决方法。随着中国科学院北京基因组研究所的发展，今后将会有更多的基因组与转录组数据产生，如何对这些数据进行更有效的整合，并挖掘出这些数据的关联关系，提供更有科学价值的数据，是本库在今后的建设过程中，需要关注的内容。

参 考 文 献

[1] 杨胜利. http://renwu.ebioe.com/show/52766.htm.

[2] 孙玉琴.精通 Struts：基于 MVC 的 Java Web 设计与开发. 北京：电子工业出版社, 2006.

[3] 李刚.Spring2.0 宝典. 北京：电子工业出版社, 2006.

[4] http://www.ncbi.nlm.nih.gov/.

[5] http://genome.ucsc.edu/.

[6] http://gmod.org/wiki/Main_Page.

[7] 柯自聪. Ajax 开发精要：概念、案例与框架. 北京：电子工业出版社, 2006.

Design and Implementation on Omics Database for System Biology

Tang Bixia, Wang Yanqing, Chen Xu, Pang Bo, Zhao Wenming
(Beijing Institute of Genomics,Chinese Academy of Sciences,Beijing 100029,China)

Abstract The omicsdatabase for system biology aims to integrate different omics data such as genomics, transcriptomics and proteomics as well as provide data access services to academicusers. This paper focuses on the construction of omics database system, describes the system structure and the database design,discusses some key problems during the development, and finally provides some practical pictures of this system.

Key words System Biology;Omics;database integration

Web数据库安全技术分析及其应用

李宏波　卢振举

（中国科学院大连化学物理研究所　大连　116023）

摘　要　如今Web应用服务已经成为非常流行的网络服务，同时也是最常遭受攻击的服务，而且Web攻击会对网络服务和日常工作造成严重的损失。除了已知的安全漏洞之外，越来越多的Web应用层安全问题暴露了出来。因此，如何有效的保证Web数据库的安全，实现数据的保密性、完整性和有效性，已成为业内人士探索研究的重要课题之一。本文通过对储氢材料数据库的结构体系、应用中的安全技术、存在的安全漏洞和面临的各种安全威胁的分析，介绍了储氢材料数据库所采用的几种数据加密手段以及达到的安全效果。

关键词　Web安全；数据库安全；安全技术

1. 引言

随着网络通信与计算机技术的飞速发展，Web应用以及数据库的应用已十分广泛，深入到各个领域，但随之而来产生了数据的安全问题。各种应用系统的数据库中大量数据的安全问题、敏感数据的防窃取和防篡改问题，越来越引起人们的高度重视。数据库系统作为信息的积聚体，是计算机信息系统的核心部件，其安全性十分的重要。目前针对Web数据库的应用级入侵已经变得越来越的猖狂，如SQL注入、跨站点脚本攻击和未授权的用户访问等。

本文主要针对Web数据库严峻的安全现状，依托储氢材料数据库，重点介绍了Web数据库的结构体系、应用中的安全技术、存在的安全漏洞和面临的各种安全威胁。并从数据库安全的内涵出发，分析影响数据库安全的因素，提出了数据库系统的安全体系3个层次框架。着重论述了这3个层次的数据库安全控制采取的技术手段，实现了数据库多层安全控制技术协作与管理[1]，更可靠地保证了数据库的安全。

2. 数据库系统的结构体系

2.1　数据库的分级结构

数据库体系结构上呈现三级结构的特征，从外到内依次为外模式、模式和内模式。用户级数据库是单个用户看到和使用的数据库，称为子模式，也叫外模式。概念级数据库应对于概念模式，简称模式，是对数据库所有用户的数据的整体逻辑描述，通常又称为DBA视图，即数据库管理员看到的数据库。物理级数据库对应于内模式。它包含数据库的全部存储数据，这些被存储在内、外存介质上的数据也被称为原始数据，是用户操作加工的对象。

2.2 C/S 和 B/S 结构

C/S 结构（Client/Server，客户机/服务器）：C/S 结构是软件系统体系结构，通过它可以充分利用两端硬件环境的优势，将任务合理分配到客户端和服务器端来实现，从而降低了系统的通讯开销。服务器通常采用高性能的 PC、工作站或小型机，并采用大型数据库系统，如 Oracle、Sybase 或 SQL Server。

B/S 结构（Browser/Server，浏览器/服务器）：B/S 结构是一种以 Web 技术为基础的新型管理信息系统（management information system，MIS）系统架构。B/S 结构把传统的 C/S 结构中服务器部分分解为一个数据服务器和一个或多个应用服务器（Web 服务器），从而构成一个三层结构的客户服务器体系。

2.3 C/S 和 B/S 结构安全性分析

在广义安全性上，由于 C/S 结构软件的数据分布特性，客户端所发生的火灾、盗抢、地震、病毒、黑客等都是可怕的数据杀手；另外，对于集团级异地软件应用，C/S 结构的软件必须在各地安装多个服务器上面，并在多个服务器之间进行数据同步。如此一来，每个数据点上的数据安全都影响了整个应用的数据安全。所以，对于集团级的大型应用来讲，C/S 结构软件的安全性是令人无法接受的。对于 B/S 结构的软件来讲，由于其数据集中存放于总部的数据库服务器，客户端不保存任何业务数据和数据库连接信息，也无需进行数据同步，所以这些安全问题也就自然不存在了[2]。

在狭义的安全性上，C/S 模式相对于 B/S 模式提供了更安全的存取模式。由于 C/S 是配对的点对点的结构模式，采用适用于局域网、安全性比较好的网络协议，所以安全性可以得到较好的保证。而 B/S 因为采用点对多点、多点对多点的开放的结构模式，并采用 TCP/IP 等运行于 Internet 的开放性协议，所以其安全性只能靠数据服务器上管理密码的数据库来保证。

3. 储氢材料数据库的安全技术

3.1 储氢材料数据库简介

储氢材料数据库项目由中国科学院大连化学物理研究所一批专业领域内的专家和学者建设，项目主要包括收集、鉴别、整理已经公开发表的国内外文献出版物中储氢材料的结构和性能方面的基础数据，同时结合自主研发的新型储氢材料，通过本单位的结构分析、性能测试、理论计算等方法获得可靠的储氢材料基础数据。

众所周知，储氢材料的结构和性能方面的基础数据对研究开发新型高性能储氢材料具有重要的参考价值和指导意义。但是，在国内外各种文献、出版物中的储氢材料数据较为分散，部分数据相互矛盾，目前尚无较为权威和完善的储氢材料数据库，这在一定程度上造成了信息资源的利用率低和科学实验工作缺乏参考依据。

储氢材料数据库不仅能成为国内外科研人员在储氢材料研究领域的有效工具，而且能广泛地为相关的生产行业服务，产生经济和社会效益。数据库的建立和运作必将为储氢材料研究领域的科研工作者提供良好的信息交流平台，促进储氢材料的设计与开发，为早日实现“氢能经济”、保护环境和解决能源危机做出贡献。

3.2 储氢材料数据库采用的网络系统层安全技术

网络系统是数据库应用的外部环境和基础，是外部入侵数据库安全的第一道屏障。网络系统层的安全防范技术有多种，大致可以分为防火墙、入侵检测、协作式入侵检测技术等。储氢材料数据库主要针对网络系统的数据库的影响，采用如下防护手段。

（1）防火墙。系统的第一道防护屏障，监控可信任网络和不可信任网络之间的访问通道，拦截来自外部的非法访问并阻止内部信息的外泄。防火墙技术主要有三种：数据包过滤器、代理和状态分析。现代防火墙产品通常混合使用这几种技术。

（2）入侵检测（IDS）。此技术综合采用了统计技术、规则方法、网络通信技术、人工智能、密码学、推理等技术和方法，通过监控网络和计算机系统来分析是否出现被入侵或滥用的征兆。它已经成为监控和识别攻击的标准解决方案，是安全防御系统的重要组成部分。

（3）协作式入侵检测技术。独立的入侵检测系统不能够对广泛发生的各种入侵活动都作出有效的检测和反应，为弥补独立运作的缺陷，提出了协作式入侵检测系统。在协作式入侵检测系统中，IDS 基于一种统一的规范，入侵检测组件之间能自动地交换信息[3]，并且能通过信息的交换得到对入侵的有效监测，可以应用于不同的网络环境。

3.3 储氢材料数据库服务器操作系统的安全技术

操作系统是数据库的运行平台，能够为数据库提供第二道安全保护。操作系统的安全控制方法主要采用隔离控制、访问控制、信息加密和审计跟踪。储氢材料数据库的服务器端在操作系统方面主要采用的技术有以下几个方面。

（1）操作系统安全策略。此办法用于配置本地计算机的安全设置，包括密码策略、账户锁定策略、审核策略、IP 安全策略、用户权利指派、加密数据的恢复代理以及其他安全选项。

（2）安全管理策略。指网络管理员对系统实施安全管理所采取的方法及策略，其核心是保证服务器的安全和分配好各类用户的权限。

3.4 储氢材料数据库管理系统层安全技术

数据库安全性很大程度上取决于数据库管理系统（DBMS）。DBMS 层次的安全技术主要是用来解决当前面两道防御已被突破的情况下仍能保障数据库数据的安全的问题，这就要求 DBMS 必须有一套强有力的安全机制。在数据库的管理和系统层面，储氢材料数据库采用了大量的安全技术，如下几个方面。

1）身份认证。

储氢材料数据库的用户身份认证是 DBMS 提供的最外层安全保护措施，目的是防止非法用户访问系统，包括身份验证和身份识别。通过身份验证来核实访问者的身份，阻止未授权用户的访问；而通过身份识别，可以防止用户的越权访问。目前，身份验证采用最常用、最方便的方法是设置口令法，但近年来，一些更加有效的身份验证技术迅速发展起来，如智能卡技术、物理特征（指纹、虹膜等）认证技术[4]、数字签名技术等这些具有高强度的身份验证技术已日益成熟，并取得了不少应用成果。

在 Web 应用当中，我们是通过数字证书进行身份认证的。我们将经过权威中心 CA（Certification Authority）签名过的数字证书发送给对方，对方通过验证 CA 的数字签名，可以证实发送方正是证书上所声明的实体，从而达到身份认证的目的。

2）访问控制。

一般来说，访问控制的目的是确保用户对数据库只能进行经过授权的相关操作，是信息安全保障机制的核心内容，是实现数据保密性和完整性机制主要手段。在储氢材料数据库的用户访问控制机制中，我们把被访问资源称作客体，而以用户名义进行资源访问的进程、事务等实体称作为主体。

传统的访问控制机制有两种：自主访问控制（discretionary access control，DAC）和强制访问控制（mandatory access control，MAC）。这两种访问控制策略从不同角度来实现主体访问的合法、客体数据的安全存取，以及对数据库系统有权执行不同操作[5]。储氢材料数据库采用的是 MAC 机制，针对于不同类型的信息采取不同层次安全策略，对不同类型的数据进行访问授权。

3）存取控制。

为了实现数据安全，当主体访问客体时，就要进行存取控制合法性检查，检查该用户（主体）是否有资格访问这些数据对象（客体），具有哪些访问权限（如新建、读取、增加、删改等）。储氢材料数据库的存取控制机制主要包括两部分。

（1）定义用户权限，并将用户权限登记到数据字典中。用户权限是指不同的用户对于不同的数据对象允许执行的操作权限。系统必须提供适当的语言定义用户权限，这些定义经过编译后存放在数据字典中，被称作安全规则或授权规则。

（2）合法权限检查。每当储氢材料数据库用户发出存取数据库的操作请求后，DBMS 查找数据字典，根据安全规则进行合法权限检查，若用户的操作请求超出了定义的权限，系统将拒绝执行此操作。

4）数据加密。

数据加密是防止数据库中数据泄露的有效手段，是数据库安全的最后一道重要安全防线。数据库加密的基本思想就是根据加密算法将原始数据（明文）转换为一种难以直接辨认的密文存储在数据库中，查询时将密文取出解密后得到明文，从而达到信息隐藏的目的，即使黑客窃取了关键数据，仍然难以得到所需的信息。另外，数据库加密后，不需要了解数据内容的系统管理员不能见到明文，也大大提高了关键数据的安全性。

储氢材料数据库的数据加密主要有对称密钥加密技术（常采用 DES 或 IDEA 加密算法）和公开密钥加密技术（常采用 RSA 加密算法）[6]。根据本数据库的实际情况，数据库加密宜采用以记录的字段数据为单位进行加/脱密、以公开密钥“一次一密”的加密方法。采用这种加密方式时，加/脱密运算可以放在客户端进行，其优点是不会加重数据库服务器的负载并可实现网上传输加密，缺点是加密功能会受限制。

5）推理控制。

储氢材料数据库所采用的推理控制可以使用户从合法查询中，推导出不该获得的保密数据。我们的目标就是防止用户通过间接的方式获取本不该获取的数据或信息。对付统计推理的技术我们采用的有两种。

（1）数据扰动。事先对需要进行统计的敏感数据进行加工。

（2）查询控制。对统计查询的控制是比较成功的技术，目前在统计本数据库中应用已有较多成功经验，该技术大部分是控制可以查询的记录数而使用的。

总之，储氢材料数据库所采用的这些安全技术不是相互独立的，而是彼此依赖，相互支持的。访问控制的正确性依赖于安全的识别和鉴别机制，安全的识别和鉴别机制也是审计的基础，而为了具有安全的识别和鉴别机制，有必要采用加密技术等。

4. 目前发现加密技术对数据库的影响

从目前的使用情况来说，DBMS 的功能比较完备，特别像 Oracle、Sybase 这些结构的数据库管理系统，拥有许多数据库管理和应用的开发工具。然而，储氢材料数据库数据加密以后，在实际应用中，DBMS 的一些功能将无法直接使用。有以下几种情况发生过。

（1）数据库表间的连接码字段不能加密。在数据模型规范化以后，数据库表之间存在着密切的联系，这种相关性往往是通过外部编码联系的，这些编码若加密就无法进行表与表之间的连接运算。

（2）数据库加密字段不能实现索引功能。为了达到迅速查询的目的，数据库文件需要建立一些索引。不论是字典式的单词索引、B 树索引或 HASH 函数索引等，它们的建立和应用必须是明文状态，否则将失去索引的作用。有的 DBMS 中可以建立索引，这类索引也需要在明文状态下建立和维护使用。

（3）密文数据无法实现 SQL 的排序、分组和分类功能。Select 语句中的子句分别完成分组、排序、分类等操作。这些子句的操作对象如果是加密数据，那么解密后的明文数据将失去原语句的分组、排序、分类作用，这不是数据库用户所需要的。

（4）无法实现对数据制约因素的定义。由于数据库管理系统定义了数据之间的制约规则。数据一旦加密，DBMS 将无法实现这一功能，而且，值域的定义也无法进行。

5. 储氢材料数据库常遇到的攻击类型和技术

5.1 硬件层攻击技术

硬件层典型的攻击技术是通过地址解析协议欺骗获取管理员口令，地址解析协议（address resolution protocol，ARP）是一个位于 TCP/IP 协议栈中的低层协议，负责将某个 IP 地址解析成对应的 MAC 地址[7]。ARP 具体说来就是将网络层（IP 层，相当于 OSI 的第三层）地址解析为数据连接层（MAC 层，相当于 OSI 的第二层）的 MAC 地址。

5.2 系统层攻击技术

端口扫描系统漏洞是在系统层常见的攻击技术，漏洞扫描主要通过以下两种方法来检查目标主机是否存在漏洞：一是在端口扫描后得知目标主机开启的端口以及端口上的网络服务，将这些相关信息与现有的漏洞库进行匹配，查看是否有满足匹配条件的漏洞存在；二是对目标主机系统进行攻击性的安全漏洞扫描，如测试弱势口令等。漏洞扫描大体包括 CGI 漏洞扫描[8]、POP3 漏洞扫描、FTP 漏洞扫描、SSH 漏洞扫描、HTTP 漏洞扫描等。

5.3 数据库层攻击技术

SQL 注入攻击指在不采用任何工具等外界手段的情况下直接对主机数据库进行操作，例如，窥视数据库、猜测用户密码，甚至利用数据库控制主机。导致 SQL 注入主要是由于 Web 主机中的数据未过滤敏感字符所导致，其特点在于可穿透一般的防火墙，不留下任何痕迹。同样的方法可以猜测出用户的密码。SQL 注入的主要危害：一是未经授权状况下操作数据库中的数据；二是恶意篡改网页内容；三是私自添加系统账号或者是数据库使用者账号。

6. 储氢材料数据库采取加密技术后的效果

本案例通过对储氢材料数据库所采用的几种加密技术的应用，针对网络数据库管理系统的安全性进行了深入的分析，结合以上章节提出的 Web 数据库安全模型，实际应用并解决系统中安全性的问题并加以实现。自从储氢材料数据库所采用的几种加密技术正式应用和推广以来，没有出现数据丢失现象，数据库系统运行状态良好，系统的安全性大大地提高。

7. 展望

随着我国信息化进程的进一步深入，许多政府机构、科研院所、军事部门和企业、公司都将大量信息存储在数据库系统上，那么研究如何保卫信息战的核心数据库资源就显得尤为重要。Web 技术本身处于不断的发展变化中，各种针对 Web 应用的攻击手段也层出不穷，我们需要时刻研究 Web 应用的最新技术和 Web 应用攻击的原理，这样才能为 Web 应用和互联网的发展提供有力的安全保障。

参考文献

[1] 罗琼,张立臣.多级实时数据库的安全性策略.计算机应用与软件, 2005, 22(7):133-135.

[2] Tanenbaum A S. 计算机网络. 第 4 版. 潘爱民, 译. 北京: 清华大学出版社, 2004.

[3] Splaine S. Web 安全测试. 北京: 机械工业出版社, 2003:56-89.

[4] 陈玮.MD5 加密原理及安全性分析. 电脑知识与技术, 2007, 10:87-88.

[5] Michael Ault. Oralce 数据库管理与维护技术手册. 江漫, 张斌, 杨帆, 等译. 北京: 清华大学出版社, 2003.

[6] 张耀疆. 聚焦黑客——攻击手段与防护策略. 北京: 人民邮电出版社, 2002.

[7] Scott Short. Building XML Web Services for the Microsoft. NET Platform. USA:Microsoft Press, 2002.

[8] 徐洁磐. 网络环境下数据存取安全性探讨. 计算机科学, 2000, 27(10):267-27l.

Analysis and Discussion on Web Database Security Technology

Li Hongbo, Lu Zhenju
(Dalian Institute of Chemical Physics, Chinese Academy of Sciences , Dalian 116023,China)

Abstract Web application services are widely used and frequently attacked in various network applications nowadays. An attack aimed at a Web site will cause severe damage to network service and daily work. How to effectively ensure the security of Web database, implement the privacy, integrity and security of the database, is one of the most important topics for professionals. This paper introduces some data encryption technologies and safety effectiveness for hydrogen storage materials databases by analyzing the system architecture, safety technology and safety menace of hydrogen storage materials databases.

Key words Web security; database security; security technology

Linked Data 在科学数据库中的应用探讨

沈志宏[1,2,3]　胡良霖[1]　侯艳飞[1]　黎建辉[1]

（1. 中国科学院计算机网络信息中心　北京　100190;

2. 中国科学院国家科学图书馆　北京　100080;

3. 中国科学院研究生院　北京　100049）

摘　要　科学数据研究人员一直为科学数据的共享寻求一种合理、实用的共享机制和技术框架，Linked Data 的提出为此给出了一种低成本、标准化的方案。由于 Linked Data 与现有 Web 架构的完全兼容、支持语义以及数据之间的可关联性，该机制完全适用于科学数据库。我们可以基于 Linked Data，构建关联的科学数据网络（WoSD），并借此开发上层的数据消费应用，从而为科研人员的知识发现提供更好的途径。本文在开始部分简单回顾了"十一五"期间科学数据库在数据发布与共享技术方面所取得的进展，并分析了其在面向高级数据应用时可能存在的问题与挑战。接着本文结合 Linked Data 的应用现状，做出了构建科学数据关联网络的设想，并就其目标和关键步骤做了深入的思考。最后，本文给出总结，并对 Linked Data 在科学数据库中应用前景做出展望。

关键词　Linked Data;科学数据;数据集;数据云图;语义增强;关联;数据发布

1. 问题与挑战

作为人类知识的重要组成部分，科学数据在知识发现和后续科研活动中发挥了重要的作用。以"十一五"期间的科学院数据库为例，科学数据应用环境项目所涉及的 2 个参考型数据库、8 个主题数据库、4 个专题数据库、37 个专业数据库数据库，积累了可共享数据量达 148TB①。那么，如何帮助 Web 上的每个角落的科研人员以及科研应用便捷的发现并获取到这些数据呢？可以看到，"十一五"期间，各建库单位通过自己开发或者基于可视化数据管理与发布工具 VisualDB②建立起了专业数据库服务网站，通过遵循统一的界面风格、服务模式、用户认证等标准规范，构建了由 51 家数据服务网站组成的科学数据网站群，为最终的用户提供了 Web 化的数据共享。

但是，目前的这种 Web 化共享还是仅仅基于 Web 页面的共享，实际上已经有越来越多的应用程序开始关注起科学数据的本身（raw data），而非它的 HTML 展现（Web 页面）。如果说在"十一五"期间，已经收获了一套界面友好、内容丰富的网站群。那么在接下来的"十二五"期间，能否同样收获到高质量、格式良好的数据源群呢？

基于 Web 的数据分布式访问技术并不是一个新话题，人们已经通过 ROA、SOA 等 Web

① http://resstat.csdb.cn

② http://vdb.csdb.cn

架构构建出 RESTful 的、基于 SOAP 或者二进制消息格式③的 Web Service 应用。通过封装不同的 Web API，支持数据消费程序完成数据的远程访问和在线 Mashup。此外，人们通过元搜索、网页搜索引擎等技术完成对分布式数据源的集成搜索。然而，这些技术方案存在着两个不足。其一，这些技术采取的是一种封闭的、非标准化的服务方式，Web Service 和 Web API 的接口往往取决于服务商，而且它们往往只适用于某个系统，如 Google API 和 Yahoo API，很难指望它们在接口定义上采用同样的标准；其二，无论是 JSON 还是 XML，一旦脱离了开发手册，人们根本无法知道其中任何一个属性（如 title）的含义，也无法通过它们来表达“斑头雁”与“鸟”不同实体之间的上下位关系，以及“CO_2”与“二氧化碳”代表的实体的 sameAs 关系等。基于这种弱语义的数据格式，后期的数据交换、处理与集成就显得尤为困难。一言以蔽之，这些数据根本没有准备好在 Web 环境下的共享和表达，它们天生只适用于封闭、自治的系统。

那么，是否可以找到一种更好的机制，这种机制要求足够轻量，足够标准化，既能使数据在 Web 环境中的共享更为便利，又不至于造成高的升级成本，且不会影响到已有的 Web 架构及科学数据库格局。

2. Linked Data 及应用现状

2006 年 7 月，Web 的发明人 Tim Berners-Lee 提出 Linked Data④，次年 6 月由 Chris Bizer 与 Richard Cyganiak 向 W3C SWEO（Semantic Web Education and Outreach）提交了关联开放数据⑤（linking open data，LOD）项目申请，很快 Linked Data 概念就流传开来，并成为互联网的热门研究领域。从 2008 年起在年度互联网大会（WWW Conference）上都举行关于 Linked Data on the Web（LDOW）专门会议。另外在 ISWC（International Semantic Web Conference）、DIST（data integration through semantic technology）大会上也经常会有专门的会议。例如，2010 年 11 月在上海召开的 ISWC2010 大会上，就有一个 Consuming Linked Data（COLD）专门会议，讨论如何消费 Linked Data。

目前人们讨论的 Linked Data 数据源往往指关联开放数据源，LOD 项目启动后短短的三年中，越来越多的数据拥有者将他们的数据以 Linked Data 的形式发布到 Web 上，截至 2010 年 9 月，LOD 已收录 203 个数据集，250 亿条 RDF 三元组，以及 3.95 亿条 RDF 链接。

图 1 展示了 LOD 社区发布的最新的 LOD 数据云图，其中收录了很多知名的数据集，如 DBpedia、DBLP Bibliography、GeoNames、Revyu、riese、UMBEL、Sensorpedia、FOAF、DOAP、OpenPSI、MusicBrainz 等。这些数据集涉及地理、生命科学、医药、出版、媒体、社会网络等领域。

基于 Linked Data 的应用随之涌现，主要包括 Linked Data 创建与发布平台、Linked Data 浏览与检索工具、Linked Data 互联与维护算法，以及一些个性化应用[1]。以 Linked Data 互联应用为例，在 LDOW2010（WWW2010 workshop on Linked Data on the Web）中，数据互联技术就是会议的一大专题，其他的话题包括 Linked Data 发布、基础设施与架构、Linked Data

③ 如：hessian 二进制传输协议，http://hessian.caucho.com
④ http://www.w3.org/DesignIssues/LinkedData.html
⑤ http://esw.w3.org/topic/SweoIG/TaskForces/CommunityProjects/LinkingOpenData

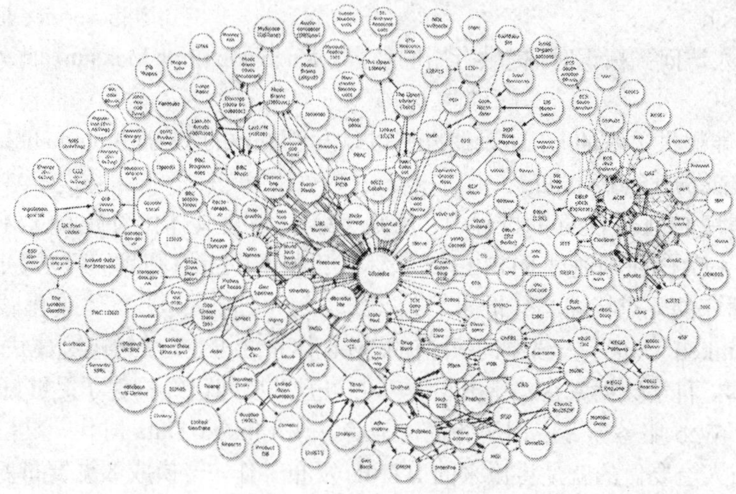

图 1 LOD 数据云图⑥

应用等。另外，由 COLD2010（International Workshop on Consuming Linked Data）发布的几大研究热点，居于首位的就是 Linked Data 的互联算法，其次是溯源与信任、数据集动态、用户界面、分布式查询、评估。

Linked Data 创建与发布应用包括关系型数据发布平台 D2RQ、OAI 协议 LOD 化的 OAI2LOD Server、文件系统 LOD 化的 TripFS[2]、多媒体数据发布系统 iM[3]等。典型的 Linked Data 浏览器有 Tabulator RDF Browser、DISCO Hyperdata Browser、OpenLink Data Web Browser、Objectviewer、Marbles 等。Linked Data 搜索引擎包括 Falcons、Sindice、Watson、Semantic Web Search Engine (SWSE)、Swoogle 等。Linked Data 互联与维护应用如 LinkedMDB、基于规则的互联框架 Silk、WOD-LMP 协议（Web of Data Link Maintenance Protocol）等。其他个性化应用包括数据融合、语义标注、集成式问答系统、事件管理等场景，如 DBPedia Mobile[4]就是一款用在移动环境中的 Linked Data 应用。

3. 设想与思考

3.1 Linked Data 机制适合科学数据库

不同于传统的 Web，Linked Data 将互联网上任一信息内容或其子内容看成是一个可采用标准方法规范描述和调用的知识对象，通过创建和发布关于各类知识对象及其与各类知识对象之间关系的规范化描述信息，建立基于知识内容的检索以及基于知识关系的分析关联机制，支持对信息环境内不同知识对象的关联发现。

Linked Data 制订了关于内容对象的描述原则：

（1）使用 URI 来标识事物（Use URIs as names for things）；

（2）使用 HTTP URI 使人们可以访问到这些标识（Use HTTP URIs so that people can look

⑥ http://richard.cyganiak.de/2007/10/lod/lod-datasets_2010-09-22.html

up those names)；

(3)当有人访问到标识时，提供有用的信息(When someone looks up a name, provide useful information)；

(4)尽可能提供关联的URI，以使人们可以发现更多的事物(Include links to other URIs so that they can discover more things)。

在具体实现Linked Data的过程中，原则（3）往往会具体化为提供资源的RDF描述，原则（4）中的关联URI则通过RDF Link来体现。基于以上原则我们可以看出Linked Data适用于科学数据库的几点特性，分析如下：

首先，Linked Data完全架构于目前的Web体系之上，这对科学数据库来说意味着几乎为零升级成本。科学数据库在“十五”、“十一五”期间已经构建了足够好的Web环境，包括域名体系、Web服务器、应用服务器，等等。在Linked Data时代，这些环境可以继续使用，数据发布人员要做的就是将原来的HTML发布工作，转换成数据发布（通常会采用RDF格式）工作。当然，在这个过程中，正如网页发布者需要熟悉网站制作工具一样，数据发布者需要借助一些工具，如元数据标注和数据发布工具。

其次，注意到Linked Data更多的是一种发布（包装）机制，它定义了一种有别于原始数据的物理存储的中间格式，这一特性可以打消数据所有者对数据流失或者数据从采集到加工的流程会被外界打乱的顾虑。不同数据库的拥有者可自行负责数据的生成、组织与加工，自行选择数据的存储格式（文件、数据库的结构）和服务器（MySQL、Oracle、SQL Server等RDBMS，XML数据库等)，并选择一些发布工具将全部或者部分的数据以Linked Data的形式发布出来。在不打破本地的数据加工模式的同时，发布出来的内容往往在语义性上都有所增强，这样往往会让多个数据源之间交换数据更为便利。

再次，Linked Data秉承了Web的AAA（Anyone can say Anything Anywhere）理念，它提倡每个人发布自己的数据，并鼓励同时加入与外部资源之间的链接（正如WWW用户在自己的主页中加入其他网页的链接一样)。在这个开放环境中，并没有强制存在一个集中的数据中心，一套集中的数据模型。与WWW的蓬勃发展历程类似，一旦开放数据成为一种风气，大大小小的数据拥有者就会积极效仿。这种建立在独立自治的本地环境上的开放化机制，恰恰有利于科学数据的共享。

最后，Linked Data不仅提倡将数据内容发布出来，它更提倡同时发布数据之间的关联。这种数据之间的链接，类似于网页之间的超链接。关联的机制保障了数据内容的完整性，同时还巧妙的规避了一些复杂的数据权益纷争问题（例如，从特定植物中提取的化学成分，通过药物合成进行药物研制，这里面就会牵涉到不同的数据库，如植物库、有机化学库、药物库，但注意它们分别属于不同的拥有者，它们之间通过超级链接关联起来)，有利于科学数据的健康发展和信息的繁荣。另一方面，各种完全自治的“数据孤岛”通过Linked Data连接起来，从而提供了一个更为全面的浩瀚的知识库，同时为上层数据应用（如数据集成检索、数据融合）提供丰富的数据源。这一特性可以充分发挥科学数据的联合效应。

3.2 构建科学数据网络

如果每个科学数据库按照Linked Data机制进行封装并提供访问，那么我们可以基于所有的Linked Data数据集，构建科学数据网络（Web of scientific data, WoSD)。参考LOD云图，以“十一五”科学数据库为例，WoSD 中的数据集云图可以设想如图 2 所示。

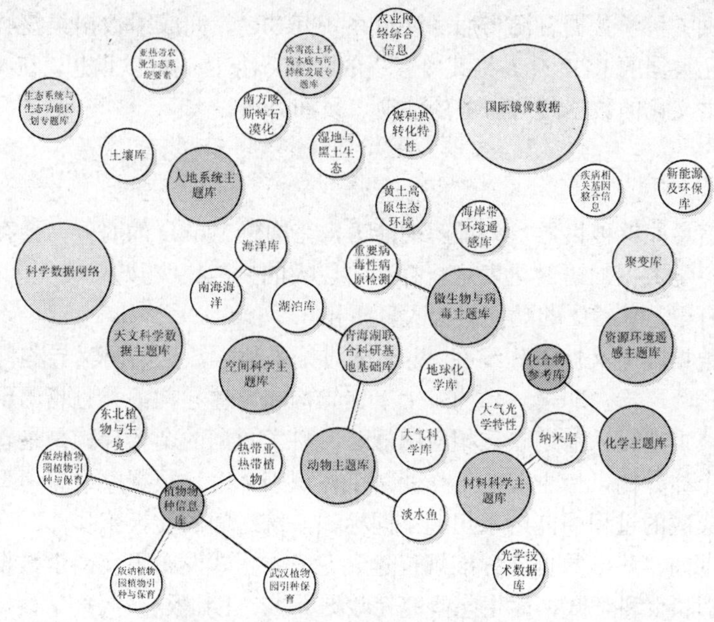

图 2　科学数据网络数据集云图

在 WoSD 云图中，每个圆圈代表一个数据集⑦，它们之间的连线标明它们之间的关联（可以推论，在这个云图中，关联的集中地可能是那些参考型数据库）。在理想的情况下，每个圆圈的颜色、位置和半径甚至可以赋予有用的含义，例如可以将半径与数据集的实体数目对应起来，将颜色与数据集的学科领域对应起来，等等。

对照于 Linked Data 的基本原则，可以设想 WoSD 将实现如下目标：

（1）在 WoSD 中，每一个数据集都拥有唯一的 URI，例如，http://lake.csdb.cn 代表湖泊数据集；

（2）在 WoSD 中，每一个数据集中的每一份数据都拥有唯一的 URI，例如，http://lake.csdb.cn/qinghailake 代表青海湖；

（3）当访问如上 HTTP URI 时，返回数据和数据集的 RDF 描述信息；

（4）在 WoSD 中，每个数据集的数据模型都会公开发布出来，以便应用理解数据的内容格式；

（5）除了数据本身的属性之外，不同资源之间的语义化关联会被揭示出来。

可以设想，针对 WoSD，需要提供数据组织与发布工具、数据模型映射工具，并提供科学数据在线目录、科学数据搜索引擎、科学数据浏览器、数据关联发现等平台，为用户提供统一的数据导航和发现服务。

针对这一目标，在“十一五”末期做了一些准备和尝试，如在 VisualDB 中集成了 WOD 中间件，实现了对数据的 RDF 化发布。针对 WOD 接口，开发了科学数据搜索引擎 Voovle⑧，

⑦ 这里沿用 LOD 数据集（dataset）的概念，它指代一个逻辑上的数据库。不同于生态领域的数据集，后者往往指代的是一组数据（文件）实体。

⑧ http://voovle.csdb.cn

提供了基于关键字的检索功能，并通过关联发现工具LDT实验性的根据指定规则生成新的关联。另外，提供了科学数据资源与服务注册系统 RSR⑨，完成了数据集核心元数据的收集，并通过对这些元数据的RDF化，将其内容集成在voovle中。可以设想，在WoSD时代，RSR会升级成一个语义化的数据集与服务的注册、发布系统。

3.3 科学数据的语义化

语义性即信息能够被机器自动理解的能力，在构建WoSD的时候，会存在着一个难以跨越的问题，即科学数据的语义化表达将存在着巨大的挑战。“巧妇难为无米之炊”，一旦科学数据的语义性有限，WoSD的功能就会大打折扣。

关于科学数据的语义性，陈维明[5]曾充分讨论了科学数据的语义异构问题，并按形成异构的原因分成三个层次，即模式异构、上下文异构和个体异构。并且指出现有科学数据库由于各单位分头负责建设，前期缺乏相应的规范，科学数据的个体异构是最普遍也是最主要的问题。而解决个体异构，最主要的工作就是个体识别。编目数据库（参考型数据库）则在科学数据语义化集成的过程中能够承担起不同标识系统之间的转换工作。

“十五”期间，科学数据库标准规范建设完成并正式发布了《科学数据库核心元数据标准（2.0版）》[6]和《科学数据库生态研究元数据标准（1.1版）》、《科学数据库大气数据元数据标准（1.0版）》、《科学数据库植物图像元数据规范》、《科学数据库生物物种元数据规范》等学科领域元数据规范，并借助于通用元数据管理工具、生态元数据管理工具和技术培训，在各建库单位全面推广应用。杨德婷等人[7]提出了科学数据库元数据标准体系设计方案，尝试寻找一个通用的元数据元素集和构建一个完整的数据模型。黎建辉针对科学数据对象的基本性质与特征，以事件为核心，提出了科学数据共享的元数据参考模型SDBMRM[8]，不仅为科学数据对象的元数据封装提供了语义模型，也为科学数据共享中元数据互操作提供了公共的、可共享的顶层语义模型。“十一五”期间，结合科学数据库的“专业库、主题库、参考型库”的体系，在标准规范和整合工具的研制上也做了一些有益的尝试。

从数据集的层次上来看，科学数据库元数据标准得到了很好的实施，取得了预期的效果，并基于数据集元数据的数据发现奠定了良好的基础。但是，由于领域知识表达的复杂性，无论是元数据标准规范还是元数据参考模型都在结合领域具体化时存在着很大的难度，再加上缺乏成熟的技术规范和工具，数据管理人员很难建立起成熟的领域概念模型。不同建库单位的科学数据依然采用自治的办法，采用不同的标识系统、不同的分类体系、不同的词表、不同的数据模型，这给科学数据的语义表达带来较大的障碍。套用文献[5]的说法就是将科学数据库物理上集中存储，即使存放到同一个物理数据库中，也不能解决科学数据（语义）集成的问题。

因此，在科学数据语义化的道路上，还存在很大的困难。科学数据库的标准规范和软件工具的研制，需要制定长期的目标。科学数据库的语义增强（语义化）进程可以考虑分成以下几步。

（1）选取目标。各专业库确定待语义增强的实体，针对关系型数据，深入了解E-R模型；针对弱语义性的数据（如文件），确定元数据的格式，进行元数据的抽取和标注；

⑨ http://rsr.csdb.cn

（2）确定本地的数据表达模型。确定主题词表、代码表、规范文档、分类体系等值词表（value vocabulary），确定 RDF 词表（如 Dublin Core 词汇 DCterms、FOAF、DOAP、RELATIONSHIP 等），并结合本地特征进行扩展；

（3）自由文本概念化。根据标识规范对本地的数据进行实体标识，如在表达"青海湖"时统一采用< http://lake.csdb.cn/qinghailake >；

（4）内容准备。按照数据表达模型封装本地数据，同时根据 E-R 模型等揭示本地范围内不同实体之间的关联；

（5）数据组织，建立本地的数据目录，对科学数据进行组织[⑩]；

（6）内容发布，遵循 Linked Data 机制，发布专业库的数据模型和数据实体；

（7）跨数据集关联发现，通过编目数据库及其他在线服务（包括<sameAs>、Swoogle、Sindice 等），完成跨数据集的实体识别，如<http://lake.csdb.cn/qinghailake> owl:sameAs http://qinghailake.csdb.cn/lake；

（8）在主题数据库建设中，建立主题内的公用数据模型，统一分类体系、词表；

（9）完成专业库与主题库之间的数据转换、整合和模式映射，数据整合包括同一类实体的实例整合、同一实例的不同属性的整合、不同类实体按照数据模型的整合等，模式映射主要描述属性间的语义映射（如采用 SKOS 词表描述）；

（10）引入更加复杂的关联挖掘算法，发现跨数据集的实体之间的隐性关联和属性映射。

3.4 科学数据的关联化

科学数据之间存在着丰富的关联，这种关联关系依领域的不同而呈现出多样性。以青海湖数据库[⑪]中的生态调查数据为例，某次生态考察的数据记录，本次考察与其主体（某科研人员，如 zhiyi）、客体（某鸟类，如翘嘴鹬）、考察地点（如布哈河）之间就具有不同类型的关联，同时被关联的对象很有可能来自于其他数据库，如科研人员数据库、动物资源数据库以及地理湖泊数据库。在这个例子中，数据之间的关联可能会表示成 investigation:subject、investigation:object、csdb:location，这种在科学数据中普遍存在的复杂关联如图 3 所示。

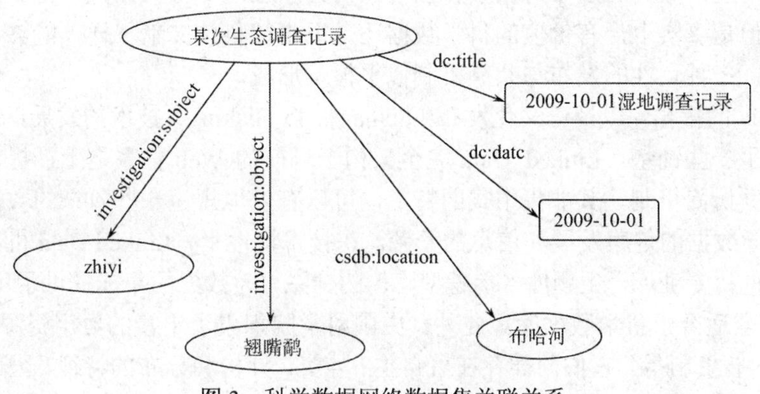

图 3 科学数据网络数据集关联关系

⑩ 最新版本的 VisualDB，已经考虑到这些语义增强功能，例如，支持元数据抽取、元数据标注、制定或导入分类体系、建立数据目录等。

⑪ http://qinghailake.csdb.cn

一旦将科学数据置于更大的科研活动全过程的场景之中，就会发现更多更有意义的与科学数据的关联，如科学数据与科技文献之间的引用（data citation）；二者作为科研项目活动的产物，存在着与基金项目、科研单位、科研人员之间的关联；科学数据自身还存在着与溯源信息的关联。将数据纳入到数据消费场合中，就会发现科学数据与更上层的 Web 服务、数据处理系统、在线可视化分析应用之间的关联。可以预见，这种宏观的关联对知识的发现更有意义，图 4 所示为这种关联关系。

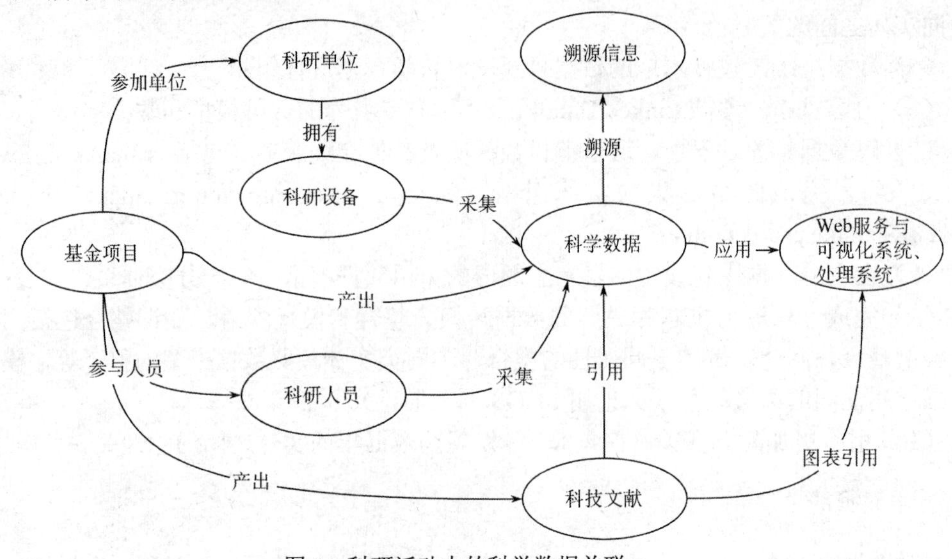

图 4 科研活动中的科学数据关联

4. 总结与展望

科学数据库项目一直致力于科学数据的共享，包括规范和软件体系的研制。然而，由于机制和技术的问题，数据的发布与共享存在着巨大的困难。尽管数据共享得到国家有关部门的大力倡导，但是事实上，有价值的科学数据还是很难像科技文献一样，能够让科研人员及时分享和评价，一种良性的发布与共享机制似乎很难形成。

Linked Data 的提出，以及语义化发布（Semantic Publishing）技术的发展，似乎能够为打开这种局面做了一些铺垫。Linked Data 完全架构于目前的 Web 体系之上，提供了一套低成本的标准化数据访问机制。其非集中式的特点，可以有效地规避一些复杂的数据权益纷争问题，有利于科学数据的健康发展和信息的繁荣。在技术特性上，Linked Data 机制非常适合科学数据库目前的“专业库、主题库、参考型库”的体系，为数据的集成提供了可能。所以说，Linked Data 完全适合于科学数据库。此外，中国科学院积累了丰富的数字资源，包括文献、数据、教育、科普资料等。它们同样存在着自主、异类、异构和分布的特征，因此基于 Linked Data 来实现内容关联的知识发现在理论上具有可行性，这恰恰会增强科学数据的价值。

然而，Linked Data 并非包办一切的灵丹妙药，它作为一种折中的语义化知识组织与发现机制，主要还是侧重于为不同的知识服务系统之间的互操作定义了一套统一的访问接口和 RDF 数据模型，其对上层的概念模型以及知识的表达能力尚存不足，这就给概念层的数据标准的制定与实施留下了很大的空间。Linked Data 足以作为进入科学数据语义网时代的敲门砖，但还有更多的工作需要我们来做。如数据权益保护、数据访问控制、数据溯源方面还没有做更多的标准化工作（目前还没有标准的方法可推荐使用），这就为科学数据的共享提出了更为实际的需求。

尽管如此，Linked Data 仍然不失为一套标准化的、实用可行的机制。不同于以往的 Web of Document，基于 Linked Data 机制，我们完全可以在“十二五”期间建立起科学数据的 Web of Data（WoSD），在这个 Web 中，每一个数据集和每一份数据都可以被开放的访问，并返回语义化的内容。参照 Web 2.0，我们还可以建立起各种功能丰富的 Web 应用，如 DataWiki、DataBlog、DataTwitter、Data 浏览器、Data 搜索引擎，等等。让我们拥抱 Linked Data，为科学数据的共享创造更美好的未来！

参考文献

[1] 沈志宏, 张晓林. 关联数据及其应用现状综述. 现代图书情报技术, 2010, 26(11): 1-9.

[2] Schandl B, Popitsch N. Lifting file systems into the linked data cloud with TripFS//Linked Data on the Web(LDOW2010). Raleigh, North Carolina, USA. 2010.

[3] Hausenblas M, Troncy R.Interlinking multimedia:how to apply linked data principles to multimedia fragments//International Workshop on Linked Data on the Web (LDOW2009). Madrid, 2009.

[4] Becker C, Bizer C. DBpedia mobile: a location enabled linked data browser//LDOW2008, Beijing, 2008.

[5] 陈维明. 科学数据集成的语义异构问题//科学数据库与信息技术论文集(第十集), 北京：兵器工业出版社, 2010:8-14.

[6] 中国科学院计算机网络信息中心科学数据库中心. 科学数据库核心元数据标准 2.0. 2004.

[7] 杨德婷, 阎保平. 科学数据库元数据标准体系设计. 微电子学与计算机, 2003, (7):1-4.

[8] 黎建辉. 面向科学数据共享的元数据关键问题研究 [博士学位论文]. 北京：中国科学院研究生院, 2007.

Application of Linked Data in Scientific Database Project: An Open Discussion

Shen Zhihong[1,2,3], Hu Lianglin[1], Hou Yanfei[1], Li Jianhui[1]

（1. Computer Network Information Center, Chinese Academy of Sciences, Beijing 100190,China;

2. National Science Library, Chinese Academy of Sciences, Beijing 100080,China;

3. Graduate School of Chinese Academy of Sciences, Beijing 100049,China）

Abstract Scientific data researchers are looking for a suitable and practical mechanism and technical framework for scientific data sharing. Linked Data, which was proposed by Tim Berners-Lee in 2006, is strongly discussed in this paper as a low-cost and standardized solution. Linked Data is considered suitable to the CAS Scientific Database project due to its full compatibility with present Web infrastructure and its functionality of enabling semantic linking. Based on Linked Data, a Web of Scientific Data (WoSD) can be constructed with many upper level applications built upon it to help researchers discover more knowledge conveniently. In the first part of this paper, a brief review is given on the mechanisms and technologies focused on data publishing and sharing in the CAS Scientific Database project during the Eleventh Five-Year Program. Then some possible problems and challenges brought by emerging data-oriented applications are discussed and listed. After a short introduction of Linked Data and its applications, an idea of building a WoSD is presented with deep discussions on some issues including what are the objectives of WoSD, how to perform semantic enhancement of scientific data, and what kinds of links between scientific data should be published. Finally, this paper is concluded and the future of the application of Linked Data in the CAS Scientific Database project is described.

Key words Linked Data; scientific data; data set; data set cloud diagram; semantic enhancement; link; data publishing

数字版权保护与数字水印技术在科学数据库中的应用

刘　峰

（中国科学院计算机网络信息中心　北京 100190）

摘　要　随着科学数据库访问量和下载量的日益增加，科学数据应用的范围正在不断扩大。为了保护科学数据共享者的权益，结合科学数据共享规范迫切需要建立一套科学数据的版权保护机制。本文对目前数字版权保护热点技术 DRM 及数字水印技术进行了概述，同时结合科学数据的特点对文本和数据库水印技术进行了简析。最后对相关技术应用于科学数据库版权保护领域的技术挑战及建设过程进行了分析与思考。

关键词　数据版权保护；数字版权保护；DRM；数字水印；文本水印；数据库水印

1. 引言

自 20 世纪 80 年代初中国科学院启动科学数据库项目建设以来，科学数据库建设得到了迅速的发展。至“十一五”末期共有 2 个参考型数据库、8 个主题数据库、4 个专题数据库、37 个专业数据库，积累了 200TB 以上的科学数据，其中在线数据达到 149.61TB。它覆盖了物理、化学、天文、材料、生物、地学、资源、环境、能源、海洋等多个学科领域。

随着科学数据库规模的扩大，为保证科学数据库更加健康有序的发展，迫切需要规范和建立科学数据库版权保护机制，以保护科学数据资源所有者的权益，鼓励更多优质的数据资源被共享与服务。目前数字版权保护（digital rights management，DRM）技术和数字水印（digital watermarking）技术是数字安全领域研究的热点和方向，希望这些技术能有效地运用到科学数据库版权保护方向中。

2. DRM 概述

数字版权保护技术目的就是通过技术手段，在整个生命周期内，对数字内容的知识产权进行保护，确保数字内容的合法使用和传播。

2.1　基本概念

全球著名的国际数据信息中心（internet data center，IDC）对数字版权管理 DRM 所下的定义是：数字版权保护技术就是对各类数字内容的知识产权进行保护的一系列软硬件技术，用以保证数字内容在整个生命周期内的合法使用，平衡数字内容价值链中各个角色的利益和需求，促进整个数字化市场的发展和信息的传播[1-4]。具体来说，包括对数字资产各种形式的使用进行描述、识别、交易、保护、监控和跟踪等各个过程。

数字版权保护技术对数字内容版权的保护，贯穿数字内容从产生到分发、从销售到使用的整个内容流通过程，涉及整个数字内容价值链的各个角色（见图 1）[5]。

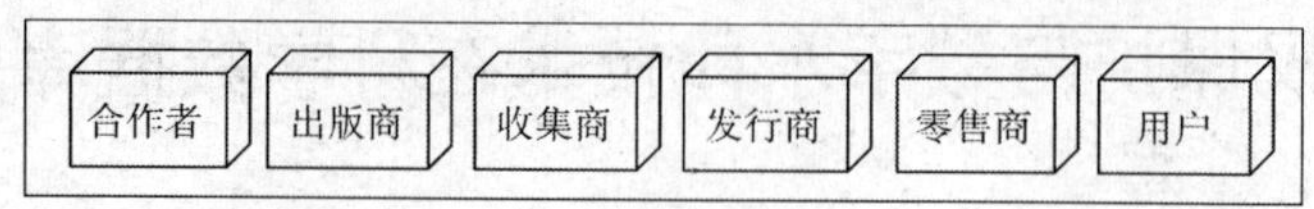

图 1 数字内容价值链

目前，市场上已经存在众多的 DRM 系统。根据保护的对象，可以分为针对软件的 DRM 系统和针对电子书、流媒体等一般数字内容的 DRM 系统。根据有无使用特殊的硬件，可以分为基于硬件的 DRM 系统和纯软件的 DRM 系统。根据采用的安全技术，可以分为基于密码技术的 DRM 系统、基于数字水印技术的 DRM 系统以及两者结合的 DRM 系统。由于密码技术和数字水印技术在 DRM 中的作用和功能具有互补性，目前大多数 DRM 系统都采用密码技术和数字水印技术相结合的安全技术方案[1,6]。

2.2 体系架构

不同的 DRM 系统虽然在所侧重的保护对象、支持的商业模式和采用的技术方面不尽相同，但是它们的核心思想是相同的，都是通过使用数字许可证来保护数字内容的版权。用户得到数字内容后，必须获得相应的数字许可证才可以使用该内容[1,6-7]。图 2 给出典型 DRM 系统的参考体系结构，包括三个主要模块：内容服务器（content server）、许可证服务器（license server）和客户端（client）[1]。

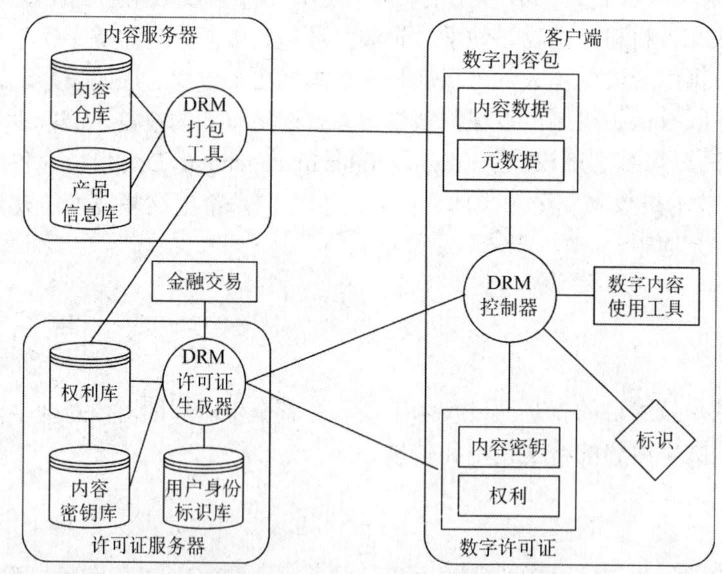

图 2 典型 DRM 系统的参考体系结构

内容服务器通常包括存储数字内容的内容仓库、存储产品信息的产品信息库和对数字内容进行安全处理的 DRM 打包工具。该模块主要实现对数字内容的加密、插入数字水印等处理，并将处理结果和内容标识元数据等信息一起打包成可以分发销售的数字内容。另外一个重要功能就是创建数字内容的使用权利、数字内容密钥和使用权利信息，并发送给许可证服务器。

许可证服务器包含权利库、内容密钥库、用户身份标识库和 DRM 许可证生成器，经常由一个可信的第三方——清算中心负责[1,6,8]。该模块主要用来生成并分发数字许可证，还可以实现用户身份认证、触发支付等金融交易事务。数字许可证是一个包含数字内容使用权利（包括使用权限、使用次数、使用期限和使用条件等）、许可证颁发者及其拥有者信息的计算机文件，用来描述数字内容授权信息，由权利描述语言描述。大多数 DRM 系统中，数字内容本身经过加密处理。因此，数字许可证通常还包含数字内容解密密钥等信息。

客户端主要包含 DRM 控制器和数字内容使用工具。DRM 控制器负责收集用户身份标识等信息，控制数字内容的使用。如果没有许可证，DRM 控制器还负责向许可证服务器申请许可证。数字内容使用工具主要用来辅助用户使用数字内容。

当前大部分 DRM 系统都是基于该参考体系结构的，如 Microsoft WMRM[9]、InterTrust Rights System[10]、Adobe Content Server[11]、RealNetworks RMCS[12]和 IBM EMMS[13]等，文献[14]对这些系统的体系结构有详细介绍。通常情况下，DRM 系统还包括分发服务器和零售门户网站，特别是支持数字内容网上交易的 DRM 系统。分发服务器存放打包后的数字内容，负责数字内容的分发。零售门户网站直接面向用户，通常作为用户和分发服务器、版权服务器以及（金融）清算中心的桥梁，用户本身只与门户网站交互。

2.3 研究现状

数字版权保护技术自产生以来，得到了工业界和学术界的普遍关注，被视为是数字内容交易和传播的关键技术[1-2]。国际上许多著名的计算机公司和研究机构纷纷推出了各自的产品和系统，如 Microsoft WMRM[9]、InterTrust DigiBox[15]和 Rights System[10]、IBM EMMS[13]、RealNetworks Helix DRM[12]、Adobe Content Server[11]、瑞士 Geneva 大学的 Hep[8]、荷兰 Twente 大学的 SUMMER[16]等。Microsoft 的 Windows XP 操作系统、Office XP 等系列软件中也使用了 DRM 技术。国内如北大方正[17]、香港大学[18]、中国科学院计算技术研究所[19,20]、西安交通大学[21]等，也在数字版权保护技术领域做了不少研究工作，并形成了一些成形框架模型及产品。国际上几个主要的 DRM 系统性能比较见表格 1 所示。

表 1 主要的 DRM 系统性能比较

DRM 性能		IBM EMMS	INTERTRUST RIGHTS SYSTEM	MICROSOFT WMRM	REALNETWORKS RMCS
支持的文件格式	视频	不支持	支持全部格式	支持 WMV 格式	支持 RA 格式
	音乐	支持 MP3、AAC、ATRAC3 格式	支持全部格式	支持 WMA 格式	支持 RV 格式
	图像	不支持	支持全部格式	不支持	不支持
	文档	不支持	支持全部格式	不支持	不支持
	软件	不支持	支持	不支持	不支持
	流媒体	不支持	不支持	支持 WMV、WMA 格式	支持 RA、RV 格式
支持的 DRM 音频视频播放器		MusicMatch、IBM EMMS 播放器、Sony OMG、ealJukebox	MusicMatch、部分 MPEG4 播放器	Windows Media layer、MusicMatch、RealONE	RealONE
权利描述语言		DPRL	DigitalRights	XrML	ODRL
发布平台		Windows	Windows、Solaris	Windows	Windows、Linux、Solaris

目前DRM的研究集中在以下几个关键技术方面[5]。

（1）数字内容的安全性。保证数字内容在出版、发行、分发、使用等整个流通过程中的安全性。数字内容的安全性是数字内容版权保护最基本的要求，主要包括数字内容的机密性、完整性和非否认性。

（2）权利描述。描述数字内容授权信息。支持不同商业模式下，各种数字内容各类使用权利的描述。

（3）使用控制。控制数字内容的使用，确保只有授权使用者才可以使用受保护的数字内容。同时，用户对数字内容只拥有授予的使用权利，根据使用权利对数字内容进行访问。

（4）合理使用。支持用户对数字内容的合理使用，平衡版权持有人和公众之间的利益。

（5）权利转移。支持数字内容使用权利的转移，可以转移到另外一台设备上，也可以暂时或永久地转移给其他用户，使得用户可以更换数字内容使用设备，可以转卖、赠送、出租或者出借数字内容。

（6）可信执行。在不安全的环境中保证程序按照预期的方式执行，程序的执行是安全可信的。

此外，电子商务中的安全交易、电子支付等技术也是影响DRM发展的重要因素。

3. 数字水印技术概述

3.1 产生的背景

如前所述，DRM 在数字内容的知识产权描述、标识、交易保护、监视、跟踪方面扮演着非常关键的角色。加密技术作为DRM中的重要安全技术早已广泛应用于防止数字内容的非法访问。传统的加密技术把有意义的明文转换成看上去没有意义的密文信息，但密文的随机性同时也暴露了消息的重要性，容易引起攻击者的注意和破坏，这造成了一种新的不安全性。随着软硬件技术的发展，现有加密算法的安全性正受到严峻挑战。另一方面，加密技术仅能用于数字多媒体内容的传输过程的保护，加密的内容迟早都会在解密后完全呈现给用户。这时，加密技术带来的保护已经不存在了，已经不能阻止合法用户非法复制已经完全解密的媒体内容。这时，人们对于一种信息隐藏技术进行了研究，希望它能作为对加密技术的补充来保护数字版权，这就产生了数字水印技术。数字水印技术并不限制正常的数据存取，而是保证隐藏的信息不引起攻击者的注意，从而减少被侵犯的可能性。它是一项用于标识所有权、跟踪使用、保证合法授权访问、阻止非法复制和对内容进行认证的关键技术。

3.2 基本概念和特点

数字水印技术作为信息隐藏技术研究领域的重要分支，是实现版权保护与信息完整性保证的有效方法。数字水印始终没有一个明确的统一的定义，一个常用的定义如下：数字水印是永久且不易察觉地嵌入在宿主数据中具有可鉴别性的数字信号或模式，在不破坏宿主数据可用性的前提下，达到保护数据安全的目的。

数字水印技术的特点表现在以下几个方面。

（1）不可见性。数字水印的嵌入不应使得原始数据发生可感知的改变，也不能使得被保护数据在质量上发生可以感觉到的失真。

（2）鲁棒性。当被保护的数据经过某种改动或者攻击（如传输、编码、有损压缩等）以后，嵌入的水印信息应保持一定的完整性，并能以一定的正确概率被检测到。

（3）安全性。数字水印应该难以被伪造或者加工。并且，未经授权的个体不得阅读和修改水印，理想情况是未经授权的客户将不能检测到产品中是否有水印存在。

（4）可证明性。在实际的应用过程中，可能多次加入水印，那么数字水印技术必须能够允许多重水印嵌入被保护的数据，而且每个水印均能独立地被证明。

3.3 主要应用

数字水印主要应用在以下几个方面[22]。

（1）版权保护。数字作品的所有者可用密钥产生水印，并将其嵌入原始数据，然后公开发布其水印版本作品。当该作品被盗版或出现版权纠纷时，所有者即可从被盗版作品中获取水印信号作为依据，从而保护其合法权益。

（2）数字指纹。为避免数字作品未经授权被拷贝和发行，版权所有人可以向分发给不同用户的作品中嵌入不同的水印以标识用户的信息。该水印可根据用户的序号和相关的信息生成，一旦发现未经授权的拷贝，就可以根据此拷贝所恢复出的指纹来确定它的来源。

（3）认证和完整性校验。通常采用脆弱水印（对篡改非常敏感的水印技术，能够检测到篡改并定位，甚至可以恢复原有数据）。对插入了水印的数字内容进行检验时，须用唯一的与数据内容相关的密钥提取出水印，然后通过检验提取出的水印完整性来检验数字内容的完整性。其优点在于认证同内容密不可分，因此简化了处理过程。

（4）访问控制。利用数字水印技术可以将访问控制信息嵌入到媒体中，在使用媒体之前通过检测嵌入到其中的访问控制信息，以达到访问控制的目的，它要求水印具有很高的鲁棒性。

（5）信息隐藏。数字水印可用于作品的标识、注释、检索信息等内容的隐藏，这样不需要额外的带宽，且不易丢失。另外，数字水印技术还可以用于隐蔽通信，这将在国防和情报部门得到广泛的应用。

3.4 研究现状

近年来，经过比较深入的研究，数字水印技术的发展很快，从研究对象上看，目前的研究主要集中在多媒体领域，如图像水印、视频水印、音频水印等，另有部分对文本水印、数据库水印、软件水印以及三维网格数据水印的研究[23]。

水印嵌入算法一直都是人们关注的焦点，新技术新算法层出不穷。而对不可见的鲁棒水印和嵌入噪声的水印的研究，都是最常见的课题。水印算法大致可以分为两类：即时空域水印和频域水印。后者通常也称为变换域水印。时空域水印是指将水印信息嵌入数字作品的时间域（常用于数字音频作品）或空间域（主要针对数字图像或视频）中。基于变换域的技术是先将数字作品做某种变换，常用的变换技术有离散傅里叶变换（discrete Fourier transform，DFT）、离散余弦变换（discrete cosine transform，DCT）、离散小波变换（discrete wavelet transform，DWT）等。目前很多新的水印算法都是基于变换域的。尤其是基于 DCT 的算法已经得到了广泛的应用。但最近基于小波变换的嵌入算法因其具有多重分辨率的特点，而日益变得流行起来。

由于目前数字水印技术难以解决串谋攻击、机会攻击以及解释攻击问题，使得数字水印在版权保护、访问与拷贝控制、数字指纹等方面的应用受到了很大的限制，许多研究者正致力于上述问题的解决。另外，对数字水印算法的可靠性和性能的评价需要有更标准的方法，水印理论也需要更加完善，可以预见数字水印技术将很可能成为多媒体安全领域的技术基础[22]。

4. 面向非多媒体数据的水印技术

在科学数据中除了部分学科领域中的大量图像、音频、视频等多媒体数据外，还存在大量的结构化的非多媒体数据。与多媒体中的噪声数据不同，这部分数据中不包含用于秘密信息传递的冗余信息，因此增加了水印技术的应用难度。目前数据库水印技术和文本水印技术的研究正在填补这方面的空白，并且成为水印技术研究的新方向。

4.1 数据库水印

数据库水印是指用信号处理的方法在数据库中嵌入不易察觉且难以去除的标记，在不破坏数据库内容和可用性的前提下，达到保护数据库安全的目的。由于数据库的特殊性，在其中不易找到能插入水印标记的可辨认冗余空间，因而研究具有一定难度，成熟的水印算法还很少。

目前常用的数据库水印算法主要分为两种[5]。

（1）利用一定失真范围内数据变形来嵌入水印。IBM Almaden 研究中心的 Rakesh Agrawal 等人在这方面做了开创性的研究。他们于 2002 年首次进行了向关系数据库嵌入比特位模式的实验[24]。该实验利用数据库关系中数值型元组存在的冗余空间，通过在某些数值型属性值中引入少量误差，对其最低有效位（least significant bits, LSB）进行位操作，实现水印信息的嵌入。实验针对一个只包含数值型数据的数据库，首先选用单向 Hash 函数，根据用户给定的密钥和元组主键值以及需要标记的元组比例来确定哪些元组需要标记，根据可以标记的属性数和比特位数确定标记的属性及其比特位位置。在整个关系数据库中许多个比特位标记组合的比特位模式就是嵌入的水印信息。

（2）基于元组排序和划分集合实现水印嵌入。该方法由美国 Purdue 大学的 Radu Sion 等人提出[25]。首先根据元组的加密键值哈希对其进行秘密排序，然后基于“均方差”特性构造子集，取连续序列数据作为嵌入水印的基本单位，通过调整关键属性数据改变连续序列数据的分布特征来表示 1 和 0。Radu Sion 等人基于该方法开发了一个名为“WMDB”的水印关系数据库程序包[26]，且显示了较好的透明性和抗攻击能力。

上述两种数据库水印算法各有其限制特点。第一类方法采用基本的 LSB 嵌入算法，易于实现，但水印信号的抗攻击能力较弱，而且难以嵌入有实际意义的水印信息。第二类方法具有较好的鲁棒性，但如果数据库中不同字段的取值范围相差比较大，将导致计算获得的值只能对部分数据项适用，限制了水印嵌入的容量。

4.2 文本水印

文本数字水印技术是将代表著作权人身份的特定信息（即数字水印）按照某种方式嵌入电子出版物，在产生版权纠纷时，通过与合法的发行者、运营者相应的算法提取出该数字水印，从而验证版权的归属，确定泄漏与泛滥渠道，确保数字产品著作权人的合法利益，避免非法盗版的威胁[27]。与传统的图像、音频、视频水印相比，文本中可容纳水印的冗余较少，因此文本数字水印技术极富挑战性。

目前常用的文本水印算法主要分为 3 种。

（1）基于文档结构的水印算法。对于文档格式文件和文档图像（如 Postscript、PDF、RTF、WORD、WPS），可以将水印嵌入版面布局信息（如字间距或行间距）或格式化编排中[28-29]。而在非格式化文本中不存在可插入标记的可辨认空间（perceptual headroom），隐藏方法一般是不可见编码，即将信息编码隐藏在字处理系统的断行处[30]，因为行尾是否有空格、制表符等在视觉上难以区分。

（2）自然语言文本水印算法。这种水印算法是近几年来被关注的研究方向，它的主要指导思想是利用自然语言处理技术，在不改变文本原意的情况下，通过等价信息替换、语态转换等办法把水印信息嵌入文本。目前，自然语言文本数字水印方法主要分为两类：一类基于句法结构[31]，另一类则基于语义 [32-33]。

（3）基于传统图像水印技术的文本水印方法。文本图像多为二值图像和灰度图像，对于文档格式文件也可以转化为图像来处理，这些图像通常具有以下一些特性：纹理细微丰富，纹理的分布比较均匀，呈现小区域边缘特性，并存在大面积的平坦背景区，可以有选择地应用和改进传统图像水印算法嵌入水印[34-36]。

基于文档结构的水印算法的安全性主要靠空间格式的隐蔽性来保证；因此其存在抗攻击性不强、鲁棒性较差的缺点；自然语言文本水印的算法相对在鲁棒性上提高了系统的灵活性和承受攻击的能力，但其不适用于文本内容不宜更改的情况；基于传统图像水印技术的文本水印方法由于利用文档图像的特征存在难度，而且文本的操作习惯不同于图像，存在鲁棒性不高、操作复杂的缺点。三者比较，自然语言文本水印算法虽然起步较晚，但由于能与文本内容相结合，具有更好的鲁棒性和抗攻击性，将是未来文本水印研究的主流方向。

5. 在科学数据库中的应用思考

5.1 技术挑战

数字版权保护及数字水印技术是近些年来数字产品版权保护方面的研究热点。这些技术同样可以应用于以数字内容形式存在的科学数据的版权保护领域。

但由于科学数据自身的特点又使得在应用这些技术时必须面临更多的技术挑战，主要表现为以下几个方面。

（1）以关系数据库为主，多种格式并存。目前数字水印技术的研究仅在如图像、音频、视频等多媒体领域有广泛的应用，而对文本及数据库等其他数据格式的水印研究在技术上由于受到宿主冗余信息的限制还没有很大的突破。这与科学数据覆盖学科领域众多，以关系数据库为主，多种数据格式并存的特点是相矛盾的。如何从技术角度解决这个矛盾，在数字水印技术研究方面将极具挑战性。

（2）数据量巨大。科学数据库在很多领域具有数据量大的特点，这使得如加密及添加数字水印等版权保护的预处理的工作效率大大降低，同时也增加了数据的解密和水印提取的效率和质量。如何高效、优质地保护大规模的科学数据，在现有的数字版权保护技术上也将具有一定的挑战性。

（3）极易演化和传播。科学数据库是为大众广泛共享服务的，因此极易复制与传播。随着科学数据广泛应用于科研活动中，数据的演化速度逐渐加快，同时数据演化的领域也在不断扩大。这些都极大地增加了数字版权保护的难度和复杂度，给数字版权保护技术的研究带来了挑战。

5.2 建设思考

如前所述，建立安全完备的科学数据库版权保护机制意义在于一方面它可以保护科学数据资源所有者的权益，保证更多优质的数据资源的共享与服务，另一方面从长远看，它可以促进科学数据库更加健康有序的发展。尽管目前在技术方面仍存在巨大的挑战，但这种机制建立的必要性和紧迫性是毋庸置疑的。

如何应用数字版权保护及数字水印技术建立起科学数据的版权保护机制，应重点从以下几个方面入手。

1）建立科学数据库版权保护规范。

科学数据库经过近三十年的发展，已经初步建立起一套比较完备的标准规范。就目前而言，关于科学数据库版权保护的标准规范仍是一个空白，亟待建立。同时已有的一些规范也要同步扩充与修改，如科学数据库共享规范、科学数据库建库规范、科学数据库元数据管理规范等。科学数据库版权保护规范建立的意义在于它是科学数据库版权保护机制的核心和基础，只有标准规范建立起来，才能应对各种挑战，开发出安全、完备、优质的版权保护框架及工具。当然标准规范的建立不能一蹴而就，它是一个逐步深化的过程，可以从简单开始逐渐完善。标准规范的制定要考虑满足最基本的版权保护框架体系需求，同时一定要具有实用性、可操作性和可扩展性。

2）建立科学数据库版权保护技术框架,以应用促发展。

科学数据库版权保护与科学数据的管理技术密不可分。随着科学数据库的发展，目前在科学数据管理方面已经建立并积累了一整套完备的分布式数据集成整合与服务的框架、工具集与中间件。因此，单独建立科学数据库版权保护技术框架是不现实的，必须参照标准规范，并结合 DRM 系统成熟的管理框架对现有数据管理与服务框架、工具集与中间件进行改造和扩充。这种技术的整合与完善应遵循以下的原则。

（1）以 DRM 框架和标准规范为基础，保证数据版权保护技术与现有数据管理技术的无缝对接。

（2）由于面向科学数据的版权保护技术仍很不成熟，因此技术框架的设计实现应保证灵活性和高可扩展性，同时要降低框架与具体实现技术的耦合性。

（3）技术框架的实现应该从较为成熟的技术领域入手，以点带面，逐渐完善。例如，最初的实现可以考虑针对科学数据库中的多媒体数据建立版权保护框架，利用图像等多媒体水印技术与加密技术相结合实现基本的DRM框架体系，然后再不断丰富与完善。

（4）安全性是DRM系统建立的一个重要指标，因此科学数据库版权保护框架的建立必须重点考虑系统的安全性问题。一方面可以考虑软件和硬件相结合方式保证系统的安全性；同时可以将版权保护与溯源技术及元数据管理技术相结合，协同保证科学数据库版权保护框架的安全性。

3）开展有重点的多方向科学数据库版权保护应用研究。

如前所述，目前科学数据库版权保护仍面临诸多技术挑战，因此必须注重框架实现与技术研究并举，才能保证整个版权保护体系的持续、稳定发展。在技术研究方面应主次结合，对普遍存在的关键技术问题应重点研究以保证框架能被广泛地应用。

6. 结束语

科学数据具有存储格式繁多、数据量大、极易演化和传播等特点，因此并与一般数字产品相比，在版权保护实现上具有更大的难度和复杂性。在技术层面上，我们希望能从现有的DRM 及数字水印技术的积极成果中得到借鉴和启发。文章重点对这些技术及研究现状进行了概述，其中 DRM 的版权保护框架和数字水印算法，特别是针对科学数据相关的文本和数据库格式的数字水印技术的研究具有一定的借鉴和应用价值。同时文章对相关技术应用于科学数据库版权保护领域的技术挑战及建设过程进行了较为深入的分析与思考。希望本文能抛砖引玉，促进未来科学数据库版权保护的研究与发展。

参考文献

[1] Rosenblatt W, Trippe W, Mooney S. Digital Rights Management:Business and Technology. New York:M&T Books, 2002.

[2] Dubl J, Kevorkian S. Understanding DRM System: An IDC White paper. IDC ,2001.

[3] Sander T. Good times for digital rights management //Syverson P F. Financial Cryptography, Lecture Notes Computer Science 2339. Berlin:Springer-Verlag, 2002: 55-65.

[4] Rump N. Definitions, aspects, and overview//Becker E, Buhse W, Günnewig D, et al. Digital Rights Management : Technological, Economic, Legal and Political Aspects, Lecture Notes in Computer Science 2770, Berlin: Springer-Verlag, 2003:3-6.

[5] 俞银燕, 汤帜. 数字版权保护技术研究综述. 计算机学报, 2005,28 (12):1957-1968.

[6] Liu Q, Safavi Naini R , Sheppard N P. Digital rights management for content distribution//Proceedings of the Australasian Information Security Workshop Conference on ACSW Frontiers 2003, Australian Computer Society,Adelaide, Australia, 2003:49-58.

[7] Fromm M,Gruber H, Schutz M. Evaluation of digital rights management systems. Vienna University, Seminar Paper, 2003.

[8] Konstantas D, Morin J H. Trading digital intangible goods: The rules of the game//Proceedings of the 33rd Hawaii International Conference on System Sciences, IEEE Computer Society. 2000:3362-3371.

[9] http://msdn.microsoft.com/msdnmag/issues/01/12/DRM/default.aspx.

[10] http://www.digitalasset.co.kr/IDCUnderstandingDRM2Systems.pdf.

[11] http://www.adobe.com/products/content server/.

[12] http://www.realnetworks.com/products/drm/.

[13] http://www306.ibm.com/software/data/emms/.

[14] Fromm M, Gruber H, Schutz M. Evaluation of digital rights management systems. Vienna University, Seminar Paper, 2003.

[15] Sibert O, Bernstein D, Wie D V. The DigiBox : A self-protecting container for information commerce//Proceedings of the 1st USENIX Workshop on Electronic Commerce, New York , 1995: 171-183.

[16] Chong C N, Buuren R, Hartel P H, et al . Security attributes based digital rights management//Boavida F, Monteiro E, Orvalho J. Protocols and Systems for Interactive Distributed Multimedia , Lecture Notes in Computer Science 2515 , Berlin : SpringerVerlag , 2002:339-352.

[17] http://www.apabi.com.

[18] Yau J C K, Hui L C K, et al. A digital rights management system for e-content. Hong Kong: University of Hong Kong. HKU CSIS Technical Reports TR22004203, 2004.

[19] 谭建龙, 庄超, 白硕. 一种实用 Internet 内容版权保护系统的设计与实现. 计算机研究与发展, 2001, 38(10):1199-1203.

[20] 庄超. 一种新型的 Internet 内容版权保护的计算机制. 计算机学报, 2000, 23(10):1088-1091.

[21] 马兆丰, 冯博琴, 宋擒豹, 等. 基于动态许可证的信任版权安全认证协议. 软件学报, 2004, 15 (1):131-140.

[22] 尹浩, 林闯,等. 数字水印技术综述. 计算机研究与发展, 2005, 42(7):1093-1099.

[23] 朱勤, 于守健,等. 数据库水印研究与进展. 计算机工程与应用,2006 (29): 198-201.

[24] Agrawal R, Kiernan J. Watermarking relational Databases//Proceeding of the 28th VLDB Conference, San Diego, 2002.

[25] Sion R, Atallah M, Prabhakar S. Rights protection for relational data //2003 ACM SIGMOD International Conference, 2003:98-109

[26] WMDB System Architecture. http://www.cs.stonybrook.edu/～sion/projects/wmdb, 2004.

[27] 刘旻昊, 孙堡垒,等. 文本数字水印技术研究综述. 东南大学学报, 2007, 37(z1):225.

[28] Brassil J , Low S, Maxemchuk N F, et al . Electronic marking and identification techniques to discourage document copying. IEEE Journal on Selected Areas in Communications, 1995, 13(8): 1495-1504.

[29] Brassil J , Low S, Maxemchuk N F . Copyright protection for the electronic distribution of text documents. Proceedings of the IEEE, 1999,87(7):1181-1196.

[30] Ding H, Hong Y. Inter word distance changes rep resented by sine waves for watermarking text images. IEEE Transon Circuits and Systems for Video Technology, 2001,11 (12):1237-1245.

[31] Gaurav G, Josef P, Wang HX. An attack-localizing watermarking scheme for natural language documents// Proceedings of the 2006 ACM Symposium on Information, Computer and Communications Security, ASIACCS 2006 . Tai pei, 2006:157-165.

[32] AtallahMikhail J , Raskin Victor, Crogan Mchael, et al . Natural language watermarking: design, analysis, and a proof of concept implementation//The Fourth International Information Hiding Workshop . 2001:185-199.

[33] AtallahMikhail J, Mcdonough Craig J, Raskin Victor. Natural language for information assurance and security: an overview and implementation//New Security Paradigm Workshop. New York: ACM Press, 2000:51-65.

[34] Solachidis V, Pitas I . Watermarking polygonal lines using Fourier descriptors. IEEE Computer Graphics and Applications,2004, 24(3): 44-51.

[35] Lu H, Shi X, Shi YQ, et al . Watermark embedding in DC components of DCT for binary images //Proceedings of 2002 IEEE Workshop on Multimedia Signal Processing, US Virgin Islands, 2002: 300-303.

[36] Palit S, Garain U. A novel technique for the watermarking of symbolically compressed documents//Proceedings of the Second International Conference on Document Image Analysis for Libraries (DIAL'06), Washington DC, 2006:291-296.

Analysis of Digital Rights Management and Digital Watermarking Techniques and Thinking of Which Applied into SDB Rights Management

Liu Feng

（Computer Network Information Center, Chinese Academy of Sciences, Beijing 100190, China）

Abstract Application areas of scientific databases are keeping expanding as access and download increasing. In order to protect the rights of data sharer, it is imminently to establish a scientific data rights management mechanism according to the scientific data sharing specification. This paper introduces and analyzes digital rights management and digital watermarking technologies. From the viewpoint of scientific data, we summarize the database watermarking and text watermarking technologies. In the end, the paper give some thoughts and advice for that the digital rights management and digital watermarking applied into SDB rights management.

Key words data rights management; digital rights management; DRM; digital watermarking; text watermarking; watermarking relational database

基于网络服务的开放矢量地理空间数据管理系统

冯 敏[1] 尹 芳[2,1] 诸云强[1] 朱华忠[1] 宋 佳[1] 任正超[3]

（1. 中国科学院地理科学与资源研究所 资源与环境信息系统国家重点实验室 北京 100101
2. 长安大学 地球科学与资源学院 西安 710054；3. 甘肃农业大学 草业学院 兰州 730070）

摘 要 多源异构的数据现状给地理空间数据的存储与管理带来了很大困难，传统的数据集和元数据模式，难以满足日益多样化的地理空间数据应用需求。本研究提出了一种多层的地理空间矢量数据存储与管理信息结构，在"数据集+元数据"模式的基础上，增加数据记录和要素集合两个层次的信息结构，实现了对多源异构地理空间矢量数据的一致化存储与管理，并能够直接支持网络数据服务。通过在数据服务中实现多种开放数据服务交互标准，实现对多样化应用的支持。基于开源软件和功能库构建可开放矢量地理空间数据管理原型系统，实现了本文提出的设计方法，并导入了2888个数据集，检验了该方法的合理性。

关键词 地理空间数据；数据共享；分布式计算；数据服务

1. 引言

在过去10年中，随着WebGIS等技术的发展，地理空间数据的管理、使用技术和方法取得了很大的发展[1-2]。其典型特征主要表现在：①应用日益普及。地理信息不再局限于专业领域，而是被日益广泛地应用于更多领域（科研、商业、旅游、交通等），使用方式（WebGIS浏览器、移动便携设备等）也更加丰富。②信息快速增长。信息的来源不仅局限于观测手段等，而且逐渐整合社会信息资源，数据类型和数据来源均趋于多样化。③提供公共服务接口。大量的地理空间信息服务在提供用户界面以外，还提供应用编程接口（application programming interface, API）用于实现与其他系统的整合。④标准化进一步增强。开放地理空间协会（Open Geospatial Consortium, OGC）和国际标准化组织（International Organization for Standardization, ISO）的相关协议被广泛接受[3-4]，而一些新的专有规范也很快被OGC接受，如KML等。⑤2D与3D结合。虚拟地球形式的3D表现方式在技术和应用上均有较大发展，比较有代表性的有Google Earth、Microsoft Virtual Earth、NASA WorldWind等。这些表现环境在技术上已相当成熟和稳定，均集成了特定的对地观测影像和基础地理数据。⑥开放发展趋势。从数据、标准、软件等方面均表现开放化发展的趋势，已有的开放软件已经能够覆盖地理空间数据的存储、转换、表达和分析等各个关键环节，打破了以前GIS领域被个别公司和组织垄断的局面[5]。

另外，很多地理空间数据管理系统由于技术、设计等方面的限制，难以完全适应WebGIS的发展趋势。例如，一些平台基于C#和ArcGIS开发，严重依赖于这些商业化平台，难以和其他运行环境和模块相互整合；数据与元数据格式混乱，难以实现数据的自动化处理、匹配和抽取，需要大量的人工干预；缺少针对网络的性能优化，相应速度较慢等[5-6]。本文介绍了一个基于网络服务的开放矢量地理空间数据管理系统，该系统设计了一套可扩展的元数据、数据存储模式以及数据转换、整理方法，并基于开源软件开发了原型系统，通过标准接口提供开放的数据访问服务为多层次应用提供数据支持。

2. 矢量地理空间数据管理体系

地理空间数据存储的常用模式是“数据集+元数据”[7]。“数据集”特指地理空间数据的集合，是由若干基本地理空间数据单元（如数据记录、栅格像素等）组成的集合体。由于基本数据单元过于琐碎，一般将具有相同结构且存在某种空间或语义关联的数据组织在一起，形成数据集。“元数据”是对数据的描述，主要从数据内部抽取或外部补充而来，是进行数据发现、检索和语义理解的重要基础。为了对数据集进行全面的描述，元数据往往包括较多的信息项，从而呈现出一种结构化的信息组织方式，如 ISO 19115 等元数据标准[8]。

传统多源异构的矢量地理空间数据管理系统往往将数据集作为最基本的数据单元，而不深入数据内部。虽然该方法能够适应多源异构数据的现状，但难以实现深入数据内部的数据处理，例如，根据用户需求进行数据切割等操作；同时，也由于缺乏数据不能直接处理数据内容，使得该方式难以直接支持数据网络服务形式的数据共享。

本文基于“数据集+元数据”模型进行了扩展，通过引入数据记录层面的数据结构和元数据信息，实现对地理空间矢量数据内容的一致化管理和处理；此外，引入了“要素集合”和“样式”等信息结构，形成了一套支持矢量数据存储以及多样化网络服务共享的体系（见图 1）。该体系由 6 个层次构成。

（1）数据存储层。该层为数据集、元数据提供存储功能，主要由关系型数据库、地理空间数据库和文件数据库组成。

（2）数据记录层。数据记录是数据集中的基本数据单元，常见的矢量数据记录由数目不一的数据项组成，其中包括地理空间属性项和若干非空间属性项。除包括数据记录以外，该层还包括相应的元数据记录，这些元数据记录主要描述数据记录而非数据集层面，为区分数据集层面的元数据信息，本文将这些元数据称为“数据字段元数据”，而将数据集层面的元数据称为“数据集元数据”。

（3）数据集合层。该层包括矢量空间数据集和数据集元数据两部分。其中矢量空间数据集对应某一个矢量空间数据集，而数据集元数据是对数据集整体的描述，并且关联了记录层面的数据字段元数据。

(4)数据表现层。该层包括了要素集合与样式两个部分。由于数据集仅提供单纯的数据，而不包括通过网络服务进行共享的要求以及可视化表现规则等方面的定义，因此要素集合是在矢量空间数据集的基础上补充了针对数据共享服务和可视化等信息而形成的综合结构。样式定义了数据的可视化方案，可以提供多种不同的样式，从而满足不同数据可视化应用需要。

（5）数据服务层。该层以网络服务的方式提供对数据的访问能力。数据服务实现了开放数据标准接口，避免了不同软件和系统之间的互操作问题。文本针对地理空间矢量数据，选择了 OGC 的 WMS、WFS 以及 KML 等标准。此外，系统还提供支持元数据检索和发现的元数据服务。

(6)应用服务层。多样的地理空间数据应用通过地理空间数据服务和元数据服务,访问、获取数据。

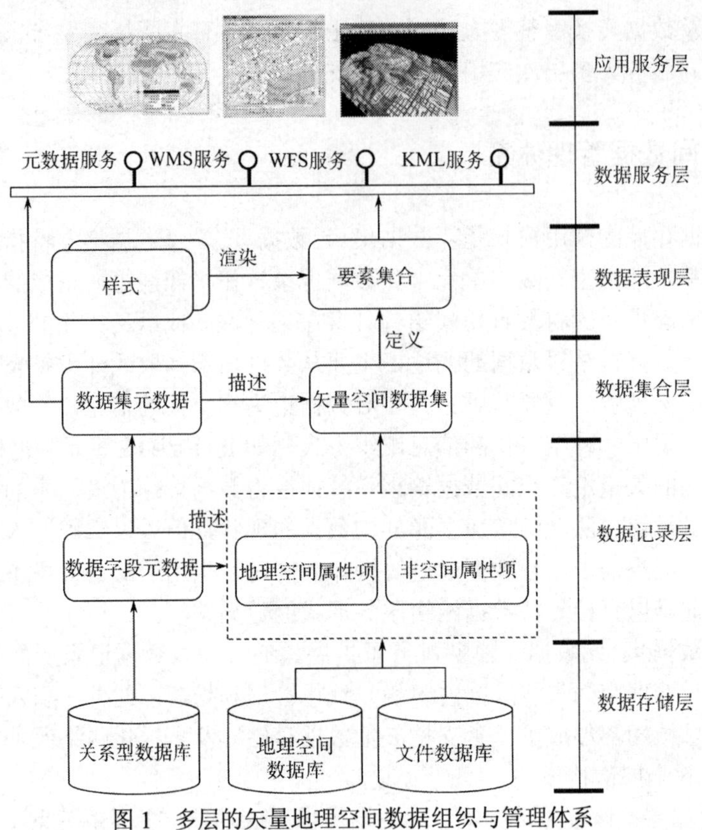

图 1 多层的矢量地理空间数据组织与管理体系

3. 数据与元数据规范

多源异构数据是困扰地学数据库建设的重要因素，通过数据的规范化转换和元数据提取是实现多元异构数据存储和管理的基本方法。其中，数据的规范化转换能够解决数据结构和数据格式的不一致问题,而元数据信息的提取则能够解决数据信息理解、检索和发现等问题。文本针对地理空间矢量数据的存储与管理问题，提出了数据集和元数据规范和要求。

3.1 数据集参考和名称规范

数据集的规范从两个方面开展。

1） 形成一致的数据结构。

针对矢量数据，本文采用了 OGC 的简单要素（Simple Feature）规范[3]，即点、线、多边形、要素（feature）以及要素集合等。

2）规范数据集的参考信息。

（1）空间参考坐标系，采用地理空间坐标系，坐标基准为 WGS84。以下是投影参数内容：GEOGCS["GCS_WGS_1984",DATUM["D_WGS_1984",SPHEROID["WGS_1984",6378137,

298.257223563]],PRIMEM["Greenwich",0],UNIT["Degree",0.0174532925199433299]]。

（2）数值单位，采用国际数值测量单位。如，米（m）、千克（kg）等。

（3）数据名称，[数据内容]_[区域]_[时间]_[比例尺]_[几何类型]。例如，黄土高原资源环境矢量数据集的50万土地利用数据集（1987~1990年），可以描述为：landuse_loess-plateau_1987-1990_500k_polygon.shp。

3.2 元数据结构和信息项

元数据对数据集进行结构化描述，以便于支持数据的语义理解、搜索和发现等操作。元数据组成包括数据集元数据信息项（见表1）和数据集字段的元数据信息项（见表2）。其中数据集元数据对数据集整体进行描述，而数据集字段元数据则描述单个数据字段。

表1 数据集元数据信息项

元数据项	说 明	示 例
名称	数据集名称	landuse_china_1995_1m_polygon
标题	数据集标题 写法建议：[区域][比例尺][主题]([时间或时间段])	中国1:100万土地利用数据(1995)
关键词	数据集关键词	中国，土地利用
描述	数据集描述	
空间范围	数据集覆盖范围的文本描述	中国陆地部分
时间范围	数据集描述的时间范围描述	20世纪90年代
比例尺	比例尺的分母部分	100万
更新情况	是否有更新计划	约10年更新一次
费用	数据使用是否需要付费	无
来源	数据来源	中国科学院地理科学与资源研究所
引用	使用数据发表或出版时需要注明的引用信息	全国 1:100 万数据库建设与更新，地理信息世界，2003,02
分类	建议所属分类	自然地理，区域变化
元数据标识	归属数据库的元数据标识	100101-2334
元数据名称	归属数据库的元数据名称	中国1：100万土地利用与土地覆盖数据
元数据地址	归属数据库的元数据访问地址	http://www.geodata.cn/Portal/metadata/viewMetadata.jsp?id=730000-10121
联系人	数据生产或发布的负责人	张三
联系单位	数据生产或发布的联系单位	中国科学院地理科学与资源研究所
地址	数据生产或发布的联系单位地址	北京市朝阳区大屯路甲11号
电话	联系电话	010-64880000
邮编	地址邮编	100101
国家	所在国家	中国

表 2 数据集字段的元数据信息项

元数据项	说　明	示　例
字段名称	字段名称（英文形式，使用字母或下划线）	Type
字段标题	字段的中文标题	土地利用类型
数值单位	字段的数值单位	
字段描述	字段的描述信息（如字段的编码说明）	0001：林地　0002：草地 ⋮

4. 原型系统和应用

4.1 原型系统

基于以上设计开发了开放矢量地理空间数据管理的原型系统。该系统以 J2EE 作为开发和运行环境，并整合了 GeoTools、GeoServer、OpenLayers、OpenGIS 等开源软件包和功能库。采用开放开发环境的优点在于，一方面能够在系统构建过程中拥有较大的自由度，避免了对商业软件系统依赖；另一方面，得益于开放软件对开放标准的支持，系统能够更好地支持开放数据服务标准。

原型系统包括 4 层次，数据层、功能层、站点与服务层、用户层（见图 2）。

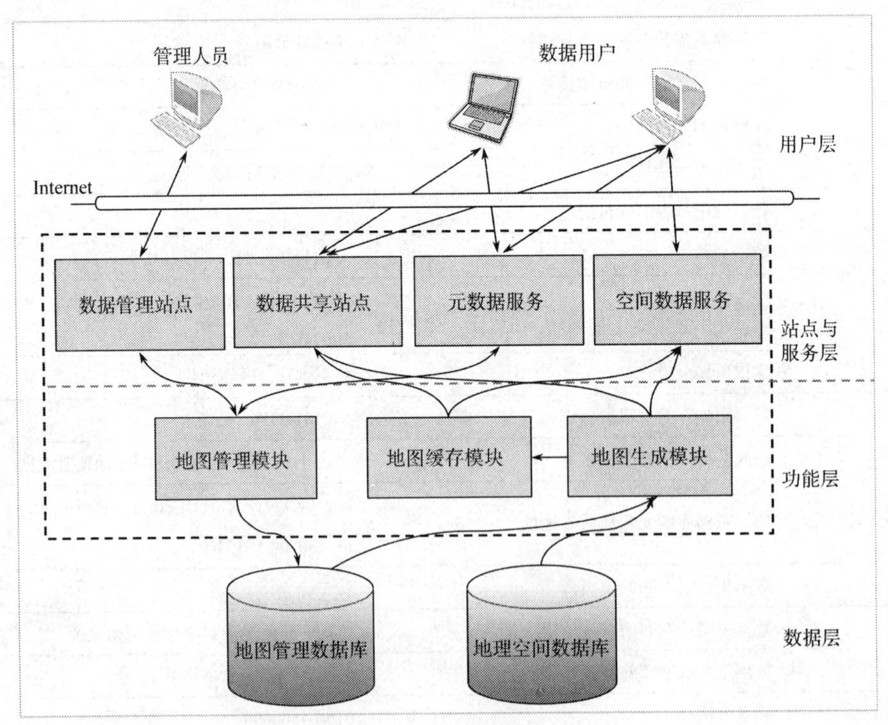

图 2 原型系统结构

1）数据层。

地图管理数据库（存储和管理发布的地图的元数据），基于开源的 PostgreSQL 构建；地理空间数据库（存储和管理各种形式的地理空间数据），基于 PostGIS 构建。PostGIS 构建于 PostgreSQL 之上，提供了对矢量数据的存储能力，因此采用 PostGIS 能够与系统中的关系型数据库保持一致，避免不同数据库导致的开发困难。

2）功能层。

在数据层之上提供系统核心功能层，主要包括 3 个部分。①地图生成模块，在地理空间数据库和地图管理数据库之上，提供地图表现、数据搜索、图例生成等功能。其中地图表现要求多种方式，包括 2D 地图（WMS）、2D 矢量（WFS）、3D 地图（KML）、3D 矢量（KML）等形式；②地图缓存模块，实现地图 Tile 缓存功能；③地图管理模块，提供对元数据、数据集、及图层、样式等其他要素的管理功能。

3）站点与服务层。

站点是在功能层的基础上，根据用户的需要，定制形成功能站点，向管理人员和数据用户提供交互界面，包括两个方面。

（1）数据管理站点。为管理员提供在线的管理和维护界面，允许管理员对系统的数据集、元数据、发布要素、样式等信息进行管理。其中元数据填写用户界面见图 3。

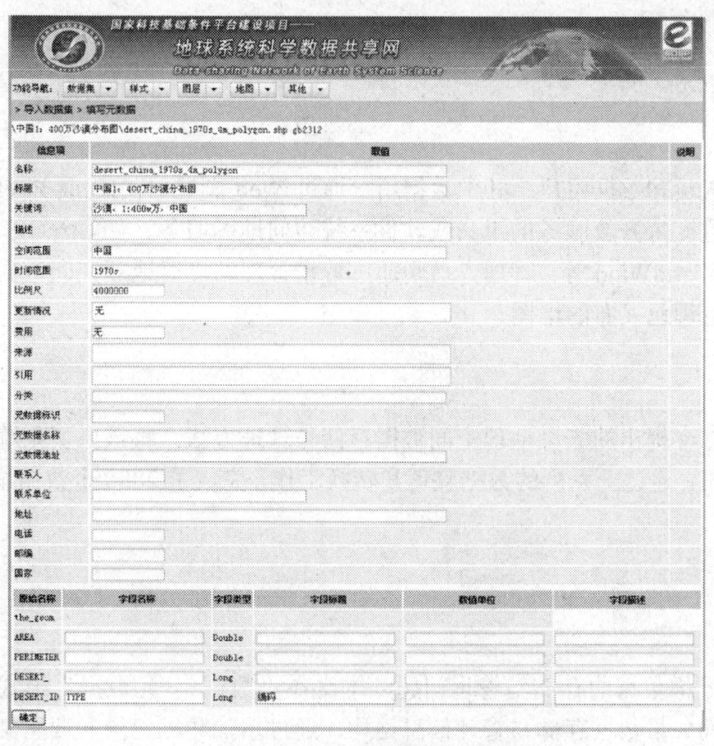

图 3　元数据填写用户界面

（2）数据共享站点。向数据用户提供数据检索、浏览等功能。其数据集浏览界面见图 4。

服务则在基础功能模块的基础上，以特定的网络服务接口向用户提供信息，包括两个方面。

（1）元数据服务。以 REST 服务的方式提供元数据的检索和获取功能；

（2）空间数据服务。以 OGC 开放数据标准方式提供空间数据的访问功能。

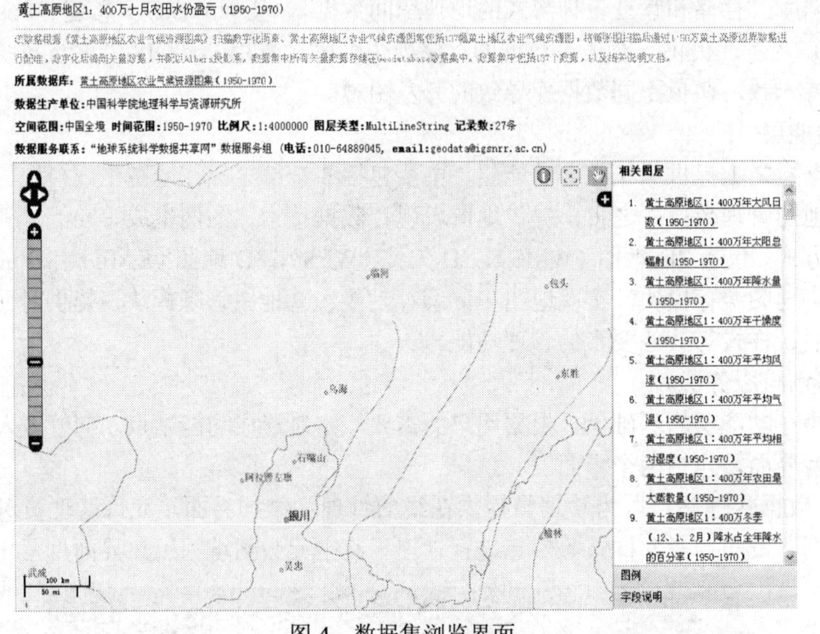

图 4 数据集浏览界面

4）用户层。

包括管理人员和数据用户。其中数据用户通过 Web 浏览器（IE 或 Firefox）访问共享数据，也可以通过支持开放服务的工具或软件系统访问地图服务，如 ArcGIS、uDig、QGIS、Google Earth、WorldWind 等；管理人员则通过数据管理站点对地理空间数据进行配置并发布为地图，或者管理已发布的地图。

4.2 数据应用

为了检验本文提出的矢量地理空间数据存储与管理方法，将该原型系统应用于地球系统科学数据共享网，通过一系列的数据整理和转换工作，完成了 2888 个数据集的导入，数据量约 8GB。

5. 结论

针对多源异构数据的存储与管理问题，本文在“数据集+元数据”模式的基础上提出了多层的地理空间矢量数据存储与管理信息结构，通过增加数据记录和要素集合两个层次的信息结构，突破了传统停留在多源地理空间数据集层面的数据共享，实现了对多源异构地理空间矢量数据的一致化存储与管理，并形成多种数据服务。通过构建原型系统以及在地球系统科学数据共享网中开展应用，检验了该方法的合理性，为开展地学科研信息化提供了有益的探索和重要的参考[9-10]。

参考文献

[1] Cobb D A, Olivero A. Online GIS service. The Journal of Academic Librarianship, 1997, 23(6):484-497.

[2] Feng M, Liu S, Jr Euliss,et al. Prototyping an online wetland ecosystem services model using open model sharing standards. Environmental Modelling& Software, 2011, 26(4):458-468.

[3] Open Geospatial Consortium. OGC Reference Model. 2008.

[4] Doyle A, Reed C. Introduction to OGC Web Services: OGC Interoperability Program White Paper. 2001.

[5] Grimshaw A, Morgan M, Merrill D, et al. An open grid services architecture primer.Computer, 2009, 42(2):27-34.

[6] Yang C, Raskin R, Goodchild M, et al. Geospatial cyberinfrastructure: past, present and future. Computers, Environment and Urban Systems, 2010, 34(4):264-277.

[7] Nogueras-Iso J, Zarazaga-Soria F, Béjar R, et al. OGC Catalog Services: a key element for the development of spatial data infrastructures. Computers & Geosciences, 2005, 31(2):199-209.

[8] ISO. ISO 19115: Geographic information – Metadata. 2003.

[9] Perrott R, Harmer T, Lewis R. e-Science infrastructure for digital media broadcasting. Computer, 2008, 44(11): 67-72.

[10] 诸云强，孙九林. 面向 e-GeoScience 的地学数据共享研究进展. 地球科学进展, 2006,21 (3):286-291.

An Open Geospatial Vector Data Management System based on Network Services

Feng Min[1], Yin Fang[2, 1], Zhu Yunqiang[1], Zhu Huazhong[1], Song Jia[1], Ren Zhengchao[3]

(1. National Resources and Environmental Information Systems Laboratory, Institute of Geographic Sciences and Natural Resources Research, Chinese Academy of Sciences, Beijing 100101, China;

2. College of Earth Science and Resources, Chang'an University, Xi'an 710054,China;

3. Pratacultural College, Gansu Agriculture University, Lanzhou 730070, China)

Abstract Geospatial data from different sources usually presented with different data structures and formats, and it poses great challenge to data management and storage activates. While GIS becomes widely adopted in social life, the traditional data set and metadata form can hardly meet the needs of various applications. We present a hierarchical data management structure by adding data record and feature collection to the "data set and metadata" form to facilitate storage and management of geospatial vector data with variant forms. Data services implemented open standards and specifications are built based on the data structure to allow users to access the data remotely. A prototype system has been developed based on open sources libraries and 2,888 data sets have been ingested into the prototype to verify the practical ability of the design.

Key words geospatial data; data sharing; distributed computing; data services

数据共享与服务技术

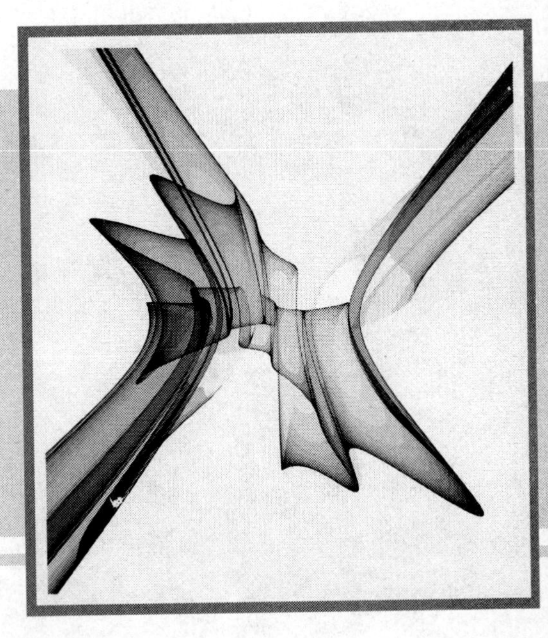

人地系统科学数据网格建设初探

宋　佳　张金区　冯　敏　吕　宁　陈鹏飞

（中国科学院地理科学与资源研究所　北京　100101）

摘　要　人地关系与人地系统是地理学的研究核心，人地关系研究离不开数据、模型、计算等资源。本文以“人地系统科学数据网格”的研究和建设为主题，首先从数据资源的特点、数据组织操作模式、数据用户三个层面分析了其建设需求；然后给出了人地系统科学数据网格的建设框架，并主要从网格资源层和网格服务层两个层面阐述了其建设思路；最后基于该网格给出了数据密集型处理的应用，并介绍了网格的部署情况，对地学领域科学数据网格的建设有一定的参考意义。

关键词　数据网格；数据共享；模型计算；人地系统

1. 引言

地理学着重研究地球表层人与自然的相互影响与反馈作用。人地关系与人地系统是地理学的研究核心。人地关系指人类活动与地理环境的关系，人地系统是以地球表层一定地域为基础，人与地在特定的地域中相互联系、相互作用而形成的一种动态结构，是人地关系研究的物质实体系统。人地系统分解为人口（P）、经济（E）、社会（S）、资源（R）、环境（E），简记为 PESRE 系统。在人地系统理论的研究方面，涉及了人地系统的要素组成、人地系统的动力机制、结构、功能、定量研究方法、人地系统的优化与调控等方面。在应用研究方面，自 20 世纪 80 年代，人地系统研究是结合区域开发整治规划、资源开发与承载力研究、区域开发与区域发展规划、生态建设与环境保护的进行而开展的[1]。

人地系统研究通过物理、数学模型模拟地球及人类活动的各种复杂过程，完成这种模拟的核心是“数据、模型、可视化”表达三要素，而数据更是这三要素中的基础。人地系统研究中的数据具有分布性、时空性、多尺度、多学科、海量多源等特征[2-3]。在科研信息化的大背景下，对这些数据信息的高效获取、规范管理、安全处理、可靠存储就显得尤为重要了。因此，人地系统研究迫切需要基于数据网格技术，构建支撑人地关系研究的一体化、一站式的数据存储、访问、计算、传输和管理环境，提供高效、安全、可靠、易用、虚拟、透明的数据服务和分析计算服务。

“十一五”期间，在中国科学院信息化专项“数据应用环境建设和服务”项目“科学数据库建设”子项目支持下，我们开展了“人地系统科学数据网格”的研究和建设。“人地系统科学数据网格”以服务人地系统和人地关系研究为主题，立足于将孤立的各类数据资源互连起来，实现高效综合地利用各种计算、存储等资源，达到资源间协同处理和透明访问的目的。

2. 人地系统科学数据网格的建设需求

人地系统科学数据网格的建设需求分析主要从“人地系统”数据资源的特点、数据组织操作模式、数据用户分析三个层面展开。

2.1 数据资源的特点

“人地系统”数据资源的类型可以分为空间数据和非空间数据两大类。非空间数据是指属性数据，表现为一种二维表格的形式；空间数据即地理数据，是包含了空间地理坐标信息的数据类型。空间数据根据存储和表达结构的不同，又分为矢量（结构）数据和栅格（结构）数据。矢量数据是一种对象模式，以点、线、面等几何实体表达地理空间信息；栅格数据则是一种场模式，以规则的阵列来表达空间分布信息。

“人地系统”数据资源在内容上有着很强的时空性，具有时间尺度、空间尺度、时间范围、空间范围、专题要素几个成分，可以概括为时间、空间、专题要素的三元组结构（见图1）。并且，这种三元结构在属性、矢量、栅格数据类型中以不同的方式体现。在属性类型数据中，时间、空间、专题要素一般以表格字段的方式体现；在矢量类型数据中，时间、专题要素一般以表格字段的方式体现，但空间信息以表达地理坐标的点、线、面等几何实体为核心，依赖于所采用的GIS软件格式、空间数据引擎和空间数据库系统；在栅格类型数据中，规则的格网阵列及文件头信息中的空间参考体现了空间信息，格网阵列的值反映了某一专题要素的值，时间信息通过说明性的方式体现，如对应的元数据、数据标题、数据文档等。

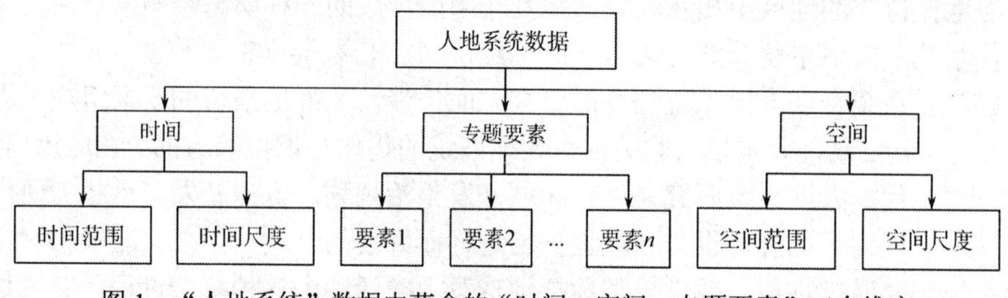

图1 “人地系统”数据中蕴含的“时间、空间、专题要素”三个维度

通过以上分析，可以看出地学数据资源一般含有时间、空间、专题要素三元信息，但对于不同的数据类型（属性、矢量、栅格）表达方式各有差别。而且，即便是对同一数据类型（例如都是属性类型数据），因为没有统一的规范，所以不同的组织和个人产生的数据结构也不一样。因此，要在数据网格中高效地调取这些数据，应考虑一种能规范地体现时间、空间、专题三种要素，并且实现属性、矢量、栅格一体化的数据存储表达机制。

2.2 数据组织操作模式

我国自2001年开始从国家层面开始开展科学数据共享工作。在数据组织操作模式上，一般采用以元数据为核心的数据组织、查询、访问模式。人地关系研究面向各式各样异构的数据资源，仅通过元数据的数据组织操作模式尚显不够。这主要体现在三个层面：①元数据的主要作用是对数据资源的内容、用途、格式、质量、获取方法等进行规范化的描述，并没有在数据实体的内容上进行规范的组织，因此，它是一种宏观视角的组织管理，操作粒度一般限于数据集粒度，难以在更细粒度（如数据指标）的层面操作；②当用户基于元数据访问数据时，数据实体依然是分散的、原始的，需要科研人员进一步按时间序列、空间范围对多个原始数据进行切割抽取、重组拼接，形成统一、完整、规范的数据；③基于元数据粒度的数据操作模式在驱动模型计算方面也尚未达到好的效果。在人地关系研究中，驱动模型计算的数据应打破原始数据或数据集的界限，提供到专题要素属性粒度的组织管理接口。

因此，人地系统科学数据网格中的数据组织操作模式不仅需要基于元数据模式，而且更需要细粒度的、以数据内容为核心的模式。这样通过细粒度的数据内容层面的统一组织，才可能具备数据分解、重组的条件。用户得到的数据无论在时空范围还是专题要素方面才会更准确、更全面。

2.3 数据用户分析

人地系统科学数据网格主要面向两类数据用户：一般数据用户和模型数据用户，如图 2 所示。一般数据用户往往是围绕某个数据主题，希望能够一站式地获取数据，包括基于元数据模式获取原始的数据内容，以及基于数据要素模式获取原始数据抽取、组装后的结果。而对于模型用户往往以运行模型为目的，获取数据是为驱动模型计算，因此，这类用户往往希望获得精确的、完整的、满足模型时空及专题要素条件的数据。这就需要一个抽取、组装的过程，也就是说，模型用户迫切需要细粒度的数据要素模式的服务接口。

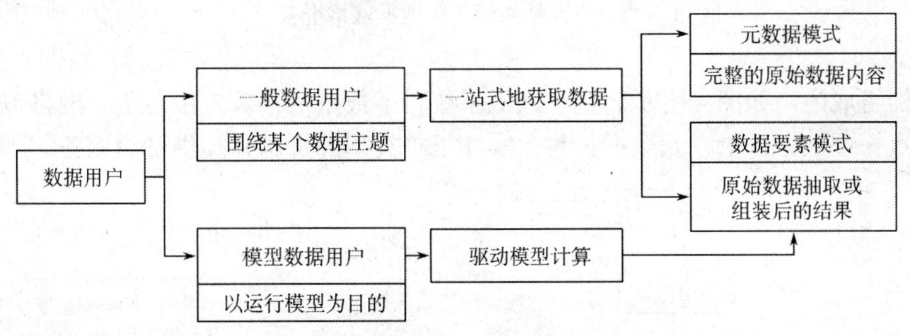

图 2 人地系统科学数据用户分析

3. 人地系统科学数据网格的框架与建设

人地系统科学数据网格框架由网格资源层、网格服务层和网格应用层组成，如图 3 所示。网格资源层主要涉及资源的组织模式、资源存储模型与结构；网格服务层主要以网格服务接口为核心，提供基于 RESTful Web Service 方式的网格服务，形成人地系统科学数据网格的中间件；网格应用层从数据资源的应用出发，涉及支撑人地系统研究的数据共享、模型计算、地学建模与过程模拟等应用。整个人地系统科学数据网格通过网格门户与用户交互。

3.1 网格资源层建设

人地系统科学数据网格资源是按照“网格节点-资源目录-资源元数据-数据资源实体”

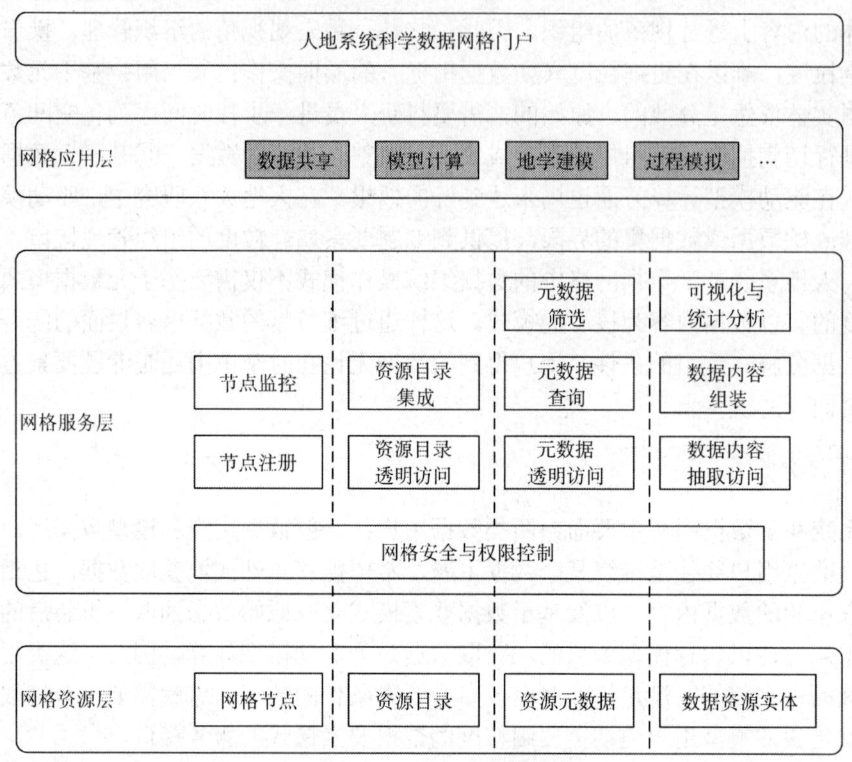

图 3 人地系统科学数据网格框架

的层次结构组成的，如图 4 所示。整个人地系统科学数据网格首先由若干个网格节点构成，各网格节点管理数据目录、元数据、数据实体三种类型的资源并提供资源服务。

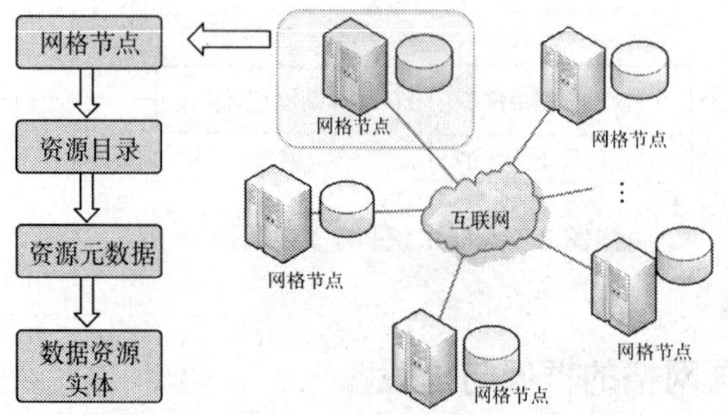

图 4 人地系统科学数据网格的资源层次

在建设过程中，先对元数据和数据内容的时空参数进行了规范化，提出了矢量、属性一体化的数据模型，突出了时间域、空间域、专题要素域的三元结构，如图 5 所示。时间域综合了时间点和时间段两种表达模式，时间尺度包括年、月、日、时，并可扩展。空间域包含了两个层次：一是用空间位置的名称表示空间信息，比如属性数据中字符串类型表达的各级行单元、自然区域单元、观测站点等；二是用空间单元的地理坐标值来表示空间位置，即矢量数据的地理坐标部分。这两个层次综合给出了属性数据和矢量数据中空间信息的表达方式，是属性、矢量数据一体化的核心。专题要素域指的是地理数据的属性部分，包括属性的具体值和对属性的说明信息（属性元信息），即专题要素字段的标识、名称、单位量纲、描述等信息。

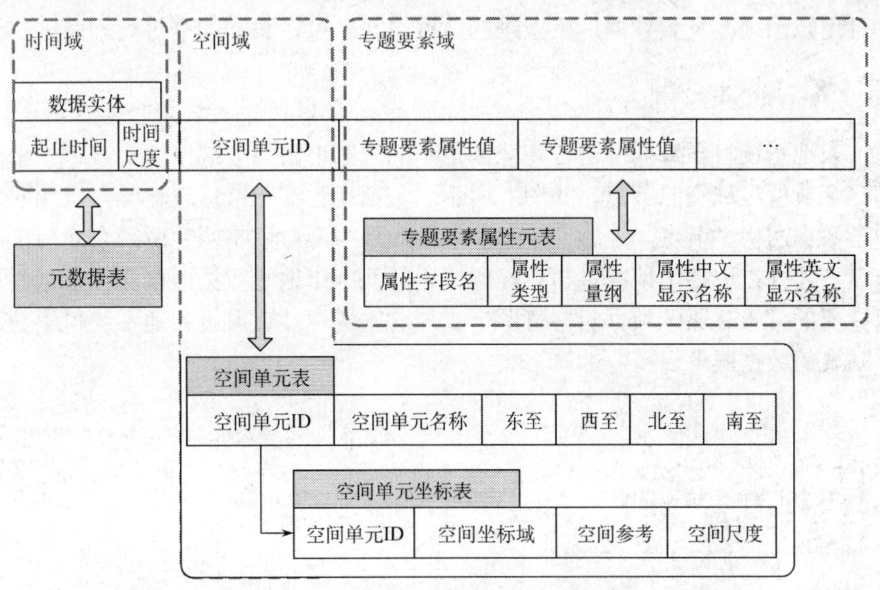

图5　矢量、属性一体化的时间、空间、专题要素三元组模型

3.2　网格服务层建设

人地系统科学数据网格服务层基于网格资源层“网格节点-资源目录-资源元数据-数据资源实体”的分层结构进行设计和建设。

对网格节点，提供节点的自动注册和监控服务。新加入网格的节点会根据配置文件自动将本节点的信息注册到网格的其他节点，并处于网格的监控下。如果某节点因为故障，其服务不可用，那么网格会自动将该节点移除。

对资源目录，提供资源目录的透明访问和资源目录的集成服务。人地系统科学数据网格的资源目录是一种树型结构的数据分类。网格对这种数据分类的集成服务，表现为通过远程调用其他网络节点的树型分类信息，并在本地集成后统一输出到客户端。通过资源目录的透明访问，可以获得网格中任意节点下任意数据分类或其子分类所关联的数据列表。

对元数据，除了提供元数据的透明访问服务，还有跨节点的元数据查询和元数据筛选服务。元数据查询是根据用户的时空范围和尺度、数据分类、数据类型、主题词等条件，在人地系统科学数据网格的所有资源节点查找符合的元数据记录；而元数据筛选是一种资源导航模式的元数据查找方法，人地系统科学数据网格是按照“数据资源节点”、节点下的“数据资源分类目录”逐级定位元数据，并继续根据元数据的数据类型、时间范围、空间尺度进行筛选，缩小元数据记录的范围。

对数据资源实体，设计了数据内容的抽取访问和组装，数据可视化、数据在线统计分析服务。人地系统科学数据网格已经实现了对属性数据和矢量数据的一体化的可视化展示。属性数据以二维表格展示，并可以进行在线的统计图分析，矢量数据通过地图展示空间部分，属性部分按属性数据的表格方式展示。并且，人地系统科学数据网格在响应用户对数据的时空范围约束时，自动对数据记录按时空范围进行抽取处理，而不是不加区分地的提供全部时间和空间范围的数据。这样，省去了资源中不必要部分的网络传输，提高了用户获取数据的速度，并且用户无须在拿到数据后手工进行数据格式转换、数据切割等处理。

3.3 数据网格的部署和应用

目前，人地系统科学数据网格已在全国范围的四家中国科学院单位部署了一个网格资源主节点和三个典型区域资源节点，如图6所示，包括运行在北京地理科学与资源研究所的人地系统科学数据网格主节点，运行在哈尔滨东北地理与农业生态研究所的东北黑土区数据网格资源节点，运行在成都山地灾害与环境研究所的西南山地区数据网格资源节点，运行在西安水土保持所的黄土高原区数据网格资源节点。这些资源节点通过人地系统科学数据网格门户提供一站式的数据服务。

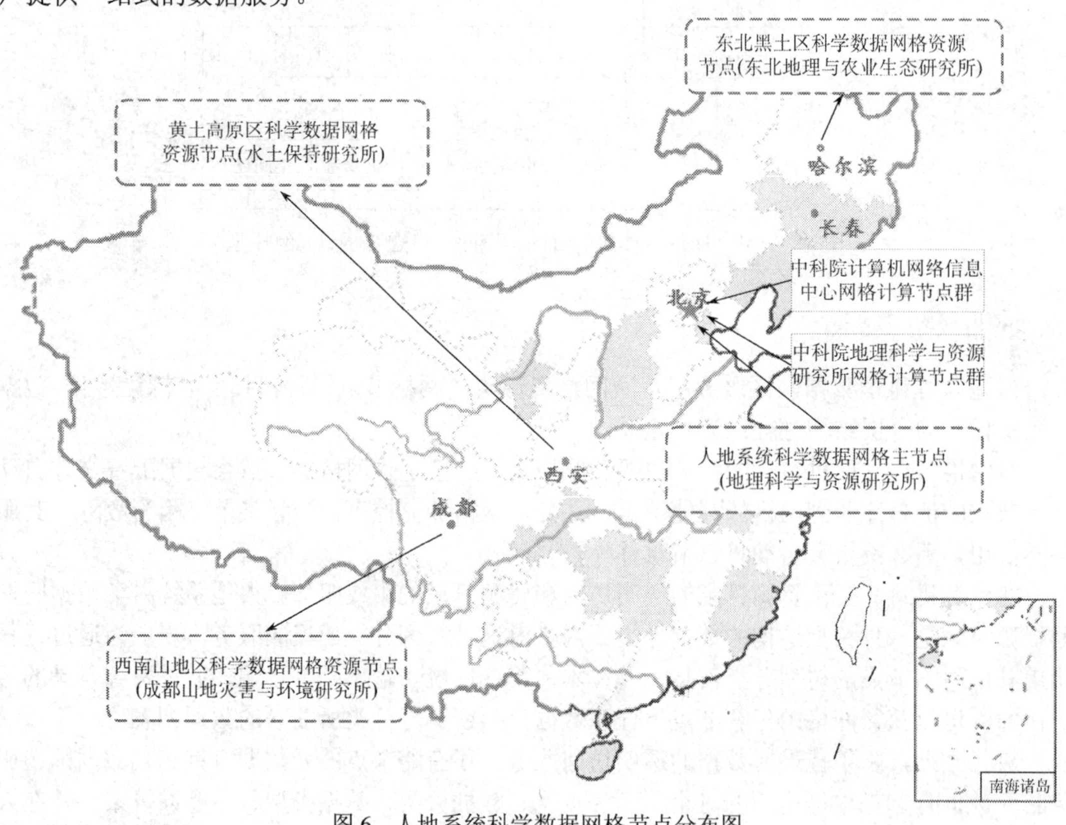

图6 人地系统科学数据网格节点分布图

同时，围绕地学研究中的数据密集型计算，在中科院计算机网络信息中心和中科院地理科学与资源研究所分别构建了网格计算节点群，研究并部署了基于人地系统科学数据网格的密集型地学数据处理应用——基于高精度数字高程模型（digital elevation model，DEM）的地表呈现计算模型应用实例，图7所示为该模型的参数输入界面，图8所示为该模型的网格计算任务监控及其结果。本应用实现了模型输入数据（土地利用数据）的动态调取，数据收集和处理过程完全自动化，模型的计算过程基于 Map/Reduce 模式，实现了地理空间数据处理分析过程在集群计算环境下的高效并行计算，计算效率得到了充分提升。

图 7　基于高精度 DEM 的地表呈现计算模型的参数输入界面

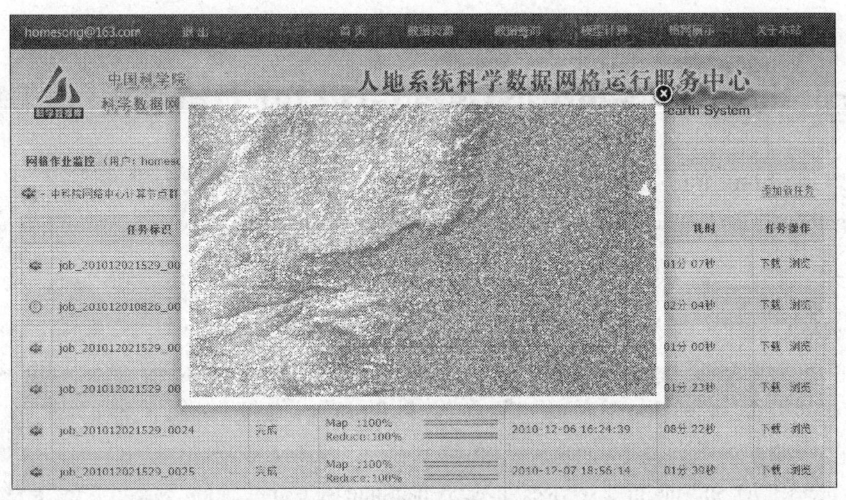

图 8　基于高精度 DEM 的地表呈现计算模型的网格计算任务监控及其结果

4. 结论与展望

本文从人地系统科学数据网格的建设出发，从需求分析入手，重点阐述了在网格资源层和网格服务层构建中的设计思路和实现方法，给出了基于网格的模型计算应用案例，构建了人地系统科学数据网格平台，在全国范围内初步形成了四个网格资源节点、两个网格计算节点群、一个数据网格门户的分布格局。

但是，人地系统科学数据网格作为地学领域数据网格的研究建设工作尚处于起步阶段，在很多方面还需要进一步研究探索。例如，在数据模型方面虽然已经提出了实现矢量、属性一体化的数据模型，但尚没有将栅格类型数据包括进来，形成矢量、属性、栅格一体化的数据模型结构；在网格的安全与权限控制方面也需要进一步研究探索。

5. 致谢

特别感谢中国科学院计算机网络信息中心黎建辉主任、沈志宏高工、薛正华博士在人地系统科学数据网格平台建设中提供的技术支持和帮助。

感谢中国科学院东北地理与农业生态研究所赵军研究员、中国科学院成都山地灾害与环境研究所宋孟强副研究员、中国科学院水利部水土保持研究所郭明航主任、中国科学院地理科学与资源研究所廖顺宝副研究员在人地系统科学数据网格数据资源节点建设中给予的支持和帮助。

参 考 文 献

[1] 赵明华, 韩荣青. 地理学人地关系与人地系统研究现状评述与展望//中国地理学会 2004 年学术年会暨海峡两岸地理学术研讨会论文摘要集, 2004.

[2] 李军, 周成虎. 地学数据特征分析. 地理科学, 1999, 19(2):158-162.

[3] 廖顺宝, 孙九林, 李泽辉, 等. 地学数据产品的开发、发布与共享. 地球科学进展，2005, 20(2):166-172.

Construction of Scientific Data Grid for Human-land System

Song Jia， Zhang Jinqu, Feng Min, Lv Ning, Chen Pengfei

(Institute of Geographic Science and Natural Resources Research, Chinese Academy of Sciences, Beijing 100101, China)

Abstract One of fundamental studies on Geography is human-land relationship, which depends on data resources, model resources, computing resources and so on. Concerned with the construction of scientific data grid for human-land system, the requirement of scientific data grid for human-land system is analyzed. The construction framework of scientific data grid for human-land system is given and the ideas on construction of it are discussed on the grid resources layer and the grid services layer. A data-intensive application based on the grid is given and deployment of the grid is introduced. The paper has positive effect for the construction of scientific data grid on geographic sciences

Key words data grid; data sharing; model calculation; human-land system

化学主题数据库：数据网格技术的应用范例[1]

赵月红[1] 徐俊波[1] 温 浩[1] 陈维明[2] 戴静芳[2] 李英勇[2] 许 禄[3] 章文军[3]

（1. 中国科学院过程工程研究所 北京 100190；
2. 中国科学院上海有机化学研究所 上海 200032；
3. 中国科学院长春应用化学研究所 长春 130022）

摘 要 实现异地异构化学数据资源整合，消除信息孤岛，是化学数据库的一个重要发展方向。基于化合物标识信息具有联系不同分支学科数据的天然属性，设计开发了以化合物标识信息为核心的化学数据资源整合方案，利用中国科学院计算机网络信息中心开发的数据网格核心服务，开发了基于 Web 服务（动态网页/Web Service）的化学数据网格及其门户，实现了异地异构化学数据资源的集成检索和发布。结果表明，基于化合物标识信息的数据整合策略，化学数据网格可以满足异地异构化学数据资源整合的需要，并能保证对原有工作的继承。基于 Web Service 技术的数据访问方式可以进一步扩展到分布式化学应用资源的访问共享，进而实现异地异构数据与应用的集成，构成化学化工研究协同工作的基础网络平台。

关键词 化学数据网格；化合物标识；数据整合

1. 引言

在化学数据积累、加工和使用的历史进程中，计算机和网络技术的出现和迅猛发展，极大地促进了化学数据资源的建设和化学数据使用方式的转变。在化学学科，不仅形成了丰富的、涵盖各分支学科的数据资源，而且化学数据库已成为科研人员获取化学数据的主要渠道。

同时，化学数据库也逐渐凸显出使用中的不足和更深入的需求，表现为：

（1）一个科学技术问题通常具有综合性和跨学科的特点，单一专业的数据库不足以支撑科学研究对数据的要求；

（2）由不同机构在不同时期开发的数据库具有突出的异地异构特点。

显然，这种点状数据存储和服务方式割裂了化学各分支学科数据的内在联系。用户查询同一化合物的数据时，不得不在各专业数据库之间跳转，跨库数据的二次利用就更加困难。解决不同化学数据库之间数据资源的共享整合问题，消除信息孤岛，成为化学数据库的一个重要发展方向，也自然而然地成为化学主题数据库建设的初衷。

随着近年来网格技术的逐步成熟，网格技术已经成为实现透明访问异地异构数据和计算资源的有效方法[1-3]，出现了 Condor、Globus、Glue 等成熟的网格开发框架和中间件，基于

本文得到中国科学院信息化专项项目（INFO-115-C01-SDB3-03）、国家科技基础条件平台项目（BSDIV2009-01）资助。

Web Service 的数据网格开发技术[4-5]也日益受到重视。在化学领域，不仅逐渐建立了基于单一检索入口覆盖多个分支学科的 Web 化学数据服务系统（如 NIST Chemistry WebBook、ChemSpider、PubChem 等[6]），也出现了面向数据密集型应用的示范性网格，如英国的组合化学网格项目 CombeChem [7]、欧盟基于 UNICORE [8]开发的化学数据网格，并有多种数据网格应用出现[9]。

中国科学院科学数据库经过 30 年的建设，在化学领域形成了针对化学化工特点的、面向不同分支学科的专业数据库群[10]。各专业数据库由不同的建库单位开发和维护，在数据内容上具有不同的学科侧重。因此，“面向科技创新与应用，进一步加强化学科学数据资源的规范化建设，重点建设适应化学化工研究和应用要求的数据库群，建立以化合物唯一标识信息为内在联系的数据资源集成和共享体系，提升为科技创新和可持续发展提供化学数据集成服务的能力”，这已成为化学主题数据库的建设目标。

2. 化学主题数据库建设的科学基础和实现方案

2.1 数据资源和数据整合的科学基础

中国科学院科学数据库专家委员会曾给出我国化学数据资源状况的分析报告[10]。报告指出，我国化学数据库主要分布在有机化学、物理化学、分析化学与光谱学、环境化学、天然产物与药物化学、应用化学 6 个分支学科，分别由中国科学院过程工程研究所、上海有机化学研究所、长春应用化学研究所开发和维护，并各自独立对外提供数据服务。这些数据库各有学科侧重，数据组成要素复杂。此外，数据组织表达需要专业知识的支持，如何克服这些困难是数据整合方案需要着重考虑的问题。

对化合物的表征和标识是化学的基本问题之一，这个问题的本质是一个化合物区别于其他化合物的标志问题。由此产生的化合物标识信息是化学各分支学科共同使用的基本信息。

化合物标识信息的作用不仅在于对化合物的标记与识别，而且使化学各分支学科从不同的方面，对同一化合物的不同性质进行描述成为可能。化合物标识信息的这个作用也体现出化学各分支学科内在的、科学的和必然的逻辑联系。

因此，基于化合物标识信息具有联系不同分支学科数据的天然属性，将其作为联系异地异构化学数据资源的基本线索，并由此构建化学数据网格，进行化学领域数据资源的整合，是一个有充分坚实的科学基础的构想。

显然，这个构想能够得以实现的关键在于选取合适的化合物标识。实际上，化学学科中已有多种可供使用的化合物标识体系，如化合物名称、分子式、MOL 文件、CAS 登录号（CAS RN）、InChI、InChIKey、SMILES 等常用标识[11]。对于一个化合物而言，化合物名称、分子式和 SMILES 码对化合物的表述不具有唯一性，MOL 文件和 InChI 的标识较长、匹配困难，都不能认为是用于异地异构数据整合的合适选择。CAS RN（最大 10 个数字）和 InChIKey（标准 InChIKey 含 27 个字符）适于网络传输和基于 Web 的检索，是目前广泛应用的化合物标识。由于几乎所有的化学数据库都支持 CAS RN 检索，InChIKey 的应用范围也在不断扩大，所以可以认为这两种标识信息能够满足化学数据资源整合的要求[7, 12]。

事实上，美国化学文摘社、美国 MDL 公司 CrossFire 等大型化学数据库系统都有采用这种集成策略的成功先例。

2.2 数据整合的方案设计

化学主题数据库方案设计的关键在于选取合适的化合物标识，并设计合适的数据访问方法，以保证数据访问的效率和可靠性。

化学主题数据库的数据资源大都具有化合物 CAS RN，但并不完备。各数据库一般通过各自定义的化合物 ID，实现化合物数据的组织访问。为弥补目前各数据库中 CAS RN 不完备的问题，化学主题数据库将 InChIKey 和上海有机化学研究所化合物登录号 SRN 作为 CAS RN 的补充。各数据库增加了全部三种或部分唯一标识，以及本地化合物 ID 的映射表后，可在不改变成员数据库现有数据结构和数据访问程序的情况下，实现化学数据的跨平台访问共享。

这种数据整合方案的优势在于有效地控制了技术难度和工作量。化学主题数据库中心节点则需要建立包含完整化合物标识信息的化合物基本信息库，作为化合物检索后台。目前，化学主题数据库中心节点基本信息库的化合物数量已达到约 50 万种，基本覆盖了当前各成员数据库包含的化合物，可以满足化学主题数据库运行的需要。

此外，由于各成员数据库已经开发了具有学科特色的独立运行的数据库及其应用，专业数据覆盖也较完整，所以数据整合时需要考虑保留原有专业数据库的独立性。

数据资源目录具有数据资源浏览和学科特色突出的特点，因此，除基于化合物标识的数据整合外，化学主题数据库在方案设计中还考虑了基于数据资源目录的数据整合。

（1）基于化合物标识的数据整合：以化合物（唯一标识）为根节点，根据化合物数据的学科分类和数据组织习惯建立各级节点（数据访问服务 URI），并据此建立相应的化合物数据查询服务，用户从化合物（唯一标识）出发可访问到各级节点。

（2）基于数据资源目录的数据整合：以数据资源目录为根节点，根据各分支学科的数据资源和服务建立各级节点，对现有的数据资源和服务进行整合，提供目录浏览式服务，并为构建数据访问服务 URI 提供支持。其中，各数据资源的维护及服务由各专业数据库独立进行，以保持数据服务的专业性。

以上两种数据整合方式的结合，可以遍历所有数据资源。如果用户需要某个化合物的全面信息，可从化合物数据查询出发，获得化合物的唯一标识，调用相关数据服务就可获得来自不同专业数据库的数据。如果用户有明确的数据需求，并且对相关数据资源多有了解，那么可通过数据目录直接访问相应的专业数据库。用户还可进一步将检索获得的数据构成临时数据表（component list），作为参数传给数据资源目录中的相关服务，从而实现共享化学计算服务的集成。

图 1 和图 2 所示分别为基于化合物标识和基于数据资源目录的数据整合方案示意图，

图 3 所示为化学数据及应用服务整合框架示意图。

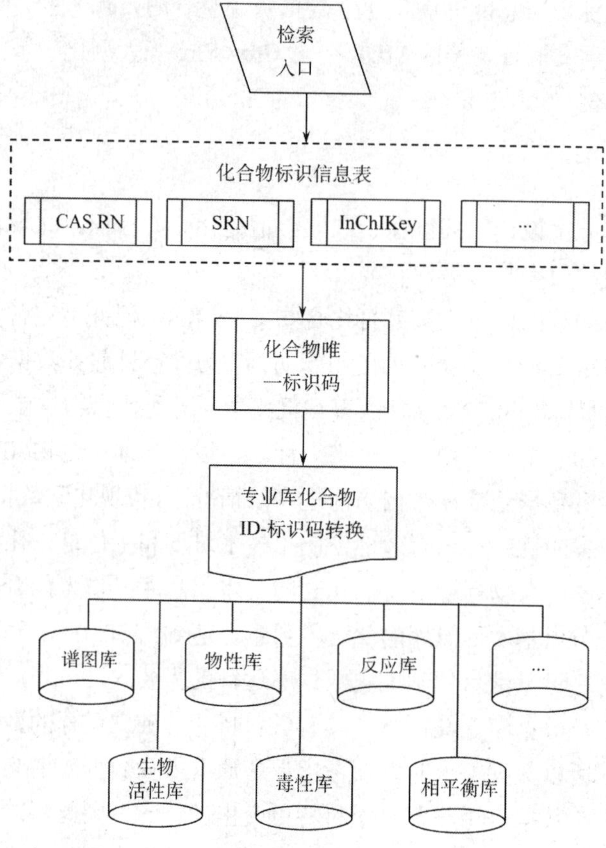

图 1 基于化合物标识的数据整合方案

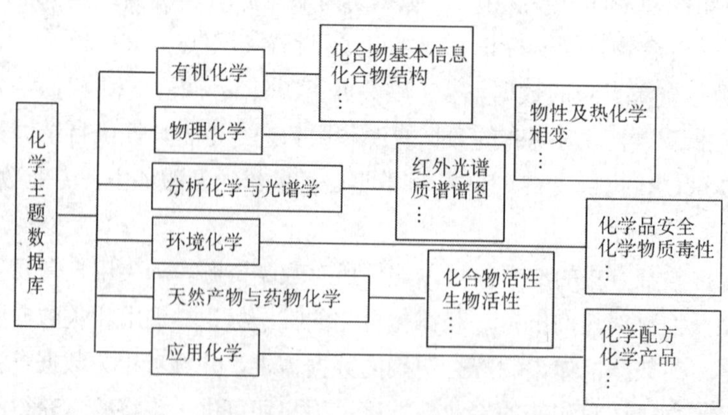

图 2 基于数据资源目录的数据整合方案

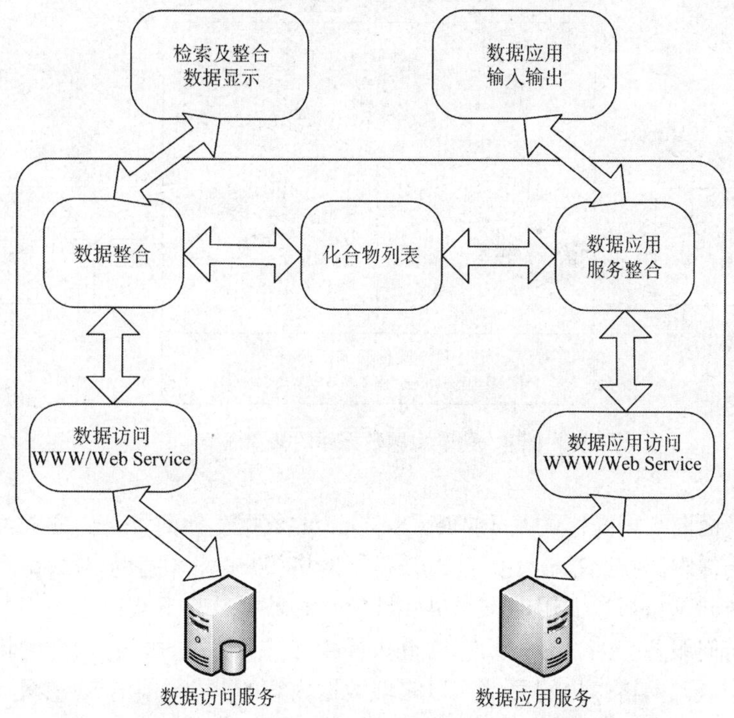

图 3　化学数据及应用服务整合框架示意图

3. 化学主题数据库的设计实现

与常见数据网格相似，化学主题数据库的核心功能由化学数据服务资源、数据网格核心服务、化学数据网格服务和网格门户构成。化学主题数据库的基本框架如图 4 所示。

（1）化学数据服务资源：指由成员数据库提供的数据资源和应用服务（包括 WWW 和 Web Service），是化学数据网格的底层和基础，为上层应用提供支持。由各成员数据库提供底层资源服务的方式成功地解决了专业数据组织及数据显示问题。

（2）数据网格核心服务：指数据资源注册、管理、访问监控及单点登录等数据网格的基础核心功能，采用中国科学院计算机网络信息中心（CNIC）开发的科学数据库数据资源注册、元数据管理、数据库访问监控及单点登录等相关数据网格核心功能服务[13-15]。

（3）化学数据网格服务：数据网格当前的基本服务有基于化合物唯一标识的数据访问与整合、数据应用服务和数据可视化，是化学主题数据库开发的重点。

（4）化学数据网格门户：指基于化学数据网格服务构建相关的 Web 用户访问界面，主要包括数据检索与展示、数据资源列表及应用服务的输入输出。

3.1　数据访问与整合

对于基于数据资源目录的数据整合，重点是对化学数据和应用服务资源进行收集、整理，在 Web 服务页面中按学科分类的原则对数据和应用服务资源进行组织。

对于基于化合物标识的数据整合，本文设计开发了面向数据内容发布的基于 Web 服务的

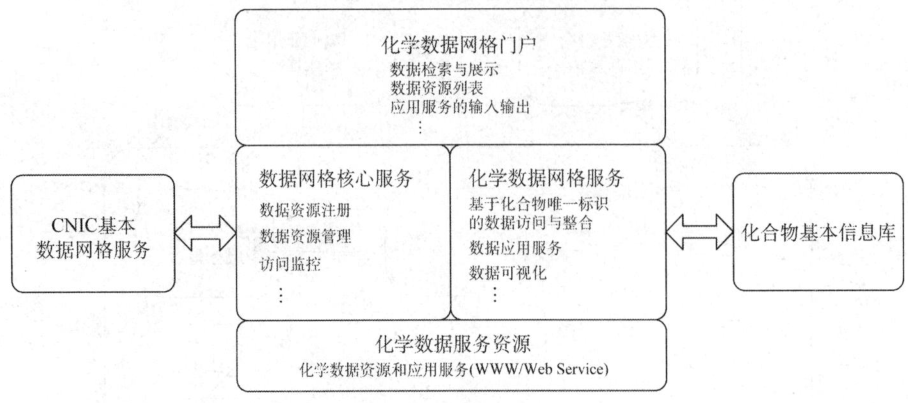

图 4 化学主题数据库的基本框架

数据访问，以及面向数据操作的基于 Web Service 的数据交换两种访问方式，以满足不同应用对数据的不同需求。在此基础上，设计开发了网格门户——化学主题数据库。

数据内容访问是指通过调用动态网页实现的一种数据共享方式。当用户发出数据访问请求（调用数据访问服务 URI）时，动态网页执行相应的业务处理，将请求的化合物信息以网页的形式返回，嵌入网格门户网页中，以实现数据内容的共享。由于动态网页是目前各化学数据库采用的主要数据访问方式，所以只需要增加用户身份验证及化合物标识映射功能，就可满足数据整合的需要，技术难度小，并且有利于现有工作的继承。

数据交换是指通过调用 Web Service 实现的一种数据访问方式。当用户发出数据访问请求（调用数据访问服务 Web Service）时，Web Service 执行相应的业务处理，将请求的化合物信息以 XML 格式返回，调用方解析 XML 数据后，可将数据应用到具体应用中。由于 Web Service 技术及 XML 良好的跨平台和互操作性，这将成为化学主题数据库底层资源服务未来采用的主要方式。

图 5 所示为基于化合物标识的数据访问、整合的基本流程[16-17]。

（1）身份验证：采用单点登录，化学主题数据库与中国科学院计算机网络信息中心使用同一用户库，并由中国科学院计算机网络信息中心提供用户注册和管理功能。用户访问时，将中国科学院计算机网络信息中心提供的用户 ID 作为数据访问参数，授权由具体数据服务方确定。

（2）参数解析：参数解析包括 Verb 参数解析和化合物标识信息解析两部分。Verb 参数解析是在读取 Verb 参数后，在数据服务名称列表中查询是否存在该访问，否则返回错误信息。化合物标识信息解析是根据标识信息的构建规范，将解析得到的独立 ID 及 ID 类型作为服务调用的参数，执行服务，如果解析失败，则返回错误信息。

（3）调用动态网页/Web Service：语法格式为 http://url/service?<query>。其中，[?]号前面为成员数据库的服务地址，并在资源注册系统（http://rsr.csdb.cn）中注册，以供用户检索和访问；[query]部分为参数名称和参数值，包括 Verb 参数（数据服务的具体名称）、ID 参数（化合物标识信息）。

化学主题数据库采用数据内容共享方式，实现了分布式化学数据资源的内容集成，提供了化合物名称、分子式、分子结构三种化学数据检索方式。

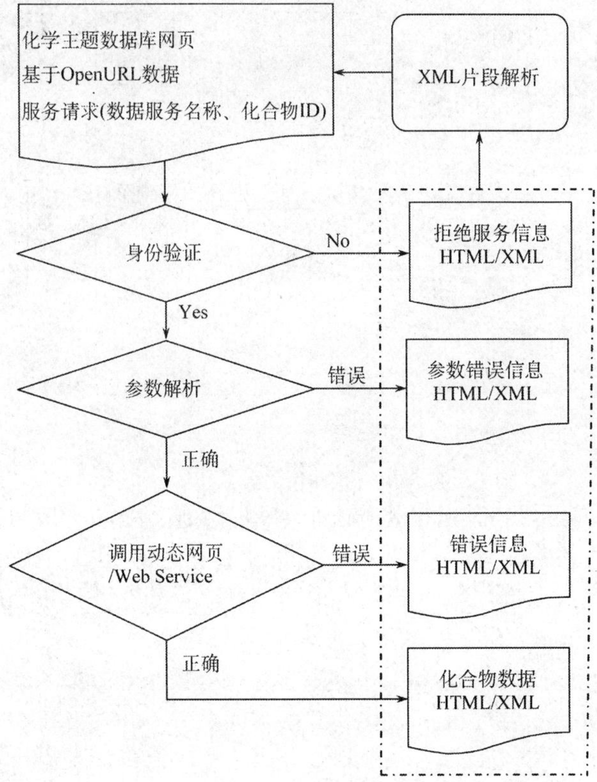

图 5　基于化合物标识的数据访问、整合的基本流程

图 6 所示为化学数据网格门户的主要功能。图 7 所示为以“CH_4N_2O”（目标化合物 CAS RN: 127-07-01）为检索词的数据检索服务示例。

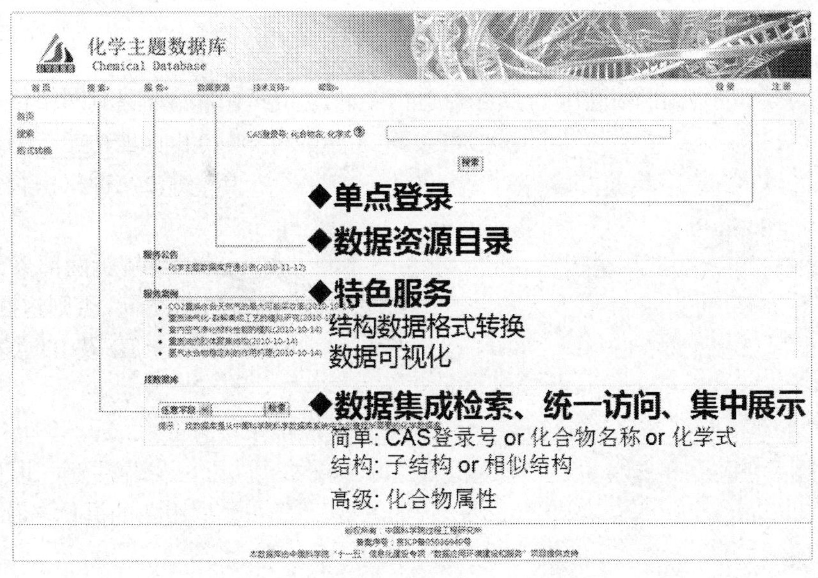

图 6　化学数据网格门户的主要功能

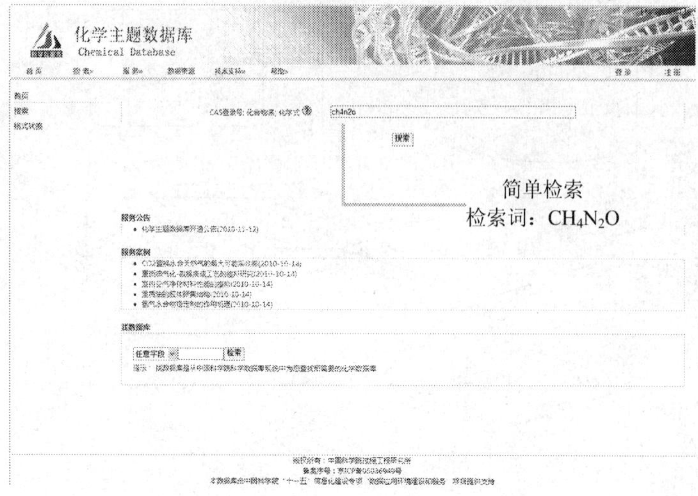

(a) 数据检索页面 (用户输入检索词进行查询)

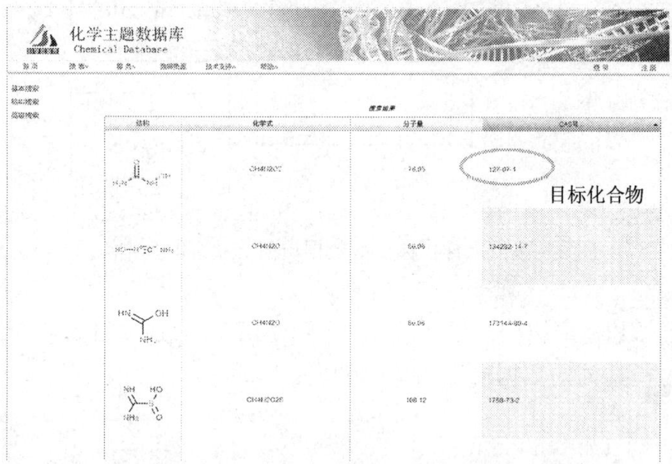

(b) 中间结果页面 (根据检索词查询的中间结果，从中进行目标化合物的定位)

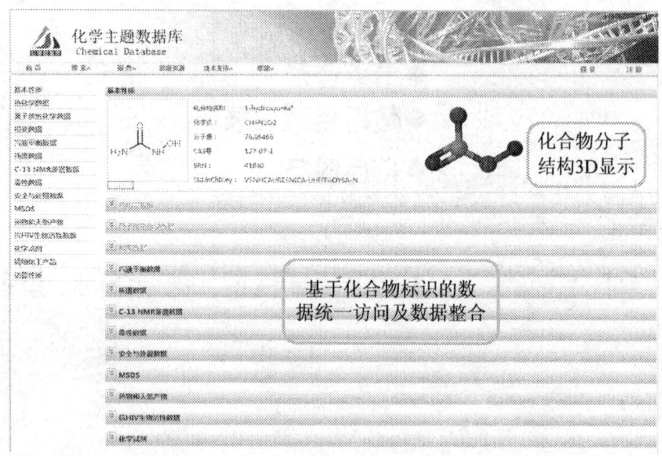

(c) 结果显示页面 (从分布式数据库访问目标化合物的相关数据并进行整合)

图 7 化学主题数据库的数据检索服务示例

对化学数据网格的测试结果显示，基于化合物标识的数据整合策略能够满足异地异构化学数据资源的统一数据发布和检索。各成员数据库只需要增加化合物标识解析功能及标识符映射表，并对现有数据服务页面进行样式修改，便可满足数据整合的要求，同时也能保证对原有工作的继承。

3.2 化学数据的可视化

除文字和数值数据外，化学数据还包括化学结构、谱图、相图等非文字、非数值数据或结构化的数组数据。这些类型的数据需采用专门的处理方法进行加工，并以图形方式将检索结果提供给用户，具有很强的专业知识要求。为了降低这方面数据整合和数据显示的难度，专业数据的可视化设计成为底层数据资源服务的一部分，由数据所有者提供，保证了专业的显示效果。

化学数据网格门户需要的其他通用可视化功能，如分子结构和COSMO数据的三维显示，均采用插件的形式实现。目前已有JMOL[18]、Marvin Beans[19]、Cosmo Player[20]、Cortona3D Viewer[21]等多种商业或免费方案可供选择。化学数据网格选用JMOL和Cosmo Player插件实现化合物分子结构数据的可视化。图7(c)中也展示了化合物分子结构的显示效果。

4. 化学主题数据库的进一步发展

化学主题数据库的开发和应用实践表明，化学主题数据库持续发展的重点应体现在以下方面。

1）提升数据整合的数量和水平。

增加化学主题数据库中的化合物数据量和专业覆盖面，新增化合物分子量化计算结果数据库、热化学反应数据库及稀土有机配合物数据库，继续对已建数据库进行纠错、更新以提高数据质量，进而提高数据访问服务的质量。

此外，开发新增化合物在化学参考型数据库登录系统的自动登录系统，以实现SRN的自动获取，方便其他化学数据库构建化合物标识映射表，并依照化学主题数据库的有关规范加入主题库，这将是一种增加化合物数据量和专业覆盖面的有效方法。进一步，可根据用户反馈和专业应用的需求，开发用户自定义整合数据表达模板，以满足不同用户、不同应用对数据整合的定制需求。

同时，扩大化学主题数据库中心节点基本信息库的化合物覆盖面，并保证其与各成员数据库化合物标识信息的更新同步，以提高检索的查全率，这将是化学主题数据库长期持续进行的一项数据积累工作。

2）提升数据服务的能力和水平。

提升化学主题数据库的数据服务能力的努力方向是：从数据整合向数据服务整合进步，从满足数据获取需求向满足数据加工、应用需求进步。这是一个通过多个方面的工作方可实现的目标。

（1）开发面向化学化工研究的数据应用服务，包括化合物热力学属性分析、基于基团贡献法和COSMO数据的化合物物性估算以及稀土有机配合物数据的数据挖掘及应用等。

（2）建立数据应用开发的相关规范和共享机制，对以前大量开发的化学应用程序加以封装和共享，扩大数据应用的数量和覆盖范围。

（3）进行数据应用服务的整合，开发数据检索与应用服务的连接接口，以实现数据整合与应用的集成。

（4）规范数据访问服务及数据应用服务，形成一定规模的服务资源列表供用户调用，以实现在主题库门户通过服务调用构建满足用户不同需求的工作流，初步构成基于工作流的化学化工虚拟研究平台。

参考文献

[1] Malawski M, Szepieniec T, Roterman-Konieczna I. Grid systems and their applications to biomedical science . Bio-alogoritms and Med-systems, 2006, 2(3): 43-46.

[2] Foster I. Globus toolkit version 4: software for service-oriented systems. Journal Computer Science & Technology, 2006, 21(4): 513-520.

[3] Chervenak A, Foster I, Kesselman C, et al. The data grid: towards architecture for the distributed management and analysis of large scientific datasets. Journal of Network and Computer Applications, 2000, 23: 187-200.

[4] Ruggieri F. Grid: from HEP to e-Infrastructures. Bio-alogoritms and Med-systems, 2007, 3(5): 17-21.

[5] Hey T, Trifethen A E. The UK e-Science core programme and the grid. Future Generation Computer Systems, 2002, 18: 1017-1031.

[6] Wikipedia. Chemical database. [2010-11-20]. http://en.wikipedia.org/wiki/Chemical_database.

[7] Taylor K, Gledhill R, Essex J W, et al. A semantic datagrid for combinatorial chemistry grid computing workshop 2005. [2010-12-9]. http://eprints.ecs.soton.ac.uk/11778/1/semanticdatagrid.pdf.

[8] Pytlinski J, Skorwider L, Huber V, et al. UNICORE: an uniform platform for chemistry on the grid. [2010-12-9]. http://citeseerx.ist.psu.edu/viewdoc/download?doi=10.1.1.85.7187&rep=rep1&type=pdf.

[9] Baldridge K K, Greenberg J P. Management of Web and associated grid technologies for quantum chemistry computation//Sloot, et al. ICCS 2003, LNCS 2660. Berlin: Springer, 2003:111-121.

[10] 中国科学院科学数据库专家委员会. 中国科学院科学数据库资源整合与持续发展研究报告. 北京, 2007.

[11] Wikipedia. International chemical identifier. [2010-12-12]. http://en.wikipedia.org/wiki/International_Chemical_ Identifier.

[12] 化学主题数据库项目组. 化合物标识-化合物ID索引规范. 2010.

[13] 中国科学院计算机网络信息中心. 数据管理和共享平台——VisualDB 简介. [2010-12-10]. http://vdb.csdb.cn/.

[14] 中国科学院计算机网络信息中心. 中国科学院数据应用环境——标准规范. [2010-12-10]. http://www.csdb.cn/prohtml/0.compservice.standards/list-1.html.

[15] 中国科学院计算机网络信息中心. 数据应用环境资源与服务注册系统. [2010-12-10]. http://rsr.csdb.cn/rsl01001Action.do.

[16] Apps A, MacIntyre R. Why OpenURL? D-Lib Magazine. [2010-5-20]. http://www.dlib.org/dlib/may06/apps/05apps.html.

[17] 中国科学院计算机网络信息中心. 数据跨域互操作技术规范. 2009.

[18] Jmol. Jmol: An open-source Java viewer for chemical structures in 3D. [2010-12-10]. http://jmol.sourceforge.net/.

[19] ChemAxon. Marvin beans. [2010-12-10]. http://www.chemaxon.com/download/marvin/.

[20] National Institute of Standards and Technology. Download and install the cosmo player VRML plugin. [2010-12-10]. http://cic.nist.gov/vrml/cosmoplayer.html.

[21] Cortona3D. Cortona3D viewer. [2010-12-8]. http://www.cortona3d.com/Products/Cortona-3D-Viewer.aspx.

Chemical Database: A Case of Data Grid Application

Zhao Yuehong[1], Xu Junbo[1], Wen Hao[1], Chen Weiming[2], Dai Jingfang[2], Li Yingyong[2], Xu Lu[3], Zhang Wenjun[3]

(1. Institute of Process Engineering, Chinese Academy of Sciences, Beijing 100190, China;

2. Shanghai Institute of Organic Chemistry, Chinese Academy of Sciences, Shanghai 200032, China;

3. Changchun Institute of Applied Chemistry, Chinese Academy of Sciences, Changchun 130022, China)

Abstract Integration of distributed data sources is an important development of chemical database. The strategy of data integration is developed in this paper, based on the compound identifiers and their characteristic of correlating data resources from different branches of chemistry. The distributed chemical data sources can be integrated and released by the Web service based chemical data grid, using the core service of data grid developed by the Computer Network Information Center, Chinese Academy of Sciences. The result of this work shows that the requirement of data integration can be fitted by the chemical data grid with the compound identifier based data integration. The Web service based data access can further be used to the integration and sharing of distributed chemical data application, by which a platform for chemical research can also be developed.

Key words chemical data grid; compound identifier; data integration

材料科学主题数据库的数据整合与共享服务

崔丽娜　叶万江　杨　锐

（中国科学院金属研究所　沈阳　110016）

摘　要　本文针对材料科学主题数据库建设中，金属材料数据节点在"十一五"期间的数据整合工作，详细地阐述了设计思想、方案及实现方法，并展望了该数据库应用系统的未来方向和作用。

关键词　数据库；材料主题库；金属材料；数据整合；数据共享

1. 引言

材料是人类赖以生存和发展的物质基础。在各个领域，材料都发挥着不可替代的作用。随着材料研究的发展，材料的各种性能数据越来越庞杂，使材料数据库的建设难度显著增加。特别是如何组织数据并建立数据模型，成为材料数据库建设的关键问题之一[1]。

自20世纪80年代起，我所部分课题组已经开始建设材料数据库，经过多年的积累，已经拥有了数万条的珍贵数据。经过"十五"期间的科学数据库建设项目的实施，我们建成了包含高温合金、钛合金、精密管材、材料腐蚀、材料连接、失效分析和纳米材料七个子库的材料数据库应用系统。

由于建设之初是各子库独立建设，缺乏统一的规划和数据逻辑组织的研究，使各子库之间缺少关联，成为相对独立的数据集合。因此，规范数据分类，建立合理、实用的数据逻辑组织模型也成为"十一五"材料科学主题数据库建设的主要任务之一，这对提高数据库的利用效率，方便用户和数据扩充也非常必要。

2. 总体设计思想

在数据整合过程中，数据逻辑组织方法是最关键的问题之一。根据材料数据的特点，我们选择通用的分类方法即按材料的成分组成进行分类，把材料分为金属材料、无机非金属材料和有机高分子材料三大类。同时对材料数据进行逻辑划分，分为基础信息、加工测试信息、应用信息及其他信息四个部分。然后将原有材料数据库中七个相对独立的子库数据，按新的数据逻辑结构整合到材料科学主题数据库中。结构设计如图1所示。

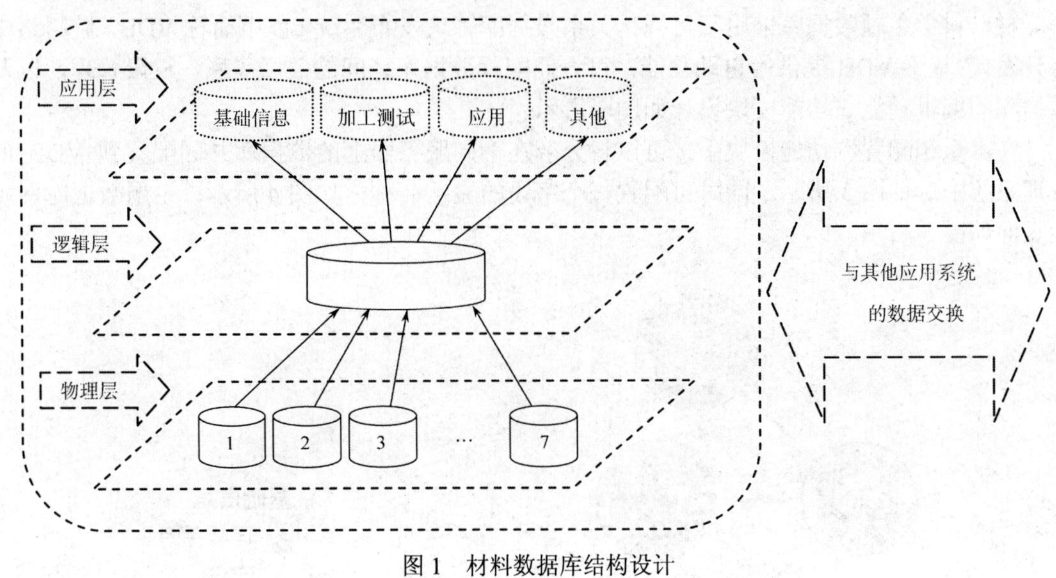

图1 材料数据库结构设计

3. 数据整合过程简介

数据整合的过程可分为以下几步。

1）检查各数据库牌号的唯一性。

这是为确保数据的可靠性而制定的准备工作。提前检查多个表中是否存在相同的牌号，如果发现相同的牌号，则需要一一甄别，以便区分。

这也是为避免应用层出现逻辑错误而制定的准备工作。如果ID号相同，就会造成数据关联错误，最终导致数据错误。

2）统一各材料牌号字典表的字段。

由于先前不同的数据库设置的数据项不同，因此，需要根据实际情况，确定整合后的数据结构。

3）确定原有非空字段的处理方案。

如果个别数据库的某些数据项原来设为非空，而其他库中原来就不存在这样的数据项，从而导致整合后的数据表中出现数据录入或者整合困难的，那么就需要取消非空设置，以便顺利整合。对于这部分的数据需求，需要通过应用层解决必填项的问题。

4）建立新的数据表，按计划整合数据，并且为原有数据添加标记，增加原有数据的可查性。

完成以上所有准备工作后，就可按照原计划，将材料牌号表重新整合到新建的数据表中，作为整合后的数据库的查询主线。另外，在整合过程中，增添了原有数据库的标识，可作为新的查询条件，便于老用户查找。

4. 数据共享服务的实现

对于数据共享服务来讲，物理层的建设显然是必要的，但最重要的还是应用层的开发。

材料科学主题数据库采用了可视化关系数据库管理发布系统（以下简称 VDB，院网络中心开发），基于 VDB 提供的自助功能，可方便配置数据库之间的关联关系，权限管理，以及数据库的编辑功能。功能模块设计如图 2 所示。

在“系统配置”功能模块中，可以将分散在不同服务器上的数据库共同配置到 VDB 的管理系统中，如图 3 所示。同时可配置每个字段的显示名称，如图 4 所示。主题数据库网站主页面如图 5 所示。

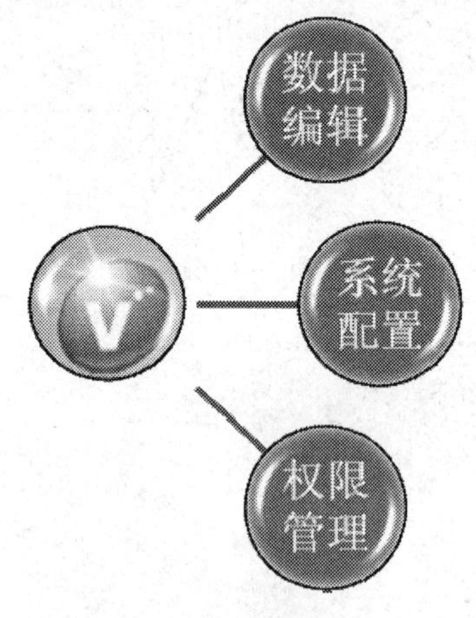

图 2 功能模块设计

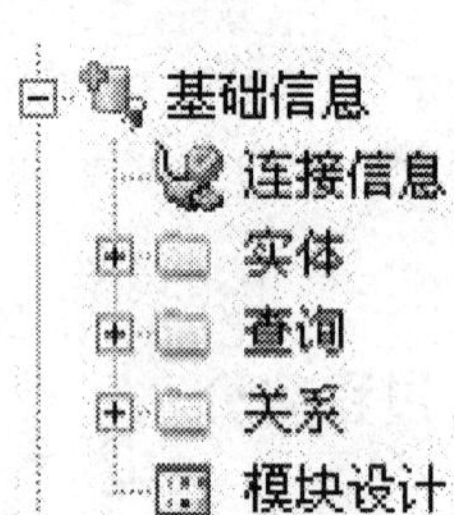

图 3 管理系统[2]

属性标题	属性uri	属性类型	注册时间	操作
Id	cn.csdb.material.gwhjBrr.id	整数类型	2009-11-28 18:49:47	修改 删除
温度	cn.csdb.material.gwhjBrr.wd	整数类型	2009-11-30 15:51:40	修改 删除
比热容	cn.csdb.material.gwhjBrr.brr	整数类型	2009-11-30 15:51:46	修改 删除
材料牌号	cn.csdb.material.gwhjBrr.clph2009CLPH_ID	引用类型	2010-07-17 11:27:38	修改 删除
高温合金曲线表	cn.csdb.material.gwhjBrr.gwhjQxbQXID	引用类型	2010-07-17 13:09:10	修改 删除
编辑人	cn.csdb.material.gwhjBrr.bjr	文本类型	2010-12-21 14:33:18	修改 删除
更新时间	cn.csdb.material.gwhjBrr.gxsj	时间类型	2010-12-21 14:33:34	修改 删除
用户组	cn.csdb.material.gwhjBrr.yhz	文本类型	2010-12-21 14:41:17	修改 删除

图 4 字段显示

图 5　主题数据库网站主页面[2]

5. 建议与设想

材料科学主题数据库经过“十五”、“十一五”两期建设，初步建成了材料科学数据共享平台，并且在一定范围得到了应用。总结建库经验，对“十二五”材料科学主题数据库的建设乃至科学数据库的建设具有很重要的意义。“十二五”科学数据库建设有以下几方面需注意。

（1）企业应参与。“十二五”科学数据库建设应在原来广泛集成、整合科学数据的前提下，要求与对口企业或数据应用单位联合申报，使科学数据库中每个科学领域均有数据应用单位参加，并且为企业研制专用的数据应用系统。这不仅能扩大科学数据库直接的具体的应用范围，而且为进一步推广科学数据库的应用奠定基础。

（2）应与大项目配合。为了使科学数据库有效支持国家级科研项目，中国科学院科学数据库中心应积极联络、鼓励建库单位让有数据加工、检索、分析等数据要求的国家级大项目参与进来，从数据搜集整合起就有目标地为国家级大项目的数据应用打下基础，并且陆续按大项目的要求提供有效支撑。

（3）学术交流活动要加强。中国科学院科学数据中心除两年一次的科学数据库年会外，还应该组织或支持每年一次的相近学科数据库建设研讨会，例如，把和材料数据库相近的化学、化工等数据特点相近的单位分在一组，安排几个比较成功的特邀报告，并且保证充分的交流时间。这对推进科学数据库整体的建设有促进作用。

（4）标准规范制定应坚持。数据标准规范及权限管理、共享策略研究应继续坚持，科学数据库要想进一步发展与扩大，必须建立一系列标准规范，此项工作需要各建库单位的重视和数据中心的支持。

6. 结束语

材料科学主题数据库整合发布以来，运行状况良好，一直为用户提供稳定的材料数据共享服务。在材料科学主题数据库建设过程中，基于 VDB 实现的异地数据共享服务在性能方面还有待进一步的提高，期待 VDB 新版本的技术更新。

展望未来，随着材料研究的发展和材料应用的推进，材料科学主题数据库必将会逐步完善和丰富。期待更多的合作单位共同建设材料科学主题数据库，同时考虑与其他应用系统联合，加强信息的关联性，扩大信息的服务范围，服务于更多想了解和使用材料数据的群体。

参 考 文 献

[1] 罗泽，阎保平. 网格环境下数据资源统一访问框架的设计和实现//科学数据库与信息技术论文集（第七集）. 北京：中国环境科学出版社, 2004:167-173.

[2] http://www.matsci.csdb.cn:8080/.

The integration and the sharing services of the data in Materials Science Subject Database

Cui Lina, Ye Wanjiang, Yang Rui

(Institute of Metal Research, Chinese Academy of Sciences, Beijing 110016, China)

Abstract The paper described the schemes and realization of integration of metallic materials data in the construction of Materials Science Subject Database during the 11th Five-Year-Plan period. Future construction and development of the Materials Science Subject Database are planned.

Key words database; Materials Science Subject Database; metallic materials; data integration; data sharing

空间科学数据网格模型应用服务框架设计与实现

郑　程　佟继周　邹自明　高文健

（中国科学院空间科学与应用研究中心　北京　100190）

摘　要　随着空间科学领域相关科研工作的不断深入进行，各个科研单位所积累的数据量急剧增加，科研人员急需一种数据共享机制，使他们能够方便及时地获取其他科研单位的相关数据，从而更好地开展科研工作。此外，科研机构之间通常需要共享计算资源来高效地完成一些模型计算任务。本文着重从体系结构、功能分解和服务流程等方面，对“十一五”空间科学数据网格的模型应用服务框架进行了详细阐述，并且以国际地磁域参考模型（IGRF）为例，对该服务框架在实际项目中的集成与应用进行了简要介绍。

关键词　空间科学数据网格；模型应用服务框架

1. 引言

空间科学数据网格是在“十一五”期间，结合空间科学数据特点与学科特色应用需求，利用信息技术与网络技术而建立的一套分布式系统，实现了数据资源、计算资源和存储资源的互操作与无缝连接，并且为科研人员提供了从数据获取、分析到计算、应用的一体化环境。

传统的空间物理模型计算大多采用单机串行的实现方式，计算效率受到单机软硬件条件的制约，已无法满足当前业务对实效性的要求。为了实现网格环境中的各项资源利用程度的最大化，充分体现出空间物理模型的研究价值与科学意义，依托空间科学数据应用环境，我们提出了“空间科学数据网格模型应用服务框架”的概念，并在空间科学数据网格中进行了初步尝试。

2. 空间科学数据网格模型应用服务框架

2.1　设计思路

网格环境下的数据资源、计算资源，均具有分布式的特点。因此，模型应用服务框架[1]在设计上也从数据、计算这两方面重点进行考虑。

（1）数据。在网格环境下，数据分布在多个不同的网格节点中。因此，模型应用服务框架在网格环境中需要具备网格节点间的数据发现和数据获取功能，从而为上层应用服务提供数据保障。针对此特点，我们设计了“数据获取模块”，每个网格节点通过该模块与网格中的其他成员节点进行交互，实现数据发现和获取功能。

（2）计算。对于一个耗时的计算任务来讲，如果能充分利用网格中闲置的计算资源，那么计算效率定会有很大的提高[2]。尤其对于 B/S 结构的模型应用服务，计算的时效性极为重要，这就需要实现计算任务的拆分和计算结果的合并。如果计算任务可以拆分为相互之间没有依赖关系的多个独立的计算子任务，那么可先将该计算任务进行拆分，然后向网格中的多个计算节点发送拆分后的多个计算子任务，并且等待、收集各个计算子任务的计算结果。当收集到所有计算子任务的计算结果后，对结果进行组织，最后将结果返回上层应用，如图 1 所示。

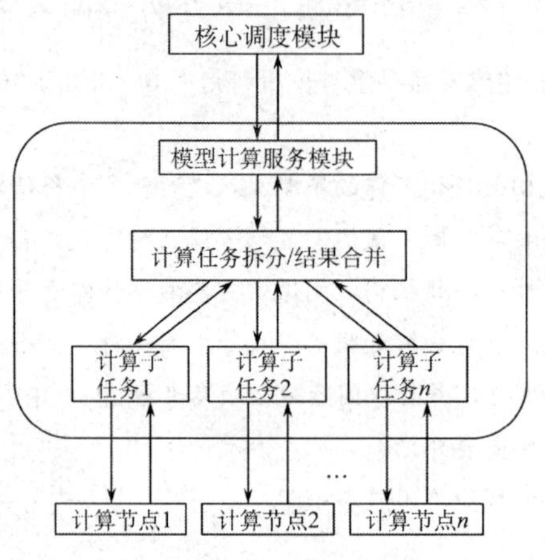

图 1　计算流程示意图

图 1 中的计算节点可以分布在多个网格节点上，同时计算节点的数目可根据具体的计算任务规模进行确定，这样就使得最终的系统具有很好的扩展性。

除以上两点外，模型应用服务框架还必须具备用户管理功能、模型可视化功能、数据处理功能，并且能够以一种“友好”的方式对用户提供服务。为了方便广大科研用户的使用，框架在设计上采用了 B/S 结构，使用户通过互联网随时随地都能访问到系统提供的服务，免去传统客户端软件安装和升级的烦琐工作，从而提高科研人员的工作效率。

2.2　框架总体结构

按以上思路，我们设计的框架的总体结构如图 2 所示。

（1）Web 服务器：为用户提供一个接入点，使用户能够访问到系统提供的服务。

（2）核心调度模块：在整个系统中，该模块扮演着 CPU 的角色，当收到客户端请求后，该模块对请求进行分析，并负责调度服务端的其他模块协同工作，最终得出处理结果。

（3）数据获取模块：实现各网格节点数据的共享。当本地网格节点需要获取其他节点上的共享数据时，该模块负责从其他网格节点收集目标数据；当外部网格节点需要获取本地节点发布的共享数据时，该模块负责从本地“数据存储模块”中提取目标数据，并返回给外部网格节点。

（4）用户管理模块：完成用户的验证与授权。

（5）可视化服务模块：将科学数据转换成二维图片，帮助科研人员更好地进行数据分析。

（6）数据处理模块：结合具体的应用需求，对数据进行过滤，或者对数据的格式进行转换等。

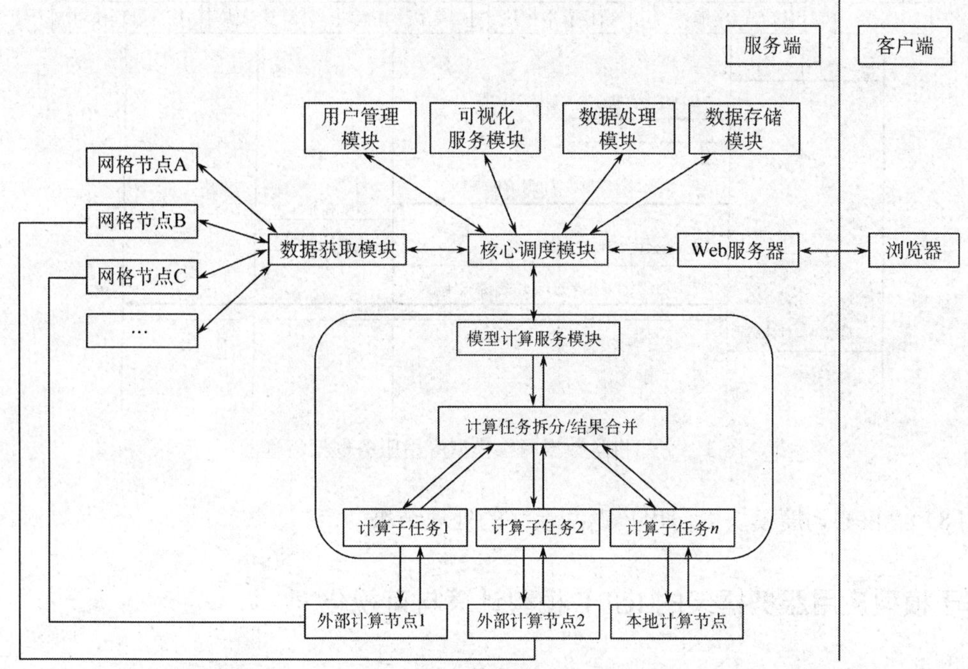

图 2　空间科学数据网格模型应用服务框架结构图

（7）模型计算服务模块：实现各网格节点中计算资源的共享。该模块接收“核心调度模块”的计算请求，对计算任务进行拆分，然后将计算子任务派发到本地或者外部网格节点中的模型计算节点，并完成计算结果的收集汇总。

（8）计算节点：完成模型计算任务。共享后，可为本地或者外部网格节点提供模型计算服务。

2.3 框架业务流程

框架中各模块协同工作的一般流程如图 3 所示。

（1）用户通过浏览器向“核心调度模块”发出模型计算请求，并提交模型计算参数。

（2）“核心调度模块”分析请求参数，若用户所请求的计算模型需要用到外部网格节点中存储的共享数据，则调度“数据获取模块”，从各个网格节点中获取模型计算所需要的输入数据。“数据获取模块”使用与各网格节点预先制定的数据共享接口获取相关数据，返回“核心调度模块”。

（3）“核心调度模块”向“模型计算模块”发出计算请求。

（4）“模型计算模块”判断任务是否需要拆分，若需要拆分，则将计算任务拆分为多个独立的计算子任务，然后将计算任务派发到网格中的计算节点。计算节点可以在本地网格节点，也可以在外部网格节点。

（5）“模型计算模块”收集、汇总各个计算节点的计算结果。

（6）“模型计算模块”返回模型计算结果。

（7）“核心调度模块”根据请求参数，调用“数据处理模块”对模型计算结果进行处理，如数据过滤、格式转化等。

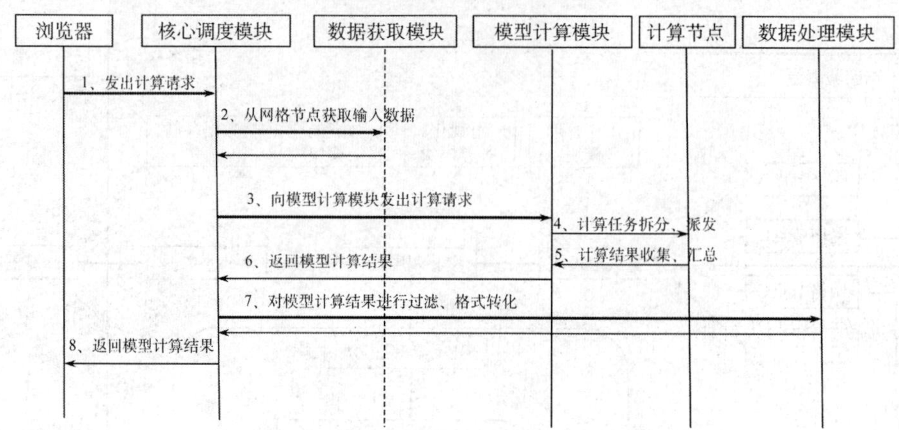

图 3　空间科学数据网格模型应用服务框架流程图

（8）“核心调度模块”向用户返回最终的处理结果。

3. 基于模型应用服务框架的 IGRF 模型计算与可视化

3.1　IGRF 模型简介

国际地磁域参考模型（the international geomagnetic reference field，IGRF），由国际地磁和高空物理学联合会（the international association of geomagnetism and aeronomy，IAGA）制定并发布,目前最新版本为 IGRF11（http://www.ngdc. noaa.gov/IAGA/vmod/igrf.html）。该模型在地球内源磁场、区域磁异常、地磁场长期变化、非偶极子磁场偏移、核幔耦合等研究领域被广泛使用，因此国际上许多国家在一些信息化系统中均对该模型进行了集成。

3.2　模型应用服务框架中的 IGRF 模型计算

IGRF 模型本身具备了计算地球空间范围内某个空间位置的地磁向量的能力，而在实际科研工作中，科研人员通常需要知道磁场的全球性等值线分布情况，并以此为基础，分析磁场分布随时间的变化规律。要计算磁场全球分布的等值线信息，单单计算某个坐标点的地磁信息显然是不够的，而需要从经度、纬度两个维度首先进行坐标网格划分，然后使用 IGRF 模型计算每个网格点的地磁信息，最后计算出磁场全球分布的等值线信息。坐标网格划分地越细，最终计算得到的等值线精度越高，计算量也越大。由于各个网格坐标点的计算彼此独立，相互之间没有依赖性，完全符合模型应用服务框架中对计算任务进行拆分的条件，因此可将一个计算任务进行拆分，充分利用网格环境中的分布式计算资源进行并行地计算处理。另外，考虑到框架采用 B/S 结构为用户提供服务，因此，在对计算任务拆分时必须保证总体计算时间不超过客户端浏览器的容忍程度，使应用服务具备一定的实效性。下面以在特定高度、日期下，全球经度、纬度范围内，经度间隔 1 度、纬度间隔 1 度所确定的 64480 个坐标网格点的地磁计算为例，说明网格环境所提供的高效计算能力。

分别将此计算任务不拆分、拆分为 2 个子任务、拆分为 3 个子任务、拆分为 6 个子任务进行了实验，实验结果如表 1 所示。

表 1 计算任务拆分实验结果

实验编号	拆分任务数目/个	耗时/秒
1	1	37.419844
2	2	18.558936
3	3	12.727634
4	6	6.702507

从实验结果可以看出，通过将计算任务进行拆分，并利用网格中的共享计算资源进行计算，耗时从 37.4 秒降到了 6.7 秒，计算效率得到了极大地提高，并且基本满足了 B/S 结构应用服务的特性需求。

3.3 IGRF 模型磁场等值线可视化

为了给科研用户提供一个三维、可交互的等值线可视化结果，系统选用了 Google Earth 作为载体进行等值线的展示[3]。Google Earth 是 Google 公司推出的虚拟地球仪软件，用户利用该软件可免费浏览全球各地的高清卫星图片。将等值线数据转化为 KML 格式数据后，借助 Google Earth 提供的 API 函数，动态加载 KML 数据，就可将等值线在 Google Earth 上进行展示。最终效果如图 4 所示。

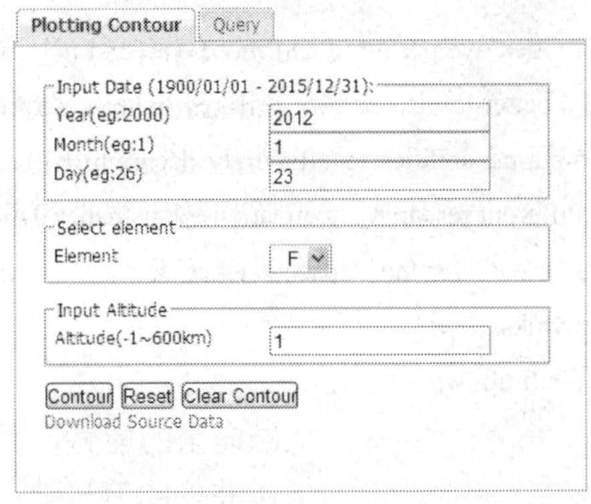

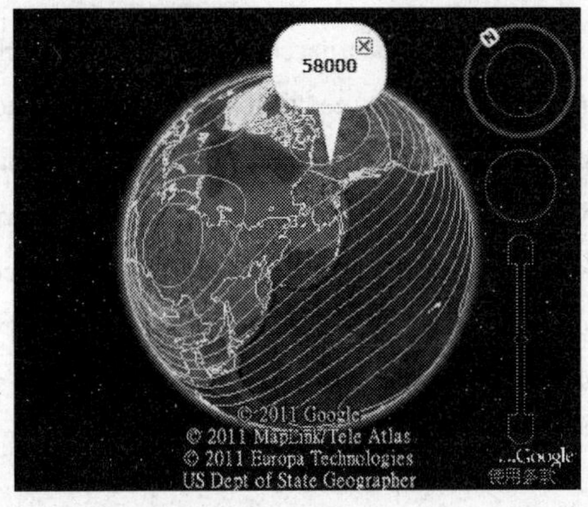

图4 IGRF模型等值线示意图

该应用服务目前部署在“空间科学数据网格”门户网站上，免费对外提供服务，服务地址：http://www.space.csdb.cn/index.php?IGRF。

4. 探讨与结论

在目前实现的系统中，除了 IGRF 模型外，还集成了 NRLMSISE-00 大气模型。在网格节点方面，除空间中心作为网格节点中的主节点外，还包括国家天文台、地质与地球物理研究所、中国科学技术大学 3 家单位各自组建的 3 个子节点。由于经验不足，该框架还存在着一些有待解决的问题和需要完善的地方。例如，模型计算程序接口的制定，使用户能够将按照接口规范编写的模型程序上传到系统中即可运行；网格节点加入标准的制定，使得更多的兄弟单位能加入到网格环境中来共享数据，从而更好地推动科研进程。今后我们将以此为工作重点，不断对现有系统进行完善、改进，同时也希望广大同行多提宝贵意见，共同提高。

参 考 文 献

[1] Wolf RA, Sazykin S, Anthony Chan, et al. Space Weather Modeling Framework: A new tool for the space science community. Journal of Geophysical Research, 2005, 110 (A12):12226-A12226.

[2] 李姗姗，王群.分布式高性能空间天气建模框架的研究.计算机应用研究, 2008, 25(6):1731-1735.

[3] 王丹，彭丰林，马麦宁，等. IGR 国际地磁参考场模型可视化研究. 地震地磁观测与研究，2009, 30 (4):7-11.

Design and Implementation of Model Application Service Framework for Space Science Data Grid

Zheng Cheng, Tong Jizhou, Zou Ziming, Gao Wenjian

(Center for Space Science and Applied Research, Chinese Academy of Sciences, Beijing 100190, China)

Abstract With the constant development of the research activities, we get more and more data and now we need a data sharing mechanism between different organizations to do a better job in our own research field. In addition, some computing jobs in our daily research work require great computing abilities to efficiently accomplish certain tasks which can be solved by sharing computing resources between different research organizations. This paper describes the design and implementation of a model application service framework for the space science data grid, and uses the IGRF model as an example to demonstrate how this framework woks.

Key words space science data grid; model application service framework

中国动物主题数据库服务平台的设计与实现

林聪田　韩　艳　乔慧捷　原　帅　纪力强

（中国科学院动物研究所　北京　100101）

摘　要　动物信息数据的整合以及科学地、直观地展示这些数据对基础科学研究、国家决策和科学普及教育都有着重要的意义。中国动物主题数据库围绕着动物信息数据，结合学科特点，采用 Web 技术设计实现了信息采集系统及展示平台，并运用 WEBGIS 技术对动物的地理分布进行直观地展示和检索。平台还利用 Web Service 技术整合异构数据库，实现北京站点与云南站点的实时通信和一站式访问。目前，中国动物主题数据库服务平台已全面上线，同时为多项研究课题提供数据支持，并且取得良好的服务效果。

关键词　物种分类树；WEBGIS；Web Service；地图检索

随着近代自然科学的迅猛发展，动物科学研究领域也取得长足进步，积累了大量的数据，并进一步形成科学的研究体系。动物的命名、形态、生境、行为、分类地位、分布、标本、图片、遗传信息等与动物物种相关的信息和知识是这类数据的重要组成部分。科学直观地表达这些海量的、多样化的动物数据信息，能够为进一步深入地研究动物提供基础的数据服务，为国家制定动物保护、动物防疫、入侵种管理等决策提供支持，并对推动公众的自然科学普及教育有重要的意义[1]。

基于对动物多样性数据重要性的认识，中国科学院动物研究所联合昆明动物研究所、上海植物生理生态研究所、成都生物研究所和武汉水生生物研究所等共同提出建设中国动物主题数据库共享平台的构想，目标是建立一个开放的、科学的、内容上涵盖了已知在中国分布的所有动物类群的、生物多样性信息共享平台。项目建设的内容主要包括：①广泛收集已知分布在中国的所有动物类群的数据；②根据一定的标准对数据进行处理规范，并建立合理的数据库系统存储数据；③运用新一代 Web 技术对数据进行发布共享，运用多种可视化方式对数据进行直观展示和检索，同时开发具有一定数据挖掘能力的功能。

本文以中国动物主题数据库服务共享平台的建设为背景，详细阐述平台的数据基础、服务网站的设计与实现和平台的服务功能。

1. 数据

数据是所有信息系统的基础，科学权威的数据是信息共享平台可持续发展的保障。因此，我们严格按照本学科已有的数据标准进行数据采集和整理，每项数据内容都由指定专家进行审核确认，并建立完善的数据发布流程，确保数据的可靠性和准确性。

1.1 数据内容及数据标准

中国动物主题数据库共享平台的长远目标决定其数据内容的广泛性。图1详细阐述了该平台数据组成的整体框架。

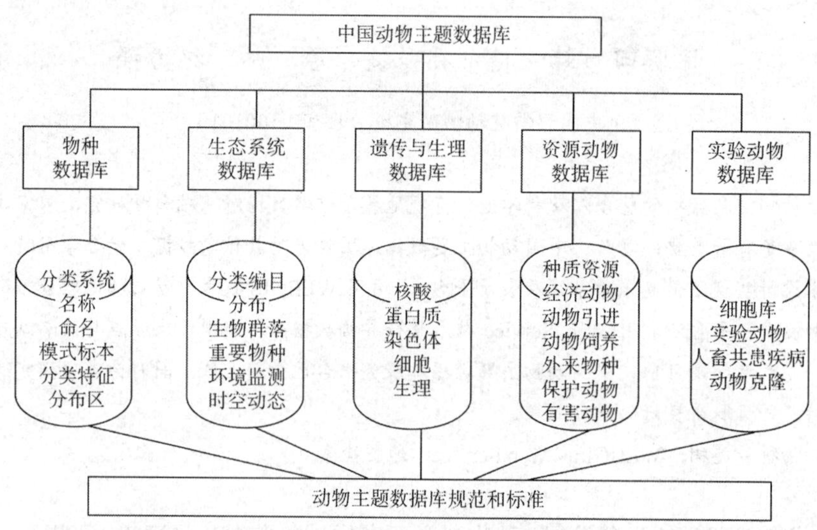

图1 中国动物主题数据库数据组成框架

目前中国动物主题数据库包含了16个子库，主要属于图1中物种数据库和资源动物数据库部分，涵盖了中国动物的主要类群。每个子库根据其来源和数据特点采用不同数据标准进行组织和处理，主要采用的标准规范包括中国动物志编写规范、中国地图集地名索引、国际物种2000（Species 2000）标准规范、国际Darwin Core标准（Darwin Core Task Group，2009）[2]、国际TDWG地理标准（http://www.tdwg.org/standards/109/）等。限于篇幅，表1列出了有代表性的9个子库，详细介绍数据内容及应用的数据标准。

表1 中国动物主题数据库9个子库的名称、数据内容及其应用的数据标准

子库名称	数据内容	数据标准
中国动物志数据库	整合了60卷册《中国动物志》内容，涵盖6门15纲9256种	a. 中国动物志编辑规则 b. 中国地图集地名索引 c. 国际TDWG地理标准
中国动物图谱数据库	收录了已经出版的《中国动物图谱》共27卷册的内容，包括鸟、兽、鱼等动物类群的数据，包括8门21纲2976种	a. 中国动物志编辑规则 b. 中国地图集地名索引 c. 国际TDWG地理标准
中国蜜蜂数据库	收录了在中国分布的607种蜜蜂的相关信息，包括分类、形态和分布等数据	a. 中国动物志编辑规则 b. 中国地图集地名索引 c. 国际TDWG地理标准
中国隐翅虫名录数据库	收录该类群3362个物种，覆盖了80%以上已经公开发表的物种，内容包括学名、异名、俗名、详细的命名引证、分布区、模式标本和原始文献等信息	国际物种2000标准
中国动物物种编目数据库	整合共35274种分布在中国的各种动物的编目信息，内容涵盖了分类信息、原始文献、模式标本、生境、分布区和相关文献等	国际物种2000标准

续表

子库名称	数据内容	数据标准
中国两栖爬行动物数据库	收录在中国分布的943种，涵盖了公开发表总物种数的95%以上，内容包括物种分类基本信息，形态和识别特征、标本采集信息、地理分布信息和图片信息等	a. 中国动物志编辑规则 b. 中国地图集地名索引 c. 国际 TDWG 地理标准
中国直翅目昆虫数据库	收录在中国分布的直翅目昆虫450种，涵盖了公开发表总物种数的95%以上，内容包括物种分类基本信息，形态和识别特征、标本采集信息、地理分布信息和图片信息等	a. 中国动物志编辑规则 b. 中国地图集地名索引 c. 国际 TDWG 地理标准
中国灵长类物种与文献数据库	共收集和整理了中国灵长类 48 个种和亚种的物种编目、保护、地理分布（省）、图片等信息，同时还收集整理与灵长类相关的期刊论文、会议论文和摘要(包含 2503 条文献，1592 篇全文)	a. 中国动物志编辑规则 b. 中国地图集地名索引 c. 国际 TDWG 地理标准
云南鸟类数据库	收录了种和亚种共 1544 种，内容涵盖物种分类基本信息，形态和识别特征、标本采集信息、地理分布信息和图片信息等	a. 中国动物志编辑规则 b. 中国地图集地名索引

1.2 数据采集、管理与发布流程

中国动物主题数据库中的数据主要来自已经发表的专著（如中国动物志、中国动物图谱等)、期刊杂志和类群专家经过自身多年研究积累下来并建立的专业数据库。这些原始数据或以纸质或以不同格式（如 Excel、Access 及 MySQL 等）的电子媒介存储，需要经过纷繁复杂的过程进行规范化并审核之后才能发布共享，因此建立一整套数据采集和发布流程尤为重要。

图 2 展现了中国动物主题数据库共享平台的数据采集、管理与发布流程。数据采集和管理主要采用本组开发的在线动物信息采集系统[3]，并通过标准 XML 将数据发布为各个不同的子库。云南子站的数据通过 Web Service 在主站进行实时发布和共享。

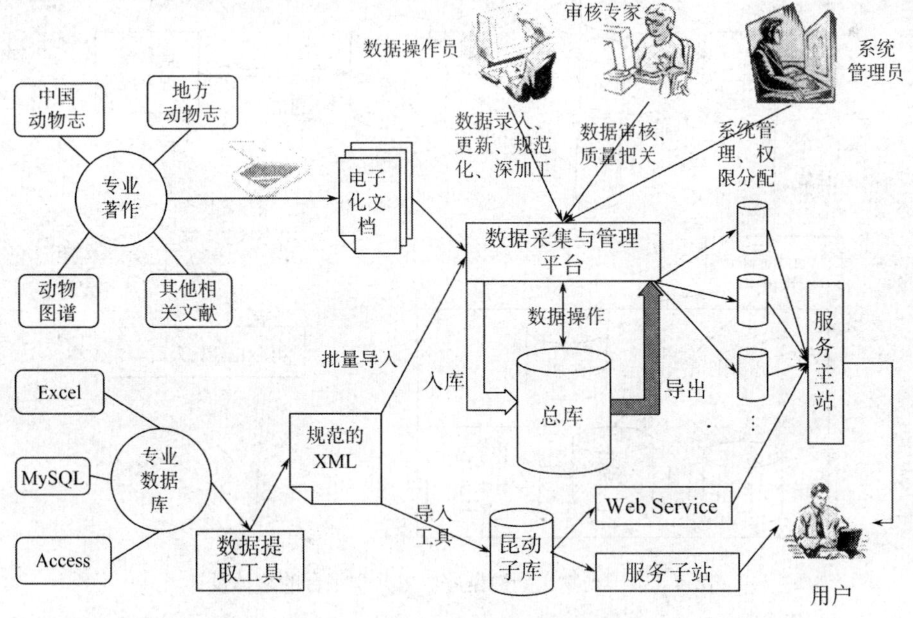

图 2 数据采集、管理与发布流程

2. 服务共享网站的建设

2.1 服务需求

根据生物多样性信息学研究领域的特性和对国内外相似网站的调研，并且综合考虑潜在对象用户的要求和目前各子库的分布状况，本文总结了以下主要的服务需求。①多子库发布和共享：中国动物主题数据库要求涵盖多种不同类型的独立的数据库，服务网站应具备发布不同数据库的功能；②分布式数据库一站式访问：一些数据不仅在存储上是独立的，其所处的地理位置也不同，因此共享网站应实现分布式访问的功能；③直观、可交互的数据展示和数据查询；④符合生物学科分类数据的组织、展示和查询方式；⑤简单快捷的子库访问与数据浏览入口。

2.2 总体设计与框架图

中国动物主题数据库服务共享平台的总体设计，采用主站与分站相结合的组织方式，主站从多个分站通过 Web Service 实时获取数据，并与主站本地的子库资源进行整合，实现分布式数据库一站式访问。平台的总体概念设计如图 3 所示。

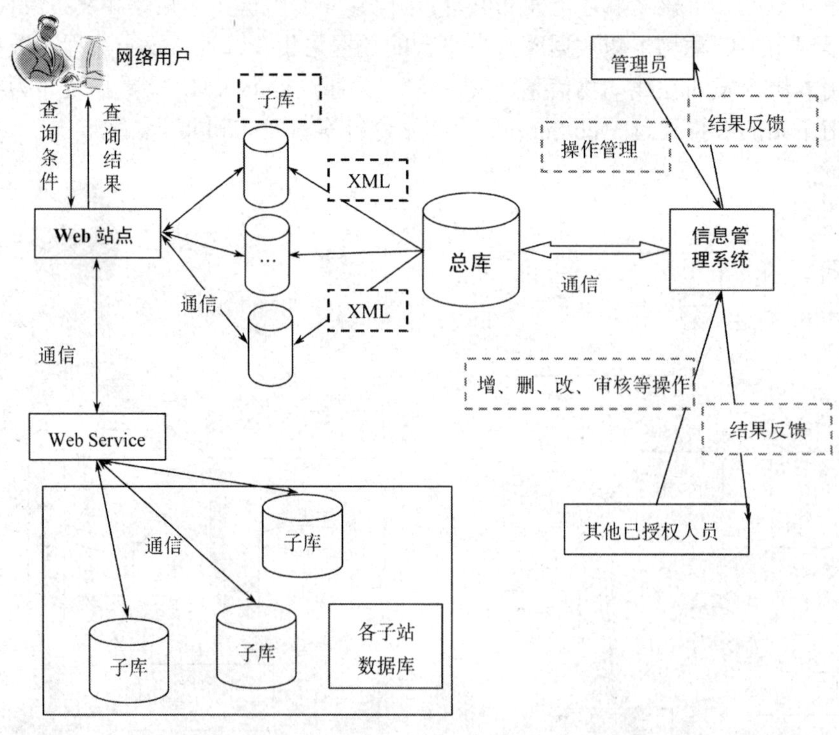

图 3 中国动物主题数据库服务共享平台的总体设计

根据对用户需求的调研和讨论，作者对主站的功能模块及各模块的调用关系进行分析和设计，如图 4 所示。

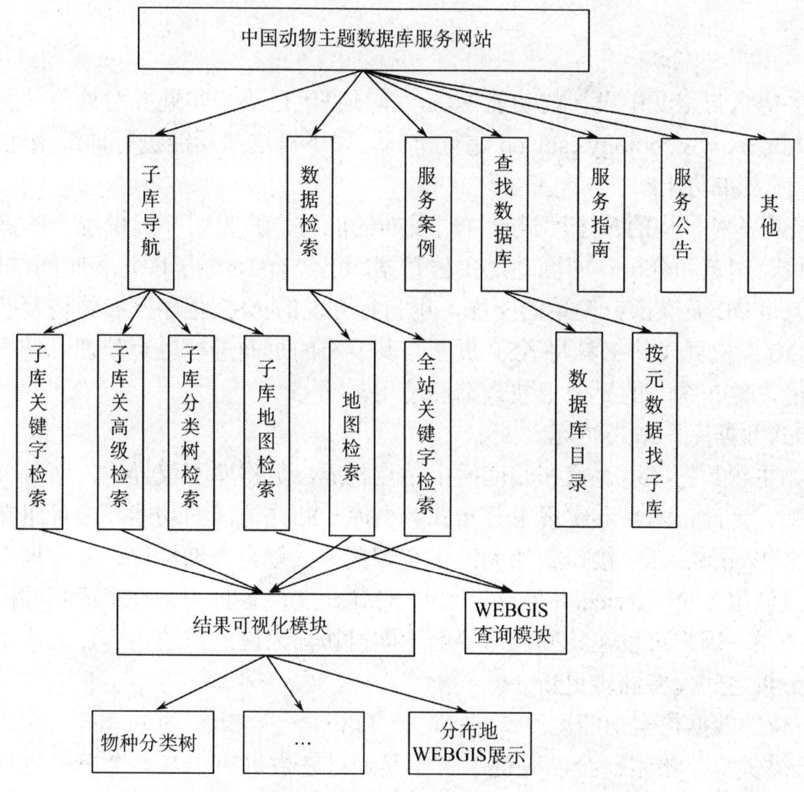

图 4 中国动物主题数据库服务平台功能模块设计

2.3 开发与运行

中国动物主题数据库服务平台采用 Visual DB 2.0 工具与自行开发的 ASP 程序结合进行构建。Visual DB 2.0 对结构简单的数据具有快速的模板化的发布能力，我们取其特长，发布结构相对单一的子库。对于结构复杂，并且需要实现特殊的专业功能的数据，我们运用 ASP 编程实现，并结合 Javascript、Jquery 插件、Ajax 技术和 Json、XML 等 Web 数据传输格式改善用户界面和用户操作[4]。WEBGIS 是本平台中动物分布地展示功能和地图检索功能的关键技术，我们采用开源的地图服务器 GeoServer，结合开源客户端插件 OpenLayers 的方案进行实施。为了实现主站与子站之间的数据通信，我们在子站实现并部署多个 Web Service 接口，由主站实时查询和调用子站的数据。

目前平台的服务网站已经在 Microsoft Windows Server 系统环境下正常运行，后台数据库采用 Microsoft SQL Server。部署 Visual DB 2.0 工具需要 Tomcat 服务器，但 ASP 是由 IIS 服务器解析的，所以我们同时部署并使用这两种服务器，并在 IIS 与 Tomcat 之间构建连接器（可参看 http://tomcat.apache.org/connectors-doc/）。用户提交的页面如果是 ASP 页面就由 IIS 处理，如果是 JSP 页面则由 IIS 通过连接器转发给 Tomcat 进行处理。如此以来，两种服务器被整合到一块，并共用一个端口，为服务平台运用多种编程语言并实现更为多样化和复杂的功能奠定基础。

2.4 服务功能

根据服务需求与上文中设计的功能模块，本项目组已逐一实现并对外公开发布，用户可以通过网址 http://www.zoology.csdb.cn 进行访问。以下对这些功能进行详细阐述。

1）多子库发布功能。

系统已经具备对异构的多子库进行同时发布的能力，并为用户提供统一的操作界面对各子库进行查询、浏览和分析。中国动物主体数据库已经有 16 个子库，各库间结构不尽相同。我们利用 Visual DB 发布部分简单的子库，用自行开发的 ASP 程序发布结构复杂的子库，并利用 Visual DB 二次开发的工具将 ASP 页面与其发布的页面进行融合处理，使各子库具备基本相同的功能，并在统一的界面上被查询和使用。

2）分布式数据库一站式访问。

中国动物主题数据库由北京和云南两个站点构成，数据库不仅异构，而且分别部署于不同的服务器上。为此，本平台实现了分布式数据库一站式访问的功能。项目组在云南站点实现并部署多个 Web Service 接口（如关键字查询接口、复合查询接口、分布地查询接口等），北京站点通过调用 Web Service 并处理返回的 XML，实现各种与本地子库相同的功能，达到无缝链接的效果。用户可以在相同操作界面下实时访问云南站点的内容，北京站点的数据与云南站点的数据之间保持同步更新。

3）全方位的数据检索功能。

（1）全站关键字检索：全站关键字检索是通过在数据库中对多个字段进行索引，然后根据索引查找符合的数据记录。本平台已实现一个关键字同时在多个子库中（包括云南站点的数据）进行检索，并在结果中罗列出每一条数据记录来自的子库信息，使用户能够快速地选择目标记录。该功能可在首页的“搜索”或菜单“数据检索→全站检索”中操作。

（2）地图检索：地图检索功能是运用 WEBGIS 技术实现的能与用户进行交互操作的查询功能。用户通过用鼠标在地图上选取某一个多边形区域（如某个省或县），然后查询在该地区内分布的动物。此功能的操作效果如图 5 所示，可以从菜单“数据检索→地图检索”进入操作界面。

（3）子库检索：通过子库导航栏，用户可以进入选中的某一个子库界面，并对子库的数据进行浏览和查询。子库检索又包括关键字检索、高级检索、地图检索和分类树检索。关键字检索与全站关键字检索类似，但只用关键字在子库范围内进行查询。高级检索是根据各个子库特点设置多个组合关键字在子库中进行查询，提高数据检索命中率。子库的地图检索与（2）中所述相同，从子库界面进入地图检索的界面直接定位至要查询的子库。物种分类树是一种反映生物分类数据特征的组织形式，体现各分类阶元之间的层级关系，同时又是一种专业的数据检索方式，是项目组根据专业特性自行设计实现，其效果参看图 6。

4）多元的数据可视化方式。

上文所述物种分类树是将具有内在上下关系的表格数据用树形方式进行展示，改变呆板的表格化风格，既符合学科特性又方便数据检索。地理分布是动物多样性信息的重要组成部分，本平台在传统的文字描述的基础上充分运用 WEBGIS 对规范化的物种分布地进行直观地展现，大大提高用户体验。图 6 以白冠长尾雉为例说明分布地展示的功能。

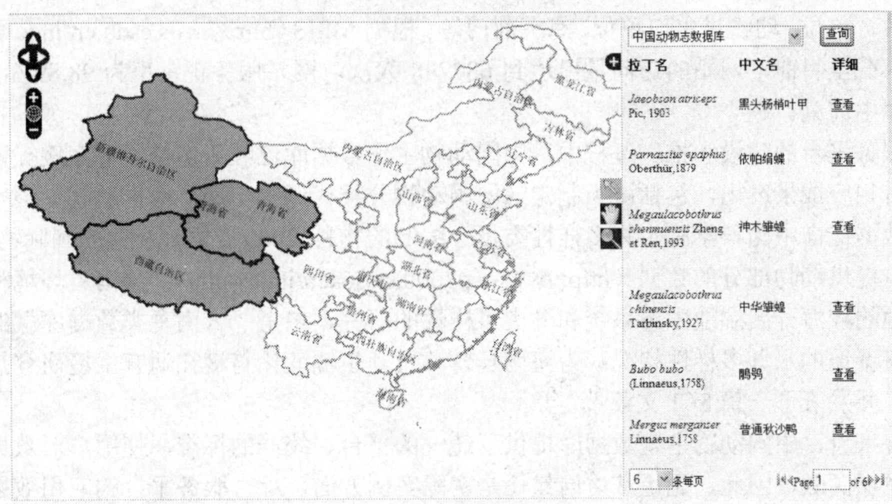

图 5 地图检索功能

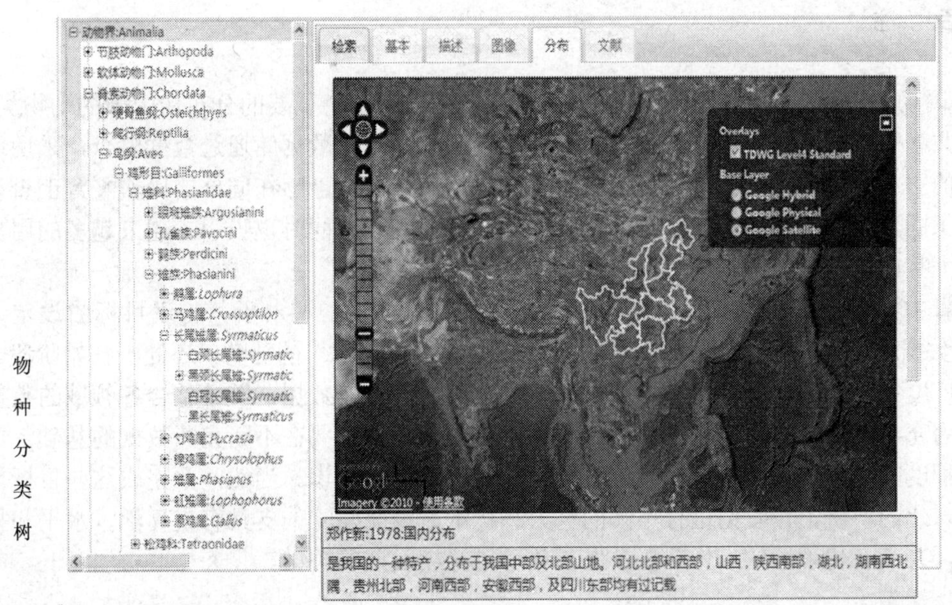

图 6 物种分类树和分布地展示功能

5）其他。

为更好地服务用户，我们还实现了服务指南、服务公告和服务案例等模块，让用户能更快地使用服务，了解功能和内容更新等数据库的服务效果。用户还可以通过“元数据”模块了解各子库的基本信息和共享权限。

3. 服务效果

随着中国动物主题数据库的上线和服务的推广，该平台已形成一定的用户群体，主要来自科研教育单位、动物进出口单位、海关部门等。根据 MSIS（http://msis.csdb.cn/index.action）的统计，截至目前，网站的访问量已达到 687748 人次。网站服务正常率为 98.89%，排在科学数据库中前列。

在服务平台的建设和推广过程中，中国动物主题数据库已经为多个研究案例提供了数据支持并有相应成果产出，包括：为制定《中国动物分类代码第 1 部：脊椎动物》国家标准提供原始数据；向中国科学院生物多样性委员会编制的物种 2000 光盘[5]和建立国际物种 2000 中国节点提供动物部分的数据（http://www.sp2000.cn/joacn/index.php）；云南省环境科学研究院在当地的程海开展湿地生态系统和鸟类多样性的研究，参考“云南鸟类数据库”的数据，评估程海湿地的水鸟多样性状况；为海南长臂猿及其生境变化与潜在适宜生境研究提供了信息咨询，并发表了一篇 SCI 文章[6]，等。

综合来看，中国动物主题数据库提供了统一的平台、统一的标准，使用户对数据的检索和利用更加高效，因此，无论从访问量还是实际案例方面，综合服务平台的应用效果要明显优于整合之前各自为政的局面。

4. 总结

中国动物主题数据库目前已拥有 16 个子库，涵盖了多个重要的分布在中国的动物类群，其服务共享平台也基本实现预先设计的功能。中国动物主题数据库通过数据整合，采用统一的科学的服务平台和数据标准，规范了服务体系，使得用户能够在同样的操作平台上查询来自各个不同数据库的信息，大大提高数据服务的效率和质量，同时也吸引了越来越多的用户，逐步扩大其应用范围。

尽管中国动物主题数据库的内容已经具备一定广度，但相对于其长远目标的设定（见图 1），数据内容仅限于“物种数据库”和“资源动物数据库”的范畴，还处于初始阶段。因此，在广度上，中国动物主题数据库平台应更为广泛地收集数据，继续整合各领域的数据，使其更为充实、完善；在深度上，中国动物主题数据库平台要在不断完善数据的基础上，实现一定程度的数据挖掘功能，使数据转化为有用的信息和知识。当然，要完成这些目标需要一代又一代的科研工作者们进行不懈的努力和传承，因此建立一支具有较高学术水平和技术水平的，并具有传承性的工作队伍是保证项目可持续发展的关键。

参 考 文 献

[1] 纪力强.生物多样性信息系统建设的现状及 CBIS 简介. 生物多样性,2000, 8(1): 41-49.

[2] Darwin Core Task Group. http://rs.tdwg.org/dwc/.

[3] 原帅, 乔慧捷, 韩燕, 等.基于 Web2.0 的物种信息采集系统的设计与实现//科学数据库与信息技术论文集（第十集）. 北京: 兵器工业出版社, 2010: 64-70.

[4] 曾顺. 精通 JavaScript+jQuery. 北京: 人民邮电出版社, 2008.

[5] The Biodiversity Committee of Chinese Academy of Sciences. Catalogue of life China: 2010 annual checklist China, CD-ROM. Species 2000 China Node, Beijing, China. 2010.

[6] Zhang M X, Fellowes J R, Jiang X L, et al. Degradation of tropical forest in Hainan, China, 1991–2008: Conservation implications for Hainan Gibbon (Nomascus hainanus). Biological Conservation, 2010, 143(6):1397-1404.

Design and Implementation of the China Animal Scientific Database Service Platform

Lin Congtian, Han Yan, Qiao Huijie, Yuan Shuai, Ji Liqiang

(Institute of Zoology, Chinese Academy of Sciences, Beijing 100101, China)

Abstract It is of good significance for fundamental scientific research, decision support and education of population of science that the information about animal is integrated and exhibited scientifically and explicitly. The China Animal Scientific Database is a platform all about animal data with special characters. We utilized the web technology to implement the platform to collect and exhibit animal information, including the WEBGIS to display and search the distribution information of animals. Web Service was also used in the platform to deal with heterogeneous database and realize the real-time connection between Beijing and Yunnan web sites. China Animal Scientific Database Service Platform has been online. It has provided data support for several research cases and been resulting good service effect.

Key words taxonomic tree; WEBGIS; Web Service; map search

卫星轨道演示软件的设计与实现

何战科[1] 李 川[2] 杨旭海[1] 李伟超[1]

（1. 中国科学院国家授时中心 西安 710600；2. 国家无线电监测中心 北京 100037）

摘 要 为了实现卫星轨道直观、形象的动画演示，本文利用 Flash CS5 内置脚本语言 ActionScript 3.0，设计并实现了卫星三维轨道与卫星星下点轨迹的演示软件，并详细介绍了该软件的功能、流程、实现步骤和关键技术。

关键词 卫星轨道；可视化；演示；Flash； ActionScript

1. 引言

随着计算机技术的发展，数据可视化概念已大大扩展，广义上的数据可视化是数据可视化、信息可视化和科学可视化等多个领域的统称。早在 1987 年，美国计算机科学家 Bruce H McCormick 指出："利用计算机图形学来创建视觉图像，帮助人们理解科学技术概念或结果的那些错综复杂而又往往规模庞大的数字表现形式"[1]，阐述了科学可视化的目标和范围。现代数据可视化已经在自然科学、工程技术、科学计算等领域得到了更加广泛的应用。

作为科学可视化方面的主题之一，计算机动画这一计算机图形学和艺术相结合的产物，是伴随着计算机硬件和图形算法高速发展起来的一门高新技术。Flash 是一个优秀的矢量绘图与动画制作软件，秉承了矢量绘图软件的所有优点，能够制作出声色俱佳、互动性强的动画效果。特别是制作出的动画文件体积非常小，在追求速度的网络上非常利于传输，因此备受网络界和动画界的推崇。ActionScript 是 Flash 内置的脚本语言，是面向对象的编程语言，可以使用 ActionScript 控制 Flash 中的对象，创建向导和交互元素，也可以扩展 Flash，使 Flash 表现出强大的交互性，用户不仅仅能观看动画，还能参与到动画中。[2]

经过卫星精密测定计算所得到的卫星轨道数据包括：卫星的瞬时地心惯性坐标和地固系坐标，以及卫星在各坐标系中的 3 个方向上的瞬时速度分量。虽然这些数据比较精确，但是不够直观和形象，要实时观测卫星在空间中的位置以及相对地球的位置，光有这些数据还是不够的。因此，卫星运行轨道和卫星星下点轨迹的动画演示具有十分重要的实际意义。

本文选用 Adobe Flash CS5[3]作为开发工具，利用 ActionScript 3.0[4]脚本语言，设计并实现了卫星运行轨道与卫星星下点轨迹的动画演示软件，将复杂庞大的卫星轨道数据直观形象地展示出来。

本文得到中国科学院信息化专项子项目（INFO-115-C01-SDB4-34、TZ-JC-006）资助。

2. 软件功能与流程

2.1 软件功能

卫星轨道演示软件的主要功能如下。

（1）数据文件导入：该功能是对提供的卫星数据文件进行解析，提取该卫星在各个时刻地固系坐标及各方向对应的速度信息，解析文件并根据卫星的数据结构进行存储。

（2）数据文件导出：该功能是对正在进行演示的卫星的数据进行格式转换操作，将演示卫星数据转换为两行星历（two-line element sets）文件，方便进一步对卫星数据进行研究。

（3）卫星星下点轨迹演示：该功能是对导入的卫星数据进行二维星下点轨迹绘制。如图 1 所示，通过转换后的笛卡儿坐标以及地图上坐标的对应关系，在地球平面展开图上绘制相应的二维星下点轨迹。

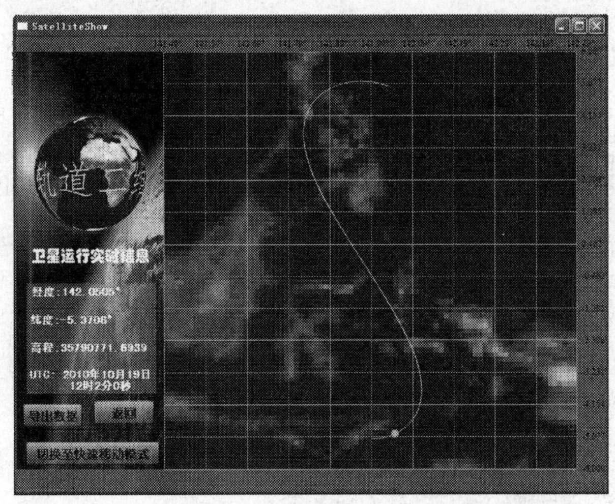

图 1　卫星星下点轨迹演示

（4）卫星运行轨道演示：该功能是对导入的卫星数据进行三维运行轨道绘制。如图 2 所示，通过三维坐标与二维坐标的转换以及地球的位置和大小，在图中绘制出三维运行轨道。根据解析出来的卫星在每个点、在各方向对应的速度信息，以及坐标 z 的值，设定卫星的大小和透明度，并模拟三维运行效果。

（5）运行速度控制：在二维星下点轨迹演示和三维运行轨道演示中均可进行演示速度的控制，更改定时刷新界面函数即可改变演示速度。

（6）卫星名称实时显示：实时显示卫星名称，解析卫星数据文件的文件名，得到卫星名称，根据卫星坐标确定卫星名称显示坐标，保证名随星动。

（7）鼠标悬停实时显示卫星信息：在星下点轨迹演示和三维运行轨道演示中均提供此功能，鼠标悬停在轨道上显示该点卫星的经度、纬度、高程等信息，显示框的位置根据鼠标悬停位置确定。

（8）卫星信息实时显示：在卫星运行演示过程中，实时显示卫星在当前点的信息，如经度、纬度、高程等。

图 2 卫星运行轨道演示

2.2 流程

卫星轨道演示软件设计流程和主要开发工具如图 3 所示。

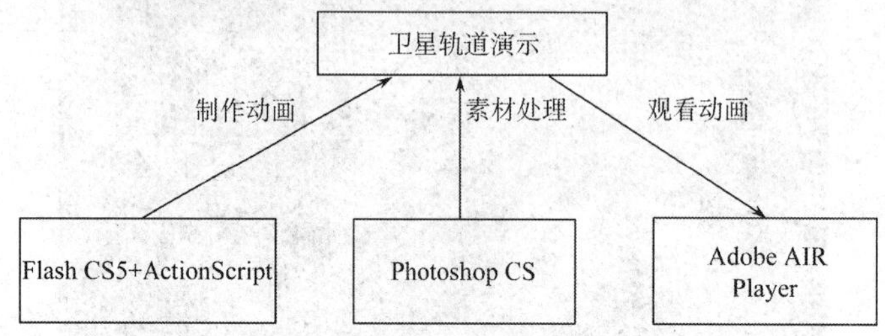

图 3 卫星轨道演示软件设计流程和主要开发工具

卫星轨道演示软件的设计数据流图如图 4 所示。

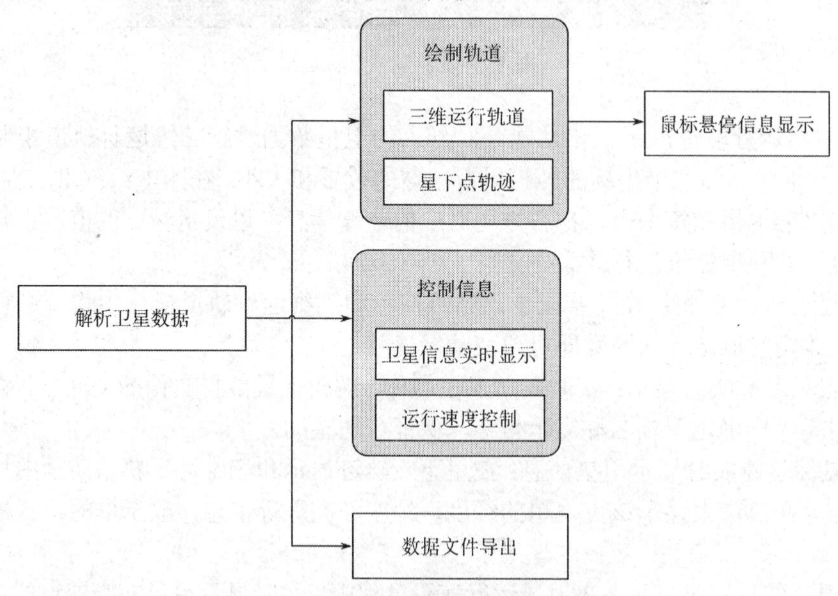

图 4 卫星轨道演示软件的设计数据流图

3. 实现步骤

本文使用 Flash CS5 开发环境，利用 ActionScript 3.0 作为开发语言，开发轨道演示软件。其基本步骤如下：

（1）在主场景第一帧设置运行主类，初始化各个运行参数以及窗口属性和信息。

（2）进入初始化界面，场景一中添加导入数据函数 ImportData()，并对数据进行相应的处理，数据处理主要包括地固系坐标与笛卡儿直角坐标转换函数 CoordinateTransform ()等。

（3）将处理好的数据分别在星下点场景和三维运行轨道场景中进行星下点轨迹绘制 Draw2D()和三维运行轨道绘制 Draw3D()。

（4）分别在星下点场景和三维运行轨道场景中添加运行速度控制按钮及其响应函数 SetSpeed()。

为了操作方便，在各个演示场景中都添加数据导出按钮及其响应函数 ExportData()，将当前场景演示卫星的运行数据导出到指定的数据文件中。

4. 卫星轨道演示所使用的关键技术

卫星轨道演示中所使用的关键技术有以下几点。

1）地球和卫星的数据结构定义。

```
Class  Satellite
{
    double x,y,z;                                     //笛卡儿直角坐标
    double Lon,Lat,H;                                 //地固系坐标
    string name;                                      //卫星名称
    int year,month,day,hour,minite,second;  //卫星运行时间(年月日时分秒)
}
```

2）地固系坐标与笛卡儿直角坐标转换算法描述。

定义中间变量 TempLat、TempH，用于存储迭代求解 Lat、H 过程中 Lat、H 的值，并定义中间变量 difference；所用参量 a=6378137 米，e^2＝0.00669437999013，TempLat=0.1，纬度初始赋为 0.1。算法描述如下：

$$\text{Lon}=\text{Pi}+\arctan\left(\frac{y}{x}\right);$$

```
While(sign==1)
{
```

$$N=\frac{a}{\sqrt{1-e^2*\sin^2(\text{TempLat})}};$$

```
TempH = z / sin(TempLat) - N*(1-e^2);

Lat=arctan z*(N+TempH) / ( sqrt(x^2+y^2) *(N*(1-e^2)+TempH) );

difference=Lat-TempLat;
if ( difference>0.000000000002)
{
      sign=1;
      TempLat=Lat;
}
else
      sign=0;
}
N = a / sqrt(1-e^2*sin^2(Lat));

H = z / sin(Lat) - N*(1-e^2);
```

将计算出的经度、纬度单位转化为度，即

```
Lon=Lon*180/Pi;
Lat=Lat*180/Pi;
if (Lon>180)
    Lon=Lon-180;
```

3）星下点轨迹坐标的计算。

根据轨道演示窗口的大小计算星下点轨迹的绘制位置。设轨道演示窗口长、宽分别为 height 和 width，由于图形界面的坐标与传统常见坐标 y 的正方向相反，计算时应特别注意绘图数据正负号的处理。星下点轨迹主要与转换后的笛卡儿坐标的 x、y 相关。

4）三维轨道坐标的计算。

z 轴表示一个物体离屏幕的远近。当物体的 z 轴位置增加时，物体朝远离屏幕的方向运动；当物体的 z 值减小时，物体朝接近屏幕的方向运动。

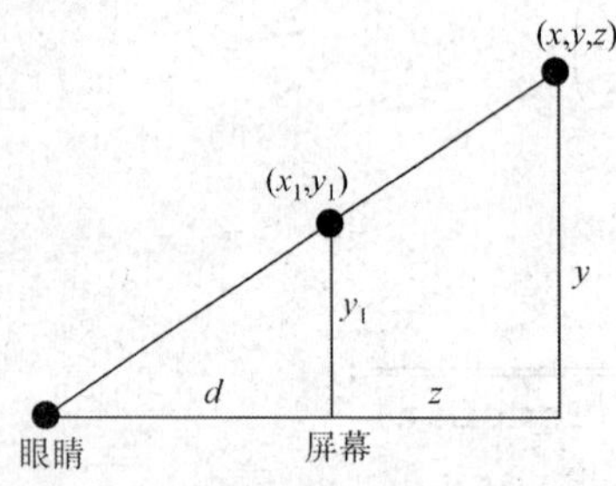

图 5　二维与三维的点的关系

本文中三维坐标即卫星笛卡儿直角坐标（x,y,z），利用三角形相似原理，如图 5 所示，可以得出

$$\frac{d}{d+z}=\frac{y_1}{y} \tag{1}$$

推导出

$$y_1 = y\frac{d}{d+z} \tag{2}$$

式（2）就是经典算法公式，可在二维平面上来表现空间上的点的位置。还可以进一步简化，提出因子

$$\text{ratio}=\frac{d}{d+z}$$

于是，式（2）就变为 $y_1=\text{ratio}\bullet y$，同理可得 $x_1=\text{ratio}\bullet x$。

通过以上公式转换就可在二维平面上绘制出具有三维效果的卫星轨道，通过对 z 值的判断，可对卫星的大小和透明度进行改变，根据卫星数据提供的速度数据就可模拟出卫星三维轨道运行效果。

5. 小结

本文利用 Flash CS5 与 ActionScript 3.0，设计并实现了卫星运行轨道与卫星星下点轨迹的动画演示软件，该软件具有体积小、跨平台运行等优点，在实际应用中取得了良好效果。在今后的应用过程中，该软件还需要进行功能扩展和完善。

参考文献

[1] McCormick B H, DeFanti T A, Brown M D. Visualization in Scientific Computing. New York: ACM Press, 1987.

[2] 章精设, 缪亮, 白香芳. Flash ActionScript 2.0 编程技术教程. 北京: 清华大学出版社, 2005.

[3] Adobe 公司. Adobe Flash CS5 中文版经典教程. 陈宗斌, 译. 北京: 人民邮电出版社, 2010.

[4] 李方捷. ActionScript 3.0 开发技术大全. 北京: 清华出版社, 2009.

Design and Implementation of Satellite Orbit Demonstration Software

He Zhanke[1], Li Chuan[2], Yang Xuhai[1], Li Weichao[1]

(1. National Time Service Center, Chinese Academy of Sciences, Xi'an 710600,China;

2. The State Radio Monitoring Center, Beijing 100037,China)

Abstract In order to demonstrate satellite orbit visually by animation, we use the scripting language ActionScript 3.0 of Flash CS5 to design and implement demonstration software showing three-dimension satellite orbit and the track of subsatellite points. The function, processes, implementation steps and the key technology of the software are introduced in detail.

Key words satellite orbit; visualization; demonstration; Flash; ActionScript

面向数据密集型计算的科学数据网格作业调度系统

薛正华　黎建辉　周园春　张　洋　沈　庚

(中国科学院计算机网络信息中心　北京　100190)

摘　要　中国科学院科学数据网格定位于实现海量科学数据的有效集成、透明访问、高效分析处理和展示，提供丰富的科学数据服务。科学数据网格作业调度系统采用开放的、面向服务的设计思想，综合考虑网格节点的性能和大数据的分布，为科学数据网格作业的处理提供高效的调度机制。

关键词　科学数据；网格；作业调度

1. 引言

随着科学数据的不断膨胀、学科领域的交叉、科研活动协作性的加强，传统的以独立方式对外提供数据共享的服务体系已经不能满足科研工作者的需求，科学数据的应用正面临新的挑战。这些挑战突出表现在以下方面：大量的、宝贵的科学数据需要稳定的、可靠的存储管理机制；地理上分布的、异构的科学数据需要便利的、统一的访问机制；数据密集型应用的计算和分析需要强大的计算资源的支撑；数据、计算、面向学科领域的知识和可视化分析工具需要有机的集成。为了应对这一挑战，中国科学院启动了科学数据网格项目，该项目是在中国科学院科学数据库的基础上构建的数据网格群，其目的是整合物理上分布的科学数据资源，形成逻辑统一的数据资源视图，提供透明的数据访问，并且基于这些科学数据和网格上的先进的计算与存储设施，提供科学数据分析、处理和可视化，实现便捷的科学数据应用服务，形成中国科学院科学数据应用环境的发展构架。作为中国科学院科学数据网格建设的第一阶段，该项目首先进行了网格总中心和四个学科领域的科学数据网格试点建设：化学数据网格、空间科学数据网格、微生物与病毒学数据网格和人地系统科学数据网格。目前，这些项目的建设工作已经初步完成，并且对外提供数据、中间件、网格应用等服务。图 1 为中国科学院科学数据网格门户系统。

网格的概念最初是由 Ian Foster[1-3]等学者提出来的，其目标包括两个方面：一是聚合分散的资源，形成超级计算的能力，满足某些大规模计算的应用需求；二是共享网络中的异构资源，使得各种资源得到充分利用。根据网格所侧重的技术点和应用场景的不同，网格可以分为计算网格和数据网格。计算网格强调计算，侧重于计算资源和作业的管理与调配，数据网格侧重于对数据和存储资源的管理，解决数据的高效存储、备份、传输和共享等问题。计算网格和数据网格之间没有严格的区分界限，从应用角度来看，数据的分析处理离不开计算，计算往往也会产生大量的数据。美国的开放科学网格（OSG）、TeraGrid，欧盟的欧洲网格（EuroGrid）等侧重于计算问题的解决。美国的物理网格（GriPhyN）[4]和欧洲原子能机构

图1　中国科学院科学数据网格门户系统

CERN 主持开发的欧洲数据网格（DataGrid）是最有代表性的数据网格[5-7]。在相关部委的支持下，我国网格技术也得到了迅速的发展。比较有代表性的网格项目包括：由科技部支持的中国国家网格（CNGrid）和由教育部支持的中国教育科研网格（ChinaGrid)。这些网格项目的开展，促进了网格技术的发展，项目所产生的成果，也已广泛应用于教育、科研和国防等多个领域，所积累的技术和运维经验，为科学数据网格的建设提供了有益的参考。

在科学数据网格建设过程中，一个重要挑战是如何聚合分布的计算资源，为各种科学数据网格应用提供与数据的分析处理服务相关的计算支持。科学数据网格需要高效的作业管理系统来支持不同计算任务在分布的计算节点上进行数据分析处理。基于此，我们研究与开发了科学数据网格作业管理系统（SDGJS）来为科学数据网格作业调度提供支持。

2. 系统架构

2.1　系统总体架构

图 2 展示了中国科学院科学数据网格的总体架构。科学数据网格的基础设施服务主要包括存储和计算服务，这些基础设施通过所开发的科学数据网格中间件，对授权用户提供资源调用服务；此外，大量的科学数据也是科学数据网格所能提供的重要服务之一，数据服务通过所开发的数据管理中间件提供科学数据管理服务，如元数据管理、数据传输、数据搜索和数据监控等中间件；科学数据网格同时提供一些与基础设施环境和数据服务相关的公共服务，如资源注册服务、网格用户管理、组织机构管理、运行维护管理等服务。这些基础设施、科学数据、中间件等软硬件共同构成了科学数据网格系统。

2.2　服务流程

科学数据网格的最终目标是为科学研究者提供方便、快捷、高效、可靠的数据分析处理服务。其已为学科领域的科学研究者提供了快速构建应用服务平台的基础设施服务，便于这些用户基于科学数据网格基础设施开发面向学科的应用平台（Science Gateway）。基于SDGJS，图3展示了面向学科应用的科学数据网格基础设施服务的一般流程。

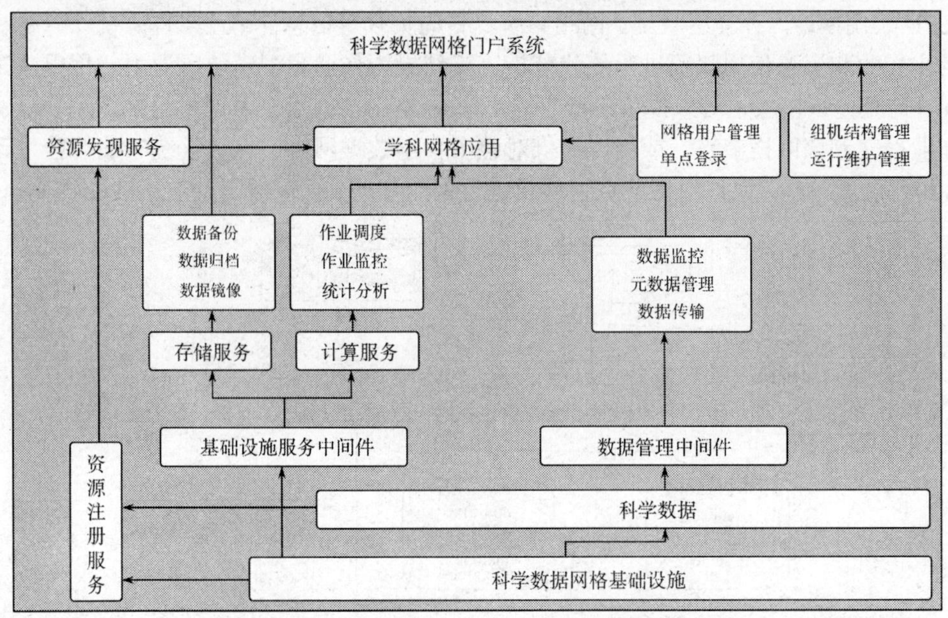

图2　中国科学院科学数据网格总体架构

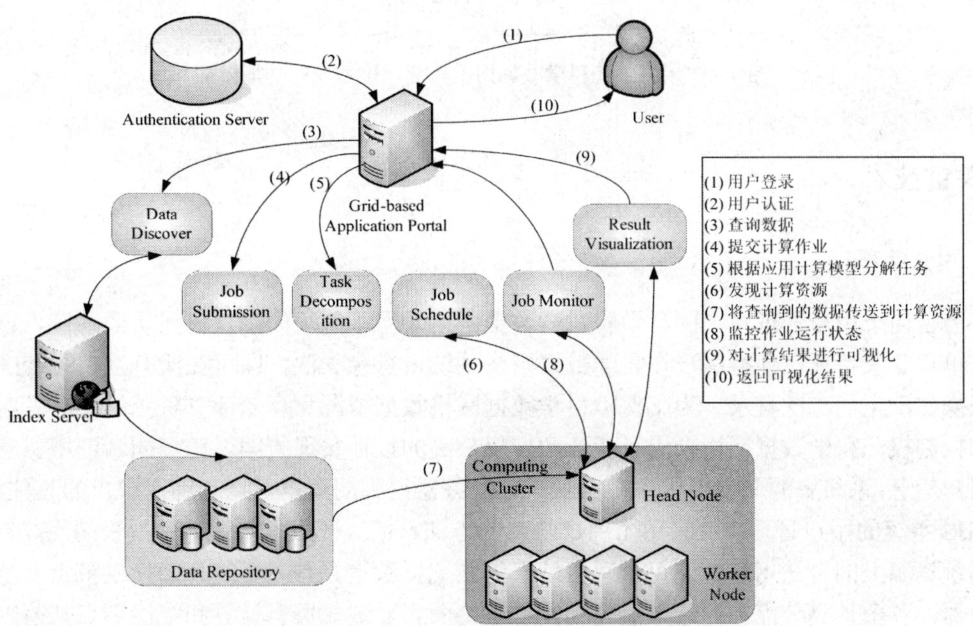

图3　中国科学院科学数据网格基础设施服务流程

2.3　SDGJS 功能模块

中国科学院科学数据网格作业调度系统的功能结构如图4所示。作业控制器模块用于作业的启动、挂起、恢复、强制删除等操作；作业监控模块提供了实时监控作业的功能，包括对作业运行时间，所消耗的CPU时间、内存等信息的监控；资源监控模块用于监控数据处理系统CPU利用率、内存使用状况、网络带宽、平均负载等信息；作业与资源统计分析模块用于对历史作业和资源使用状况进行统计分析，其结果为作业分配模块所调用，用以决定作业的分配。此外，该模块也对外提供Web服务，供网格用户或第三方网格组件调用，以决定是否将作业提交到该网格节点，或用以提供对整个科学数据网格节点进行统一的监控统计分析服务。作业调度策略，允许网格节点管理员进行修改和增加，以便于控制作业的优先执行权。

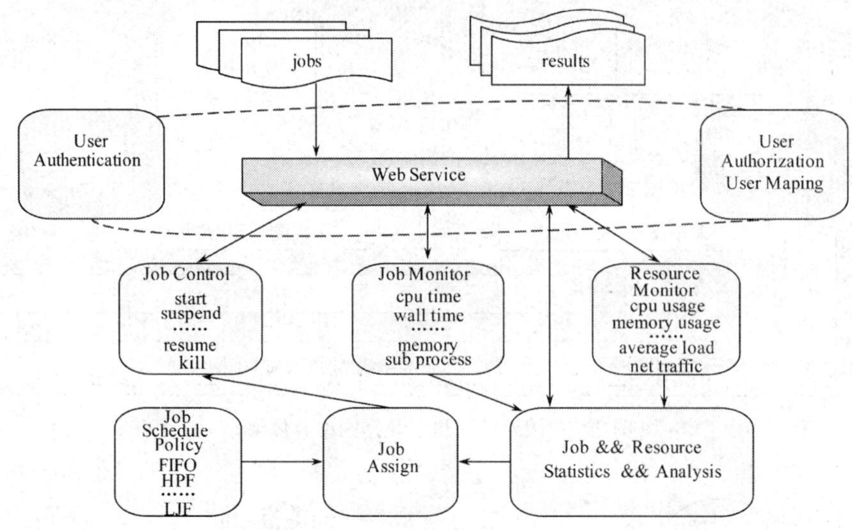

图4 中国科学院科学数据网格作业调度系统的功能结构

3. 关键技术

3.1 用户管理

为了便于用户管理，中国科学院科学数据网格采用了统一的用户访问认证系统，该系统具有单点登录特征，使得用户在科学数据网格系统内登录一次，即可在所有互信系统中免除认证操作，无需二次登录。为了保障科学数据网格数据资源和存储计算资源的拥有者对其资源的控制权，科学数据网格采用了认证和授权分离的设计实现方案。统一的认证服务器只包含用户信息，系统资源和应用程序根据从认证服务器得到的用户信息来确定用户的具体权限。SDGJS系统的用户管理模块采用了用户映射的方法，把认证服务器认为可授权的用户，映射为系统资源上的合法用户。在每个网格站点的系统资源上，有一个统一的授权节点充当授权服务器，各个计算节点和存储节点充当授权系统的客户端，所有计算和存储节点共享一套授权系统，以此实现对授权行为的集中控制。该方式只需在授权服务器端对用户进行授权操作，其他节点无需关注具体的授权业务逻辑，便于系统用户管理。

3.2 资源监控

SDGJS需要根据系统资源的利用率状况，选择合适的计算节点分配任务，以达到负载均衡和高可用的目标。此外，一些计算任务对计算节点在处理能力、可用内存大小和磁盘空间等方面有特殊需求，需要对计算系统的性能信息和一些状态信息进行监控，以判断计算节点是否满足作业需求。SDGJS 中存在一个头结点，负责响应外部请求并管理所有节点，进行节点性能监控、任务分配等。科学数据网格中的大部分计算节点均采用 Linux 系统，资源监控模块通过对 Linux 系统下的 Proc 文件系统进行解析，以获得系统的各项性能信息，性能信息获取方法以 Web 服务接口的方式暴露给外部程序进行调用。

3.3 作业监控

SDGJS 的作业监控项包括：作业运行的实际时间（wall time）、CPU 时间（cpu time）、运行过程所消耗的内存大小等信息。作业执行完毕后，这些信息会被存入到数据库中，便于后续的统计、分析和记账等业务流程。由于任何作业在操作系统看来均是进程，所以 SDGJS 在作业监控中采用了进程监控技术，进程启动后即被监控，其在运行过程中所派发的子进程和子进程所耗费的系统资源等信息都被一并监控。此外，当进程或子进程出现异常时，在进程退出前，其运行过程中所耗费的系统资源等信息被保存。作业监控模块通过调用操作系统所提供的各种 API 来实现对进程的监控。

3.4 作业调度

在科学数据网格中，网格应用开发者和服务提供者首先需要将其应用程序所需的软件和数据安装部署到网格节点，并在网格应用的 Web 服务器端（任务提交端）维护一个可用网格节点列表。作业调度系统会首先从该列表中查找能够提供该网格应用服务的网格节点，并根据相关约束条件和资源选择算法，选择合适的网格节点进行任务提交。

科学数据网格主要面向的是具有数据密集型计算特征的网格应用。这类应用除了对计算资源有较大的需求外，对数据的分布和获取方式也有较高的要求，其调度机制相对于传统的高性能计算应用更为复杂。SDGJS 不仅需要考虑计算资源的性能状态，还需综合考虑数据的分布和快速加载等因素，以提高数据密集型计算应用的性能。当前，部署在科学数据网格系统的大部分应用其所需的数据是多样的、多源的，SDGJS 根据网格应用所需的数据量大小提供了两种数据加载方式：对于小数据提供了高效的传输机制以实时获取；对于大数据需要提前部署到网格节点上以保障应用性能。

考虑到数据密集型计算类的应用往往对 I/O 有较高的要求，而大数据量在网络上的传输会带来性能急剧下降和系统不稳定。为了解决这一问题，科学数据网格总中心的大型数据处理系统采用了计算和存储紧耦合的系统结构，即每个计算节点同时充当数据存储节点。这种系统结构最大程度提高了数据的“Locality”性质，将计算放在数据的存储端，不用移动数据，有效地规避了大数据量在网络上的搬运。对于基于大数据处理的网格应用，SDGJS 调度的核心思想是以数据为核心，应用移向数据。基于这一思想，SDGJS 设计了数据的监控分析模块，统计分析每一次作业所请求的数据状况，对数据的使用频次进行分级，不同级别的数据对应不同的副本数。当某些数据的访问频次较高时，会调用文件系统所提供的相关接口，在其他节点上生成新的副本，将对该数据进行访问的多个作业，分摊到不同的处理节点进行处理，以提高应用性能，实现系统负载均衡。当多个节点同时具有某个作业所需的数据时，SDGJS 会调用资源监控模块，分析满足条件的这些节点的负载状况，并将作业分配到负载较低的节点进行处理，以提高作业响应时间。在作业优先级选择方面，SDGJS 支持定制化的策略和一些常用的作业调度策略，如先来先服务、小作业优先等。

4. 应用案例

4.1　基于高精度数字高程模型（DEM）的地表呈现网格应用

该应用如图 5 所示，是由科学数据网格的学科网格之一“人地系统科学数据网格”虚拟组织开发的一款网格应用。该应用所需要的一部分矢量数据来自于中国科学院北京地理所、西安水保所、哈尔滨东北地理所、成都西南山地所，这部分数据量不是很大，可以通过调用科学数据网格的数据传输中间件，从这些分布的网格节点的数据库中实时获取；另一部分 DEM 数据较大，提前部署到了网格运行服务总中心的数据处理环境和中国科学院地理所的计算节点上。SDGJS 通过对 DEM 数据使用热度的分析，自动生成某些研究热点地区数据的多份副本。从文件系统中读取元数据信息，综合考虑计算节点负载，择优选择合适的计算节点进行任务处理。

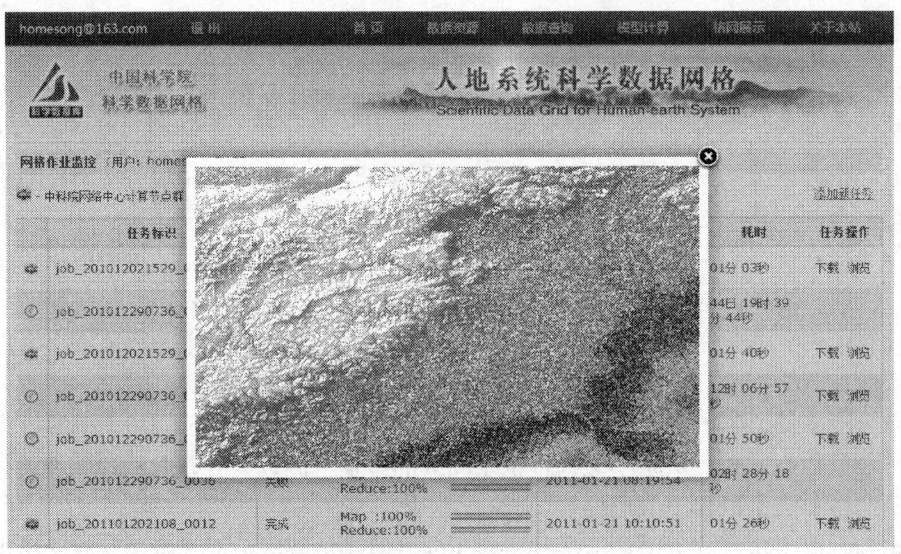

图 5　基于高精度 DEM 的地表呈现网格应用

4.2　生物科学数据网格计算平台

该计算平台如图 6 所示，是由科学数据网格的学科网格之一“生物科学数据网格”虚拟组织开发的，面向生物学领域的计算平台。该应用所需要的数据来自中国科学院微生物所、武汉病毒所以及镜像于其他国际组织的生物学数据；该计算平台将常用的上百个生物学计算和分析程序部署到网格运行服务总中心的数据处理环境和微生物网格的计算集群上；该计算平台通过调用 SDGJS 提供的相关 Web 服务接口，封装了这些接口信息，对外呈现统一的用户任务提交、监控、结果获取与展示入口，为生物领域的科学研究者提供了一个集数据、计算模型与计算资源为一体的生物计算分析平台。

图 6 生物科学数据网格计算平台

5. 结论与展望

中国科学院科学数据网格将成为中国科学院科学数据应用环境发展的基本构架，将始终以提供易用、丰富的科学数据服务为目标，组织与整合数据、计算模型、计算资源，发展学科网格应用，为科学研究者提供高效、易用的科学研究平台。SDGJS 作为科学数据网格的重要组件之一，面向科学研究者提供开放的、易用的作业调度接口，有别于现有的作业调度器，SDGJS 综合考虑计算资源的性能负载和大数据的分布，采用计算向数据移动的设计思想，规避大数据在网络上传输带来的开销，不仅有利于提供应用性能，也有利于增强计算系统的稳定性。

参 考 文 献

[1] Foster I, Kesselman C, Tuecke S. The anatomy of the grid: enabling scalable virtual organizations. International Journal of High Performance Computing Applications, 2001, 15(3):200-222.

[2] Foster I, Kesselman C, Nick J, et al. Grid services for distributed system integration. Computer, 2002, 35(6):37-46.

[3] Foster I. Service-oriented science. Science, 2005, 308(5723): 814-817.

[4] Deelman E, Kesselman C, Mehta G, et al. GriPhyN and LIGO, building a virtual data grid for gravitational wave scientists//Proceedings of the 11th IEEE International Symposium on High Performance Distributed Computing, 2002:225-234.

[5] Stewart G A, Cameron D, Cowan G A, et al. Storage and data management in EGEE//Proceedings of the fifth Australasian symposium on ACSW frontiers, 2007.

[6] Branco M, Zaluska E, Roure D, et al. Managing very-large distributed datasets//Proceedings of the OTM 2008 Confederated International Conferences, 2008.

[7] Wäänänen A, Ellert M, Konstantinov A, et al. An overview of an architecture proposal for a high energy physics grid//Proceedings of the 6th International Conference on Applied Parallel Computing Advanced Scientific Computing, 2002.

Scientific Data Grid Job Scheduler for Data Intensive Computing Applications

Xue Zhenghua, Li Jianhui, Zhou Yuanchun, Zhang Yang, Shen Geng

(Computer Network Information Center, Chinese Academy of Sciences, Beijing 100190,China)

Abstract Scientific Data Grid (SDG) of Chinese Academy of Sciences aims at integrating distributed scientific data, providing transparent data access mechanism and efficient data analysis， processing and visualization services. SDG Job Scheduler (SDGJS) adopts an open and service-oriented framework. The scheduling policy of SDGJS considers both performance of computing nodes and distribution of big data so that it can offer an efficient job response.

Key words Scientific Data; Grid; Job Schedule

一个轻量级分布式计算框架的设计与实现

徐衍波　陈维明

（中国科学院上海有机化学研究所　上海　200032）

摘　要　本文主要讨论了分布式计算及其通用框架，在分析对比现有框架限制的基础上设计开发了一套轻量级易扩展的分布式计算通用框架——OseServersX 框架，应用了 OseServersX 框架的两个实例表明该框架在效率和易用性等方面满足了特定的需求。

关键词　分布式计算；分布式计算通用框架；Windows；C++；化学数据库

随着互联网的迅猛发展，并行计算[1]、网格计算[2]、分布式计算[3]和云计算[4]等概念越来越频繁地被人们提及，其应用也更加广泛和深入。在科学数据库项目中，我们也遇到一些需要分布式计算的情形。例如，在很多情况下，受限于性能、软件授权、硬件等因素，相关的多个应用程序不得不安装在多台服务器上，当这些相关应用程序要作为一个整体向 Web 用户提供服务时，Web 服务器需要同时向多台服务器提交请求，并将多个返回结果合并处理后再显示给用户。这种相关的多个应用程序可能是多种多样的，可以是数据库查询应用，也可以是各种计算应用，还可以是测试仪器的应用。但是，分布式计算中向各节点分发请求和合并返回结果的过程却是基本一样的，这就为建立一个通用的分布式计算框架提供了可能。

实际上，各种组织已经开发了一些可供免费使用的分布式计算的通用框架或者规范，例如 Apache Hadoop 框架[5]、Gearman 框架[6]、KosmosFS 框架[7]、MPI 规范[8]等。虽然这些框架功能全面，应用比较多，但是也有一些限制，使得我们应用到自己的项目中不太方便。

（1）运用这些框架进行分布式计算，必须使用特定的编程语言和规范重新编码，而且需要软件开发人员花费大量的时间去学习和理解框架，这对于现有应用程序十分不利，需要修改大量源代码以适用框架，代价比较大。

（2）一些框架（例如 Apache Hadoop、KosmosFS）侧重于分布式文件系统的功能，但是 SQL Server 等关系型数据库系统不支持分布式文件系统，因此许多使用这类数据库系统的应用程序也就无法使用这些框架。

（3）在使用分布式计算过程中，有时候为了及时响应用户的请求，不能等待每个节点都返回数据后再做处理，只要有一个节点返回数据就可以马上显示给用户，但是现有框架一般不支持此功能。

（4）这些框架大都基于 Linux 操作系统开发，如果运行在 Windows 操作系统上的应用要使用这些框架，必须额外安装 Linux 模拟环境，配置繁琐，并且执行效率不高。

为此我们设计开发了一套轻量级的分布式计算框架（下称 OseServersX 框架），以满足这

本文得到中国科学院信息化专项项目、国家科技基础条件平台项目、上海市科委研发公共服务平台项目（11DZ2292000）的资助。

些特定需求。设计这个轻量级框架的基本原则就是要尽可能地简单高效，适合各种现有应用程序，并且尽量少地修改现有应用程序代码，易于扩展新功能。

1. OseServersX 框架的设计

对于 OseServersX 框架，我们假设：资源（例如 CPU、内存、硬盘空间、数据等）已经合理地分配到各个节点，每个节点只需要管理和使用本节点的资源，计算时各节点之间是透明的，无须交换数据。资源可以通过人工的方式事先合理地分配到各个节点，例如，可以把一个大的数据库的数据分割为几块，分别装入到各个节点的数据库中。

有了这个假设，OseServersX 框架只需要负责向各个节点分发请求，并从各个节点接收返回结果，无须考虑资源的分配，这样简化的模型，可以有效地提高框架的执行效率。

OseServersX 框架主要包括两个模块：客户端模块（OseClientAPI）和服务端模块（OseServerX）。客户端模块和服务端模块之间通过 TCP/IP 进行通信。

客户端模块的主要功能是：将用户应用程序的分布式计算请求分发到各个节点，并接收各个节点处理请求后返回的结果，最终合并结果返回给用户。有时为了更好地响应用户请求，任何一个节点如果返回了数据就立即返回结果；有时为了得到全部结果，需要等待所有节点都返回数据才返回结果。该模块可以根据参数配置灵活地做出上述两种选择。

服务端模块的主要功能是：在每个节点上等待客户端模块发来请求，一旦接到请求，将请求数据发送到相应的计算模块，待计算模块给出结果后，将结果发回到客户端模块。

OseServersX 框架设计示意图如图 1 所示。

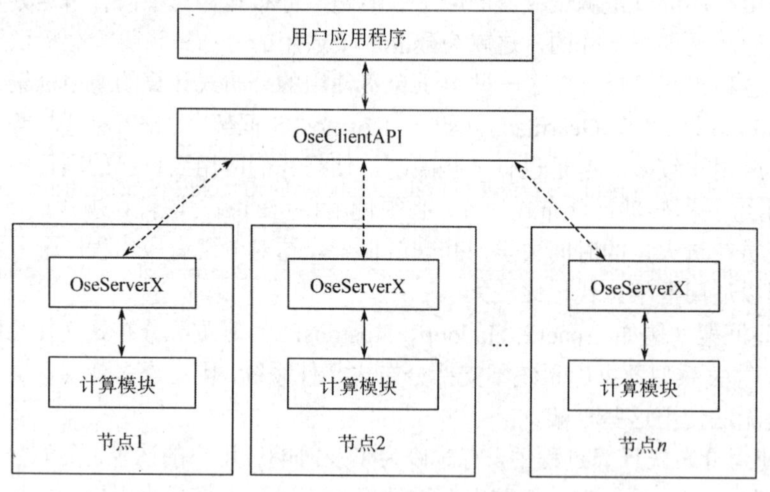

图 1 OseServersX 框架设计示意图

图 1 中虚线箭头表示基于 TCP/IP 的网络连接，实线箭头表示同一操作系统的进程内或进程间通信。同一操作系统的进程内或进程间通信速率远大于 TCP/IP 的数据传输速率，因此 OseServersX 框架的效率主要取决于 TCP/IP 的传输速率。

需要说明的是，计算模块并不属于 OseServersX 框架的一部分，只是具体的计算应用，只要能与服务端模块（OseServerX）传入和传出数据即可。完成计算所需要的资源都可在本节点内得到，无需考虑网络编程细节，也无需考虑并行计算算法，这样就大大降低了开发计算模块的难度。另一方面，如果现有的计算模块需要使用 OseServersX 框架实现分布式计算，也只需要修改与服务端模块交换数据的少量代码，无需修改其他业务代码，有效地降低了开发和维护成本。

2. OseServersX 框架的实现

2.1 客户端模块的实现

客户端模块（OseClientAPI）是使用 C++语言编写的标准的 Windows DLL 文件，只有 8 个核心导出函数，每个函数使用标准的 Windows API 规范，可供 C/C++、VB、.Net 等多种编程语言编写的用户应用程序调用。

8 个核心函数如表 1 所示。

表 1 OseClientAPI 核心函数表

函 数 名	函 数 功 能
OseAddServerNode	添加一个执行该任务的服务节点
OseCreateClient	创建一个分布式计算的任务
OseDeleteClient	销毁该分布式计算任务
OseDeleteServerNode	删除一个执行该任务的服务节点
OseGetAvailableDataIndexs	得到已返回数据的服务节点编号
OseGetOutData	得到指定服务节点编号的返回结果
OseGetServerNodes	得到所有执行该任务的服务节点
OseSendRequest	向所有服务节点提交请求并等待返回结果

函数中使用的几个结构体如下：

```
struct NodeData
{
    const char *pOutData;       //服务节点返回数据
    DWORD dwOutSize;            //返回数据字节数
    DWORD dwError;              //错误信息代码
};
struct ServerNode
{
    DWORD dwIndex;              //该节点编号
    char szIP[64];              //节点名字或 ip 地址
    WORD wPort;                 //端口号
};
```

```
struct RequestData
{
    const char *pInData;        //提交给服务端的数据
    DWORD dwInSize;             //数据字节数
    BOOL bWaitAll;              //若 TRUE 则等待所有节点返回数据，否则
                                  等一个节点即返回
};
```

一个典型的使用 C++调用 OseClientAPI 的例子如下：

```
#include "OseClientAPI\OseClientAPI.h"
int main(int argc, char* argv[])
{
    HCLIENT hClient = OseCreateClient();
    OseAddServerNode(hClient,"database11",7909); //添加一个节点
    OseAddServerNode(hClient,"127.0.0.1",7906); //再添加一个节
                                                  点
    RequestData rd;
    rd.bWaitAll = TRUE;                         //等待所有节点返回结果
    rd.dwInSize = 11;
    rd.pInData = "input data";
    OseSendRequest(hClient,&rd);                //向所有节点提交请求
    DWORD dwIndex[10];
    DWORD dwNum = OseGetAvailableDataIndexs
                (hClient,dwIndex,10);
    for(DWORD j=0;j<dwNum;j++)
    {
        NodeData nd;
        OseGetOutData(hClient,dwIndex[j],&nd);  //得到返回结果
        printf("%lu,%s\n",nd.dwOutSize,nd.pOutData);
    }
    OseDeleteClient(hClient);
    return 0;
}
```

2.2 服务端模块的实现

服务端模块（OseServerX）作为 Windows Service 进程在后台运行，该模块根据配置文件在指定的 TCP 端口监听，一个计算模块对应一个 TCP 端口。OseServerX 一旦收到客户端的请求，将启动一个新的计算模块进程或线程，并且将客户端的请求数据传给计算模块，然后 OseServerX 一直等待其返回结果。计算模块读入请求数据后开始计算，完成后将结果传给 OseServerX。

OseServerX 配置文件主要参数如表 2 所示。

表 2 OseServerX 配置文件主要参数

参数名	参数意义
File	计算模块的可执行文件名或 dll 文件名
Proc	dll 文件中计算模块函数
IP	本节点 IP 地址或机器名，如果为空，自动获取
Port	该计算模块对应 TCP 端口号，默认为 7906
MaxBuf	与计算模块的交换区空间大小，单位是 MB，默认是 1MB
Type	指定 File 类型，0 代表 exe 文件，1 代表 dll 文件，默认为 0
Timeout	计算模块运行超时秒数，默认为不超时

一个典型的配置文件例子如下：

```
[DoCal_exe]
File=DoCalculate.exe
Timeout=1000
IP=
Port=7906
MaxBuf=10
Type=0
[DoCal_dll]
File=DoCalculate.dll
Proc=Add
Timeout=100
Port=7905
Type=1
```

3. OseServersX 框架的应用

3.1 在 Web 版应用程序中的应用

许多单机版应用程序移植到 Web 上提供服务时总会遇到一个问题，那就是 Web 服务和应用程序的通信问题。如果应用程序直接运行在 Web 服务器上，他们之间的通信相对比较简单。但是，这样的应用程序一旦增多，势必增加 Web 服务器的负担。如果将应用程序与 Web 服务器分离，应用程序运行在其他服务器上，他们之间的通信问题就比较复杂，应用程序需要较多地关注网络编程的细节，开发维护代价比较高。OseServersX 框架可以很好地架起 Web 服务器与应用程序之间通信的桥梁，应用程序只需增加少量与框架交换输入输出数据的代码，就可方便地与 Web 服务器通信。

化合物名称与结构互相转化是化学工作者常用的一个功能，我们把这一功能也放到 Web 网站上供化学工作者使用。在使用 OseServersX 框架前，化合物名称与结构转化功能软件必须安装在 Web 服务器上，此后又增加了另外一套算法来处理化合物名称与结构转化的软件，也只能同时安装到同一台 Web 服务器上，加重了 Web 服务器的负担。使用 OseServersX 框架后，Web 服务器与应用服务器彻底脱离，甚至两套转化软件也分别安装到了不同的服务器上，这样就提高了整个 Web 服务的效率和系统的稳定性。

3.2 在线子结构检索系统中的应用

化合物子结构检索是化学工作者常用的另一个功能，Web 上在线提供子结构检索，就要求子结构检索要有较高的效率，能够及时响应用户请求。但子结构检索是比较复杂耗时的，特别是在大量化合物结构中进行子结构检索，难度更高。在检索算法无法有效提高检索效率的情况下，增加服务器数量做分布式并行检索是一个提高检索效率的有效途径。

具体方法是，根据可用服务器数量把化合物结构数据库分割为几块，分别安装到几台服务器上，分别在每台服务器上做子结构检索，最终再把检索结果合并起来。但是，需要解决的一个重要问题就是 Web 服务器与各个节点服务器的通信问题：有子结构检索的请求时，Web 服务器如何分别通知各节点服务器进行检索，节点服务器如何将检索完成的信息通知 Web 服务器。

在该系统使用 OseServersX 框架之前，Web 服务器与各节点服务器通过一个中央数据库进行数据交换。有子结构检索请求时，Web 服务器就会把请求写入中央数据库，各个节点服务器设置一定时间间隔轮询中央数据库，一旦发现检索请求，再进行检索。节点服务器完成检索后把结果写入中央数据库，Web 服务器通过查询中央数据库才能得知检索结果。这种通信方式导致 Web 服务器和各个节点服务器短时间内频繁查询中央数据库，造成中央数据库压力过大。特别是当多个 Web 用户并发做子结构检索时，中央数据库压力成倍增加，从而造成检索效率和实时性下降。

使用 OseServersX 框架后，Web 服务器与各节点服务器之间直接通信，无需通过一个中央数据库来交换数据，提高了检索效率。使用 OseServersX 框架前后的检索效率对比请参看参考文献[9]，本文不再详述。

4. 总结

根据我们工作中遇到的分布式计算需求，本文在比较了现有分布式计算框架的基础上，设计开发了一套符合特定需求的、轻量级的、易扩展的、分布式计算的 OseServersX 框架，在两个系统中应用该框架的实例表明达到了预期目的。

当然 OseServersX 框架还有许多值得改进提高的地方，例如，可以扩展以下一些功能。

（1）压缩传输：由于 OseServersX 框架的效率主要取决于 TCP/IP 的传输速率，当客户端模块与服务端模块需要传输大量数据时，OseServersX 框架可以扩展为将数据事先在本地压缩后再通过 TCP/IP 传输，最后再解压，这样可有效提高框架的执行效率。例如，在化合物名称与结构互相转化中，由于在 OseServersX 框架中传输的数据主要是化合物名称和结构（MDL MOL 文件）等文本信息，压缩文本信息易于获得较高的压缩率，为此我们扩展了

OseServersX 框架的压缩传输功能。在统计了 271260 次化合物名称与结构互相转化后，产生的数据量是 94.72 MB，经过压缩后实际传输的数据量是 16.56 MB，网络流量降低 80%以上。

（2）安全性：因为 OseServersX 框架使用 TCP/IP 协议通信，各个服务节点直接暴露在互联网上，因此保证各个节点的网络安全就是一个必须考虑的问题。为阻止对节点未经授权的访问，OseServersX 框架可以扩展通过用户名密码验证访问功能。为了防止 TCP/IP 通信过程中的信息泄露，框架还可以扩展加密传输功能。这些功能已经有成熟的方案可以利用，本文不再赘述。

（3）远程管理功能：由于每个服务器节点都安装了 OseServerX 服务端模块，可以随时将该节点的负载、服务等一些信息传递给客户端模块，客户端模块可以根据这些信息及时做出分发请求策略的调整，还可以发送一些管理指令让服务端模块去执行，从而达到远程管理该节点的功能。

参 考 文 献

[1] 陈国良.并行计算：结构·算法·编程.北京：高等教育出版社, 2003.

[2] 肖连兵，黄林鹏.网格计算综述.计算机工程, 2002 (3):1-3.

[3] 周晓峰，王志坚. 分布式计算技术综述.计算机时代, 2004 (12):3-5.

[4] http://en.wikipedia.org/wiki/Cloud_computing.

[5] http://hadoop.apache.org.

[6] http://gearman.org.

[7] http://code.google.com/p/kosmosfs/.

[8] http://www.mcs.anl.gov/research/projects/mpi/.

[9] 李英勇，陈维明.化合物子结构检索及时响应的流程优化与分布式优化研究//科学数据库与信息技术论文集(第十一集)，北京:科学出版社, 2012.

Design and Implementation of a Lightweight Distributed Computing Framework

Xu Yanbo, Chen Weiming

(Shanghai Institute of Organic Chemistry, Chinese Academy of Sciences, Shanghai 200032, China)

Abstract This paper focuses on distributed computing and distributed computing framework. On the basis of analysis and comparison of some restrictions of existing frameworks, we designed and developed a lightweight scalable distributed computing framework named OseServersX. Two examples indicated that the efficiency and ease of use of the OseServersX Framework met our specific requirements.

Key words distributed computing; distributed computing framework; Windows; C++; chemical database

化合物理化性质数据的整合和服务

戴静芳　　陈维明

（中国科学院上海有机化学研究所　上海　200032）

摘　要　本文介绍了依托上海有机所的化合物登录系统，通过一个逻辑上的理化性质数据库，将多个化学数据库中的化合物理化性质整合在一起提供服务的方法。对于结构化的理化性质数据，应用程序通过数据资源表定位数据；对于非结构化的数据，应用程序进一步使用算法分析数据，完成理化性质数据的提取。通过理化性质逻辑数据库的形式，跨数据库进行数据内容层面整合和服务的尝试。

关键词　理化性质；数据整合；数据库；识别；提取

1. 引言

化合物的理化性质是化合物应用和鉴定的重要参数，也是化学工程计算的重要基础数据。一方面化合物的理化性质多达几十种，有些性质还与物质的状态和所处环境有直接的关系；另一方面化合物种类繁多，总量达到数千万。因此，寻找到所需要的化合物理化性质常常是一项繁重的任务。

化合物的理化性质通常收录在各种专业性手册中，例如，《默克索引》[1]收录了 10000 多种常用化学和生物试剂的数据，以叙述方式介绍了化合物的各种物理常数（如熔点、沸点、闪点、密度、折射率、分子式、分子量、比旋光度、溶解度等）；《兰氏化学手册》[2]收录了近万种有机物的熔点、沸点、闪点、折射率、溶解度等性质；《CRC化学物理手册》[3]则收录了 15000 多种有机物的理化性质，同时还通过 CRC 在线化学物理手册[4]提供网络检索服务。

除了手册之外，商用试剂目录也提供一些化合物的基本数据，比较著名的有《Aldrich 试剂目录》[5]，收录了 37000 种化学品的理化常数和价格。网络上也有其他免费的理化性质数据库，但是这些数据库提供的理化性质和化合物都比较少。

化学专业数据库系统中收录有理化性质数据，但是散落在多个不同的数据库里。统计表明，化学专业数据库中包含理化性质数据的数据库有 5 个，化合物总数超过 80000 种。用户可以在这 5 个数据库的特定页面中看到这些化合物的性质，但是不能预先知道在哪个数据库中有哪些化合物的何种理化性质数据，而且一个化合物的不同理化性质可能收录在不同的数据库中，这对用户来说非常不方便。

为此我们考虑对化合物的理化性质数据进行整合，为用户提供更加便捷的化合物理化性质查询服务。

本文得到中国科学院信息化专项项目、国家科技基础条件平台项目、上海市科委研发公共服务平台项目（11DZ2292000）的资助。

2. 理化性质数据的整理和规范

统计表明，中药数据库、药物和天然产物数据库、精细化工产品数据库、MSDS 数据库、危险品化合物数据库等 5 个数据库，分别收录了共计超过 30 多种不同类型的化合物理化性质数据。这些数据库中理化性质数据格式不同，大致可以分成结构化的理化性质数据和非结构化的理化性质数据两大类。在上述 5 个数据库中，共有 15 个数据表存储有结构化的理化性质数据，其中 2 个数据库的 10 个数据表中存储有非结构化的理化性质数据。

结构化的理化性质数据按照理化性质的类别分别存储在不同的字段中，大多以文本形式表达，每个字段存储一种理化性质数据（见图 1）。非结构化的理化性质数据是一种文本数据，一个化合物的多个理化性质数据以文本的方式存储在同一个字段里。

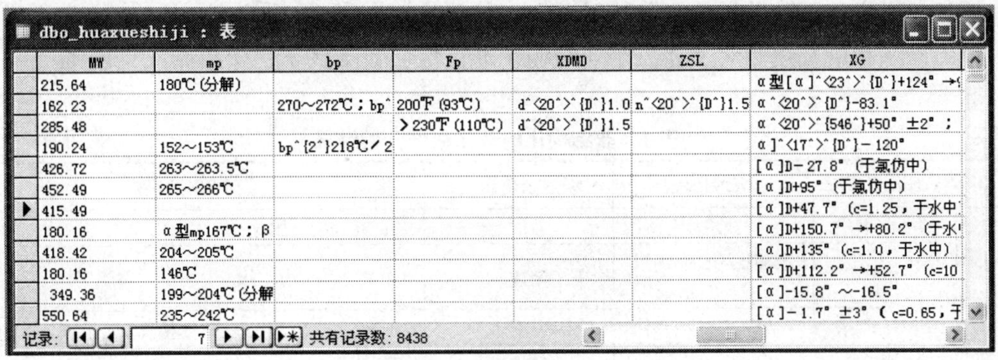

dbo_huaxueshiji : 表

MW	mp	bp	Fp	XDMD	ZSL	XG
215.64	180℃(分解)					α型[α]^<23^>^{D^}+124° →
162.23		270～272℃；bp^	200℉(93℃)	d^<20^>^{D^}1.0	n^<20^>^{D^}1.5	α^<20^>^{D^}-83.1°
285.48			＞230℉(110℃)	d^<20^>^{D^}1.5		α^<20^>^{546^}+50° ±2° ；
190.24	152～153℃	bp^{2^}218℃/2				α]^<17^>^{D^}－120°
426.72	263～263.5℃					[α]D－27.8° (于氯仿中)
452.49	265～266℃					[α]D+95° (于氯仿中)
415.49						[α]D+47.7° (c=1.25，于水中
180.16	α型mp167℃；β					[α]D+150.7° →+80.2° (于水
418.42	204～205℃					[α]D+135° (c=1.0，于水中)
180.16	146℃					[α]D+112.2° →+52.7° (c=10
349.36	199～204℃(分解					[α]-15.8° ～-16.5°
550.64	235～242℃					[α]－1.7° ±3° (c=0.65，于

记录：7 共有记录数：8438

图 1 结构化的理化性质数据

非结构化的理化性质数据如下。

例 1：左旋型的盐酸盐，折光率−46°（C=1, MeOH）。消旋型的盐酸盐从乙醇/丙酮中结晶，MP180.5°C。

例2：左旋体为板状结晶或结晶性粉末，味初淡，几无臭，见光变黄，溶于乙醇、乙醚和氯仿，几不溶于水，比重 1.187，折光率：−170° ~ −175°（C=2, 在醇中），MP170 ~ 173°C。混旋体：无色结晶，MP181°C。右旋体：无色结晶，MP172°C, 折光率+165.9°（C=1.92, 在乙醇中）。

例 3：白色单斜或斜方晶系结晶，相对密度 6.2，熔点 1170°C，难溶于水（25°C 时 0.00025g/100ml 水，40°C 时 0.0056g/100ml 水），溶于铵盐，微溶于热水、浓硫酸，不溶于酸，有毒。

对数据的深入分析可以发现，特定数据库的数据表中存储的非结构化的理化性质数据是一种比较规范的文本表述，具有特定的语序和标识，通过简单的语法和语义分析很容易提取其中的理化性质数据。上述非结构化的理化性质数据是一组由分隔符隔开的短语，基本语法格式如下。

分隔符：不在括号中的逗号、句号。

短语格式 1：[异构体名称] + [的] + 化合物形态。

短语格式 2：[异构体名称] + [:/的/为] + 物理形态。

短语格式 3：物理形态。

短语格式 4：[定语]理化性质标识符 + [:] + 理化性质。

短语格式 5：理化性质。

规则 1：短语格式 1 和短语格式 2 仅用于非结构化理化性质的第一个短语。

规则 2：非结构化理化性质的第二个短语至第一个使用短语格式 4 的短语为止，所有短语如果存在，均为格式 3 短语。

说明：方括号“[ ]”中的内容可以不存在，“/”表示多选一。

针对上述非结构化理化性质数据，异构体名称和理化性质标识符为：

异构体名称：左旋型、右旋型、消旋型、左旋体、右旋体、消旋体、混旋体。

理化性质标识符：MP、折光率、比重、相对密度、熔点、溶于。

说明：不同数据来源可能对同一理化性质采用不同的标识符，需要对所有合理标识符进行扫描处理以实现同种数据的合并/整合。

按照语法和语义规则对上述三个非结构化理化性质数据例子的分析结果见表 1。

表 1　非结构化的理化数据分析结果

来源	理化性质	化合物形态	物质信息	数 据 内 容
例 1	折光率	盐酸盐	左旋型	−46° (C=1, MeOH)
	MP	盐酸盐从乙醇/丙酮中结晶	消旋型	180.5℃
例 2	物理形态		左旋体	板状结晶或结晶性粉末，味初淡，几无臭，见光变黄
			混旋体	无色结晶
			右旋体	无色结晶
	MP		左旋体	170~ 173℃
			混旋体	181℃
			右旋体	172℃
	折光率		左旋体	−170° ~ −175°（C=2 在醇中）
			右旋体	+165.9°（C=1.92,在乙醇中）
	溶解性		左旋体	溶于乙醇、乙醚和氯仿，几不溶于水
	比重		左旋体	1.187
例 3	物理形态			白色单斜或斜方晶系结晶
	相对密度			6.2
	熔点			1170°C
	溶解性			难溶于水（25°C 时 0.00025g/100ml 水，40°C 时 0.0056g/100ml 水），溶于铵盐，微溶于热水、浓硫酸，不溶于酸
	毒性			有毒

3. 理化性质数据的逻辑整合

“十一五”期间，化学专业数据库的 16 个化学数据库已经实现基于内容的化学数据整合，因此可以通过化合物登录号（SRN），将同一个化合物散落在上述 5 个数据库中的理化性质数据提取出来，作为一个整体提供服务，实现逻辑层面的整合。此过程不必建立新的数据库，无须对数据的物理存储位置进行任何改变，只需建立一个理化性质数据与存储该类数据的数据库和数据表的逻辑映射（见图2）。

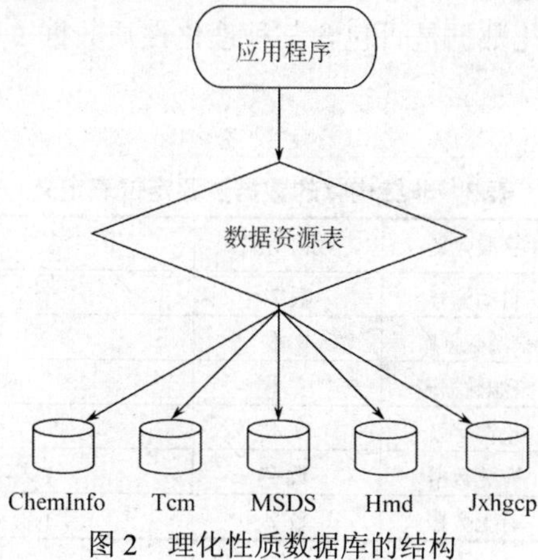

图2 理化性质数据库的结构

由于数据来源不同和建库时间先后的差异，同一种理化性质数据在不同数据库内使用的结构、数据表和字段名会有所不同。化合物理化性质数据库需要提供结构化的理化性质数据的资源定位表定义（见表2），提供逻辑映射的资源定位表至少包括来源数据库、来源数据表、来源字段、数据定义、数据的注释等（见图3）：

Microsoft Access

文件(F) 编辑(E) 视图(V) 插入(I) 格式(O) 记录(R) 工具(T) 窗口(W) 帮助(H) 键入需要帮助的问题

PhyChem_Combination : 表

编号	t_Database	t_Table	t_Field	t_Data	RecordNum	Note
25	Jxhgcp	Nongyao	RD	熔点	321	部分是熔程表示～，结尾是℃
29	Jxhgcp	nongyaozjt	MP	熔点	491	部分是熔程表示～，结尾是℃
33	Jxhgcp	shengwuhuaxuepin	RD	熔点	135	部分是熔程-表示，结尾是℃
35	Jxhgcp	shipintianjiaji	RD	熔点	501	部分是熔程表示～，结尾是℃
17	Jxhgcp	huaxueshiji	mp	熔点	5140	部分是熔程表示～，结尾是℃，有时候会有2个数据，可能跟晶形有关
40	Jxhgcp	siliaotianjiaji	RD	熔点	101	部分是熔程-表示，结尾是℃
43	Jxhgcp	wujihgcp	RD	熔点	407	结尾是℃，部分熔程表示-，还有类似于(3410±20)℃的表示
13	Tcm	compound	MeltingPoint	熔点	5268	大部分是熔程-表示，少数有多个数据
51	MSDS	WXP_09Phychem	RD	熔点	1530	◇"" and ◇"无意义" and ◇"无资料"，部分是熔程表示～，结尾是℃
3	ChemInfo	savageness	MeltingPoint	熔点	69193	大部是Mp开头，deg结尾，有37个Mp ca.开头，69个化合物里有Fp数据
68	HMD	PhyChemproterties	MFP	熔点	0	带格式符，且有3个温度单位，如-99^<。^>F/-73^<。^>C/200^<。^>K.
48	Jxhgcp	yaowu	RD	熔点	443	部分是熔程-表示，结尾是℃
64	MSDS	WXP_09Phychem	RJX	溶解性	1585	文本描述
2	ChemInfo	savageness	Solubility	溶解性	1490	英文文本，分溶解性描述，如Sol. H2O, EtOH; insol. petrol.

记录：31 共有记录数：96

备注 NUM

图3 结构化的数据资源定位表

表2 结构化的数据资源定位表定义

字段顺序	字段名	字段含义	数据格式	备注
1	编号	自动编号	数字	
2	t_Database	来源数据库	文本	
3	t_Table	来源数据表	文本	
4	t_Field	来源字段	文本	
5	t_Data	数据定义	文本	理化性质名称，用于同类数据整合
6	RecordNum	非空记录数	数字	
7	Note	数据的注释	文本	

为便于应用程序决定是否要对这类非结构化的理化数据进行解析处理，为非结构化的理化数据提供逻辑映射的资源定位表，除包含来源数据库、来源数据表、来源字段信息外，还需注明该字段的非结构化理化数据是否包含某种理化性质数据（见图 4），各字段的定义说明如表 3 所示。

表 3　非结构化的数据资源定位表定义

字段顺序	字段名	字段含义	数据格式	备　注
1	编号	自动编号	数字	
2	s_Database	来源数据库	文本	
3	s_Table	来源数据表	文本	
4	s_Field	来源字段	文本	
5	物理形态	有无数据	数字	1 表示有数据，0 表示无数据
6 ~ 37	具体理化性质	有无数据	数字	1 表示有数据，0 表示无数据

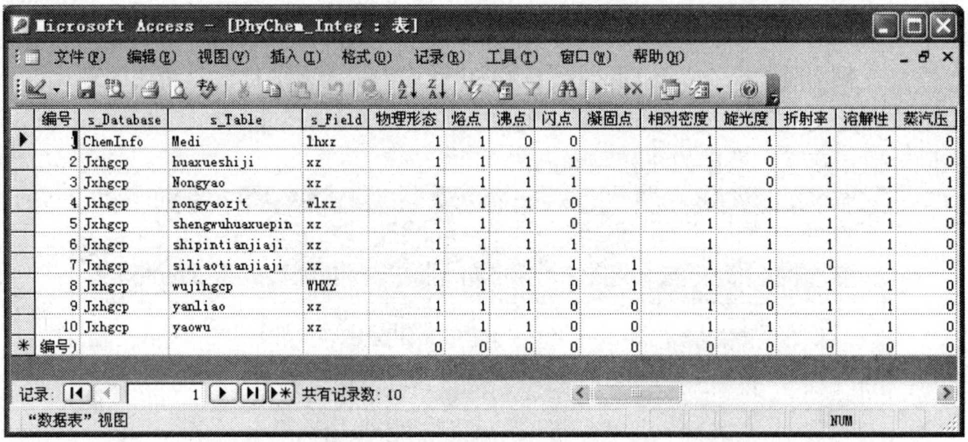
Microsoft Access - [PhyChem_Integ : 表]
文件(F) 编辑(E) 视图(V) 插入(I) 格式(O) 记录(R) 工具(T) 窗口(W) 帮助(H)
记录: 1 共有记录数: 10
"数据表" 视图
NUM

编号	s_Database	s_Table	s_Field	物理形态	熔点	沸点	闪点	凝固点	相对密度	旋光度	折射率	溶解性	蒸汽压
1	ChemInfo	Medi	lhxz	1	1	0	0		1	1	1	1	0
2	Jxhgcp	huaxueshiji	xz	1	1	1	1		1	0	1	1	0
3	Jxhgcp	Nongyao	xz	1	1	1	1		1	0	1	1	1
4	Jxhgcp	nongyaozjt	wlxz	1	1	1	0		1	1	1	1	1
5	Jxhgcp	shengwuhuaxuepin	xz	1	1	1	0		1	1	1	1	0
6	Jxhgcp	shipintianjiaji	xz	1	1	1	1		1	1	1	1	0
7	Jxhgcp	siliaotianjiaji	xz	1	1	1	1	1	1	1	0	1	0
8	Jxhgcp	wujihgcp	WHXZ	1	1	1	0	1	1	0	1	1	0
9	Jxhgcp	yanliao	xz	1	1	1	0	0	1	0	1	1	0
10	Jxhgcp	yaowu	xz	1	1	1	0	0	1	1	1	1	0
编号)				0	0	0	0	0	0	0	0	0	0

图 4　非结构化的数据资源定位表

4. 理化性质数据的应用服务

化合物理化性质服务作为化合物的相关信息提供服务。当用户显示某个命中化合物的结构和基本数据时，可以点击理化性质链接获取该化合物的所有理化性质。图 5 是整合后的氯苯理化性质显示页面。应用程序将使用化合物的登录号（SRN），根据理化性质数据资源表和下述规则提取和整理理化性质数据。

（1）应用程序读取结构化理化性质数据资源表和非结构化理化性质数据资源表，确定需要搜索的数据库和具体表单。

（2）将化合物登录号（SRN）转换成为各搜索数据库的化合物记录号。

（3）提取化合物的所有结构化理化性质数据，进行汇总整理：

① 数据按理化性质类别分类排列；

② 每个理化性质数据后加上形如[ref x]的说明，表示数据来源；

③ 如果不同来源的同一个理化性质数据完全相同，合并作为一个理化性质数据显示，在数据来源说明中增加一个“ref x”，两者之间用“，”分隔。

（4）分析化合物的所有非结构化理化性质数据，整理从中提取的理化性质数据：

① 按照前述非结构化理化性质数据的语法规则进行数据分析，根据需要提取其中的理化性质数据；

② 如果非结构化理化性质数据包含有异构体信息，则在每个异构体对应的性质数据后面增加化合物类型说明，如“[左旋体]”或者“[右旋体]”；

③ 每个理化性质数据后加上形如[ref x]的说明，表示数据来源。

（5）在所有理化性质数据后面加上所有[ref x]对应的具体数据库名称。

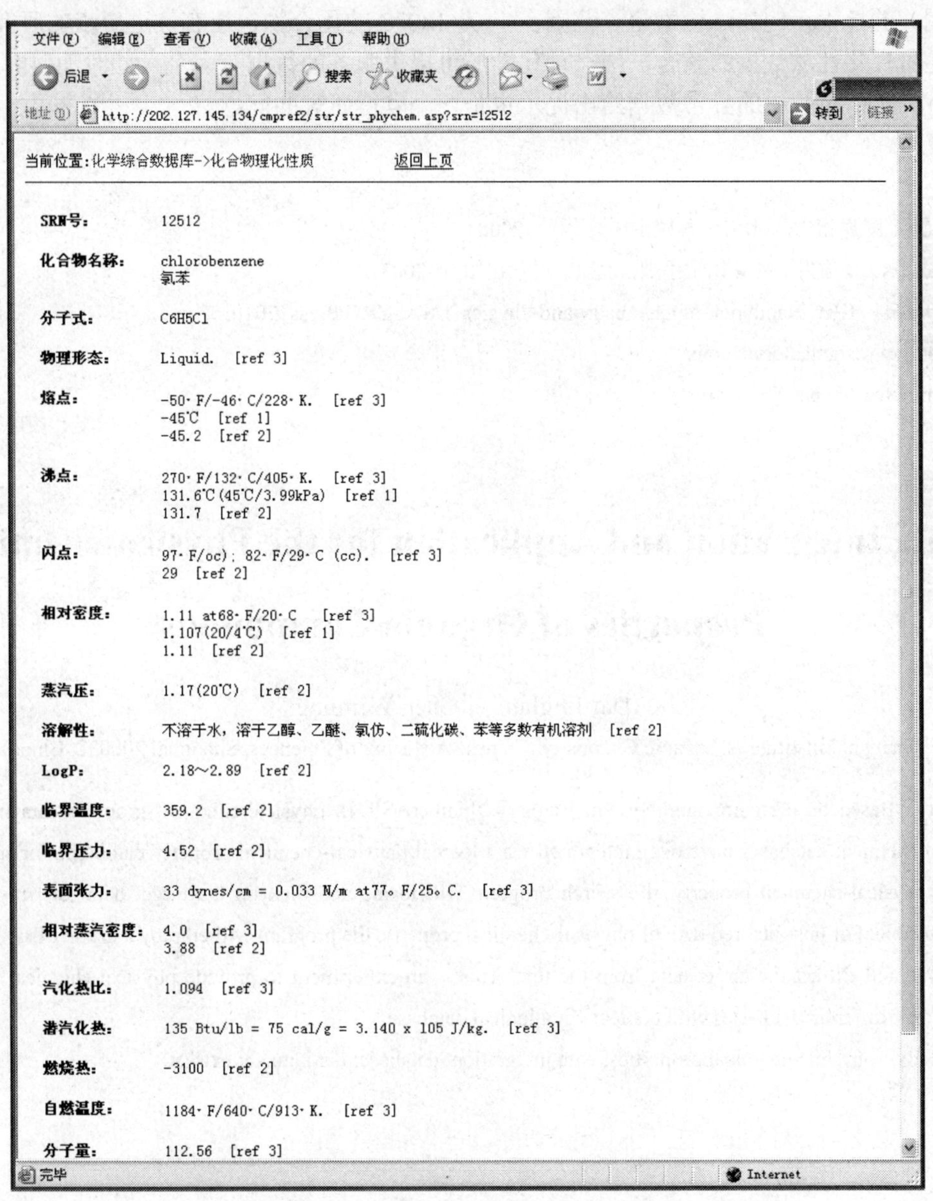

图 5 整合后的氯苯理化性质显示页面

5. 问题和讨论

尽管目前已经初步完成了化合物理化性质数据的整合，并开始提供网上服务，但是还存在一些有待解决的问题。绝大多数理化数据是一个数值量，可能是一个数值也可能是一个数值范围，来自不同数据库的理化性质数据的表示格式并不一致，例如，表示数值范围的符号有“~”也有“–”；部分理化性质数据的计量单位不统一；部分理化性质数据（包括计量单位）的描述中包含上下标等。

此外，如何在已经集成的理化性质数据库的基础上，提供理化性质数据的数值（包括数值范围）的检索，例如，检索熔点范围在 160 ~180°C 的化合物，还有待进一步的研究解决。

随着理化性质数据的整合，同一理化性质可提供服务的数据有多个，此时如何对这些数据进行评价，对其中的异常数据给出提示也是一个有待研究的问题。

参 考 文 献

[1] 奥尼尔. 默克索引. 北京：人民卫生出版社, 2008.

[2] Dean J A, 魏俊发. 兰氏化学手册. 北京：科学出版社, 2003.

[3] David R L. CRC Handbook of Chemistry and Physics. USA: CRC Press, 2010.

[4] http://www.sigmaaldrich.com/.

[5] http://www.hbcpnetbase.com/.

Data Integration and Application for the Physico-chemical Properties of Organic Compounds

Dai Jingfang, Chen Weiming

(Shanghai Institute of Organic Chemistry, Chinese Academy of Sciences, Shanghai 200032, China)

Abstract Based on the compound System Registry Number (SRN), physical-chemical property data from five different chemical databases have been integrated via a logical physical-chemical property database. For structured data of physical-chemical property, the search program will locate and pick up the target data referring to data resource table. For unstructured data of physical-chemical property, the program will employ a group of syntax rules to analyze and extract the target data from the text. This is an experiment to provide physical-chemical property service over different databases with content via a logical database.

Key words physical-chemical properties; data integration; database; distinguish; extract

基团贡献法物性估算模块的设计开发

冷建飞　徐俊波　赵月红　温　浩

（中国科学院过程工程研究所　北京　100190）

摘　要　为解决化学主题数据库中的物性数据短缺问题，本文设计开发了基团贡献法物性估算模块。本文研究了物性估算模块中分子结构和基团的编码方案，基团拆解优先级设定和子结构匹配拆解算法，并对模块的估算结果进行了测试。进一步，本文提出了化学主题数据库集成物性估算模块的方案，使用户既可以利用数据库中的分子结构文件进行性质估算，又可以直接提交分子结构进行性质估算。

关键词　物性估算；基团贡献法；化学数据库；分子结构；基团拆解

1. 引言

化合物物性数据是化学、化工研究中重要的基础数据，NIST[1]、ChemSpider[2]等数据库均有收集。由于数据收集范围、数据测量技术、实验测量成本等方面的问题，数据库中物性数据短缺是普遍存在的情况。对于化学数据库建设来说，除了持续进行数据收集工作外，为用户提供物性估算方法也是解决物性数据短缺的有效手段。

物性估算是针对普遍存在的物性数据短缺问题提出的物性预测方法。其中，基团贡献法是一类利用分子结构片段（基团）对物性的贡献进行物性估算的方法，具有适用范围广、预测精度较高等特点，广泛用于临界性质、热容、生成焓、相平衡等各种物性的估算[3-7]。大量工程实践表明，基团贡献法能够给出满足应用要求的估算值，是弥补实测数据短缺的重要手段。基团贡献法已被化工流程模拟软件广泛采用[8]，用于解决内嵌数据库物性数据短缺的问题。

化学主题数据库[9]是在上海有机化学研究所开发的化学专业数据库、过程工程研究所开发的工程化学数据库、长春应用化学研究所开发的应用化学数据库的基础上，基于化合物唯一标识建立的数据网格，数据覆盖有机化学、无机化学、高分子化学、分析化学与光谱学、物理化学、环境化学、天然产物与药物化学、应用化学等分支学科。与其他化学数据库一样，化学主题数据库同样存在着物性数据短缺的问题。本文采用基团贡献法解决化学主题数据库中的物性数据短缺问题，讨论了基团自动拆解中的问题及其解决方法、基团贡献法物性估算模块的设计开发及其与化学主题库集成方案的基本设想。物性估算模块的开发也为实现化工过程热力学分析功能奠定了基础。

2. 基团贡献法

化合物的宏观性质与其分子结构和原子间的键型有关，结构和键型决定了分子结构片段（基团）之间相互作用的主要类型和强度，从而决定了化合物的宏观性质，基团贡献法就是在这一基础上建立的。

基团贡献法基于以下假定：纯物质或混合物的物性是构成他们的基团对此物性贡献值的加和，在任何体系中同一种基团对某个物性的贡献值相同。基团贡献法首先对基团进行定义，通过数据拟合得到基团与物性之间的关联关系和各种基团对物性的贡献值，最终实现对物性的估算[5-6]。

基团贡献法是一类成熟的物性估算方法，目前文献中至少提出了几十种基团贡献法。所有基团贡献法都有一定的适用范围，并且每一种方法的估算精度不同，因此本文开发的基团贡献法物性估算模块提供了多种估算方法（见表 1），以满足不同种类化合物物性估算的要求。此外，用户也可根据自己的需要添加新的基团贡献法。

表 1　主要物性及其估算方法

物 质 性 质	估 算 方 法
临界性质	Joback, MAXXC, Constantinous-Gani（C-G）
熔点、沸点	Joback, C-G
蒸汽压	CSGC-PR, CSGC-PRV
汽化热	Ma-Zhao, 基团对应状态法（CSGC）
标准生成焓、标准熵和比热容	Benson, Joback, C-G , Rihanni-Doraiswamy
饱和液体密度、液体比热容	C-G, GCVOL, Missenard
低压气体黏度	Reichenberg
气体热导率	Bromley
液体黏度	Orrick-Erbar, CSGC-VK
液体热导率	Robbins-Kingrea
表面张力	CSCG-ST, CSCG-ST

如何将一个化合物的分子结构正确地拆解为基团，是使用基团贡献法进行物性估算的关键之一。利用计算机进行基团拆解存在两个主要的问题：子结构匹配的准确性和拆解基团组的正确性。Brasie[10]曾开发了基于线性编码 WLN[11]的基团拆解程序，但直接在 WLN 码上进行拆解会影响子结构匹配的准确性。Jochelson[12]在理论上提出了拆解方法，但仍受限于不准确的子结构匹配算法，导致难以广泛地用于基团拆解。此后，Adams[13]、Qu[14]、Drefahl[15]相继在这方面进行了研究，但在子结构匹配算法和适用性上仍有缺陷。近年来，Raymond[16]、Joback[17]和 Xemistry 公司[18]利用图论技术解决了子结构匹配的准确性问题，更多的问题出现在如何正确选取拆解后形成的基团组。

Raymond 开发的 MOSDAP 程序可以给出分子结构拆解后形成的所有可能的基团组，然后由用户根据需要进行选择。Joback 提出了按基团大小顺序进行拆解，Xemistry 则将基团数最少的基团组提供给用户。由于基团贡献法对基团的定义有明确的化学合理性，因此，要想正确地选取基团组，就要求用户对基团贡献法的基团定义有深入的理解。就某一具体的基团贡献法而言，正确的基团组是唯一的。由于不同的基团贡献法给出的基团定义有所不同，所以现在还没有一种统一的基团组选取方法。

本文根据不同的基团贡献法给出基团定义，设定各自的基团拆解优先级，以给出正确的基团组。

3. 基团贡献法物性估算模块的设计与实现

基团贡献法物性估算模块分为基团拆解子模块和物性计算子模块，如图 1 所示。基团拆解子模块针对选定的基团贡献法，依据基团的定义和基团拆解优先级，对分子结构进行拆解并给出正确的基团组。物性计算子模块根据基团拆解子模块得到的基团组，调用选定的基团贡献法和基团贡献值进行物性的计算。

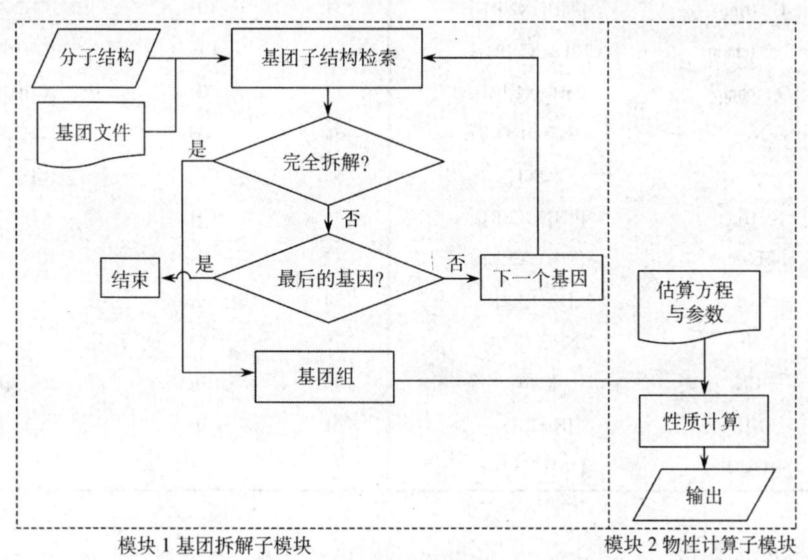

图 1　物性估算的拆解和计算模块的算法流程

3.1　基团拆解子模块

3.1.1　分子结构和基团的编码

连接表（connection table，CT）和线性编码（linear notation，LN）是分子结构在计算机上的主要编码表示。由于 SMILES（simplified molecular input line entry specification）编码[19]具有结构紧凑简明，存储空间小的特点，化学主题数据库中存储了大量 SMILES 文件，用户可直接利用这些文件进行物性估算。基团表示采用 Daylight 化学信息系统公司在 SMILES 码基础上开发的 SMARTS（smiles arbitrary target specification）编码[20]。递归的 SMARTS 编码能够描述出基团所处的环境，有利于基团的识别，能够很好地解决基团表达的准确性问题。

表 2 列出了 Joback 基团贡献法中基团的 SMARTS 编码。

表 2 Joback 基团贡献法中基团的 SMARTS 编码和基团优先级排序

No.	Group	SMARTS	No.	Group	SMARTS
1	=C=	[$([CH0;A;X2;!R]= (*)]	22	>N− (chain)	[NH0;X3;!R]
2	#CH	[CH1;A;X2;!R]#[$(*)]	23	−SH	[SH1]
3	#C−	[$([CH0;A;X2;!R]# (*)]	24	−S− (chain)	[SH0;!R]
4	−COOH (acid)	C(=O)[OH]	25	−S− (ring)	[#16H0;R]
5	−COO− (ester)	C(=O)[OH0]	26	=CH− (ring)	[#6H1;X3;R]
6	>C=O (ring)	[CH0;A;X3;R]=O	27	=C< (ring)	[#6H0;X3;R]
7	O=CH−	[CH1]=O	28	−CH$_2$− (ring)	[CH2;A;X4;R]
8	−OH (alcohol)	[$([OH1]A)]	29	>CH− (ring)	[CH1;A;X4;R]
9	−OH (phenol)	[OH1][$(a)]	30	>C< (ring)	[CH0;A;X4;R]
10	−O− (ring)	[#8H0;X2;R]	31	=CH$_2$	[CH2;A;X3;!R]
11	>C=O (chain)	[CH0;A;X3;!R]=O	32	=CH−	[CH1;A;X3;!R]
12	−O− (chain)	[OH0;X2;!R]	33	=C<	[CH0;A;X3;!R]
13	−NO$_2$	N(=O)=O	34	−CH$_3$	[CH3;A;X4;!R]
14	=O	[OX1]	35	−CH$_2$−	[CH2;A;X4;!R]
15	=N− (ring)	[#7H0;X2;R]	36	>CH−	[CH1;A;X4;!R]
16	>NH (ring)	[#7H1;X3;R]	37	>C<	[CH0;A;X4;!R]
17	=NH	[NH1;X2]	38	−F	[F]
18	=N−	[NH0;X2;!R]	39	−Cl	[Cl]
19	−CN	C#N	40	−Br	[Br]
20	−NH$_2$	[NH2;X3]	41	−I	[I]
21	>NH (chain)	[NH1;X3;!R]			

3.1.2 基团拆解优先级

每种基团贡献法的基团定义中都有一些基团存在包含或部分重叠的关系（见图 2），这使得在基团拆解中产生多个基团组。例如，乙酸可以拆解为两种基团组（见图 3），虽然这两种拆解方式在数学上都不存在错误，但只有第二种拆解方式在化学上才是正确的。

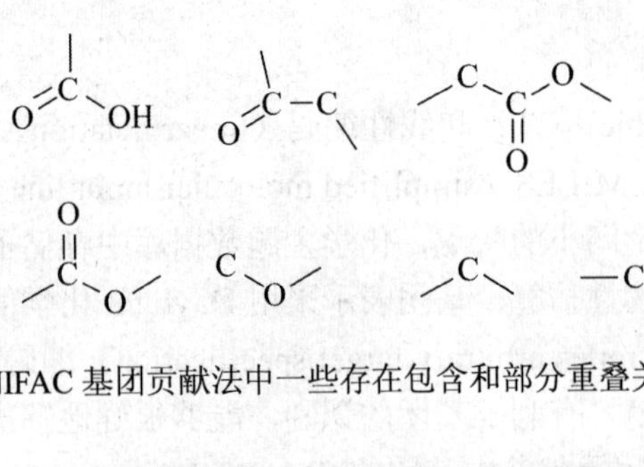

图 2 UNIFAC 基团贡献法中一些存在包含和部分重叠关系的基团

为了获得正确的拆解组，我们需要在拆解前先确定基团拆解的优先级。基团优先级的主要设置规则是：复杂基团优先、含特殊元素或结构的优先、结构类似的环境复杂的基团优先，如表 3 所示。表 2 也列出了 Joback 基团贡献法的基团优先级排序。

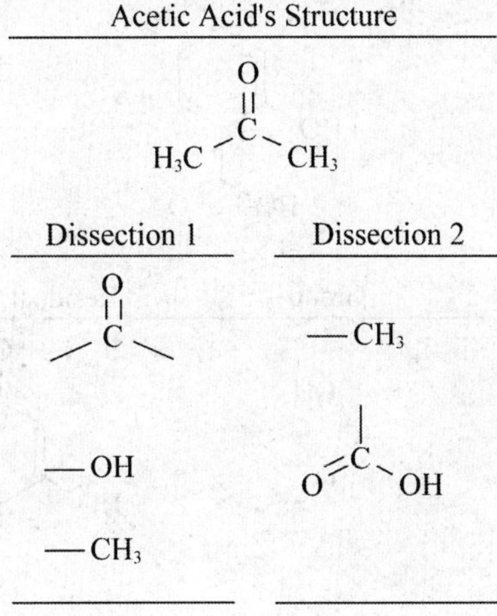

图 3　乙酸的两种可能的拆解方式

表 3　UNIFAC 基团贡献法中的部分基团优先级设定

优先级设定	示　例
特殊优先	$-CCl_2F$, $-CCl_3$, $-CH_3$
复杂优先	$-CH_2COO$, $-COO-$, $>C=O$, $-OH$
环境复杂优先	=CH− (a), =CH− (ring), =CH− (chain)

3.1.3　基团拆解算法

本文采用 CACTVS 平台[21]，利用子结构匹配实现基团的拆解。首先对优先级最高的基团进行匹配，如果分子结构中存在此基团，则记录下匹配的数目，并在分子结构中屏蔽已完成匹配的子结构。然后对剩余结构按照优先级依次进行循环匹配，直至所有基团全部匹配完成。对于很多分子，在所有基团循环匹配完成之前已经拆解完毕，所以程序中设置了提前退出机制，也就是在匹配过程中，如果一个分子结构中的所有原子和键都被屏蔽，则判断这个分子拆解完毕，程序退出匹配循环。

图 4 显示了 Joback 基团贡献法对 4-甲基水杨酸进行基因拆解的过程，拆解开始时程序依据 Joback 基团优先级列表（表 2）依次对分子结构进行基团匹配，最先产生匹配的是优先级在前的−COOH 基团，匹配数目为 1，屏蔽掉已完成匹配的−COOH 基团后，分子结构仍有剩余，继续按照基团优先级进行基团匹配，并记录匹配基团数目，当$-CH_3$基团匹配完成后，分子结构已没有剩余，由此判断基团拆解完成，退出基团匹配循环，输出拆解基团组。

拆解完成后得到的基团组需要与分子结构进行比对，以避免分子中存在未被识别的结构片段。如果存在未被识别的结构片段，则此结构片段可能是该基团贡献法未定义的结构，并提示用户此基团贡献法不适用于这个化合物，需换用其他基团贡献法重新进行估算。

4-Methylsalicylic acid

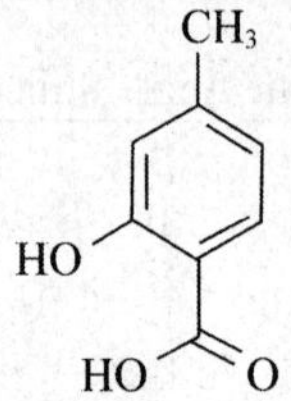

No	Group	Residual Structure
4	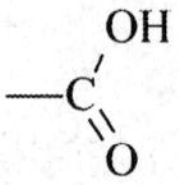 —COOH	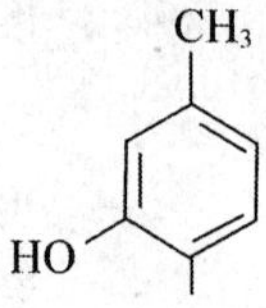
9	— OH (phenol)	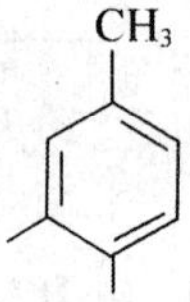
26	$=$CH- (ds)	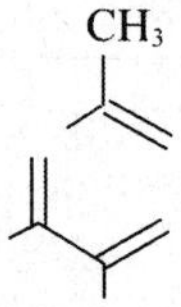
27	>C= (ds)	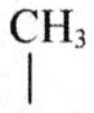 CH_3
34	—CH_3	—

图 4 4-甲基水杨酸的基团拆解过程

3.2 物性计算子模块

物性计算子模块根据基团拆解子模块得到的基团组，调用估算所需的方法和基团贡献值进行物性计算。有些性质的估算需要用户输入压力、温度等条件，还有些需要其他已知性质作为输入条件，例如 Joback 基团贡献法中，对临界温度 T_c 的估算需要沸点 T_b 为条件。在这种情况下，用户可采用化学主题数据库中的 T_b 数据或自行输入 T_b 数据。如果没有 T_b 的实验数据，则系统将自动估算 T_b 后，再进行 T_c 的估算。显然，这可能会导致 T_c 估算值的精度下降。

表 4 中，本文对文献[6]中的估算案例进行了重新估算，得到了相同的结果。

表 4 Joback 基团贡献法估算物性数据示例

化合物	T_c K	P_c bar	V_c $cm\cdot mol^{-1}$	$\Delta_f H^{\ominus}(298K)$ $kJ\cdot mol^{-1}$	$\Delta_f G^{\ominus}(298K)$ $kJ\cdot mol^{-1}$	$C_p^{\ominus}(298K)$ $J\cdot mol^{-1}\cdot K^{-1}$
2-乙基苯酚	715.75	44.09	341.5	149.23	−25.73	147.39
乙酸乙酯	523.60	39.21	285.5	−443.17	−327.57	113.40
乙酸环己脂	668.36	31.70	442.5	−471.41	−269.44	197.99

3.3 物性估算模块在化学主题数据库的应用

物性估算模块作为化学主题数据库的一项服务，嵌套在化学主题数据库中，可为用户解决物性数据短缺的问题，如图 5 所示。物性估算模块应用于化学主题数据库，采用结构化设计方法，在物性估算模块之外添加输入/输出模块，模块之间的联系使用程序调用方式，这样可以保持各模块之间的相对独立性，使系统结构清晰简明，便于以后维护。

用户在数据检索中出现化合物物性短缺时，可根据需要估算化合物的性质，直接调用数据库中存储的分子结构文件作为输入文件，根据分子的类型和待估算性质提供合适的基团贡献法进行估算。当估算还需要其他物性作为输入参数时，系统会自动调用数据库中储存的数据，当这些数据短缺时，系统将提示用户是否输入实测数据，否则系统将自行估算这些数据，估算结束后，系统将估算结果显示在输出界面或保存在用户文件中。

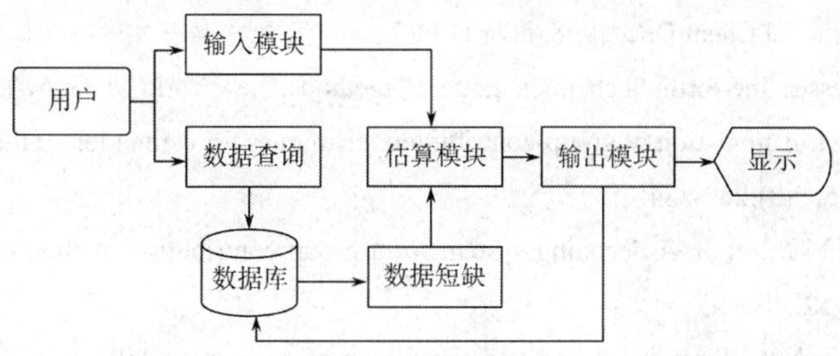

图 5 物性估算模块在化学主题数据库中的应用流程

物性估算模块也可以作为一个独立的功能使用。用户首先在输入界面输入分子结构文件或利用输入界面中的 JME[22]软件绘制分子结构，选择条件和待估算的性质，系统把分子结构转化为 SMILES 编码形式，并提供合适的估算方法供用户选择。这些条件确定后，调用估算模块进行估算，最终把估算的数据通过输出模块提供给用户。

4. 结论

针对化学主题数据库中物性数据短缺的情况，本文提供了物性估算方法，阐述了基团贡献法的原理，并设计了物性估算的基团拆解模块和物性计算模块，结合化学主题数据库设计了输入/输出模块。为保证拆解基团组的正确性，本文设定了基团拆解的优先级，通过与文献数据的比较，测试了物性估算模块的准确性。

目前，我们已经完成了物性估算模块的编写和测试，进一步把物性估算模块整合到化学主题数据库中，为用户提供 Web 服务。

参 考 文 献

[1] http://webbook.nist.gov/chemistry.

[2] http://www.chemspider.com.

[3] 董新法, 方立国, 陈砺. 物性估算原理及计算机计算. 北京: 化学工业出版社, 2006.

[4] Poling B E, Prausnitz J M, O'Connell J P. The properties of gases and liquids. 5thed. New York: McGraw-Hill, 2001.

[5] Constantinous L, Gani R. New group contribution Method for estimating properties of pure compounds. AIChE J, 1994, 40(2):1697-1710.

[6] Joback K G, Reid R C. Estimation of pure-component properties from group-contributions. Chem Eng Comm, 1987, 57(6):233-243.

[7] Benson S W. Thermo-chemical Kinetics. 2thed. New York: Wiley, 1976.

[8] http://aspentech.com.

[9] http://www.chemdb.csdb.cn.

[10] Brasie W C, Liou D W. Estimating physical properties: chemical structure coding. Chem Eng Prog, 1965, 61(5):102.

[11] Jochelson N, Mohr C M, Reid R C. The automation of structural group contribution methods in the estimation of physical properties. J Chem Doc, 1968, 8(2):113-122.

[12] Smith E G. Wiswesser line-formula chemical notation methods. New York: McGraw-Hill,1968.

[13] Adams J T, So E M. Automation of group-contribution techniques for estimation of thermo-physical properties. Comput Eng, 1985, 9(3):269-284.

[14] Qu D, Su J, Muraki M, et al. A decoding system for a group contribution method. J Chem Inf Comput Sci, 1992, 32(5):448-452.

[15] Drefahl A, Reinhard M. Similarity-based and evaluation of environmentally relevant properties for organic compounds in combination with the group contribution approach. J Chem Inf Sci, 1993, 33(6):886-895.

[16] Raymond J W, Rogers T N. Molecular structure disassembly program (MOSDAP): a chemical information model to automate structure-based physical property estimation. J Chem Inf Comput Sci, 1999, 39(3): 463-474.

[17] Joback K G. Cranium Molecular Knowledge Systems. New Bedford:NH, 1998.

[18] http://xemistry.net/fragment/.

[19] Weininger D, June R. SMILES, a chemical language and information system. J Chem Inf Comput Sci, 1988, 28(1):31-36.

[20] http://www.daylight.com.

[21] http://xemistry.net/.

[22] http://www.novartis.com.

Design and Development of Physical Property Estimation Program by Group Contribution

Leng Jianfei, Xu Junbo, Zhao Yuehong, Wen Hao

(Institute of Process Engineering, Chinese Academy of Sciences, Beijing 100190, China)

Abstract In this paper, we designed a property estimation program by group contribution to resolve physical property data absence problem in the Chemical Database. We discussed the molecular structure and group encoding schemes, group disassembly priority setting and substructure searching algorithm. The consequence was in accord with the reference-provided values through estimation tests in this scheme. The Chemical Database scheme with property estimation program can serve property estimation for molecular structure files in database or molecular structure provided directly by user.

Key words property estimation; group contribution; Chemical Database; molecular structure; group disassembly

基于专业日志分析的科学数据库平台用户活动研究——以中国数字植物标本馆（CVH）为例

许哲平 覃海宁 马克平 赵莉娜 李 奕 包伯坚

（中国科学院植物研究所生物多样性信息学重点实验室 北京 100093）

摘 要 由于专业性的特点，科学数据库有着特定的用户群和用户需求。服务器日志文件记录了网站用户的活动行为，在进行过滤和挖掘之后能够得到真实的活动记录，可以用作信息服务的有力评估指标之一。本文以中国数字植物标本馆2009年全年的日志为例，提出了专业日志分析的数据处理和分析流程，初步对在线标本数据访问情况进行了详细的日志分析，并对分析结果和今后的几个工作方向进行了讨论，为其他科学数据库平台的日志分析提供参考和借鉴。

关键词 日志分析；植物标本；生物多样性；热点；服务

1. 前言

截至“十五”末期，中国科学院已经有 45 个研究所参加科学数据库的建设。专业数据库（包括专业数据库、主题数据库、专题数据库和参考型数据库等）的数目达到 503 个，总数据量达 16.6TB[1]。随着共享意识的不断提升，各机构和组织开始有意识地加大共享力度，也催生了更多的科学数据库平台。但是，要想更好地设计、开发和扩展平台，为用户提供专业化服务，必须对用户的需求有一个详细的调研和分析，并对用户的网上活动行为有一个全面的了解。服务器记录的用户访问日志为全面分析用户行为提供了良好的材料，并有较好的案例研究[2-5]，有的平台已经将其作为信息服务的综合评估指标之一[6]。运行多年的科学数据库平台所积累的服务器日志文件为这项工作提供了忠实的原始材料。

国内在科学数据库日志分析方面的工作，最有影响的当数中国科学院科学数据库的数据服务监控与统计系统（http://msis.csdb.cn/index.action）。该系统通过综合报告、访问统计、时段分析、来源分析（国家地区、按省份进行国内用户统计、中国科学院院内外用户统计和院内各单位的用户统计）、资源分析、站点状态检测和服务正常率时段分析等几个指标对各个数据库进行在线监测和状态信息发布，统计的指标包括 IP 数、访问人次、页面访问数、累计文件数和累计下载量。CVH（中国数字植物标本馆）发布了 2009 年度（http://beta.cvh.org.cn/cms/cn/node/7187）各成员标本馆的日志访问报告，一定程度上实现了与自身数据库的结合，取得了较好的效果。此外，还有网站采用了 Google Analytics、百度统计、51La 等在线统计方案，能够实时地显示网站运行和用户访问的情况。

在生物多样性研究领域，国际上的欧盟生物多样性信息网络（European network for biodiversity information，ENBI）在 2005 年利用 WebTrends（商业工具）和 AWStats（免费工

具）对几个主流的生物多样性信息网站进行日志分析和统计[7]，包括 FishBase（http://www.fishbase.org/）、Speices 2000（http://www.sp2000.org/）、GBIF（http://www.gbif.org）、NLBIF（http://www.nlbif.nl）、Fauna Europaea（http://www.faunaeur.org/）、ERMS（http://www.marbef.org/data/erms.php）、SINGER（http://singer.grinfo.net/）、EURISCO（http://eurisco.ecpgr.org/）等，主要的报表参数包括 PV（pageview）、IP、点击量、用户来源地、页面停留时间等。

普通日志分析结果一定程度上能够反映了网站内容的受关注程度和用户的实际需求。但是，由于没有结合数据库的内容来进行深层次的日志分析，所以并不能满足以科学数据库为主题的网站的用户分析需求。本文利用中国数字植物标本 2009 年度的访问日志数据，提出了专业日志分析的数据处理和分析流程，然后结合中国生物多样性热点地区、植物标本国内外访问用户的关注度差异、典型独立用户等内容对分析结果进行了详细地讨论，最后就今后的几个工作方向进行了阐述。

2. 数据和方法

本次的日志数据来自 CVH 2009 年全年的记录，共计 26.8GB，近 1 亿条日志记录。作为“国家科技基础条件平台”的一个支撑平台，目前 CVH 可在线查阅标本 331 万份（其中 167 万份带有照片，180 万份带有地标数据）。此外，还有其他重要的植物学数据，包括物种名称 11 万多条，图片 5 万张（8000 多种），各类志书 230 多本（13 万页，26 万名称—页码记录）等等，形成了一个综合的植物学信息平台[8]，每天有大量来自国内外的用户访问。其日志记录遵循 W3C 扩展日志文件格式[9]。本次工作总的技术路线框架图如图 1 所示。

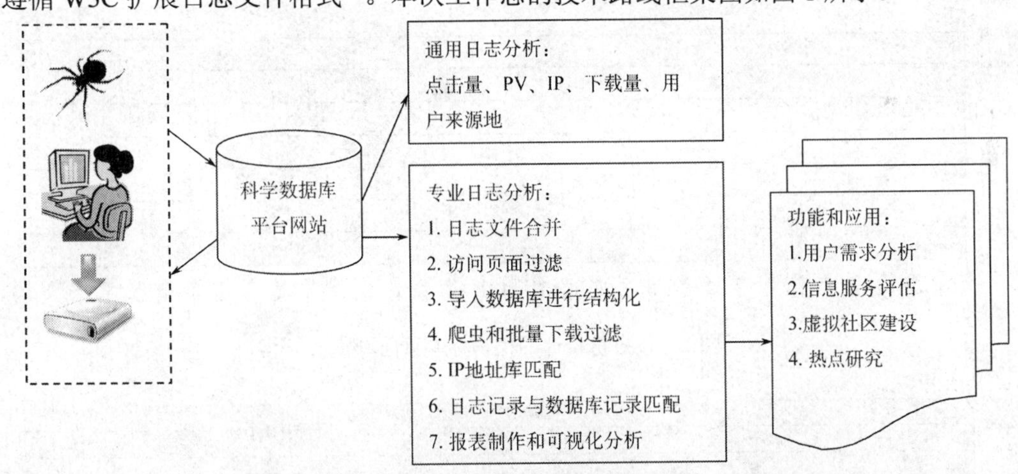

图 1 基于数据内容的科学数据库日志分析技术线路框架图

客户端（爬虫、一般用户和批量下载工具）对科学数据库平台的访问产生的效应是双向的。一方面，用户能够从中得到自己需要的数据。另一方面，平台也会从用户的访问中得到一些信息，这些信息都记录在服务器的日志文件中，为跟踪和还原用户的访问活动提供第一手资料。日志文件记录了用户对网站的每一次访问信息，有许多因素是需要在进入处理和分析流程之前就要进行过滤或剔除的，如爬虫对页面的访问、平均页面停留时间小于 30 秒的访问（可能是客户端批量下载）、日志冗余信息（如对 CSS 和多媒体资源文件的访问）和非目标数据（如本次工作的日志中还包含有对物种名称和植物志等文献资源的访问记录)。如果不对这些信息进行过滤，就会增加处理的复杂性，甚至产生错误结果，比如，爬虫的访问记录可能会占整个访问活动的 50%~80%。因此在进行数据挖掘之前必须对数据进行预处理，以消除数据的干扰性，然后导入数据库，进行 IP 地址库的匹配和日志记录与数据库记录的匹配工作，根据浏览页面对应的条形码得到标本的科、属、种名称，以及空间分布的省份和区县名称，整理后进而得到县级经纬度信息，最终生成报表和进行可视化分析，并提供多种系统功能和应用。

3. 数据结果分析

3.1　按省份进行统计分析

在经过整理之后得到具有唯一条形码的植物标本共计 259283 份，经过初步统计和筛选（过滤国外标本和国内省份不明的数据），得到按省份分布的统计报表（见图 2）。标本记录浏览的用户越多，说明关注程度越高。用户浏览超过 1 万份标本的省份包括云南（70847 份）、四川（30007 份）、广西（17374 份）、江西（13028 份）、甘肃（12642 份）、广东（11096 份）、陕西（10577 份）。在对高等植物信息系统的物种统计信息（http://www.cnpc.ac.cn/report/index）进行整理后（见图 3）的对比分析看出，用户对标本浏览份数的多少与各省的物种分布数量基本上成正比，但是也有例外，例如，西藏和贵州的物种数的排名较其标本浏览数的排名更要靠前。这些数据在一定程度上反映了植物学和生物多样性的国内热点区域的研究情况。

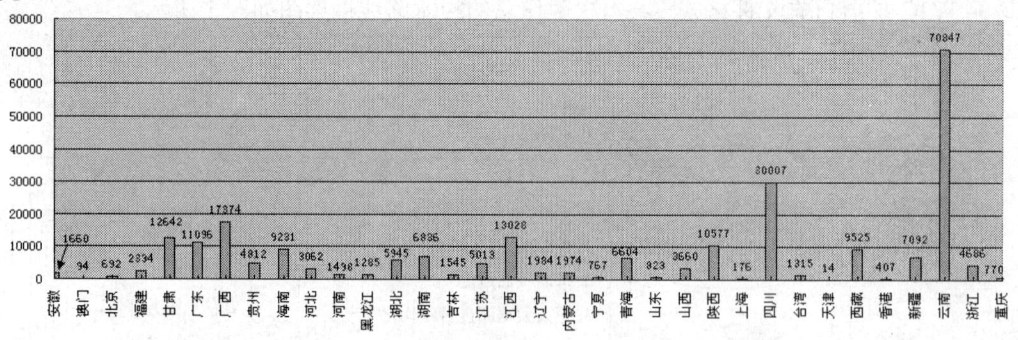

图 2　按省份统计的植物标本页面浏览量

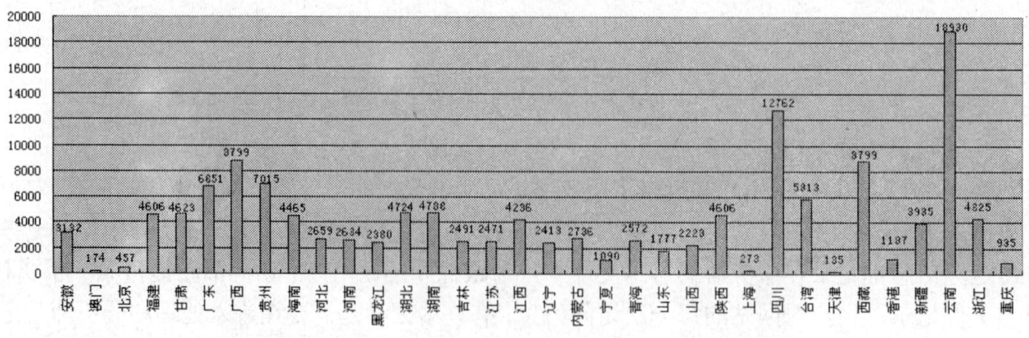

图 3　中国各省区高等植物种数统计

3.2　按物种名称进行统计分析

由于每份标本针对的都是一个特定的植物物种，所以，通过对日志记录的标本页面进行统计就可以得到热点研究物种信息。这里分别对科下包含的物种数量（超过 200 种的科名）和单个物种对应的标本数量（超过 300 份标本的物种名称）进行统计和制图，得到图 4 和图 5 的结果。

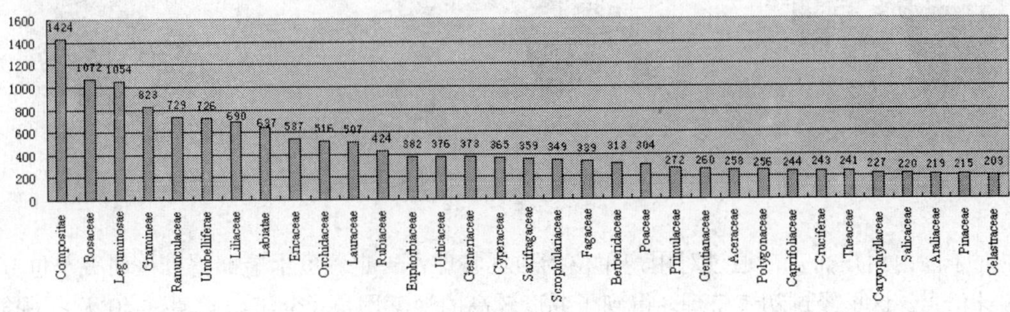

图 4　超过 200 种的植物科名列表

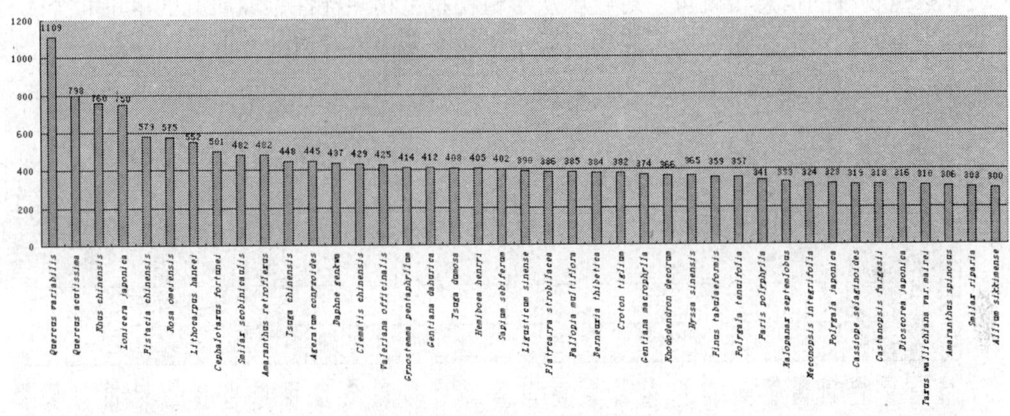

图 5　超过 300 份标本的植物拉丁学名列表

进一步结合物种的扩展信息，例如，是否为本地种、是否具有药用或观赏价值、是否为濒危物种等信息，可以得到更加有用的统计信息。

3.3　用户活动分析和发现

经过分析得到国内的独立用户有 17862 个，浏览页面 347873 次。国际上的主要用户来源国（超过 10 个独立用户）包括美国、韩国、英国、法国、德国、日本、越南、加拿大、瑞士、荷兰和新加坡。

这里挑选日本、韩国和越南这些中国周边的国家以及美国作为国际用户对我国标本数据分布地的关注情况。从图 6 能够看出，除了云南、广西和四川这些生物多样性丰富度高的热点地区之外，这些用户的访问有一定的地缘特征，例如，日本用户对湖北、湖南、江西、广东、浙江这些离日本较近的省份的数据访问较高，韩国对辽宁、黑龙江、吉林的数据访问较多，越南则对广东、海南的数据访问较多。而从美国用户来看（见图 7），则分布相对较均衡，没有太大的地缘特征。

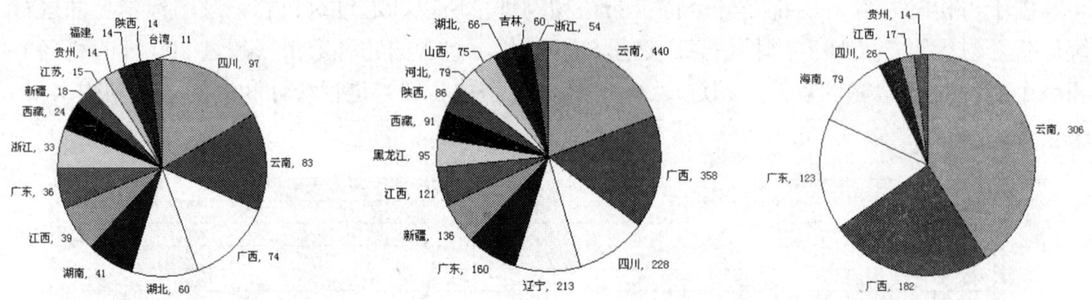

图 6 日本（左）、韩国（中）和越南（右）用户对我国植物标本分布地的关注情况

对于国内用户而言，通过对用户单位的数据整理，一定程度上能够得到按研究单位分类的统计信息。这里经过初步整理，得到了黏度较高的深度用户（全年访问超过 40 天，浏览标本页面超过 100 次）的信息统计表（见表 1）。作为行为主体，用户的统计信息结合前面的热点区域和热点物种的信息，就可以对我国从事植物和生物多样性领域研究的单位和个人有一个整体的把握，也可以在未来为不同的科研单位和个人提供对口的专业性服务。

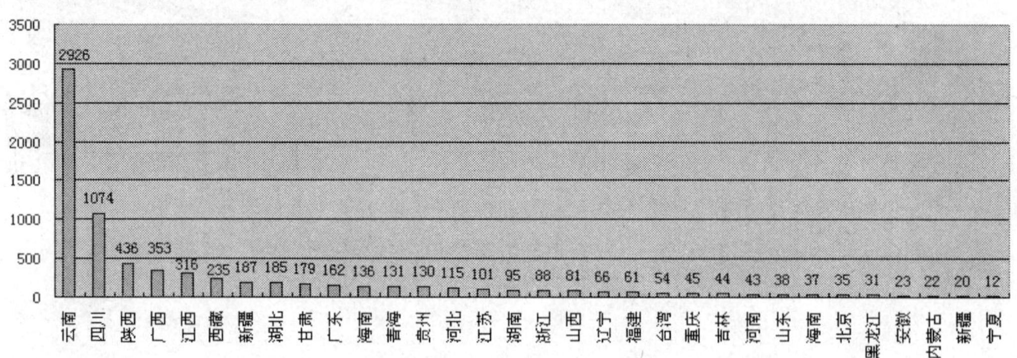

图 7 美国用户对我国植物标本分布地的关注情况

表 1 深度用户信息统计表

IP 地 址	城市	天数	PV 数	所 在 单 位
210.72.88.200	昆明	244	25802	中国科学院昆明植物研究所
210.72.88.215	昆明	103	5713	中国科学院昆明植物研究所
202.107.200.222	杭州	102	1286	浙江林学院
221.10.76.178	成都	101	995	四川农业大学
221.213.45.244	昆明	72	3002	西南林业大学
210.72.88.214	昆明	61	2138	中国科学院昆明植物研究所
210.41.223.253	成都	58	1182	成都中医药大学
59.49.232.156	儋州	55	575	华南热带农业大学（儋州校区）

续表

IP 地 址	城市	天数	PV 数	所 在 单 位
61.178.129.175	天水	52	7185	甘肃林业职业技术学院
222.66.117.10	上海	48	1231	华东师范大学
221.213.45.243	昆明	47	990	西南林业大学
222.172.221.99	昆明	47	2374	云南大学
125.71.214.6	成都	45	2463	四川省中医药科学院
210.73.58.126	北京市	44	1052	中国学术信息中心
218.6.128.154	南充	44	547	西华师范大学
59.49.232.157	儋州	44	384	华南热带农业大学（儋州校区）
159.226.249.12	西双版纳	41	722	中国科学院西双版纳热带植物园
124.115.173.228	西安	40	3192	西北大学
210.45.31.75	合肥	40	1055	安徽中医学院

4. 结论与讨论

通过对 CVH 访问日志的初步分析，可以看出经过数据整理和过滤之后的日志文件忠实地记录了用户的行为活动，科学数据库和服务器日志文件的专业化日志分析结果，能够在一定程度上反映国内外对我国当前生物多样性热点地区和热点物种的研究情况，连续的日志分析还能够反映研究的动态变化趋势，成为生物多样性研究和相关决策制定的重要基础资料，为公众参与生物多样性监测提供了可能，也为未来培养科学公民（scientific citizen）提供重要参考。

但是，本文还只是一个初步的工作，由于诸多因素的存在，例如，标本分布信息没有进行地标配准工作、物种名称信息没有进行规范化整理、IP 地址库还存在错误等，导致日志分析过程还需要结合对原始科学数据库的整理和完善才能进一步深入。因此，今后将加强以下几个方面的工作。

（1）加强科学数据库自身的数据规范化整理工作，特别是结合日志分析，对用户关注的数据进行整理，尽量使用户得到的数据能够直接进入科研工作流程。同时，补充和完善 IP 地址库的数据内容。

（2）加强平台的用户注册机制，由于用户的流动性，单纯以 IP 地址为用户依据的行为分析存在一定的局限性。但是，由于注册用户的唯一性，不但能够有效地分析用户的需求，并针对页面的内容进行分析，而且还能将用户关注的信息通过订阅的方式推送给用户。

（3）开放数据库 Web Service API 和日志分析 Web Service API，特别是对于像中国科学院科学数据库这样的项目，可以开放针对参与单位、空间分布地、资源名称、唯一标志符等参数的 API，随时调用和整合来自数据库和日志分析的 API，生成各类评估报表，也能对访问情况进行实时监控和对比。

（4）与其他评估指标结合起来，作为整体服务评估的一个重要指标。例如，与 ISO 19119 国际服务标准中的 6 大类服务（人机交互服务、信息管理范围、工作流服务、数据处理范围、通信服务和系统管理服务）进行整合，使服务更加标准化和正规化。

参 考 文 献

[1] 中国科学院科学数据库专家委员会. 中国科学院科学数据库资源整合与持续发展研究报告. http://www.csdb.cn/upload/177.pdf.

[2] 余慧佳, 刘奕群, 张敏, 等. 基于大规模日志分析的搜索引擎用户行为分析. 中文信息学报, 2007, 21(1):109-114.

[3] 黄健青, 黄浩. Web 日志分析中数据预处理的设计与实现. 河南科技大学学报: 自然科学版, 2009, 30(5):45-48.

[4] 郭岩, 白硕, 杨志峰, 等. 网络日志规模分析和用户兴趣挖掘. 计算机学报, 2005, 28(9):1483-1496.

[5] 王春霞. Web 日志挖掘系统. 河南教育学院学报(自然科学版), 2005,14(4):35-37.

[6] 许哲平, 崔金钟, 覃海宁, 等. 基于SOA的中国生物多样性e-Science平台设想和建设. 科研信息化技术与应用, 2010,1(3):40614.

[7] Report on the use, users and user-friendliness of biodiversity information services. http://ec.europa.eu/research/water-initiative/pdf/iwrm_scicom/participants_contribution/wp12_weblog_analyses_en.pdf.

[8] 许哲平, 赵莉娜. 中国数字植物标本馆平台（CVH）. 科学数据通讯, 2010 (3):33-36.

[9] W3C Extended Log File Format (IIS 6.0). http://www.microsoft.com/technet/prodtechnol/WindowsServer2003/Library/IIS/676400bc-8969-4aa7-851a-9319490a9bbb.mspx?mfr=true.

The Research of User Activities on the Platform of Scientific Database based on Professional Log Analysis—Take the CVH(Chinese Virtual Herbarium) for an Example

Xu Zheping, Qin Haining, Ma Keping, Zhao Lina, Li Yi, Bao Bojian

（Key Laboratory of Biodiversity Informatics, the Institute of Botany, Chinese Academy of Sciences, Beijing . 100093，China）

Abstract With some professional features, scientific database has specified users and user need. Real activity records of database users can be obtained after filtering and mining the server log files. It can be indicated as one of the valid assessment indicators for information service. With the log files from CVH (Chinese Virtual Herbarium) in 2009, this article suggests the workflow for data process and analysis, makes detailed analysis with the log records for online specimen data. We further discussed the results and some future work. Our work could be taken as the reference work for other scientific databases.

Key words log file analysis; plant specimen; biodiversity; hotspot; service

基于 Flex 的基因组可视化工具

吴 军[1] 刘 翟[2] 孙清岚[2] 马俊才[2]

（1. 中国科学院计算机网络信息中心 北京 100190; 2. 中国科学院微生物研究所 北京 100101）

摘 要 富互联网应用程序 RIA（Rich Internet Application）相对于传统的 Web 应用程序能够提供给用户更好的交互性。Flex 是为满足希望开发 RIA 的企业级程序员的需求而推出的应用程序框架，他可以运行于多个平台，应用广泛。本文介绍 RIA 技术 Flex 在基因组可视化方面的应用，很好地解决了基因组数据展示的直观性问题，并根据用户对基因组数据的计算和分析的实际需求，采用 Flex 作为表现层，设计了一个 B/S 结构的基因组可视化工具。通过对该平台的设计和实现，验证了 Flex 技术的可行性和有效性。Flex 良好的界面设计提高了用户体验。

关键词 Flex 基因组；可视化；RIA

1. 引言

基因组可视化，就是对基因组数据进行可视化，通常指对最基本的基因组 DNA 序列和注释数据等基因组相关的分析数据，按照一定的用户友好方式，使用图形元素表达出来，方便视角直观地识别已知或未知的数据模式，或者比较差异等。基因组可视化属于"数据可视化"的一种，相当于数据可视化理论方法在基因组学数据上的具体应用。这对科学家研究基因组，研究基因组潜在的规律有着重要的作用。

基因组可视化的实际项目不算很多，典型的基因组可视化方式有基因组浏览器、Circos 软件包绘制等。但这些应用普遍采用基于桌面的 C/S（客户端/服务器）方式，就是在客户端机器上安装发布应用程序，虽然基于桌面的应用程序具有图形显示能力强、程序运行速度快等优点，但程序部署成本高、更新不方便等缺点制约了更多领域用户对数据的使用。

基因组可视化需要以图形的形式将数据更加直观地展示给用户。传统的基于 B/S 架构的 Web 应用在效率和数据可视化方面存在着很大的局限，HTML 和 JavaScript 脚本执行效率的限制，无法像 C/S 架构那样使用丰富的效果来展示数据，用户体验不够理想。而基因组可视化需要为用户提供更加人性化、更加易用和高效的交互界面。

富互联网应用程序（RIA）的出现给两者带来了平衡，该技术结合了桌面应用程序反应快、交互性强的优点以及 Web 应用程序传播范围广和易传播的特性，简化并改进了 Web 应用程序与用户的交互，使得应用程序可以提供更丰富、更具交互性和响应性的用户体验。Flex 是一个在企业内部和网络上创建、交付跨平台 RIA 的完善的客户端开发解决方案。

基于 Flex 技术的优点，本文尝试采用 Flex 技术构建基因组可视化工具，通过实际应用为该技术在基因组可视化及相关领域上的深入应用提供一个新的思路。

2. Flex 技术简介

Flex 是一个高效的、免费的开放源框架，可用于构建具有表现力的 Web 应用程序，这些应用程序利用 Adobe Flash Player 和 Adobe AIR，运行时跨浏览器、桌面和操作系统实现一致的部署。

该技术是 Adobe 公司推出的一种基于 Flash 技术的开源富客户端应用解决方案，用户通过在 FlexBuilder 中使用 MXML 语言或 ActionScript 脚本进行开发，最终编译形成一个可以在 Flash 虚拟机上运行的 Flash 字节码（.swf）文件，可以使用 Flash 插件来访问这个文件。

Flex 是一种跨平台技术，无论服务器端的应用采用何种技术编写，客户端均可使用。

Flex 技术有如下优点：

（1）完整的可移植性，执行效率高，使用广泛。Flex 是一种轻便的客户端技术，只要客户端安装了 Flash 插件均可使用该技术，不受浏览器和平台的限制；Flash 插件中的.swf 文件以字节码形式运行，其执行效率远远高于浏览器解析执行的 JavaScript。

（2）界面优美，用户体验好。Flex 支持基于矢量的绘制和直接嵌入 SVG 标记文件。基于 SVG 的图像在浏览器支持的分辨率范围内都表现得很好。这与基于位图的图像形成鲜明的对比，因为位图图像在不断放大时会出现明显的失真。

（3）二进制通信。Flex 甚至支持从客户机到服务器的开放二进制套接字，从而实现“真正的”数据发送。这使得与服务器端通信的数据量大大减少，用户只请求需要的数据，避免了 B/S 结构重复传送大量的样式和数据，大大降低了服务器负荷。

3. 系统详细设计

3.1 系统架构

基因组可视化工具采用多层结构设计，使用表现层、业务逻辑层和数据层的体系结构，如图 1 所示，层与层之间实现了高内聚、低耦合。其中数据层实现了从原始 GFF 文件抽取不同类别的信息以不同的方式存储，实现基因组位置信息和其他描述信息的分离，这样不仅可以提高 Flex 画图和渲染效率，而且同时提高了获取基因组详细信息的效率；业务逻辑层从数据层获取数据，以网络通用通信 XML 格式的方式提供给表现层服务，这种设计方法不仅可以方便表现层数据的获取，也为以后系统功能的扩展提供便利；表现层采用 Flex 为主的表现方法，采用 Flex 框架作为表现层和数据交互引擎，充分利用其客户端的运算能力和缓存能力，以便减轻服务器端的负担，减少响应的时间和传递的数据量。

3.2 数据层

数据层为业务逻辑层和表现层提供数据服务。为了能在Flex 里渲染和画取基因组的图像，需要知道基因序列的位置信息，GFF 文件会提供这种序列特征描述信息。GFF 格式是 Sanger 研究所定义的，是一种简单的、方便的，对于 DNA、RNA 和蛋白质序列的特征进行描述的一种数据格式，比如序列的位置 100 到 1000 是基因，该格式已经成为序列注释的通用格式。

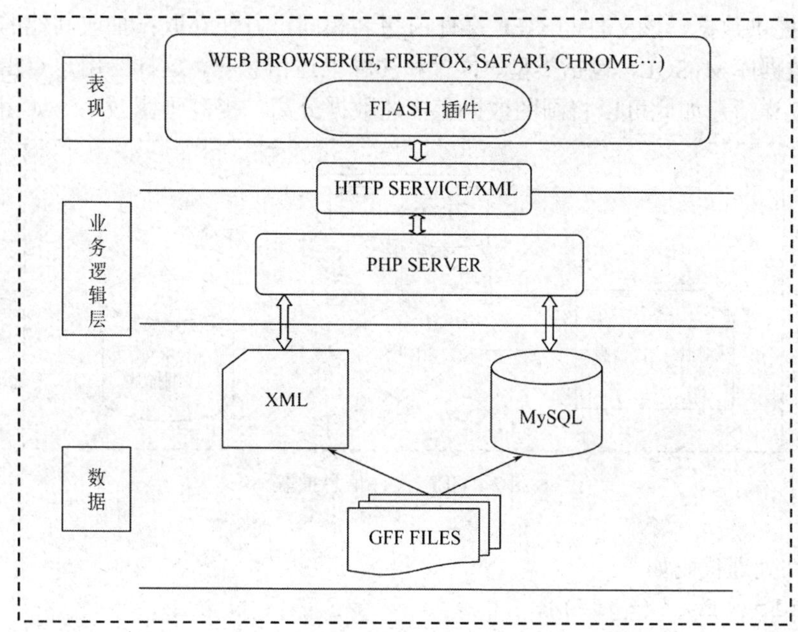

图 1 基因组可视化工具层次结构

GFF 是文本文件，由 Tab 键隔开的 9 列组成，以下为其说明：

Column 1: “seqid”

序列的编号，编号的有效字符[a-zA-Z0-9.:^*$@!+_?-|]。

Column 2: “source”

注释信息的来源，比如“Genescan”、“Genbank”等，可以为空，为空用“.”点号代替。

Column 3: “type”

注释信息的类型，比如 Gene、cDNA、mRNA 等，或者是 SO 对应的编号。

Columns 4 & 5:“start”and“end”

开始与结束的位置，注意计数是从 1 开始的，结束位置不能大于序列的长度。

Column 6: “score”

得分，数字，是注释信息可能性的说明，可以是序列相似性比对时的 E-values 值或者基因预测时的 P-values 值，“.”表示为空。

Column 7: “strand”

序列的方向，+表示正义链，-表示反义链，?表示未知。

Column 8: “phase”

仅对注释类型为“CDS”有效，表示起始编码的位置，有效值为 0、1、2。

Column 9: “attributes”

以多个键值对组成的注释信息描述，键与值之间用“=”，不同的键值用“;”隔开，一个键可以有多个值，不同的值用“,”分割。注意，如果描述中包括 Tab 键和“,=;”，要用 URL 转义规则进行转义，例如，Tab 键用%09 代替。键是区分大小写的，以大写字母开头的键是预先定义好的，在后面可能被其他注释信息所调用。

作者从 GFF 文件抽取必要信息分别存储：抽取位置信息和简单的描述为 XML 信息，并为 Flex 画图提供数据，该文件与 GFF 文件前缀名相同，方便存取；抽取其他的详细信息存储为关系型数据库MySQL，包括类型、位置和注释描述信息等，这样当用户点击序列的片段时，实时获取详情，如此可以将画图数据和描述数据分离，提高画图效率。如图 2 所示。

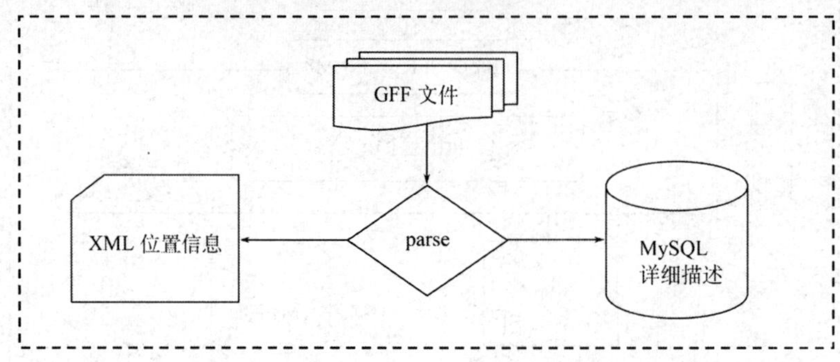

图 2 GFF 文件信息抽取

GFF 文件处理代码如下:

```
while(!feof($gff))
{
    $line=fgets($gff );                          //读取文件
    $myarray=explode( "\t",$line );              //分离各个字段
    $seqid=@$myarray[0];                         //获取各个字段
        ......
    $parnode->setAttribute("id",$temparray[0]);//设置为 xml 属性
        ......
    $this->mysql->insert("insert into seqdesp(seqid,'from',
    'to',description)values('$temparray[0]','$start','$end',
    '$attributes')");
                                                 //详细描述插入数据库
......
}
fclose($gff);                                    //关闭文件
//存储序列位置信息为 xml 文件
$dom->save($this->targetfile.".xml");
```

3.3 业务逻辑层

业务逻辑层负责与 Flex 客户端进行通信。

业务逻辑层通过 PHP 处理 Flex 请求，读取各数据信息（包括位置信息和描述信息），并返回客户端。这些信息包括 DNA 序列长度、序列位置信息、序列某片段的详细描述信息等。业务逻辑层的工作过程如下：Flex 客户端接收到用户请求，异步通过 HTTP 协议，将用户请求发送到 PHP 服务器端，服务器端计算处理后以 XML 格式将数据返回给 Flex 客户端，并呈现给用户。客户端 Flex 利用 HTTPServices 类与服务器进行通信。该类使用 HTTP 协议，异步加载指定的 URL 文件，并以 XML 格式返回文件结果，Flex 客户端根据请求类型解析后，最终显示在系统中。其实现过程如图 3 所示。

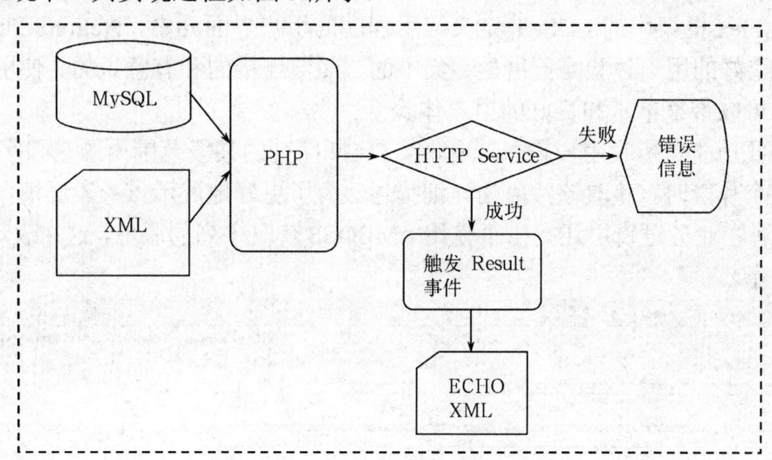

图 3　业务逻辑层结构图

例如，获取某个 DNA 序列某一范围内的所有片段的位置信息，代码如下：

```
if($_GET["filename"]!=null)
{
    $filename=$_GET["filename"];  //获取 DNA Accession Number
    $startpos=$_GET["from"];      //片段起始位置
    $endpos=$_GET["to"];          //片段结束位置
    $mysample=array();            //片段集合
    $doc=new DOMDocument();
    $doc->load("XMLData/".$filename. '.xml');//加载位置信息的
                                                xml 文件
    $samples=$doc->getElementsByTagName("sample");
    foreach($samples as $sample)
    {
        ......                    //获取 XML 里片段位置信息
        $mysample[]=$temp;        //加入到片段集合
    }
    if($mysample!=null)
    {
        ......                    //设置输出 XML 的各项
        echo $dom->saveXML();     //输出 XML
    }
}
```

此外还有获取某 DNA 长度信息，获取某 DNA 某个片段的详细描述信息等等，不再赘述。

3.4 表现层

客户端表现层作为系统的用户界面部分，负责用户和系统的交互，采用 Adobe Flex 技术来实现。利用 Flex 框架中的 MXMI 定义应用程序的用户界面元素，ActionScript 3.0 实现客户端逻辑。一个好的用户体验是无缝的、集中的、面向连接的和有意识的。使用 Flex 技术满足上述标准，可以带来丰富和良好的用户体验。

表现层主要功能是接收用户输入，画取某 DAN 序列的某段范围内的基因序列图像表现，当用户点击某个片段时，获取该片段的详细描述。为了更好地展示该片段详情，对 GFF 文件进行补充，笔者在业务逻辑层还提供了使用 EMBOSS 获取序列的服务，这在表现层也有所体现，如图 4 所示。

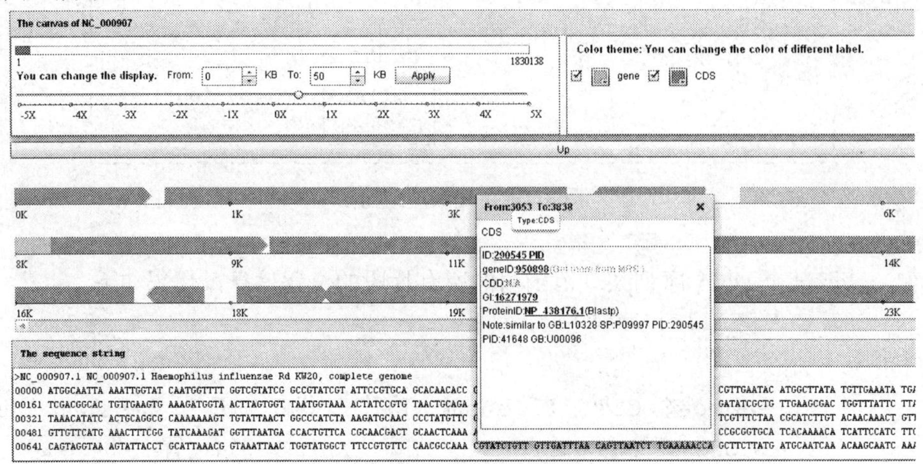

图 4 表现层效果图

在界面左上角控制部分，用户可以选择不同的位置范围进行画图，画板在顶部标识该范围在整个 DNA 序列的位置。对于不同类别的片段，用户可以选择画图或者隐藏。不同类别的 DNA 片段采用不同的着色，用户可以自定义颜色来显示。同时，用户可以调节整个画面的大小，由于 Flex 采用矢量画图，整个过程画质不会失真。

界面的正中间就是 DNA 片段画图区域。用户点击不同的片段，Flex 会实时发送 HTTP 请求，根据用户点击的 DNA Accession Number 和起始终止位置，调用业务逻辑层的 HTTP Service，获取该片段的详细信息，包括 SeqID，GeneID，CDD，GI，ProteinID 和 Note 等。此时该基因组可视化工具便可以整合 BLAST、MRS 等生物分析计算平台，通过链接用户直接访问由中国科学院微生物所网络中心提供的 MRS 服务和 NCBI 提供的 blast 服务。

界面的最下方是对应 DNA 片段的序列信息。用户提供位置信息后，Flex 发送 HTTP 请求到业务逻辑层的计算服务，该服务调用服务器端的 Emboss 计算服务，获取 DNA 序列。代码如下：

```
$from=$_GET["from"];                    //起始位置
$to=$_GET["to"];                        //结束位置
$filename=$_GET["filename"];            //DNA Accession Number
if($filename&&$from&&$to)
```

```
{
    $filename="FNAData/".$filename.".fna";  //获取 DNA fna 文件
    system("seqret $filename -sbegin $from -send $to -filter",
        $result);
                                     //调用系统的 seqret 命令，获取结果
}
```

4. 画图方法

4.1 画图算法

DNA 序列的长度大小不定，小的几百上千个 ATCG，大的百万千万甚至上亿。对 DNA 片段同样如此，有的上万个片段。如此庞大的数据量，而用户客户端的屏幕显示器的分辨率是有限的，不可能把所有的信息都予以展示。此外，由于 Flex 本身画图渲染效率问题，如何在有限的空间画取如此多的元件是个重要的挑战。

设画布宽度为 W，高度为 H，一个序列的长度为 S_{len}，每一行展示长度为 L。设画布起始 Y 轴位置为 Y_s，上下行间隔为 H_s。

用户请求的起始位置分别为 S_s、S_e，那么开始位置所在的画布行数为 Sl=intval(S_s/L)，结束位置所在画布的行数为 El= intval(S_e/L)。

不管起始和结束是否在画布的同一行，起始位置在画布的位置为（S_s%L，Sl*H_s+Y_s），结束位置在画布的位置为（S_e%L，El*H_s+Y_s）。

但是由于片段是带有方向的，所以起始结束位置如果不在同一行，需要调用不同的画图方法。

4.2 性能和限制

经过该项目的测试，如果画取的 DNA 序列片段长度大于 1M，画图的效率不是很高，时间超过 5s。作者采用了面向对象的设计方法，为各个片段建立对象，如此多的计算和对象使得画图和渲染效率不高。

为了优化画图性能，减少从数据下载到用户真正可以使用的总时间，采取的方法就是推迟实例化。这项技术背后的理念就是直到真正使用的时候才在内存中创建对象。尽管推迟实例化技术会在应用的整个使用过程中导致少许（通常不那么明显）的延迟，但与长时间的启动延迟相比，还是可接受的。推迟实例化的另一个好处在于内存使用的优化。

此外，还使用了模块化设计，对各个功能部分进行模块化分，体现高内聚低耦合的设计思想。为了减少客户端等待和服务器端压力，该工具限制了一次请求的片段大小，限制为 200K。这是该工具存在的不足之处，以后还有待改进。

5. 结论

Flex 在表现形式上既继承了传统基因组可视化工具的优势，又弥补了传统可视化工具在

易用性和可视化方面的不足，并具有界面美观，用户体验良好，而且可以在各类浏览器和各类系统平台中运行的跨平台的优点。基于 Flex 技术构建的基因组可视化工具不但在功能上可以满足用户直观查看和分析基因组序列信息，在表现形式上更加美观多样，而且具有扩展性，应用的平台也更加广泛，在科学研究中发挥了重要作用。

参 考 文 献

[1] 吕晓鹏．精通 Flex3.0-基于 ActionScript 3.0 实现．北京:人民邮电出版社, 2008.

[2] 黄曦．Flex 3.0 RIA 开发详解:基于 ActionScript 3.0 实现．北京:电子工业出版社, 2007.

[3] Jeff Tapper, Michael Labriola, Matthew Boles, et al. Adobe Flex 3: Training from the Source. USA: Adobe Press, 2008.

[4] 徐张廷, 李善平. 基于 Flex 的数据发布系统的设计与实现. 计算机应用与软件, 2011, 28(3):149-152.

Flex-based Genome Visualization Tool

Wu Jun[1], Liu Di[2], Sun Qinglan[2], Ma Juncai[2]

(1. Computer network information center, Chinese Academy of Sciences, Beijing 100190, China;

2. Institute of Microbiology, Chinese Academy of Sciences, Beijing 100101, China)

Abstract Compared with traditional web applications, Rich Internet Application (RIA) is able to provide users with better interactivity and responsiveness. Flex is an application framework which aims to meet the needs of enterprise-class programmers interested in RIA. It can run on multiple platforms and has been widely used. This paper introduces the application of RIA technique Flex in genome visualization where we make the intuitive display of genome data. According to the user's actual need of genome visualization, we developed a B/S structure genome visualization tool using Flex technology as presentation layer. The feasibility and availability of the Flex technology are verified. The excellent interface design of Flex enhances users' experiences.

Key words Flex Genome; visualization; RIA

基因组可视化工具GBrowse及其应用

唐碧霞　王彦青　陈　旭　庞　博　赵文明

（中国科学院北京基因组研究所　北京　100029）

摘　要　高通量测序技术的发展使得测序数据量大规模的增长，从而为研究人员的数据分析工作带来了挑战。基因组可视化工具使用图形界面的方式将数据进行可视化，从而在一定程度上加快了数据分析速度。本文介绍了一种比较常用的基因组可视化工具GBrowse，并结合实际描述了GBrowse在水稻基因组数据库的应用，最后总结了基因组可视化工具发展所面临的挑战。

关键词　基因组；可视化；GBrowse

1. 引言

随着第二代高通量的测序技术的发展，测序通量在以超过摩尔定律的增长趋势快速增长，而成本却直线下降，这无疑对科学家通过分子水平开展科学研究提供了一个最有力的支持和帮助。但是海量的数据对从事生物信息分析的人员提出了巨大的挑战，如何及时、高效并准确地处理和分析这些数据，也是生物信息工作者开口必谈的话题。

在生物信息数据分析的众多过程中，如序列拼接、序列比对、SNP检查、表达量分析等，一些专业的、自动化的软件工具被广泛使用，用于帮助研究人员进行数据分析，从而大大提高了数据分析的效率。但是，数据分析结果的正确有效性，仍依赖于研究人员的人工参与，而面对杂乱无章的数据文件时，人工参与的效率往往较低。相比之下，图形或图表能很直观地表示数据特征，更易于被人阅读和理解，如果能将分析结果数据以图形或图表的方式进行可视化，并提供一些交互性操作界面，将会极大地提高数据分析效率。

目前，已经有许多应用于生物数据分析不同阶段的基因组可视化工具可供科研工作者选择[1]，例如在拼接领域的Consed[2]，在基因组序列领域的GBrowse[3]、JBrowse[4]，在比较基因组领域中的Circos[5]。国际上也出现了一些专门的基因组浏览器，如NCBI的Map Viewer[6]、UCSC的UCSC Genome Browser[7]，这些基因浏览器除提供数据的可视化功能外，还与公共数据库的应用结合在一起，从而为用户提供更多有用的数据信息。

本文详细介绍了GBrowse基因组浏览器的功能、特点，并在后面结合实际应用案例介绍了GBrowse的使用方法。

2. GBrowse介绍

GBrowse是Genetic Model Organism Database（GMOD） Project[8]开发的一个基于Web的

基因组浏览器工具，因其灵活的定制功能，而被广泛使用。目前有许多模式生物数据库使用GBrowse构建了自己的基因组浏览器，如小鼠、果蝇、NCBI的HapMap等。GBrowse基因组浏览器的基本功能是提供一个可视化的基因组浏览界面，该界面是一个以序列长度作为横坐标，以各数据项作为纵坐标的二维显示界面，目前支持基因组序列以及基因、SNP等常见注释数据的显示。

图1所示为GBrowse的架构图。

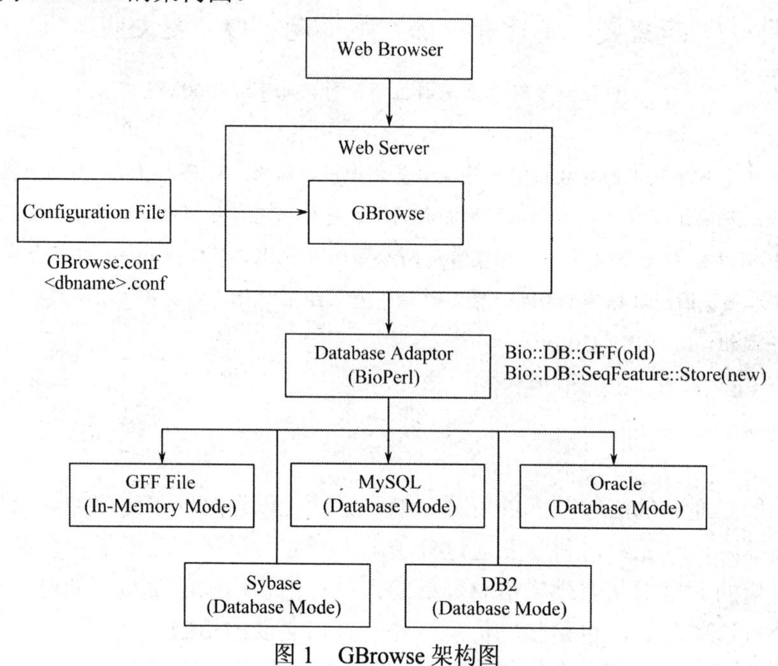

图 1 GBrowse 架构图

GBrowse的浏览界面是基于WWW的，需要Apache服务器的支持。GBrowse收到用户的数据请求后，会先根据请求的数据集名从GBrowse.conf 配置文件中找到该数据集对应的配置文件<dbname>.conf，接着从该配置文件指定的数据库中取出对应的数据，并将其按照配置的数据显示方式进行显示。从上述过程可以看出，GBrowse的运行与配置文件具有很大的关系，基于配置文件的机制，GBrowse具有较好的扩展性。

GBrowse配置文件分为两种，一种是全局的配置文件GBrowse.conf，该配置文件的配置项将应用于所有的数据集，另一种是各数据集自己的配置文件<dbname>.conf，由开发人员根据需要按给定格式自行编写。另外，由于GBrowse是基于Perl语言实现的，开发人员可以在配置文件中编写Perl脚本，从而实现更为复杂的功能。一个比较简单的GBrowse数据集的配置文件如图2所示。

GBrowse数据集配置文件可对界面显示语言、界面整体布局、界面提示信息、搜索方式（精确搜索/模糊搜索/全文检索）、数据项、数据项的显示外观等进行配置。

GBrowse支持文件和数据库两种数据存储方式，提供了多种数据库类型，如MySQL、DB2、Oracle、Sybase等，开发人员可以根据自己的数据量和数据类型，进行数据库的选择，在配置文件中只需设置相应的数据库适配器即可。一般来说，GFF[9]文件内存模式支持2万条以下的数据记录，MySQL数据库则支持千万条以上的数据记录。

```
[GENERAL]
description   = Yeast chromosomes 1+2 (advanced)
database      = scaffolds

initial landmark = chrI:143000..180000

# bring in the special Submitter plugin for the rubber-band select menu
plugins   = FastaDumper RestrictionAnnotator SequenceDumper TrackDumper Submitter
autocomplete = 1

default tracks = Genes

# examples to show in the introduction
examples = chrI:80,000..120,000

# "automatic" classes to try when an unqualified identifier is given
automatic classes = Symbol Gene Clone

#################################
# database definitions
#################################

[scaffolds:database]
db_adaptor    = Bio::DB::SeqFeature::Store
db_args       = -adaptor memory
                -dir    /var/www/html/gbrowse2/databases/yeast_scaffolds
search options = default +autocomplete

# Default glyph settings
[TRACK DEFAULTS]
glyph         = generic
database      = annotations
height        = 8
bgcolor       = cyan
fgcolor       = black
label density = 25
bump density  = 100
# default pop-up balloon
balloon hover = <b>$name</b> is a $type spanning $ref from $start to $end. Click for more details.

### TRACK CONFIGURATION ####
# the remainder of the sections configure individual tracks

[tRNA:overview]
feature       = tRNA
glyph         = generic
bgcolor       = lightgray
fgcolor       = black
height        = 4
stranded      = 1
description   = 1
key           = tRNAs
```

图 2　GBrowse 数据集的配置文件

一个一般的GBrowse基因组浏览器的开发过程如下：

（1）根据实际的数据量和数据类型，选择一种合适的数据库存储模型，如MySQL；

（2）将实际数据生成GFF格式的数据文件，使用提供的数据装载Perl脚本，将数据装载进数据库中；

（3）编写该数据库的配置文件，如<dbname>.conf，并配置各项；

（4）在GBrowse.conf文件中加入该数据库的配置文件，并为该数据库命名一个数据集名；

（5）在浏览器中输入该数据集名URL地址就可访问，不需要重启Apache。

GBrowse发展到现在，经过了从1.x到2.0版本的发展，并且仍在持续更新，支持多种应用平台如Windows、Linux等。GBrowse 2.0在数据获取与更新方面使用Ajax技术，较1.x版本能给用户带来更好的体验。此外，GBrowse 2.0还支持数据的分布式架构，只需在各节点上安装slave模块，就可达到数据分布的目的，从而为数据的集成提供了方便。

3. GBrowse 2.0 应用

系统生物学中多组学综合数据库是中国科学院北京基因组研究所开发的一个集基因组学、转录组学等组学领域数据为一体的综合性数据库系统，目前主要集成了水稻、家鸡、家蚕、流感病毒的基因组数据，其中，水稻、家鸡、家蚕数据库都提供了基于GBrowse 2.0的基因组数据浏览方式，从而方便用户根据自己的需求定制浏览数据。下面本文将详细介绍GBrowse 2.0在水稻基因组中的简单应用，关于GBrowse 2.0更多配置项的应用，用户可到GBrowse网站查阅相关信息。

水稻基因组数据库包括两个水稻亚种，分别是*indica* 9311与*syngenta japonica*，其中*indica* 9311含有部分转录组数据。*indica* 9311与*syngenta japonica*都包含Scaffold、Gene等数据类型，但各数据类型由于个体的差异性，其具体的数据内容有所不同。如果同一界面上能提供两个水稻亚种的不同数据类型的序列数据或者基因结构的可视化显示工具，并能提供基于染色体坐标位置的数据范围定位操作，那么用户就可以很方便地了解两株水稻的差异性。基于此目的，使用GBrowse 2.0建成的水稻基因组浏览器集成了两个水稻亚种的Scaffold、Gene和序列的GC含量等数据，用户可以根据自己的需求选择想要查看的数据类型，并比较两株水稻的差异性。

水稻基因组浏览器的界面如图3所示。以下将结合水稻的GBrowse配置文件对如何实现该浏览界面进行说明。

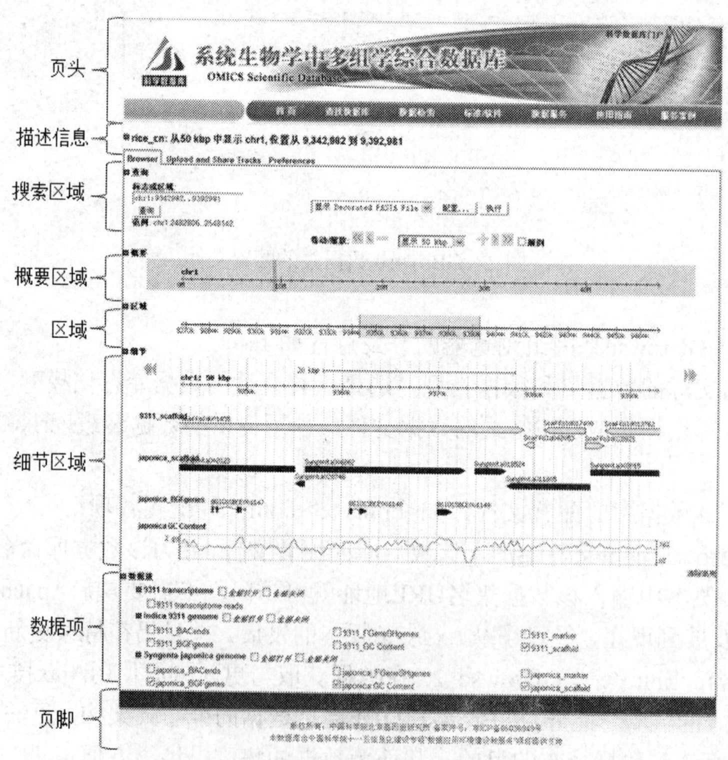

图3 水稻基因组浏览器

3.1 页头与页脚等基本项的设置

GBrowse支持中、英文等多种语言的界面显示，只需配置相应的语言选项即可。对于显示页面的页头与页脚，开发人员可以根据自己的需要自行配置，页头与页脚支持常见的HTML标签，并支持样式表。整个页面的显示宽度、背景颜色等都可以自行配置。水稻基因组浏览器的页头、页脚等基本项的配置样例如图4所示，其中stylesheet指定了页面使用的css文件。如果是自行编写的样式文件或自己的图片，要先上传到GBrowse安装目录下的images与css文件夹下。所有配置项的格式均为“配置项名 = 配置值”的格式。

```
[GENERAL]
language = zh_cn
initial landmark = chr1:11692589..11712588
default tracks = 9311_scaffold
# examples to show in the introduction
examples = chr1:2482806..2548142
# Web site configuration info
stylesheet   = css_cn/gbrowse.css
# At the top of the HTML...
header = <table width="1000" border="0" align="center" cellpadding="0" cellspacing="0">
    <tr>
      <td height="127" align="right" valign="top" background="/gbrowse2/images/my_image/photo_01.jpg">
      </td>
    </tr>
  </table>
  <table width="1000" border="0" align="center" cellpadding="0" cellspacing="0">
# At the footer
footer = <table width="1000" border="0" align="center" cellpadding="0" cellspacing="0" bgcolor="#FFFFFF">
          <tr>
            <td height="70" align="center" valign="top" class="bottom_zi" id="bottom_di">版权所有：中国科学8
              本数据库由中国科学院十一五信息化建设专项&ldquo;数据应用环境建设和服务&rdquo;项目提供支持</td>
          </tr>
      </td>
    </tr>
  </table>
```

图4 水稻基因组浏览器基本项配置

3.2 数据的浏览

水稻基因组浏览器是以水稻染色体序列长度为坐标，其他各种数据类型，如Scaffold等的坐标位置，都是相对于染色体的。

对于序列数据浏览，GBrowse界面上给出不同粒度上的数据浏览区域。概要区域是整个序列长度范围的数据显示区域，序列长度坐标根据用户在GFF文件中指定的长度自动显示。区域是比较细粒度范围的数据显示范围，可根据用户选择的区域范围进行变化。而细节区域则是更细粒度范围的数据显示，最小可以显示出碱基序列。开发人员可以根据自己的需要设置数据项的显示区域。一般来说，概要区域一般放密度数据或Scaffold等数据，区域一般放序列相对较长的数据项，如基因、转录，或者需要在较大粒度范围内查看的数据项，如SNP每20kp的密度分布等，而细节区域则放序列相对较短的数据项如SNP、Reads，或者需要在细粒度范围内查看的数据项，如基因的碱基序列信息、GC含量分布等。

GBrowse中可以配置各区域显示的数据粒度参数，水稻基因组浏览器关于数据浏览界面的配置如图5所示，这些配置项说明了水稻基因组浏览器的区域能显示的数据粒度为200kb，细节区域最大能显示的数据粒度为5Mb，用户可以进行放大或缩小的数据粒度从100bp到10Mb，最多能显示的检索结果为1000个信息。

```
# Limits on genomic regions (can be overridden in datasource config files)
region segment         = 200000
max segment            = 5000000
default segment        = 5000
zoom levels            = 100 200 1000 2000 5000 10000 20000 50000 100000 200000 5000000 10000000
region sizes           = 1000 5000 10000 20000
default region         = 5000
fine zoom              = 10%

# keyword search maxima
max keyword results    = 1000
```

图 5　水稻基因组浏览器数据浏览区域配置

3.3　数据定位

水稻基因组浏览器界面提供多种方式供用户定位数据查看区域。搜索区域中基于搜索输入框的数据查看方式，除了能基于位置范围搜索数据外，还能输入数据项名称，如BGIOSSBCE017670，进行精确检索，并且支持名称模糊检索，需要在数据集中进行配置。

基于染色体坐标位置的点选方式，能快速定位想查看的数据范围。基于中心区域的范围选择框能快速显示某一区域范围内的数据，当中心区域设置为100bp时，界面上将会显示实际的碱基序列。另外，辅助的坐标左移、右移、放大、缩小功能方便地支持数据范围的切换，这些功能在GBrowse安装后就具备了，不需要进行配置。

3.4　数据集

水稻基因组浏览器集成了两个数据集，分别是*indica* 9311与*syngenta japonica*，GBrowse支持将多个数据集显示在一个界面上，但是必须给出数据集配置。在数据集配置中，每一个数据集配置以[数据集名:database]开始，接着需要配置所使用的数据库适配器db_adaptor和数据库访问参数选项db_args，在该db_args中需指定具体的数据库类型（adaptor）、数据库名（dsn）、数据库访问用户名（user）、数据库访问密码（pass），以及对于该数据库中的数据使用什么检索策略（search options）。

图6给出了水稻基因组浏览器的数据集配置项，从图中可以看出，水稻基因组浏览器配置了newrice与syngenta两个数据集，使用的数据库类型为MySQL，搜索数据策略使用的默认全库检索类型，并支持输入框输入的自动提示功能。

```
[newrice:database]
db_adaptor     = Bio::DB::SeqFeature::Store
db_args        = -adaptor DBI::mysql
                 -dsn gb_newrice
                 -user gbnewrice
                 -pass gbnewrice
search options = default +autocomplete

[syngenta:database]
db_adaptor     = Bio::DB::SeqFeature::Store
db_args        = -adaptor DBI::mysql
                 -dsn gb_syngenta
                 -user gbsyngenta
                 -pass gbsyngenta
search options = default +autocomplete
```

图 6　水稻基因组浏览器的数据集配置

3.5 数据项

水稻基因组浏览器的各数据项使用图标和颜色进行了标识。GBrowse中的数据项都是基于图标显示的，一共有80多种图标供开发人员选择。有一些图标对应着特定的数据项，例如，gene图标对应着Gene数据，只需将Gene结构数据整理成良构的GFF文件格式即可，GBrowse将自动画出Gene的结构图。数据项配置中，支持使用不同的颜色、字体、高度、超链接、提示信息以及数据项名字、出现面板区域等基本配置选项，其中最为重要的配置选项为feature与glyph，feature描述了要使用的具体数据（在GFF文件有对应的feature列），而glyph则描述了数据显示使用的图标。其中一些通用数据配置选项可以写在[TRACK DEFAULTS]选项中，每一个数据项都以[数据项名]开始。

图7给出了水稻基因组浏览器中默认配置项以及Gene、Scaffold的配置内容，对于9311_scaffold数据项表达的意思是从newrice数据集中获取feature为supercontig的数据行，并将数据以黄色的矩形显示（矩形高度为10px），并且标识出正负链信息，该数据项应显示在数据项区域中的indica 9311 genome目录中，在细节区域中以9311_scaffold进行标识，效果见图3细节区域中的9311_scaffold。

```
# Default glyph settings
[TRACK DEFAULTS]
glyph        = generic
database     = newrice
height       = 8
bgcolor      = cyan
fgcolor      = black
label density = 25
bump density  = 100
# default pop-up balloon
balloon hover = <b>$name</b> is a $type spanning $ref from $start to $end. Click for more
 details.
### TRACK CONFIGURATION ####
# the remainder of the sections configure individual tracks
###########################################################
# colors of the overview, detailed map and key
overview bgcolor = white
detailed bgcolor = lightgoldenrodyellow
key bgcolor      = beige

[9311_scaffold]
feature        = supercontig
glyph          = generic
stranded       = 1
bgcolor        = yellow
height         = 10
key            = 9311_scaffold
category       = indica 9311 genome

[japonica_BGFGene]
feature        = gene:BGFgene
database       = syngenta
glyph          = gene
stranded       = 1
bgcolor        = gray30
height         = 10
key            = japonica_BGFgenes
category       = syngenta japonica genome
```

图 7 水稻基因组浏览器的数据项配置

4. 总结

基因组可视化工具是生物学领域一个比较重要的数据辅助分析工具，到目前为止，已有许多满足各种不同需求的可视化工具被开发出来并被使用。本文介绍了GBrowse的功能、特点，并结合实际给出了GBrowse在水稻基因组浏览器中的简单应用。随着测序技术的发展，如何在支持大规模数据量的情况下，提高数据的显示速度，提供更加友好的用户体验，是可视化工具开发的一个挑战。另外，随着生物学研究领域的发展，可视化工具也需要相应地支持越来越多的数据类型，如疾病的临床信息，如何将这些多种多样的数据类型以更好的方式在一个界面上显示出来，也是基因组可视化工具所面临的一个挑战。

参 考 文 献

[1] Nielsen C B, Cantor M, Dubchak I, et al. Visualizing genomes: techniques and challenges. Nature methods. 2010, 7(3s):s5-s15.

[2] Gordon D, Abajian C, Green P. Consed: a graphical tool for sequence finishing. Genome Res. 1998, 8(3):195-202.

[3] Donlin M J. Using the generic genome browser(GBrowse). Curr Protoc Bioinformatics. 2007, Chapter 9: Unit 9.9.

[4] Skinner M E, Uzilov A V, Stein L D, et al. JBrowse: a next-generation genome browser. Genome Res. 2009, 19(9):1630-1638.

[5] Krzywinski M, Schein J, Birol I, et al.Circos: an information aesthetic for comparative genomics. Genome Res. 2009, 19(9):1639-1645.

[6] http://www.ncbi.nlm.nih.gov/mapview/.

[7] http://genome.ucsc.edu/.

[8] http://gmod.org/wiki/Main_Page.

[9] http://gmod.org/wiki/GFF.

Introduction to a genomic visualization tool GBrowse and its application

Tang Bixia, Wang Yanqing, Chen Xu, Pang Bo, Zhao Wenming

(Beijing Institute of Genomics, Chinese Academy of Sciences, Beijing 100029, China)

Abstract The advent of High Throughput Sequencing(HTS)technologies generates large volumes of data,which brings a challenge to the computational analysis on the sequencing data. Genomic visualization tools use a graphic interface to represent the data and could make the procedure of data analysis more efficiently to some extent. This paper introduces GBrowse, a common genomic visualization tool, and describes an application of rice genome database which uses GBrowse to show the data. Finally, the paper discusses the challenges about the development of genomic visualization tools.

Key words genome; visualization; GBrowse

古生物学和地层学专业数据库中地层数据的可视化

侯旭东　樊隽轩　陈　清　张琳娜

（中国科学院南京地质古生物研究所现代古生物学和地层学国家重点实验室　南京　210008）

摘　要　地层数据是中国古生物学和地层学数字化科研平台的重要数据组成部分，包括目前已经初具规模的岩石地层和生物地层数据子集，以及后续将加入的年代地层、化学地层、生态地层等多个数据子集。利用地层体中所含的各种数据信息来划分和对比地层，是地质学的许多其他分支学科开展研究的基础。我们通过在平台中集成 TimeScale Creator 软件，实现了地层数据的可视化，从而有效地帮助用户认识剖面和进行地层的划分与对比。

关键词　GeoBiodiversity DataBase（GBDB）；可视化；TimeScale Creator；地层学

1. 前言

自 20 世纪 90 年代以来，基于数据库和各种定量分析方法的古生物学、地层学、古地理学和古生态学研究逐渐成为当今国际地学研究的前沿和热点领域。从 2003 年正式进入科学数据库项目以来，中国的古生物学和地层学数字化科研平台（GeoBiodiversity DataBase, GBDB）经过 7 年的稳定发展，已整合了古生物分类数据、剖面地理信息数据、岩石地层数据、化石产出数据、生物地层数据、文献数据等诸多资源，并逐步开发了古生物多样性分析、生物延限可视化、生物地理可视化和定量分析、定量地层学等诸多可视化和定量分析工具[1]。通过引入 Ogg 教授等开发的 TimeScale Creator 软件，我们于 2010 年下半年在平台中集成了地层数据的可视化功能。本文将主要介绍开发这一功能的具体思路、实现途径和最终效果。

2. GBDB 中地层数据的组织与可视化要求

地层学数据是古生物学、地层学以及相关学科研究中非常重要的基础数据，也是内容最为丰富的数据。根据学科内容，可以将之分为岩石地层、年代地层、生物地层、化学地层、生态地层等多个数据子集。迄今为止，GBDB 中已经支持并整合了岩石地层数据和生物地层中的化石产出记录数据，在后续的平台建设中，年代地层、化学地层、生态地层等其他数据将会陆续整合进来。

GBDB 在多年的发展过程中，逐渐形成了以剖面为核心的数据集成框架，将古生物学、地层学和地理位置等数据有机地融合在一起。剖面的岩石地层数据是在野外获得的最原始的

本文得到中国科学院知识创新工程信息化建设重大专项子课题（INFO-115-C01-SDB4-16）、中国科学院知识创新工程重要方向项目（KZCX2-EW-111）和国家自然科学基金项目（40839910）资助。

数据，是一类非常重要的基础数据，其基本结构参考了岩石地层学中岩性单元的划分方式。岩石地层数据包括最小岩性单元（可识别的最小岩性单元通常为一个采集单层）的划分、岩性描述、厚度数据、较高级别岩性单元（如段、组、群等）的划分和描述等。在GBDB中，一条剖面由若干个组（Formation）构成，每个组由若干个层（Unit）构成，每一层又可包含若干个化石采集层（Collection）（见图1）。组通常会被赋予专有名称，如红花园组；层和采集层，按照惯例，通常自下而上递增编号。例如，陈旭等[2]发现的贵州省桐梓县红花园剖面的采集层AFA312至AFA319属于龙马溪组，岩性为黑色页岩夹硅质页岩、泥质页岩等。其中，AFA312是最下部的采集层，AFA319是最高的采集层，这些采集层均代表了在野外识别出的最小岩性单元。化石采集层可以将生物地层数据中的化石产出记录（fossil occurrence）或化石记录（fossil record），与岩石地层数据以及其他相关数据关联起来，从而使得每个化石产出记录不仅包含了生物分类学的属种信息，还包含了产出的群、组、段、层、采集层的岩性与厚度信息等，并且，通过剖面的产地信息（包括行政区划和经纬度数据）可以将之与空间数据有机地组织在一起。

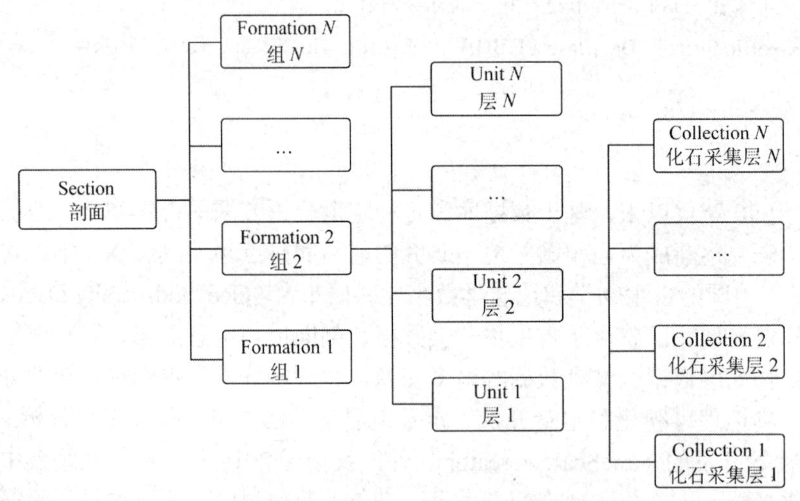

图1 GBDB中剖面数据结构图

截至2011年6月，GBDB中已经录入了3000多条剖面、20000多个化石采集点的10多万条化石产出记录。如何对这一海量数据进行处理与分析，并辅助用户解决科学问题，是GBDB建设过程中一直放在第一位思考的问题。如何从用户的角度思考，结合相关学科领域的前沿和热点研究，提供丰富的数据可视化、分析和处理功能，是我们建设GBDB的核心思路。其中，数据的可视化是进行数据分析的一个最基本和最广泛的需求。2009年年底至2010年上半年，我们采用RIA和WebGIS技术，开发了一个基于地理位置数据的可视化应用——GeoVisual 1.0，并将之整合到GBDB中，提供古生物学和地层学数据在二维地理图中的展示和初步的地理分析功能，以利于用户在线分析数据[3]。例如，我们基于数据库中的数据，分析了华南奥陶——志留纪之交的海相优质烃源岩的时空分布模式，识别出重要的沉积间断和区域古地理格局[4]，这一研究对于认识华南奥陶——志留纪的海相烃源岩的分布规律，甚至对计算油气资源量都有重要意义。

地层数据是用以开展地球系统科学中与地层相关的各类研究的重要数据，地层学的主要任务之一是利用地层体中所含的各种信息来划分和对比地层，这是地质学的许多其他分支学科开展研究的基础，任何其他相关的地质学科，如沉积环境分析、构造地质、古地理重建等，都要首先建立在时间对比准确的地层体基础之上。因此，如何把数据库中的剖面地层数据以图形化的方式直观地展现出来，以协助用户认识剖面的发育特点、找寻特殊标志进行地层的划分和对比，是我们尝试解决的第二个数据可视化问题。

3. 地层数据可视化软件 TimeScale Creator

TimeScale Creator（TS Creator）采用 Java 语言开发，是国际地层委员会支持的官方软件（http://www.tscreator.com）。他内置一个庞大的数据库，这个数据库中包含了地质年代单元、古生物学、古地磁学、地球化学等多个领域的不同类型的数据集，其中绝大部分的数据集都整合了地质年代信息，用户可根据选定的地质年代时间段将多个数据集整合显示在一起（见图 2）。

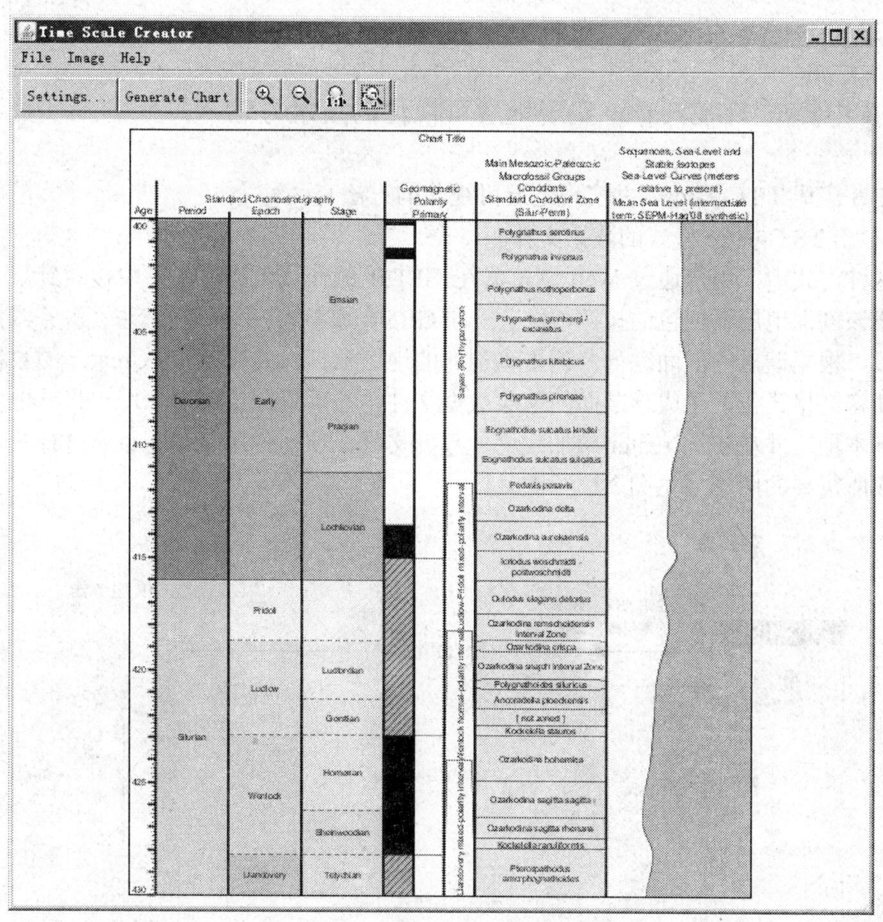

图 2　TS Creator 的成图功能

图中自左至右分别显示了地质年龄标尺（Age）、年代地层单位国际标准（Standard Chronostratigraphy）、古地磁极性数据（Geomagnetic Polarity）、微体化石-牙形刺带国际标准（Standard Conodont Zone）和海平面变化曲线（Sea Level）等 5 大类数据

TS Creator 包含三个主要功能。

（1）各类数据的图形化显示：用户可以对地质时间范围和拟采用的数据集进行定制，选择要显示的数据内容，将之沿地质事件轴整合为彩色的、矢量化的对比图，并且，用户可在软件界面中对图件进行详细的设置，如图件的纵向比例、每一数据列的宽度、字体颜色、排序方式等。

（2）导出图形文件：用户可以将生成的对比图导出为 SVG、PDF、PNG 等多种格式的文件，这样就能很方便地导入到 Adobe Illustrator、Adobe Photoshop、CorelDraw 等常用的绘图软件中进行编辑加工。

（3）添加自定义的数据包：除了内置的年代地层国际标准、生物带国际标准、海平面变化等数据集外，用户还可以根据需要添加自定义的数据内容，以满足用户自身特定的可视化需求。

TS Creator 成图效果美观，国际地层委员会每年发布的国际地层对比表均通过此软件制作。TS Creator 的数据文件格式开放，并且支持命令行参数调用，因此可以很容易将 TS Creator 集成到 GBDB 中，并实现地层数据的可视化功能。

4. GBDB 中集成 TS Creator 实现地层可视化的技术方法

GBDB 集成 TS Creator，并实现地层可视化的方法有两种。

1）导出 TS Creator 格式的数据文件。

在这种方式中，用户通过 Web 浏览器在 GBDB 的在线数据库网站中搜索到某个剖面，点击下载该剖面地层数据包的按钮，相当于向 GBDB 服务器发送相应请求；服务器接受到这一请求后，根据请求的剖面编号，调出该剖面的地层数据，并按照 TS Creator 的数据文件格式，自动将之格式化，生成该剖面的地层数据文件，然后返回给用户；用户将该地层数据文件下载到本地，并在 TS Creator 中加载这一数据文件，便能使用 TS Creator 进行各种设置，进而生成所需要的图形（见图 3）。

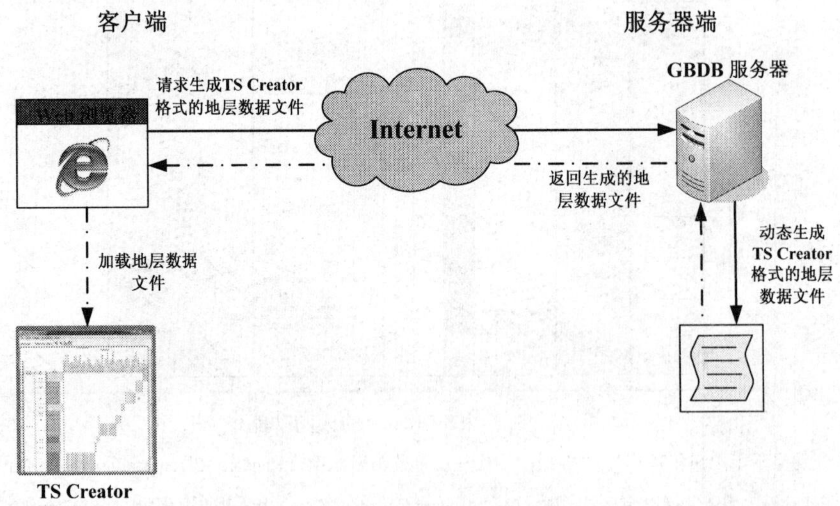

图 3　自动生成 TS Creator 格式数据文件的交互过程

这种方式适合对 TS Creator 较为熟悉的用户，他们可以充分利用 TS Creator 软件进行各种复杂的设置，从而获得高度定制的综合地层图件，以满足自身高质量的可视化要求。

2）服务器端远程调用 TS Creator。

在这种方式中，服务器端接收到用户生成地层可视化图件的请求后，先生成 TS Creator 格式的数据文件，然后自动调用部署在服务器端的 TS Creator 加载生成的数据文件，并按默认的设置格式生成可视化的效果图，最后将图片直接返回，显示在用户的 Web 浏览器中。

这种方式不需要用户安装 TS Creator 软件，只需通过 Web 浏览器便能快速查看剖面的可视化图件。然而，由于图形文件是根据服务器端默认的设置文件自动生成的，用户无法对图件的内容和格式进行详细的设置，因此通常不适用于对图形的格式和内容有较高的定制需求的用户。

图 4 是由 GBDB 的在线成图功能自动生成的内蒙古自治区乌海市公乌素剖面的综合地层图[5]。其中，第一列为剖面的厚度标尺，以米为单位；第二列为组的信息，其中包括公乌素

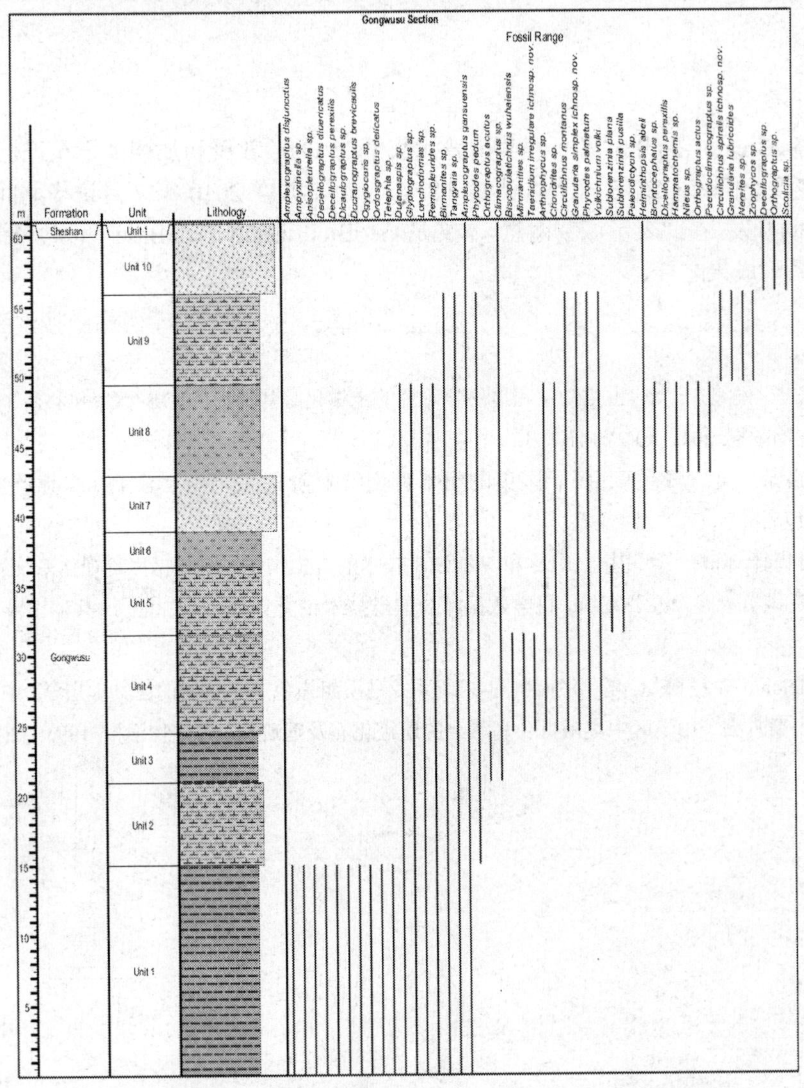

图 4　自动生成的内蒙古自治区乌海市公乌素剖面的综合地层图

组和蛇山组两个单元；第三列为层的信息，可以看出，公乌素组包含了 10 层，蛇山组包含了 1 层；第四列为层的岩性信息，不同的岩性用不同的填充样式表示；最后一列为生物延限，即某种生物产出的最低层位和最高层位的连线，在延限柱的顶部，标识了生物的属种名称。

5. 结束语

地层数据的可视化功能可以直观地反映一个剖面的实际发育情况，可以为地层学、古生物学乃至其他相关学科的研究提供重要的基础数据。随着 GBDB 中地层数据内容的不断丰富，比如在加入对年代地层、化学地层、生态地层等各类地层数据的支持之后，地层数据的可视化功能将会进一步增强，从而吸引用户更多地使用 GBDB 平台和其中的数据。随着各种在线数据显示和定量分析功能的开发和完善，GBDB 也将逐步成为一个具有国际影响力的 e-Science 平台。

6. 致谢

感谢 TS Creator 的开发者——美国普渡大学的 Ogg 教授和加州大学圣巴巴拉分校的 A Lugowski 许可我们在 GBDB 平台中集成 TS Creator，并在 2010 年 7 月访华期间提供了大量技术细节协助开发，在此表示诚挚谢意。本文是 GeoBiodiversity DataBase（www.geobiodiversity.com）项目系列成果之一。

参 考 文 献

[1] 樊隽轩, 张华, 侯旭东, 等. 古生物学和地层学研究的定量化趋势——GBDB 数字化科研平台的建设及其意义. 古生物学报, 2011, 50(2):141-153.

[2] 陈旭，戎嘉余，樊隽轩，等. 扬子区奥陶纪末赫南特亚阶的生物地层学研究. 地层学杂志，2000, 24(3):169-175.

[3] 侯旭东, 樊隽轩, 陈峰, 等. 基于 RIA 和 WebGIS 技术的古生物学专业数据库可视化系统的开发与应用//中国科学院科学数据库办公室编, 科学数据库与信息技术论文集（十）. 北京: 兵器工业出版社, 2010: 273-280.

[4] 樊隽轩, Melchin M J, 陈旭, 等. 华南奥陶-志留系龙马溪组黑色笔石页岩的生物地层学. 中国科学.

[5] 李日辉. 内蒙古桌子山地区中奥陶世公乌素组的遗迹化石及遗迹相. 古生物学报, 1993: 32(1):88-104.

Visualization of the Stratigraphic Data in GeoBiodiversity DataBase

Hou Xudong, Fan Junxuan, Chen Qing, Zhang Linna

(State Key Laboratory of Palaeobiology and Stratigraphy, Nanjing Institute of Geology and Palaeontology, Chinese Academy of Sciences, Nanjing 210008, China)

Abstract Stratigraphic data is one of the most important data in the GeoBiodiversity DataBase (GBDB) platform. The present GBDB platform supports both the lithostratigraphic and biostratigraphic datasets which have a considerable number of data records been compiled, and will support more data from other branches of stratigraphy, such as chronostratigraphic, chemostratigraphic, and ecostratigraphic datasets in future. Subdivision and correlation of stratigraphic units, based on data contained in these units, are important necessity for the study of geology. Through the integration of TimeScale Creator in the online platform, we create the visualization function of stratigraphic data in the GeoBiodiversity DataBase, which can help users understanding section and conducting precise stratigraphic subdivision and correlation.

Key words GeoBi odiversity DataBase (GBDB); visualization; TimeScale Creator; stratigraphy

基于 MRS 工具的海量数据检索

夏　青[1,2]　刘　翟[2,3]　马俊才[2,3,4]

（1. 中国科学院计算机网络信息中心　北京　100190;
2. 中国科学院微生物研究所信息中心　北京 100101;
3. 中国科学院微生物研究所中日分子免疫与分子微生物学联合实验室　北京 100101;
4. 中国科学院微生物研究所微生物资源前期开发国家重点实验室　北京　100101）

摘　要　针对生物信息学数据的大规模、非结构化、快速检索要求和关系数据库不能充分有效地进行这些数据的组织和访问的问题，本文以 GenBank 等数据特点为研究对象，以 Bio-Mirror 镜像站点为数据源，使用文本格式文件以磁盘阵列作为二级存储空间，设计实现了基于 MRS 工具的多个生物信息学数据库在 TB 级数据规模下的快速检索系统原型。该原型实现了 MRS 工具的中文检索算法，可应用于地学和生命科学等其他领域的海量数据管理和检索。

关键词　生物信息学；海量数据；文本格式文件；Bio-Mirror；磁盘阵列；MRS；检索

1. 引言

随着信息技术的日益发展，出现了越来越多大规模的应用，如生物信息学、地理信息系统、遥感数据中心、数据仓库等。处理的信息量通常达到 TB（10^{12}bytes）级以上。以生物信息学为例，人基因组的海量信息有 23 对（46 条）染色体、30 亿碱基对、3 至 5 万个基因（基因组学）、3 万种以上蛋白质（蛋白质组学）以及基因的表达、作用和调控网络。已经或即将完成的生物全基因组包括几百种原核生物、酵母菌、拟南芥（1 至 2 亿碱基对）、水稻、人类（32 亿碱基对）、马铃薯、小鼠等。要利用好这些数据，发现新的规律，研究人员通常要面对海量数据的检索问题。之所以称为海量数据，是指其数据量比一般的通用数据库要大得多[1]。例如一个 GenBank 库的数据量可达 464GB，记录条数达 145 305 904 条。

海量数据检索的一个重要因素是选择合适的数据库工具。当前数据库工具比较多，海量数据的处理对所使用的数据库工具要求较高，可供使用的有 Oracle、DB2 或 SQL Server 等。但使用这些数据库工具存在如下问题：

第一是存储文件上限问题。关系数据库以 MySQL 为例，MySQL 3.22 的单表上限是 4GB，其单表一般在 2 千万条记录（4GB）下能够良好运行[2]，但远不足以承载数百 GB 或者更多的海量数据。

第二是大表关联检索速度问题。关系数据库在单表存在上限的情况下，可以使用多表存储海量数据。然而数据量越大，关系数据库的检索速度受到数据量的影响越明显。而对于大数据量的 Web 系统，应该尽量避免多个大表的关联查询，以及复杂的数据分析类型和 SQL 报表查询。

第三是海量数据的结构问题。在当前通用的关系数据库管理系统中，数据记录一般是结构化的，即它至少满足关系数据模型的第一范式要求，每一条记录是定长的，数据项只能表达原子数据，不允许数据项名重复和嵌套记录。而一些研究领域存在大量的非结构化数据。如地理信息系统中的空间数据[3]，大规模生物并行高通量实验产生的核酸、蛋白质序列数据、三维结构数据、基因组数据和文献数据等[4]。这些数据不能满足关系数据模型的范式要求，这也是为什么生物信息学、地理及一些其他领域中的海量数据难以直接采用通用的关系数据管理系统的主要原因，见图 1。

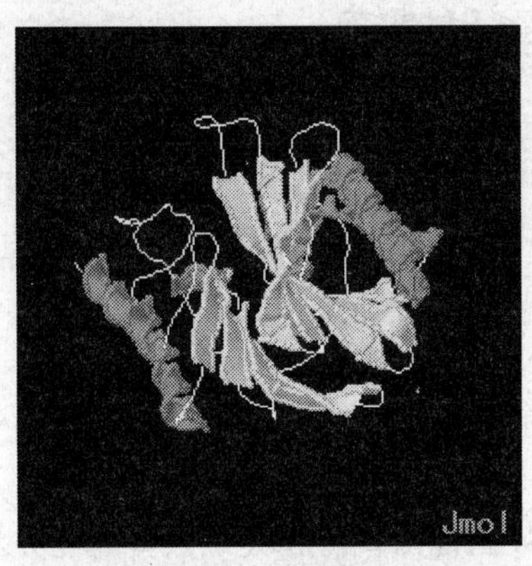


```
HEADER     HYDROLASE                                          10-JAN-00   1DXK
TITLE      METALLO-BETA-LACTAMASE FROM BACILLUS CEREUS 569/H/9 C168S
TITLE     2 MUTANT
COMPND     MOL_ID: 1;
COMPND    2 MOLECULE; CLASS B BETA-LACTAMASE;
COMPND    3 CHAIN: A;
COMPND    4 SYNONYM: PENICILLINASE, CEPHALOSPORINASE:
COMPND    5 EC: 3.5.2.6;
```

图 1　生物分子蛋白质和核酸三维结构文本格式数据

所以，在海量数据检索中，如何根据应用的特点有效地进行数据的组织和访问就是一个急需解决的问题。

2. 相关工作

MRS 是由 CMBI(Centre for Molecular and Biomolecular Informatics)的 M.L.Hekkelman 和 G.Vriend 设计和开发的[5]。其最新版本（Version 5）又称内部生物数据库简单、快速访问软件，它为数据快速压缩检索系统和用户接口有关的一系列应用程序提供了一个框架。但是，MRS 软件并不是一个封闭式数据存储和访问平台，它不对任何现有的数据库有所偏重，不能精确定义能容纳的数据库名称或数量；它仅仅是设计和实现了一个概念性和功能性的框架结构，使得工具实现者能够独立和有效地进行应用。

在数据存储管理方面，一个比较有影响的系统是磁盘阵列（redundant array of independent disks, RAID）[6]，也称独立磁盘冗余数组。RAID 将多个硬盘组合起来，成为磁盘数组，使性能达到甚至超过一个价格昂贵、容量巨大的硬盘，并通过不同的等级在增加数据可靠性和增加输入/输出性能这两个目标间取得平衡。其中，RAID 0 将多个磁盘合并成一个大的磁盘，不具有冗余功能（如果一个磁盘物理损坏，所有的数据都会丢失），并行输入输出，具有最快的速度；RAID 1 是数据分布式存储的镜像，提供在主硬盘上存放数据的同时也提供在镜像硬盘上写相同数据的功能。当主硬盘（物理）损坏时，镜像硬盘代替主硬盘的工作。因为有镜像硬盘做数据备份，所以 RAID 1 在所有级别上具有最好的数据安全性。此外有 RAID 3 及更高等级。我们把这些磁盘设备称为第二级设备，而将内存称为第一级设备。形成所谓层次化存储管理（hierarchical storage management）。

3. 基于 MRS 工具的海量数据检索的设计与实现

3.1 海量数据检索需求

海量数据检索的目标是利用二级存储设备磁盘阵列，结合高效存储设备内存，对外提供海量数据的文件存储和检索，同时具有较高的响应性能。

在海量数据的存储和检索中，数据的使用应该具有以下的能力：

（1）足够的软硬件要求和系统资源，应能提供一定的缓存大小和虚拟内存设置，以支持数据处理的成功进行。

（2）存储数据的安全性，具有一定的数据镜像备份和灾难恢复的能力。

（3）存储容量是可扩充的，应该能提供处理 TB 级数据的扩展能力。

（4）对数据文本格式的应用，应能提供正确快速的程序处理操作和不受大小限制的文本存储。

（5）快速的数据索引和检索功能，响应时间不应超过用户可以忍受的时间。这里我们设定检索上亿条记录（总量达数百 GB）数据时，响应时间不应超过 3s。

（6）简单的用户接口。用户可以通过简单的用户接口使用该检索功能。

（7）支持多用户。

3.2 系统设计

根据以上需求，我们设计了如图 2 所示的系统架构。该架构采用 DELL 服务器和 Linux 操作系统以支持设备的安全性和稳定性。采用 RAID 0 和 RAID 1 磁盘阵列标准以支持二级存储设备，方便磁盘容量的扩充。采用世界生物信息公共服务网中国镜像站点（bio-mirror）[7] 系统提供国际生物数据库 GenBank、EMBL 等镜像数据。系统对外提供文件接口，并支持并发多用户的访问。

文本格式文件（BitFile）是字节的逻辑串，它不受大小和内部结构的约束（解决了有些操作系统文件大小不能超过 4GB 的限制），每个文件具有机器产生的标识符 ID。

下面详细解释几个重要模块的功能。

MRS:

（1）通过 B-Tree 和倒排索引方法对原始数据建索引，生成同时包含原始数据及其索引的 MRS 文件，维护数据及检索索引的同步性。

（2）以压缩文本文件的形式存储原始数据及索引文件，使用的磁盘空间少于原来未压缩文件空间的一半。

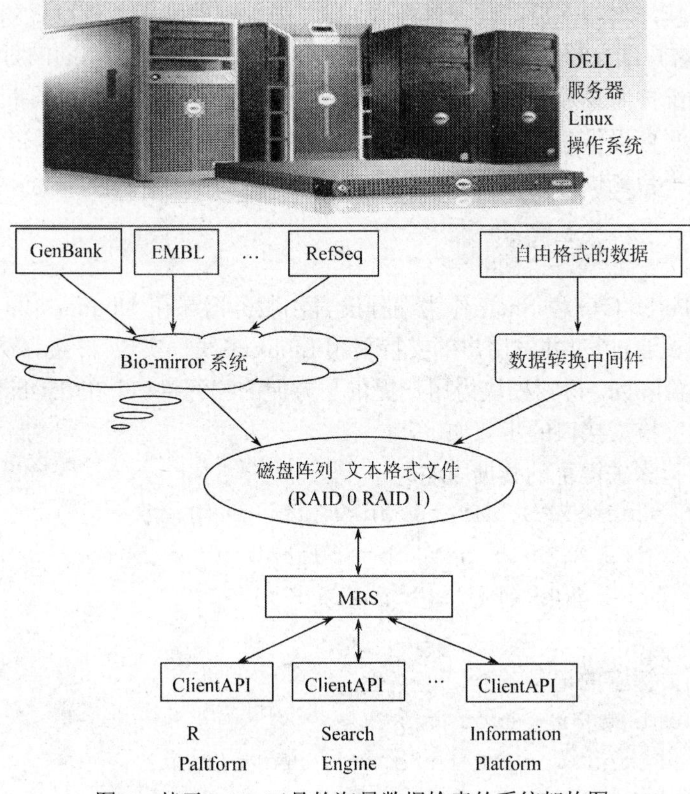

图 2　基于 MRS 工具的海量数据检索的系统架构图

（3）优化的检索速度和易用性，在单处理器 PC 机上，从 EMBL、PDB、UniProt 等 12 个 MRS 文件中检索关键词"lysozyme"通常需要 0.02s，联合检索"chloride AND channel"通常需要 0.15s。而使用 EBI 检索引擎进行类似的检索则通常需要数秒的时间。

（4）多库联合查询和字段链接，在 MRS 文件内，可将索引对象链接至该文件或其他 MRS 文件中的关联字段。

（5）提供开放接口，用户需要索引自己提交的数据时，编写并配置该数据对应的三个文件（mrs_config.xml, databank.info 及 db.pm）即可，见图 3。

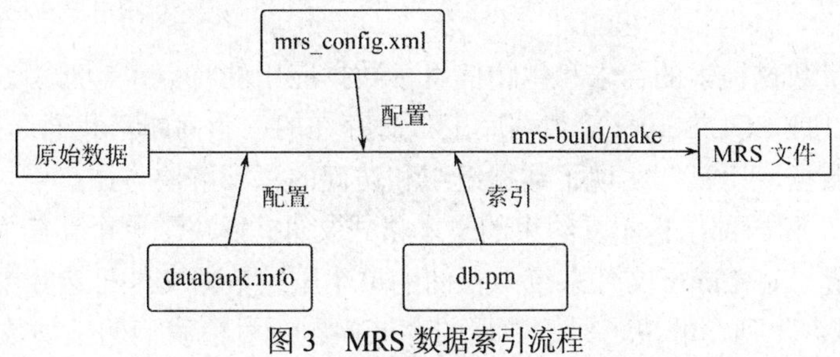

图 3　MRS 数据索引流程

数据转换中间件：

（1）制定规则，对自由格式的数据进行数据清洗，可处理的数据包括关系型数据和其他非关系型数据。

（2）数据转换，将清洗后的数据转换成 MRS 能处理的文本文件格式的数据。

Client API（客户端编程接口）:

（1）管理并维护海量数据检索的界面。

（2）为其他平台提供海量数据检索的 Web Service 调用。

（3）为其他平台提供海量数据检索后台的程序调用。

3.3 系统实现

本系统采用 Perl，C++和 Shell 作为编程语言，服务器端在 Ubuntu 10.04 下，客户端在 Windows XP 下调试通过。对并发用户的支持采用 Linux 多线程实现。二级存储设备使用 RAID 0 和 RAID 1 级磁盘阵列。检索模块为用户提供了方便的编程接口。在 databank.info 里面定义了$db。使用关键字检索接口的步骤如下，

```
//定义要检索关键字的数据库名
my $db = new MRS::Mdatabank('ccinfo')
    or die "Could not open databank ccinfo\n";
if (my $r = $db->Find("crambin"))
{
//检索到关键字的记录条数
my $count = $r->{count};
print "Found $count hits for crambin:\n";
     //返回所有结果记录的 id 和标题
     while (my $id = $r->Next)
     {
         my $title = $db->GetMetaData($id,'title');
         print "$id\t$title\n";
     }
}
```

4. 结果和分析

根据当前海量数据检索的需求和生物信息学数据应用的特点，针对引言中提出的在目前使用 Oracle、DB2 或 SQL Server 等数据库工具时存在的三个问题，我们选择 MRS 工具作为海量数据检索的数据库工具，实现了数据组织和访问的以下解决方法：

（1）使用大小和内部结构不受约束的文本格式文件，解决了单个存储文件上限问题和海量数据的结构问题。在 Linux 文件系统中存储的单个压缩数据文件可达数十或上百 GB。

（2）使用磁盘阵列，解决了原始数据的存储问题。目前我们的生物数据库已达 2TB，数据库记录条数达 477492854 条，且镜像数据还在不断更新增加中。

（3）使用 MRS 的快速索引、多库联合查询和字段链接功能，解决了海量数据检索和大数据库关联检索速度的问题。在包含 Protein、PDB、OMIM 在内的 26 个国际生物数据库中查询关键字“lysozyme”,返回检索到的 101036950 条记录仅需 0.406s，见图 4。

（4）使用 Perl、Shell 和 Web Service 开放程序接口，解决了海量数据检索应用的扩展和延伸问题，为已有大量数据的多种前台应用方式提供了有力的后台支撑。如我们现在初步开发的病原微生物信息平台，也以该海量数据检索方案作为其重要数据模块，见图 5。

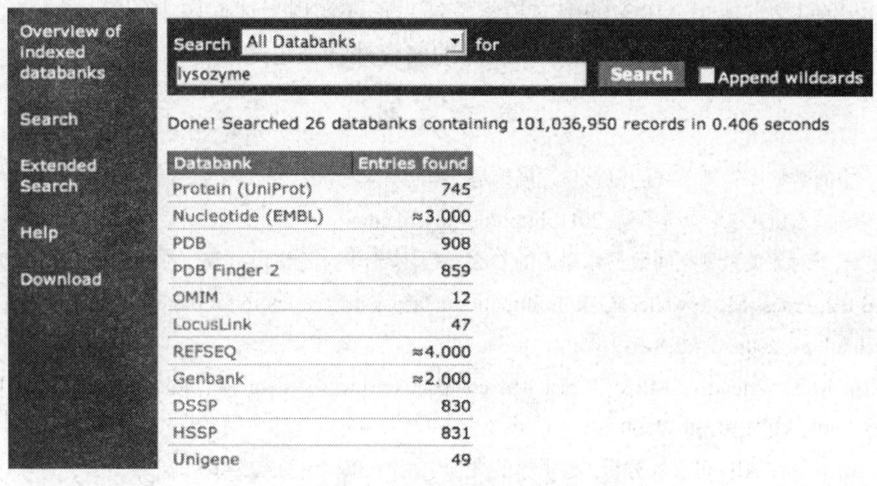

图 4 海量数据检索效率

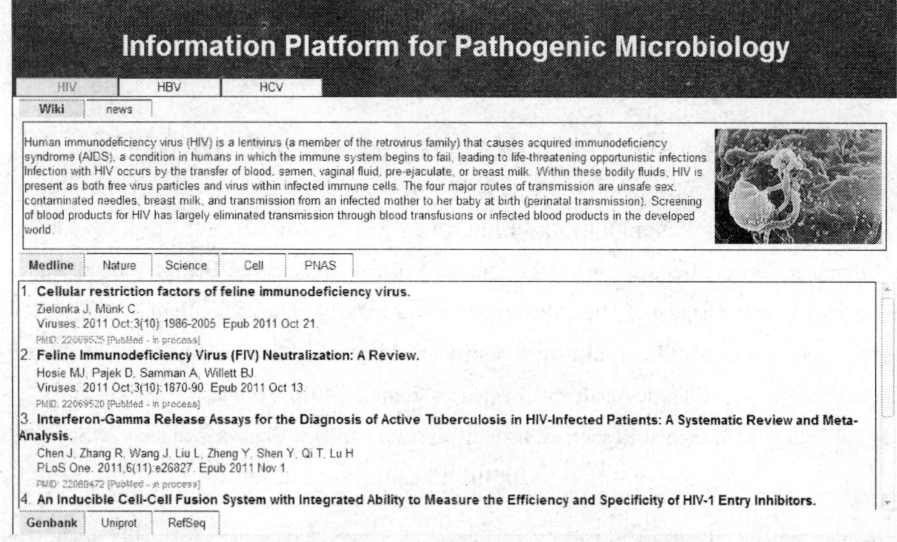

图 5 基于 HIV，HBV 和 HCV 的病原微生物信息平台（海量数据检索为其重要数据模块）

5. 总结和展望

本文描述了一个基于 MRS 工具的海量数据检索的架构和实现。该方法去掉对数据结构模型的限制，提供根据不同数据结构的特点改变数据转换中间件的机制，最终生成文本文件数据，从而提高了海量数据存储、索引和检索的性能。该方法还为我们研究海量信息检索的以下重要问题提供了一个良好的实验平台（我们以前的程序研究多基于生物信息学）：

（1）MRS 中文检索算法，使其快速检索功能能用于中文海量数据的检索中。

（2）关系数据库到 MRS 工具的自动转换算法。

（3）MRS 工具的快速检索功能在其他学科领域海量数据检索中的应用（只要数据能转换成 MRS 可识别的平面文件格式即可），不限于生物信息学。

现阶段我们只实现了 MRS 的中文检索算法，正在实现上述问题中的第（2）、（3）条。此外，该流程中使用的 MRS 不同版本间程序的兼容性管理也是值得完善的一个部分。

参 考 文 献

[1] 龚建雅. 空间数据库管理系统的概念与发展趋势. 测绘科学, 2001, 26(3):4-9.

[2] Oracle 公司. MySQL 5.1 参考手册. 2011. http://dev.mysql.com.

[3] 孔冬艳. 基于对象关系型空间数据库理论的 GIS 实现[博士学位论文]. 武汉：中国地质大学, 2006.

[4] Whitfield E J, Pruess M, Apweiler R. Bioinformatics database infrastructure for biotechnology research. Journal of Biotechnology, 2006.124:629-639.

[5] Hekkelman M L, Vriend G. MRS: A fast and compact retrieval system for biological data. Nucleic Acids Research, 2005. 33(2):W766-W769.

[6] 陈华英.磁盘阵列 RAID 可靠性分析. 电子科技大学学报, 2006, 35(3):403-405.

[7]Gilbert D, Ugawa Y, Buchhorn M, et al. Bio-Mirror project for public bio-data distribution. Bioinformatics, 2004, 20(17):3238-3240.

Large-scale Data Retrieval Based on MRS

Xia Qing[1,2], Liu Di[2,3], Ma Juncai[2,3,4]

(1. Computer Network Information Center, Chinese Academy of Sciences, Beijing 100190, China;

2. Information Center, Institute of Microbiology, Chinese Academy of Sciences, Beijing 100101, China;

3. China-Japan Joint Laboratory of Molecular Immunology and Molecular Microbiology, Institute of Microbiology, Chinese Academy of Sciences, Beijing 100101, China;

4. State Key Laboratory of Microbial Resources, Institute of Microbiology, Chinese Academy of Sciences, Beijing 100101, China)

Abstract In view of the requirement for large-scale、unstructured and high-speed retrieval of bioinformatics data, and the question for insufficient use of relational databases in organization and access for the data, based on the study of data standards of GenBank, etc, the paper designed and implemented a high-speed retrieval system for multiple bioinformatics databases with TB-level data size based on MRS, using the Bio-Mirror site as the data source, and flat file with RAID as secondary storage device. The system implemented Chinese retrieval algorithm of MRS and can be used for large-scale data management and retrieval in other disciplines like biology and geography.

Key words bioinformatics; large-scale data; flat file; Bio-Mirror; RAID; MRS; retrieval

LAS 在南海物理海洋数据服务中的应用研究

徐 超[1] 李 莎[1] 米浦春[2]

（1. 中国科学院南海海洋研究所南海海洋数据中心 广州 510301;
2. 防化研究院 北京 102205）

摘 要 针对物理海洋数据的高分布、高异构的特点，南海海洋科学数据库利用 LAS 集成南海物理海洋数据，包括网格型的南海海风、海流数据和离散型的南海潮位数据，为数据用户提供网络交互式可视化共享与服务。LAS 方便用户通过网络浏览器直接在线可视化数据，选取数据子集，转化数据格式。本文阐释了 LAS 的架构及工作原理，介绍了 LAS 的安装配置，描述了 LAS 的功能与应用。

关键词 LAS；物理海洋数据；共享与服务；可视化；南海海洋科学数据库

1. 前言

海洋科学数据是一个可持续发展的要素，具有学科众多、收集零散、类型复杂、格式各异等特点。为解决分布、异构数据的集成管理与共享服务问题，南海海洋科学数据库在“十一五”工作期间搭建起交互式可视化数据共享与服务系统[1]，实现了数据可视化、数据子集选取、数据格式转化等建设目标，以更好地为分布的海洋研究者的合作提供数据支撑服务。

针对物理海洋数据的高异构、高离散的特点，南海海洋科学数据库经过研究、比较，选取 LAS 系统作为数据可视化共享与服务系统的一个组成部分进行部署，并集成了南海海风、海流和潮位数据集，通过友好的访问界面为用户提供了方便快捷的数据服务[2]。

LAS（Live Access Server）是由太平洋海洋环境实验室 PMEL（Pacific Marine Environmental Laboratory）研发的一套高度可调整的 Web 交互式图形数据引擎[2-4]。LAS 系统于 1994 年开始被应用于海洋网格数据的服务，该系统的用户界面友好，数据发布和管理便捷[5-6]。LAS 支持本地的标准格式文件数据的组织和发布，例如 grib、NetCDF、HDF 等格式数据，也兼容通过 DODS/OPeNDAP 协议可访问的远程分布式异构数据的组织和发布，例如由 GDS、TDS 等提供的服务数据。其 API 理论上支持各种格点或站点、时间序列、卫星和雷达资料，具备强大的二次开发的能力[5]。

本文主要介绍在南海海洋科学数据库研究建设中对 LAS 作的一些相关研究，简要阐释了 LAS 的架构及其工作原理、LAS 的安装配置，描述了 LAS 的功能及应用。

2. LAS 架构及工作原理

LAS 系统采用传统的 Browser/Server 三层架构[4,7]，系统架构如图 1 所示[8]，由用户层、业务逻辑层和数据层组成。

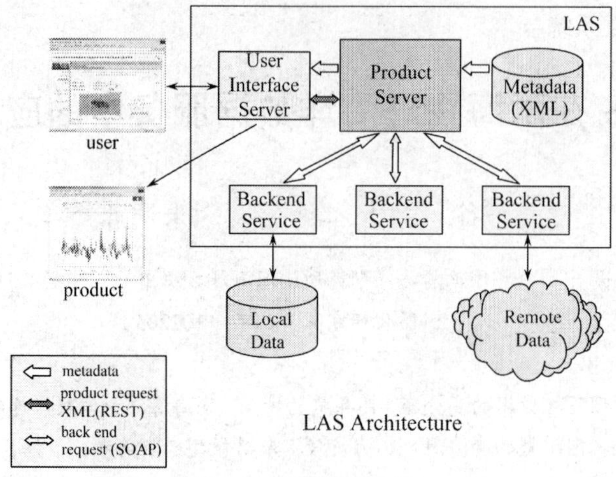

图 1　LAS 系统架构

用户层：用户通过浏览器或 Web 应用程序，输入相关信息，发出数据检索或下载等请求，用户层来判断这些请求的合理性和可行性，并提交到业务逻辑层。业务逻辑层：业务逻辑层将用户层发送过来的数据请求通过用户接口服务器（user interface server）和产品服务器（product server）转化为一系列的后台系统处理命令，根据元数据配置文件信息与数据层进行交互，完成实际数据的读取和处理；并将数据结果提交给后端服务程序（backend service）生成用户所需最终输出产品。数据层：由本地数据或远程数据资源组成。

用户接口服务器和产品服务器是 LAS 系统的组成核心，它们都建立在 Struts 之上[8]。用户接口服务器可动态的生成 HTML 代码、Java script 脚本代码和 Java Applet 代码，组成浏览器所能访问的 Web 代码，用户通过浏览器可视化地选择所需数据集、数据变量、地理区域、时间范围及可视化的界面风格等。用户接口服务器组成及工作原理如图 2 所示，功能如下[9]：①通过 MySQL 关系数据库系统管理和存储用户界面状态。②采用 Velocity 模板动态生成浏览器 Web 代码。③从元数据库中提取客户所需数据集或变量的元数据信息，提交给用户浏览器。

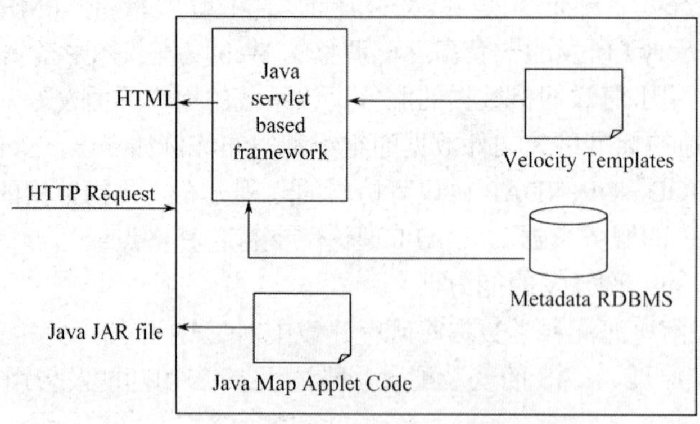

图 2　LAS 用户接口服务器组成及工作原理

产品服务器用来接受客户端请求，解析请求并将工作要求传递给后端服务程序产生产品，然后收集服务结果并发回响应给客户端[8]。产品服务器组成及原理如图 3 所示，功能包括[9]：①解析接收到的 XML 数据请求成为一系列的符合 LAS 自定义规范的相关操作。②判断这一系列的 LAS 系统自定义操作由哪些可视化数据应用程序执行并完成相应操作（默认可视化工具为 Ferret）。③调用适配程序进行数据请求的合理性判断，动态的产生 Ferret 脚本代码完成数据的可视化及再分析，数据可以是本地的文件数据或数据库数据，也可以是通过 DODS/OPeNDAP 协议访问的远程数据。④直接在线返回用户指定格式的可视化产品或再分析产品，如 GIF、NetCDF、ArcView GIS 或 ASCII 文本格式等。

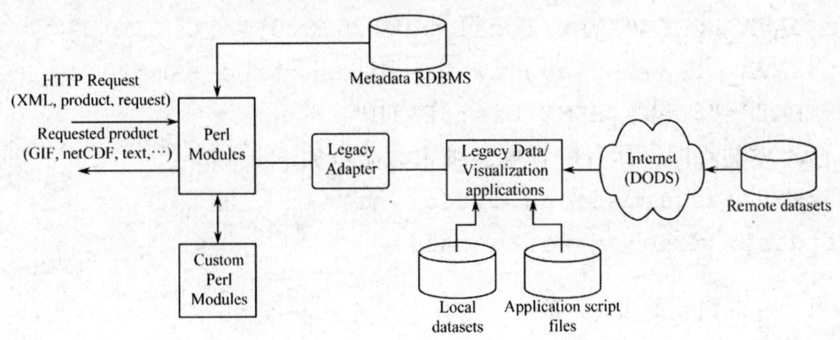

图 3　LAS 产品服务器组成及工作原理

LAS 系统通过用户界面 XML 配置文件和数据服务 XML 配置文件来管理元数据，处理流程如图 4[9]。用户界面 XML 配置文件仅被用户接口服务器读取和使用，用于定制用户界面信息；数据服务 XML 配置文件同时被用户接口服务器和产品服务器读取和使用，用于描述实际数据和变量的种类和范围等。通常可通过 LAS 系统自带的应用程序 addxml.pl 读取本地或远程数据的元数据信息，生成相应的 XML 配置文件，而特殊格式的数据则需要手动配置。配置文件信息需手动配置到 las.xml 文件，通过 genlas2.pl 应用程序将这些配置信息输入到关系数据库 MySQL 中，为用户界面程序产生相应的 Java Script 代码。

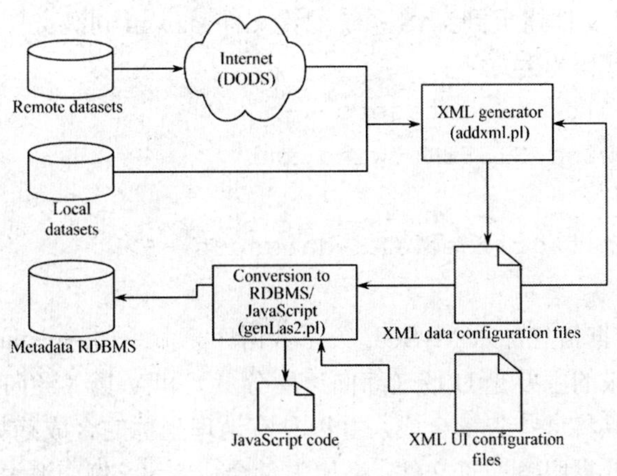

图 4　LAS 系统元数据处理流程

3. LAS 的安装配置

LAS7.0 系统安装前操作系统应具备如下软件和运行环境[10]：Java 开发工具包 SE SDK

1.5+；Java 程序安装编译工具 ant1.6+；动态 Web 服务器 Tomcat 5.5 或以上版本；图形化显示工具 Ferret6.8+；关系数据库系统 MySQL 3.0 或更高版本；Perl 编译环境 5.8 或以上版本。

系统安装步骤如下[11]。

①设置 Ferret 环境参数。命令如下：

```
source /PATH TO FERRET INSTALLATION/bin/ferret_paths
```

②设置 Java 运行环境。命令如下：

```
export JAVA_HOME="/usr/local/jdk1.5.0_05"
export JAVA_OPTS="-Djava.awt.headless=true -Xms1024M -Xmx3072M"
export PATH="$JAVA_HOME/bin:$PATH"
```

③解压 LAS 安装程序，运行配置安装脚本。命令如下：

```
tar - zxvf las.armstrong1.1.tar.gz
./configure; make; make install
```

3.1 南海海风、海流数据的 LAS 系统实现

南海海风、海流数据属于网格型数据。网格数据集成到 LAS 系统要先通过 addxml.sh 生成配置文件，再手动将配置文件信息加入到 las.xml 配置文件中[12]。例如，把南海海风数据集加入 LAS 的步骤如下。

（1）生成南海海风数据集的服务配置文件 wind.xml。命令如下：

```
addXML.sh -n http://localhost:8080/dods/scsio_public/Wind -x
/usr/local/las/xml/perl/template.xml wind.xml
```

其中，http://localhost:8080/dods/scsio_public/Wind 为南海海风数据集的 OPeNDAP 服务地址；/usr/local/las/xml/perl/template.xml 为 LAS 系统的服务配置文件模板；wind.xml 是指定的南海海风数据集的服务配置文件名称。

（2）将 wind.xml 文件拷贝到 LAS 系统配置文件 las.xml 同级文件夹中，手动编辑 las.xml 加入配置文件信息。代码内容如下：

```
<!-- Default LAS datasets -->
<!ENTITY wind SYSTEM "wind.xml">
......
<!-- Default gridded LAS datasets -->
 &wind;
```

（3）最后将元数据信息加入 MySQL 关系数据库。命令如：genlas.pl las.xml。

南海海风数据记录的主要是 U 场（纬向速度分量）和 V 场（经向速度分量）。LAS 强大的图形可视化功能可以将这些矢量合成，并以具有地理坐标的合成趋势图可视化显示出来。实现该功能需要修改数据服务配置文件，添加矢量合成定义。例南海海风数据 U 场和 V 场的矢量合成配置代码片段如下：

```
<composite>
  <wind_vectors name="Wind vectors">
    <properties>
      <ui>
```

```
        <default>file:ui.xml#VecVariable </default>
      </ui>
    </properties>
    <link match="../../variables/u-id-07c7b16f4d"/>
    <link match="../../variables/v-id-07c7b16f4d"/>
  </wind_vectors>
</composite>
```

这段代码中，../../variables/u-id-07c7b16f4d 和../../variables/v-id-07c7b16f4d 即为合成矢量的两个分量名称；file:ui.xml#VecVariable 表示使用用户接口服务器的矢量显示 Ferret 代码。

南海海流数据集用同样的步骤和方法集成到 LAS 系统并进行矢量合成。

3.2 南海潮位数据的 LAS 系统实现

南海潮位数据为离散型数据，存储于关系数据库 MySQL 中。加入 LAS 系统之前需要对数据库的数据结构进行标准化，数据库表的字段必须含有经度（longitude）、纬度（lattitude）、深度（depth/height）、时间（time）等信息[13]。南海潮位数据库由表 tide 组成，数据结构如表 1。

表 1　南海潮位数据库表 tide 的数据结构

字段名称	类型	约束条件	说明
Id	char(12)	无重复	标识，主键
Type	char(12)	不允许为空	类型
Country	char(12)	无	国家
latitude	Float	不允许为空	纬度
longitude	Float	不允许为空	经度
datetime	Datetime	不允许为空	时间
tidelevels	Float	不允许为空	潮高

数据结构标准化后，修改数据库引擎配置文件 DatabaseBackendConfig.xml，添加数据库的连接地址和驱动程序，代码片段如下：

```
<databases>
  <database  name="Prj908"  driver="com.mysql.jdbc.Driver"
  connectionURL="mysql://localhost:3306/Prj908?autoReconnec
  t=true" user="root" password="lybbs,mpc"/>
</databases>
```

这段代码中，<databases>元素标识数据库引擎列表，<database>元素标识每个数据库引擎配置，对应生成一个 LAS 服务数据集。driver 指 JDBC 驱动程序名称；connectionURL 指数据库连接地址；user 和 password 是数据库访问的用户名和密码。例中南海潮位数据库名称为 Prj908，采用 MySQL 数据库驱动程序，连接地址为 mysql://localhost:3306/Prj908。

离散型数据的数据配置文件须根据数据库的具体结构手动设置，配置信息包括数据库内容，经纬度范围和时间范围，并遵循 LAS 系统的预定义配置规范[14]，南海潮位数据采用 COARDS（cooperative ocean/atmosphere research data service）的元数据规范。

南海潮位数据的配置文件 tide.xml 准备完毕后，同南海海风、海流等网格数据的配置文件一样，先拷贝到 las.xml 同级文件夹中，再手动编辑 las.xml 加入配置信息，并利用 genlas.pl 将元数据信息加入 MySQL 关系数据库。

4. LAS 的功能及应用

LAS 系统通过统一的交互式的 Web 用户界面发布数据和元数据信息，为数据用户提供了一个一站式的调用环境，方便用户直接通过网络浏览器进行访问，支持单个数据集服务以及两个数据集的比较服务，允许数据用户利用表单交互生成数据图形，实现分布式数据变量的差异比较，定制指定格式的数据子集，以及获取其他所需的数据服务。LAS 系统基本功能的实现有四个步骤：选择数据集、选择数据变量、设置约束条件和输出产品。

4.1 选择数据集

LAS 系统首页即为数据集的选择界面。LAS 系统默认采用分级目录形式对所有的服务数据集进行分类归纳，用户可非常方便的选择所要的数据集。在左侧导航栏中点击 Datasets 即进入或者返回到该界面。如图 5 为南海海洋科学数据库 LAS 系统数据集的选择界面，该界面列出了顶级数据集目录，包括南海海流数据集（Current of East/South China Sea）、南海潮位数据集（Tide levels）、南海海风数据集（Wind of East/South China Sea）。点击选取南海海风数据集，将跳转到数据变量的选择界面。

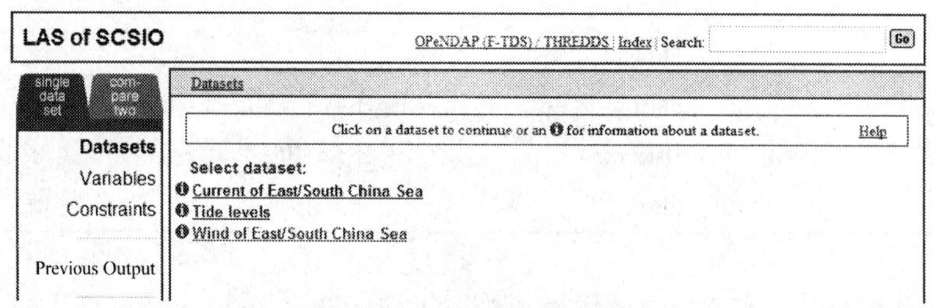

图 5 LAS 系统数据集的选择界面

4.2 选择数据变量

LAS 系统所指的数据变量包括数据集本身已定义的变量，也包括对这些变量合成或对比后生成的新变量。用户可通过数据变量前的复选框点击选取所需变量，其支持多变量选取。左侧导航栏中点击 Variables 即进入或者返回到变量选择界面。若点击 Index 链接，LAS 系统提供按类型或者数据集分类提供索引式的变量目录，用户也可以通过点击变量链接来实现数据变量的选择。例如在图 6 中选取海风的经向速度分量（meridional wind），点击红色的 Next 按钮进入约束条件设置界面。

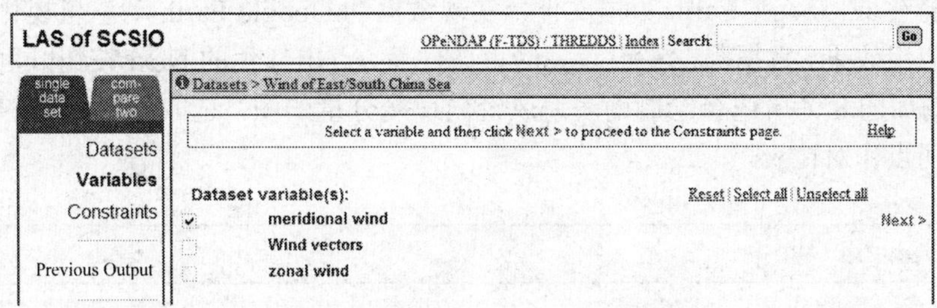

图 6 LAS 系统变量的选择界面

4.3 设置约束条件

LAS 系统中的约束条件主要包括绘图视角、输出产品类型、地图区域、经纬度范围、时间范围以及其他一些用户自定义的约束条件。LAS 系统提供交互式地图和双击式地图两种方式方便用户选取绘图区域范围，输入数值可快速获取所需的精确的经纬度范围。在左侧导航栏中点击 Constrains 即进入或者返回到约束条件设置界面。例如图 7 在约束条件选择界面，设置南海海风经向速度分量的输出产品类型为填色图比较，纬度范围自南纬 5°~北纬 30°，经度范围自东经 95°～135°，对比时间为 1976 年 1 月 1 日 0 时。

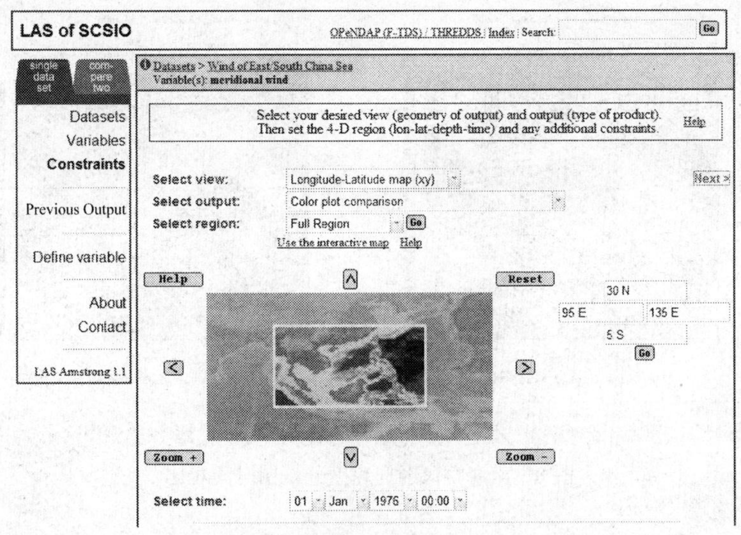

图 7 LAS 系统约束条件的选择图例

4.4 输出产品

LAS 系统支持不同类型数据的多类型产品输出。对于网格型数据，LAS 支持的输出产品包括：填色图，填色图对比，数据值表（或文本），NetCDF 格式数据文件，ASCII 格式文本文件，ArcView 网格图，桌面应用程序的数据访问代码，交互式填色图，在 Google Earth 上绘制图形、动画演示，在 Google Earth 上绘制时间序列或者垂直剖面；对于离散型数据，LAS 支持数据点绘图，数据值绘图，数据值表（或文本），NetCDF 格式数据文件。从 7.0 版本开始，LAS 支持生成 Google Earth 数据文件，实现数据的 Google Earth 动态可视化，增强了数据的可视化应用效果。数据用户在设置完约束条件后，点击红色的 Next 按钮既可获取所需的输出产品。例如图 8 为所选择绘制南海海风经向速度分量的图，选取了 1 月、4 月、7 月、10 月的 4 个时间点作对比。

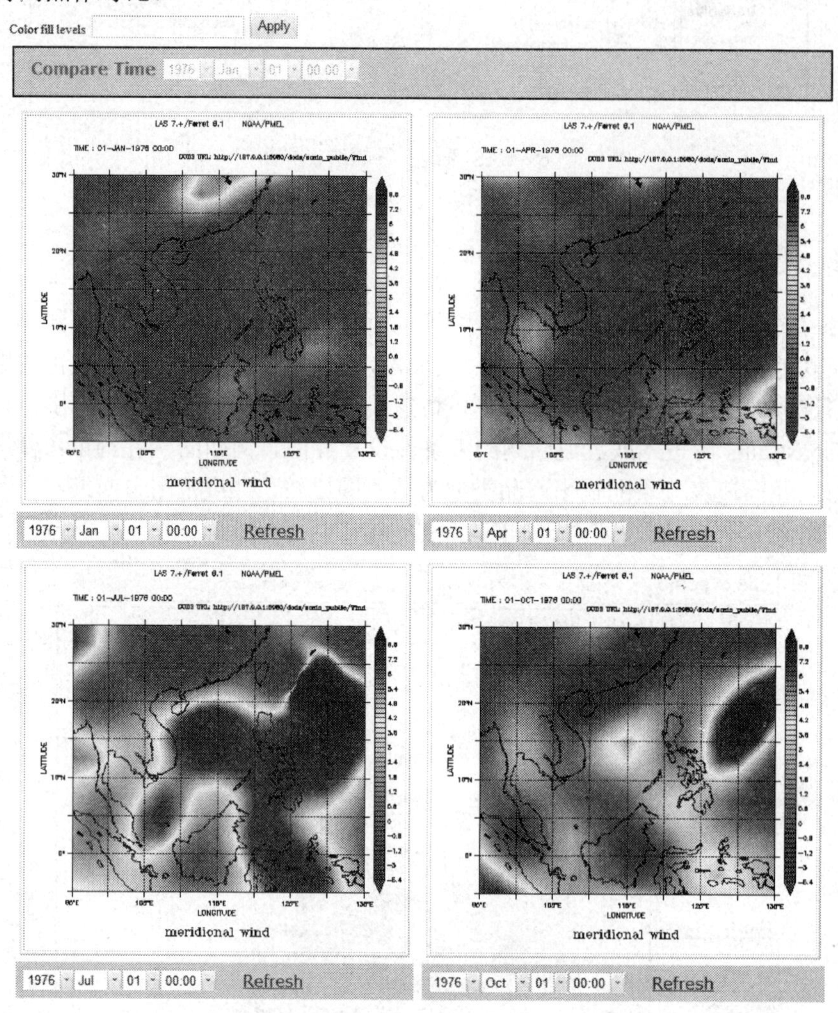

图 8　南海海风经向速度分量图时间对比

5. 结语

南海海洋科学数据库利用 LAS 系统为数据用户提供交互式的可视化网络应用程序，极大地拓展了数据的服务功能，基本实现了数据库设计的数据可视化、数据子集选取、数据格式转化等功能建设目标。交互式界面使数据用户可以通过网络浏览器直接在线查看、再抽样、可视化分析数据，并可根据用户需求在线生成多种类型的数据图形产品或者下载不同格式的数据，还可以将数据链接到 Google Earth、Google Map 等应用程序，进一步提高了数据及产品可视化。

南海海洋科学数据库数据共享与服务系统自 2010 年 9 月份正式上线至 2011 年 6 月，累计独立 IP 访问次数超过 3 万，累计访问人次超过 10 万，累计页面访问数超过 130 万，累计文件数超过 290 万，累计下载量超过 46GB（统计数字来源于数据服务监控与统计系统之南海海洋科学数据库，访问地址为 http://msis.csdb.cn/report.action?gid=1126），目前服务状态稳定，服务效果良好。

希望通过本文的简单介绍可以使用户对南海海洋科学数据库的 LAS 系统的服务应用有一定直观的认识与理解，并访问感兴趣的数据，对照使用南海海洋科学数据库的 DChart 系统的服务[15]，获取有价值的数据分析应用。南海海洋科学数据库以分布、异构环境下海洋科学数据的网络无缝共享为工作目标，将继续扩展服务数据的学科与类型，增加数据量的积累，为用户提供方便高效的数据应用服务。

参考文献

[1] 徐超，李莎. 南海海洋科学数据库数据共享与服务系统的设计与实现. 科研信息化技术与应用, 2011, 2(1): 10-17.

[2] 徐超，李莎，米浦春.南海物理海洋数据的OPeNDAP服务实现. 热带海洋学报, 2010, 29(4):174-180.

[3] LAS. http://www.ferret.noaa.gov/LAS.

[4] LAS Overview.2001. http://ferret.pmel.noaa.gov/LAS/las-overview.

[5] Hankin S, Davison J, Callahan J, et al. 1998: A configurable web server for gridded data: a framework for collaboration. 14th International Conference on Interactive Information and Processing Systems for Meteorology, Oceanography, and Hydrology, Atlanta: 417–418.

[6] Hankin S.DODS, the distributed ocean data system. 17th International Conference on Interactive Information and Processing Systems for Meteorology, Oceanography, and Hydrology, Orlando, 2002.

[7] LAS for In Situ data.2002. http://ferret.pmel.noaa.gov/Ferret/LAS/LAS_forInSituData.pdf.

[8] LAS Architecture. 2002.http://ferret.pmel.noaa.gov/LAS/documentation/introduction/the-las-architecture/.

[9] LAS Architecture Diagram. 2002.http://ferret.pmel.noaa.gov/HOMEPAGE/LAS/Documentation/diagrams/lasBlockExplanation.html.

[10] Prerequisites for Installation. 2002.http://ferret.pmel.noaa.gov/LAS/documentation/installer-documentation/installation/preliminaries.

[11] Installing LAS V7.0. 2002.http://ferret.pmel.noaa.gov/LAS/documentation/installer-documentation/installation/installing-armstrong.

[12] How to add gridded data from a NetCDF file or OPeNDAP URL.2001.http://ferret.pmel.noaa.gov/ LAS/documentation/installer-documentation/adding-gridded-data.

[13] Preparing your database.2001.http://ferret.pmel.noaa.gov/LAS/documentation/installer-documentation/adding-scattered-data/using-a-database/preparing-your-database.

[14] Creating the dataset configuration file.2001. http://ferret.pmel.noaa.gov/LAS/documentation/installer-documentation/adding-scattered-data/using-a-database/creating-the-dataset-configuration-file.

[15] 徐超，李莎，米浦春. 南海海洋科学数据库 DChart 服务系统的研究与应用//科学数据库与信息技术论文集（十）北京: 兵器工业出版社, 2010: 214-224.

Application of LAS on Physical Oceanographic Data Services of the South China Sea

Xu Chao[1], Li Sha[1], Mi Puchun[2]

(1.Data Center of South China Sea Institute of Oceanology, Chinese Academy of Sciences, Guangzhou 510301, China;

2. Research Institute of Chemical Defense, Beijing 102205, China)

Abstract For the distribution and heterogeneity characteristics of physical oceanographic data, South China Sea Ocean Database uses LAS to integrate physical oceanographic data of the South China Sea, including the gridded wind and current data, and the in-situ tide data, to provide an interactive visualization data sharing and service interface for the data users over the Network. LAS facilities users to visualize data, select a subset of data and reformat data on web. This paper illustrates the architecture and working principle of LAS, introduces the installation and configuration of LAS, and describes the function and application of LAS.

Key words LAS; physical oceanographic data; sharing and service; visualization; South China Sea Ocean Database

PHP 常见安全漏洞研究

刘 鹏，张玉清

（中国科学院研究生院国家计算机网络入侵防范中心 北京 100049）

摘 要 本文总结了 PHP 脚本中广泛存在的代码注入漏洞及代码执行漏洞，并对其进行了分析，同时在此基础上提出了预防这些漏洞的方案，最后，针对如何利用 PHP 开发安全的 Web 应用程序给出了建议。

关键词 PHP; 漏洞; 安全编程; Web 应用程序

1. 引言

PHP(Hypertext Preprocessor)是一种嵌入 HTML 页面的脚本语言，PHP 的语法混合了 C、Java、Perl，以及其自身创新的语法，使得 Web 开发者能够快速地开发包含动态页面的 Web 应用程序。而且，PHP 是完全免费的开源产品，同时 Linux、Apache 和 MySQL 也是开源的软件，因此采用 LAMP（Linux+Apache+Mysql+PHP）结构所搭建的 Web 应用程序服务器非常流行。从网站流量来说，70%以上的访问流量是 LAMP 来提供的[1]，LAMP 是目前最强大的网站解决方案。

表 1 是 TIOBE Software[2]公司 2011 年对各种语言使用情况的统计结果，结果显示 PHP 目前还是比较受欢迎的语言。然而，由于 PHP 对程序开发人员要求很低且 PHP Web 应用程序开发人员的疏忽，导致所开发的 PHP Web 应用程序存在大量的高风险漏洞，对 Web 安全造成了很大的威胁。

表 1 PHP 语言所占比例

2011 年排名	编程语言	2011 年所占比例/%
1	Java	18.580
2	C	16.278
3	C++	9.830
4	C#	6.844
5	PHP	6.602

2. PHP 常见安全漏洞及产生原因

PHP Web 应用程序中常见的安全漏洞有：跨站脚本漏洞、SQL 注入漏洞、代码执行漏洞、文件包含漏洞及 PHP 代码注入漏洞等。本文将以 PHP 代码注入、文件包含及代码执行漏洞为例对 PHP Web 应用程序的安全性进行分析。

PHP Web 常见的安全漏洞出现的原因主要有以下三种：

（1）Web 应用程序在调用动态文件系统时，对用户输入没有做合理验证，例如，include( ) 或 fopen( )。

（2）PHP 配置出现问题，例如默认开启 allow_url_fopen 等。

（3）对用户执行代码权限控制不足。

PHP 提供了大量方便 Web 应用程序开发人员使用的函数，然而这些函数在带来方便的同时，又引入了新的风险，具体漏洞实例将在后面的章节中论述。PHP 程序中所有的参数输入点[3,4]，如表 2 所示。

表 2 PHP 中参数输入点

名　称	说　明
$_SERVER	一个包含了诸如头信息（header）、路径（path），以及脚本位置（script locations）等信息的数组
$_GET	通过 URL 参数传递给当前脚本变量的数组
$_POST	通过 HTTP POST 方法传递给当前脚本变量的数组
$_COOKIE	通过 HTTP Cookies 方法传递给当前脚本变量的数组
$_REQUEST	默认情况下包含了$_GET，$_POST 和$_COOKIE 的数组
$_FILES	通过 HTTP POST 方式上传到当前脚本的项目的数组
$_ENV	通过环境方式传递给当前脚本的数组
$_HTTP_COOKIE_VARS	跟$_COOKIE 包含相同的信息，但它不是一个超全局变量（已弃用）
$_HTTP_ENV_VARS	跟$_ENV 包含相同的信息，但它不是一个超全局变量（已弃用）
$_HTTP_GET_VARS	跟$_GET 包含相同的信息，但它不是一个超全局变量（已弃用）
$_HTTP_POST_FILES	跟$_FILES 包含相同的信息，但它不是一个超全局变量（已弃用）
$_HTTP_POST_VARS	跟$_POST 包含相同的信息，但它不是一个超全局变量（已弃用）
$_HTTP_SERVER_VARS	跟$_SERVER 类似，但它不是一个超全局变量（已弃用）

3. 漏洞实例分析及防范措施

3.1 代码注入漏洞

实例 1

传递给 eval( )函数的参数被 PHP 解释器默认视为 PHP 可执行代码，因此当用户构造如“arg=10; system(\"/bin/echo uh-oh\");”的输入时，将直接导致代码执行。具体代码[5]如下所示：

```
$myvar="varname";
$x=$_GET['arg'];
Eval("\$myvar=\$x;");
```

防范措施：用户的输入参数永远是不可信的[6]，对于用户提交的参数一定要做严格的过滤；采用黑名单进行过滤难免有疏漏，最好采用白名单模式对用户提交的参数进行过滤。

3.2 文件包含漏洞

PHP 提供了大量文件操作相关的函数，这些函数在给 Web 应用程序开发人员带来方便的同时又引入了新的安全风险，其中存在潜在危险的文件包含函数如表 3 所示。被包含的文件将会被PHP解释器当做PHP代码执行。文件包含漏洞包括LFI(local file include)和RFI(remote file include)。如今，Web 应用程序开发人员对于文件包含漏洞的防范已经十分有效，但还是会经常爆出 LFI 和 RFI 漏洞。

表 3 文件包含函数

名 称	说 明
include( )	包含并运行指定文件
include_once( )	行为和 include( )完全一样，只是文件中的代码如果已经被包含了，则不会再次包含
require( )	包含并运行指定文件。功能与 include( )类似，只是错误处理方式不同
require_once( )	行为和 require( )完全一样，只是文件中的代码如果已经被包含了，则不会再次包含

实例 2

Web 应用程序开发人员如果如下所示对 require_once( )函数进行调用，那么当恶意用户提交类似例如 index.php?file=data:text/plain,<?php phpinfo( );?>%00 的请求时，将会导致 PHP 代码执行。

```
<?php
$to_include = $_GET['file'];
require_once($to_include . '.html');
?>
```

实例 3

```
<?php
Include("includes/".$_GET['file']);
?>
```

对于上面所示代码[7]，恶意用户可以提交如下类似请求：

?file=.htaccess，导致相同目录下的文件包含；

?file=../../../../../../../var/lib/locate.db，导致目录遍历。

实例 4

```
<?php
Include("includes/".$_GET['FILE'.".htm"]);
?>
```

对于上述代码[7]，恶意用户可以提交如下类似请求：

?file=../../../../../../../../../etc/passwd%00，这时 magic_quotes_gpc 设置为 off;

?file=../../../../../../../../../etc/passwd.\.\.\.\.\.\.\.\.\.\.\ …;

?file=../../../../../../../../../etc/passwd……………. …;

?file=../../../../ [...] ../../../../../etc/passwd。

实例 5

```
<?php
```

```
Include($_GET['file']);
?>
```

对于上述代码[7]，恶意用户可以提交如下请求进行注入：

```
?file=[http|https|ftp]://evil.com/shell.txt;
?file=php://input;
?file=php://filter/convert.base64-encode/resource=index.php;
?file=data://text/plain;base64,SSBsb3ZlIFBIUAo=。
```

防范措施：防范这种攻击的最有效的做法就是避免使用动态路径，如果不必要，应该限制动态路径的使用或是确认所包含文件的类型，或者使用绝对的完整路径而不是部分路径。比较好的调用方式如下[8]所示：

```
<?php
define('APP_PATH', '/var/www/htdocs/');
require_once(APP_PATH . 'lib.php');
?>
```

3.3 动态代码引发漏洞

PHP 动态代码引起的漏洞分为两类，第一类是由动态变量引起的，第二类是由动态函数引起的。在下面的实例中，实例 6 属于第一类，实例 7 和实例 8 属于第二类。

实例 6

PHP 允许程序开发人员在脚本中使用动态变量，这使得变量的命名动态化。然而，像下面这种编程方式[8]就会带来新的问题。

```
<?php
foreach ($_GET as $key => $value) {
   $$key = $value;
}
// ... some code
if (logged_in() || $authenticated) {
   // ... administration area
}
?>
```

这种编程方式给 Web 应用程序开发人员带来了便利，但是攻击者也可以通过如下方式进行攻击：http://www.example.com/index.php?authenticated=true。由于没有对用户进行验证，使得用户可以获得非法的访问权限。虽然这种情况似乎已经成为历史，但是在现实中还是时有发生。

实例 7

```
<?php
$dyn_func = $_GET['dyn_func'];
$argument = $_GET['argument'];
$dyn_func($argument);
```

```
?>
```

当 register_globals 设置为 on 时，上述代码[6]相当于：

```
<?php
$dyn_func($argument);
?>
```

当用户提交/index.php?dyn_func=system&argument=uname 时，变量$dyn_func 变成了函数名而$argument 变成了变量。

实例 8

```
<?php
$foobar = $_GET['foobar'];
$dyn_func = create_function('$foobar', "echo $foobar;");
$dyn_func('');
?>
```

当用户提交类似/index.php?foobar=system('ls')的请求时，将会执行'ls'命令。

防范措施：严格执行用户输入的合法性检查；对服务器端采用更为安全的配置，例如弃用安全模式、设置 register_globals 为 off 等；更加彻底的办法是尽量采用静态脚本，所使用的静态脚本越多，Web 应用程序越安全。

3.4 正则函数漏洞

PHP 中广泛使用正则表达式来对字符串进行处理，其中 PHP 提供了许多与正则表达式相关的函数，PHP 中有两套正则函数，两者功能类似，分别是：

（1）由 PCRE（Perl Compatible Regular Expression）库提供的，使用“preg_”为前缀命名的函数。

（2）由 POSIX（Portable Operating System Interface of Unix）扩展提供的，使用“ereg_”为前缀命名的函数（POSIX 的正则函数库，自 PHP 5.3 后就不再推荐使用，从 PHP 6 以后，就将被移除）。

现在 PHP 中常使用的正则函数如表 4 所示。

表 4 PHP 中常用的正则函数

名　称	说　明
preg_filter( )	按给定的规则进行查找并替换
preg_replace( )	按给定的规则进行查找并替换
preg_split( )	按给定的规则对字符串进行拆分
preg_match( )	按给定的规则进行匹配
preg_match_all( )	按给定的规则进行匹配

这里以 preg_replace( )为例进行说明。preg_replace( )函数的不安全调用有可能引发代码执行漏洞，如果 Web 应用程序开发人员进行如下所示的调用[6]，就会执行 phpinfo( )函数。

```
<?php
$var = '<tag>phpinfo()</tag>';
preg_replace("/<tag>(.*?)<\/tag>/e", 'addslashes(\\1)', $var);
?>
```

防范措施：要防止这种漏洞发生的危害，需要采取的防范措施有：启用 PHP 安全模式，同时将 magic_quotes_gpc 设置为 on，这样可以防范一部分漏洞；如果可能，尽量使用类似的函数，如 preg_replace_callback( )；最重要的是 Web 应用程序开发人员要对用户的输入做严格的过滤处理。

3.5 其他函数引发漏洞

PHP 中其他存在潜在风险的函数包括:

array_map( );
usort( ), uasort( ), uksort( );
array_filter( );
array_reduce( );
array_diff_uassoc( ), array_diff_ukey( );
array_udiff( ), array_udiff_assoc( ), array_udiff_uassoc( );
array_intersect_assoc( ), array_intersect_uassoc( );
array_uintersect( ), array_uintersect_assoc( ), array_uintersect_uassoc( );
array_walk( ), array_walk_recursive( );
unserialize( )。

实例 9

如果 Web 应用程序开发人员采用如下方式[8]进行调用，当攻击者提交类似/index.php?callback=phpinfo 的请求时，将会执行 phpinfo( )函数。

```
<?php
$evil_callback = $_GET['callback'];
$some_array = array(0, 1, 2, 3);
$new_array = array_map($evil_callback, $some_array);
?>
```

实例 10

```
<?php
class Example {
   var $var = '';
   function __destruct( ) {
      eval($this->var);
   }
}
unserialize($_GET['saved_code']);
?>
```

上面的代码[6]中，开发人员对用户的输入没有采取任何的过滤措施，恶意用户如果提交类似/index.php?saved_code=O:7:"Example":1:{s:3:"var";s:10:"phpinfo();";}的请求，将会导致执行 phpinfo( )函数。

实例 11

导致 Shell 注入[7]的原因是调用了类似 system( )、StartProcess( )及 java.lang.Runtime.exec( )等 API。

```
<HTML>
<?php
passthru ( " /home/user/phpguru/funnytext "
        . $_GET['USER_INPUT'] );
?>
</HTML>
```

上面构造的代码可以通过如下方式进行注入：

‘command’，执行 command 命令；

$(command)，执行 command 命令；

;command，执行 command 命令，并输出 command 命令执行的结果；

|command，执行 command 命令，并输出 command 命令执行的结果；

&&command，执行 command 命令，并输出 command 命令执行的结果；

||command，执行 command 命令，并输出 command 命令执行的结果；

>/home/user/phpguru/.bashrc，覆盖.bashrc 文件；

</home/user/phpguru/.bashrc，将.bashrc 文件作为输入发送到其他文本。

防范措施：任何用户所提交的数据都是不安全的，一定要做严格的过滤；不能依赖 PHP 环境配置来保障 PHP Web 应用程序的安全性；对 Web 应用程序用户的权限做严格的控制。

4. 结语

PHP 中存在大量危险的函数，如果 Web 应用程序开发人员使用不合理，将会导致 PHP Web 应用程序中出现高风险的漏洞。PHP Web 应用程序开发人员对用户的输入做严格的过滤是十分必要的，这样可以避免大部分漏洞，但是总有遗漏的地方，因此采用黑名单模式不是最佳选择，更加安全的做法是采用白名单模式的过滤方法。然而，采用白名单模式也不能完全地保障 PHP Web 应用程序的安全性，只要有动态的代码，就会有安全风险，因此静态代码会相对更加安全。采用更多的静态代码，PHP Web 应用程序会更安全。

此外，Web 应用程序开发人员如果要开发更加安全的代码，其安全性不能依赖 PHP 的安全配置措施，因为 PHP Web 应用程序的运行环境可能随时都会变化。例如，如果 PHP 的配置方式为 safe_mode=on，magic_quotes_gpc=on，register_globals=off 等，这并不意味着所开发的 Web 应用程序始终是在这种配置下运行的。

总体来说，对于程序开发人员越是方便，就可能意味着越多的安全风险。对于 PHP Web 应用程序开发人员来说，采用较多的静态代码，会使得所开发的 Web 应用程序面临较小的安全风险。

参考文献

[1] PHP Wikipedia. 2011. http://zh.wikipedia.org/wiki/PHP#cite_note-2.

[2] TIOBE Software: The Coding Standards Company. 2011. http://www.tiobe.com/index.php/content/ paperinfo/tpci/index.html.

[3] PHP Manual. 2011.http://www.php.net/manual/zh/index.php.

[4] PHP fuzzing in action —20 ways to fuzzing PHP source code. 2011. www.Abysssec.com.

[5] Owasp. 2011.https://www.owasp.org/index.php/Direct_Dynamic_Code_Evaluation_(Eval_Injection).

[6] OWASP Testing Guide V3.2002-2008 OWASP Foundation.

[7] exploiting-php-file-inclusion-overview. http://websec.wordpress.com/2010/02/22/exploiting-php-file-inclusion-overview/.

[8] our-dynamic-php. 2011. http://php-security.org/2010/05/20/mops-submission-07-our-dynamic-php/ index. Html.

Research on PHP Common Security Vulnerabilities

Liu Peng, Zhang Yuqing

(National Computer Networks Intrusion Protection Center, GUCAS, Beijing 100049, China)

Abstract This paper summarizes the code injection vulnerabilities and code execution vulnerabilities in PHP scripts. Some preventive schemes on these vulnerabilities are also included. Finally some advices are given on how to use PHP in developing secure Web-applications.

Key words PHP; vulnerability; security program development; Web-applications

基于 HITS 的科学数据检索结果排序的研究

藤常延[1,2]　沈志宏[1]　丁翠萍[1]

（1. 中国科学院计算机网络信息中心　北京　100190;
2. 中国科学院研究生院　北京　100190）

摘　要　本文把 HITS（hypertext induced topic search）的排序算法应用到科学数据的检索结果排序中，根据科学数据资源之间的关联关系计算科学数据资源的权威值（authority 值）和中心值（hub 值），把用户最可能关心的检索结果放在相对靠前的位置，以方便用户查找，提高检索的质量。

关键词　HITS 检索排序科学数据

1. 引言

经过中外科学研究所数十年的研究积累，各种野外台站的观测数据、天文数据、地质数据、生物数据等科学数据的数据量已经到了惊人的规模，仅仅在科学数据中心线上服务的科学数据量就已经达到了 149TB，如此浩瀚的数据量，既有废弃不用的过时数据，又有刚刚采集到的最新数据，那么，当用户检索数据资源的时候，如果仅仅是根据关键词匹配的次数而把它们当做同等重要的数据，检索结果的质量肯定是有待改进的。

随着计算机科学的发展，使得各种电子信息量呈爆炸式增长，特别是随着计算机网络的发展，信息量更是量级的增长。为了让用户更加快捷方便地得到自己想要的信息，经过三代搜索引擎科学家们的不断摸索与研究，提出了很多高效的排序算法，其中比较著名的就是由康奈尔大学（Cornell University）的 Jon Kleinberg 博士于 1998 年首先提出的 HITS（hypertext-induced topic search）算法,这是 IBM 公司阿尔马登研究中心（IBM Almaden Research Center）的名为“CLEVER”的研究项目中的一部分[1]。HITS 根据每一个网页的链出和链入得到这个网页的两个分数：即权威值（authority）和中心值（hub)，并用它们来衡量网页的重要性。该算法的指导思想是一个好的中心网页应该指向很多好的权威性网页，而一个好的权威性网页应该被很多好的中心性网页所指向[2-3]。HITS 算法不同于一般的排序算法的一点就是它不仅把链入的链接数量作为衡量一个网页重要性的标准，同时把链入的网页质量作为衡量的标准。HITS 现在广泛地应用于现在的搜索引擎的结果排序中，是一个能与 Google 的 PageRank 相媲美的优秀的排序算法。

科学数据的检索与传统的网页检索存在着一定的差异性，检索排序算法也不能直接应用，需要改进与优化才能应用到科学数据检索排序中来。只有充分发挥科学数据结构性强、格式规范的特点，才能发挥检索排序算法的优点，优化检索结果。下面以中国青海湖联合科研基地基础数据库的科学数据为例，详细的说明 HITS 在科学数据检索结果排序中的应用，并进行结果的对比与分析。

2. 相关工作

2.1 一个完整的科学数据资源的格式介绍

一条完整的科学数据资源的原始数据格式应该包括该资源的标题、摘要、收割时间以及必要的其他附属信息。其中比较重要的几个字段是标题、摘要、收割时间。标题是表明这条资源的描述对象；摘要是封装的该数据资源的元数据信息，包含了该数据的所有内容信息；收割时间是表明该资源的时间信息。如图 1 是青海湖基础数据库中的“青海湖农场退耕地”资源的原始数据。

标题	青海湖农场退耕地
摘要	[地点编号：169] [所属行政辖区：刚察县] [数据录入员：root] [海拔：3273.0] [标题：青海湖农场退耕地] [地点名称：青海湖农场退耕地] [地点描述：36号植被监测样地] [经度：100.09309] [维度：37.302868] [数据录入时间：2009-03-06 15:30:38] [生境描述：位于刚察县、青海湖农场境内，最邻315国道。] [植被描述：灌草间作植被群落为沙棘+披碱草+蕨麻，植被物种单一，生长良好，封育、退耕地]
URI	http://www.qinghailake.csdb.cn/wod/resource/cn.csdb.qhnew/places/169
收割时间	2011-01-20 11:20:23
数据来源	中国科学院青海湖联合科研基地基础数据库-青海湖
所属服务	中国科学院青海湖联合科研基地基础数据库
关键字	地理遥感,视频监控,生态环境 鸟类生物信息学,鸟类调查,生境分布 青海湖,候鸟迁徙,植被调查,黑颈鹤
简介	需要依托鸟类生物信息学数据、鸟类调查数据、鸟类物种地理分布数据、生境分布数据、青海湖区域地理遥感数据、植被调查数据、鸟类调查数据、鸟类视频监控数据、栖息地生态环境数据、候鸟迁徙数据等数据资源。
分类名称	生态学,植物学,动物学,微生物学,病毒学,土壤学,地理学,人工智能,
创建者	中国科学院计算机网络信息中心
单位	北京349信箱科学数据中心
联系人	周园春

图 1 青海湖农场退耕地原始数据

2.2 构造科学数据之间的引用关系

我们可以看到在数据的摘要中存在了对其他数据的引用，比如“青海湖农场退耕地”的资源中植被的描述为：“植被群落为沙棘、披碱草、蕨麻”，其中“沙棘”、“披碱草”、“蕨麻”也是青海湖基础数据库一条资源信息，我们就定义资源“农场退耕地”对“蕨麻”、“沙棘”等存在引用关系。这种数据之间的引用关系我们命名为 RDFLink。更广泛的，我们把一条资源的标题作为这条资源的标识，如果另外一条资源的摘要信息中包含了该资源的标题字段，我们就可以认定它们之间存在关联关系。我们用数据资源之间 RDFLink 关系模拟网页之间的链接关系；但是 RDFLink 跟网页之间的链接关系还存在着一定的差别，即不能通过链接分析的方法直接得到它们之间的关联关系。因为数据资源的摘要包括了该数据的所有描述信息，所以我们可以通过文本分析的方法，分析数据资源的摘要信息，并通过文本比对，将数据资源的标题包含在其他资源的摘要信息中，即该资源是被其他资源引用的资源。我们用这种引用关系作为数据之间的链接关系，取代网页之间的链接关系构造科学数据引用关系矩阵。

2.3 通过 RDFLink 构造科学数据引用关系矩阵

网页之间的链接关系是有无关系，即链接网络矩阵中的值是 0 或者 1，但是科学数据中，一个资源对另外一个资源的多次引用关系即 RDFLink 关系，它的引用次数对关联关系存在着影响，并且引用次数的差别应该得到体现，所以我们定义科学数据引用关系矩阵中的值公式为

$$\boldsymbol{M}_{ij}=n \tag{1}$$

其中，n 为资源 i 引用资源 j 的次数。$\boldsymbol{M}$ 是引用关系矩阵。

这种简单的方法可以满足区分不同数量引用关系之间的差异，但是由于方法过于原始排序结果不是很理想，下面我们介绍一种现在常用的加权方法，TF-IDF 方法。

TF-IDF（term frequency–inverse document frequency）是一种用于信息检索与信息探勘的常用加权技术，用于评估字词对于一个文件集或一个语料库中的其中一份文件的重要程度。

词频 (term frequency, TF) 指的是某一个给定的词语在该文件中出现的次数。为了平衡长短文件的差别，我们一般会把这个数字归一化，即词频是一词语出现的次数除以该文件的总词语数。

$$\mathrm{TF}(w_i)=\frac{N_i}{\sum_{k=0}^{n} N_k} \tag{2}$$

其中，N_i 表示 w_i 在文档中出现的次数。

逆向文件频率（inverse document frequency, IDF）是一个词语普遍重要性的度量。某一特定词语的 IDF，由总文件数目除以包含该词语之文件的数目，再将得到的商取对数得到。

$$\mathrm{IDF}(w_i)=\log\left(\frac{D}{D^i}\right) \tag{3}$$

其中，D^i 表示出现在 w_i 的文档中的数目；D 表示所有文档的数目。
那么，

$$\mathrm{TF-IDF}(w_i)=\mathrm{TF}(w_i)\times\mathrm{IDF}(w_i)$$

通过计算词频以及逆文本频率来计算每一条资源引用关系在科学数据资源中的重要度，并且通过计算得到的 TF-IDF 值归一化数据资源之间 RDFLink 关系，构造引用关系矩阵，我们通过这种方法能够得到较优的结果。

2.4 计算中心值和权威值

Jon Kleinberg认为，hub值和authority值之间是一个相互增强的关系[3]，它们的具体计算

方法如下：

$$a(v) = \sum_{k=0}^{n} h(u_i) \tag{4}$$

$$h(u) = \sum_{k=0}^{n} a(v_i) \tag{5}$$

如果我们用 $\boldsymbol{A}$ 表示所有的 authority 值组成的一维矩阵，$\boldsymbol{B}$ 表示所有的 hub 值组成的一维矩阵，$\boldsymbol{M}$ 表示引用关系矩阵，则 $\boldsymbol{M}_{i_j}$ 就表示关系资源 J 引用了资源 I，$\boldsymbol{M}^{\mathrm{T}}$ 表示引用关系矩阵的转置矩阵；那么通过迭代关系我们得知：

$$\boldsymbol{A}_i = \boldsymbol{B}_i\,\boldsymbol{M} \tag{6}$$

$$\boldsymbol{B}_{i+1} = \boldsymbol{A}_i\,\boldsymbol{M}^{\mathrm{T}} = \boldsymbol{B}_i\,\boldsymbol{M}\boldsymbol{M}^{\mathrm{T}} \tag{7}$$

$$\boldsymbol{A}_{i+1} = \boldsymbol{B}_{i+1}\boldsymbol{M} = \boldsymbol{A}_i\boldsymbol{M}^{\mathrm{T}}\boldsymbol{M} \tag{8}$$

通过不停的迭代计算，最后就可以得到每一个科学数据资源相对稳定的 authority 值和 hub 值，然后根据这两个值进行结果排序，把得分最高的结果优先推荐给用户。具体的操作流程如下：

（1）因为 HITS 是一个 query-dependent 的算法[4]，所以首先是从结果集中抽取一部分最重要的结果，这些结果的选定可以以命中的关键词的次数作为判断条件。并把这些结果称为 V1。

（2）扩充 V1，扩充的原则是所有 V1 集合中的每一个科学数据资源引用的所有的科学数据资源添加到 V1 中，引用了 V1 集合中的科学数据资源的一部分科学数据资源扩充到 V1 中，扩充的集合称为 V2,V2 的规模一般在 1000~5000 之间。

（3）初始化引用关系矩阵，矩阵的构建方法如 2.2 所述；主对角线上的值表示是资源对自身的引用，我们统一设置为 1，表示资源本身就是对自己的引用。

（4）计算 hub 值和 authority 值；计算的方法是通过迭代的方法不断的迭代计算 hub 值和 authority 值。通过公式(7)、(8)我们得知，第 n 次迭代计算 authority 值就是用初始的 authority 值乘 $\boldsymbol{M}^{\mathrm{T}}\boldsymbol{M}$ 的 n 次幂，第 n 次迭代计算 hub 值就是用初始的 hub 值乘 $\boldsymbol{M}\boldsymbol{M}^{\mathrm{T}}$ 的 n 次幂，直到数据收敛为止；收敛值一般都会取一个较小的数，这里我们取 10^{-3}，如果计算了 10 次数据还不收敛，则为了保证检索的效率，我们同样会终止迭代过程，并把此时的 hub 值和 authority 值作为最终的 hub 值、authority 值。

（5）通过计算得到每一个检索结果，即 V2 集中的科学数据资源的 hub 值、authority 值。

3. 基于 HITS 的科学数据检索算法实验

实验的数据是收割青海湖的基础数据库中的数据并处理生成的文件，文件大小是 2.76GB，并且它具有很好的代表性，即体现了科学数据结构性强、格式规范的特点，又具有了其他数据库不具备的比较完整的特点。我们以青海湖基础数据库中的科学数据文件作为研究对象，得到了很好的排序效果，比如之前没有应用该检索排序算法，检索得到的靠前的结果往往是那些不相关的，标题是数字的结果。很显然，这不是用户想要得到的结果，用户想要得到的是那些包含了真正意义的科学数据资源。我们输入检索词“青海湖”得到的排序结果，让用户评测数据资源的优劣。通过用户的评价，我们计算排序结果的 P@N 值，得到图 2。

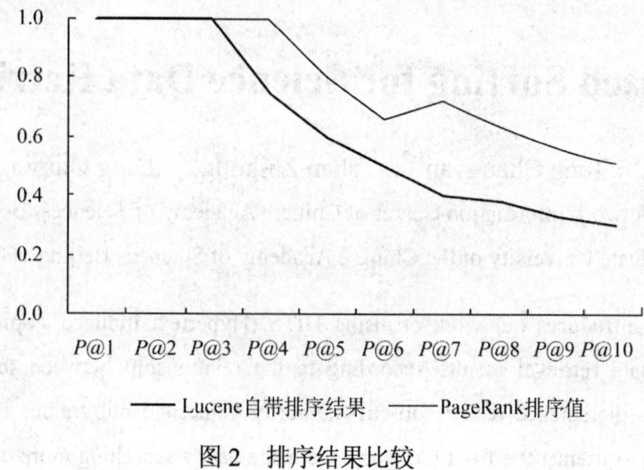

图 2 排序结果比较

通过图 2 得知，新的算法下检索结果的排列顺序使得更多有实际内容的数据排在前面，检索结果的质量也有了一些提高，我们把一些用户可能关心的数据排在了比较靠前的位置。总的来说，HITS 还是比较适用于科学数据检索结果排序的，但是改进有限，对用户的检索有一定的帮助，如何加强检索结果的优化程度，还需要进一步的研究实践。

4. 结论

本文通过改进把 HITS 算法应用到科学数据检索结果排序中，与传统的 HITS 算法进行检索结果的排序不同，我们在本文中充分利用科学数据的特点，通过匹配科学数据资源的概述中的其他资源的标题来取代传统网页中的链接关系，巧妙地把 HITS 算法应用到了科学数据检索结果排序中来。通过实验证明，该算法可以有效地提高内容丰富、标题中包含实际内容的结果排名，对检索结果质量有一定的提高。

但是 HITS 算法是一个检索词依赖的检索排序算法，也就是每一次的检索都要通过检索词构建引用关系矩阵，计算其中心值和权威值。青海湖基础数据库的数据量只是科学数据库中的科学数据的冰山一角，如果数据量过于庞大的时候，HITS 排序算法对检索时间的影响肯定会凸显出来，如何在数据量庞大的时候，有效的控制 HITS 算法对检索时间的影响，将是下一步的研究目标。

参 考 文 献

[1] Ding C, He X F, Husbands P. PageRank, HITS and a unified framework for link analysis. Proceedings of the 25th Annual International ACM SIGIR Conference on Research and Development in Information Retrieval, Tampere, 2002.

[2]Long Zhuang Li, Yi Shang, Wei Zhang. Improvement of HITS-based algorithms on Web documents. Proceedings of the 11th International Conference on World Wide Web, Hawaii, 2002.

[3]何晓阳, 吴强, 吴治蓉. HITS 算法与 PageRank 算法比较分析. 情报杂志, 2004, 23(2):85-86.
[4]仲婷, 金浩, 冯茜芦, 等. 基于结构分析的改进的 HITS 算法. 广西师范大学学报, 2007, 25(2):214-217.

HITS-based Sorting for Science Data Retrieval Result

Teng Changyan[1,2], Shen Zhihong[1], Ding Cuiping[1]
(1. Computer Network Information Center of Chinese Academy of Sciences, Beijing 100190, China;
2. Graduate University of the Chinese Academy of Sciences,Beijing 100190, China)

Abstract This paper introduces our work on using HITS (Hypertext Induced Topic Selection) algorithmin the process of scientific data retrieval results.According to the relationship between the sorting of scientific data resources, we calculate the science data resources' authority value and hub value. Through putting the retrieval results most interesting to usersat the front locations, we make user's searching more conveniently and improve the quality of the retrieval result.

Key words HITS retrieval sort science data

RDF 在科学数据集成检索中的应用

李成赞　沈志宏　李晓东

（中国科学院计算机网络信息中心　北京　100190）

摘　要　“十一五”信息化专项建设的数据应用环境中整合了多个领域的海量数据。为了充分发挥共享科学数据的价值，在利用中间件技术将共享科学数据以 RDF 方式进行集成的基础上开发了面向科学数据的搜索引擎 Voovle，以解决共享科学数据统一检索、快速发现、准确定位、跨库关联等问题。本文首先介绍了 RDF 的原理，接着分析了采用 RDF 作为科学数据资源描述框架的缘由，然后介绍了 RDF 在科学数据集成检索中的具体应用。最后就 Voovle 的使用情况和不足进行了总结。

关键词　科学数据；集成；RDF 关联

1. 引言

科学数据是人类社会活动、科技活动和经济活动的产物，它凝聚着重要的科学价值、经济价值和社会价值[1]。

作为中国科学院“十一五”信息化专项建设的“三大环境”之一的数据应用环境，整合了全院科学数据库，形成了多达 148TB 的共享数据量，包括化学、材料、空间、天文等 8 个主题库，聚变、青海湖、冰雪冻土、生态功能区 4 个专题库，化合物和植物物种 2 个参考型库，以及土壤、海洋、地球化学等 37 个专业库。形成了由专业库、主题库、专题库和参考型库组成的资源整合框架，建立了统一的数据应用环境[2]。

针对“十一五”信息化建设中搭建的庞大数据应用环境，中国科学院网络信息中心在将共享科学数据进行统一语义化集成的基础上，设计并开发了一套面向科学数据的统一搜索工具——Voovle。Voovle 的设计和开发旨在解决以下几个问题。

1）针对科学数据提供统一的检索入口。

数据应用环境中的科学数据源之间彼此相对独立，原有系统间很少交互，一定程度上造成了“信息孤岛”。海量科学数据分布在不同领域和不同单位，科学数据用户很难快速精准的检索到需要的数据，有些用户甚至都不知道在哪里可以检索到所需的科学数据。因此针对科学数据提供统一的检索入口，方便各领域的科学数据用户快速检索和利用科学数据，可以很大程度的提高科学数据的利用率，最大程度的发挥科学数据的共享效率和价值。

2）提供跨库、关联、垂直检索支持。

科学数据的内在关联、学科的交叉等现象客观存在，要求科学数据集成检索平台能够尽可能地将跨库的、关联的科学数据资源一同检索出来，系统的呈现给用户，这样不仅可以减少用户检索次数，也可以方便的帮助用户定位到关联的数据资源。不仅如此，还要满足针对特定领域、特定数据集的垂直精准检索需求。

3）科学数据资源快速发现与准确定位。

科学数据搜索引擎 Voovle 中检索到的主要是元数据信息和共享的索引数据。通过检索结果页面上的链接，用户可以方便的定位到科学数据的原始系统进行真实数据的浏览、查看和下载等操作。

要实现科学数据的集成统一检索，最重要的是将共享科学数据真正进行有机集成。在结合科学数据的特点并进行深入调研之后，最终选择采用资源描述框架（resource description framework，RDF）来描述和集中存储科学数据资源。

2. RDF 理论

RDF 是 W3C 组织开发的一种开放资源描述框架。它定义了一个数据模型，可以用来描述机器能理解的数据语义。RDF 通过 XML 定义了一套形式化的方法，通过 RDF Schema（RDFS）来将元数据描述成为数据模型。RDFS 提供了分布 Web 环境中对各种信息资源的一种统一的语义描述方式[3-5]。

RDF 用统一资源标识符（uniform resource identifier， URI）来标识事物， 通过类（class）、属性（property）和值（value）来描述资源。每个资源都拥有唯一的统一资源标识符（URI）；RDF 在语法上对一个资源的描述是由多个语句构成的。一个语句是由资源、属性、属性值构成的三元组，表示资源具有的一个属性。属性用于描述资源的特定方面的特征属性和关系，每个属性都有对应的属性值，属性表示这些属性值与资源之间的关系。其中属性可以是 RDF 提供的词汇，也可以是用户自定义的词汇，每个词汇都可以是一个资源。而属性的值也可以是文字或者其他资源。如果属性值是资源，这个属性可以看做是这两个资源间的关系。相对于自然语言而言，资源描述中的语句资源对应于自然语言中的主语，属性对应于谓语，属性值对应于宾语，在 RDF 术语中分别称其为主语、谓词、宾语[3-7]。

比如“Java 编程思想”（主语）的“作者”（谓词）是“Bruce Eckel”，可以用图形表示，如图 1。但 RDF 本身没有定义任何一个特定领域的语义，只提供了一个领域无关的机制来描述元数据，因此还需要 RDF Schema 来描述领域相关的语义。

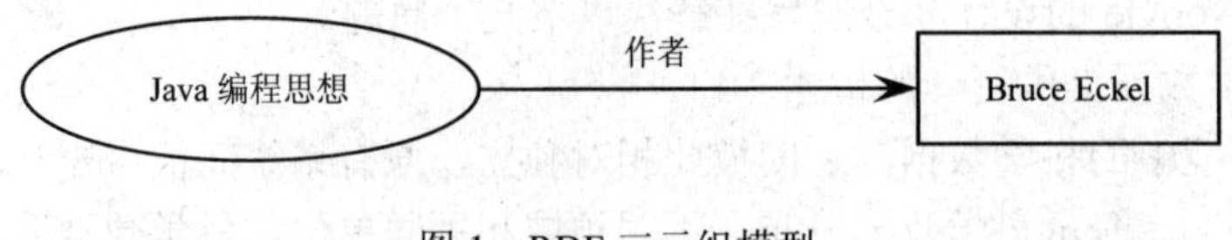

图 1 RDF 三元组模型

RDF Schema 提供了一系列有确定语义的词汇（如“rdfs:Class”、“rdf:type”等）来描述概念层次的语义和概念与概念（类）之间的关系，在其中用户还可以自定义类概念和属性概念的语义，RDF Schema 本身也是采用 RDF 语法来进行描述的[4-11]。

简单地说，RDF 描述的是资源和资源之间的关系，RDF Schema 则用来定义资源所属的类和类之间的层次、继承的关系。

3. 选择 RDF 的缘由

选择 RDF 作为科学数据资源集成的方式和标准，主要有两方面的考量：

一方面，科学数据自身的专业特点要求集成的数据模型必须支持扩展和关联。

1）科学数据异构性。

数据应用环境中整合的共享科学数据来源于不同的学科、单位和领域，呈现出了很强的异构性，这种异构性不仅体现在存储格式上，还体现在领域模型上。在存储格式上，以关系型数据库为主的结构化存储格式为例，就有 Oracle、MySQL、SQL Server 等众多差异。在领域模型上，由于学科的差异，不同领域中的数据模型有着先天的差异性。即便在同一个领域，不同建库单位所采用的概念模型、物理模型也存在着千差万别。这种专业性很强的科学数据脱离了原有系统就很难被人们或者计算机识别和利用，因此简单纯粹的在物理上整合集成异构科学数据根本无法被理解和有效利用。所以，需要一种普适性方案对数据进行规范化，需要一种伸缩性良好的数据模型，真正将异构的难以识别的科学数据以计算机可以识别的语义化方式集成起来[12]。

2）科学数据的内在关联。

学科之间本质上存在着关联，只不过由于各种人为因素的影响，将这些数据划分成不同的学科和领域，由不同的部门或机构独立地进行管理与应用，割裂了数据之间内在的联系。以禽流感问题为例，禽流感的产生是由病毒（病毒学）引起的，要研究禽流感对动物机体造成的伤害，就需要研究生物细胞（生物细胞学）等学科，而禽流感病毒的传播又可能跟候鸟（动物学）的迁徙有关，候鸟迁徙的路线和时间又与环境（环境科学）和气候（气候学）等有关；而禽流感疾病预防与治疗又跟医药、化学领域息息相关。可以说不同领域的学科之间存在着千丝万缕的联系。而 Science-metrix.com 网站通过可视化学术期刊之间的联系和引用，形象地展示了不同分支学科之间的内在联系。其中学科分支之间连线的距离代表它们关联的紧密程度，如图 2 所示。

另一方面，RDFSchema 自身的特点及特性能够很好地满足科学数据的专业特点和集成需要。

1）语法简单，易于控制。

RDF 使用简单的“资源—属性—值”三元组方式表述资源，很容易理解和管理，特别是针对海量数据时的优势更加明显。采用 RDF 可以提高资源检索和管理的效率。

2）易扩展，满足科学数据多样异构的特点。

RDF 中词汇集和资源描述是分开的，RDF 允许定义自己的词汇集，可以无缝的使用多种词汇集来描述资源。可以利用自定义的类和词汇以三元组的方式来描述任何领域的异构资源。XML 可扩展标记语言本身的扩展性对此提供了很好的支持。

3）支持语义、关联和推理。

通过 RDFSchema 描述的资源，计算机可以很容易理解资源所表达的语义信息。RDF 在描述资源的属性及属性值时，可以方便地通过直接指定属性值为另外一条资源来建立资源与资源之间的关联。RDF 的形式化语义及关联为推理提供了一个可靠的基础。

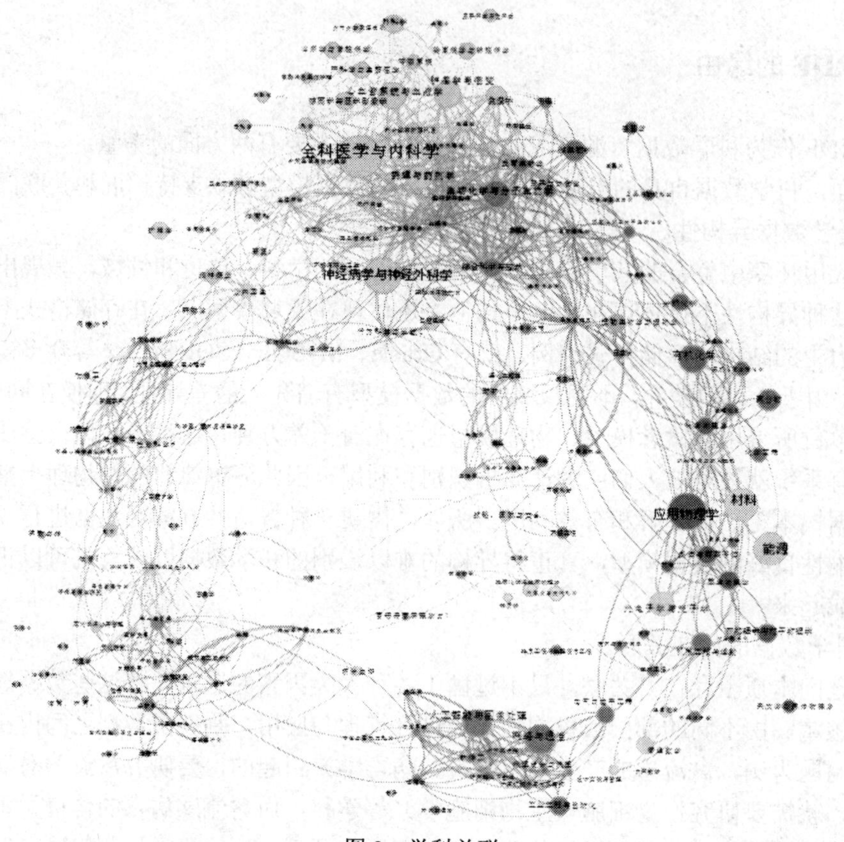

图 2　学科关联

4）资源拥有唯一的 URI。

每条资源都拥有唯一的 URI，使得通过科学数据集成检索的检索结果可以定位到原始系统中的真实资源。可以方便地建立起资源与原有系统的连接，有机地将各个孤立的系统连接成网络。

总之，RDF 提供的语义模型可用于描述 Web 上的任意资源及其类型，为资源描述提供了一种通用表示框架，解决了语义异构问题，实现了数据集成的元数据解决方案。RDF 可用于数据发现，为搜索引擎提供强大的搜索和推理功能。基于 RDF，搜索引擎可以理解元数据的精确含义，使得搜索变得更为智能和准确。通过推理机制可以达到很高的查全率和查准率，检索出表面不易观察出来的资源和信息。

4. RDF 在科学数据检索中的应用

RDF 在科学数据检索中的具体应用主要体现在以下几个方面。

1）URI 设计。

RDF 要求每条被描述的资源都有一个唯一的 URI，通过这个 URI 可以唯一的确定网络上的一条资源。值得说明的是，有了资源的 URI 就确定了该资源的主语信息。科学数据检索引擎中检索到的数据显示页面中可以很方便地通过这个唯一的 URI 重定向到具体科学数据资源在原始系统中的显示页面，用户可以在原始系统中进行更多、更深入的操作。

科学数据检索引擎中定义的 URI 生成依据的规则为：

<baseURL>/resource/<datasetName>/<entityName>/<pkValue>

其中，baseURI 表示原始系统的地址；resource 表示该 URI 为一条资源；datasetName 表示数据资源来源于哪个数据集；entityName 表示数据资源来源于数据集的哪个实体（表）；pkValue 表示数据资源在数据库表中的主键信息。

例如，http://www.qinghailake.csdb.cn/resource/qh/birds/2，表示中国科学院青海湖联合科研基地基础数据库系统中青海湖数据库中的鸟类名录表中编号为 2 的那条鸟类名录信息。通过部署在该青海湖系统上的中间件，可以很容易的重定向到编号为 2 的这条鸟类信息的显示页面。

2）谓词词汇构成。

RDF 中描述资源，主要是通过谓词（属性）和属性值来实现的。科学数据集成检索引擎中支持的资源描述谓词词汇除了 RDFSchema 默认提供的词汇外，另外还有两部分构成。一部分是在参考都柏林核心（Dublin Core，DC）元数据基础上提出的通用谓词词汇[13-14]，见表 1。这部分词汇比较固定，所有科学数据提供单位都尽可能的按照该部分谓词词汇描述资源；另一部分是将各站点的共享索引数据项在 RDFSchema 中进行定义，这部分谓词具有更多的自主性和灵活性，各建库单位可以根据领域科学数据模型自行进行选择和设定，不同单位不同科学数据模型的共享索引数据项各不相同，这表示不同领域的科学数据可以有个性化的谓词词汇定义，很好的解决了科学数据资源异构性的问题。表 2 以中国科学院青海湖联合科研基地基础数据库中的鸟类名录表中的记录资源为例，展示了部分自定义谓词词汇。谓词词汇的如此构成既兼顾了资源元数据的通用性，又考虑到了不同领域科学数据的特殊性、异构性和扩展性。

表 1 通用谓词词汇表

术语名称	含义	分类	使用
Title	标题	对象内容	dc:title
Subject	主题	对象内容	dc:subject
Description	描述	对象内容	dc:description
Source	来源	对象内容	dc:source
Language	语言	对象内容	dc:language
Relation	关联	对象内容	dc:relation
Coverage	覆盖范围	对象内容	dc:coverage
Creator	创建者	知识版权	dc:creator
Publisher	出版者	知识版权	dc:publisher
Contributor	其他参与者	知识版权	dc:contributor
Rights	权限要求	知识版权	dc:rights
Date	日期	应用说明	dc:date
Fromat	格式	应用说明	dc:fromat
Identifier	标识符	应用说明	dc:identifier
Language	语言	应用说明	dc:language

表 2 自定义谓词词汇简单示例

名称	含义	来源	使用
scientificname	中文名	站点索引数据项	qh:scientificname
speciesname	种名	站点索引数据项	qh:speciesname
familyname	科名	站点索引数据项	qh:familyname
ordername	目名	站点索引数据项	qh:ordername
habitat	习性	站点索引数据项	qh:habitat

备注：所有自定义谓词词汇以及类定义都需要在 RDF Schema 中进行声明，表中 qh 为命名空间。

3）自定义 RDF Schema。

RDF Schema 的作用主要是允许用户自定义类和谓词词汇来描述资源及资源和资源之间的关系。以中国科学院青海湖联合科研基地基础数据库中的鸟类名录和调查信息表为例，其部分 RDF Schema 定义如下：

```
<rdf:RDF  xmlns:rdf=
"http://www.w3.org/1999/02/22-rdf-syntax-ns#"
        xmlns:rdfs="http://www.w3.org/2000/01/rdf-schema#"
        xml:base="http://www.qinghailake.csdb.cn/qh/schema#">
    <!—创建 class-->
    <rdfs:Class rdf:ID=" birdGpsSurveyDtl">
    <rdf:type  rdf:resource="http://www.w3.org/2000/01/rdf-
    schema#Class"/>
    <rdfs:label>鸟类调查表</rdfs:label>
    <rdfs:comment>采用 GPS 跟踪候鸟的迁徙路线并进行详细记录
    </rdfs:comment>
        </rdfs:Class>
        <!—创建 class-->
        <rdfs:Class rdf:ID="birds">
    <rdf:type
    rdf:resource="http://www.w3.org/2000/01/rdf-schema#Class"/>
    <rdfs:label>鸟类名录</rdfs:label>
    <rdfs:comment>鸟类名录中收录了上千种鸟类的名录信息</rdfs:comment>
    </rdfs:Class>
    <!—创建 Property，并指定属性的取值类型和作用域 -->
    <rdf:Property ID=" speciesname">
    <rdfs:label>种名</rdfs:label>
    <rdfs:comment> 拉丁种名</rdfs:comment>
    <rdfs:range rdf:resource="&xsd;string"/>
    <rdfs:domain rdf:resource="#birds"/>
    </rdf:Property>
```

```
<!—创建 Property，并限定属性的取值范围为另外一个 class 的实例 -->
<rdf:Property ID=" birdGpsSurveyDtls">
<rdfs:label>鸟类调查信息</rdfs:label>
  <rdfs:range rdf:resource=" #birdGpsSurveyDtl"/>
  <rdfs:domain rdf:resource="#birds"/>
</rdf:Property>
</rdf:RDF>
```

4）用 RDF 表示科学数据资源。

以中国科学院青海湖联合科研基地基础数据库中的鸟类名录表中的斑头雁记录为例，通过后期的加工处理，其 RDF 格式（部分）如下：

```
<rdf:RDF  xmlns:dc=http://purl.org/dc/elements/1.1#
     xmlns:rdf="http://www.w3.org/1999/02/22-rdf-syntax-ns#"
     xmlns:dataset="http://voovle.csdb.cn/ns/dataset#"
     xmlns:qh=" http://www.qinghailake.csdb.cn/qh/schema#"
  <rdf:Description
  rdf:about="http://www.qinghailake.csdb.cn/resource/qh/birds/2
  ">
   <!—指定资源 class，见 RDF Schema-->
   <rdf:type  rdf:resource="
http://www.qinghailake.csdb.cn/qh#birds"/>
   <!—DC 通用元数据项-->
   <dc:title>斑头雁</dc:title>
   <dc: creator >中国科学院计算机网络信息中心</dc: creator >
   <!—自定义谓词->
   <qh:speciesname>Anser indicus</qh:speciesname>
   <qh:ordername>雁形目</qh:ordername>
   <qh:cnauprotection>false</qh:cnauprotection>
   <qh:habitat>习性：耐寒冷荒漠碱湖的雁类。越冬于淡水湖泊。</qh:habitat>
   <!—通过属性值建立关联，此处可以是其他领域的资源-->
   <qh: birdGpsSurveyDtls
   rdf:resource="http://www.qinghailake.csdb.cn/resource/qh/bi
   rdGpsSurveyDtl/101"/>
   <!—集合类型-->
    <qh:circlelakePerbirds rdf:parseType="Collection">
     <rdf:Description
     rdf:about="http://www.qinghailake.csdb.cn/resource/qh/circ
     lelakePerbird/1300"/>
     <rdf:Description
     rdf:about="http://www.qinghailake.csdb.cn/resource/qh/circ
```

```
    lelakePerbird/1232"/>
   </qh:circlelakePerbirds>
   <!—通过 seeAlso 谓词可以直接定位到资源在原始系统中的显示页面-->
   <rdfs:seeAlso rdf:resource="
   http://www.qinghailake.csdb.cn/Anserindicus.html"/>
   <!—通过 relation 或者 seeAlso 都可以关联到其他领域或者单位的资源 -->
   <dc:relation rdf:resource="
   http://zoology.csdb.cn/resource/species/specieslist/27"/>
  </rdf:Description>
</rdf:RDF>
```

用图形展示 RDF 如何表示资源和关联关系，如图 3 所示。从图 3 中我们可以看到：

（1）通过 RDF 描述的“斑头雁”资源具有唯一的 URI（通过 rdf:about 表示）。

（2）由 rdfs:type 属性可以知道这条“斑头雁”信息是 birds（鸟类名录）类中的一条记录，而我们通过 birds 类的 URI 可以查看其在 RDF Schema 中的定义，比如 label 和 comment 信息等，这样就能了解 birds 类的详细含义。

（3）从图上我们还可以清晰地看到这个资源的通用元数据信息比如：标题（dc:title）和创建者（dc:creator）等。

（4）从中还可以看到针对“斑头雁”的自定义属性和对应的属性值，比如 speciesname 属性的值为“Anser indicus”。同样我们可以通过 URI 查看属性“speciesname”的确切定义，比如该属性的中文含义、该属性对应的值的类型、该属性的作用范围等。

（5）通过 rdfs:seeAlso 属性可以定位到“斑头雁”在原始系统中的显示页面。

（6）另外通过一些属性值，比如 birdGpsSurveyDtls 属性的值可以关联到其他资源，这些资源可以是同数据库的，也可以是跨库、跨领域的其他资源。类似地，通过 rdfs:seeAlso 以及 dc:relation 等谓词同样可以建立与其他资源的关联关系。

5）RDF 读写、检索与推理。

科学数据检索引擎中最终将数据应用环境中不同学科领域的各个数据库中的共享数据按照 RDF Schema 的方式统一进行收割和集中存储。其中对 RDF 的持久化操作以及通过 RDF 检索数据、进行推理等都是利用 Jena 工具实现的[15-16]。Jena 是由 HP Labs 开发的开源 Java 开发工具包，用于 Semantic Web（语义网）中的应用程序开发。Jena 提供 RDF 读写 API；Jena 提供了 ARQ 查询引擎，它实现 SPARQL 查询语言，从而支持对模型的查询；另外，Jena 支持基于规则的简单推理，其推理机制支持将推理器（inference reasoner）导入 Jena，创建模型时将推理器与模型关联以实现推理。该部分不作为本文重点，不再展开讨论。

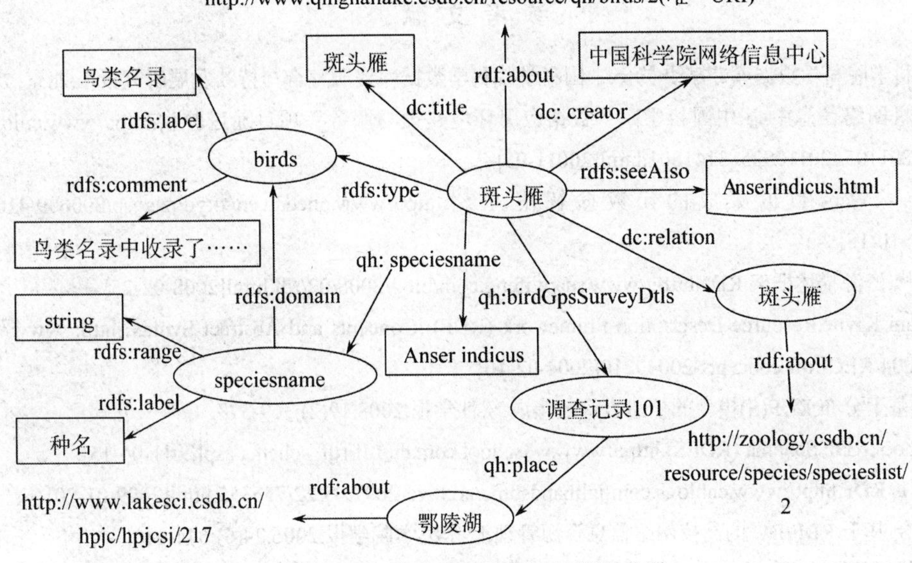

图 3 RDF 表示斑头雁及其关联关系

5. 结论

RDF 为 Web 资源描述提供了一种通用表示框架，可用于描述 Web 上的任意资源及其类型，它以一种机器可理解的方式被表示出来，可以很方便地进行数据交换，解决语义异构问题，实现数据集成的元数据解决方案。RDF 可用于数据发现，为搜索引擎提供强大的搜索和推理支持。

中国科学院网络信息中心基于 RDF 将各领域异构的科学数据进行了集成，在此基础上开发了面向科学数据的检索工具 Voovle。当前 Voovle 中通过 RDF 描述的资源包括青海湖联合科研基地数据库、中国黑土生态数据库、中国土壤数据库、东北植物与生境数据库、中国湖泊科学数据库等在内的 37 家建库单位的 124 个数据集中的元数据资源。此外，Voovle 还收录了 CERN 野外台站、e-CarbonScience 数据集元数据信息，元数据记录数达到了 5646706 条。目前科学数据搜索引擎 Voovle 已投入运行（http://voovle.csdb.cn），向各个院所的科研人员和学生等用户提供科学数据统一检索的服务，方便科研人员快速进行检索、关联、发现和定位感兴趣的数据。

但是不可否认，目前版本的 Voovle 在推理、查询结果去重和排序以及资源关联发现方面还存在着不足，需要进一步深入研究和改进。

随着 Linked Data、Web of Data 的发展，我们将继续完善方案，致力于将未来的 Voovle 2.0 打造成一个科学数据的互联的、专业的、语义的搜索引擎，让科学数据发挥更大的能量，从而实现为科研人员更好的服务。

参 考 文 献

[1] 中国科学院科学数据库专家委员会.中国科学院科学数据库资源整合与持续发展研究报告,北京,2007.

[2] 计算机网络信息中心.中国科学院“数据应用环境建设与服务”项目通过验收.http://www.cnic.cn/xw/rdxx/201105/t20110525_3141801.html[20011-05].

[3] RDF——Web 数据集成的元数据解决方案.http://www.oneedu.cn/xxyd/jzjs/jsp/200609/4160.html[2007-10-15].

[4] 阮一峰.资源描述框架 RDF.http://www.ruanyifeng.com/blog/2008/02/rdf.html[2008-02-25].

[5] Graham Klyne.Resource Description Framework (RDF): Concepts and Abstract Syntax. http://www.w3.org/TR/2004/REC-rdf- concepts-20040210[2004-02-10].

[6] 李剑.基于分布 RDF(S)模型的信息查询与集成.软件学报,2008,19(2):369-378.

[7] w3school.RDF Schema (RDFS).http://www.w3school.com.cn/rdf/rdf_schema.asp[2011-04-15].

[8] What is RDF.http://www.cnblogs.com/jghhandsome/archive/2007/05/22/755355.html[2009-01-20].

[9] 钟伟金.基于 RDF/DC 的高校网络信息资源管理.广东医学院学报,2006,24(6):644-646.

[10] 资源描述框架 RDF.http://blog.sina.com.cn/s/blog_6c42aaa60100nh30.html[2008-07-20].

[11] 邓秀慧.基于 RDF 推理技术的研究.福建电脑,2008, 24(6):52-53.

[12] 沈志宏,吴开超.voovle:面向科学数据的搜索引擎的设计与实现.2010.

[13] Diane Hillmann.Dublin Core 的使用. www.fslib.com.cn/oldfslib/FslibInfo/FslibMessage/View.asp?cid=208[2003-03-24].

[14] DC 元数据. http://baidu.com/sangleo/blog/item/c6f79d3598100d1691ef390e.html[2009-02-18].

[15] 谢桂芳.SPARQL——一种新型的 RDF 查询语言.湘南学院学报.2009,30(2):80-85.

[16] Jena 应用.http://apps.hi.baidu.com/share/detail/18565203[2007-05-22].

Application of RDF in Scientific Data Integrative Retrieval

Li Chengzan, Shen Zhihong, Li Xiaodong

(Computer Network Information Center, CAS, Beijing 100190,China)

Abstract The Chinese Academy of Sciences has integrated a mass of data into the Data Application Environment in the 11th Five-Year Informatization Program. In order to maximize the value of sharing scientific data, we developed a brand-new scientific data oriented search engine Voovle which is based on the integration of scientific data in RDF format by means of middleware technology. Thus, all the problems such as unified retrieval of scientific data, accurate positioning, cross-database association, etc, can be solved. At the beginning of this article, the authors describe the principles of RDF, and then analyze the reason of choosing RDF as a scientific resource description framework in detail. After that, how to use RDF in the retrieval of scientific data is described with specific examples. Finally, current application situation, existing shortcomings and the future direction of voovle are briefly described.

Key words scientific data; integration; resource description framework

LEQL：一种面向科学数据实体的级联关联查询语言

何　星　郭志斌　巩晓冬

（中国科学院计算机网络信息中心　北京　100190）

摘　要　科学数据不但数量非常巨大，而且数据之间存在着错综复杂的关系。在这种复杂的关系下查询数据成为用户的一大难题。本文设计了一种功能强大的查询语言 LEQL（logical entity query language），这种语言是完全面向实体的，而且能够很好地处理级联关联查询，为开发人员提供方便。

关键词　科学数据；数据查询；查询语言；数据关联

1. 问题提出

科研人员在科学研究过程中，通过各种实验活动会产生大量的科学数据。科学数据不但数量非常巨大，而且有其自身的特点和复杂性，其中之一就是关联的复杂性，也就是说，科学数据之间错综复杂的关系。例如，在材料科学主题数据库中，有一个数据表的关联表达到了 14 个。另外，在其他一些数据库中，某些表的关联深度相当深，一个表有一个关联表，其关联表又跟另一个表相关联，如此下去，导致第一个表与最后一级关联表关联级数非常高。还有一些库，不但表的关联表非常多，而且关联级数也是相当深，导致关联的复杂性进一步加大。

面对科学数据关联的复杂性，数据的检索成为用户的一大难题。例如，用户需要按最后一级关联表的条件来检索第一级关联表的数据，这就要求查询语句有非常强大的表关联功能。

目前的关系查询语言通过关联查询来处理这种情况，一个表通过关联字段关联另一个表来进行查询，这种查询在关联级数很多的情况下会导致查询语句非常长，而且因为关联太多物理表导致查询的效率也非常低。本文设计了一种面向实体的查询语言，不但能够用来做一般的数据查询，而且也能解决上述数据关联的查询问题。

2. LEQL 在 VDBEngine 中的应用

VDBEngine[1]是我们开发的用来管理科学数据的工具。VDBEngine-2011 的设计思路如图 1 所示，首先我们定义一些实体类型来表示关系数据和文件，实体类型和关系数据表和文件需要进行映射。然后，将关系数据和文件元数据提取出来，放到 RDF 库中。最后采用实体查询语言来检索关系数据和文件。本文的工作是定义一种面向实体的查询语言，并使其能够对 RDF 库进行查询检索，实现复杂的关联查询。

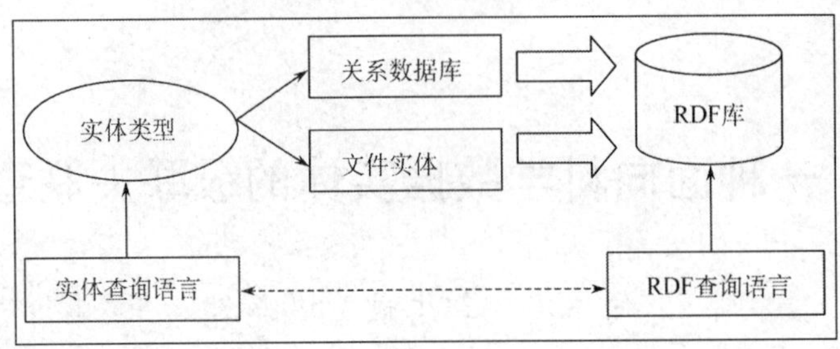

图 1 VDBEngine-2011 总体框图

实体类型跟关系表和文件需要有一个映射，一般来说，一个表字段映射到一个实体类型的属性，当两个表有外键关联或联系时，实体类型映射将一个实体类型映射到另一个实体类型，如实体类型 b 作为实体类型 a 的一个属性来映射。

LEQL（logical entity query language）的优势在于一是它是面向实体的，符合我们开发人员面向对象的思想，二是当多个实体类型做关联的时候，由于以上的映射机制，LEQL 语句的编写不会太长。

3. 科学数据的存储，LEQL 查询的数据对象

VDBEngine 将用户的关系数据库数据和文件实体元数据，抽取出 RDF 格式的文件，并按 RDF 的格式文件解释并存储到 RDF 数据库中，RDF 格式的数据库采用的查询语言是 SPARQL 语言[2]。LEQL 的设计思路是利用 RDF 格式数据的特点来处理复杂的级联关联。LEQL 定义一种面向实体的查询语言，将其翻译成 RDF 数据查询语言 SPARQL，用 SPARQL 来查询数据，并获得查询结果。

3.1 RDF 语义化关联数据库

资源描述框架（resource description framework, RDF）是 W3C 组织基于可扩展标记语言（XML）开发的一种元数据描述框架。RDF 能够定义概念以及概念间的关系，描述易被机器理解的信息和知识。它提供的语义模型可用于描述 Web 上的任意资源及其类型，为网上资源描述提供了一种通用表示框架，解决语义异构问题，实现数据集成的元数据解决方案。同时，RDF 可用于数据发现，为搜索引擎提供更强大的搜索功能。RDF 通过基于 XML 语法明确定义的结构化约定来建立语义协定与语法编码之间的桥梁，以此来促进元数据的互操作能力。因此，RDF 是解决计算机知识表示问题的最佳选择，可以很好地描述元数据。

RDF 模型的基本对象类型有：资源、属性和陈述。资源是任何可以用统一资源标识符（uniform resource identifier，URI）标识的信息；属性用于描述资源的特定方面、特征、属性和关系，由属性类型来标识，每个属性类型都有对应的属性值，属性类型表示这些属性值与资源之间的关系；一个特定的资源加上该资源命名的属性及属性值构成一个资源陈述。有向标记图(directed label graph)是 RDF 的基本数据模型。其最基本的单位是 statement。statement 陈述是由主体（subject)，谓词（predicate)，客体（object）组成的。

3.2 SPARQL 查询语言

SPARQL 是 W3C 制定和推荐的 RDF 查询语言，现在已经成为标准查询语言。SPARQL 提供了强大的基于图形匹配的查询功能：提炼查询结果（ORDER BY，PROJECTION，DISTINCT，REDUCED，OFFSET，LIM IT）、可选匹配（optional）、值约束条件（filter）、替换匹配，以及直接回答 YES /NO 等其他形式的查询。最简单的图形模式是三元组模式，一个三元组模式与 RDF 的三元组类似，不同的是三元组模式允许查询变量出现在主体、谓词或者客体的位置上，三元组模式合并形成一个基本的图形模式。下面是一个三元组模型的例子：

```
PREFIX dc: < http: //purl.org /dc /elements/1. 1 />
PREFIX: < http: //example.org /book / >
SELECT   $title
WHERE { book1 dc:title   $title }
```

SPARQL 查询 Q =（V，P，DS，SM）可以分成四部分，V 是结果形式，具体有 SELECT，CONSTRUCT，DESCRIBE，ASK；P 是图形模式；DS 是数据源，它可以由多个不同的本体组成，在 SPARQL 中 DS 通常是可以省略的；SM 是结果修改。SRARQL 的语法形式与关系数据库中的结构化查询语言 SQL 比较相似，都包括 SELECT，WHERE 部分，但仅仅是语法上的相似，两者有本质区别：SQL 基于关系代数模型来构造查询，而 SRARQL 基于图的模型来构造查询。

4. 语法定义

HQL 是开源框架 HIBERNATE[3]的内置查询语言，其强大的功能和面向对象思想使其获得了广泛的使用，LEQL 参考 HQL 的语法，定义了面向实体查询语言的查询语法，以及查询语句的组成部分。

```
[Select{*|fields}] from entityType[as e][Where expression][Order by fileds][group by fields][Limit]
```

LEQL 的语法如上式表示，其中“[]”表示括号内的项是语句的可选项，“{|}”表示“{}”内的集合任选其一放到 LEQL 语句中。

4.1 FROM 子句

FROM 子句规定了用户所要查询的实体类型，最简单的查询语句的形式如下：

Select * from entityType as e，这个语句把别名 e 指定给实体类型 entityType，这样我们就可以在随后的查询中使用此别名了。

4.2 SELECT 子句

SELECT 子句选择将哪些实体类型的属性返回到查询结果集。

4.3 WHERE 子句

WHERE 子句允许用户将返回的实例列表的范围缩小。实体类型可以指派别名，使用完整的属性名：

Select field from entityType as a where a.b = 'NNN'

返回属性 b 等于 NNN 的 entityType 实体类型的实体集。

如果用户需要多实体进行关联查询，需要在实体类型映射的时候将一个实体类型映射到另一个实体类型，如实体类型 b 作为实体类型 a 的一个属性，这样查询语句可以用点操作符来做实体类型的关联，如 a.b.c = 'NNN'。

4.4 表达式

在 WHERE 子句中允许使用的表达式包括 大多数可以在 SQL 使用的表达式种类：

（1）数学运算符 +，–，*，/。

（2）二进制比较运算符 =，>=，<=，<>，!=，like。

（3）逻辑运算符 and，or，not。

（4）括号（ ），表示分组。

（5）in，not in，between，is null，is not null。

4.5 分页查询

分面查询用 LIMIT 项来表示，例如 LIMIT 3，5 表示从第 5 条记录开始查找，查询 3 条记录。

4.6 站内检索

Select * from entityType where 'NNN'表示从实体类型 entityType 中查找，任意属性匹配"NNN"的记录。

Select * where 'NNN' 表示从任意实体类型中查找，任意属性匹配"NNN"的记录。

5. LEQL 详细设计

5.1 语句执行过程设计

用户输入的查询语句从输入到输出的过程如图 2 所示：

（1）LEQL 利用开源工具 ANTLR 将 LEQL 语句解析成 AST 抽象语法树。

（2）遍历 AST 树，根据节点信息，转到相应的子句处理程序，如 WHERE 子句处理程序。

（3） 执行转换的 SPARQL 语句，将查询结果封装成用户所要的结果。

5.2 关键点设计

在LEQL翻译成SPARQL的过程中，翻译的难点主要是在实体的关联上。而实体的关联主

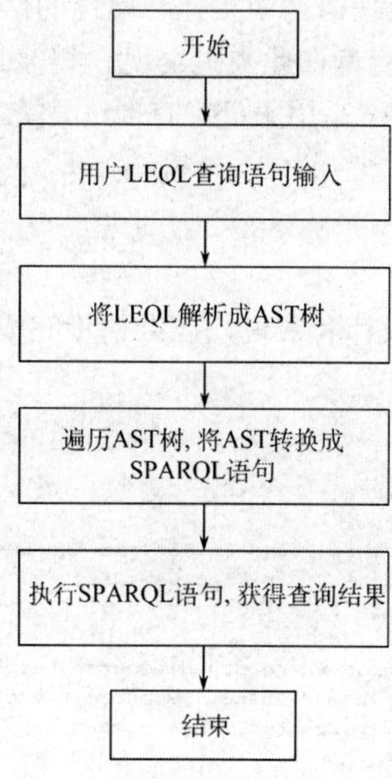

图 2　语句解释过程图

要是用“.”符号表示的，例如a.b.c.d。在LEQL语句中，如果实体类型后“.”符号出现了两次或两次以上（如a.b.c.d），表示该语句中有关联查询，需要做特殊处理。因此，在“.”处理子程序中，如果实体类型后“.”符号出现了两次或两次以上，每多一个“.”，在生成的SPARQL里加一个条件式，例如school.course.teacher.name='wang'，应该翻译成：

```
where{?s<name>?name.?course<teacher>?teacher.
        ?school<school>?course.?teacher<name>'wang'.}
```

5.3　LEQL 设计类图

LEQL 设计类图如图 3 所示，类 Leql2Sparql 是主要功能类，遍历 AST 过程中，其 token() 方法能根据节点的名称来转到相应的 statement 子程序处理。

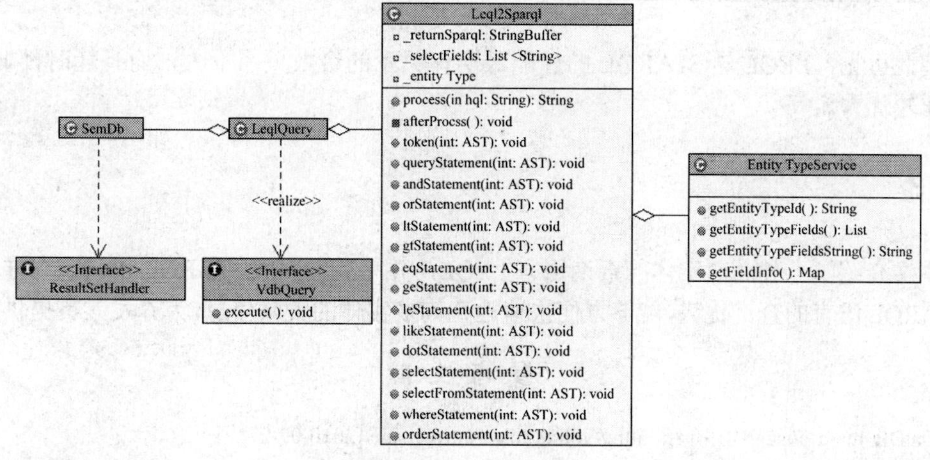

图 3　LEQL 设计类图

类EntityTypeService是用来处理语句中实体和属性的信息的。类SemDb是查询的功能类，Leql 语句转换成 Sparql 和具体的查询在此类里实现。类 VdbQuery 是查询的界面类，暴露给用户来使用的。类 ResultSetHandler 是用来处理查询结果的。

6. 运行效果

目前，LEQL 查询语言经过设计和实现，已经初步完成调试。图 4 是 LEQL 转 SPARQL 运行效果图。

```
LEQL: select * from soiltype
SPARQL: select ?Exc_Ca ?Exc_Na where {  ?s <Exc_Ca> ?Exc_Ca.  ?s <Exc_Na> ?Exc_Na. }

LEQL: select * from soiltype where Exc_Ca<='23.45' and Exc_Na='0.3'
SPARQL: select ?Exc_Ca ?Exc_Na where {  ?s <Exc_Ca> ?Exc_Ca.  ?s <Exc_Na> ?Exc_Na.
        FILTER ( ?Exc_Ca <= '23.45' &&  ?Exc_Na = '0.3' )}

LEQL: select school.name from course where school.course.teacher.name='wang'
SPARQL: select ?name where {  ?s <name> ?name.  ?course <teacher> ?teacher.
        ?school <school> ?course.  ?teacher <name> 'wang'. }

LEQL: select school.name from course where school.course.teacher.name<='wang'
SPARQL: select ?name where {  ?s <name> ?name.  ?course <teacher> ?teacher.
        ?school <school> ?course.  ?teacher <name> ?name.  FILTER ( ?name <= 'wang' )}
```

图 4 LEQL 转 SPARQL 运行效果图

在 2.53GHz 主频、2GB 内存的计算机上进行性能测试，测试结果如表 1 所示：

表 1 性能测试表

性能测试	1 级关联/s	2 级关联/s	4 级关联/s	10 级关联/s	15 级关联/s	25 级关联/s
第一次测试	0.312	0.278	0.297	0.297	0.312	0.373
第二次测试	0.281	0.282	0.281	0.281	0.297	0.297
第三次测试	0.282	0.291	0.313	0.296	0.297	0.281
第四次测试	0.281	0.292	0.282	0.296	0.297	0.297

由此可见，LEQL 转 SPARQL 的性能跟实体关系的级数关系不大，而且耗时都非常少，性能比较优秀。

7. 结论

本文介绍了一种面向实体的查询语言 LEQL，并将其转换成 SPARQL 语句，这样能够利用SPARQL语言的查询优势，能够方便快速地查询多实体的关联信息，为开发人员提供方便。

参 考 文 献

[1] VisualDB Team. VisualDB 介绍. http://vdb.csdb.cn/intro.vpage/[2010-07-27].

[2] W3C.SPARQL Query Language for RDF. http://www.w3.org/TR/rdf-sparql-query/#introduction/[2008-01-15].

[3] King G, Bauer C. Hibernate Reference Documentation. http://docs.jboss.org/hibernate/core/3.6/reference/en-US/html/[2011-10-26].

LEQL: A Multiple Related Query Language for Scientific Data Entity

He Xing, Guo Zhibin, Gong Xiaodong
(Computer Network Information Center, Chinese Academy of Sciences, Beijing 100190, China)

Abstract Volume of scientific data is very huge and the relationships between data are complex. So, the query of data becomes a major problem with this complex relationship. This paper proposes a powerful query language LEQL. The language aims at dealing with the entity and works well in the multiple related data query while providing convenience to developers.

Key words scientific data; data query; query language; related data

配置管理数据库（CMDB）的关键技术研究与实现

董济农　康红勋　牛雄飞　于海姣

(中国科学院计算机网络信息中心　北京　100190)

摘　要　本文简要介绍了配置管理数据库的基本概念和内容。主要描述了配置管理数据库构建过程中的技术需求、架构设计以及其中涉及的模型设计、拓扑关系可视化、接口实现等几项关键技术的研究与实现。最后简要概括了技术实现带来的效益，以及后续研究尚待解决的问题。

关键词　CMDB; CI; 配置管理; 拓扑关系; ITIL

1. 前言

配置管理数据库（configuration management database,CMDB）定义为："它是一种包含每一个配置项(configuration item，CI)全部关联细节以及配置项之间重要关联细节的数据库"。ITIL(Information Technology Infrastructure Library)是一套 IT 服务管理最佳实践指南，CMDB 是 ITIL 最佳实践的核心，其中配置项信息囊括了基础运行环境中的所有硬件、软件以及文档等信息。CMDB 把这些数据统一采集起来，能够有效地管理 IT 资产以及它们之间的关系，也能够通过数据分析，快速定位故障并解决服务请求或存在的问题，并可以形成知识、报告，为 IT 服务管理提供重要保障。

CMDB 不仅保存 IT 基础架构中的配置信息，而且还要管理配置项之间相互关系的信息。配置管理数据库需要根据变更实施情况进行不断地更新，以保证配置管理中保存的信息总能反映 IT 基础架构的实时配置情况以及各配置项之间的相互关系[1]。本项目将在前期运行维护管理工作基础之上，对其中的 CI 模型构建、CI 拓扑关系等关键问题进行研究，实现 CMDB 构建与 CI 展现，建设配置管理系统，完善科学数据服务中的 IT 服务管理体系。

2. 技术需求

如今在众多的基于 ITIL 的 IT 服务管理项目中，虽然人们都深知 CMDB 在项目中的重要性，但由于 CMDB 构建涉及的任务工作量庞大，许多关键细节问题的解决没有定论，缺少统一的解决方案，所以需要铺设一条 IT 服务管理中 CMDB 构建与实施的最佳实践路径。经过研究发现，运作良好的 CMDB 首先需要构建统一、精准的信息库，同时要具备灵活的自我描述与扩展能力，要提高人机交互效率，做到与其他信息的共享与集成，才能真正成为 IT 服务管理体系的核心。

本项目将在 IT 运行维护服务管理工作的基础上，重点研究 CMDB 的构建与实施，对现有项目工作中的 IT 基础环境进行数据分析，根据实际运行维护管理经验，对配置项颗粒度、内容定义、分类、统一描述以及配置项相关管理信息等的技术需求进行研究，逐步解决 CMDB 建设过程中的模型设计、信息定义扩展、拓扑关系可视化、信息集成等关键问题。最终建设配置管理系统，实现 IT 基础环境的 CI 信息采集，关系构建与检索查询，与 IT 服务管理体系中其他功能模块如监控管理、变更管理、事件管理等系统进行统一集成。

3. 架构设计

图 1 所示是配置管理的架构。CMDB 通过科学合理的模型设计，可以灵活定义配置项及其相关属性。在配置项建设过程中可随时进行配置项本身及其属性的自动延展，满足配置项管理及快速定位的需求，充分体现模型灵活的扩展能力。配置项信息的采集可以采用手工或系统自动发现的方式进行，采集到实时、精准的 IT 基础环境数据，同时提供统一的查询检索功能，并对 CI 之间的关系拓扑进行可视化显示，便于有关配置项服务请求、故障、问题等管理的快速解决与维护。同时还提供了与外部其他管理模块的集成接口，统一安全认证和配置管理相关流程等功能模块，便于 IT 服务管理系统体系的统一集成。

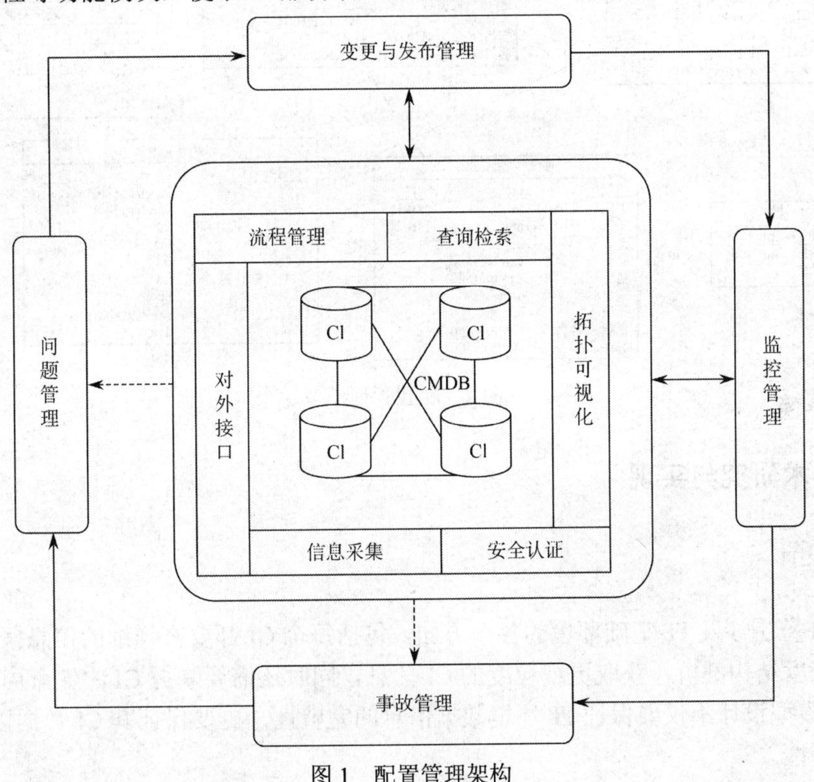

图 1　配置管理架构

配置管理架构与 IT 服务管理系统其他管理模块是一个有机整体[2]，是密不可分的，配置管理提供了 CMDB 的相关信息接口，同时也会应用到其他管理模块的相关接口信息。变更管理、发布管理会直接影响配置管理的信息数据完整准确性，监控管理、事故管理、问题管理会采集配置管理的信息以快速解决问题、排查事故。与此同时，配置管理为这些 IT 服务管理流程提供了核心的数据依据和信息资源保障。

下面就配置管理设计与实现中涉及的几项关键技术进行介绍，配置管理模型如图2所示。

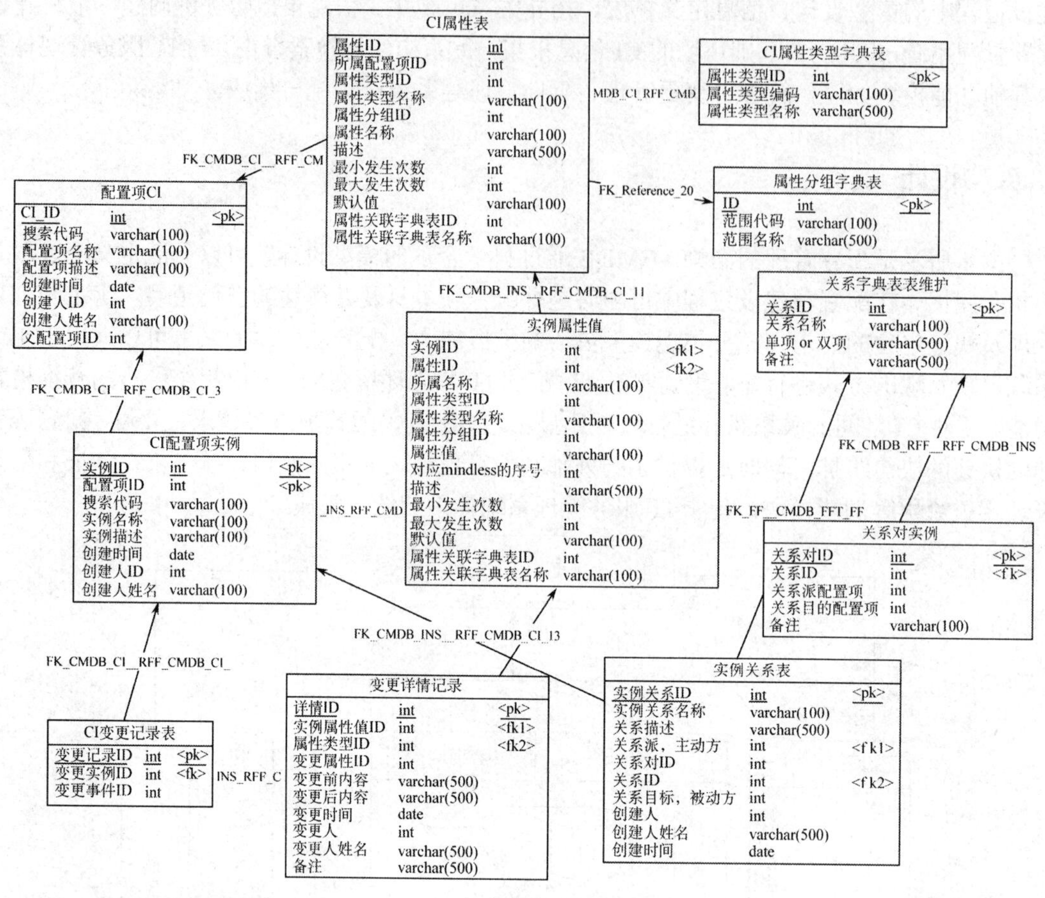

图2　配置管理模型

4. 关键技术研究与实现

4.1　模型设计

CMDB范围涉及IT基础环境的各个方面，包括每个CI都要有详细的信息概括，必要时还要进行深度结构剖析，获取更细粒度的CI信息，同时还需要掌握CI的生命周期信息，因此CMDB模型设计不仅要保证IT环境数据信息的完整性，更要保证其CI数据以及CI之间关系的灵活性。

依据目前项目的IT服务管理水平和所掌握的IT基础环境数据信息，构建了如下的模型：

（1）确定CI的管理范围。从CI宽度范围来讲，对目前掌握的数据信息进行归类，建立统一完整的配置项信息分类树，依据分类树逐层级对所有CI信息进行重新归纳整理，树形分类可以保障信息的完整性，同时配置项分类树，可以自由延展进行内容扩充，保证全新类型CI信息的整理；从CI颗粒度来讲，因IT服务管理水平不同，又可能会不断变更，所以配置项分类树的层级确定了CI的管理颗粒度，若服务管理水平有所提高，颗粒度变细，则可以进行分类树的自定义扩深，保证信息完整性和精准性。

应用中，依据现有IT服务管理基础，我们制定了以三层CI分类树为基础，可灵活延展的数据模式。三层分类树可以囊括现有管理范围内的所有CI，同时也不会造成CI颗粒度过细而超出服务能力，并把服务器、网络设备、存储设备、应用系统、系统软件等关键CI进行更深入的分类管理，既保障了信息的完整性，又能够做到灵活性。随着服务管理的不断变化，可以对以三层分类为基础的数据模式进行变更或自定义扩充。

（2）CI的属性管理。CI的属性繁杂多样，又需要足够灵活与方便，在配置项树形分类管理的基础之上，对每个配置项分类条目进行属性定义，属性定义采用横向表的构建方式，保证CI属性可以自由变更或增减，而不用调整数据库结构；另外属性采用分类树逐层继承的方式，保证各层级CI信息的属性完整性与一致性。

实验证明，横向表的构建模式摆脱了原有数据库的数据模式，可以对CI属性进行灵活的定义、修改或删除而不用修改数据库结构，能够满足对CI完整性描述及灵活配置的需求。横向表的灵活性同时也带来了数据的冗余，增加了数据存取的复杂度。

（3）CI之间关系构建。树形的分类管理模型[3]，对整个IT基础环境的CI范围进行了概括，分类只是简单的归纳关系，对每个CI与CI之间存在的业务逻辑关系还不能真正体现，因此对目前的业务关系进行了统一分类，如表1所示，以便进行CI之间的关系关联，同时在模型设计上关系也可以进行自定义扩展。

表1 CI关系分类表

编号	关系	简称	方向	说明示例
1	安装在…上	安装	单向	A安装在B上，箭头指向B
2	连接关系	连接	双向/单向	A连接B。如果是单向联通，则箭头指向联通方向
3	依赖关系	依赖	单向	A依赖B，箭头指向B
4	文档关联	文档	无方向	某软件有某文档
5	使用关系	使用	单向	谁使用某台PC,箭头指向PC
6	监控关系	监控	单向	监控系统监控A应用，箭头指向A
7	组成关系	组成	单向	销售系统由主机、DB组成，箭头指向销售系统
8	热备	热备	单向	主机B是主机A的热备，箭头指向A
9	冷备	冷备	单向	主机B是主机A的冷备，箭头指向A
10	虚拟化	虚拟	单向	A虚拟机安装在B服务器上，箭头指向B

4.2 拓扑关系可视化

CI之间的关系描述是配置管理工作中的重要组成部分，关系可以通过模型构建的业务逻辑关系进行逐个搭建,但存储在数据表中的数据并不能清晰的体现整个 IT 基础环境的体系结构，所以需要建设友好的数据可视化界面，使 CI 之间的拓扑关系可视化，服务管理工作需要了解各 CI 关系，便于对问题、故障、事件等服务工作的定位与分析，一目了然。

拓扑关系可视化技术已日益成熟，但种类多样，各种技术的要求又有所不同，尤其现有很多产品都是依赖于客户端的，要在客户端安装插件才能正常展示需要的拓扑关系或流程图表，经过多方面对比研究，我们采用了 mxGraph 技术，此项技术是 B/S 的客户端图表表示框架，是采用 JavaScript 技术实现的，所以能满足我们的需求，同时也能够提供足够的 API 或接口进行拓扑关系的展示。图 3 是基于办公自动化系统的拓扑关系的可视化实现代码与可视化界面。

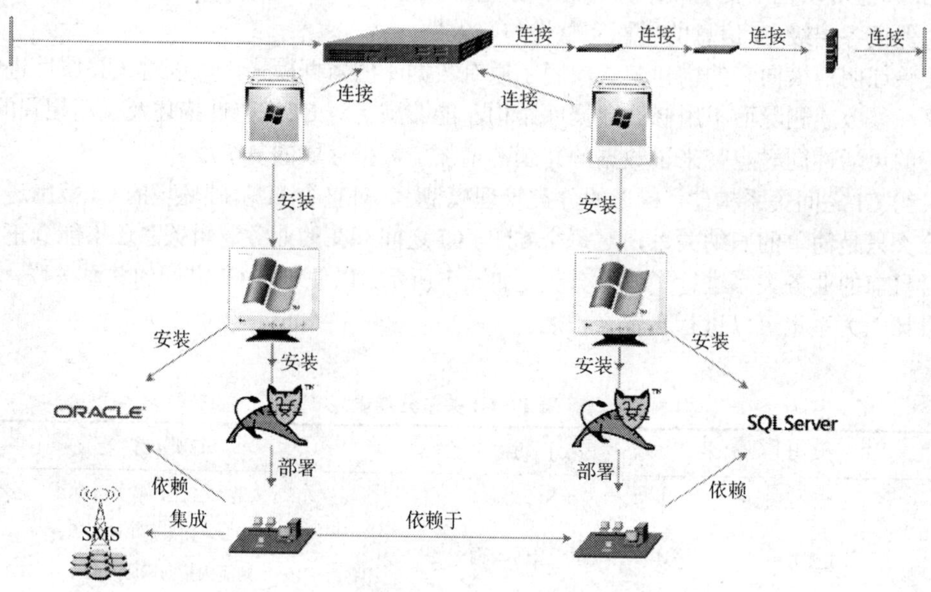

图 3　办公自动化系统的拓扑关系可视化实现

```
<!–拓扑关系代码–>
<script type=''text/javascript''>
    function main(container)
    {
      var graph=new mxGraph(container);
      new mxRubberband(graph);
      var parent=graph.getDefaultParent();
      graph.getModel().beginUpdate();
      try
      {//拓扑关系构建
       ……
       …
      }
      finally
```

```
        {graph.getModel().endUpdate();}}
    };
</script>
<!页面构建代码-->
 <form id=''''name=''form1''action=''/ci/${ci.CI_ID}/
          update''method=''POST''>
    <h2>办公自动化系统拓扑图</h2>
    <body onLoad=''main(document.getElementById
                 ('graphContainer'))''></body>
</form>
```

4.3 接口实现与应用

在IT服务管理体系工作中，配置管理与变更同发布管理、问题管理、事故管理、监控管理等工作都是密不可分的，它们会根据工作的需要对彼此的数据及功能进行相互调用，这需要配置管理提供相应的接口以满足这些需求。配置管理提供了CI信息检索与管理，提供给其他管理模块进行CI的信息查询浏览与更新，在监控等管理系统中能随时获取实时的CI详细数据信息；提供了整个配置项资源分类树及CI关系的查询浏览，便于监控、事故等处理事件的快速CI定位与分析。

实现中，为服务请求和变更管理提供了CMDB的接口，在处理服务请求与变更管理时，审核与实施人员可以通过接口浏览相关的CI属性信息并进行关联，进行快速的服务处理，提高了故障定位与服务处理的效率。这些接口为IT服务管理体系的统一集成提供了重要的数据保障，但与其他模块的审批管理流程集成接口、全局网络的配置拓扑图展示以及与监控模块的集成接口等还需要进一步研究与开发。下面是已实现的部分接口代码。

```
public interface CmdbService {

    //通过CI的ID获取CI的信息
    public List LoadCI(int id);

    //通过CI的ID更新CI的信息
    public List UpdateCI(int id);

    //获取CI所在配置项分类树信息
    public List LoadTree(int id);

    //获取与CI相关的关系拓扑
    public List LoadMap(int id);

    ……
    }
```

5. 结束语

配置管理数据库的构建在IT运行维护服务管理体系中起到核心的作用，影响IT运行维护服务管理的方方面面，是后期 IT 环境运行维护管理的重要保障和依据。此方案可以解决CMDB 的构建与实现的问题，可以解决运行维护过程中出现问题后的快速定位与故障排查；可以根据信息库中的关系拓扑图，查找服务请求或事件、故障、问题的源头及影响范围从而采取相应的维护策略，保障IT基础环境的稳定性。经部署实施，建立了灵活可扩展的配置管理数据库，梳理了IT基础运行环境中的配置信息并搭建了CI关系拓扑，为运维工作提供了可靠的数据资源，同时缩短了故障定位与排查时间。但是在整个IT服务管理体系的集成操作与流程管理上，尤其变更、知识、问题以及事件的及时响应等功能上还有待进一步完善改进。

参 考 文 献

[1] 左天祖. 中国IT服务管理指南. 北京：北京大学出版社，2008.

[2] OGC. Service Delivery&Service Support. London: TSO，2004.

[3] 张友朋，丁志刚，张绍华，等. 基于ITIL配置管理的研究与应用. 计算机工程与设计, 2010,31(19): 2084-2088.

[4] 陈宏峰. 翰纬ITIL V3白皮书. 翰纬IT管理研究咨询中心,2007.

[5] 博恩. 基于ITIL的IT服务管理基础篇. 章斌，译. 北京：清华大学出版社，2007.

Research and Implementation on Key Technologies of Configuration Management Database (CMDB)

Dong Jinong, Kang Hongxun, Niu Xiongfei, Yu Haijiao

(ComputerNetworkInformationCenter, Chinese Academy of Sciences, Beijing 100190, China)

Abstract This paper introduces the basic concepts and contents of CMDB,describes the technical requirements and architecture design in the construction process of CMDB, and gives our research and implementation on several key technologies involving model, topology visualization, interface, and so on. Finally, there is a brief summary on the benefits brought by this technology as well as future work.

Key words CMDB; CI; configuration management; Topology; ITIL

大规模遥感图像高性能集群存储处理技术研究与实现

张海明　黎建辉　周园春　王学志　薛正华　阎保平

（中国科学院计算机网络信息中心科学数据中心　北京 100080）

摘　要　遥感数据在气象、生态、地理与军事等诸多领域有着广泛的应用。随着遥感技术的发展，遥感图像的精度越来越高，获取速度也越来越快。大规模遥感图像数据的存储与处理问题日益严峻，已成为影响遥感应用的瓶颈。构建一个高性能、易扩展的大规模遥感数据处理平台将极大满足各类科研用户对遥感数据及其处理的需求。在分析遥感图像处理特点和当今的计算机硬件现状以及发展趋势的基础上，本文深入讨论了通过集群方式进行高性能、可扩展的遥感数据分布式存储与处理的关键技术，并结合科学数据中心的具体硬件平台进行了遥感图像的分布式存储与处理系统的初步设计与实现。利用 60 个节点的集群构建系统，并对 2000 年到 2010 年 MODIS 遥感影像地表温度产品图像进行图像合并、坐标系转换、温度值换算及切割处理，生成中国区域近 11 年一千米分辨率栅格图像产品 8000 多幅，实验结果表明，该方案较充分地利用了存储与计算资源，并行处理性能理想。

关键词　遥感；分布式；集群存储；数据密集型

1. 引言

随着传感器、遥感平台、数据通信等相关技术的发展，通过遥感手段获得的数据量急剧膨胀，同时，灾害监测、应急响应等实时或近实时遥感应用对遥感数据处理的速度和精度提出了更高的要求[1]。大规模遥感图像处理每次处理的数据量往往达到 TB 甚至 PB 量级，是一个典型的数据密集型应用。例如，利用遥感获取全球尺度连续十年的植被指数数据，仅结果集就将达到数十 TB。针对科学家在使用 MODIS 遥感图像时的数据获取、格式转换与图像管理等难点，微软在云计算平台 Azure 中特别推出了针对 MODIS 的云服务应用[2]。Azure 平台的 MODIS 服务部分大大方便了科研人员使用与处理 MODIS 遥感图像。但是受各方面限制，很多遥感应用无法基于 Azure 平台完成。构建一个经济、易扩展、高性能的大规模遥感图像存储与处理集群是遥感应用中的研究热点。

在计算机硬件方面，CPU 的发展由提高芯片的主频转变为增多核心的数目。目前，多路多核 CPU 已经成为服务器常见配置。处理器内核数目的增加，加剧了对服务器内存、网络带宽以及存储 I/O 带宽等资源的争夺。在基于计算机集群进行数据密集型应用时，每个 CPU 核心的性能往往受资源限制不能充分的发挥[3]。每个处理器核心所分配到的资源，是衡量计算机集群处理能力的一个重要指标。

目前，基于大规模遥感处理的相关研究较多。大多数研究基于计算机集群利用并行文件系统展开。存储节点同时作为计算节点对遥感图像进行处理时，受集群节点间的网络带宽（通常为千兆网络）限制，在进行遥感图像的并发大规模处理时效率并不高，本文针对遥感图像存储与处理特点，结合计算机集群的具体硬件环境，提出了一种经济、高效的大规模遥感图像集群存储与处理方案。

2. 遥感数据分布式存储处理研究现状分析与存储性能测试

传统的遥感数据处理平台中，数据存储往往采用高性能磁盘阵列进行网络化存储。采用该方式，数据的存储集中、管理容易。处理节点通过 SAN 或者 NAS 方式连接存储设备。但是随着处理节点计算能力的提高以及数量的增多，存储设备与处理节点间的瓶颈问题日益严峻。目前的大规模遥感数据处理的相关研究，基于计算机集群进行存储与处理的架构被广泛采用，集群中的节点同时充当存储与计算的角色。该架构设计相对于计算与存储隔离的架构，可扩展性强，能综合利用服务器的存储与计算能力，降低总投资与整体电力消耗，本文的研究也是基于这种架构展开的。

Google 的 MapReduce 分布式计算模型是该硬件架构下的一个成功应用。Apache Hadoop 作为其开源实现，为某些特定类型的大规模数据密集型计算提供了一个简单易用的基础平台。Hadoop 发展迅速，成为广泛应用的多种大数据应用解决方案。由于遥感图像不同于网络日志等文本型数据，每幅图像作为一个整体才有具体意义，无法通过对文件的直接切割实现图像切分，因此 Hadoop 无法方便的用来进行大规模遥感图像处理。某些大规模遥感处理研究中，利用 Hadoop 的 HDFS 分布式文件存储系统进行遥感图像的分布式存储[4]，将 HDFS 映射到本地文件系统后进行访问。这种方法虽然解决了文件的全局访问问题，但是作为 HDFS 客户端的处理节点读写效率较低，无法进行文件改写操作，整个系统的处理性能受限于 HDFS 的读写性能。

通过计算机集群进行遥感数据存储的也可以利用并行文件系统进行实现[5-6]。并行文件系统可实现全局统一命名空间，并通过数据冗余实现高可用性，作为客户端的服务器节点通过并行文件系统的客户端软件挂载文件系统。客户端在与并行文件系统进行数据交换速度受限于网络带宽，即使采用双网卡或者多网卡绑定的方式，传输速度提升也有限，并且还会消耗额外的 CPU 处理资源[7]。

HDFS、MooseFS 与本地硬盘的读写性能测试如表 1 所示。其中，HDFS 与 MooFS 文件系统均采用 10 台服务器构建，一台作为元数据服务器，九台作为数据服务器。服务器配置相同，CPU 为两路 Intel Xeon L5640，内存为 32GB，硬盘为 12 块 1TB SAS 硬盘，12 块硬盘均单独使用，没有进行 RAID 组建。测试的读取数据为 400~500MB 大小的 GTIF 格式遥感图像共计 4TB（在直接利用本地硬盘存储时采用一致性 Hash 算法将遥感图像映射到 9 台服务器的 108 块硬盘上）。写入测试采用将存储于内存中 400MB 遥感图像文件复制 10000 份到文件系统的方式，所有的读写测试均在 9 个数据节点同时进行。

从表 1 可以看出，本文的实验环境中，相对于本地硬盘直接读写的方式，服务器通过并行文件系统客户端访问并行文件系统的性能不高。直接读写本地硬盘性能优势明显。在本地硬盘的直接读写测试中，读取与写入性能差别不大，说明随着单服务器挂载的硬盘数量增多，硬盘的并发 I/O 性能已经不是瓶颈，系统的读写 I/O 主要受限于磁盘控制器的性能。

表 1 分布式存储读写性能测试 （单位：MB/s）

文件系统	HDFS（挂载到本地）	MooseFS	12 块本地硬盘
读取速度均值	39.2	60.3	1394.9
写入速度均值	24.7	48.5	1209.1

在利用计算机集群构建大规模遥感图像处理平台时，直接采用并行文件系统进行遥感数据的分布式存储，服务器与并行文件系统进行数据交换的速率受网络带宽限制，从而限制了服务器的计算能力。因此，在面向海量数据处理的遥感应用中，如何充分发挥集群处理与存储 I/O 性能，是一个关键、实质性的研究。

3. 大规模遥感数据分布式存储与处理架构设计与实现

本节详细讨论了遥感数据在集群中的分布策略、故障恢复机制与全局统一访问实现。本文所做研究与测试基于的硬件设施如下：服务器 62 台（CPU 为两路 Intel Xeon L5640，内存为 32GB，硬盘为 12 块 1TB SAS 硬盘）；千兆网络环境；磁带库与磁盘阵列组成的分级存储系统一个（基于 IBM 的 TSM 分级存储解决方案）。

3.1 遥感图像分布存储策略

大规模遥感图像的处理属于典型的高吞吐计算（high-throughput computing）型应用范畴，遥感图像的高性能并发读写是一个基本需求。分析具体的遥感应用得出：①小于 1GB 的遥感图像在应用中占绝大多数，用一台多核服务器进行单幅遥感图像的处理非常合适。在进行遥感图像的分布式存储时，将单幅遥感图像切块存储于不同服务器上并不利于遥感图像的处理。②目前常用的遥感图像格式，含多个波段的压缩数据，如 HDF 等格式。一些需要处理多个波段数据的应用，可以通过访问单个文件实现。③对遥感图像的合并等需要同时访问多个文件的操作，被访问文件往往是同一天的数据。

基于对遥感应用的分析以及硬件环境，本文采用按天为单位对遥感图像进行分布式存储的方式。数据的具体分布存储策略如下：

（1）遥感图像的划分依据为日期，在分布式存储时，同一天的遥感图像作为一个逻辑数据块进行存储。

（2）数据的存储设备以硬盘为单位，本文硬件环境中每台数据服务器配备 12 块 1TB SAS 本地硬盘，各块硬盘单独使用，共有 60×12=720 块硬盘。

（3）采用一致性 Hash 算法将遥感图像按日期映射存储到到 720 块硬盘中[8]，并保持原目录结构与文件属性。为增加数据分布的均匀性，通过虚拟节点的方法，为每块硬盘分配 20 个虚拟节点，如图 1（a）所示。

（4）当某块硬盘或服务器发生故障时，移除相应硬盘及其虚拟节点，通过一致性 Hash 算法对丢失的数据进行重新分布，缺失的数据由分级存储系统读入。

3.2 数据的冗余存储与故障恢复

由于数据在分级存储系统中的存储成本远远小于其在计算机集群中的存储成本[9]，为更充分的利用在线集群的存储性能和容量，本方案将遥感数据在集群分布式文件系统中存储一份，并在分级存储系统中存储一份实现冗余。相对于直接在分布式文件系统存储双份或多份的数据冗余实现方式，该方案可使分布式文件系统的有效存储空间至少增多一倍。当集群中某个节点发生故障或某部分数据丢失时，相应数据从分级存储系统读入到其他节点，如图1（b）所示。

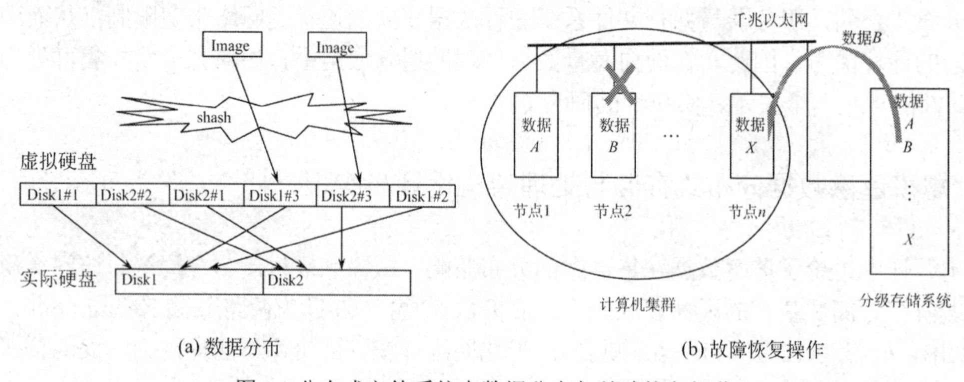

(a) 数据分布　　(b) 故障恢复操作

图1　分布式文件系统中数据分布与故障恢复操作

根据 Google 的大规模磁盘驱动器故障测试[10]，磁盘在前五年的运行中因故障坏掉的比率并不是很大。本文中使用的720块硬盘，在连续上线6个月的时间内，仅两块硬盘出现故障需要更换。服务器节点尚未因故障导致停机。由于分级存储系统的前端采用多服务器架构，有较大的聚合缓存，并发读写性能较高，因此，在这样的条件下利用分级文件系统进行备份可以满足性能需求。

3.3 通过元数据服务器实现全局统一访问

为实现全局统一命名空间的分布式存储，我们可以利用两台服务器做双机热备元数据服务器。元数据包括文件相对路径、存储磁盘的挂载点、文件大小、遥感图像的生成时间、修改日期、权限等信息。处理节点通过客户端挂载分布式文件系统到本地目录。在读取分布式

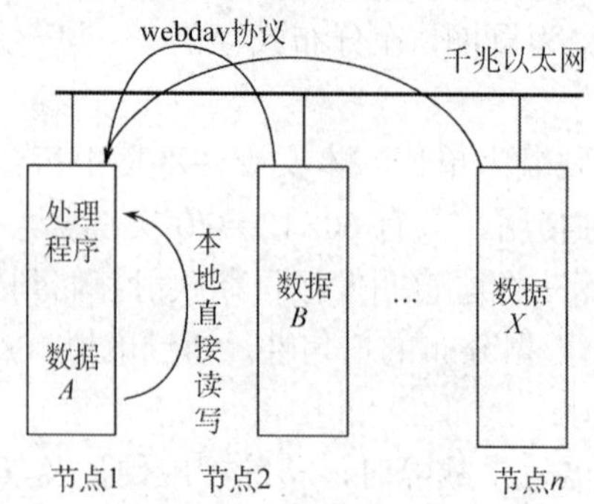

图2　客户端根据数据的存储位置进行不同方式访问

文件系统中的文件时，客户端首先根据元数据信息定位文件存储位置。如果数据存放于本地节点，则客户端直接根据相对路径从本地的硬盘读写相应文件。如果要访问的文件位于其他节点，则通过 webdav 协议数据交换，如图 2 所示。

3.4 遥感图像的大规模并行处理

本小节主要针对遥感图像大规模处理具体场景展开讨论。以一个需要对某区域连续五年的 NDVI 指数进行分析的作业为例，该作业需要对 1800 多天的遥感图像进行处理。由于所需遥感图像是以天为单位分布存储在集群节点的硬盘中，因此对该作业的处理按照如下流程进行：

（1）作业管理器将作业描述发送给集群中的每个节点，本例中，作业的描述具体包括时间跨度、所需处理的遥感图像存储目录、处理程序。

（2）集群中的节点获取作业描述后，以硬盘为单位进行处理。为每块硬盘开启一个处理进程。由于文件在本地硬盘 XFS 文件系统和分布式文件系统中的相对目录一致，在进行处理时，直接访问本地 XFS 文件系统。每块硬盘相应的进程只处理其对应硬盘中存储的相应数据。

（3）处理节点的任务完成后，结果汇总到作业管理节点，如果产生新的遥感图像文件，则按照数据分布策略进行分布存储，并更新元数据服务器。

按照以上流程处理该项作业，在处理时不需要对数据进行跨节点迁移；在存储数据的节点展开计算，理论上消除了网络带宽限制所带来的瓶颈问题。

4. 大规模遥感图像处理测试与结果

为方便科研人员对中国区域 MODIS 地表温度反演产品数据的使用，利用本文构建的遥感图像分布式存储与处理平台，对 2000 年到 2010 年间的 MODIS 地表温度反演产品数据进行了图像合并、坐标系转换、温度单位转换、切割与压缩处理，生成中国区域白天、晚上地表温度一千米分辨率栅格图像 8000 多幅，质量信息和缩略图文件共 16000 多个，生成数据产品总量为 3.5TB。该作业共用时 50 分钟，运行期间整个集群 CPU 负载情况如图 3 所示（共 60 个处理节点，1440CPU 核心，运行时根据硬盘数量开启 720 个进程）。

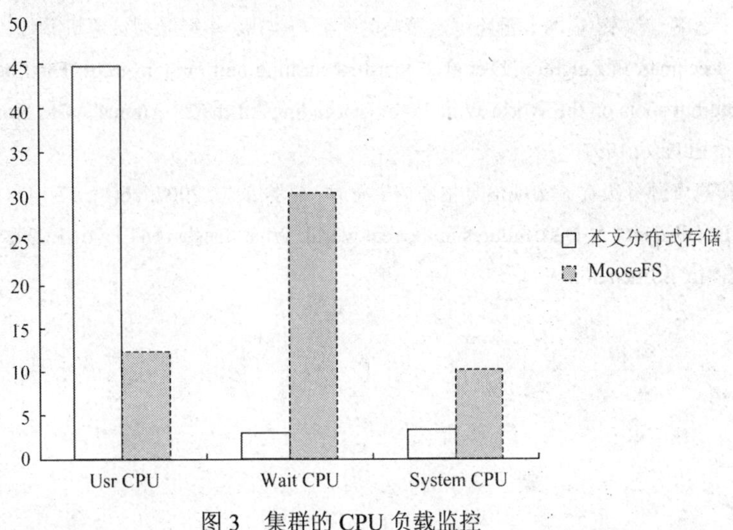

图 3 集群的 CPU 负载监控

从图 3（a）整个集群的 CPU 负载来看，该作业运行中占用约一半的 CPU 处理资源，其中消耗的 CPU 资源大部分是用于处理任务的 Usr CPU，I/O 等待时间较少。作为对比，本文在相同硬件环境中基于 MooseFS 进行了一个季度地表温度的同样处理。从图 3（b）可以看出，使用 MooseFS 并行文件系统，I/O 等待时间占用了相当大一部分 CPU 时间，处理效率低下。利用本文的分布式存储处理方案进行该作业处理，消除了并行文件系统客户端的 I/O 瓶颈限制。

5. 结束语

高性能的分布式存储与处理环境是大规模遥感应用的基础。本文针对遥感图像处理特点，结合科学数据中心的具体硬件环境对遥感数据分布式存储与处理部分进行了初步的系统设计与实现。总体来看，该方案充分利用了计算机集群进行分布式存储与处理的优势，处理性能理想。由于平台的设计、测试与使用周期还比较短，在元数据服务器的负载均衡、元数据管理以及程序开发人员使用方便性方面，仍需要展开深入的工作。

参考文献

[1] Golpayegani N, Halem M. Cloud computing for satellite data processing on high end compute clusters. IEEE International Conference on Cloud Computing, Bangalore, 2009.

[2] Li J, Agarwal D, Humphrey M, et al. Escience in the cloud: A modis satellite data reprojection and reduction pipeline in the windows azure platform. IEEE International Symposium on Parallel & Distributed Processing, Atlanta, 2010.

[3] 陈宇清. 多核时代已来临, 未来多核 CPU 发展全览. 2007.http://server.zol.com.cn/60/602500.html.

[4] 刘异, 呙维, 江万寿, 等. 一种基于云计算模型的遥感处理服务模式研究与实现. 计算机应用研究, 2009, 26(9): 3428-3431.

[5] 周海芳. 遥感图像并行处理算法的研究与应用[博士学位论文]. 长沙: 国防科学技术大学, 2003.

[6] 史园莉. 遥感数据集群处理系统架构设计与实现[硕士学位论文]. 北京: 中国测绘科学研究院, 2010.

[7] 胡修林, 王运鹏, 郭辉. 多网卡链路绑定策略的研究与实现. 小型微型计算机系统, 2005, 26(2): 165-168.

[8] Karger D, Lechman E, Leighton T, et al. Consistent hashing and random trees: Distributed caching protocols for relieving hot spots on the World Wide Web. Proceedings of the 29 Annual ACM Symposium on Theory of Computing, El Paso, 1997.

[9] 白广思. 信息资源分级存储实现信息生命周期管理. 情报杂志, 2007, 26(1): 12-14.

[10] Schroeder B, Gibson G A. Disk failures in the real world: What does an MTTF of 1,000,000 hours mean to you. 2007: USENIX Association.

Research and Implementation on High-performance Distributed Storage and Processing Technologies for Massive Remote Sensing Images

Zhang Haiming, Li Jianhui, Zhou Yuanchun, Wang Xuezhi
Xue Zhenghua, Yan Baoping
（Computer Network Information Center, Chinese Academy of Sciences , Beijing 100080,China）

Abstract Remote sensing data are widely used in weather, ecology, geography, military and other fields. With the development of remote sensing technology, the resolution ratio of remote sensing images is getting higher and the data volume is increasing faster. Efficiency storage and processing of large-scale remote sensing images data is becoming a serious problem which has become the bottleneck for remote sensing applications. By analyzing the process of remote sensing images and the current development trend of computer hardware, this paper discusses in detail how to build such a platform by using distributed storage and processing technologies. Based on the practical hardware environment in the scientific data center, a distributed storage and processing architecture for remote sensing image processing is designed and preliminary implemented with 60 computers used. As a test, the MODIS land surface temperature images from year 2000 to 2010 were processed by combination, coordinate system transformation, temperature value conversion and cutting programs. More than 8,000 day and night temperature raster images of Chinese regional were generated. The results show that the distributed storage and processing architecture proposed in this paper is suitable for remote sensing cloud service.

Key words remote sensing; distributed processing; parallel storage; data intensive computing

科学数据管理与共享工具及技术研究

苏贤明　沈志宏　李成赞　何　星

（中国科学院计算机网络信息中心　北京　100190）

摘　要　科学数据资源的急剧增长以及对数据挖掘、可视化分析和集成与互操作等方面的需求，对科学数据管理与共享工具以及异构数据源互操作等相关技术的应用与研发提出了巨大的挑战。基于对大量数据管理与共享工具、云数据管理解决方案、主流互操作协议以及语义化等相关技术的梳理与分析，本文提出科学数据库工具应用与研发的关键问题，旨在为科学数据库相关工具或者平台的构建提供依据，进而更好地满足科学数据管理与共享需求。

关键词　科学数据管理；互操作协议；数据管理工具；数据共享

1. 引言

随着数字化技术与网络的发展，科学研究日益成为数据密集型的工作。未来的科学技术创新将越来越倚重于科学数据，以及通过数据挖掘、集成、分析与可视化工具将其转换为信息和知识的能力。另一方面，科学数据资源急剧增长，且具有物理分布广泛、结构各异和关系复杂等特点。以“十一五”期间的科学数据库为例，科学数据应用环境项目涉及 2 个参考型数据库、8 个主题数据库、4 个专题数据库、37 个专业数据库，采用 MySQL、SQL Server、Oracle、Access 等多种关系数据库管理系统和文件系统进行存储，共积累 200TB 以上的科学数据，其中在线数据达到 149.81TB[1]。科学数据的急剧增长以及对数据挖掘、可视化分析和集成与互操作等方面的需求，对科学数据管理与共享工具以及异构数据源互操作等相关技术的应用与研发提出了巨大的挑战。

本文从传统数据库管理工具、云数据管理解决方案等角度梳理并分析了数据管理工具与技术，并对 OData、GData、Z39.50、OAI-PMH 以及 Linked Data 等主流互操作协议和技术进行比较与分析，总结各数据库互操作协议与技术的特点和适用范围。最后提出科学数据库工具应用与研发的关键问题，旨在为科学数据库相关工具或者平台的构建提供依据，进而更好地满足科学数据管理与共享需求。

2. 数据管理工具与技术研究

2.1　传统数据管理工具

对于关系型数据的管理，一般的数据库管理系统均提供了相应的客户端管理软件，如 SQL Server 的 Management Studio，Oracle 的 SQL Enterprise Manager 等。但由于这类软件的界面复杂乏味和学习成本高等特点，使得第三方数据管理软件工具得到蓬勃发展。FileMaker[2]通过内置数据库引擎与数据库定制模板，允许用户创建自己的数据库和数据表，并可将创建的数据库发布到 Web，供 Web 端的授权用户进行增删改查等操作。ASPRunner 和 PHPRunner[3]支持 MySQL、Oracle、SQL Server、Access 以及 PostgreSQL 等多个数据库，通过桌面软件提供丰富的 Web 页面设计工具，允许用户通过浏览器对数据库数据进行管理，并通过登录密码来控制数据的访问权限。AeroSQL[4]基于 PHP 和 ExtJS 开发用于管理 MySQL 数据库的开源 Web 应用程序，支持在一个类似于桌面应用程序的界面中管理不同服务器上的数据库并在一个 Grid 中浏览和编辑记录。WhizBase[5]通过 ADO 和 ODBC 的方式连接到关系数据库管理系统，借助独立的语法规则（由自带的引擎进行解析）生成简洁的类 HTML 页面，Web 用户基于此页面即可完成数据的管理。

对于文件型数据的管理，主流的 FTP 工具虽然提供了强大的数据传输、数据管理以及权限控制等功能，却无法满足大范围内的数据共享与细粒度的访问控制等方面的需求。FileVista[6]基于 Web 提供文件与文件夹的管理与共享、用户与用户组的管理以及授权管理等强大功能。对于普通用户，FileVista 提供强大而便携的右键功能，实现文件和文件夹的管理；对于管理员，FileVista 提供文件与文件夹的挂载、用户、用户组以及细腻的授权管理等。Ckfinder[7]，Kcfinder[8]，HTTP Commander[9]，AjaXplorer[10]，PHPfileNavigator[11]，FileRun[12]，Idcfilemanager[13]都提供了类似 FileVista 的功能和界面，但它们对文件元数据管理没有提出很好的解决方案，包括元数据的自动提取。IRODS[14]是一个分布式的文件数据网格系统，文件存储服务器的地理位置可以分散在不同的地方，IRODS 将它们统一管理，采用集中式的元数据管理方式，这样可以快速的检索到想要的数据，而不用去关心数据存储在什么地方。IRODS 支持文件元数据的管理，支持自定义元数据。自定义元数据采用三元组的方式。这种方式对于定义文件元数据模板来说非常麻烦。同样，IRODS 也不支持 built-in content metadata 的自动提取和 RDF 元数据格式。

针对多媒体数据的管理与发布，ThePlatform 公司的 Mpx 系列[15]产品支持同时管理元数据、策略以及广告信息等，并提供 Rest 风格 API 来对多媒体数据进行增、删、改、查等操作。针对杂志、期刊等出版领域来说，TopCms[16]是一个支持多平台发布（同时发布到 Web 和手机等）的数字出版平台，支持数据的导入与导出，并可与主流社区网络集成；Press Publisher[17]在实现内容出版的基础上，还实现了用户管理、RSS 订阅等内容；此外，针对各特定领域开发的实验室管理系统（LIMS）以及数字资源管理系统[18]均提供了丰富的数据采集、加工、著录、存储、索引、组织、关联、发布、检索、元数据管理等功能。

针对科学数据库中多学科、多类型的专业数据库建设需求，中国科学院计算机网络信息中心科学数据中心提出了切实可行的技术解决方案，并开发了可视化数据管理与发布系统（visual database management & publishing tools, VisualDB），很好地解决了科学数据的可视化数据录入、更新、发布以及安全控制等需求。

2.2 云数据管理解决方案

随着云计算以及云存储等技术的发展，普通用户使用计算机的模式正在发生悄然改变。云计算为用户提供按需分配的计算能力、存储能力及应用服务能力，目的是方便用户，大大降低用户的软、硬件采购费用。

在云数据管理的应用领域，主流 IT 厂商均推出了相应的解决方案，如 Caspio 基于 SQL Server 推出在线数据库[19]，微软发布了自己的云数据库版本（Azure SQL Data Services，SDS[20]）、Salesforce 启动了 Database.com[21]项目、而亚马逊和 Google 分别基于自己的云计算平台推出 SimpleDB[22]和 Fusion Tables[23]，并提供丰富的 API 供程序开发人员调用。在云数据库产品方面，Google 推出 BigTable[24]，用来处理海量数据。

Caspio Online Database 基于 SQL Server 数据库提供了一个在线创建数据库、Web 表单及 Web 应用的平台。授权用户可以轻松利用其类桌面可视化工具创建自己的数据表，并基于数据表定制自己的 Web 表单，进而发布 Web 应用。在不编写任何代码的情况下，可以轻松实现数据的导入与导出以及应用程序的创建。它具有如下特点：①为每个用户分配个人工作空间，可以存储并使用个人数据；②在网页中嵌入了类桌面可视化工具（有菜单、窗口等），可以创建自己的数据表，并基于数据表创建页面；③支持数据的导入与导出（Excel、Access 等格式）；④可以将发布的网页（数据页面）很方便地嵌入到自己的应用程序中，或者通过浏览器地址访问；⑤通过个人 ID 和密码实现数据的访问控制。

SimpleDB 是组成 Amazon Web Services（AWS）的一个组件，其余组件为 Simple Storage Service（S3）托管的存储设施，CloudFront 内容交付服务和 Elastic Compute Cloud（EC2）云计算服务。SimpleDB 是一个高可用、可扩展、灵活的、非关系型（NoSQL）数据存储系统，开发人员通过 Web 服务请求存储和查询数据，其他工作都由 SimpleDB 完成。

BigTable 是一个分布式的结构化数据存储系统，被设计用来处理海量数据。尽管诸如 Web 索引、Google Earth、Google Finance 的应用对数据量和响应速度等方面的需求非常苛刻，但是 BigTable 还是成功的提供了一个灵活的、高性能的解决方案。

此外，NoSQL 通过放弃强大的 SQL 查询语言、事务一致性及范式的约束改善了传统关系数据库在数据查询下的实时插入性能、海量存储能力、迅速的查询检索速度以及无缝扩展等问题。NoSQL 采用如下三种方式进行存储：①采用 Key-Value 数据格式的存储以满足极高的并发读写性能；②采用面向文档的方式以保证系统满足海量数据存储的同时具备良好的查询性能；③针对可扩展性展开的可伸缩数据库以增强其弹性的扩展能力。从满足应用需求的角度来说，NoSQL 数据库与云数据管理两者殊途同归，最终都是找到一种集一致性、可用性和高容错性于一身的数据存储及管理方案以应对日益高涨的数据管理需求。

3. 异构数据源互操作技术研究

互操作是科学数据资源的根本问题，其目标是共享异构数据源的科学数据资源。互操作协议的选择与构建是科学数据共享与集成的重要研究内容。目前，Z39.50、OAI-PMH 以及 OpenURL 等互操作协议在数据互操作尤其是数据图书馆互操作等领域仍然占据主导地位；微软、谷歌等主流 IT 公司亦提出自己的开放数据协议，如 OData、GData 等，并提供一系列 API 和工具进行数据访问与互操作；开放网格服务架构-数据访问与集成（OGSA-DAI）则提出以“网格服务”为中心实现数据的访问与集成；Linked Data 将互联网上任一信息内容或其子内容看成是一个可采用标准方法规范（RDF/XML）描述和调用的知识对象，任何符合 RDF/XML 规范的异构数据源，都可以用来进行关联和信息集成。

3.1 互操作协议

开放数据协议（OData）[25]是一种基于资源的 Web 协议，用于查询和更新数据。OData 定义了使用 HTTP 动词（PUT、POST、UPDATE 和 DELETE）对资源的操作，并使用标准的 URI 语法识别这些资源。数据将使用 Atom 发布协议 （AtomPub）或 JSON 标准通过 HTTP 进行传输。对于 AtomPub，OData 协议在标准之上定义了一些约定，以支持查询和架构信息的交换。

Google 数据（GData）[26]API 亦通过扩展 AtomPub，提供用于在网络上读写数据的简单、标准协议。GData 属于客户端 API，没有提供数据模型，不允许更改数据之间的关系，且对应的数据格式仅适应于 Google 应用程序。OData 与 GData 的特点比较如表 1 所示。

表 1 OData 和 GData 特点比较

特点	ODATA	GDATA
模型	实体数据模型（EDM），可以描述数据以及关联等	混合模式，客户端 API，不允许更改数据之间的关系。表现为 Atom/Json 格式
目的/意图	数据发布和关联	提供丰富的客户端 API，方便用户调用相应的 API 实现存储于 Google 产品的数据的读写
协议与操作	HTTP、AtomPub/JSON	HTTP、REST
开放性与扩展性	依赖微软的库文件，不易扩展；符合 ODATA 规范的数据均可互操作	适用于 GOOGLE 应用程序和服务，不易扩展
安全性	基于 HTTP 安全认证	基于 HTTP 安全认证，同时提供 OAuth 认证

OData 提出对应的数据描述模型，用于描述数据及其关联，适用于科研系统间的数据交换与互操作；而 GData 作为客户端 API，其提供的丰富 API[26]对于简化科学数据的管理与展示起到重要作用，比如 Google 地图数据 API 极大地简化了地图数据的可视化展示。

Z39.50[27]是信息检索应用服务定义和协议规范（Information Retrieval Application Service Definition and Protocol Specification）的简称，作为一种开放网络平台上的应用层协议，它支持计算机使用一种标准的、相互可理解的方式进行通信，并支持不同数据结构、内容、格式的系统之间的数据传输，实现异构平台异构系统之间的互联与查询。同时它还是一种基于网络的信息标准，它允许用户检索远程数据库，但不局限于检索书目数据，在理论上可用于检索各种类型的数据资源。

OAI 元数据获取协议（open archives initiative protocol for metadata harvesting, OAI-PMH）[28]则提供一个基于元数据获取的独立于具体应用的互操作框架，旨在：①简化数据资源内容，以方便有效地传播；②提高数字化资源的存取效率；③扩展可获得的数字资源的种类范围。OAI-PMH 包括两个级别的参与者：①数据提供者（data provider）以 OAI-PMH 方式发布元数据的管理系统；②服务提供者（service provider）以 OAI-PMH 为基础获取元数据来建立增值服务。

为了克服现有学术信息领域中链接框架的局限性，实现基于 Web 的学术信息环境下上下文相关链接传递服务[29]，开放统一资源定位器（open uniform resource locators, OpenURL）标准允许描述性元数据和标志符从链接源到链接服务器之间传送。OpenURL 通过信息服务提供商提供的服务来实现，它有两个关键的组成：基本 URL 和查询。基本 URL 决定了链接服务器的地址，是 OpenURL 需要发送到的地方；查询则包含了用于描述目标或者链接源和标志符的元数据[30]。

作为数字图书馆数据资源互操作领域使用最为广泛的三大协议，Z39.50、OAI-PMH 以及 OpenURL 各有特色，其比较如表 2 所示。

表 2 Z39.50、OAI-PMH 以及 OpenURL 特点比较

比较项	Z39.50	OAI-PMH	OpenURL
体系结构	C/S 结构	C/S 结构	C/S 结构
元数据标准	MARC	DC	-
协议层次	TCP/ IP	TCP/IP	HTTP
互操作方式	联邦检索，数据提供方和服务提供方是同一所有者，直接由数据提供方给用户提供信息服务	元数据收割	集聚式检索，服务提供者和数据提供者是相分离的，服务提供者只提取元数据信息，对元数据信息进行重新组织，提供整合检索等增值服务
适用范围	书目数据资源共享	电子文档共享	传输超文本文档、电子资源
应用前景	较为复杂，依赖专门的通信协议	较为简单	应用十分简单
响应速度	较快	较快	较慢

3.2 开放网格服务架构-数据访问与集成

Globus Toolkit 是一个网格技术基础构件，旨在保证单个系统自治性的前提下实现网络上计算资源、存储资源及其他资源的安全共享[31]。开放网格服务架构-数据访问与集成（OGSA-DAI）利用 Globus 的相关技术，突出以“网格服务”为中心实现数据的访问与集成。OGSA 是指目前的开放网格体系（open grid service architecture, OGSA），而 DAI 代表数据接入及整合（data access and integration, DAI）。类似于分布式数据库系统，OGSA-DAI 将异构的数据资源整合为逻辑上统一的整体，目前支持的数据资源包括关系数据库、XML 数据库及文件系统。其研究目标如下[32]：

（1）发掘网格环境中的各种数据资源，包括关系数据库、XML 数据库及文件系统等。

（2）提供查询、更新、转换和传递数据所需的网络服务。

（3）提供统一的数据库接入方式，屏蔽数据库的异构性。

（4）支持元数据，并且可以连接到元数据所处的数据资源。

（5）支持多种数据资源的数据基层。

（6）提供中间网络服务，该服务可以用于组成更高级的网络服务用于数据集成和分布式。

（7）使科研人员不再关心数据地点、结构，数据传输及整合，而专注于应用数据的分析及处理。

OGSA-DAI 定义了三种主要的动作用于与数据资源进行交互[32]，分别是：①语句综合（statement activities） 将用户提交的查询任务转换为底层数据库可以“理解”的语句格式，然后再进行数据的查询和上传；②格式转换（transformation activities） 将获得的数据转换为更合适于用户接收的格式，比如说将原始的 XML 数据结果转换输出到 Web 页面上或是进行压缩；③传输方式（delivery activities） 定义传递数据的方式比如 Grid FTP 或是 SMTP。

以“网格服务”为中心的模型具有如下好处[33]：①由于网格环境中所有的组件都是虚拟化的，因此，通过提供一组相对统一的核心接口，所有的网格服务都基于这些接口实现，就可以很容易地构造出具有层次结构的、更高级别的服务，这些服务可以跨越不同的抽象层次，以一种统一的方式来看待；②虚拟化也使得将多个逻辑资源实例映射到相同的物理资源上成为可能，在对服务进行组合时不必考虑具体的实现，可以底层资源组成为基础，在虚拟组织中进行资源管理。通过网格服务的虚拟化，可以将通用的服务语义和行为，无缝地映射到本地平台的基础设施上。

3.3 关联数据

基于上述互操作协议或者中间件技术能够构建出表述性状态转移架构风格（RESTful）的、基于 SOAP 或者 RPC 的应用，通过封装不同的 Web API，支持数据的互操作与集成。然而，这些技术方案存在着两个不足：①各类协议或者中间件技术采取的是一种非标准化的服务方式，其接口格式往往取决于服务商，而且它们往往只适用于特定场合或者特定应用，如 GData 和 OData，很难指望它们在接口定义上采用同样的标准。②无论是 JSON 还是 XML，一旦脱离了开发手册，人们根本无法知道其中任何一个属性的含义，也无法通过它们来表达不同实体之间的上下位关系等。

关联数据（Linked Data）采用资源描述框架（resource description framework, RDF）数据模型，利用统一资源标识符（URI）命名数据实体，在网络上描述和发布实体数据和类数据，从而可以通过 HTTP 协议揭示并获取这些数据，同时强调数据的相互关联、相互联系以及有益于人和计算机所能理解的语境信息[34]。Linked Data 制订了关于内容对象的描述原则[35]：

（1）使用 URI 来标识事物（use URIs as names for things）。

（2）使用 HTTP URI 使人们可以访问到这些标识（use HTTP URIs so that people can look up those names）。

（3）当有人访问到标识时，提供有用的信息（when someone looks up a name, provide useful information）。

（4）尽可能提供关联的 URI，以使人们可以发现更多的事物（include links to other URIs so that they can discover more things）。

前两条原则分别建立规范化命名机制和调用内容对象的机制，第三条原则要求用结构化、规范化方式来描述内容对象，第四条原则要求建立内容对象与其他内容对象的关联，以支持从内容对象出发对相关内容对象的关联检索。这些原则并没有对内容对象的内部组织机制、系统调用接口、关联解析机制等提出具体要求，因此人们可以使用多种方式来实现关联检索，这使得 Linked Data 成为一种普适的、轻量的、低成本的数据关联机制。

4. 科学数据库工具应用与研发的思考

传统数据管理工具大多侧重于数据本身的增、删、改、查及导入、导出等功能，个别工具提供页面的定制与发布等功能或者解决特定业务流程的特定需求。云数据管理工具则为海量的管理、存储等需求提供了解决方案。这些工具相对于科学数据管理的需求来说，存在如下不足：①对科学数据类型支持不够；②权限控制无法满足部分科研项目的需求；③缺乏统计与可视化分析功能，无法完成数据到信息的转换。而对于异构数据源的互操作，尽管 OData 基于实体数据模型（entity data model, EDM）提出很好的解决方案，但过于依赖微软的库文件，且科学数据类型支持不够；GData 则属于客户端 API，对科学数据中心客户端 API 的构建具有借鉴意义；Z39.50、OAI-PMH 以及 OpenURL 等均有各自的特点和适用场景，它们为异构科学数据源互操作技术研究以及科学数据描述模型的构建提供参考；Linked Data 则从语义以及数据关联的角度为科学数据的语义关联与互操作提供一种解决方案。因此，构建统一的科学数据描述模型，并基于此模型提供异常科学数据源互操作协议和丰富的客户端 API 是完成科学数据共享与集成的关键。

4.1 科学数据描述模型

科学数据描述模型包括对文件实体和记录实体的描述。通过构造统一的科学数据模型，并将关系型数据管理系统和文件系统的数据映射到此数据模型，可以有效地解决异构科学数据源互操作问题；而科学数据类型对各种科学数据格式的封装可以有效地支持科学数据资源的直观录入与显示、科学数据校验以及科学数据的统计。可扩展的科学数据类型是科学数据描述模型的基础，亦是科学数据库工具应用与研发的关键。

4.2 科学数据统计与可视化分析

随着科学数据的急剧膨胀，如何有效管理和分析这些数据越来越被科研人员所重视。在管理数据时，对其进行简单有效地可视化分析，对于科研人员进行数据挖掘与知识发现具有重要意义，图 1 展示了某实体的三个指标随时间变化的趋势。据调查，数据统计与可视化分析功能成为科研人员是否选择一个数据管理工具的重要因素[36]。因此，科学数据统计与可视化分析是科学数据库工具应用与研发的又一关键。

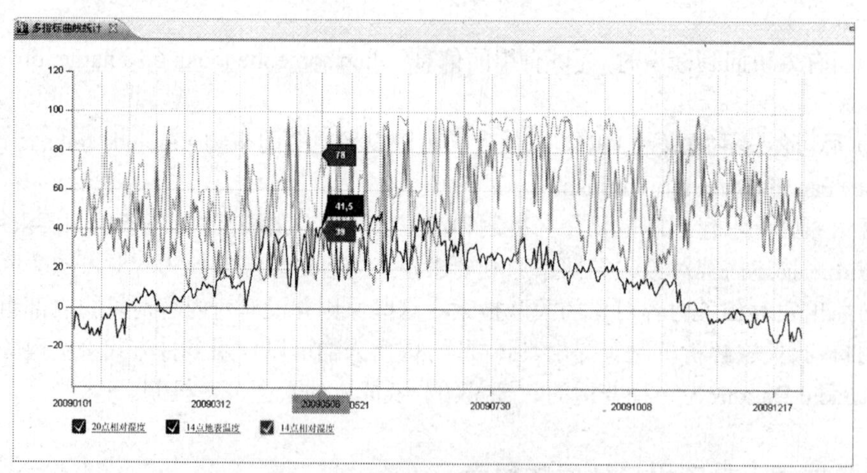

图 1 科学数据管理工具可视化分析示意图

4.3 科学数据中心与数据访问接口

随着云计算以及云存储等技术的发展，基于科学数据中心强大的存储能力与计算能力，提供云数据管理服务是科学数据管理技术发展趋势之一。科研人员无需关注数据的具体存放地点及存放形式，也无需掌握复杂的数据库管理技术，基于浏览器进行简单的配置即可完成数据的管理与可视化分析等功能。在云数据管理时代，科学数据中心将成为最大的科学数据源。此外，对于不使用云数据管理服务的科研项目，可以将本地数据映射为科学数据描述模型，进而通过科学数据互操作协议（scientific data protocol, SData）实现与其他数据源的互操作。所有符合 SData 的数据源共享构成科学数据网络（Web of scientific data: WoSD），通过统一的工具和 API 即可实现对科学数据网络的访问。此外，Linked Data 通过创建和发布关于各类知识对象及其与各类知识对象之间关系的规范化描述信息，建立基于知识内容的检索以及基于知识关系的分析关联机制，可以支持对信息环境内不同知识对象的关联发现。因此，将各个科学数据源数据发布为 Linked Data 格式数据可以有效地弥补科学数据互操作协议在语义关联及关联发现等方面的不足。

5. 总结与展望

综上所述，目前的数据管理工具及技术与科学数据管理的需求还存在一定差距，且还没有形成统一的异构科学数据源互操作协议。虽然 VisualDB 有效地解决了科学数据类型、可视化数据录入、更新、发布以及安全控制等方面的需求，但其在文件管理、可视化分析以及关联发现等方面的功能仍有待增强。接下来，VisualDB 将在完善科学数据描述模型的基础上，增强其在文件管理、数据统计与可视化分析以及关联发现等方面的功能，并形成统一的科学数据互操作协议与 API，进而真正实现科学数据的集成与共享。

参考文献

[1]http://resstat.csdb.cn.

[2] http://www.filemaker.com/products/filemaker-pro/web-publishing.html.

[3] http://xlinesoft.com/index.htm.

[4] http://www.burlaca.com/aerosql.

[5] http://www.whizbase.com/eng/?p=3&t=features.

[6] http://www.gleamtech.com/demos/filevista.

[7] http://demo.element-it.com/examples/demoforms/Default.aspx.

[8] http://ckfinder.com/demo.

[9] http://kcfinder.sunhater.com/demos/standalone.

[10] http://www.ajaxplorer.info.

[11] http://www.litoweb.net.

[12] http://demo.filerun.com.

[13] http://www.idcfilemanager.com.

[14] https://www.irods.org.

[15] http://ip.com/patent/US7774358.

[16] http://www.topscms.com/platform.html.

[17] http://www.presspublisher.com.

[18] http://www.duraspace.org.

[19] http://www.caspio.com.

[20] http://www.microsoft.com/windowsazure/sqlazure.

[21] http://www.database.com.

[22] http://aws.amazon.com/simpledb.

[23] http://www.google.com/fusiontables/Home.

[24] http://en.wikipedia.org/wiki/BigTable.

[25]http://www.odata.org.

[26]http://code.google.com/intl/zh-CN/apis/gdata.

[27]http://www.loc.gov/z3950/agency.

[28]http://www.openarchives.org/OAI/openarchivesprotocol.html.

[29]沈艺. OpenURL 框架结构分析，情报科学，2004, 22(8):998-1000.

[30]Walker J. CrossRef and SFX: Complementary linking services. for Libraries. New Library World, 2002, 103:83-89.

[31] http://www.ogsadai.org.

[32] He Feng. Heterogeneous Database Integration in Grid Environment. Beijing: Tsinghua University, 2007.

[33]王宝凤，李冠宇，冠丽君．开放式网格服务体系结构及实现的研究．2005．www.paper.edu.cn/index.php/default/releasepaper/content/200510-192.

[34]http://structureddynamics.com/linked_data.html.

[35]沈志宏，张晓林. 关联数据及其应用现状综述. 现代图书情报技术, 2010(11):1-9.

[36] Gray J. Scientific data management in the coming decade. Microsoft Research, 34(4): 35-41.

Research on Scientific Data Management and Sharing Tools and Technologies

Su Xianming, Shen Zhihong, Li Chengzan, He Xing

（ComputerNetworkInformationCenter, Chinese Academy of Sciences, Beijing 100190, China）

Abstract Rapid growth of scientific data resources as well as needs in data mining, visualization analysis, data integration and interoperability etc., have challenged the tools and relevant technologies in management and sharing of scientific data as well as interoperability of heterogeneous data sources. Based on the review and analysis of large amount of tools in data management and sharing, cloud data management solutions, as well as main stream interoperability protocol and relevant technology in semantic web, etc., this paper proposes several key issues of developing scientific database tools, The authors aim to provide a basis to the research of relevant scientific database tool and platform which meeting the needs of scientific data management and sharing better.

Key words scientific data management; interoperability protocol; data management tool; data sharing

通用数据源连接器设计及实现

金日男　沈志宏

（中国科学院计算机网络信息中心　北京　100190）

摘　要　随着网络资源的爆炸式增长，网络上数据源的种类越来越多样化，而数据源的多样性带来了信息抽取整合上的难度，本文将以中国科学院计算机网络信息中心科学数据库软件组可视化关系数据库管理发布系统项目为依托，介绍项目中面对多数据源用户数据管理、元数据抽取、在线建模遇到的问题，并针对这些问题分析现阶段已有的数据源连接技术方案如数据库连接池，针对我们的需求提出了一种通用数据源的连接器。最后对项目中连接器这部分工作进行了总结和展望。

关键词　数据源；关系型数据源；文件型数据源；连接池；连接器

1. 引言

随着互联网技术的飞速发展，因特网上的网站和网页的数量以爆炸式的趋势增长，从而使网络成为一个巨大的、分布广泛的数据源。有效地获取和集成网络数据，为进一步的分析和挖掘提供支持，具有十分重要的应用价值和现实意义。目前市场上的数据库产品种类多种多样，包括 SQL Server、Oracle、MySQL、PostgreSQL 等。而文件数据源的存储方式也有很多，这其中包括本地磁盘、FTP、Webdav 以及 Apache 的目录索引等，对文件型数据源的连接操作整合项目也很少。而很多科学数据需要进行跨数据源操作，将不同关系型数据源和文件型数据源的元数据进行统一抽取以便整合信息，当前针对各种数据源提供统一访问接口的应用实现还不是很多，这就在很大程度上降低了在这基础上开发应用的效率，也增加了开发的学习成本。下面将针对目前市场上的主流关系型数据库以及文件型数据的数据源进行研究，来探索将不同关系型数据以及文件型数据分别整合到一起，进行统一操作的应用。

2. 问题及困难

本文所讨论的通用连接器是中国科学院计算机网络信息中心科学数据库软件组可视化关系数据库管理发布系统中的一部分。该项目以科学数据的存储与管理为背景，提出了关系型数据与文件型数据的管理方式[1]。可视化关系数据库管理发布系统中在线建模、元数据抽取以及用户数据管理三个模块通常需要和底层数据源进行交互（如图 1 所示），然而用户需求多种多样，从而底层的数据源也不尽相同，如果单纯地要求每个模块设计各自代码来和底层数据源来打交道会耗费大量的时间来管理与自己不相关的业务逻辑，并且使整个工程分层十分混乱，代码十分冗余。针对这种情况就有必要为上层应用提供一个能够便捷操作各种数据源的统一接口，而具体实现细节则对上层透明，这样可以让上层应用不必关心不同数据源带来的差异而专心于自己相关模块的业务逻辑，并且降低应用的学习成本，从而提升开发效率，并在以后的信息整合过程中方便屏蔽各数据源的差异性进行信息提取工作。

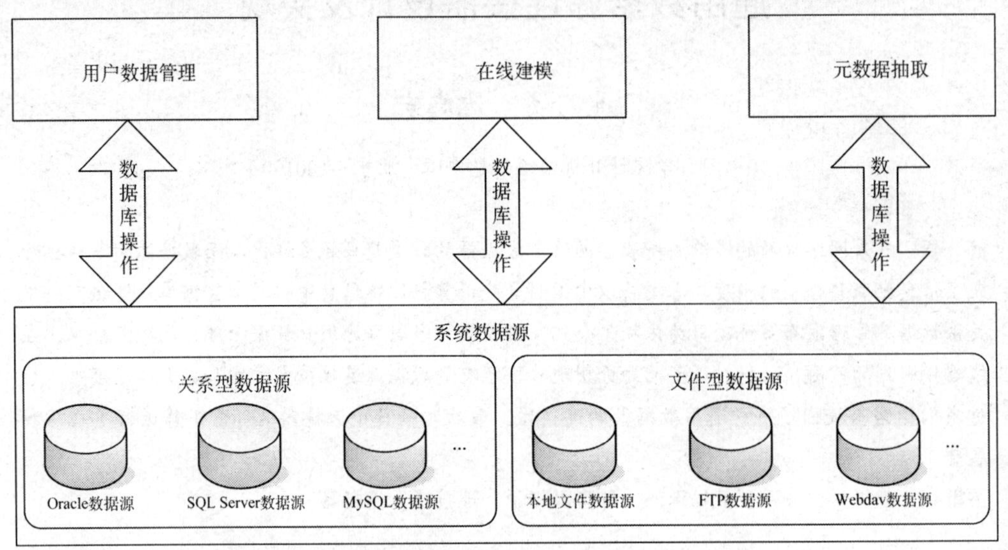

图 1 基于系统数据源的上层模块

关系型数据源与文件型数据源在操作上差异性比较大，所以将关系型数据源与文件型数据源的连接器分开进行了考虑。下面将分别介绍关系型数据源连接器与文件型数据源连接器的设计和实现原理。

3. 关系型数据源连接器

3.1 数据库操作

关系型数据库连接器是针对关系型数据库的一种管理手段，通过已经成熟的数据库连接池技术对外提供基本的 JDBC 封装对象，以及对当前数据源进行数据库表和表中字段的增删查改的操作。这样可以通过整合不同的数据源来提高开发效率，从而在外部不需要关心底层的情况下实现跨数据源的关系型数据的管理功能。在项目中涉及的关系型数据库类型包括 SQL Server、Oracle、MySQL、PostgreSQL、Access、Derby、HSQL 七种主流的关系型数据库。

关系型数据源首先面临的问题是JDBC连接管理，由于建立JDBC的连接是一个代价高昂的操作，所以系统采用数据库连接池的方式来管理JDBC连接。数据库连接池的使用大大提高了系统的效率和稳定性，数据库连接池是指预先分配数据库连接并在客户请求时反复应用它们，应用请求一个连接时，应用从池中取得连接，使用后将连接返回到池中以备其他应用使用[2]，实现原理如图2所示。经过考察当前的连接池实现技术，最终采取了Apache下的子项目DBCP连接池[3]作为实现方案。

根据上层应用业务需求，我们将数据库的操作分成数据操作和表结构的操作。其中对数据的操作包含对数据库表中存储数据内容的增删改查，由于上层应用业务的多样性致使对数据的操作也多种多样，很难针对具体的操作封装成一个方法，所以针对这种需求应用，对外提供一个用数据库连接池对象封装好的Spring JdbcTemplate对象，调用者可以针对自己业务功能进行数据库操作以及相应的事务控制。

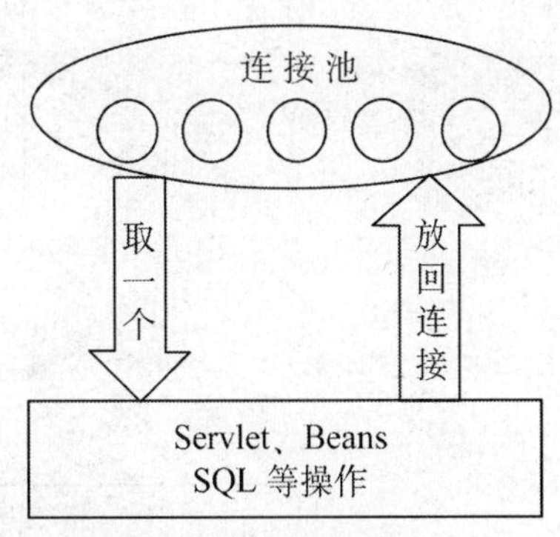

图 2 数据库连接池工作原理

表结构的操作可变性不大，因此对于这种类型的操作在连接器中对其封装成一个接口集合，里面封装针对表结构可能的各种操作方法，表结构的操作包含对数据库表的操作和对数据库表中字段的操作两个部分。数据库表的操作包括数据库表的创建、删除以及对数据库表名的变更，数据库表中字段的操作包括添加属性字段、删除属性字段、编辑属性字段。对于表结构的操作由于各个数据库之间存在较大差异，表 1 所示是在执行将 FROMNAME 数据库表重命名为 TONAME 操作各数据库所执行的 SQL 语句。

表 1 数据库重命名 SQL 语句

数据库名称	SQL 语句
SQL Server	EXEC SP_RENAME <FROMNAME>,<TONAME>
Oracle	RENAME <FROMNAME> TO <TONAME>
MySQL	ALTER TABLE <FROMNAME> RENAME <TONAME>
PostgreSQL	ALTER TABLE <FROMNAME> RENAME TO <TONAME>
Derby	RENAME TABLE <FROMNAME> TO <TONAME>
HSQL	ALTER TABLE <FROMNAME> RENAME TO <TONAME>
Access	不支持

从表 1 可以看出，在对数据库名重命名这一操作上各个数据库所需执行的 SQL 语句有着一定的差别，用接口和实现类的设计方法可以屏蔽这些差别。所以这里需要将可变的部分封装成接口的形式对外提供服务，各个具体实现落实到下面的子类来完成。图 3 是表结构的操作接口与实现子类结构的 UML 图。TableEditor 接口用来对外提供连接器中的表操作支持的操作集合，里面封装了创建、删除数据库表以及对数据库表名的变更、添加属性字段、删除属性字段、编辑属性字段五个操作方法，SqlServerTableEditor、OracleTableEditor、PostgresqlTableEditor 等实现类负责实现 TableEditor 中定义的方法。对于上层调用者来说，只需要知道 TableEditor 提供的操作即可，而不必关心下层的具体实现。

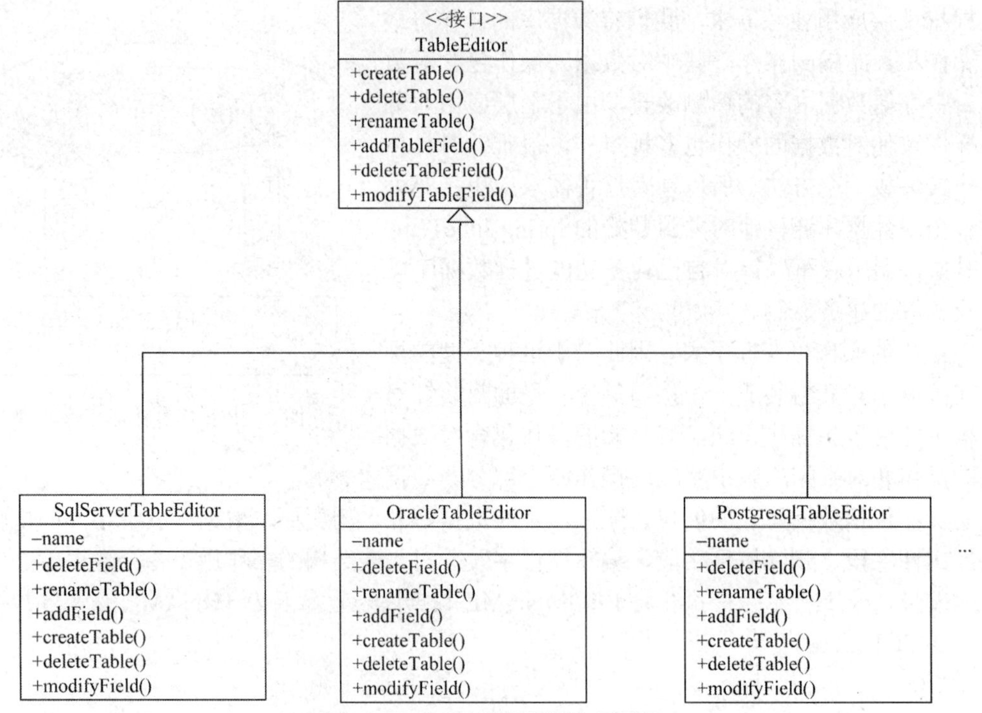

图 3 基于系统数据源的上层模块

3.2 关系数据源连接器实现

1）关系型数据库连接器架构如图 4 所示，其模块划分如下：

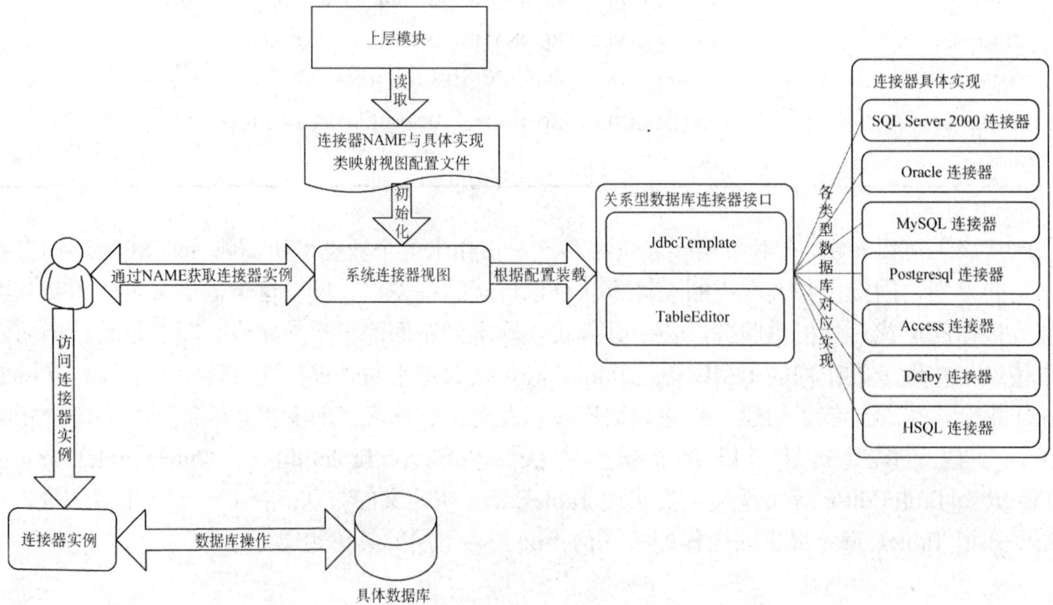

图 4 关系型数据库连接器架构

（1）连接器视图。负责维护名称连接器实现类的映射视图，其他模块通过连接器的名称来获取某一个连接器并通过获取的连接器实例进行操作。

（2）连接器接口。负责定义关系型数据源连接器的方法，所有的连接器的具体实现类都必须实现这个接口根据具体的数据源重写接口中的方法。目前连接器接口对外提供多个方法获取 JdbcTemplate 对象负责对复杂的数据查询以及数据表数据的增删改进行操作。获取 TableEditor 对象负责表结构的操作。

（3）连接器实现。针对各个数据源的实现，这些类继承了关系型数据源连接器接口。连接器的实现对外部来说是透明的，用户通过连接器视图获取的是以连接器接口对象，并不需要关心底层实现。

（4）外部配置文件。负责配置当前系统有哪些数据库实现类。这样设计的好处在于可以使具体实现与对外开放接口解耦，当系统需要添加新类型的关系型数据源的时候只需要添加一个实现了连接器接口的具体实现类，然后在配置文件中进行配置即可完成对系统的扩展，进而减小系统对以前版本的兼容代价。

2）连接器的初始化流程。

上层模块根据配置信息和外界输入的数据源位置信息初始化系统的连接器，并将名称与连接器实例存放到视图中，用户通过访问系统连接器视图，根据名称获取连接器实例，并通过实例对该实例对应数据库进行操作，整个过程中用户并不需要关注连接器的具体实现细节，只是通过连接器接口来执行相应操作。

3.3 关系型数据源连接器性能评测

单纯地使用 JDBC 对象连接关系型数据源会造成系统资源没有重复利用而消耗过多系统资源[4]，这种方式也不便于管理系统中各个数据源，如果系统中有多个数据源，用户必须记得各个数据源的各种配置信息来初始化 JDBC 对象。利用关系型数据源连接器可以很好地实现关系型数据的连接管理功能，而不必关心各个数据源的配置细节问题，如果一个系统有多个关系型数据源，可以通过数据源名称来调用相应的连接池来获取连接，当业务操作完成后，连接对象会自动归还到连接池当中，从而实现资源的重复利用和管理。

4. 文件型数据源连接器

文件型数据源连接池的主要功能是提供对文件型数据源中文件的基本操作。除了考虑到管理文件型数据源所需的基本操作外，由于系统在管理文件型数据源的时候需要频繁的对数据源进行操作，而每次通过网络连接远程数据源是一个十分耗费系统资源的过程，因此在这里以连接池的方式来管理对远程数据源网络连接的客户端，有利于提高系统的性能和可靠性。文件型数据源连接器架构如图 5 所示。

1）文件数据源操作。

文件型数据源的基本操作包括获取指定目录下的文件列表、删除指定路径下的文件、判断文件是否存在、向指定路径下上传文件、获取指定路径下文件的输入流。

2）文件数据源客户端。

连接器对网络文件型数据源进行连接的过程需要第三方插件，目前针对 FTP 的连接采用的是 Apache 下子项目 commons-net-ftp-2.0[5]第三方包、对 Webdav 数据源的连接采用的是 Google 上的一个开源项目 Sardine[6]。

3）文件数据源连接池方案。

一个文件数据源连接池管理工作主要包含以下三项：

（1）初始化。根据初始化连接数初始化指定数量的连接客户端，并将其状态置为空闲。并将初始化的客户端连接放到链表中。

（2）获取连接。从链表中获取一个状态为非忙的客户端并将其状态设置成忙碌。如果当前没有空闲连接，链表中的连接数少于最大连接数时，初始化指定数量连接并返回一个空闲连接，同时将该客户端连接设置成忙碌状态。如果链表中的连接数大于最大连接数，则等待一定时间重新查询获取连接。

（3）归还连接。在链表中找到该连接对应的项，将其状态设置成空闲。

以上的逻辑封装到需要池的文件连接器当中，当初始化连接器的时候调用池的初始化方法，从而开启连接器的池管理功能。调用文件连接器的业务方法时，通过池来获取一个空闲连接，当业务操作完成过后将该连接归还到连接池之中。

4）文件数据源连接器实现。

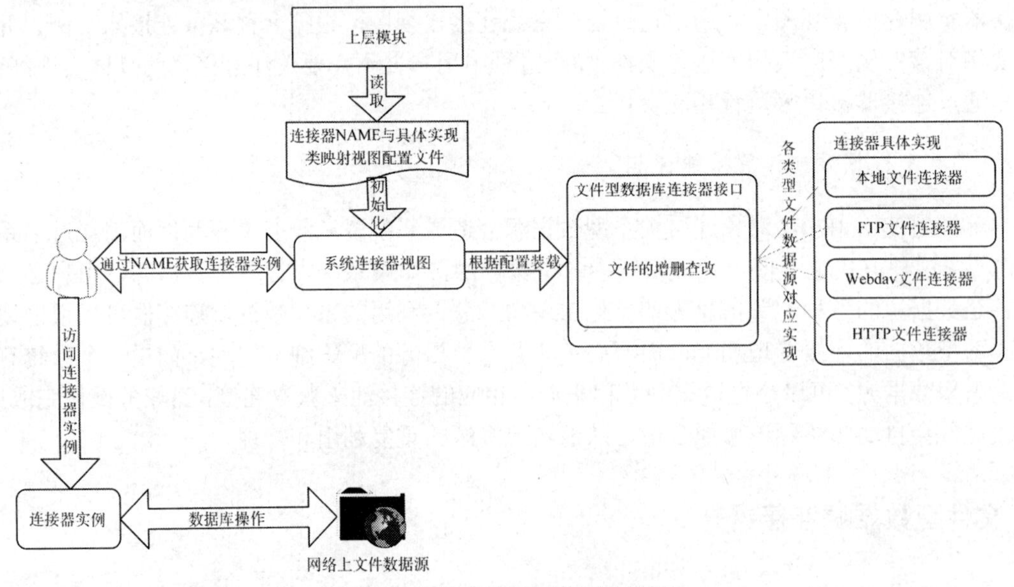

图 5　文件型数据源连接器架构

文件型数据源连接器模块划分简要说明如下：

（1）连接器视图。负责维护名称连接器实现视图，其他模块通过连接器的名称来获取某一个连接器。

（2）连接器接口。负责定义文件型连接器的基本操作，包括上文提到的获取指定目录下的文件列表、删除指定路径下的文件、判断文件是否存在、向指定路径上传文件、获取指定路径下文件的输入流五个操作。

（3）连接器实现。针对各个数据源的实现，这些类继承了关系型数据源连接器接口。负责具体实现在接口中定义的操作。

（4）外部配置文件。负责配置当前系统有哪些数据库实现类。

文件型连接器的初始化流程为：上层模块根据配置信息和外界输入的数据源位置信息初始化系统的连接器，并将名称与连接器实例存放到视图中，用户通过访问系统连接器视图根据名称获取连接器实例，并通过实例对该实例对应数据库进行操作，整个过程中用户并不需要关注连接器的具体实现细节，只是通过连接器接口来执行相应操作。

5）文件型数据源连接器性能评测。

单独的使用文件型数据源，第三方 API 连接数据源时会在每次需要调用数据源连接的地方根据不同数据源的配置来初始化连接对象。用户不仅需要维护当前系统的不同数据源的配置信息，而且每个连接对象在完成一项业务之后关闭连接致使连接无法被其他业务使用，这样频繁的建立断开连接会严重影响系统的性能，降低系统稳定性。文件型数据源连接器可以利用每个数据源的名称来管理各种不同数据源的连接池，当用户需要相关数据源连接时就可以从相应连接池中获取一个连接完成业务操作，并在这之后自动将连接归还到连接池中以供其他业务重复利用，这样降低了对系统资源的损耗，提升了性能，便于不同数据源的管理，并使上层开发者不再将注意力分散在与业务无关的数据源配置和连接对象初始化上来。

5. 结束语

数据源连接器为不同的数据源针对同一的接口进行了封装使上层可以透明的调用接口而不必关心底层的实现细节，方便虚拟数据库对不同数据源中的数据进行管理以及元数据抽取。然而随着研究的不断深入，将来还会有新的连接需要扩展，那时我们可以根据系统的可扩展性随时添加一个新的数据源连接类型到系统中以满足研究和应用需求。

参 考 文 献

[1] http://www.cnic.cas.cn/zcfw/sjfw/kshjs/.

[2] http://en.wikipedia.org/wiki/Connection_pool.

[3] http://commons.apache.org/dbcp/.

[4]张洪伟. Java 开发利器:Tomcat Web 开发及整合应用. 北京：清华大学出版社, 2006.

[5] http://commons.apache.org/net/.

[6] http://code.google.com/p/sardine/.

An Implementation and Design of Common Data Source Connector

Jin Rinan, Shen Zhihong

(Computer Network Information Center, Chinese Academy of Sciences, Beijing 100190, China)

Abstract With rapid development of internet resource, there are more and more kinds of data source on network. This raises challenges of extracting and integration of information. Based on the project of virtual database in Computer Network Information Center, Chinese Academy of Sciences, this paper introduces the problem confronted by the project in user data management, metadata extraction, and online modeling area. Then it discusses the technology of data source connector such as connection pool. After that, the paper presents a new proposal for a common connector. A brief summary and the future work of data source connector are given at the end.

Key words data source; relational data source; file data source; connection pool; connector

973 计划资源环境领域数据汇交服务实践与成效

杨雅萍　杜　佳　王卷乐　宋　佳　乐夏芳

（中国科学院地理科学与资源研究所资源与环境信息系统国家重点实验室　北京　100101）

摘　要　2008 年，科技部基础司选择在国家重点基础研究发展计划（973 计划）资源环境领域作为数据共享试点，启动数据汇交工作，并专门成立“973 计划资源环境领域项目数据汇交管理中心”（以下简称数据汇交中心）。数据汇交中心经过 3 年的实践和探索，形成了比较完善的数据汇交实施策略和专业、专职的数据服务队伍，并且逐步将已汇交的数据资源开放共享，加强数据资源汇交共享的示范力度。本文着重介绍数据汇交中心服务体系和服务模式，以及所取得的服务成效。

关键词　973 计划；数据汇交；数据服务

1. 引言

随着我国科学研究事业的不断发展，国家投资的各类科技计划产生了大量的科学数据，这些科学数据资源主要包括两种类型，一是行业部门长期采集和管理的数据资源；二是各类科技计划项目产生的研究型科学数据资源。后一种数据资源是在研究过程和结果中产生的，并且在研究过程中为支持研究而通过观测、监测、试验、分析等多种方式还会产生新的科学数据。此类数据资源由于分散在生产部门，甚至科学家个人手中，不能形成有效的数据共享，提高数据资源的利用率。自 2002 年科技部实施科学数据共享工程以来，通过建立若干数据中心和共享网络，对行业领域的数据以及少数科技计划项目所产生的数据进行了整合和重组，并开展共享服务。但是，科技计划项目数据的管理与共享问题始终没有得到很好的解决[1]。

因此，2008 年，科技部基础司在国家重点基础研究发展计划（973 计划）资源环境领域中开展数据共享试点。为了具体落实数据汇交工作，依托于资源与环境信息系统国家重点实验室，建立了“973 计划资源环境领域项目数据汇交管理中心”[2]，数据汇交中心制定了一系列标准规范，构建了数据汇交的网络服务平台、元数据汇交软件工具、磁盘阵列和光盘存储的双备份系统，并组建了专职、专业的数据汇交联络和数据服务队伍，来开展项目数据的接收、保存、管理和服务工作。数据汇交的内容是项目在研究过程中产生的各类数据，具体包括新增原始数据、研究分析数据以及数据应用软件等[3]。新增原始数据是项目产生的观测、监测、探测、试验、调查、考察等数据；研究分析数据是对原始数据进行处理和加工后形成的数据；应用软件是支持开发的数据处理、加工和分析软件[2]。通过 3 年的数据汇交试点工作进展的回顾和分析，本文将着重阐述在数据汇交工作开展过程中形成的数据汇交服务体系、服务模式，以及取得的服务成效和经验。

2. 数据汇交实施策略

数据汇交工作在实施过程中，遵循了两条基本的数据汇交实施策略，分别是针对数据汇交开展阶段的“分类型、分阶段”的实施策略，以及针对数据汇交准备阶段的“先服务，后汇交”的实施策略。

1）“分类型、分阶段”的数据汇交实施策略。

数据汇交试点工作启动之后，已经实施的973计划资源环境领域项目处于不同的状态，可以分为以下三大类，新启动项目、在研项目、已结题项目。针对这三种状态的项目，分别制定了数据汇交工作的四个阶段，数据计划制定、数据汇交准备、数据实体汇交、数据管理与共享服务阶段[2]。

在数据汇交工作过程中，不同类型的项目将对应着不同的数据汇交工作阶段进行数据汇交的工作，即新启动的项目在启动之初将制定相应的数据汇交计划；在研项目在项目进展过程中做好数据汇交的准备，包括数据管理、数据文档撰写等；已结题项目在验收前完成数据实体汇交的工作。最后数据汇交中心完成汇交数据的管理和共享服务工作。

2）“先服务，后汇交”的数据汇交实施策略。

数据汇交中心在开展数据汇交工作的过程中，秉承“先服务，后汇交”的数据汇交实施策略，不仅提供数据汇交技术、标准规范等相关咨询服务，同时基于中心此前承担的国家科技基础条件平台——地球系统科学数据共享平台已有的数据资源优先为各项目工作提供数据共享的支撑服务[2]。

通过与各项目之间的交流沟通，征求各项目在研究和执行中的数据需求，如果中心已有相应的数据，则通过整理加工提供数据定制服务；如果没有相应数据，则通过查询，提供数据资源的获取方式、来源渠道等资源导航信息。

3. 数据汇交服务体系及服务方式

3.1 数据汇交服务体系

数据汇交中心在开展数据汇交工作的同时，数据管理和共享服务也同步的进行。数据管理和共享服务体系框架如图1所示。

目前主要的服务对象是项目数据汇交者，他们在汇交数据的同时，也可以通过服务平台获得其需求的数据。并且在数据使用的过程中将发现的问题反馈回数据汇交中心，数据汇交中心依据反馈信息进行相应改进。

数据管理和共享服务主要通过数据汇交管理和共享平台进行，平台提供了数据汇交管理功能和数据共享服务功能。数据汇交管理功能包括汇交数据的进度管理、内容管理、统计功能等；数据共享服务功能包括元数据检索、数据目录服务、数据申请及下载功能等。

3.2 数据汇交服务方式

当前在网络平台上提供的服务方式主要有四种：①数据汇交服务网站的元数据查询、浏览和信息服务；②数据实体的在线下载、离线申请服务；③部分整编汇交数据的内容访问及

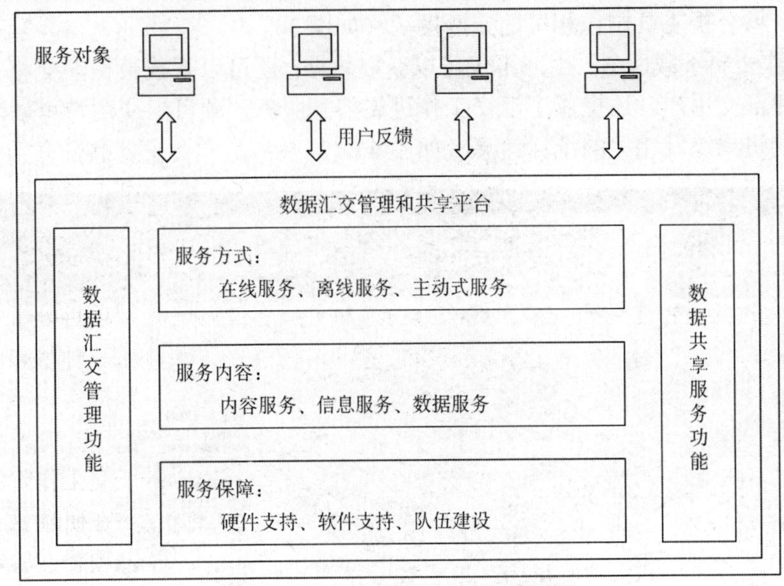

图 1　数据汇交中心服务体系框架

再分析服务；④提供数据汇交简报、标准规范及工作资料下载服务[2]。

（1）元数据查询、浏览和信息服务。所有汇交的数据集在准备汇交时，都准备了相应的元数据和数据文档，用来描述数据集的内容、格式、使用方法等相关信息。用户可以通过元数据检索功能和目录服务，快速查找到与需求相似的元数据，查看详细元数据信息，从而了解数据集的内容信息，以及获取方式。

（2）数据实体的在线下载、离线申请服务。数据集主要的获取方式主要是在线下载和离线申请两种。在线下载方式主要适用于数据量较小、不涉及保密信息、没有设置数据保护期的数据集。在线下载主要流程如图 2 所示。离线申请方式主要适用于数据量较大，涉及保密、数据保护期及其他数据处理要求的数据集。根据用户不同的数据需求，数据采用电子邮件、FTP 或直接拷贝等方式提供。

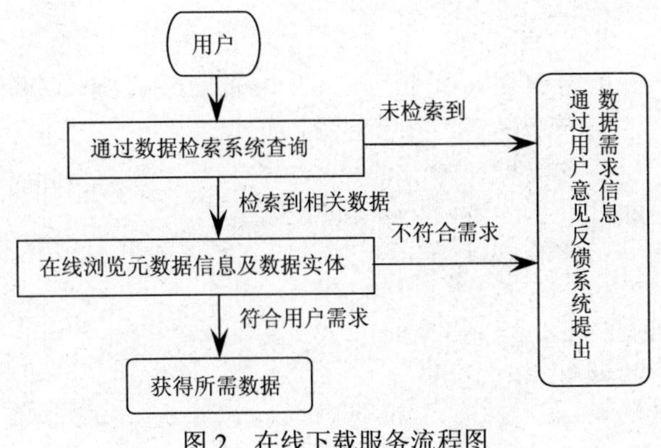

图 2　在线下载服务流程图

（3）内容访问及再分析服务。通过整理和分析，部分汇交的数据集具有地理时空信息，依据相关规范处理后，放入数据可视化系统中，可以将数据比较直观地展现给用户，同时用户可以通过一些分析工具制作相关的专题图等（如图 3）。

（4）工作资料下载服务。用户不仅可以获取数据，还可以下载数据汇交相关的资料和文档。对于项目汇交用户，还提供了汇交工作进展信息服务，项目汇交用户可以通过此功能参看项目汇交的进展以及相关的统计信息（如图 4）。

图 3 中国区域 Palmer 干旱指数分析界面

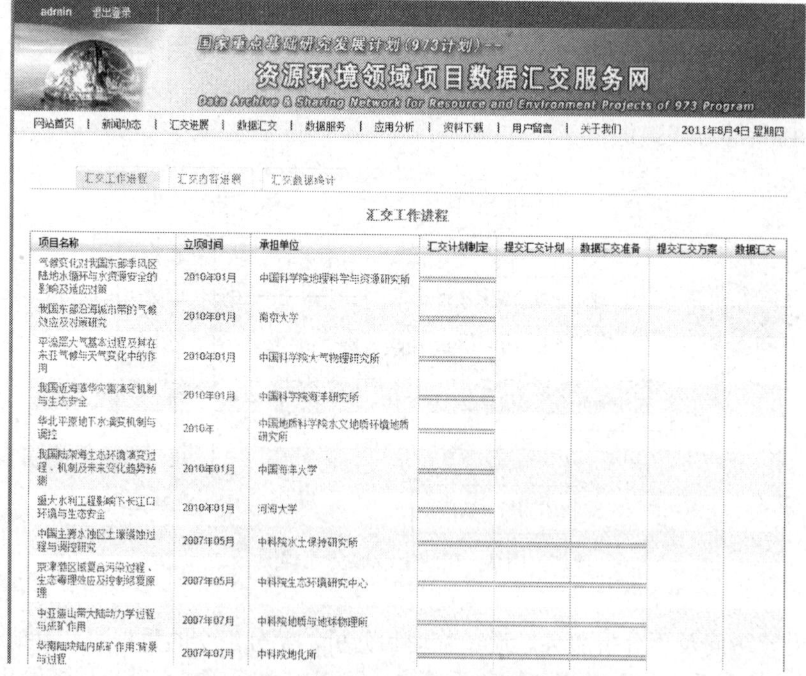

admin 退出登录
国家重点基础研究发展计划（973计划）--
资源环境领域项目数据汇交服务网
Data Archive & Sharing Network for Resource and Environment Projects of 973 Program
网站首页 | 新闻动态 | 汇交进展 | 数据汇交 | 数据服务 | 应用分析 | 资料下载 | 用户留言 | 关于我们
2011年8月4日 星期四
汇交工作进程
汇交内容进展
汇交数据统计
汇交工作进程
项目名称 立项时间 承担单位 汇交计划制定 提交汇交计划 数据汇交准备 提交汇交方案 数据汇交
2010年01月 中国科学院地理科学与资源研究所
2010年01月 南京大学
2010年01月 中国科学院大气物理研究所
2010年01月 中国科学院海洋研究所
2010年
2010年01月 中国海洋大学
2010年01月 河海大学
2007年05月 中科院水土保持研究所
2007年05月 中科院生态环境研究中心
2007年07月 中科院地质与地球物理所
2007年07月 中科院地化所

图 4 汇交工作进程界面

除了提供网络服务外，中心积极倡导“主动式跟踪服务”，贯彻“先服务，后汇交”的策略，积极主动的和各项目进行沟通，了解项目课题以及专题的数据需求，依据需求进行有针对性的数据服务。主动式跟踪服务过程中数据生产者、服务中心、数据使用者始终参与其中，通过三者之间的互动，保证了数据汇交的质量，缩短了项目收集整理数据的时间，同时也提高了数据服务的效率。

4. 数据汇交服务成效

数据汇交中心经过三年多的实践和探索，截至目前，973 计划资源环境领域有 66 个项目（1998~2010 年）参加数据汇交，其中已结题项目 39 个（1998~2006 年），在研项目 27 个（2007~2010 年）。已结题项目已全部完成数据汇交，汇交数据集 1800 多个，数据量约 2TB[2]。图 5 为各种类型的数据体个数及数据量统计图表。

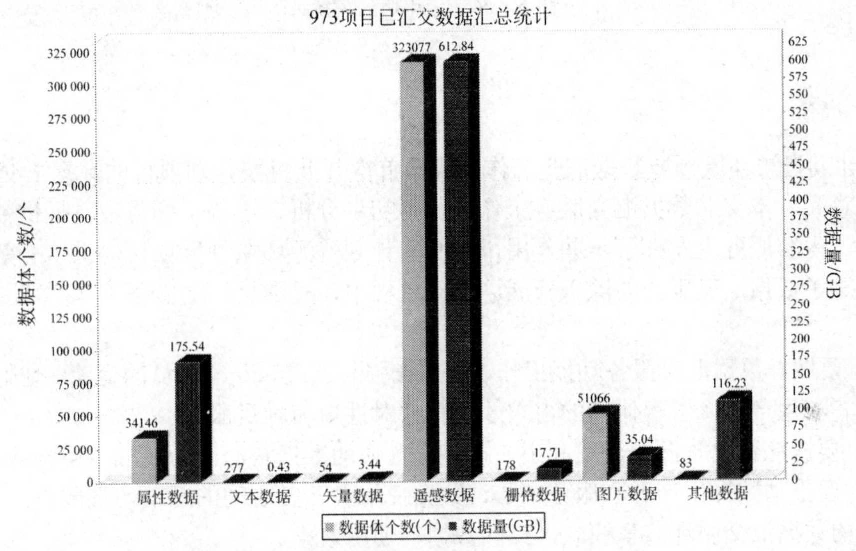

图 5 各种类型的数据体个数及数据量统

数据汇交服务网自 2008 年数据汇交中心工作启动伊始对外服务，承担着项目元数据的汇交、查询，项目数据汇交进展及相关信息的发布等，截至目前，网站访问量达到 168185 人次，页面访问量达到 248963 次。通过图 6 可以看出，随着数据汇交工作的开展，网站访问量在逐年上升。

2011 年部分项目在得到首席科学家的许可后，通过数据服务网站提供数据的在线下载或离线申请服务，同时服务网站开始对外开放用户注册。截至目前已经提供了 228 人次的数据下载服务，累计下载数据量超过 800MB。

在主动式跟踪服务方面，中心通过讨论会议、调研会议等方式与项目进行交流，为 66 个项目/课题提供了数据汇交技术、标准规范及工作程序等相关咨询服务。依托地球系统科学数据共享平台的数据资源，为 41 个新启动以及在研项目/课题/专题提供了数据服务，累计数据量 1.2TB。

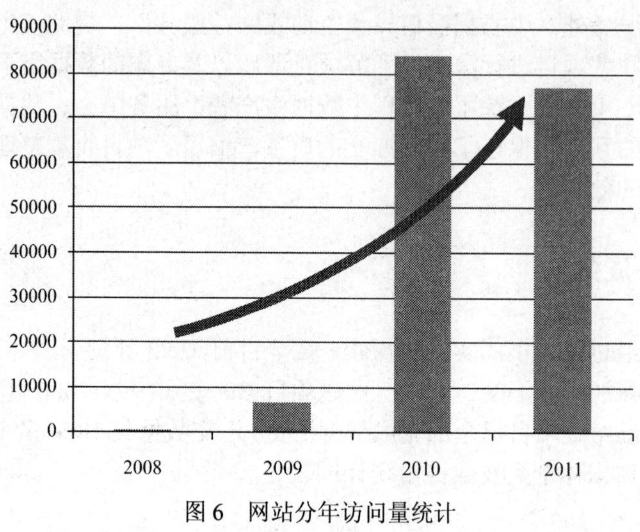

图 6 网站分年访问量统计

5. 结语

973 计划资源环境领域数据汇交工作是我国首次开展科技计划项目的数据汇交，具有很强的示范意义。本文对数据汇交服务工作进行了初步分析，这些工作为项目提供数据服务、信息服务、内容服务上发挥了一些作用，为 973 计划资源环境领域项目提供了有效的支撑服务，也推进了数据汇交工作的深入开展。在此过程中，对数据汇交服务工作实践总结出一些经验认识：

（1）要做好数据汇交服务功能工作，就要加强与课题、专题人员的交流，他们是数据的直接使用者和生产者，了解他们的需求才能有针对性地为项目服务。

（2）要深化数据资源的开发利用，提炼出优质的数据资源，为高端科研群体提供服务。

（3）要推动数据生产者、服务中心、数据使用者三者之间的互动，形成“汇交-共享-再汇交”的数据汇交循环共享模式，提高数据的使用效率。

参 考 文 献

[1] 林海, 王卷乐. 国家重点基础研究发展计划（973）资源环境领域项目数据汇交工作正式启动. 地球科学进展, 2008, 23(8): 895-896.

[2] 王卷乐, 孙九林, 杨雅萍, 等. 973 计划资源环境领域数据汇交实践与思考. 中国科技资源导刊, 2011, 43(3): 1-5.

[3] 科技部. 关于开展国家重点基础研究发展计划资源环境领域项目数据汇交工作的通知. 国科发基[2008]142 号, 2008.

Practice and Effect Data Archiving Service of 973 Program in Resource and Environment Field

Yang Yaping, Du Jia, Wang Juanle, Song Jia, Yue Xiafang

(State Key Lab of Resource and Environment Information System, Institute of Geographical Sciences and Natural Resources Research, Chinese Academy of Sciences, Beijing 100101, China)

Abstract The National Basic Research Program (also called 973 Program) is the on-going national keystone basic research program in China. Based on deep consideration, research projects in Resource and Environment Field of 973 Program were selected as a pilot engineering for data archiving and sharing which was launched in March, 2008. In past three years, the Data Archiving Center formed a relatively complete strategy of data archiving and has established a full-time professional group of data service. All archiving data is open for sharing step by step. This paper focuses on the service model and the accomplishment so far.

Key words 973 Program; data archiving; data service

移动互联网环境下群组日程协同软件设计与实现

杨宏伟　刘学敏　于建军　马永征

（中国科学院计算机网络信息中心　北京　100190）

摘　要　协调科研人员之间的日程安排是 e-Science 环境构建的基础问题之一。本文针对群组日程协同问题，设计了时间协商协议；以科研在线平台为基础，设计并实现移动互联网环境下群组日程协同软件，该软件为科研人员提供了日程定义、分享、权限控制、会议日程安排等功能；并指出了未来发展方向。

关键词　群组日程；移动互联网；Duckling；科研在线

1. 引言

移动设备硬件和移动互联网技术的发展，如WiMAX、3G，使人们利用手机等移动设备进行协同活动成为可能[1],与此同时，科研在线（Research Online）为广大科研工作者提供了丰富的信息资源[2]。科研在线集成了中国科学院分布式信息化基础设施，融合各学科科研数据，利用协同工作环境套件Duckling，为科研人员透明地提供网络虚拟科研服务。在科研在线这个虚拟的科研工作环境中,如何使参与各种科研项目的人员彼此在日程安排上协调一致，是实际工作中迫切需要解决的问题之一。

在现代科研活动中，每个科研人员参与的科研项目可能是多个，每个项目都需要与其他人员进行交流沟通。在科研在线这样的环境中[2]，为了使科研人员的沟通协作便捷，就必须提供一个群组日程协同工具。本文结合科研在线的实际应用和来自不同用户的反馈，提出了基于移动设备构建移动互联网环境下群组日程协同软件的框架，给出了软件设计模型以及实现状况。

2. 相关工作

作为群组协同软件（Groupware）重要组成部分的日程安排（calendar scheduling）功能随互联网技术的发展越来越成熟。IETF 已经制定了若干标准来规范日程安排功能的实现，如iCalendar[3]、iTIP（iCalendar Transport-Independent Interoperability Protocal）[4]、CalDAV[5]。尽管技术方面日益成熟，但高效使用这些技术从而达到协同工作的目的一直是人们研究的重点。随着移动互联网技术的发展，移动设备成为人们必备的通信交流的工具，进一步使协同工作可以随时随地进行，日程安排也成为移动设备的基础应用工具。谷歌的 Android、微软

本论文受国家高技术研究发展计划、中国科学院信息化专项、中科院网络中心创新基金项目等资助。

的 Windows Mobile、诺基亚的 Symbian 都集成了日程安排功能。

2.1 iCalendar

iCalendar 是“日历数据交换”的标准（RFC 5545）。此标准有时指的是“iCal”，即苹果公司出品的一款同名日历软件，这个软件也是此标准的一种实现方式。iCalendar 允许用户通过电子邮件的方式发送“会议请求”或“任务”。收信人使用支持 iCalendarr 的邮件客户端，可以很方便地回应发件人，接受请求或另外提议一个新的会议时间。iCalendar 已得到很多产品的支持。通常情况下，iCalendar 数据使用电子邮件交换，但它也可以独立使用，而不局限于某种传输协议。例如，可以通过 WebDav 服务器或 SyncML 来进行共享与修改。简单的网页服务器（只使用 HTTP 协议）也常常被用来分发公共事件的 iCalendar 数据，或发布个人的日程安排。发布者可以使用 hCalendar 把 iCalendar 数据嵌入到网页中（hCalendar 是一种通过（X）HTML 来表现 iCalendar 的微格式）。

iCalendar 按照行来组织内容，每行以一个名称（name）作为起始，冒号后面为该名称指代的具体内容，如：

```
BEGIN:VCALENDAR
VERSION:1.0
  BEGIN:VEVENT
    CATEGORIES:MEETING
    STATUS:TENTATIVE
    DTSTART:19960401T033000Z
    DTEND:19960401T043000Z
    SUMMARY:Your Proposal Review
    DESCRIPTION:Steve and John to review newest proposal material
    CLASS:PRIVATE
  END:VEVENT
END:VCALENDAR
```

前面的示例为 vCalendar 协议的一个实例，vCalendar 也是一种日历数据交换格式，是 iCalendar 的前身，为因特网邮件联盟（IMC）所发布。

2.2 Android

Android是Google于2007年11月5日宣布的基于Linux平台的手机开源操作系统，它由操作系统、中间件、用户界面和应用软件组成，采用了软件堆层的架构，是首个为移动终端打造的真正开放和完整的移动软件口。Android的系统架构主要分为四层，从高到低分别是由运行在Dalvik虚拟机上的应用程序组成的应用层，开发人员直接调用组件组成的应用框架层，对应用框架层提供支撑的系统运行库层和包括驱动、内存管理、进程管理、网络协议栈等组件的Linux内核层。同时，Android拥有一组核心库，这些库能被Android系统中的不同组件使用，它们通过Android应用程序框架为开发者提供服务，该核心库提供了Java编程语言核心库的大多数功能；每一个应用程序都在它自己的进程中运行，都拥有一个独立的Dalvik虚拟机实例。

开发人员也可以完全访问核心应用程序所使用的API框架。该应用程序的架构设计简化了组件的重用；任何一个应用程序都可以发布它的功能块，并且任何其他的应用程序都可以使用其所发布的功能块（不过得遵循框架的安全性限制）。同样，该应用程序重用机制也使用户可以方便的替换程序组件。隐藏在每个应用后面的是一系列的服务和系统，其中包括：

（1）视图用来构建应用程序，包括列表（lists）、网格（grids）、文本框（text boxes）等。

（2）内容提供器使应用程序可访问另一应用程序的数据。

（3）资源管理器提供非代码资源的访问，如本地字符串、图形和布局文件。

（4）通知管理器使得应用程序可以在状态栏中显示自定义的提示信息。

（5）活动管理器用来管理应用程序生命周期，并提供常用的导航回退功能。

2.3 科研在线

Duckling 2 利用网格服务和虚拟化技术，以 Duckling 1.2 软件服务为基础，对这些协同业务进行包装，部署了科研在线站点，提供面向科研协同业务的云计算[6]。

科研在线采用云计算的架构模式来集成信息化基础设施、软硬件服务平台以及协同云服务。主要分为三个层次：基础设施云服务层、平台云服务层以及应用云服务层。科研在线在设计时，充分考虑各个层次云服务的隔离性和完整性，即为方便不同层次科研人员的使用模式，每层云服务都可以为科研用户单独提供。

在信息化基础设施的云计算平台中，科研在线主要利用网格虚拟机和物理虚拟机，同时通过虚拟资源的索引和映射机制，完成对异构分布式资源进行统一管理和服务。主要的资源包括高性能计算、海量科学数据、科学资源等。

3. 系统设计与实现

用户日程安排分为个人日程和群组日程。对于个人日程安排由于不涉及时间冲突、地点冲突等问题，实现比较简单。而群组日程协同问题比较复杂，如果没有计算机信息系统，人工协调工作量很大，本文借助移动互联网和科研在线服务环境对此问题给出了初步的解决方案，并给出了一个实现。

3.1 日程时间协商协议

用户创建协同任务如会议等活动，需要确定参与者、任务时间、任务地点等信息。我们定义了两类用户角色：协同事件的组织者和参与者。这两类角色都是科研在线环境下的注册用户并处在一个团队中。创建协同任务的过程如图1所示。

1）协同任务创建。

任务组织者根据任务安排，通过移动设备创建协同任务，包括任务名称、内容、地点、参与者和任务时间计划。其中时间计划是一个时间范围。

计算匹配时段：组织者提交任务安排给服务器，服务器根据参与者已经发布的个人日程安排，计算出所有参与者共同空闲时间段。

发出邀请：服务器向所有参与者发送该日程安排请求并附带计算出的空闲时间段。

2）收集参与者响应。

任务参与者通过Email或者短信接收到日程安排请求，根据各自情况尽可能多的选择空闲

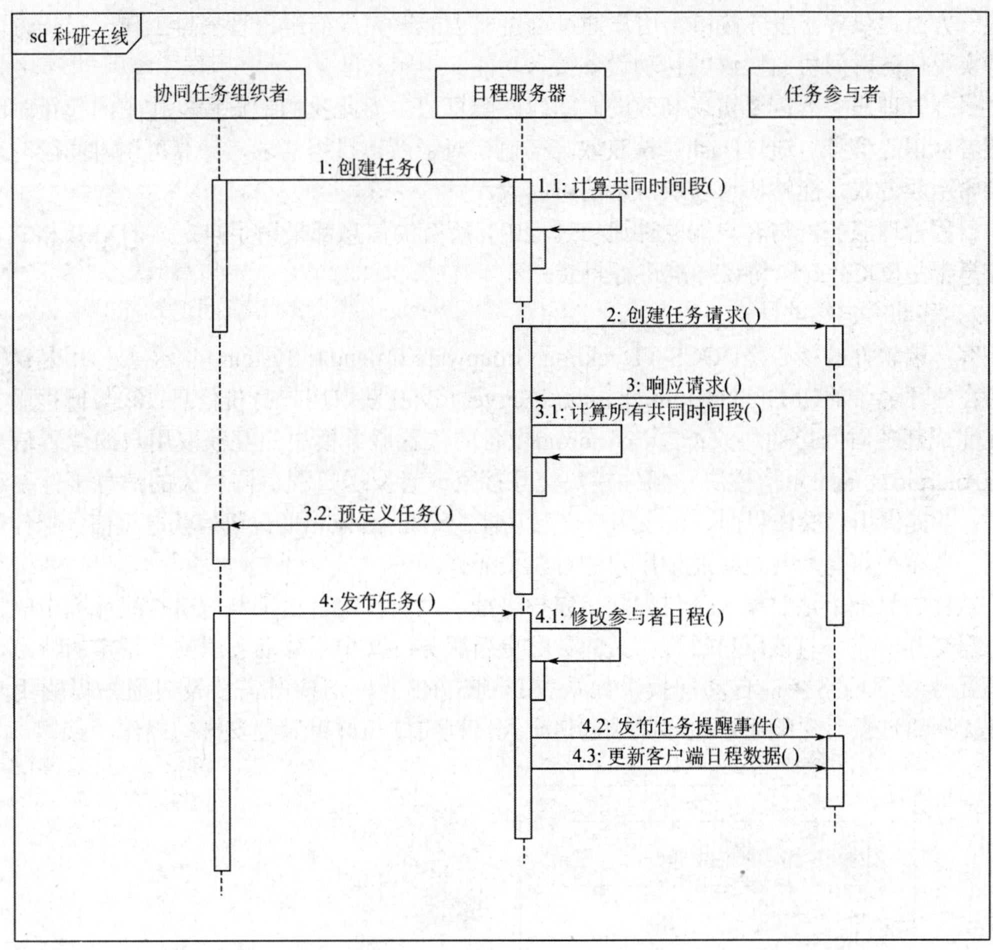

图 1 创建协同任务顺序图

时间段，向服务器发送响应结果。

服务器再次根据所有参与者的响应计算任务时间段，并向组织者发送最后结果。

3）决策并发布日程安排。

任务组织者根据服务器反馈回的结果，如果所有参与者都有共同的空闲时间段，则可以确定某个时间段为任务时间段，发布该任务。

4）同步参与者日程。

组织者发布任务后，服务器根据该任务修改所有参与者的个人日程安排，向所有参与者发送任务提醒时间。

服务器更新所有参与者移动设备本地的日程数据。

3.2 系统程序实现架构

整个系统实现分为日程管理服务器和移动客户端两部分，如图2所示。日程管理服务器负责日程时间协商协议的主要计算任务以及完成相应的发送通知消息的任务。

1）日程管理服务器软件。

一方面提供Web服务接口，用户通过浏览器也能够完成群组日程安排工作。另一方面，支持实现任务时间协商协议的移动设备接入功能。

日程管理服务器需要实现高效的时间段匹配算法，为此我们把日程安排中的起止时间和组织者标识等信息，通过Hash算法获取唯一值；对于新建日程请求，计算可用时间段时，通过哈希函数方式，能够快速获取可用的时间段。

日程管理服务器与客户端软件通信过程中，所有的信息都采用了自定义的XML格式，日程信息都是以iCalendar协议标准进行封装。

2）移动客户端软件。

客户端软件的核心是DGCS（Duckling Groupware Calendar System），主要作用是：①与科研在线环境中的UMT（Duckling passport Server）交互获取用户身份信息；②与日程服务器交互完成任务时间协商协议；③与Android设备的位置服务模块交互获取用户的位置信息；④与Android设备的短信模块和邮件模块交互接收或者发送日程协同相关的消息事件并进行处理；⑤提供用户操作界面，完成用户交互功能；⑥与Android平台通信获取短信、邮件等与协同任务相关信息，并及时通知用户进行相关操作。

软件的另一个重要模块是日程同步守护进程，主要作用有：①与科研在线环境中的日程服务器交互，完成与该用户日程相关的数据更新服务；②由于移动互联网不稳定的特点，该进程需要实现网络接口自动切换，如从WiFi到GPRS等，切换时需要及时通知提醒用户；③在无网络连接时保障用户能够完成创建个人日程安排和群组日程安排的操作。

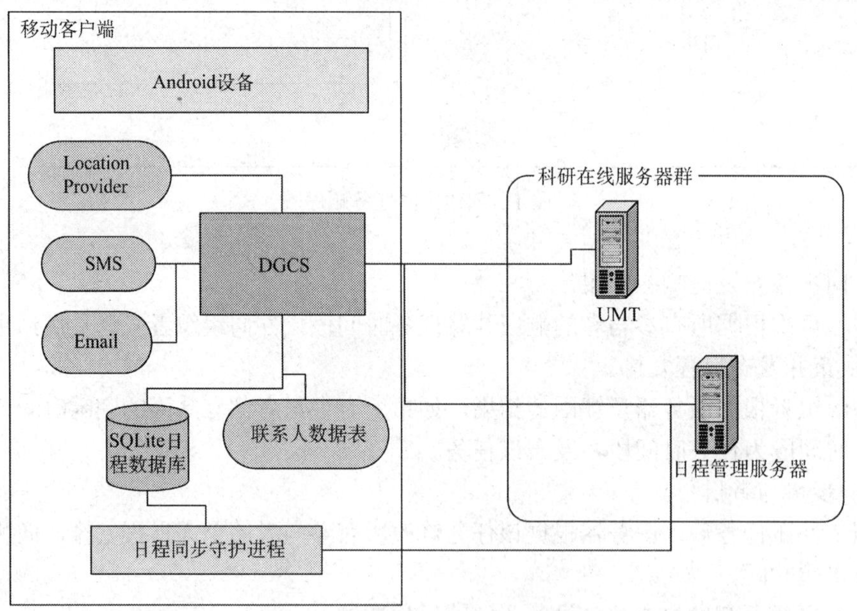

图2 实现处理流程示意图

4. 结束语

目前，系统仅实现了科研在线环境下的群组日程协同功能，其群组日程仅局限在本系统内部，下一步准备依托标准协议CalDAV[5]实现支持Outlook、Google Calendar等更多系统的日程信息的交换，为用户提供更丰富、更便捷的服务。移动互联网是互联网发展的进一步延伸，其发展必定会为人们解决许多原来不可解决的问题，群组日程协同软件在科研在线上的应用就是众多发展成果之一。构建e-Science环境的最终目的就是支持科研人员协同完成科研任务，提供群组日程协同软件一类的工具，对于发展e-Science环境既具有现实意义也具有理论研究价值。

参 考 文 献

[1] Brugnoli M C, Davide F, Slagter R. The future of mobility and of mobile services. Cunningham P , Cunningham M. Innovation and the Knowledge Economy: Issues, Applications, Case Studies. Amsterdam: IOS Press, 2005, 1043-1055.

[2] 于建军，狄焰亮，董科军，等. 科研在线：云服务模式的网络虚拟科研环境. 华中科技大学学报（自然科学版）, 2011, 39(1):33-37.

[3] Dawson F, Stenerson D. Internet calendaring and scheduling core object specication (iCalendar). Network Working Group. Internet Engineering Task Force, Request for Comments 2445, 1998. http://www.ietf.org/rfc/rfc2445.txt.

[4] Silverberg S, Mansour S, Dawson F, et al.Transport-Independent interoperability protocol (iTIP):Scheduling events, busytime, to-dos and journal Entries. Network Working Group, Internet Engineering Task Force,Request for Comments 2446, 1998. http://www. ietf.org/rfc/rfc2446.txt.

[5] The Calendaring and Scheduling Consortium (CalConnect). The CalDAV protocol. http://caldav.calconnect.org/.

[6] 南凯，李华飚，董科军，等. 支持 e-Science 的协同工作环境. 科研信息化技术与应用, 2008, 1(1):35-40.

Design and Implementation of Group Calendar Collaboration Software on Mobile Internet

Yang Hongwei, Liu Xuemin, Yu Jianjun, Ma Yongzheng

(Computer Network Information Center, CAS, Beijing 100190,China)

Abstract Coordinating schedules of researchers is one of foundation problems for building e-Science environment. This paper presents one group calendar collaboration system based on smart phone platform. The system was implemented on the Research Online platform. Using the system, researchers can define, share their personal schedules and create group task such as meeting. To resolve group calendar collaboration, we design and implement the protocol of time negotiation.

Key words group calendar; mobile Internet; Duckling; Research Online

英汉冰冻圈科学词汇收录修订与共享系统

赵雪茹[1,2]　张耀南[1,2]

（1.中国科学院寒区旱区环境与工程研究所　兰州　730000；
2.甘肃省高性能网格计算中心　兰州　730000）

摘　要　冰冻圈科学词汇的规范与中英文互译的不一致性成为冰冻圈研究与学术交流的障碍。冰冻圈科学词汇的歧义性给学术交流与研究都带来了不少麻烦。本文从冰冻圈专业词汇修订和中英文互译出发，构建了一个英汉冰冻圈科学词汇收录修订与共享系统，通过网上提交，分组审议、修改、评分遴选，专家分组矫正、评审、互评最终共收录了27000多个冰冻圈相关的专业词汇，统一冰冻圈词汇的解释，实现中英文互译的唯一性，初步形成了冰冻圈词汇共享服务与互译系统。

关键词　冰冻圈专业词汇；中英文互译；收录与修订；共享系统

随着气候变化科学发展，冰冻圈科学越来越重要。但长期以来，关于冰冻圈专业词汇的研究一直比较薄弱，所做的词汇研究是零散的，没有进行系统的研究与整理，所以冰冻圈专业词汇研究与整理的薄弱有历史的根源。为了促进冰冻圈科学事业发展，冰冻圈国家重点实验室组织编写《英汉冰冻圈科学词汇》（以下简称《词汇》）。为了能使本《词汇》反映冰冻圈科学全体专家共同贡献的智慧结晶，形成冰冻圈科学 e-Science 研究的基础，成为冰冻圈科学事业的一件盛事，编写工作希望将参与冰冻圈科学研究的多数专家，特别是从事一线研究的国内外专家吸引进来，需要采取与传统词典编撰不同的方法和技术措施。

《词汇》在编写与收录中主要遇到以下四个问题：第一，收录到《词汇》中的术语针对性不强、适应面太泛。这种情况带来的最大的问题就是在中英文交流时，专业词汇翻译工作困难，文章互译时容易产生歧义，这对于学术研究是很不利的。第二，目前专业型词典在编写时，对特定学习群体的学习问题以及需求的了解、调查和分析不够。大多数是凭编者自己的经验或者某些方面的专长来做出取舍，这种做法不太符合实际需求。由于缺乏规范性，专业词汇在互译时出现的歧义性和多样性，成为影响冰冻圈国际国内学术交流的障碍。第三，词典编写队伍构成有问题，现在词典编写大多都是传统思路的编写人员在做，他们对现代学习型词典的编写理念和学习型词典的特质并不太熟悉，也不了解。所以在实际操作当中还是老路子、旧思维，这样编出的学习型词典的学习功能不够完善。目前的冰冻圈研究与学习，急需编写一个具有较强针对性、科学性和实用性的专业冰冻圈科学词汇字典。第四，普及冰冻圈科学词汇刻不容缓。现如今，硕士、博士所掌握的冰冻圈科学词汇还很有限，对从事冰冻圈专业来说是不够的。为了让硕士、博士等专业研究人员更好、更快地掌握这些专业词汇，

本论文受到中国科学院信息化专项项目“冰雪冻土环境本底与可持续发展专题数据库”、“特殊学科人才培养冰川冻土学科点”资助。

就要尽快给出一本具有唯一性、规范性的词典，并形成可在网络环境下共享的英汉冰冻圈词汇系统。因此，冰冻圈词汇收录与编撰系统还是一个新生事物，是我们为解决以上问题的进一步研究探索。遵循的编撰原则是不追求大型的词料库，而是要通过各位专家的精简使得每个词汇更具专业性、通用性和统一性[1]。

如何全面收录冰冻圈专业词汇，收录英文表述中对应的冰冻圈专业词汇，实现中英文冰冻圈科学词汇的意义对应，实现中英文冰冻圈科学词汇在冰冻圈科学交流中的唯一性，需要改变传统的冰冻圈词汇编撰方式，利用信息技术提供的网络环境，尽最大可能性调动中外从事冰冻圈科学研究人员或邻近学科的研究人员，参与到冰冻圈科学词汇的遴选、编译、评价、汇总工作中，从而实现冰冻圈词汇遴选的广泛性和覆盖性。其次通过对遴选词汇的归类、编译，列出同一中文词汇对应的多个英文词汇，列出一个英文词汇对应的多个中文表达；然后进入评价分析，以权重的形式选择相对集中的词汇，废弃权重低以及分散的词汇。最后进入专家审定并建立多数研究人员认可的词汇库，为形成网络环境下动态地英汉冰冻圈词汇对照、学习和翻译的服务奠定基础。

1. 冰冻圈科学词汇收录与编撰系统的架构

1.1 系统的架构

冰冻圈科学词汇收录修订与共享系统本着共享性强、使用简单、维护方便等原则，建立的冰冻圈科学词汇收录修订与共享系统要具有以下几方面的特征：①表示层友好，能够适应最广泛用户，因此采用 HTML 技术。②支持分布工作处理，以胜任同时几千人次的访问。③考虑未来升级简便化。基于该结构的系统的开发，升级、维护工作只在服务器端进行，避免了既在服务器端又在众多的客户端重复进行这些工作。④使用数据库连接池技术，易与数据库相连接。数据库连接是一种关键的有限的昂贵的资源，这一点对于多用户的 B/S 结构的应用程序中体现的尤为突出。对数据库连接的管理能影响到整个程序的伸缩性和健壮性。数据库连接池负责分配、管理和释放数据库连接，它允许应用程序重复使用一个现有的数据库连接，而不是重新建立一个，释放空闲时间超过最大空闲时间的数据库连接，避免因为没有释放数据库连接而引起的数据库连接遗漏。

基于上述的特征要求，冰冻圈科学词汇收录与编撰系统采用 B/S 架构，在 Windows 2003 系统基础上，采用 Tomcat 服务器作为 Web 服务器，配置相应的 Servlet API 2.2 和 JSP 1.1 兼容的 Servlet/JSP 容器，来提供快捷高效的 JSP/Servlets 运行平台。词汇数据库采用 Oracle 10g 数据库系统，并将 Oracle 10g 设定为由 Windows 系统直接启动，数据库实例设定为随 Oracle 10g 启动后自行启动。采用的 B/S 体系结构分为三层。即用户端（client）、应用程序服务器（application）和数据库服务器（database server）。采用 Internet 浏览器或导航器为用户端应用软件，虽然无需专用的浏览软件，但用户端软件最好能支持 Java Applet 等技术，如 NetScape 4.0 或 Internet Explorer 4.0 等。应用程序服务器将应用服务程序部署其上，或称为运行应用服务程序的服务器，它可以从数据库服务器中获取的数据传递到用户端的浏览器中，也可以将用户在浏览器上发出的请求，经过自身处理后和数据库服务器交换数据。服务器对浏览器的请求进行处理，将用户所需信息返回到浏览器，而其余的工作如数据请求、加工、结果返回以及动态网页生成、对数据库的访问和应用程序的执行等，全部由 Web 服务器来完成，从而响应用户的服务请求。冰冻圈词汇收录修订与共享系统的架构如图 1 所示。

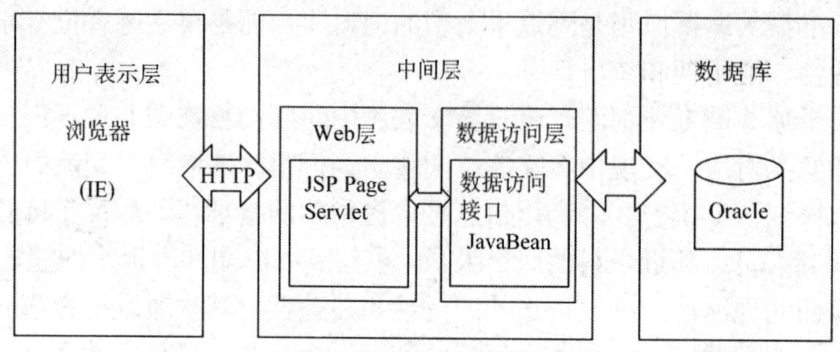

图 1 冰冻圈词汇收录修订与共享系统架构

在系统中，为了便利、实用减少复杂程度，角色只划分了高级管理员和普通用户两类角色。

（1）管理员：负责词汇修订系统的管理和维护工作。负责词汇的分组、添加、删除、修改工作。

（2）用户：系统的最终使用者（本词汇修订系统的用户都是经过确认身份的专家学者），通过网页浏览目的词汇，并根据词汇显示的信息给出意见。针对多个研究人员可能提交了同一个词汇，为了减少冗余，系统设置了自动检测和查重功能。为分组专家提示这个词汇在不同专家组共有几个，显示这个词汇在各个不同组所表示的意思，并将所有专家对这个词汇的不同意见罗列出来，供大家评判。管理员和用户的功能流程如图 2 所示。

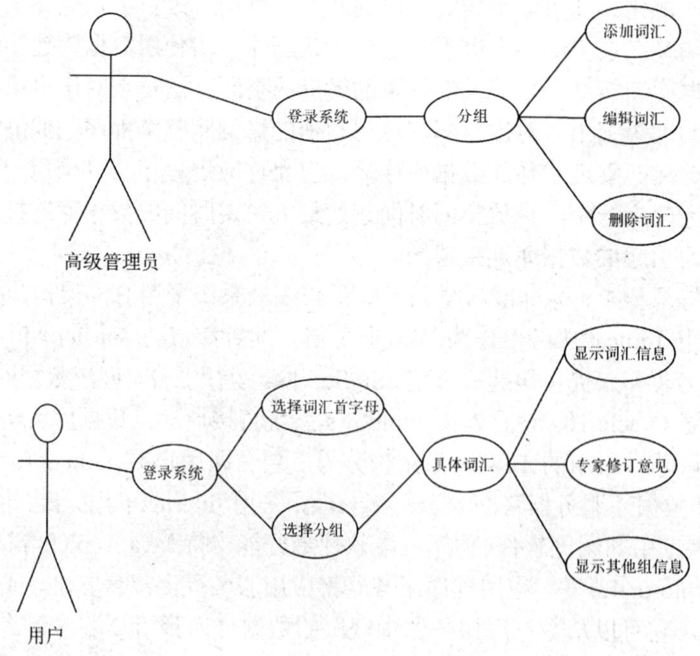

图 2 管理员和用户不同角色的功能

1.2 开发工具

英汉冰冻圈科学词汇收录修订与共享系统的所有功能是通过 MyEclipse 6.5 平台实现的。MyEclipse 是一个集成的 Java 程序开发环境，通过在 MyEclipse 平台编写 Java 代码可以将前台用户界面和后台数据库联系起来，经由 JSP 技术完成用户的一系列对数据库的操作。基于 Oracle 数据库和 J2EE 平台上开发、发布应用程序，极大地提高了工作效率。

2. 冰冻圈科学词汇收录与编撰系统的功能

2.1 身份验证

为了保证登录并提交词汇的人员是从事冰冻圈科学研究或冰冻圈交叉学科领域的研究人员，确保提交冰冻圈词汇和对其他研究人员提出的冰冻圈词汇的意见是符合冰冻圈研究的，系统设置了用户身份验证。任何用户在使用本系统前必须进行注册，在得到管理人员核实申请者就是从事冰冻圈或相近领域的研究者身份后，为其注册用户身份。不同的人员登录后的权限不同，所能进行的编撰操作也不同，权限越大的人员可以使用的功能越多。一旦用户通过验证进入编撰系统进行选词，系统将保存该用户 ID、姓名和相关操作信息。并对该用户不具备的功能操作提供系统错误提示和报警信息。

2.2 词汇的入库

每一个专业词汇的收录都要经过严格的评审过程，入库是第一步，所有专家只能对入库的词汇进行评审，最终确定是否要收录。词汇入库首先要确定这一词条所属组；再选择词汇首字母。在该系统中，词汇是以字母开头的，如果是以数字、符号开头的词汇，要去除数字或符号，然后选择首字母。例如，“Green　Rooftops”对应的首字母为 G，“Climate Impact”对应首字母为 C，然后填写词汇的相应信息，即可提交本词汇。如果想创建的词条已经被别人创建，您可以在上一编撰人的基础上，继续丰富词条的内容；或者在观看某一词条时，感觉还有可以丰富的内容，您也可以继续添加编辑。系统新增词汇的界面如图 3 所示。

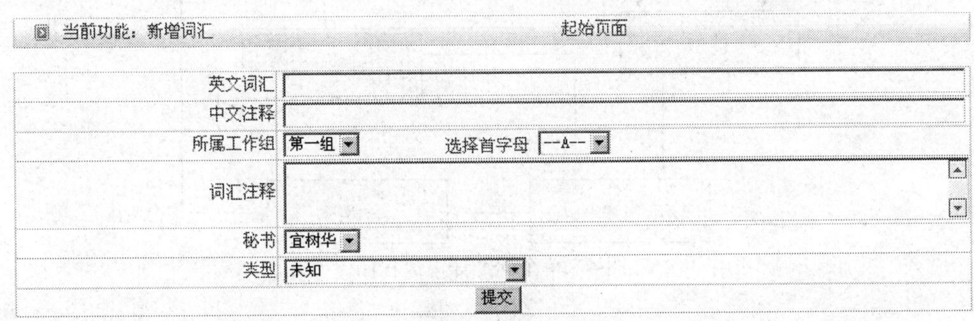

图 3　新增词汇

2.3 评审与分组互评

词汇评审与分组互评是系统的重点，评审具有单词评审和批量批审两种功能。

2.3.1 单词评审

为了在词汇的审定过程中任务明确、操作简洁，本系统将词汇审定人员划分为八个不同的工作组。为使每次评审出现的词汇不至于太多，本系统以词汇的首字母为索引，设计了不同组，不同词汇字母索引的多种选择组合。用户在选定词汇分组后，再选定词汇的首字母，就会列出本组以本字母开头的所有词汇。评审中，系统设定了对登陆人员操作的记忆功能，将用户评审过的词汇和未评过的词汇分成两组，在每个列出的词汇后面显示该词汇在本数据库中出现的评审和阅读次数，供评审人员更加详细的了解本词汇在数据库中的状态和其他人员对本词汇的评价。

对于选中的单个词条进行评审时，评审页面会显示出选中词条的英文译文，该译文提交人的信息以及所属词汇组，并将其他人员的评审意见显示在词条的右侧供用户阅读评价。在选择同意收录、拒绝收录时的选项时，无法填写修改意见。只有选择有修改意见或建议时才可以在文本框中填写建议。在词条的最下面还会显示出同词条不同组的其他意义。单个词汇的评审流程如图 4 所示，系统界面如图 5 所示。

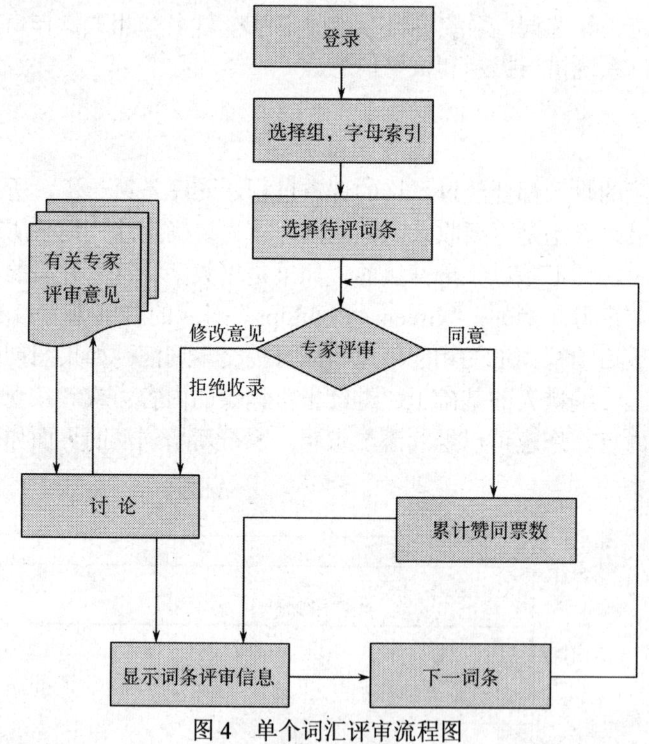

图 4 单个词汇评审流程图

2.3.2 批量评审

考虑到一些专家或评审委员的时间有限，为了做到更友好，我们把一些具有共同信息的词汇，比如具有相同的首字母，具有相同的提交人，或是这些词汇属于同一组，放在同一界面中，让专家一次性的评审，只需一次提交就可评审多个词汇，不必再进行多次的选择。

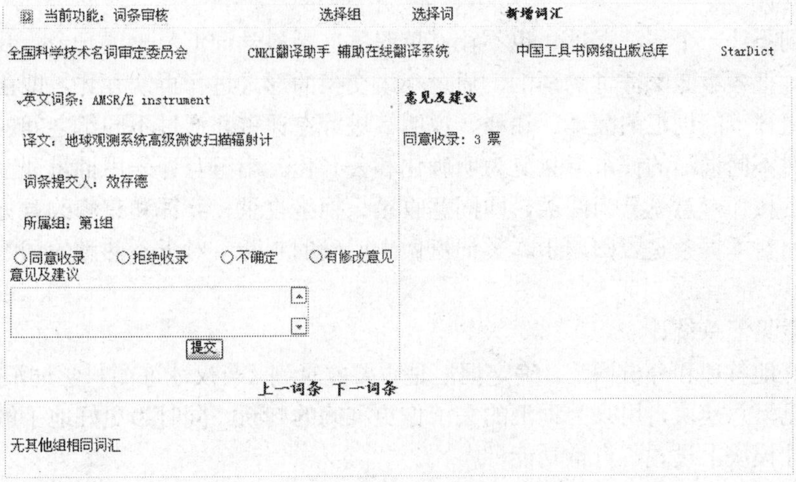

当前功能：词条审核　选择组　选择词　新增词汇

全国科学技术名词审定委员会　CNKI翻译助手 辅助在线翻译系统　中国工具书网络出版总库　StarDict

英文词条：AMSR/E instrument

译文：地球观测系统高级微波扫描辐射计

词条提交人：效存德

所属组：第1组

○同意收录　○拒绝收录　○不确定　○有修改意见

意见及建议

提交

意见及建议

同意收录：3 票

上一词条 下一词条

无其他组相同词汇

图 5　单个词汇评审界面

批量审批共有 4 个选项：同意收录、拒绝收录、弃评及有修改意见。这些选项为单选项。如果针对某词汇同意收录但需要修改，就可以选择“有修改意见”。批量审核页面只显示待评审最靠前的 50 条词汇。只有前面 50 个词汇的审核意见提交后，后面的待审核词汇才会依次出现（这样设计是为了提高服务器及数据库稳定性，同时也能缩短用户等待的时间）。在当前页面提交词汇审核意见后，可继续进行批量评审。批量评审页面如图 6 所示。

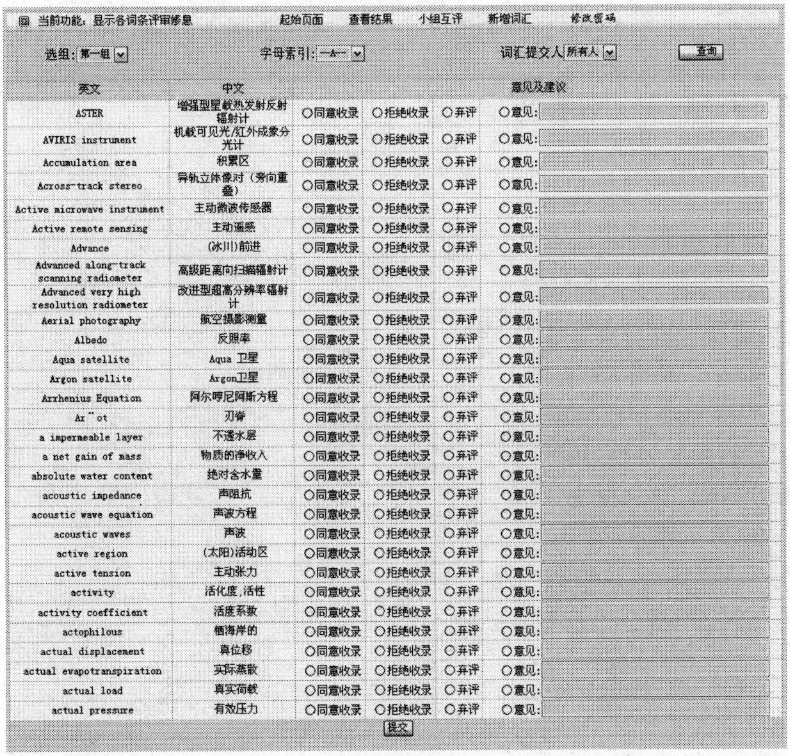

当前功能：显示各词条评审修息　起始页面　查看结果　小组互评　新增词汇　修改密码

选组：第一组　字母索引：—A—　词汇提交人 所有人　查询

英文	中文	意见及建议			
ASTER	增强型星载热发射反射辐射计	○同意收录	○拒绝收录	○弃评	○意见:
AVIRIS instrument	机载可见光/红外成象分光计	○同意收录	○拒绝收录	○弃评	○意见:
Accumulation area	积累区	○同意收录	○拒绝收录	○弃评	○意见:
Across-track stereo	异轨立体像对（旁向重叠）	○同意收录	○拒绝收录	○弃评	○意见:
Active microwave instrument	主动微波传感器	○同意收录	○拒绝收录	○弃评	○意见:
Active remote sensing	主动遥感	○同意收录	○拒绝收录	○弃评	○意见:
Advance	(冰川)前进	○同意收录	○拒绝收录	○弃评	○意见:
Advanced along-track scanning radiometer	高级距离向扫描辐射计	○同意收录	○拒绝收录	○弃评	○意见:
Advanced very high resolution radiometer	改进型超高分辨率辐射计	○同意收录	○拒绝收录	○弃评	○意见:
Aerial photography	航空摄影测量	○同意收录	○拒绝收录	○弃评	○意见:
Albedo	反照率	○同意收录	○拒绝收录	○弃评	○意见:
Aqua satellite	Aqua 卫星	○同意收录	○拒绝收录	○弃评	○意见:
Argon satellite	Argon卫星	○同意收录	○拒绝收录	○弃评	○意见:
Arrhenius Equation	阿尔哼尼阿斯方程	○同意收录	○拒绝收录	○弃评	○意见:
Ar¨ot	刃脊	○同意收录	○拒绝收录	○弃评	○意见:
a impermeable layer	不透水层	○同意收录	○拒绝收录	○弃评	○意见:
a net gain of mass	物质的净收入	○同意收录	○拒绝收录	○弃评	○意见:
absolute water content	绝对含水量	○同意收录	○拒绝收录	○弃评	○意见:
acoustic impedance	声阻抗	○同意收录	○拒绝收录	○弃评	○意见:
acoustic wave equation	声波方程	○同意收录	○拒绝收录	○弃评	○意见:
acoustic waves	声波	○同意收录	○拒绝收录	○弃评	○意见:
active region	(太阳)活动区	○同意收录	○拒绝收录	○弃评	○意见:
active tension	主动张力	○同意收录	○拒绝收录	○弃评	○意见:
activity	活化度,活性	○同意收录	○拒绝收录	○弃评	○意见:
activity coefficient	活度系数	○同意收录	○拒绝收录	○弃评	○意见:
actophilous	栖海岸的	○同意收录	○拒绝收录	○弃评	○意见:
actual displacement	真位移	○同意收录	○拒绝收录	○弃评	○意见:
actual evapotranspiration	实际蒸散	○同意收录	○拒绝收录	○弃评	○意见:
actual load	真实荷载	○同意收录	○拒绝收录	○弃评	○意见:
actual pressure	有效压力	○同意收录	○拒绝收录	○弃评	○意见:

提交

图 6　批量评审

2.3.3 小组互评

为了做到不让一个词汇误评，也不让《英汉冰冻圈科学词汇》出现冗余，我们设计了小组互评模块，把各组专家评过的词汇，通过小组交换的形式进行再次互评。即由一个组的专家对另一个组评审的词汇的翻译、注释、说明等进行在评审。通过不同组之间的相互评审，使每位专家对不同词汇的评审意见更为明确化和公开化。小组互评采用批量评审的形式，把评审过的词汇按评审意见分为四类，即同意收录、拒绝收录、弃评和有修改意见。通过归类后，方便专家对本词条是否归属于本类词汇做出明确的判断，对于不熟悉的词汇可以跳过不评。

2.3.4 评审意见汇总统计

为了更好地整理和分析词汇，确定词汇是否要收录到《英汉冰冻圈科学词汇》，本系统设计了评审意见汇总模块，用来为词汇的去留作更准确的判断。同时为更好地了解专家的评定意见，在统计模块上设置了查询功能。

成功登录系统后，在导航栏中有查看统计功能链接，可以选择工作组，选择字母索引，也可以选择词汇提交人三个下拉菜单。具有独立选择查询和组合选择查询功能。查询结果由统计表来反映，统计表对审批的 4 个不同意见都作了统计，即同意收录、拒绝收录、不确定及有修改意见各有多少项。默认显示第一组以 A 字母开头的所有人提交的词汇。使用者可以根据自己的需要查看专家对各个词条的意见与建议，如图 7 所示。

当前功能：显示各词条评审修息　起始页面　小组互评　批量修改　新增词汇　修改密码

选组：第一组　字母索引：--A--　词汇提交人 所有人　查询

英文	中文	同意收录	拒绝收录	弃评	意见
nitric acid	硝酸	8	2	0	0
nitric acid trihydrate (NAT)	硝酸三水合物	9	1	0	0
nitric oxide (NO)	一氧化氮	7	2	0	1
nitrification	硝化作用	9	1	0	0
nitrogen	氮	9	1	0	0
nitrogen cycle	氮循环	9	1	0	0
nitrogen cycles	氮循环	7	5	0	0
nitrogen dioxide	二氧化氮	8	2	0	0
nitrogen dioxide (NO2)	二氧化氮	8	2	0	0
nitrogen fixation	固氮作用	8	2	0	0
nitrogen fixing bacteria	固氮菌	9	1	0	0
nitrogen oxides	氮氧化物	5	1	0	0
nitrogen oxides (NOx)	氮氧化物	11	2	0	0
nitrogen pentoxide	五氧化二氮	8	1	1	0
nitrous acid	亚硝酸	9	0	1	0
nitrous oxide (N2O)	氧化二氮	8	1	1	0
nival	多雪的	11	0	0	0
nival climate	冰雪气候	10	0	0	0
nival zone	雪带	9	1	0	0
nivation	雪蚀作用	10	0	0	0
nivation hollow	雪蚀凹地	8	2	0	0
nivation trough valley	雪蚀槽谷	10	0	0	0
nivometric coefficient	雪雨比	9	0	1	0
NOAA	NOAA	4	3	0	5
NOAA satellites	NOAA系列卫星	9	4	0	2
noble gas; inert gas	惰性气体	8	0	2	0
NOHRC	美国国家水文遥感中心	8	1	0	4
noise	噪音【物】	7	2	1	0
Noise equivalent temperature difference	噪声等效温差	11	2	0	0
non steady state	非稳定态	7	1	2	0

总记录:27952 条　第1/932页　«首页 ‹上页 下页› 尾页» GO

图 7 专家意见统计

3. 收录、较准与访问情况

英汉冰冻圈科学词汇收录修订与共享系统，将网络技术最大限度地用于词汇修订之中，可以说是国内专业领域英汉词汇收录与规范的尝试者。截至 2011 年 3 月底，在词汇库中共收录和接纳了 27000 多个单词及词组，除网络用户评审外，调动了 60 名评审专家，涵盖了冰冻圈科学各方面的专业词汇。英汉冰冻圈科学词汇收录与修订系统中对词汇量的更新速度快、定义准、信息多，这无疑为将来《冰冻圈科学词汇》带来革命性的进展。

英汉冰冻圈科学词汇收录与修订系统对入库词汇进行全面统计，并将重复词汇剔除，对入库词汇进行全面检索和统计，检索时以词汇提交人、词汇分组及字母索引作为选取标准。自英汉冰冻圈科学词汇收录与修订系统发布后，点击次数达 112489 次，最高单日访问量达 28490 次，2011 年 3 月份日访问以及总的评审访问情况如图 8 所示。

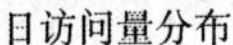

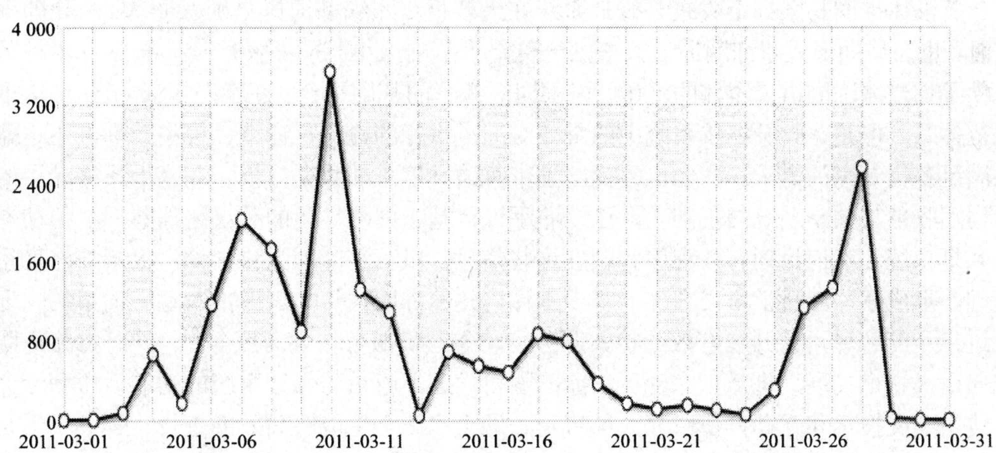

日访问量分布

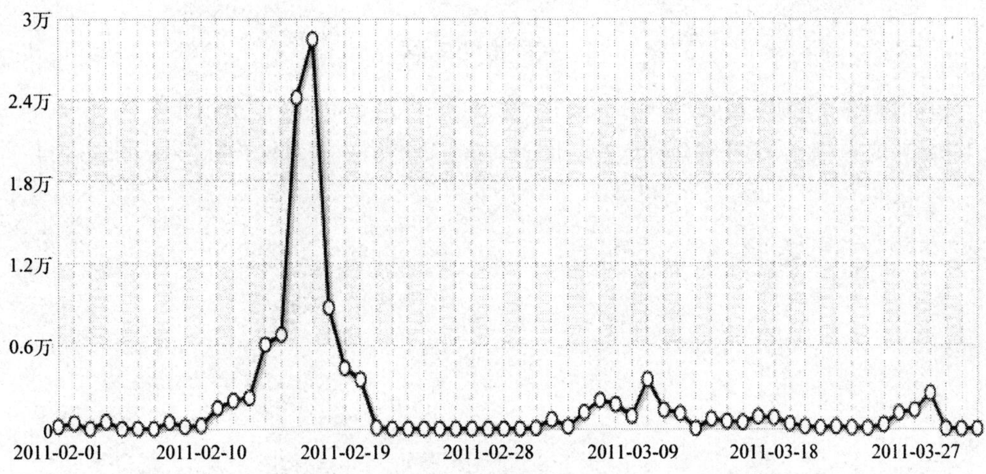

图 8 冰冻圈科学词汇收录与编撰系统的词汇评审访问情况

4. 共享系统与下一步设想

英汉冰冻圈科学词汇收录修订与共享系统目前只针对冰冻圈专业学术词汇，系统设计的初衷是为了方便专家评审矫准词汇，做到学术词汇互译的唯一性，同时方便用户提交不确定专业词汇供专家来评审，使专业词汇进一步全面完善。科学数据库有覆盖面广、针对性强的特点，科学数据库中的专业学术词汇也面临着词汇唯一性、规范性及跨学科的问题。为让不同类型的数据库都能有效使用本系统，使用户能更快的覆盖和锁定自己的目标词汇，实现最佳的互译效果；同时还要考虑到对于专业性很强的行业，词汇聚集度低的库，词汇查询速度的问题，我们下一步工作的重点是：针对各库的不同，主要对词汇收录修订与共享系统进行增加如下功能，①针对不同学科进行分类或是针对不同专业分类；②筛选的功能，使词汇收录修订与共享系统更具针对性，应用范围更广，使系统从冰冻圈科学扩大到寒旱区科学甚至更广泛的学科。

英汉冰冻圈科学词汇收录与修订系统在为各位专家编撰词典提供一个 Web 化的平台的同时，也为后期形成冰冻圈词汇共享系统奠定了基础，为冰冻圈基于 e-Science 环境开展研究提供了构建冰冻圈语义本体的基础，提供词汇共享的基础平台，逐步在 e-Science 环境下形成规范体系。但是，收录编撰系统中的有效对词汇进行的检索、评审、模糊查询，还不能很好地满足各位专家的需求，我们已经提出了带有语义信息的数据分析。在基于最终录用的冰冻圈词汇收录与共享系统的基础上，已经着手设计基于网络环境的英汉冰冻圈词汇的动态互译与共享系统。我们计划有效利用和管理这些信息，以英汉冰冻圈科学词汇收录与修订系统为基础，形成冰冻圈科学语义本体，基于本体构建冰冻圈词汇知识库，对每一词条的物理意义做进一步的解释，并开展有效的检索服务、动态互译服务、学习服务[2]。同时将冰冻圈的查询向语义查询扩展，进一步完善英汉冰冻圈科学词汇收录与修订系统的功能，做到专业词汇在线中英文搜索和互译，使研究人员特别是硕士和博士生能够高效的查找、解读和学习冰冻圈专业术语，也为其他研究人员了解冰冻圈词汇提供更为快捷的服务，从而使英汉冰冻圈科学词汇收录与修订系统成为冰冻圈科学的 e-Science 知识库基础。

参考文献

[1] 中国科学技术信息研究所. 汉英科学技术大词典. 北京: 人民邮电出版社, 2001.

[2] 杨辉, 张朗杰, 张涛. 基于词典的英汉双向跨语言信息检索方法. 计算机工程, 2009, 16:273-274.

A Collecting and Revising Sharing System for English-Chinese Vocabulary of Cryosphere Science

Zhao Xueru[1,2], Zhang Yaonan[1,2]

(1. Colde and Arid Regions Environmental and Engineering Research Institute ,Chinese Academy of Sciences, Lanzhou 730000, China;

2. Gansu High Performance and Grid Computing Center,Lanzhou 730000, China)

Abstract Lack of standardization of cryospheric vocabulary and the inconsistency of Chinese-English translation-hinder the cryosphere research and academic exchanges.The ambiguity of the vocabulary brings a lot of trouble to academic exchange and research. In this paper, we construct an English-Chinese Vocabulary Sharing System in order to collect, revise and translate cryospheric science vocabulary. Vocabulary In our system experienced, a process of online submission, panel discussions, modification, rate selection, correction by different expert groups, assessment and peer assessment.Currently, our system contains more than 27000 specialized vocabulary related to the cryosphere science.As a shared services and translation system of cryosphere vocabulary, the sharing system unifies the vocabulary of the cryosphere science, and achieves the uniqueness Chinese and Englishtranslation of cryosphere vocabulary.

Key words cryosphere specialized vocabulary; Chinese and English translation; collection and revision; sharing system

数据共享与标准规范

东北亚资源环境综合科学考察数据集成标准规范体系研究与实践

王卷乐[1]　朱立君[1,2]　杨　懿[1,2]

（1. 中国科学院地理科学与资源研究所资源与环境信息系统国家重点实验室　北京　100101；
2. 中国科学院研究生院　北京　100088）

摘　要　综合科学考察是获得资源环境本底资料的重要手段。由于综合科学考察涉及的学科领域广、时空范围广、数据类型复杂多样，这给其数据采集、分析和管理的规范化带来挑战，迫切需要建立相应的标准规范体系。本文以近年来中国、俄罗斯和蒙古科学家共同开展的东北亚资源环境综合科学考察为对象，研究构建了包括数据采集与处理、数据分析与整编、数据管理与共享三类规范构成的考察数据标准规范体系。该体系共有23项标准规范，其中，数据采集与处理类规范10项，数据分析与整编类规范7项，数据管理与共享类规范6项。制定的标准规范已经在东北亚资源环境综合科学考察中得到应用，本文以土壤资源调查为实例，介绍了这些标准规范在数据的野外采集、分析整编和管理共享中的应用实践。

关键词　资源环境；综合科学考察；标准规范；数据共享；东北亚

1. 引言

资源环境本底数据资料是支撑科学研究、区域可持续发展，甚至国家安全的重要基础。综合科学考察是获得这些本底资料的重要手段。长期以来，国际上许多国家都非常重视综合科学考察和调查。像欧美发达国家长期支持科学考察数据的获取与积累，为全球变化和区域资源环境问题研究提供了重要数据资料，同时确保他们在上述领域的优势地位。韩国、印度、巴西等新兴国家也不断加大对资源环境科学考察的重视与投入，不仅大力开展本国科学数据、资料的收集，同时积极加强对周边国家的科学考察和调查合作[1]。我国自建国以来也非常重视综合科学考察研究，《1956~1967年十二年远景科学发展规划》把资源环境综合科学考察作为重要的研究内容，全面、系统地组织开展了以“查明自然条件与资源，提出生产力发展与布局方案”为中心的综合科学考察与研究工作[2]。近半个世纪组织了34个科考队、13个专题科考项目组与6个科学实验示范站[3]，获得的成果为我国的社会主义建设和科学技术发展提供了基础性、系统性和科学性的数据资料和文献，若干成果至今还是国家资源开发利用与科学研究的重要基础。

中国地域辽阔，资源、环境的空间分布格局复杂多样。虽然我国已经开展过许多不同区

本论文受国家科技基础性工作专项——中国北方及其毗邻地区综合科学考察、中国科学院信息化专项项目“数据应用环境建设和服务”资助。

域的综合科学考察，但是由于每次科学考察与调查在时间周期、空间范围、调查内容与技术规程等方面存在极大的差异，没有统一的规范指导。所以，很难将这些宝贵的实际考察与调查资料综合集成，形成时间上连续、空间上完整、内容上一致的系统科学数据，难以发挥这些科学考察和调查成果的综合优势与长期效应。当前和未来，我国还正在和即将开展许多深入的科学考察研究，尤其是跨地区、跨学科的综合科学考察，这将直接面对科学考察数据的规范化采集和管理问题，因此迫切需要尽快开展相关标准规范体系的研究和实践。

2. 东北亚资源环境综合科学考察概况

21世纪初，中国科学家与俄罗斯、蒙古科学家就着手开展了东北亚联合科学考察活动，2008年科技部又启动了国家科技基础性工作专项——中国北方及其毗邻地区综合科学考察项目[4]。由于这一考察区域横跨欧亚大陆，纵向贯穿中、俄、蒙，资源环境梯度特征明显。建立这一区域的综合科学考察数据标准规范体系不仅是集成该区域数据资源的紧迫需求，也具有综合科学考察数据集成的示范性。

2.1 东北亚资源环境综合科学考察的范围

东北亚资源环境综合科学考察的区域覆盖中国北方地区、俄罗斯东西伯利亚和远东地区，以及蒙古全境。重点区域包括中国黄河以北的东北地区、华北地区和西北地区（不包括新疆），俄罗斯贝加尔湖流域，以及蒙古全境。考察范围如图1所示，总体面积715.5平方千米。其中，俄罗斯贝加尔湖流域包括俄罗斯布里亚特共和国、伊尔库茨克州、后贝加尔边疆区（原赤塔

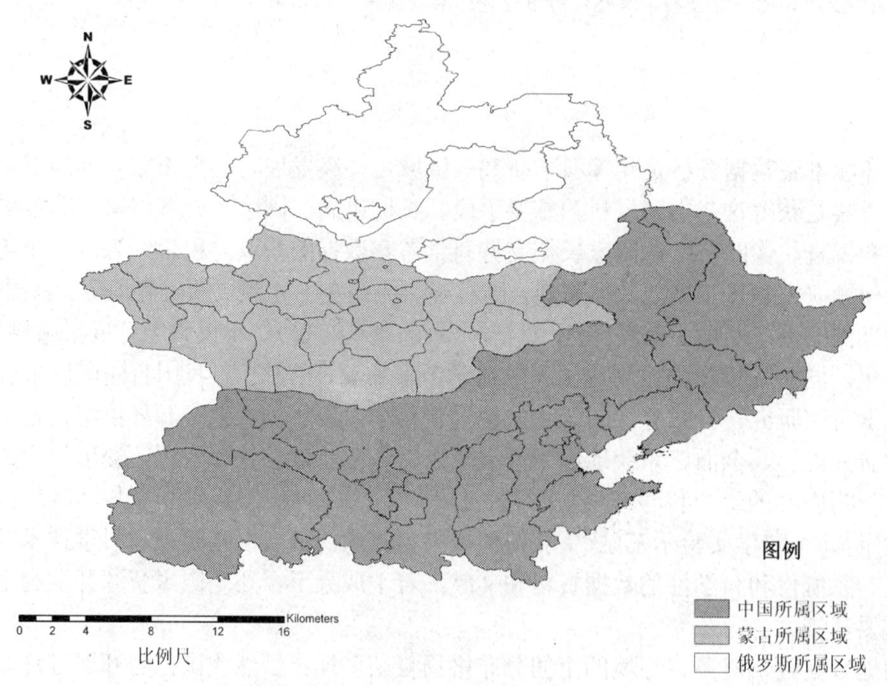

图1 东北亚综合科学考察重点区域

州和阿加布里亚特自治区），以及蒙古库苏古尔省、布尔干省、鄂尔浑省、色楞格省、乌兰巴托市、中央省、后杭爱省、扎布汗省、前杭爱省、巴彦洪戈尔省、肯特省等行政区，覆盖了流入贝加尔湖的7条河流和流出贝加尔湖的安哥拉河流域，总面积215.5万平方千米。

2.2 综合科学考察的数据标准规范需求

东北亚资源环境综合科学考察是由多学科的考察活动组成的，具体包括土地覆盖遥感调查、土壤调查、气候资源调查、水资源调查、水环境调查、水生生物调查、森林草地资源调查、社会经济调查、人居环境调查以及围绕样带的数据集成。其主要任务是通过大量的野外考察活动，采集和获取第一手的资源环境本底数据，通过规范化整理和汇编，建立整个区域的资源环境数据平台，服务于相关的科学研究和社会经济发展需求。

东北亚资源环境综合科学考察获取数据的步骤总体分三步，第一是采集野外数据和收集历史数据，第二是分析和整理数据资源，第三是系统管理数据并为数据共享做好准备。基于该认识，其需要以上三个环节的标准规范支持，即数据采集和处理类标准规范、数据分析与整编类标准规范、数据管理与共享类标准规范。据此，设计其相应的标准规范体系结构。

3. 东北亚资源环境综合科学考察数据标准规范体系设计

东北亚资源环境综合科学考察数据标准规范体系框架如图2所示。其中，数据采集与处理类包括10项规范，数据分析与整编类包括7项规范，数据管理与共享类包括6项规范，总计23项标准规范。

3.1 数据采集与处理类规范

数据采集与处理类规范主要包括遥感面上调查与考察数据采集与处理规范、土壤生态样方调查技术规范、森林生态样方调查技术规范、草地生态样方调查技术规范、水资源科学考察数据采集与处理规范、水生生物及生态系统考察数据采集与处理规范、典型湖泊环境科学考察数据采集与处理规范、社会经济调查与考察数据采集与处理规范、人居环境调查与考察数据采集与处理规范、大气气溶胶数据采集与处理规范等。

3.2 数据分析与整编类规范

数据分析与整编类规范主要包括土地利用/土地覆盖分类体系标准、专题制图规范、人居环境指标体系、样带指标体系、数据入库整编规范、元数据标准和数据文档规范等。其中，元数据标准和数据文档规范是所有专题都必须遵循的共性规范。

3.3 数据管理与共享类规范

数据管理与共享类规范主要包括中国北方及其毗邻地区综合科学考察管理办法、数据质量管理规范、综合科学考察数据汇交细则、考察报告撰写格式规范、野外考察日志撰写格式规范、数据共享条例等。

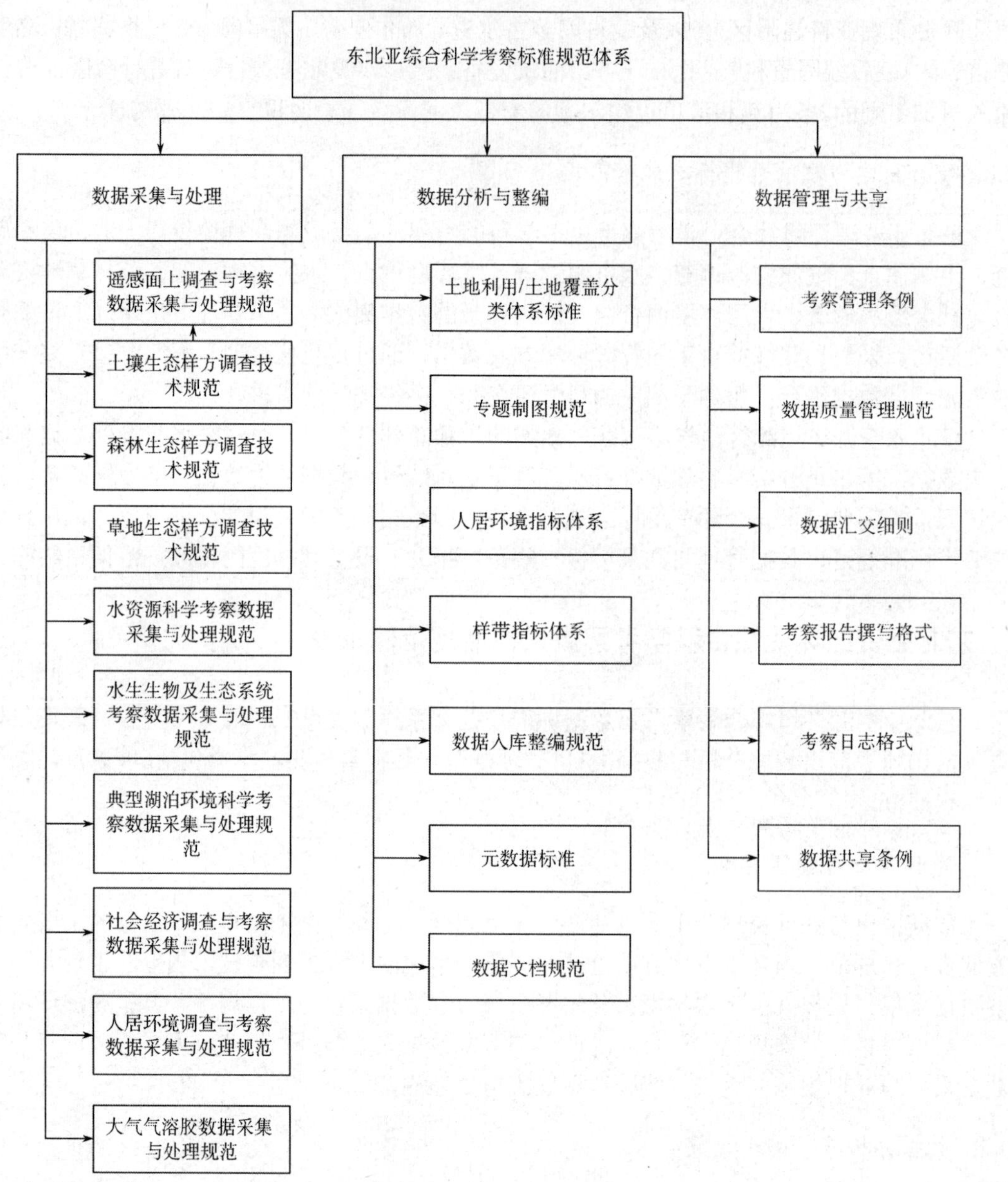

图 2　东北亚资源环境综合科学考察数据标准规范体系框架

4. 东北亚资源环境综合科学考察数据标准规范编制

4.1　标准规范编制方法

东北亚资源环境综合科学考察数据标准规范采用自主研制的技术方法。分三个步骤开展编制：①明确标准化对象；②确定标准的规范性技术要素；③编写标准。其中，在标准规范的编写阶段，首先应从标准的核心内容——规范性技术要素开始编写（包括规范性技术要素、规范性附录或资料性附录等)；然后编写标准的规范性一般要素（如规范性引用文件、标准的范围等)；最后编写资料性要素（包括引言、参考资料、索引和目次等）[5]。标准规范的行文体系如表 1 所示。

表 1 标准规范中要素的编排

要素类型	要素编排
资料性概述要素	封面、目次、前言、引言
规范性一般要素	标准名称、范围、规范性引用文件
规范性技术要素	术语和定义，符号、代号和缩略语、要求、规范性附录等
资料性补充要素	资料性附录
规范性技术要素	规范性附录
资料性补充要素	参考文献、索引

4.2 标准规范内容编制

目前已完成了东北亚资源环境综合科学考察数据标准规范的内容，概况性地介绍以下 16 项规范的内容。

（1）中国北方及其毗邻地区综合科学考察管理办法：包括总则、组织管理、考察出发前准备、野外科学考察工作、考察后数据管理、奖惩等内容。

（2）中国北方及其毗邻地区综合科学考察数据汇交细则：包括总则、数据汇交组织管理、考察数据汇交内容、数据汇交流程、数据管理、权益保护、奖惩及数据汇交计划格式等内容。

（3）综合科学考察核心元数据标准，包括数据集标识模块、数据集内容模块、分发信息模块、质量信息模块及相应的代码表等。

（4）综合科学考察数据文档编写规范，包括数据集名称、数据集内容说明、数据源描述、数据加工方法、数据应用成果、知识产权等。

（5）考察报告撰写格式规范，包括基本情况、考察工作简介、考察成果、综合分析、问题与建议等。

（6）野外考察日志撰写格式规范，包括考察目的、考察路线、考察区自然地理环境、考察内容描述、考察体会、相关视频照片资料等。

（7）遥感面上调查与考察数据采集与处理规范，包括总则、遥感信息源获取与预处理、室内准备及初步解译、野外调查建立判读标志、遥感信息提取与数据库建设、野外验证与精度评价、数据整编与验收存档、考察报告编制等。

（8）土壤生态样方调查技术规范，包括总则、调查准备、土壤生态样方外业调查、考察资料内业初步整理、考察数据整理、考察成果提交、质量管理、资料更新与归档等。

（9）森林生态样方调查技术规范，包括总则、调查准备、森林生态样方外业调查、考察资料内部初步整理、考察数据整理、考察成果提交、质量管理、资料更新与归档等。

（10）草地生态样方调查技术规范，包括总则、调查准备、草地生态样方外业调查、考察资料内部初步整理、考察数据整理、考察成果提交、质量管理、资料更新与归档等。

（11）水资源科学考察数据采集与处理规范，包括总则、考察方案制定、背景资料收集、临行准备、水资源外业考察、资料整理、专题图集编制、考察成果报告、审核验收及存档、数据共享等。

（12）水生生物及生态系统考察数据采集与处理规范，包括总则、考察方案制定、背景资料收集、临行准备、水生生物及生态系统外业考察、资料整理、专题图集编制、考察成果报告、审核验收及存档、数据共享等。

（13）典型湖泊环境科学考察数据采集与处理规范，包括总则、考察方案制定、背景资料收集、临行准备、湖泊水环境外业考察、资料整理、专题图集编制、考察成果报告、审核验收及存档、数据共享等。

（14）社会经济调查与考察数据采集与处理规范，包括总则、考察方案制定、背景资料收集、临行准备、区域社会经济情况外业考察、资料整理、专题图集编制、考察成果报告、审核验收及存档、数据共享等。

（15）人居环境调查与考察数据采集与处理规范，包括总则、考察方案制定、背景资料收集、数据收集标准制定、临行准备、当地人居环境外业考察、资料整理、专题图集编制、考察成果报告、审核验收及存档、数据共享等。

（16）大气气溶胶数据采集与处理规范，包括总则、监测方法与仪器、系统安装及操作方法、数据收集与处理、系统维护与校准、数据整编与验收存档、编制考察成果报告、数据共享等。

5. 东北亚资源环境综合科学考察数据标准规范的初步实践

制定的东北亚资源环境综合科学考察数据标准规范已经在野外科学考察活动中得到初步应用。以土壤资源调查为例，简要说明其应用情况。

2008 年 8 月，以中国科学院地理科学与资源研究所为首组织了国内外多个研究所共同对贝加尔湖地区进行了野外考察，其中土壤资源调查是其重要内容[6]。整个考察行程，自俄罗斯伊尔库兹克出发沿贝加尔湖北岸考察，后折返迂回到贝加尔湖南岸的布里亚特共和国，开展了贝加尔湖东南侧的土壤调查，取得土壤剖面数 52 组。在这些数据采集和获取的过程中，当前制定的这些标准规范发挥了重要作用。这主要体现在三个方面：①考察数据采集的规范化；②考察数据元数据和文档信息的完整性；③考察数据时空信息的完整性。

表 2 是考察数据采集所遵从的规范化记录格式，这一规范化要求确保了所有采集数据的格式一致性。

在数据采集后的整编阶段，按照标准规范的要求，编制了元数据信息和数据文档。经过以上规范化后的数据，具有完整的数据时空信息、数据内容描述信息、元数据信息和数据文档信息。这些数据可以方便地通过 GIS 软件和数据库工具查询、显示、浏览和获取[7]。图 3 显示了土壤调查数据在地图上的空间分布及其元数据展示信息，点击地图上的采样位置点可以访问到完整的数据记录（如图 4 所示）。

表 2　东北亚综合科学考察土壤剖面采集记录格式

编号	字段名	中文名	英文名	单位	字段描述
1	id_experiment	实验编号	experiment id		采样数据的序列编号
2	id_section	剖面编号	section id		标准土壤剖面序列编号
3	layer	层次	soil layer		土壤层次
4	organic	有机质	organic content	g/kg	有机质含量
5	n_total	全氮	total nitrogen	g/kg	全氮
6	p_total	全磷	total phosphor	g/kg	全磷
7	content_1	0.05~2mm 含量	content from 0.05 mm to 2mm	%	0.05~2mm 土壤颗粒的百分比含量
8	content_2	0.002~0.05mm 含量	content from 0.002 mm to 0.05mm	%	0.002~0.05mm 土壤颗粒的百分比含量
9	content_3	0.002(mm)含量	content from 0.002 mm	%	0.002mm 土壤颗粒的百分比含量
10	type_soil	土壤质地	type and quality of soil		土壤类型和质地
11	location	地点	sample location		采样点的地名
12	longitude	经度	sample longitude	度分秒	采样点位置经度信息
13	latitude	纬度	sample latitude	度分秒	采样点位置纬度信息
14	altitude	海拔	sample altitude	m	采样点位置高程信息
15	eco_environment	生境	Ecosystem environment		采样点周边的生态环境状况

图 3　土壤资源调查数据位置点显示

开始时间	结束时间	空间单元代码	空间单元名称	实验编号	剖面编号	层次	有机质(g/kg)	全氮(g/kg)
2008-07-01	2008-08-20		俄罗斯	1	BP01601	1	44.18	1.851
2008-07-01	2008-08-20		俄罗斯	2	BP01602	2	5.79	0.296
2008-07-01	2008-08-20		俄罗斯	3	BP01603	3	2.37	0.286
2008-07-01	2008-08-20		俄罗斯	4	BP01301	1	81.01	2.573
2008-07-01	2008-08-20		俄罗斯	5	BP01302	2	181.99	4.715
2008-07-01	2008-08-20		俄罗斯	6	BP01303	3	63.02	1.491
2008-07-01	2008-08-20		俄罗斯	7	BP01304	4	52.71	0.144
2008-07-01	2008-08-20		俄罗斯	8	BP01305	5	8.96	0.329
2008-07-01	2008-08-20		俄罗斯	9	BP00701	1	21.73	1.587
2008-07-01	2008-08-20		俄罗斯	10	BP00702	2	36.41	1.525
2008-07-01	2008-08-20		俄罗斯	11	BP00703	3	10.11	0.587
2008-07-01	2008-08-20		俄罗斯	12	BP00704	4	2.29	0.26
2008-07-01	2008-08-20		俄罗斯	13	BP00201	1	53.16	3.309
2008-07-01	2008-08-20		俄罗斯	14	BP00202	2	28.09	1.332
2008-07-01	2008-08-20		俄罗斯	15	BP00203	3	18.97	1.116
2008-07-01	2008-08-20		俄罗斯	16	BP00204	4	10.24	0.519
2008-07-01	2008-08-20		俄罗斯	17	BP00205	5	5.66	0.432
2008-07-01	2008-08-20		俄罗斯	18	BP01201	1	82.08	3.933

图 4 土壤资源调查数据内容浏览

6. 结语

综合科学考察数据的标准化和规范化是一个长期、艰苦的历程。它不仅涉及不同专业学科数据采集与管理技术，而且涉及计算机、GIS、数据库等信息技术。东北亚资源环境综合科学考察的数据标准规范只是根据特定科学考察需求而开展的一部分研究实践。未来将在此基础上进一步挖掘资源环境综合科学考察技术规范的共性特征，形成科学研究领域能够认可的资源环境本底调查标准规范，为我国基础科学数据的持续积累、不同历史时期数据的对比、国内外科学数据共享和交换等提供标准规范支持。

参 考 文 献

[1] Mun Y, Ko I H, Janchivdorj L, et al. Integrated water management model on the Selenge River basin status survey and investigation.2008. http://www.kei.re.kr.

[2] 施雅风. 十二年远景规划与地理科学发展//施雅风口述自传. 长沙：湖南教育出版社，2009.

[3] 孙鸿烈. 中国自然资源综合科学考察与研究.北京：商务印书馆，2007.

[4] 王卷乐, 朱立君, 孙崇亮. 资源环境综合科学考察中的多维数据集成管理模式研究与实践——以中国北方及其毗邻地区综合科学考察为例. 自然资源学报, 2011, 26(7):1129-1137.

[5] 白殿一. 标准的编写. 北京：中国标准出版社, 2009.

[6] 姜小三, 庄大方. 东北亚土壤资源调查研究进展报告//中国北方及其毗邻地区综合科学考察进展报告.中国北方及其毗邻地区综合科学考察项目组, 2011.

[7] Wang J L, Zhu L J. Design and development of northeast Asia scientific expedition database system and its application. International Forum on Regional Sustainable Development of Northeast and Central Asia, Beijing, 2011.

Study on Standards and Specification System for Resources and Environment Integrated Science Expedition in North East Asia Area

Wang Juanle[1], Zhu Lijun[1, 2], Yang Yi[1, 2]

(1. Institute of Geographic Sciences and Natural Resource Research, Chinese Academy of Sciences, Beijing 100101, China;

2. Graduate University of Chinese Academy of Sciences, Beijing 100088,China)

Abstract Integrated science expedition is one of important approaches to acquiring resources and environment background data. Because integrated science expedition includes many different disciplines and it varies on data types, temporal and spatial scales, this brings great challenge for data collection, analysis and management under uniform standards or specifications. According to this requirement, taken the North East Asia area science expedition as a case, the paper designed its standards and specification system. This system includes three kinds of standard and specification types, i.e., data collect and processing type, data analysis and compiling type, data manage and sharing type. Totally amount 23 specifications are designed. Most of these specifications are drew up and applied in the science expedition initially. For example, soil survey data are collected by uniform specification, which has clear content structure and spatial reference information. Supported by the related standards and specification system, soil survey data in Baikal Lake area also have metadata and data document information. It is very easy to be searched, viewed and accessed online through the GIS platform.

Key words resources and environment; integrated science expedition; standards and specification; data sharing; North East Asia Area

科学数据学科领域本体的思考与探索
——以植物学领域本体为例

朱艳华　胡良霖　刘　宁

（中国科学院计算机网络信息中心　北京 100190）

摘　要　语义网技术在实现异构数据库系统互操作方面做出了有益探索，而本体是共享概念模型的明确的形式化规范说明，是语义网的重要技术之一。构建科学合理的本体模型是计算机处理信息，解决数据内容互操作的关键。本文概述了本体的相关概念和分类体系，论述了科学数据引入本体的意义；并以植物学领域为切入点，调研国外应用较好的植物本体、基因本体和性状本体等三个植物领域本体；重点分析了植物领域本体的作用，并探索了该领域本体的两种应用模式。

关键词　科学数据；领域本体；植物学领域

1. 引言

科学数据资源具有多元且复杂的异构性，不但不同学科数据库之间的数据格式、数据结构、操作平台和应用系统等存在差异；而且同一学科数据库内部也存在命名方式、数据结构模型等方面的不统一。目前没有多少标准规范能够对各个层次的异构数据进行完全适当的约束，虽然基于元数据的方案可以在一定程度上解决数据库层面上的整合，但是元数据并不能完全解决数据库之间语义异构问题，包括由于采用不同元数据方案所造成的微观结构的异构，以及资源对象之间存在的复杂的关联关系[1]。

近年来兴起的语义网技术在实现异构数据库系统互操作问题方面做出了有益探索。语义网的核心是“语义”，所有信息在其中都被赋予明确的含义，以实现人与计算机之间、计算机与计算机之间无偏差地传递信息。语义网的基本思想是对互联网上任意资源（自然也包括科学数据资源），进行结构化的描述并引入语义，方便计算机的理解和处理。语义网的提出者 Tim Berners-Lee 随后又给出了语义网实现的框架结构模型[2]，该模型共分为七层，各层之间相互联系，每层都为更上层促进应用，自下而上逐层扩展而形成功能强大的体系。

本体作为语义网实现的关键技术之一，是共享概念模型的明确的形式化规范说明。本体的核心是一种模型，用于描述由一套对象类型、属性以及关系类型所构成的世界，是解决语义层次上信息共享和交换的基础。本体提供了一套共享词表，也就是特定领域之中那些存在着的概念或概念之间的相互关系。截至目前，研究者们构建了各种类型的本体，依照应用领域的不同，可分为上层本体、领域本体和任务本体等。其中，上层本体描述具有普遍意义的客观世界的常识，独立于特定的问题和领域，如空间、时间、事件、行为等，其他本体都是上层本体的特例。领域本体描述特定领域中的概念及概念之间的各种关系。任务本体则是描述特定任务或行为的本体。

构建科学合理的本体模型是计算机处理信息和解决数据内容互操作的关键，科学数据引入本体的意义亦在于此。然而科学数据涉及学科众多、资源类型复杂，单独依靠自身力量构建所需的全部本体既不可能也没有必要，而且目前很多学科领域的研究机构已经建立了面向不同应用需求的本体模型，这些模型大多是开放性的，能够重用和共享，因此可以考虑拿来为我们所用。科学数据开展本体方面的工作需明确自身的目标定位，最初可以从某一学科领域本体入手，深入研究该领域本体的内容范围、功能作用和应用模式，借此为本体在科学数据应用环境中的全面实施摸索道路。

本文拟以植物学领域本体为切入点，调研国外在该领域开发和应用都比较好的成熟本体，思考分析这些领域本体在植物数据整合加工组织和提供数据增值服务等方面所能发挥的作用，并探索植物学领域本体可行的应用模式。

2. 植物学领域本体简介

2.1 植物本体（plant ontology，PO）

植物本体是植物本体联合会（Plant Ontology Consortium）建立的数据库。其目的是开发一套受控词标准描述植物形态解剖学和生长发育阶段的知识，并能与植物基因方面的数据建立关联。最初的术语是由水稻、玉米和拟南芥三个植物数据库发展而来，现在扩展到了茄科和豆科等植物体系。

植物本体由两个相互独立的子本体构成：植物形态解剖学子本体和植物生长发育阶段子本体[3]。其中，植物形态解剖学子本体内容涉及描述一棵植株的个体、器官、组织和细胞的术语及术语之间的关系，如穗、生殖器官、雄蕊和卵细胞等。植物生长发育子本体描述植物生长过程所包含的术语及其之间的关系，如营养生长阶段、秧苗期和拔节期等。这两个子本体既相互独立又具有自上而下，从整体到局部的关系，反映了植物全生命周期所涉及的各种概念及其关联。术语语义之间主要有三种关系：is a、part of 和 derived-from，其中 is a 表示父子类的关系，part of 表示整体和局部的关系，derived-from 表示发展来源关系。

以根（root）为检索词，检索得到该术语部分语义结构关系见图 1 所示。从图中可以看出，根是一种器官（PO:0009008），根毛（PO:0000256）是根的组成部分，由生毛细胞（PO:0000262）发展而来。植物本体的概念之间不是一种简单的上下类关系，可以更多地揭示术语语义之间的隐含关系。

2.2 基因本体（gene ontology，GO）

基因本体是基因本体联合会（Gene Ontology Consortium）创建的数据库，目的是建立一套结构化定义和精确化描述基因和蛋白质功能的语义词汇标准，该标准对各种物种具有普遍适用性，并且将随着研究的进展而不断得到修订[4]。项目最初是由果蝇数据库（FlyBase），酵母基因组数据库（the Saccharomyces Genome Database，SGD）和小鼠基因组数据库（the Mouse Genome Informatics，MGI）三个数据库发展而成，随后基本本体不断扩大，现在已经

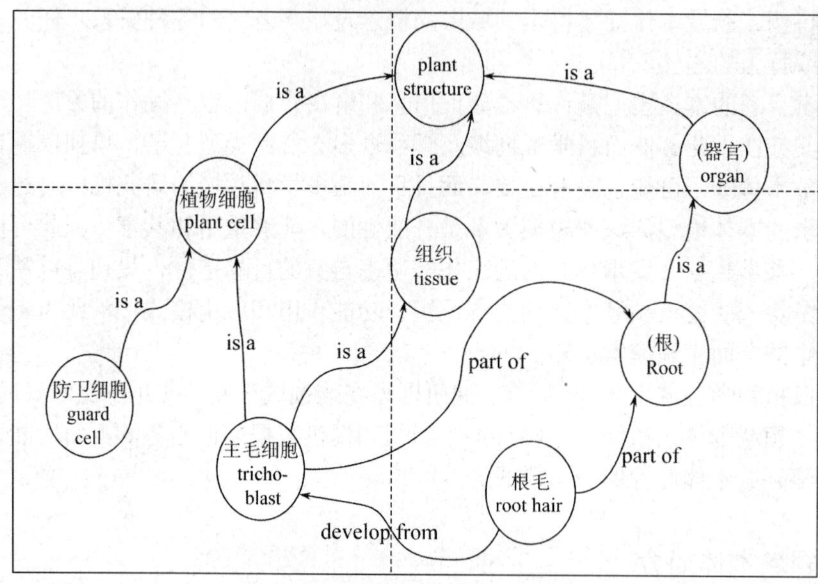

图 1 根在植物本体语义关系图

包含数十个动物、植物和微生物的数据。

基因本体由三个相互独立的子本体构成：细胞组件（cellular component）、分子功能（molecular function）和生物学过程（biological process），本体中定义的术语与具体物种无关。其中，细胞组件描述基因产物位于何种细胞器或基因产物组中（核糖体，蛋白酶体等），即基因产物在哪些地方起作用。分子功能描述基因产物在个体分子生物学上的活性，即基因产物发挥哪些作用，如催化活性，结合活性。生物学过程描述分子功能直接参与了哪些生物过程，如有丝分裂或嘌呤代谢等。三个子本体在理论上相互独立性，一个基因产物可能分别具有分子生物学上的功能、生物学途径和在细胞中的组件作用；在使用中存在流程关系，利用本体术语注解基因产物时，最先考虑其所属细胞组件，其次是其在分子水平上所行使的功能，最后是该分子功能直接参与的生物过程，这样就构成一个基因产物的完整描述。基因本体术语的语义之间主要有三种关系：is a、part of 和 regulates，其中 is a 表示父子类的关系，part of 表示整体和局部的关系，regulates 表示调节控制关系。

以术语细胞周期（cell cycle）为检索词，在基因本体系统平台检索得到该词的语义关系见图 2 所示。由图中可看出，细胞周期与减数分裂细胞周期（GO:0022402）和有丝分裂细胞周期（GO:0051321）两个术语之间存在父子关系；同时细胞周期还受到负调节细胞周期（GO:0045786），积极调控细胞周期（GO:0045787）等生物过程的调节控制。通过术语的定义以及它们之间的语义关联，基因本体能够有效描述有机生物体中基因和基因产物如何在细胞环境中发挥作用。

2.3 性状本体（trait ontology，TO）

目前建设比较成熟的性状本体是水稻性状本体，水稻性状本体内容涉及水稻各类表型性状概括的术语及术语之间丰富的语义关系。该性状本体最初是在一个水稻标准评估系统项目基础上整理而成，描述了一个处于成长期或成熟期个体可辨别的特征、特性品质和表型等方

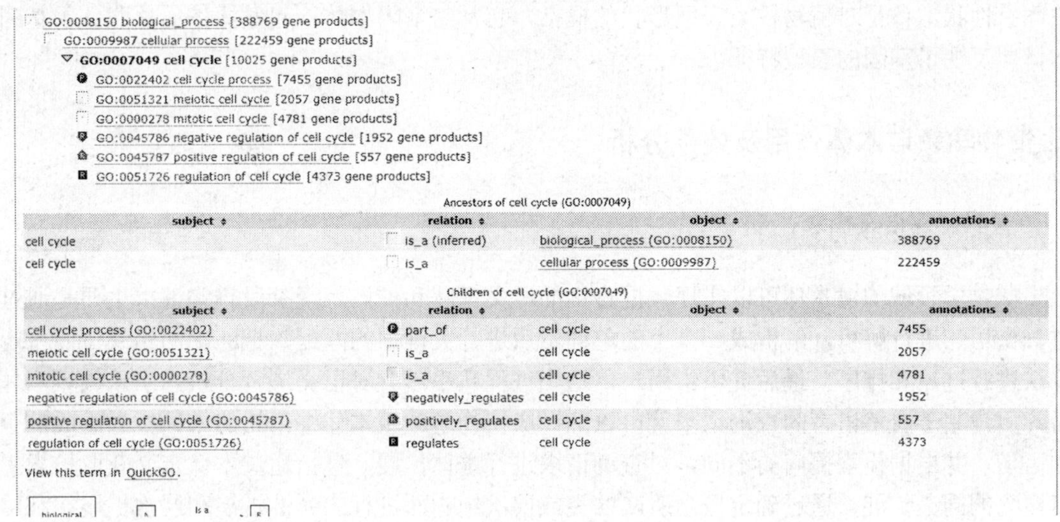

图 2 细胞周期在基因本体中语义关系图

面的性状[5]。

从内容上看，性状本体由抗性性状、品质性状、农艺性状、产量性状、生长发育相关性状等部分组成，可分成后天形成的性状和先天遗传的性状两大类。其中，后天形成性状主要是与植物生长的地理条件、环境特点或生理学条件变化有关，如生理学性状（physiological trait）是对环境因素（温度、光照和养分等）的一种反应；发展性状（development trait）与植物个体经受的时空变化有关。先天遗传性状包括植物整体相关性状和植物器官相关性状两种情况。性状本体术语之间的关系与植物本体及基因本体类似，主要有 is a，part of 两种。

以术语株高（plant height）为例，在性状本体检索系统检索得到该词的语义关系见图 3。由图中可以看出，株高与播种高度（TO:0000019）和茎高（TO:0000576）两个术语存在父子

Ontology Search
Find: TO 0000207
Ontology Type: Trait (TO)
Options: Exact Match Include Obsolete Terms
E.g. flower or TO:0000303

Annotation Search
Find:
Annotation Type: All Object Types
Options: Exact Match
E.g. dt or waxy

Trait Term "plant height" (TO:0000207)

Term Name	plant height
Term Accession	TO:0000207
Aspect	Trait
Synonyms (3)	Ht, PTHT, shoot height
Definition	Actual measurement of plant height from soil surface to the highest point in plant as identified in the study
Comment	None

Derivation

- all (all) #692277
  - [i] trait ontology (TO:0000387) #14055
    - [i] anatomy and morphology related trait (TO:0000017) #5722
      - [i] shoot anatomy and morphology trait (TO:0000077) #4539
        - [i] plant height (TO:0000207) #1630
          - [i] seedling height (TO:0000019) #1
          - [p] stem length (TO:0000576) #242
          - [i] plant height uniformity (TO:0001003) #5
          - [i] relative plant height (TO:0001034) #0
    - [i] stature or vigor trait (TO:0000133) #1853
      - [i] height related trait (TO:0000171) #1630
        - [i] plant height (TO:0000207) #1630
          - [i] seedling height (TO:0000019) #1
          - [p] stem length (TO:0000576) #242
          - [i] plant height uniformity (TO:0001003) #5
          - [i] relative plant height (TO:0001034) #0

Database Cross-References (0)

图 3 株高在性状本体中语义关系图

关系。性状本体是对植物各类表型形状的概括，它常与基因本体一起发挥作用并服务于基因本体，反映了基因的表型特征。

3. 植物学领域本体作用及效果分析

3.1 实现智能语义检索

植物学领域构建本体可以实现数据查询的语义理解和扩展。现阶段查询请求主要是通过对查询语句进行解析，解析成一个个的单词然后进行关键词的匹配，把匹配的结果按照一定算法进行过滤和排序，最后提供给用户，这个过程几乎没有对语义进行分析。引入领域本体后，用户基于自然语言的查询请求就可以翻译成植物学领域本体中公认的术语概念组成的查询语句，并根据检索提问的不同，对查询请求进行本体扩展，包括通过本体定义获取检索提问概念的同义扩展、通过确定概念所属的类或层次结构而进行的属性扩展和层次扩展、利用本体中定义的公理和规则获得丰富语义信息的公理扩展和规则扩展等[6]。此外，通过本体映射和互操作还可以实现不同领域中相关主题和不同语言的检索。

用户输入检索词以后，检索提问经过本体扩展和推理，得到语义丰富的关键词列表，用户再根据这些扩展后的关键词组，进一步明确检索需求以提高查全率和查准率，在一定程度上实现了智能语义检索。

3.2 增加语义分类导航

植物学领域构建本体可以实现语义分类导航。领域本体是领域中共同认可的概念及概念之间的关系形式化描述说明。基于语义理解和语义关联，利用领域本体对数据库的内容进行规范化描述和分类，建立同一个领域内数据和数据之间的联系，各种数据库就能够实现依据统一的语义分类关系实现数据库之间的整合和共享。

语义分类导航作为知识组织的方式之一，比传统的学科分类导航或主题词分类导航具有更强的逻辑性和语义分析能力，用户只要点击一个复杂的本体术语词，语义导航就会展开这个概念所用到的所有上位词和下位词，而且概念之间存在丰富的语义关系，能够有效引导用户的检索和查询需求。

3.3 提升数据增值服务

植物学领域构建本体可以提升数据增值服务。通过领域本体中概念与概念之间丰富的关联关系，并基于本体包含的规则进行逻辑推理，深度分析和挖掘数据内部隐含的语义知识关联，由一个知识点就可以扩展到相关的知识点，并最终形成整个领域，甚至跨领域的知识网络，实现数据更高层次的增值服务——这也是本体的目标：将分散的数据转换成实用的知识。

基于本体语义构建的系统平台能够对检索结果所隐含的知识关联进行有效分析，让用户基于一次查询就能快捷获取增值服务的体验。用户如果查询一篇文章，平台的语义统计功能就能提供与这篇文献相关的各种统计结果，包括作者、期刊、研究机构、相关研究趋势等额外信息，带给用户新的研究视角。

4. 植物学领域引入本体模式探索

4.1 利用植物学领域本体实现更高层面的数据服务

植物领域本体确定该领域内共同认可的词汇，并给出这些词汇和词汇之间相互关系的明确定义，可提供植物领域的一种共识，有利于大家对该领域知识的共同理解。本体除了具有一般词表的特征外，还具有更重要的一个特点，就是基于规则的逻辑推理，具备高级推理的本体系统才能真正实现语义网智能服务，符合用户对本体的定位和期望。在植物学领域引入本体，以它所定义的逻辑推理和规则为基础，构建数据之间隐含的语义关系，满足具体的应用需求。

以性状本体、植物本体和基因本体为例，这三个本体不是孤立存在的，它们互相补充，共同反映了植物从表型数据到基因型数据的多层结构关系。植物本体和性状本体都服务于基因本体，植物本体反映的是植物基因表达或突变的时空特征，性状本体则反映了植物基因的表型特征，如水稻“绿色革命基因”，表型上它是“株高”（TO：0000207）的一个实例，产生的原因是在水稻分蘖拔节期“茎秆”（PO：0009047）中“赤霉素的生物合成”（GO：0009686）受阻，从而“细胞分裂和伸长”（GO：0051301；GO：0009826）受抑制，株高矮化，控制过程的关键基因是“GA20 氧化酶基因”（GO：0045544 ）[7]。这样，植物相关本体中的多个概念术语之间基于不同的应用需求就建立了关联，指导植物学领域实现更高层次的数据管理和整合服务。

4.2 利用植物学本体实现植物数据语义抽取

植物学研究领域现存大量志书数据和性状描述数据，这些数据往往以文本格式记录和存储，语义表达性比较差，机器难以理解，阻止了研究者对这些语义隐含数据做进一步的整合和利用。目前针对植物名称、植物性状表述、植物形态解剖学、植物生长发育过程、植物分布地点和植物基因产物注释等相关本体已先后建立，这使得基于本体模型对植物学数据进行语义内容分析具备了良好的基础，利用本体分析植物学领域大量描述性数据的语义内涵，对植物数据隐含的知识进行深入挖掘，实现植物数据的语义抽取，能够更好地满足用户需求。

5. 结束语

构建领域本体对解决科学数据异构，实现数据库之间的互操作具有重要意义，领域本体在智能语义检索、语义分类导航、数据增值服务、异构数据整合和数据文献关联等诸多方面都能发挥作用。下一步工作计划结合植物学领域项目的实际应用，建立基于本体的植物数据语义分析系统，以本体技术为依托解决植物数据库整合问题。具体包括对植物本体、基因本体和性状本体三个领域本体的内容深入研究和分析，掌握这些本体的描述语言、存储格式、查询语言、建构平台、应用领域和缺陷不足等全面的信息；选择计划整合的植物数据库系统，构建各数据库与领域本体之间的映射，这样，领域本体与植物数据库的条目就建立了关联，并通过自动标引技术实现基于本体的数据库内容注释。在领域本体与各数据库的映射表中很容易找到用同一个本体术语注释的不同数据库条目，这些条目因为都被同一个术语注释而具有相同或相似的语义，这就在一定程度上解决了语义异构所带来的数据库整合集成的复杂和困难，为基于本体模型的数据库语义分析探索新的途径。

参考文献

[1] 刘炜, 李大玲, 夏翠娟. 基于本体的元数据应用.图书馆杂志, 2004. http://hdl.handle.net/1076016074.

[2] http://www.w3.org/DesignIssues/Semantic.html.

[3] PankajJaiswal, ShulamitAvraham, KaticaIlic. Plant Ontology (PO): a cont rolled vocabulary of plant structures and growth stages. Comparative and Functional Genomics, 2005, 6: 388–397.

[4] The Gene Ontology Consortium. Gene Ontology: tool for theunification of biology. Nature Genetics, 2000, 25:25-29.

[5] Jaiswal P, Ware D, Ni J. Gramene: development and integration of trait and gene ontologies for rice. Comparative and Functional Genomics, 2002, 3: 132–136.

[6] 戴维民. 语义网信息组织技术与方法. 上海：学林出版社, 2008.

[7] 鄂志国, 虞国平, 王磊. 水稻生物学本体的构建.中国稻米, 2009, 5:52-54.

Thinking and Exploration of Scientific Data Domain Ontology

Zhu Yanhua, Hu Lianglin, Liu Ning

（Computer Network Information Center of CAS, Beijing 100190, China）

Abstract Semantic Web technology is a useful exploration to achieve interoperability of heterogeneous database systems. As an important technology of semantic Web, ontology is an explicit specification of a conceptualization. Building a scientific and rational ontology model is critical on computer information processing and data content interoperability. This paper outlines ontology's concepts and its classification system, discusses the significance of domain ontology in scientific databases system, and gives a survey on Plant Ontology, Gene Ontology and Trait Ontology in the botany field. The paper mainly analyses the role of domain ontology and explores two application modes of ontology in the botany field.

Key words scientific data; domain ontology; botany field

文献数据库及全文检索技术

中国化学文献自动标引方法及其应用研究

赵英莉　陈维明

（中国科学院上海有机化学研究所　上海　200032）

摘　要　本文首先对中国化学文献数据库现状做了简要介绍，阐述了建设文献自动标引系统的意义。通过对自动标引方法的研究和对汉语自动标引难点的分析，对中国化学文献数据库自动标引的可行性进行了探讨；提出了建设中国化学文献自动标引系统的研究方法和总体设计；最后总结了系统可能存在的问题和应用前景。

关键词　中国化学文献；自动标引

1. 引言

中国科学院上海有机化学研究所的中国化学文献数据库起步于1983年，是国内化学领域最早建设的数据库之一，发展至今已有近30年的历史，收集了1983年以来中国科技人员在国内外发表的化学、化工及相关专业的论文、专利等共50多万条数据，部分文献还收录了一些具体数据，如文献中的化合物、图表、实验数据等。在中科院相关项目的长期支持下不断发展，技术上比较成熟，数据加工比较深入。

文献标引是文献数据库建设中的一个重要组成部分。文献标引质量直接影响着文献数据库的检索效果，因为通过标引，能编制出有效的索引，而索引的编制是文献数据库检索的基础。目前，随着计算机自动标引、自动抽词技术的完善和提高，文献标引工作可以部分由计算机来完成。由于汉字切词技术的限制，中文文献的自动标引技术目前仍不完善，现在仍采用人工标引为主，机器标引为辅的方法。人工标引存在工作量大、效率低下等缺点，开展自动标引研究是一项非常重要而紧迫的任务。

中国化学文献数据库的标引有分类标引与主题标引两个部分。分类标引依据中图分类法制订中国化学文献的分类类目，用于支持中国化学文献数据的分类标引。主题标引依据已有的《中国化学主题词表》进行加工。《中国化学主题词表》现有10万多条主题词，运用规范词、同义词与近义词的关系，结合化学文献的特点，从研究对象、研究方法、学科范畴等多角度进行深度标引。目前，中国化学文献的主题标引基本上是手工标引，据国外统计，在整个情报检索系统中，人工标引的费用约占总运行费用的75%以上。因此，计算机出现以后，人们就开始探索用计算机来对文献进行标引，即自动标引。

本论文受到中国科学院信息化专项项目、国家科技基础条件平台项目、上海市科委研发公共服务平台项目的资助。

2. 自动标引方法研究

1957 年，美国情报学家 Luhn 开始了自动标引的研究工作[1]，到目前为止，自动标引已经取得了很大进展，许多算法已经达到或接近实用[2]。

现有研究主要从图书情报领域、语言学领域和人工智能领域三个方面对自动标引开展[3]。图书情报领域主要从资源构建角度进行研究，为主题标引提供了丰富的词表资源。语言学领域从语言分析的角度研究了主题提取的机制与方法，利用词法知识、句法知识、语法知识以及篇章知识进行不同层次的主题提取研究。人工智能领域主要从机器学习角度对自动标引进行了大量的研究。图 1 是自动标引研究路线图，这三个领域分别从两个纬度对自动标引进行研究，即自动化纬度和知识复杂纬度。自动化纬度先后经历人工标引、机器辅助标引、自动标引等阶段；知识复杂纬度，先后经历字、词、短语、语块、句法、语义、篇章结构等不同颗粒度的知识处理阶段[3]。

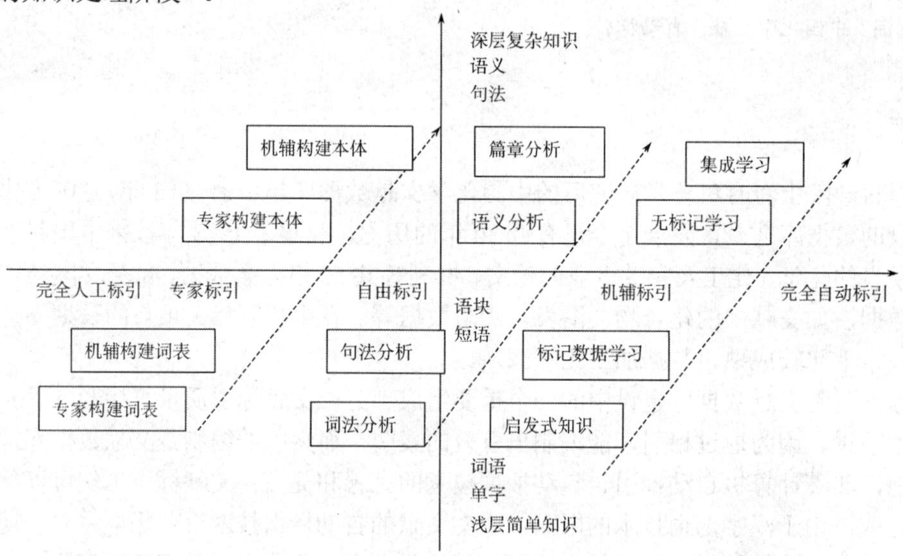

图 1　自动标引研究路线图

2.1　英文文献自动标引常用方法

所谓文献自动标引，是指利用计算机从各种文献中自动提取相关标识引导的过程[4]。英文文献自动标引采用的主要方法有：统计标引法、语义分词法、人工智能法[5]。

统计标引法包括词频统计标引法、加权统计标引法等类型。

（1）词频统计标引法的主要思想是，词在文献中的出现频率是该词对该篇文献重要性的有效测度指标，文献中只有词频介于高频和低频之间的那部分词汇才最适合用作标引词。词频统计标引法的实现过程为：

① 给定 m 篇文献组成的一个集合，计算第 k 个词在第 i 篇文献的发生频率 f_{ik}；

② 确定该词在整个文献集上的发生频率 $f_k=\sum_{i=1}^{m} f_{ik}$ ；

③ 按 f_k 的大小将词降序排列，确定上截止阈值和下截止阈值，并去掉 f_k 大于上截止阈值

和 f_k 小于下截止阈值的词；

④ 将剩余的中频词用于文献标引。

（2）加权统计标引法一般包括位置加权法、相对加权法两种。

语义分词法是通过从语法角度来确定句子中每个词的作用（比如，是主语还是谓语）以及词与词之间的相互关系（比如，是修饰关系还是被修饰关系）来实现的。

人工智能法又称理解分词法，它专门研究怎样用机器来理解和模拟人类特有的智能系统的活动，探索人们如何运用已有的知识、经验和技能去解决实际问题。

2.2 汉语自动标引常用方法

我国对中文信息自动标引和处理的研究起步于 20 世纪 70 年代中期，主要是基于字符串匹配的分词方法。常用的有如下方法：

（1）词典标引法[5]。词典标引法的基本原理是首先构造一个机内词典（主要有主题词词典、关键词词典、部件词典等类型），然后设计相应的算法并用文献数据去匹配词典，若匹配成功则将其抽出作为标引文献的标引词。

（2）切分标记法[5]。切分标记法的基本思想是将能够断开句子或者表示汉字之间联系的汉字集合组成切分标记机内字典并输入到计算机中。切分标记法的主要优点是它利用字典实现自动标引，无需构造用于自动标引的专门词典。

（3）统计标引法[5]。统计标引法采用加权统计的方法确定标引词，包括单汉字标引法、语法语义分析标引法、专家系统标引法、人工智能等。

汉语文献自动标引专家系统[5]是以汉语语义理解为特征的自动标引系统，其基本原理是以现有的汉语专业主题词表为基础，构建概念语义网络，根据一定的抽词规则、标引规则以及专门知识，对所处理的素材进行分析、判断、选择，并最终确定标引主题词。

2.3 汉语文献自动标引的技术难点

汉语文献自动标引与西文文献的自动标引在实现方法上没有本质区别。然而，由于汉语的词语之间既无空格，又无特殊的间隔标志，这就给汉语文献的自动标引带来了特殊障碍。为了抽词必须对汉语文本进行切分，即要用计算机自动地从汉字文本信息中切分出有语法意义的词语。不解决好这一问题，即使是汉语自由词的自动标引也难以圆满实现。所以，汉语文献自动标引的技术难点在于汉语语词的自动切分和自动抽词[6]。如果能突破这一“瓶颈”，那么中文信息的自动处理就会迎刃而解。自 20 世纪 80 年代起，国内有关专家学者对中文计算机自动分词进行了长期的研究，提出了许多自动分词方法，综合采用多种分词技术已成为大家的共识[7]。

自动标引的研究虽然已有近 50 年的历史，但是绝大多数的自动标引系统始终未能走出实验室的大门，投入使用。正如张琪玉的比喻：“自动标引系统的研制在某种意义上恰似机械鸟的制造，经过四分之一世纪的试验，有些外貌开始像鸟，有些能够模仿几声鸟鸣，有些能扑打一番翅膀，但至今还没有一只会飞会鸣[8]。”

总之，由于计算机还不能像标引人员一样进行主题分析、概念提取和选择主题词的工作，在当前分词技术和智能型全自动标引技术尚未成熟的情况下，计算机辅助标引方式成为提高工作效率，加快数据库建设速度的一种实用方法。

3. 中国化学文献数据库自动标引的可行性分析

目前，中国化学文献数据库基本采用手工标引的方式。数据库的标引分为分类标引与主题标引两个部分。分类标引依据中图分类法和中国化学文献分类目录表；中英文主题标引主要依据已有的《中国化学主题词表》进行加工。

综合考虑各种分词技术和方法的实用性、效率、质量，以及当前计算机技术的发展水平，中国化学文献自动标引系统考虑采用词典标引法，主要原因如下：

（1）已标引化学化工数据具有相当大的规模。中国化学文献数据库目前汇集了一些经验丰富的标引员，积累了自 1983 年以来的 50 余万条标引数据，已经形成了一个相当规模的机内词典，能基本满足抽词词典的需要。

（2）词典切分法技术稳定。目前，中文自动标引的方法众多，使用比重最大的是词典切分法。相比较其他分词算法,词典切分法的技术比较成熟、稳定，分词效率也较高。

（3）词典收录语词数量达到一定规模，目前化学主题词词典达到近 10 余万条数据。

（4）符合现有的标引原则。中国化学文献数据库标引的依据是《中国化学主题词表》和中国化学文献数据库分类目录。

3.1 化学文献词典建设

词典对自动标引质量有很大影响，是自动标引系统不可缺少的基础条件。正如张琪玉所说[9]：近 20 年来，我国学者对汉语自动分词技术提出了不少解决方案，有些还通过了鉴定，但见于实际应用的并不多，这并不是说这些方法经不起实践考验，而主要是因为系统半途而废。因为只有软件而不编制词表，事情只完成了很少的一部分，因为编制词表要比编制软件需要许多倍的工作量。缺乏词表已成为自动标引技术难以普及的主要原因。当前迫切需要大量编制汉语自动标引词表。对化学文献来说，除了《中国化学主题词表》是专家精心编制的以外，其他的词表都是要从头开始建设，以此为计算机自动标引打下基础。

本系统词表的构建，除了选用《中国化学主题词表》之外，还选取近 5 年来文献标引数据 23 万条记录，将标引的大概 6 万余条自由词加入到主题词表中，作为标引的依据。

3.2 算法的选择

目前比较成熟的分词算法之一是最大匹配法（maximum matching method，MM），又称最长匹配法，其评价原则是“长词优先”。

该方法假定抽词词典中最大词长为 n，从文本的第一个字符开始，向后组成词长为 n 的匹配字段，若该匹配字段与抽词词典匹配成功，则将该字段作为标引词；若匹配失败，则舍去该匹配字段的最后一个字符，继续与抽词词典匹配，直到匹配字段仅剩下首字符，从而完成了一轮匹配。再接着从文本的下一个字符重复上述步骤，直到文本所有字符都遍历结束。但是，这种算法首先要解决好句子的切分、分词问题，目前汉语分词技术无法实用化的情况下，自动标引系统需要回避汉语分词的一些技术难点，应该转向词典标引技术的研究，可以考虑利用各种词表来解决自动标引系统中赋词问题，提高自动标引的质量。

本系统采用词表标引法，同时采用长词优先的原则，即先使用词典中的长词与标题、文摘字段的数据匹配，如果匹配成功，将标引词抽出，加入到标引字段。

3.3 中国化学文献数据库自动标引系统的流程设计

根据上面的设想，系统的总体设计如图 2 所示。

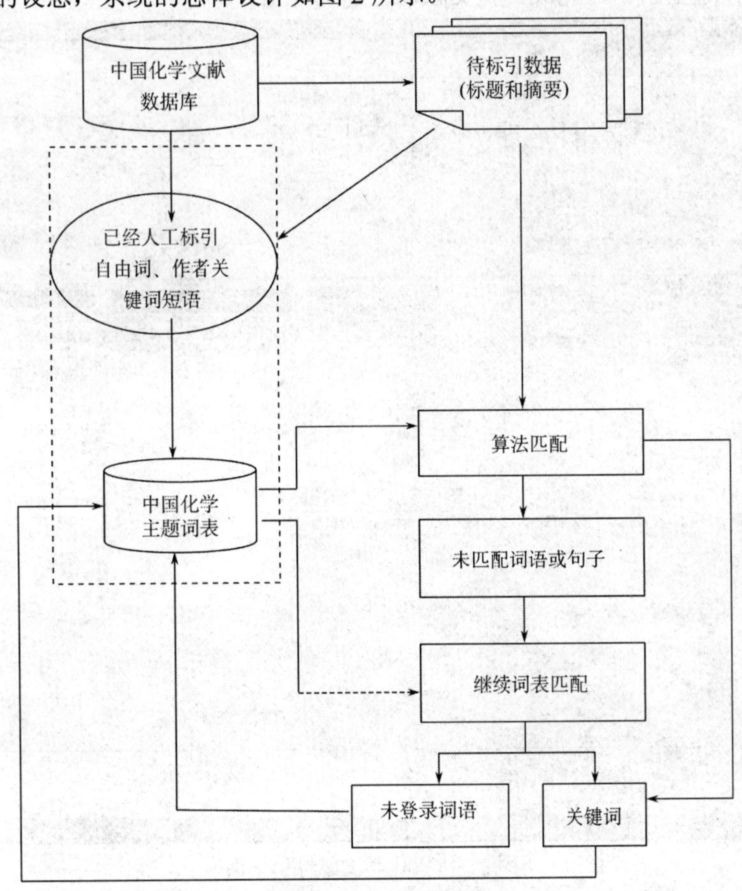

图 2 自动标引流程图

3.4 数据处理过程

由于中国化学文献数据库是文摘数据库，没有全文，所以标引数据源为文献的标题、关键词和摘要。将化学主题词分别与文献的标题、摘要和关键词表匹配，匹配后有三种词：

（1）与化学主题词表匹配的词，放入相应的标引记录。

（2）与化学主题词表不匹配，但与记录的关键词匹配的词，放入标引记录。

（3）既不与化学主题词表匹配，又不与化学关键词表匹配的词，不做标引记录。

这些词都将在界面中列出来，为标引人员标引正式主题词提供参考。最后，标引人员修改候选主题词，更新化学文摘数据库，完成一篇文献的主题词标引。同时标引人员检查标引过的字段，如果在文摘中出现未标引字段，可以将其标记后加入标引字段。图 3 是标引界面。

3.5 适于全文数据库

由于系统中中国化学文献数据库是文摘数据库，没有全文，所以标引数据源选取了文献的标题、关键词和摘要。目前，网上的信息资源日益丰富，进行人工标引越来越困难，因而利用计算机进行文献自动标引的需求也越来越迫切。对全文的自动标引也可以采用上面文摘库的标引方法，将文章内容在界面中列出来，为标引人员标引正式主题词提供参考。最后，标引人员修改候选主题词，完成一篇文献的主题词标引。

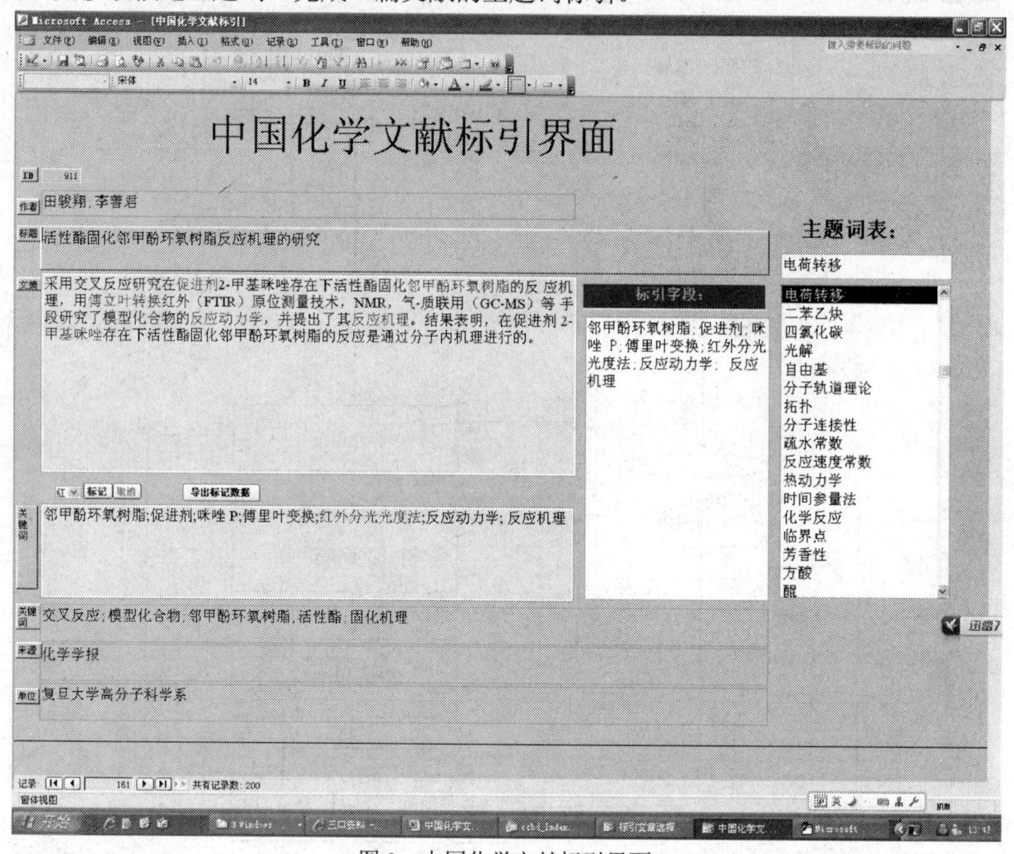

图 3 中国化学文献标引界面

4. 问题与展望

本文建立的自动标引系统，只是按照当前数据库标引的需要，将计算机具有的自动、快速处理数据的功能和人脑的智能结合起来，标引的结果需要人工修改，化学主题词库的新词添加由人来实现，并没有实现真正意义上的全自动标引。要提高标引的效率，就需要进一步深入地研究化学学科自身的特点，将自动标引和面向学科的知识发现功能相结合，实现更高层次的科学数据关联化、可视化的系统的开发。

汉语分词是中文信息处理的基础，也是中文自动标引中的“瓶颈”问题，因而，中文自动标引系统的提高，依赖于汉语自动分词技术的发展；依赖于对汉语的语词结构、句结构、语义等语言知识的深入系统的研究；依赖于对语言与思维的本质的揭示；同时，在很大程度上还寄希望于人工智能技术的突破。相信在不久的将来，随着相关领域知识的研究越来越成熟，未来的中文全文检索将最终达到真正的语义、语用、语境层次的智能信息检索，检索结果更加全面和准确。

参考文献

[1] Luhn H P. A statistical approach to mechanized encoding and searching of literary information. IBM Journam of Research and Development. 1957, 1(4), 309-317.

[2] 马张华. 论自动标引的实际应用. 图书情报工作. 2003, (2), 48-51.

[3] 章成志. 自动标引研究的回顾与展望. 现代图书情报技术, 2007 (11): 33-39.

[4] 张双圈, 周拴龙. 汉字信息处理三十年. 现代图书情报技术, 1994 (3): 53.

[5] 张敏. 生物学文献的自动标引系统的研究与开发[硕士学位论文]. 上海：华东大学, 2006.

[6] 杨建林. 中文自动文献系统研究. 情报学报, 2001, 4(20): 461-463.

[7] 文庭孝, 邱均平, 侯经川. 汉语自动分词研究展望. 现代图书情报技术, 2004 (7): 6-10.

[8] 张琪玉. 情报检索语言的发展趋势//张琪玉情报语言学论文集. 北京：北京图书馆出版社, 1999, 119.

[9] 张琪玉. 积极为自然语言与情报检索语言的结合创造条件 — 建议大量编制自然语言词表. 图书馆杂志. 1999, (9): 7-9.

Study on the Automatic Indexing Method and Application of Chinese Chemistry Document

Zhao Yingli, Chen Weiming

(Shanghai Institute of Organic Chemistry, Chinese Academy of Sciences, Shanghai 200032, China)

Abstracts This paper introduced the current situation of Chinese Chemistry Bibliographic Database and describes the significance to develop automatic indexing due to the large amount of work load and low efficiency in the process of manual indexing of chemistry document. We discussed the feasibility about the automatic indexing on Chinese Chemistry Bibliographic Database by conducting study on automatic indexing method and difficulty analysis of Chinese document automatic indexing. We proposed the overall design and research method of the automatic indexing system of the Chinese chemistry document. Issues and future research topics related to automatic indexing are discussed.

Key words Chinese chemistry document; automatic indexing

CSMR面向生物资源类文献的生物资源信息采集与引用挖掘平台

苏晓林[1,2]　马俊才[2]　刘　翟[2]　孙清岚[2]

（1.中国科学院计算机网络信息中心　北京　100190;
2. 中国科学院微生物研究所网络信息中心　北京　100101）

摘　要　CSMR（Citations Statistics of Microbial Resources）是一个利用搜索引擎（文本挖掘等信息技术），对生物资源类文献进行信息采集、数据整理和引用关系挖掘的 Web 平台。该平台建立起关于生物领域资源类文献的元数据信息库以及全文库，并在此基础上，挖掘出生物领域资源类文献对生物资源的引用信息。

关键词　爬虫；搜索引擎；文本挖掘；生物信息

生物领域的文献中无论是关于实验的说明还是关于成果的描述，都会提及诸多生物资源。因此对生物资源类文献的分析，无论是对已有成果的评价还是对未来科研工作的选材都有很大的帮助。随着信息技术的不断进步，有很多新的技术可以应用于其他科研领域中，生物资源研究便是其中之一。搜索引擎（search engine）、文本挖掘（text mining）都是近年来信息技术领域的热门技术，那么把它们应用到生物资源类文献的采集与分析上具有诸多意义。

1. 项目目标

1.1　生物资源类文献元数据与全文库建立

利用已经收集获取的文献信息和资源，并对这些文献信息和资源进行整合（integration）是一个颇有意义的工作。这不但能够使得信息更加完整与丰富，而且在排除错误和减少冗余方面也起到了很大作用。全面准确的信息是进行研究的必要前提。本课题的完成，其成果之一便是建立起关于生物领域资源类文献的元数据信息库以及全文库，且在信息采集这一技术上也为其他领域的研究工作提供了可借鉴的方式。

1.2　对文本数据进行分析并形成结构化数据

生物资源类文献的数据结构十分自然，没有规范化的便于计算机分析的模式，而已有的数据挖掘、信息分析技术大都是采用基于结构化数据库的方法，很少有能力处理非结构化的文本数据。所以在非结构化的文本数据中进行信息挖掘也成了数据挖掘技术本身的一个难点。对这一问题的解决，将使得数据挖掘领域已有的高效算法，应用于更大的数据范围，因此我们尝试使用文本数据结构化的方法来解决这个问题。

1.3 在信息分析工作上为生物学研究提供辅助

对资源、数据、信息等进行采集、整理、分析是我们工作的基础。在此基础上，从技术层面上帮助生物学家对这些信息进行判定和挖掘并为菌种保藏中心和科研机构提供帮助是本课题的一个重要目的。与此同时，通过生物学家的反馈信息，也进一步地改善了该挖掘过程的准确性。

1.4 对菌种保藏中心的贡献价值进行评估

菌种保藏中心（culture collection）的菌种资源为生物领域研究做出了巨大贡献。目前世界上现存菌种的质量与数量都达到了前所未有的新水平，而且在生物学实验与工业应用中起到了很大的作用。作为菌种的保藏部门，菌种保藏中心是生物学中各项科研工作的重要支撑机构。那么通过对文献、会议录、专利、基因组元数据，基因序列元数据等信息的收集，继而对其中涉及的菌种的引用情况进行分析（analysis）、挖掘和统计（statistic），就成了对菌种保藏中心进行评价的有力方法。

2. 研究环境与条件

在信息技术方面，计算机领域关于文本挖掘的技术已经比较成熟，不论是理论体系、功能描述还是算法设计都已经十分完善。作为交叉领域的研究主要是实现技术上的应用，与此同时对文本挖掘技术在细节方面提供更多的改进。如理论的完善、应用范围的扩大、算法的细化实现等。

生物资源类文献作为信息挖掘的对象，提供了十分丰厚的数据。由于中国近年来在科研领域上的投资不断加大，也使得我们可使用的资源日益丰富。这就使国内的科研学者们能够更方便、更直接地获取国际上最新的研究进展与实验成果。除了获得国际各生物学研究组织的生物信息外，我们也得到了各大论文库的访问权限，这就为我们进一步的综合统计提供了基础。这些条件都使得我们有条件建立起一个相对完整的生物资源类文献元数据库和生物资源类文献全文库。

2.1 对可用生物资源类文献元数据资源的调研

Medline 作为生物学领域的文献库，存储了最为全面的生物学文献的元数据。而它的电子版 PubMed 在保证数据完整性的同时，提供了诸多安全可用的信息接口。所以从 PubMed 上下载半结构化的 XML 数据，是我们用来校验本地文献元数据的有力资源（见图 1）。Google Scholar、Highwire、Scirus、Metapress 和 ISI 等都是检索文献常用的检索引擎。可以通过这些检索引擎获得更多的冗余度较高的元数据信息（见图 1）。

各大电子出版商如 ScienceDirect、SpringerLink、Blackwell-Synergy、Wiley、OUP

Journals、Jstor 等的服务网站（见图 2）也提供了文件目录式的浏览功能与针对关键词和主题名词的检索功能。通过这些渠道得到的数据格式不统一，所以后期需要对信息格式进行对称处理。

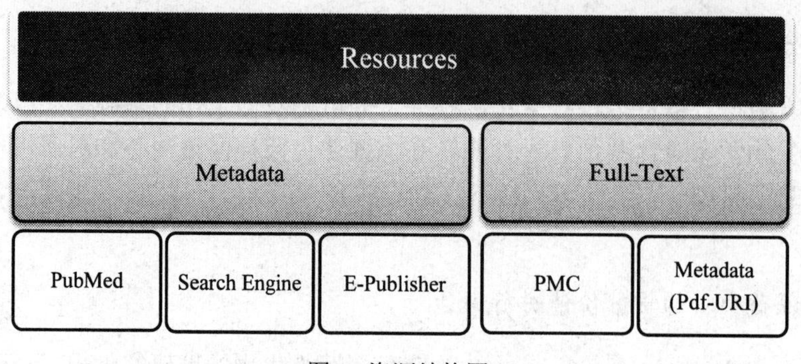

图 1 资源结构图

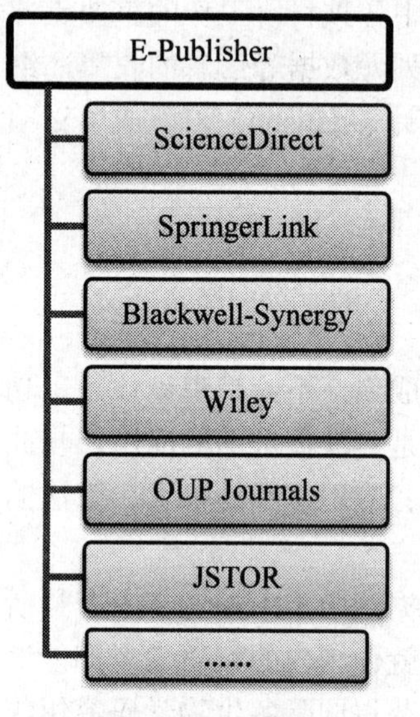

图 2 电子出版商

2.2 对可用生物资源类文献全文资源的调研

以上三个渠道为我们提供了不同形式的生物资源类文献元数据，形成了建立生物资源类文献元数据信息库的数据基础，与此同时它们也部分的提供了全文浏览和下载功能。

PMC（PubMed Central）是 PubMed 的一个子库，它提供与 PubMed 的数据相一致的元数据，并且提供全文的下载接口。这些全文覆盖的范围全面且可以许可用户免费浏览与使用。所以这一资源成了我们建立生物资源类文献全文库的主要来源（见图 1）。

通过 Google Scholar、Highwire、Scirus、Metapress 和 ISI 等检索引擎搜索的结果页面本身并没有太详细的信息，但是检索结构页面提供了跳转至各原始网站的链接。我们将这些链接作为该文献记录的一项元数据信息存入元数据信息库中。通过对链接目标页面的分析，我们可以得到一定数量的全文资源。为扩展全文库提供了大量的资源（见图 1）。

中国科学院微生物所可用杂志共有 4257 种（通过中国科学院图书情报中心获得），它们被 75 家电子出版商生成电子版杂志。其中，ScienceDirect(1597)、SpringerLink(1373)、Blackwell-Synergy(357)、Wiley(234)、OUP Journals(138)、JSTOR(94)等六家电子出版商（见图 2），涵盖了生物学领域的主要期刊杂志，所以本平台选择以这些资源网站做为系统的主要文献扩展来源。通过从各电子出版商的检索引擎获取文献信息的同时，也会获取全文 PDF 的浏览路径，本系统会将这些信息会存储在元数据信息库中，作为该文献记录的一项元数据信息；而后再利用这个路径，将全文下载至本地文件系统，进而丰富了文献全文库（见图 1）。

3. 数据范围的确定，资源的获取与存储

通过以上三种途径，我们获取了构建生物资源类文献元数据信息库和全文库的大部分数据。数据的获取采用三种方式：①由于 Pubmed 和 PMC 在 Web 服务器上开放了提供远程 XML 下载的 CGI 结构，所以我们应用本地 Perl 脚本编写了连接远程 CGI 接口与本地文件系统的程序，批量下载这些元数据（见图 3）。②电子出版商由于其内容具有一定的逻辑结构，大部分采用卷、期的格式用目录的方式存储文献，在这里我们使用 Shell 编写了应用 Get 工具的脚本用 HTTP 的通信模式获取 HTML 目录或者 PDF 文本（见图 3）。在这其中可能需要经过几次跳转，所以面对不同的电子出版商需要设计不同的分析模式，但总体上都是基于 HTML 下载，分析的循环。③类似于 Google Scholar 和 Highwire 之类的检索引擎只会返回动态的检索结果页面，所以在这个过程中我们使用自编爬虫获取动态结果页面，并应用系统中的 DOM 模块对其进行分析（见图 3）。把分析得到的链接存入队列，而后下载并缓存这些链接目标页面，进行递归分析下载，直到得到全文或全文地址，或者到队列为空则终止递归。

把通过上述三种手段获得的这些冗余的数据经过比对处理后，先使用文件系统来存储这些数据，至此生物资源类文献元数据信息库和全文库的数据对象采集完毕。

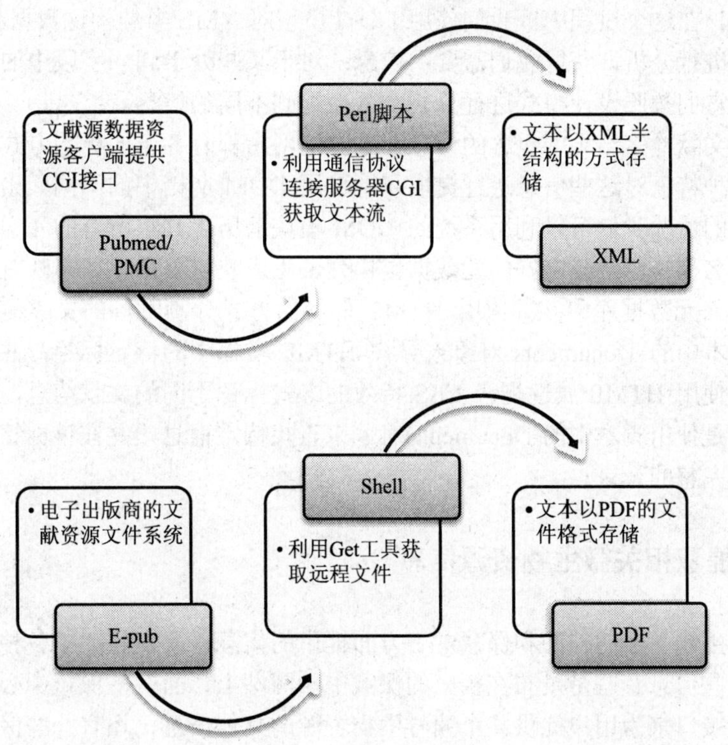

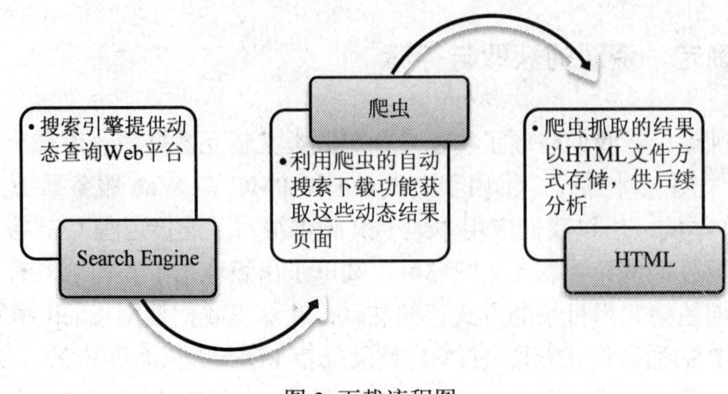

图 3 下载流程图

4. 元数据格式的建立与文献存储结构化

通过对从上述三个元数据信息来源获取的元数据进行整合与分析，通过比对得到了较完整的元数据结构。对于意义相同或相近的字段进行合并，数据稀疏度过大的字段予以放弃，个别与来源相关的字段单独建立一个项目。参照元数据结构，利用数据库建立起符合这一结构的存储模式。在这个过程中，我们使用 DOM 模型对 XML 半结构化数据和 HTML 的部分结构化的数据进行分析，获得我们需要的信息；对于某些处于同一字段中的数据，我们使用正则表达式将它们按照设计模式进行分割，从而得到不同的信息。

对于一条文献检索结果中包含的信息，不同的网站都有各自的标签方式和书写风格，所以我们利用三种特征对这些信息进行提取：①使用 DOM 文档中的不同元素来区别不同的信息，对于这样的情况我们可以利用系统的 DOM 模块遍历工具将所有的元素提取出来，而后将对应的元素名称与已经建立好的元数据结构列表生成映射关系，如果映射成功则将该元素的属性和值存入元数据库中；②使用 HTML 标签的方式分割不同的文献信息，对于这种情况我们使用脚本中的 Documents 对象来寻找 HTML 文档中的特定标签，并将标签中的信息读取出来；③使用 HTML 属性配合 CSS 特效的方式标识不同的文献信息，对于这种格式的文档，我们也是使用脚本中的 Documents 对象来查找特定信息，并在该标签内部进行数据分析，生成一条完整的记录。

5. 模式匹配提取相关微生物资源信息

通过相关生物学家的辅助和保藏中心方面提供的信息，我们获取了各种生物资源常用的命名方式。这些信息有些是发布在相应的保藏中心网站上，而有些保藏中心只是提供查询接口，利用查询接口来为用户提供某个编号生物资源的具体信息，还有一些保藏中心只给出了部分生物资源的列表，而并没有其他很全面的信息。

第一种情况，对于按季公布生物资源的保藏中心，我们会把这些资源信息存储下来，一方面用这些信息人工的生成一个比较好的匹配模式（/(?<=\W)($culture_ collection_ briefname)\s+([\w\-\.]+\w)T?/g），另一方面可以在后期用这些信息对挖掘出来的资源名进行校验。这种挖掘方式的结果查准率比较高。对于只提供查询接口的保藏中心我们没有办法生成一个比较可靠的匹配模式，但是按照文献作者引用生物资源的约定习惯，会使用保藏中心的缩写与该生物资源在该保藏中心的编号作为引用标识，所以搜集一定量的该保藏中心生物资源编号，可以做出一个比较宽泛的匹配模式。这样的粗挖掘虽然会得到比较多的垃圾结果，但是鉴于这类保藏中心都有很高效的查询接口，这就为我们进行挖掘结果鉴定提供了很好的保障。对于最后一种情况，存在着两方面的困难，一直没有办法确定一个匹配模式可以有效地限定挖掘范围，另一方面也没有办法对挖掘结果进行过滤和校验，对于这种情况我们更期待着以后系统成型并且在使用时通过和用户的交互来完善这个平台，并且能够和其他的保藏中心建立合作关系，为引用关系的挖掘效果提供更多的改进。

CGMCC（China General Microbiological Culture Collection Center）的菌种列表现保存在中国科学院微生物所，所以利用这个列表可以有效地从文献中挖掘引用信息。而且 CGMCC 的菌种资源命名方式随微生物类别的不同而采用不同的命名规则，这也为挖掘结果间接的提供了更详尽的信息。而 JCM（Japan Collection of Microorganisms）的菌种命名方式为“保藏中心缩写自然数”，所以，JCM 12345 是一个符合该规则的菌种资源，却未必是一个已经存在的合法的菌种编号；好在我们提取出这一资源名称后，可以利用该保藏中心提供的 Web 检索接口递交这些资源名，对这些资源名进行粗过滤（主要是过滤掉该保藏中心认为不合法的资源名）。

6. 交互式鉴定系统的建立与交互式数据挖掘策略

除了计算机自动化识别生物资源并提取、存储、过滤外，我们同时开发了交互式的 Web 操作平台，使得用户能够浏览自动化挖掘的结果，并对结果进行判定。在判定的同时，可以添加其他关联信息。在确认挖掘结果符合的情况下，描述该生物资源在文献中的作用，以及应用领域，否定自动化挖掘结果的情况下，则给出否定的原因——这是非法的资源名，只是提及资源但是并未在文中引用，引用的是相关的信息，而非作为实验材料。

利用这些信息，首先纠正了自动化挖掘的错误，并提供了更加翔实的引用信息；其次使得自动化挖掘可用材料越来越多，如资源的种类，资源的命名规则校正，资源应用领域的限定等；最后这种交互式的挖掘策略既保证了查找的完整性，又能在用户的帮助下提升其结果的准确性。

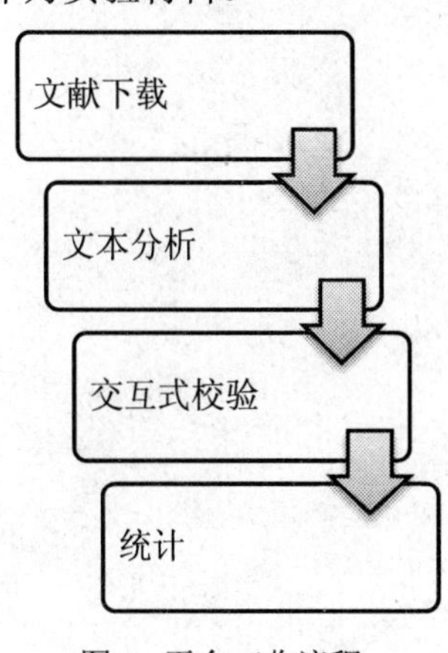

图 4 平台工作流程

7. 统计功能与总结

在经过自动化信息提取、文本挖掘与人工校验和交互式更正等工作流程后，系统对自动化结果与人工结果都分别针对不同属性进行了统计分析，这些分析列表不但利用数字反映了通过信息所总结出来的结果，而且对于系统的进一步改进也有着很大的帮助平台工作流程如图 4 所示。

通过对 JCM 官方公布的 2010 年文献对菌种资源的引用情况分析报告与本挖掘系统自动化检测的报告对比，得出如下结果：JCM2010 报告中共计 180 篇，本挖掘系统自动化挖掘出 228 篇，其中有 128 篇是正确结果。因此，查全率为 71.11%，查准率为 56.14%。

对漏检的 52 篇文献进行分析的结果得出，这些文献中有 20 篇出现在 Highwire 检索结果的全文中，有 9 篇出现在 PubMed Central 检索结果的全文中，所以稍后系统应该设法克服从这两个文献源下载全文的障碍，从而进一步扩大系统的挖掘材料范围。

Biological Resources Literatures oriented Bio-Resource Information extracting and Citation Information Mining

Su Xiaolin[1,2], Ma Juncai[2], Liu Di[2], Sun Qinglan[2]

(1. Computer Network Information Center, Chinese Academy of Sciences, Beijing 100190, China;

2.Information Center, Institute of Microbiology, Chinese Academy of Sciences, Beijing, 100101, China)

Abstract By using the latest information technology and methods insearch engine and text mining, we collected and integrated information from literaturesabout biological resources,and further mined the citation information on this information. We establisheda metadata databaseof biological resources literatures, and a full-text database of these literatures. Some efficient algorithms of data mininghave been applied to the biological resources literaturesanalyzing process.

Key words Search Engine;spider; Data Mining;Text Mining; Bioinformatics

基于分布式搜索的科研成果元数据在线收集系统

刘学敏　钱　芳　杨宏伟　李华飚

（中国科学院计算机网络信息中心　北京　100190）

摘　要　本文介绍了科研成果元数据在线收集系统的设计与实现，它采用了多站点分布式的架构，提高了搜索的性能和可扩展性；采用 Javascript 的接口方式来发出请求和获得搜索结果，解决了跨域访问的权限限制。该系统有效地提高了科研成果元数据收集的方便性，准确性和规范性。

关键词　分布式；元数据；跨域

1. 背景

国家自然科学基金委员会是管理国家自然科学基金的国务院直属事业单位。其主要工作范围是根据国家发展科学技术的方针、政策和规划，有效运用国家自然科学基金，支持基础研究，促进科学技术进步和经济社会协调发展。国家自然科学基金信息系统是中科院网络信息中心承担的，以国家自然科学基金项目管理为核心，综合运用创新的管理理念和先进的信息技术，建立覆盖基金项目全过程生命周期的业务支撑和信息管理与服务平台。

为了帮助项目负责人方便地检索、收集和填报项目结题报告中的研究成果，提高填写的准确性和规范性，系统提供了科研成果元数据在线收集功能。该功能可以根据项目负责人的需要，从国内外知名和权威的科技文献数据库中，跨库检索和收集公开发表的论文、专利、专著等科研成果元数据信息，使收集的信息更加全面、准确和规范。

2. 主要功能

课题负责人身份的用户登录后，如图 1 所示，进入成果管理部分，选择要搜索的科技文献数据库，指定作者、年份、标题、依托单位等信息，即可从多个库中在线收集科研成果的元数据信息。在查询结果中选择某一个成果，系统会识别不同的类型，并将该成果相关的信息，如作者、发表时间、期刊、期号、专利号等导入到个人成果库中。

目前支持的国内外知名科技文献库包括 Science Citation Index Expanded（SCIE），Social Sciences Citation Index（SSCI），Index to Scientific & Technical Proceedings（ISTP），Engineering Village（EI），Scopus，中国知网，中国知识产权网，万方医学库；科研成果的类型包括期刊论文，会议论文，学位论文，专利，专著和奖励等。各类成果抽取的元数据信息如表 1 所示。

本论文受中国科学院计算机网络信息中心创新基金项目“面向科研的人物搜索与关系挖掘关键技术研究”、“面向实验室的内容推荐平台设计与实现”，中科院平台建设方案设计及示范系统集成（全球监测平台）等项目资助。

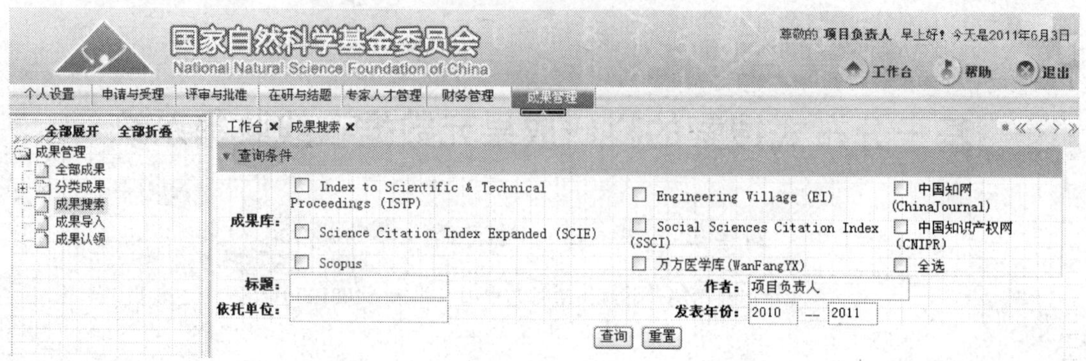

图1 成果元数据在线收集搜索主界面

表1 成果信息元数据

成果类型	元 数 据
公共部分	ZYWSR：作者 CGMC：成果名称 CGMCYW：成果英文名 MS：描述 WWMS：外文描述 GJC：关键词 WWGJC：外文关键词 GJHDQ：国家或地区 CITY：城市 BZ：备注 QW：全文链接 LY：收录来源
期刊论文	QKMC：期刊名称 QKJH：期刊卷号 QKQH：期刊期号 QKFBRQ：期刊发表日期 QZYM：起止页码
会议论文	LX：类型，包括邀请、推荐、其他 HYLWLB：论文类别，包括特邀报告、口头报告、墙报展示 HYMC：会议名称 HYZZZ：会议组织者 HYRQ：会议开始日期 QZYM：起止页码
学位论文	XW：学位 XWDBRQ：学位答辩日期 XWBFDW：学位颁发单位
专利	ZLMC：专利名称 ZLLB：专利类别 ZLSQSLH：申请（专利）号 ZLSXRQ：专利生效日期 FZDW：发证单位

续表

成果类型	元数据
专著	ZZCBS：著作出版社 ISBN：国际标准书号 ZZCBRQ：著作出版日期 ZZZTS：著作总页数 ZZZZS：著作总字数 ZZSH：著作书号
书籍章节	ZZCBS：著作出版社 ISBN：国际标准书号 ZZCBRQ：著作出版日期 ZZZTS：著作总页数 ZZZZS：著作总字数 ZZSH：著作书号 QZYM：起止页码
奖励	BFRQ：颁发日期 BJJG：颁奖机构 HJJB：获奖类别 HJDJ：获奖等级

3. 总体设计

系统的总体结构如图 2 所示。

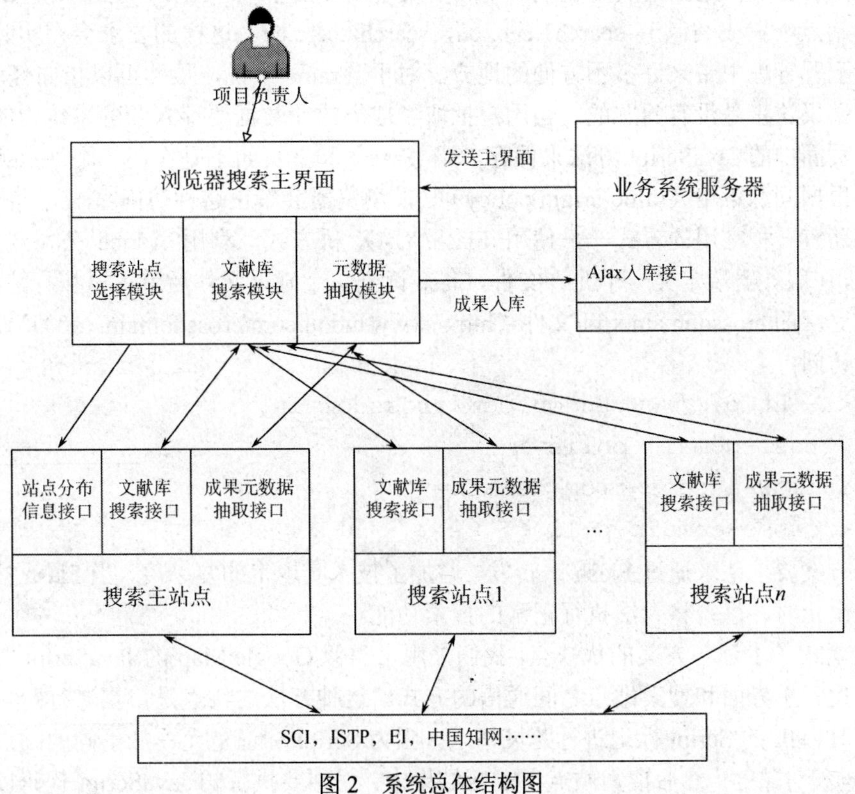

图 2　系统总体结构图

用户浏览器从服务器获得查询界面，页面首先通过主站点提供的搜索站点分布信息接口，取得所有可用的搜索站点的配置信息；当用户进行搜索和抽取所选成果元数据的时候，站点选择模块通过随机算法选取要使用的站点。当用户输入搜索参数并发出搜索请求后，文献库搜索模块调用某个站点提供的搜索接口，搜索站点在后台搜索用户指定的文献库，然后将搜索结果列表呈现给用户。用户选择查询结果列表的成果，由元数据抽取模块调用搜索站点的成果元数据抽取接口来获得元数据返回给用户，由于站点是随机选取的，和搜索调用的站点不一定是同一个。用户单击保存时，系统用 AJAX 的方式将成果信息写入到成果库中。

采取分布式的多个站点来完成搜索和元数据的抽取，主要是基于下列因素的考虑。

（1）搜索的权限：一些科技文献库是通过出口 IP 的方式授权的，如果部署到一台机器上，很难做到让这台机器获得所有的访问权限。

（2）资源制约：当用户访问量比较大的时候，系统的内存、CPU 时间、HTTP 资源都会成为很大的瓶颈，从而无法满足用户的需要。

（3）易于扩展的体系架构：采用分布式的方式，当用户访问量大的时候，可以通过增加部署搜索站点的方式来扩充系统的响应能力。

这里的搜索主站点和其他搜索站点的区别仅在于，主站点中配置有其他站点的 IP 地址和可以搜索的文献库的信息。在业务系统服务器中只需配置主站点的 IP 即可，通过主站点即可获得其他站点的信息。

当用户发出搜索请求的时候，请求是直接发送到搜索站点的。通常的技术选择包括使用 AJAX 的方式和使用 iFrame。使用 AJAX 的方式要求访问的站点必须和主界面来自的站点是同一站点，或者至少是主站点的子域或同属于某个站点的子域。比如，主站点是 mis.cerc.cn，那么搜索站点配置成类似于 search1.cerc.cn，search2.cerc.cn。这样的要求会在实际的开发调试和运行配置管理中带来许多不方便的地方。对于 iFrame 来说，虽然可以指向任意的站点，呈现查询结果这步是没有问题的。当用户抽取了成果的元数据要存入业务系统中的时候，需要访问父页面中的 JavaScript 方法来保存。当 iFrame 和父页面不是在同一个站点或者子域下的时候，根据同源策略（same origin policy）[1]，浏览器会禁止这种访问[2]。

此外还有一种常用的方式——使用 Flash/AJAX 桥方式，利用 Adobe 公司定义的 Flash 跨域标准，在服务器端定义一个允许文件，Flash 读到这个确认文件后就可以执行跨域调用了。例如，土豆网的 crossdomain.xml 文件（http://www.tudou.com/crossdomain.xml），设置了允许所有域名访问：

```
<!--http://www.tudou.com/crossdomain.xml-->
<cross-domain-policy>
<allow-access-from domain="*"/>
</cross-domain-policy>
```

这个方案要求请求通过 Flash 来转发，增加了技术实现上的复杂度，当 Flash 插件没有安装或者被禁止时，系统将无法执行正常的搜索功能。

综合考虑了上述各方案的优缺点，我们采用了类似 Google Map 的 JavaScript 类型的接口调用作为搜索主界面和搜索站点之间通信的方式。这种方法的特点是，当进行跨域访问的时候，使用 HTML 的 Script 标记进行跨域请求，因为 Script 标记是允许从不同的站点加载 Java Script 代码和对象的。然后搜索站点在响应结果中，返回要执行的 JavaScript 代码以及作为结果的 JavaScript 对象等。下面的 3.1 节将结合具体的例子详述该方案的实现。

3.1 分布式站点信息获取和站点选择

主站点的配置文件中配置了所有的搜索站点的 IP 信息和可以搜索的科技文献库的名称，例如：

```
<searchSites_config>
  <site ip="http://159.226.9.136:9080/PaperSearch"
      cansearch="ei, scie, istp, wfyxw, zgzw, zgzscqw"/>
  <site ip="http://159.226.244.38/PaperSearch"
      cansearch="scie, ssci, scopus, wfyxw, zgzw, zgzscqw "/>
</searchSites_config>
```

搜索主界面加载的时候，通过<script type='text/javascript'src='<%=mailHostUrl%>/SearchActionServlet? method=get_search_sites' ></script>来加载主站点信息，其中的 mailHostUrl 是主站点的路径。返回的站点信息的数据结构如下面的例子所示：

```
function getSearchSitesConfig(){
    var availableSearchSites=new Object();
    availableSearchSites.scopus=new Array
        ("http://159.226.244.38/PaperSearch");
  availableSearchSites.istp=new Array
        ("159.226.9.136:9080/PaperSearch",
           "http://159.226.244.38/PaperSearch");
         ...
   return availableSearchSites;
}
```

调用该方法即可获得每类科技文献库中可用的搜索站点。当要搜索具体某个库的时候，即可通过该方法得到可用站点的数组，然后用JavaScript 生成一个随机数，来选择其中的某个搜索站点，以达到均衡搜索负载的目标。

3.2 文献库搜索

对科技文献库的搜索，是在搜索站点的后台，使用 HttpClient 工具包进行的。HttpClient 能够可编程的实现类似浏览器的访问过程。首先分析每种库的搜索权限验证方式和相关请求的 URL，确定搜索参数发送的规则，将搜索主界面传递的统一的参数格式，转化为每种库具体的参数格式，将请求发送到文献库的搜索引擎，然后对返回结果进行分析。具体过程可以概括为以下几个步骤。

（1）登录和权限验证：对于 IP 授权的，获得查询的初始页面即可；对于用户名，密码授权的，则使用配置文件中设置的用户名/密码，进行登录验证。

（2）编码参数并发送：根据不同站点的格式，将用户提供的标题、作者、依托单位、年份信息转换为特定的格式，发送给文献库的搜索引擎。如 EI 的高级查询方式中，表达式((grid) WN TI) AND ((national) WN AF) AND ((yang) WN AU)表示标题中包含 grid，并且依托单位中包含 national，并且用户姓名中包含 yang 的查询条件。

（3）获得查询结果及翻页：开始搜索引擎返回的是查询结果的首页，分析页面，获得总条数、每页数目、总页数信息。如果当前要查询的不是第一页，那么还要根据翻页请求的规则，生成需要的参数和链接，再次执行查询操作。

（4）结果分析与处理：如果查询的总条数大于零，那么进行页面的分析。首先获取查询结果列表信息，通常是 HTML 的 table 元素，从页面中分离出来；对于其中的相对链接，替换成绝对链接。然后为成果元数据的抽取准备参数，对于每一个查询结果，都会有一个 checkbox 选择框，提取出元数据抽取需要的参数，保存在 checkbox 的 abstractParam 自定义属性中。由于某些参数的值可能会有一些特殊字符，使用 Base64 格式对参数的值进行编码。由于要支持分布式查询，具体成果元数据的成果不一定是通过此站点的 HttpClient 连接来进行，所以要保证每次查询的独立性，新的搜索节点使用这些参数，就足够能访问到成果的详细信息页面。

（5）将结果返回给搜索主界面：将处理后的查询结果，使用 JSON 格式进行封装，返回给搜索主界面。JSON（JavaScript object notation）[3]是一种轻量级的数据交换格式，易于人阅读和编写，同时也易于机器解析和生成。它基于 JavaScript 语言的一个子集（Standard ECMA-262 3rd Edition ），成为 JavaScript 接口理想的数据交换语言。它的基本方式是“名称/值”对集合的方式。结果返回的 JSON 数据结构如下：

```
result={isSuc:"true", errorInfo:"", total:100, rowsPerPage:20,
    totalPage:5, htmlReuslt:"..."}
```

其中，isSuc 值为 true 时表示查询成功；为 false 的时候，表示查询过程中出现了错误，errorInfo 保存了给用户的提示信息。total 表示结果的总条数，rowsPerPage 表示每一页的条数，totalPage 是总页数，htmlReuslt 中存入用于结果显示的 HTML 元素。搜索主界面负责将查询结果呈献给用户。

在第 3 和第 4 个步骤中，项目使用了基于 Java 的 NekoHTML 工具。NekoHTML 是一个简单的 HTML 扫描器和标签补偿器，使得程序能解析 HTML 文档并用标准的 XML 接口来访问其中的信息。这个解析器能扫描 HTML 文件并“修正”许多作者（人或机器）在编写 HTML 文档过程中常犯的错误。NekoHTML 能增补缺失的父元素、自动用结束标签关闭相应的元素，以及不匹配的内嵌元素标签。在分析和查找页面元素的过程中，使用了基于 XPath[4]的查找定位规则。比如，要定位 EI 搜索结果页面中总条数的元素所在的位置，其抽取规则如下：

```
//ns:form[@name='selectresults']/ns:input[@name='RESULTSCOUNT']
```

这样就可以获取到 HTML 页面中名称为 selectresults 的表单中，名为'RESULTSCOUNT'的 input 元素，其 value 属性的值就是当前查询结果的总条数。

3.3 成果元数据抽取

用户在界面上选择查询结果中的某一项成果，进行导入的操作。主界面程序从用户选取的 checkbox 选择框中，取出存放抽取参数的 abstractParam 属性的值，发送到搜索站点的成果元数据抽取接口。接口通过以下步骤来抽取成果的元数据：

（1）参数解码。将用 Base64 格式编码过的参数值进行解码。

（2）形成获得成果详细信息的 url。根据每种库的不同格式和解码的参数值，形成请求

URL。

（3）进行登录和权限验证，与文献库搜索中的步骤（1）类似。

（4）使用 HttpClient 发送步骤（2）中的 URL 请求，获得详细结果页面。

（5）使用 NekoHTML 工具进行页面分析，判断成果的类型，获取对应的元数据信息。

（6）将 Java 对象表示的结果，使用 JSON 格式进行封装，返回给搜索主界面。

3.4 成果元数据入库

查询界面获得 JSON 格式返回的元数据信息，加上数据来源信息，例如是从 EI 还是 ISTP 中收集来的，用 AJAX 的方式提交到业务信息系统，然后写入到项目负责人个人成果库中。使用这种在线方式获得的成果元数据入库后，用户不能对其中核心和重要的数据项进行修改。项目结题的时候，用户可以从成果库中选取相应的成果，提交审核。系统会给项目审核人员提示哪些成果是使用在线方式从知名文献库中收集到的，可以提高成果提交的规范性和可信度，降低成果审核所需的工作量。

3.5 测试验证

通过在本应用中输入参数以及在相应的学术库的搜索页面指定同样的参数，可以获得同样的查询结果列表，验证了系统功能的有效性。在两个搜索站点（内存 4.0GB，CPU4 个，主频 2.27GHz，Linux 操作系统，服务器的连接速率为千兆），40 个并发用户的情况下，学术库搜索的平均响应时间均小于 5 秒。当搜索站点增加到 4 个，80 个并发用户的情况下，以及 6 个搜索站点 120 个并发用户的情况下，学术库搜索的平均响应时间仍然保持在小于 5 秒。实验结果表明，当并发用户数量增加的时候，通过增加搜索站点的部署数量，可以保证搜索的平均响应时间保持在正常合理的范围以内。

4. 结束语

使用在线的方式从国内外知名的科技文献库中，获取科研成果的元数据信息，然后导入到成果库中，可以方便项目负责人快速准确地收集成果信息，提高填报成果信息的规范性和准确性，同时也有利于提高成果信息的可信度。使用分布式的搜索方式，则可以提高系统的效率和可伸缩性，有效地提高应对高并发访问的能力。该系统还可以用于科研团队的成果信息的收集、管理和统计。进一步的工作和改进包括对搜索站点的并发量进行监控，当超过某一限值时，自动发邮件给管理员，提醒需要增加搜索站点的部署。

参 考 文 献

[1] Same origin policy. 2009. http://en.wikipedia.org/wiki/Same_origin_policy.

[2] Javascript 的跨域请求. 2009. http://www.iteye.com/topic/859280.

[3] 关于 JSON. 2009. http://www.json.org/json-zh.html.

[4] 杨文柱, 徐林昊, 陈少飞, 等. 基于 XPath 的 Web 信息抽取的设计与实现. 计算机工程, 2003, 29(16): 82-83.

Online System for Collecting Metadata of Research Outcomes Based on Distributed Searching

Liu Xuemin, Qian Fang, Yang Hongwei, Li Huabiao

（Computer Network Information Center, CAS, Beijing 100190, China）

Abstract This paper introduces our design and implementation of an online system for collecting metadata of research outcomes. Its framework is based on distributed searching to improve the performance and flexibility. It uses JavaScript interface to send request and get search result in order to avoid the restriction of cross-domain access. The system improves the convenience, accuracy and normalization in the process of collecting metadata of research outcomes.

Key words distributed; metadata; cross-domain

数据库应用

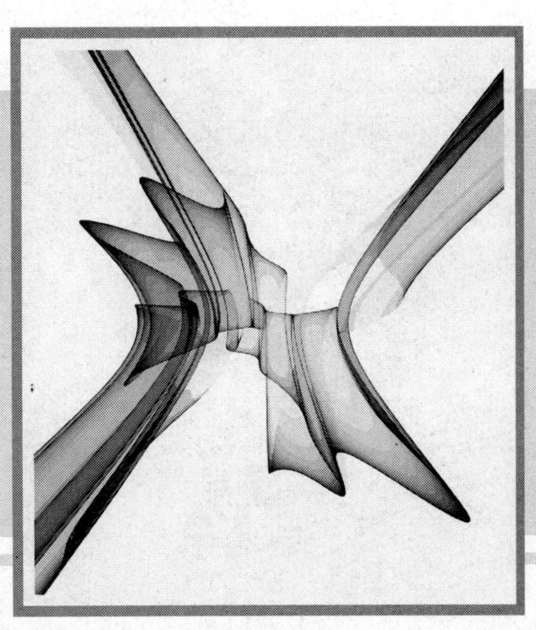

从数据库的引用标注看科技资源的应用服务成效

廖顺宝

（中国科学院地理科学与资源研究所　北京　100101）

摘　要　数据库是重要的科技资源，数据库被引用标注的频次是客观反映科技资源应用服务成效的重要指标之一。本文以中国知网的全文检索结果为依据，分析了人地系统主题数据库自 2006 年以来被引用标注的情况，并与相关数据库的情况进行了对比。结果显示，人地系统主题数据库在近 5 年半的时间里，被各类文献引用标注 286 次，占中国科学院科学数据库系统总被引用标注频次的 47.83%，是被引用标注频次最高的数据库。这一结果表明，人地系统主题数据库拥有庞大的用户群，正在为科学研究和国家经济建设发挥强大的数据支撑作用。

关键词　数据库；科技资源；引用标注；应用服务成效；人地系统

1. 引言

科技资源是科技活动的基础，是能直接或间接推动科技进步、促进经济和社会发展的一切资源要素的集合[1]。科技资源一般包括科技财力资源、科技人力资源、科技物力资源、科技信息资源四个方面，其中，科技信息资源要素包括各种科技期刊、图书、科技文献资料、数据库、各种专利成果等[2]。

科技文献是科技论文的重要组成部分，它表明科研工作的继承性和相关性，是科技期刊和论文评价的最重要依据[3]。数据库是科学研究的重要支撑，是科学研究活动得以进行的根本保证。数据库在科技论文中被引用和标注与科技文献被引用和标注同样重要。首先，数据库引用标注表明了论文作者所开展研究的数据基础，是研究成果科学性的重要保证。其次，数据库引用标注也能体现作者对数据库建设者劳动成果的承认和尊重，激发数据库建设者的工作积极性，有利于进一步推动科学数据共享。第三，数据库被引用和标注情况也是对数据库运行服务进行评价的重要指标。

1982 年，中国科学院率先在国内提出了建设科学数据库的设想。经过 20 多年的建设，到 2010 年底，科学数据资源已超过 150TB，数据资源涵盖物理、化学、地球科学、生物学、材料科学、能源科学、信息科学等多个学科领域，形成了主题数据库、专题数据库、参考型数据库、专业数据库四大类 50 多个一级库，子数据库数量超过 500 个[4]。2005 年以来，国家投入了大量资金支持国家科技基础条件平台建设。随着建设的不断深入，平台建设已逐渐发展到由以资源建设为主转向以运行服务为主的阶段。为进一步发挥平台的功能和作用，充分调动各平台参建方的主动性和积极性，研究建立一套合理的平台运行服务绩效评价体系，检验平台运行服务能力和管理水平，是平台建设过程中一项十分重要和必要的工作[5]。

国家投入大量经费的科技资源在科学研究中究竟发挥了多大作用，除建设单位、领域专家和用户的评价外，还必须有一些客观的、定量的、由第三方提供的指标，而数据库被引用标注的频次就是这样的代表性指标之一。有鉴于此，本文以中国科学院信息化专项项目——人地系统主题数据库为例，从数据库被引用标注的频次分析其应用服务成效。

2. 资料来源

本文所用的数据资料来源于“中国知网（http://www.cnki.net/）”。中国知网是国家重要的知识基础设施（national knowledge infrastructure，NKI），1999 年 6 月，由清华大学、清华同方发起、建设，目标是实现全社会知识资源传播共享与增值利用。目前，中国知网已经发展成为集期刊杂志、博士论文、硕士论文、会议论文、报纸、工具书、年鉴、专利、标准、国学、海外文献资源为一体的具体国际领先水平的网络出版平台。

“人地系统主题数据库”是在整合“中国自然资源数据库”的基础上形成，因此，在数据库引用标注中，两个库名同时并存。在引用标注时，有的文章把数据库列为参考文献，有的直接在正文中引用。为防止遗漏，在“中国知网”的检索界面中，分别以“中国自然资源数据库”或“人地系统主题数据库”为检索词进行全文检索，检索的时间范围为 2006 年 1 月 1 日至 2011 年 6 月 15 日（即“十一五”开始至 2011 年上半年），共获得 286 条文献记录，每条记录包括文献题名、作者姓名、作者单位、文献发表时间、文献被引频次、文献下载频次等信息，如图 1 所示。对全部文献的题目进行分析，这些文献均与人地系统主题数据库的数据有关，对其中约 10%的文献进行了全文检查，确有引用标注，本文以这 286 条记录作为分析的数据源。

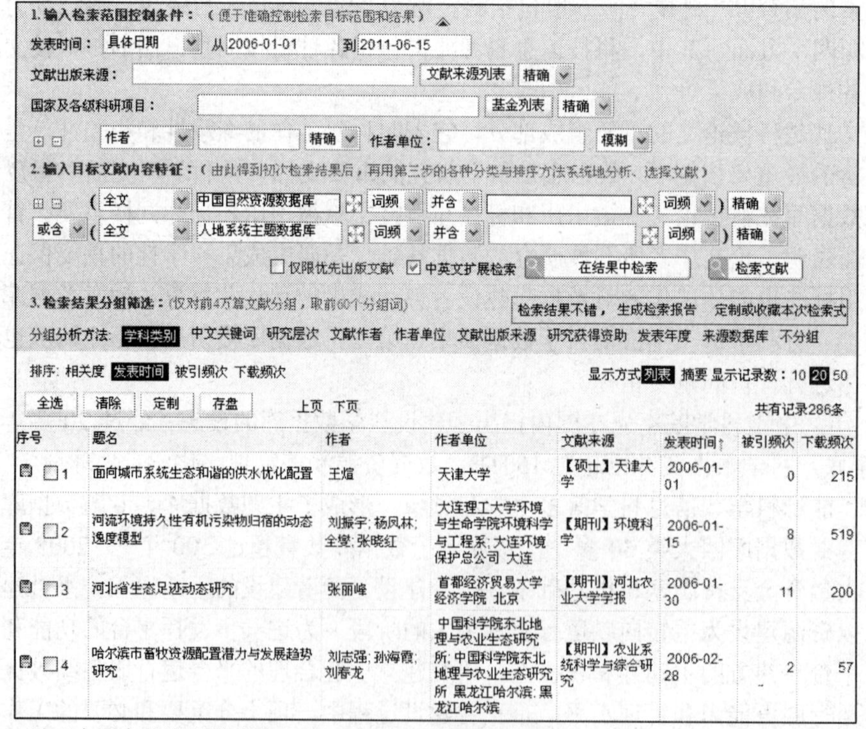

图 1　以“中国自然资源数据库”和“人地系统主题数据库”为检索词的全文检索界面和结果

3. 数据分析

下面从有数据库引用标注论文的年度分布、论文类型分布、论文第一作者所在单位的行业分布，以及与其他数据库的对比等四个方面分析人地系统主题数据库被引用标注的情况。

3.1 论文的年度分布

在2006年到2011年上半年的五年半时间里，有"人地系统主题数据库"引用标注（或"中国自然资源数据库"引用标注，下同）的学术论文共286篇，其中2006年、2007年、2008年、2009年、2010年以及2011年上半年的论文数量分别为43篇、56篇、55篇、60篇、51篇和21篇，各年度论文占论文总数的比例分别为15.03%、19.58%、19.23%、20.98%、17.83%和7.34%，总体态势比较稳定并略有上升的趋势，如图2所示。主题数据库平均每年支持发表的论文数为52篇。

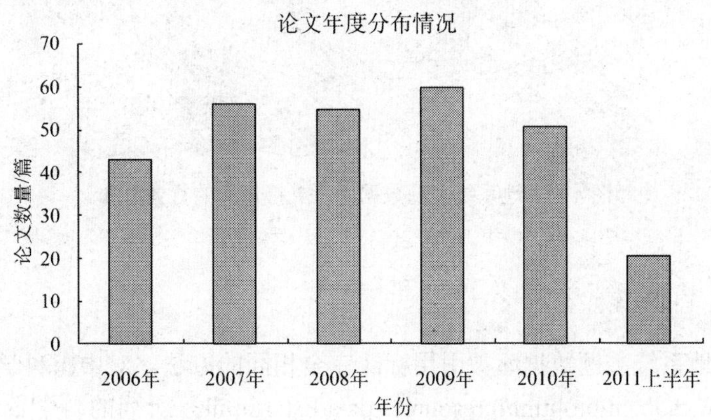

图2 人地系统主题数据库支持发表的论文年度分布情况

3.2 论文的类型分布

在人地系统主题库支持的286篇论文中，包括期刊论文183篇、博士学位论文28篇、硕士学位论文70篇、会议论文5篇，分别占论文总数的64%、10%、24%和2%，如图3所示。人地系统主题数据库在支持科学研究、人才培养方面发挥了积极作用。

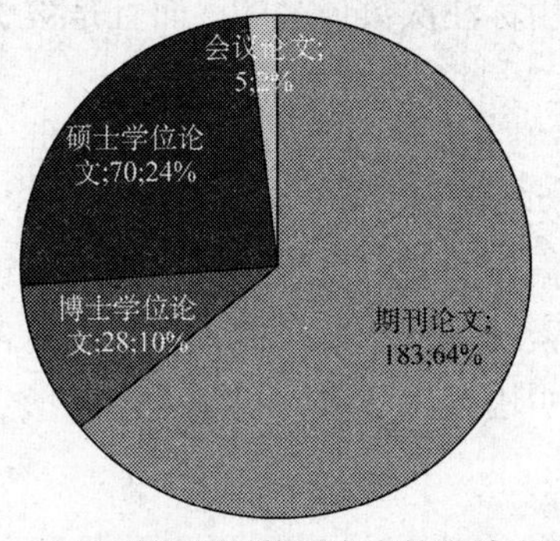

图3 人地系统主题数据库支持的论文类型

3.3 论文作者所在单位的行业分布

根据论文第一作者所在单位的行业性质划分，286 篇论文中，有 225 篇论文来自高等学校，48 篇来自科研机构，6 篇来自政府管理部门，5 篇来自公司企业，未标明单位的有 2 篇，分别占论文总数的 78%、17%、2%、2%和 1%，如图 4 所示。论文的行业分布与科学数据库服务于科研、教学的宗旨相符，也与人地系统主题数据库服务于人地系统基础研究、支持政府决策和国家经济建设的目标是完全一致的。

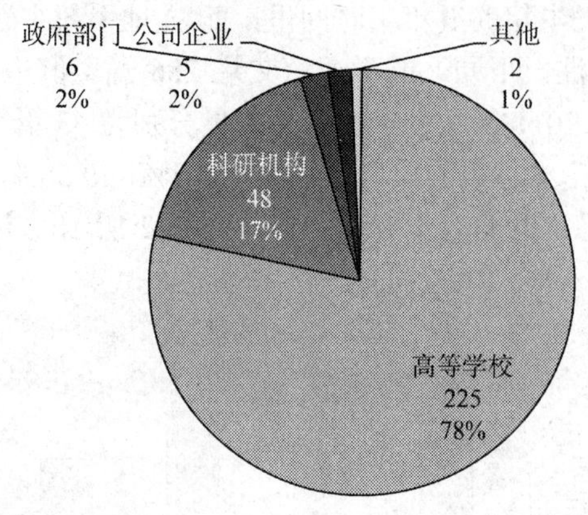

图 4 人地系统主题数据库所支持论文的行业分布

3.4 与相关数据库的比较

用与检索人地系统主题数据库被引用标注完全相同的方法，对中国科学院数据应用环境网站（http://www.csdb.cn/prohtml/0.resources.data/list-1.html）所列的科学数据库项目支持的 60 个数据库进行检索，可以对不同数据库被引用标注的情况进行比较。

检索的时间仍为 2006 年 1 月 1 日至 2011 年 6 月 15 日，以该网站所列的数据库名称为检索词进行全文检索。结果发现，在被检索的 60 个数据库中，仅有 21 个数据库有被引用标注的记录，其余 39 个数据库被引用标注的记录数均为 0。有被引用标注记录的 21 个数据库，被引用标注的次数也相差很大，具体情况参见图 5。这 21 个数据库被引用标注的总次数为 598 次，其中，人地系统主题数据库被引用标注的次数为 286 次，占被引用标注总次数的 47.83%，是所有数据库中被引用标注次数最高的，而且是被引用标注位居第二（97 次）的数据库的近 3 倍。

需要说明的是，在“十一五”期间，通过对一些专业数据库的整合集成，形成了一批重点库，包括参考型数据库、主题数据库和专题数据库，共 11 个，人地系统主题数据库就是其中之一。整合集成可能会导致数据库的名称发生变化。为了保证检索结果的可比性，这些重点库均用新的数据库名称作为检索词进行检索。检索结果显示，人地系统主题数据库被引用标注 12 次，其余 10 个库总共被引用标注 2 次，说明人地系统主题数据库仍是被引用标注频次最高的数据库。

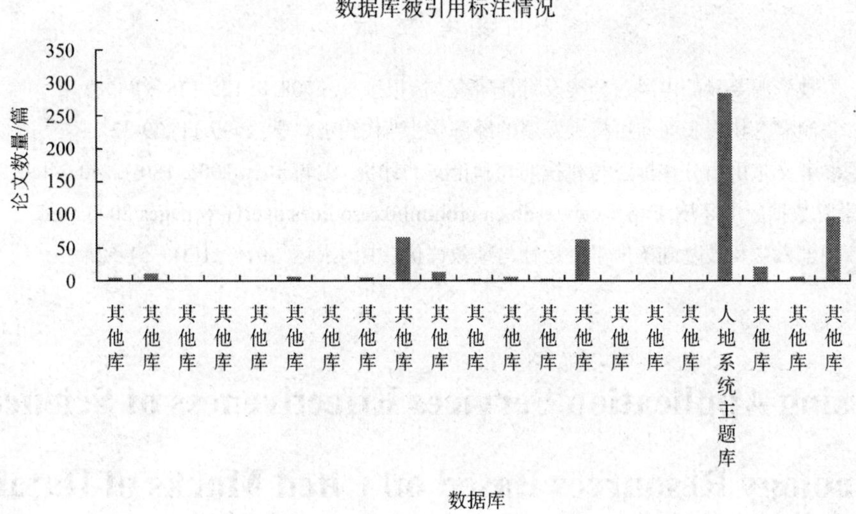

图 5 人地系统主题数据库与其他相关数据库的引用标注频次对比

4. 结语

本文基于独立的第三方——中国知网的数据客观地分析了人地系统主题数据库在“十一五”期间被引用标注的情况，并与相关数据库进行了对比。结果显示，在中国科学院科学数据库系统中，人地系统主题数据库具有最高的被引用标注频次。这充分说明，经过二十多年的建设，人地系统主题数据库已经在教学、科研、政府决策和国家经济建设等不同领域赢得了大量的用户群，已经并将继续为我国人地系统基础研究和社会经济可持续发展发挥重要的数据支撑作用。同时，人地系统主题数据库在提供服务时也比较规范。例如，在主题库的离线服务申请中，要求用户以书面方式明确数据需求、使用目的、用户承诺，并在论文等成果中注明“数据由中国科学院信息化建设专项——人地系统主题数据库（www.data.ac.cn）提供”。

当然，本文分析所用的数据仅仅来源于中国知网，没有将其他检索系统（如 SCI、EI、维普等）的数据纳入进来，从这种意义上说，本文的分析并不十分全面。尽管如此，作为具体国际领先水平的网络出版平台，中国知网发布的数据具有较强的代表性、指示性和权威性，因此，与数据库建设者的自我评价以及专家和用户的定性评价相比，本文的评价结果更具客观性和公正性。

部分数据库被引用标注的频次很低，甚至为零，可能有两个方面的原因。一是这些数据库为用户提供的数据服务很少，或者根本就没有提供服务，数据库建设停留在自建自用水平上。这是建库单位自身的原因；二是数据库提供了数据服务，但用户在所发表的论文中没有进行引用标注或引用标注的信息与数据库名称不一致，这也会影响数据库被引用标注的频次。这种情况既有用户的原因，也有建库单位和具体服务人员的原因。不论是哪种情况，建库单位和数据服务人员都应严肃认真对待。只有这样，才能进一步做好服务工作，使国家投入大量经费的科技基础设施发挥应有的作用。

参 考 文 献

[1] 刘玲利. 科技资源要素的内涵、分类及特征研究. 情报杂志, 2008, 8: 125-126.

[2] 周德群. 资源概念拓展和面向可持续发展的经济学. 当代经济科学, 1999. (1):29-32.

[3] 董建军. 参考文献引用分类标注与科技期刊和论文的评价. 编辑学报, 2006, 18(6)：406-409.

[4] 中国科学院数据应用环境. http://www.csdb.cn/prohtml/0.resources.overview/pages/2000.html.

[5] 范道宠. 中部六省科技基础条件平台运行与绩效评价. 中国水运, 2011, 11(3)：51-52.

Assessing Application Services Effectiveness of Science and Technology Resources Based on Cited Marks of Databases

Liao Shunbao

(Institute of Geographic Sciences and Natural Resources Research, Chinese Academy of Sciences, Beijing 100101,China)

Abstract Databases are important science and technology resources. Cited frequency of databases is one of important index to reflect application services effectiveness of the science and technology resource. In this paper, based on research results from National Knowledge Infrastructure (CNKI), cited frequency of Thematic Database for Human-Earth System since 2006 was analyzed and compared with relevant databases of Scientific Databases of Chinese Academy of Sciences. The results show that the Thematic Database for Human-Earth System was cited 286 times by various papers during past five and a half years, which occupied 47.83% in total cited frequency of Scientific Databases of Chinese Academy of Sciences. It is the database with the highest cited frequency. It is concluded that the Thematic Database for Human-Earth System has attracted large number of users and is playing an important data-supporting role for scientific research and national economic construction.

Key words database; science and technology resource; cited marks; services effectiveness; human-earth system

基于协同工作环境的黑河流域生态-水文集成研究的 e-Science 建设

张耀南[1,3]　康建芳[2]　敏玉芳[1,3]　汪　洋[1,3]　赵雪茹[1,3]　何振芳[1,3]　赵国辉[1,3]

（1. 中国科学院寒区旱区环境与工程研究所　甘肃兰州　730000;
2. 兰州大学　甘肃兰州　730000;
3. 甘肃省高性能网格计算中心　甘肃兰州　730000）

摘　要　针对黑河流域以模型为核心和基于 Web 的在线模型应用需要，以综合集成多学科人员共同参与研究的协同工作环境为基础，开展了黑河流域生态-水文集成研究的 e-Science 环境构建，建立了支持科学模型在线研究与应用的工作流程、数据库、模型库，部署了 SSIB、小波分析、马尔可夫分析，以及陆面过程数据同化等在线应用模型，形成了黑河综合集成研究的信息化基础设施，从而为回应流域管理目标，提高黑河流域数据共享、模型模拟和流域管理水平提供支撑。

关键词　黑河流域；生态-水文；e-Science；综合集成；在线模型应用

1. 引言

我国分布着众多的内陆河流域。西北地区的每个内陆河流域都是一个山区与平原、绿洲与荒漠，地表水与地下水相互转换的独立单元。流域内水—生态—经济的协调发展是流域可持续发展的根本，水资源是内陆河流域可持续发展的基础。位于河西走廊的黑河流域拥有高山冰雪—山地涵养林—平原绿洲、荒漠—河流终闾湖构成的水文系统和生态系统，在中国干旱区以及在全球干旱区具有典型的代表性。随着流域研究进入多学科试验以及系统的综合集成研究新阶段，选择黑河流域作为支持内陆河综合集成研究的 e-Science 环境建设，具有重要的示范性和应用推广价值[1]。

另外，水—生态—经济的协调发展是内陆河流域可持续发展的根本，水资源是内陆河流域可持续发展的基础。为此，国家基金委正在推动的国家基金委重大科学研究计划，围绕内陆河研究的院内方向性项目“黑河流域遥感－地面观测同步试验与综合模拟平台建设”，中国科学院创新团队国际合作伙伴计划“干旱区内陆河流域水问题基础研究”团队等研究，已明确表现出对观测网络建设、数据自动化传输、数据集成环境、模型集成环境，以及数据和模型集成下的综合集成建模环境和虚拟协同工作环境的需求。

本论文受到中国科学院信息化专项项目“冰雪冻土环境本底与可持续发展专题数据库”、“特殊学科人才培养冰川冻土学科点”资助。

面对重大科研对新型科研活动方式的需求，积极与科研人员密切配合，引入中国科学院计算机网络中心研发的协同工作套件——Duckling，开展支持黑河流域生态-水文模型集成研究的 e-Science 协同工作环境建设。Duckling 提供综合性资源共享和协同平台，通过协同工作环境核心工具集和学科应用插件，集成网络环境中的硬件、软件、数据、信息等各类资源。基于这些优势，黑河流域 e-science 以协同管理思想为出发点，集成协同编辑、信息发布、文档管理、即时通信、网络电话、视频监控、短信通知、组织结构、文献共享、数据计算等功能为一体，为研究人员构建符合需要的科研信息化基础设施[2]。

2. 黑河集成研究需要的 e-Science 功能

黑河流域综合集成研究，需要一个能够支持数据观测、数据传输、数据管理、数据处理、模型构建、模型选择、模型计算、结果可视化的 3M 平台（监测平台（monitoring）、模型平台（modeling）、操作平台（manipulating））；需要一个信息化基础设施将观测数据连接到数据库，并形成专题数据库，再将整合并集成的专题数据库系统连接到模型库中的模型，然后在高性能计算环境中进行模拟，优化模型参数，开展不确定性和敏感性分析，进一步为其他模型制备需要的驱动数据集，最后将分析结果列入到可视化系统，进行不同形式的展示。需要在 e-Science 环境中，实现数据自动传输、数据融合、尺度转换、数据展示、数据集成和制备；实现在线模型选择、在线参数选择、在线驱动数据选择，进而实现在线模型应用；在模型库和建模环境的基础上实现模型集成，集成建模。从而实现利用 e-Science 环境推进黑河生态-水文模型集成研究的快速开展，起到引导西北其他内陆河研究模式变革、研究方法改进、研究能力提高的示范作用。

为此，针对黑河流域的研究现状以及基础设施，基于协同工作环境的黑河流域 e-Science 环境要重点实现观测数据自动采集与入库管理、数据制备与模型库建设和在线模型计算与数据可视化分析。

3. 基于协同工作环境的 e-Science 集成

3.1 总体架构

在以数据—模型—计算—可视化的 3M 平台为基本构架的 e-Science 平台中，构建观测数据自动传输系统，观测仪器的远程监控系统，集成模型库的框架原型，以及针对模型库的专题数据库，基于 Web 的在线模型计算系统、数据制备、可视化环境与协同工作环境。然后将这些子模块有机地集成到一起，形成一个研究人员非常方便使用的各种工具集。这个工具集包括：观测仪器监控，观测数据采集、处理、可视化、共享，模型搜索、下载、学习，参数配置，驱动数据制备、计算，模拟结果可视化，模拟结果分析，文献搜索，项目管理，项目文档共享等。

支持黑河流域生态-水文模型集成研究的 e-Science 协同环境总体构架在协同工作环境的基础之上，利用开源 Duckling 作为支撑环境统一集成（如图 1 所示）。总体包含基础数据平台、科研协同平台和科研应用平台三个基础平台。其中，各部分之间基于 Duckling 实现耦合。

Duckling 在整个应用中处于承上启下的重要地位。在 JDK 和 MySQL 数据库环境的支持下，部署 Duckling 协调工作环境套件，并创建 Duckling 数据库。

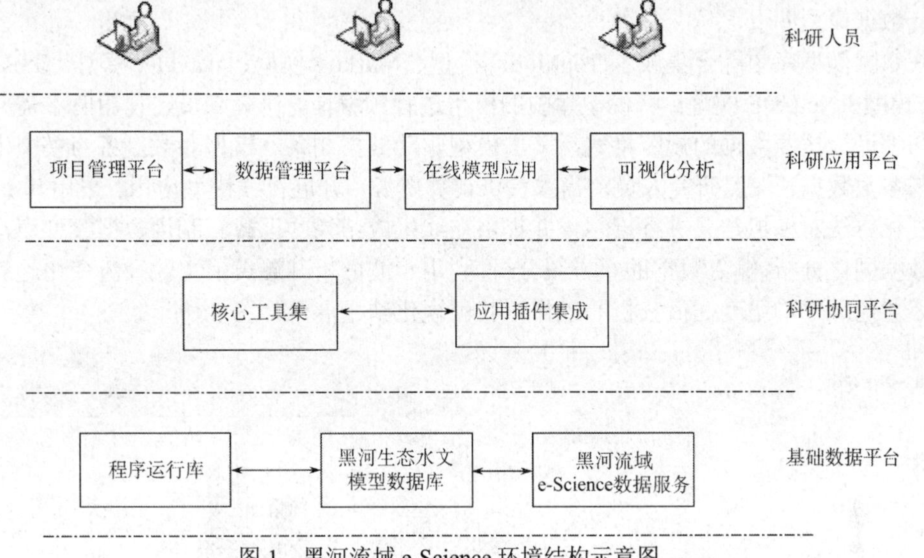

图 1　黑河流域 e-Science 环境结构示意图

在上述框架的结构上，根据研究项目的管理、沟通和归档需要，在本系统中综合集成了“通知公告”、“项目管理”、“文档库”、“数据模型库”、“视频监控”、“无线传输系统”、“数据服务”、“文档检索”、“视频会议”、“项目论坛”和“联系我们”等 11 个子栏目，系统环境如图 2 所示。

图 2　黑河流域 e-Science 环境首页展示图

3.2 主要模块

3.2.1 数据模型库

在数据模型库中综合集成了 TopModel 模型、Markov 模型、Wavelet 模型、SSiB 模型、EnKF 模型、NetCDF 模型。将模型库中的模型进行预编译，研究人员在使用时不需要再进行调试与编译，按照数据的规范格式，采用模型驱动数据制备、模型参数制备为模型生成驱动数据与参数数据，按照研究人员的需求提供计算资源，开展在线模型应用；采用基于 Web 化的可视化方法对模拟结果进行展示，并提供在线生成结果的下载。利用数据模型库，开展蒸散发数据同化分析，输入数据的直方图分析，利用小波分析开展黄河上流径流变化趋势分析，中国西北地区平均温度插值分析等工作，其可视化结果展示如图 3 所示。

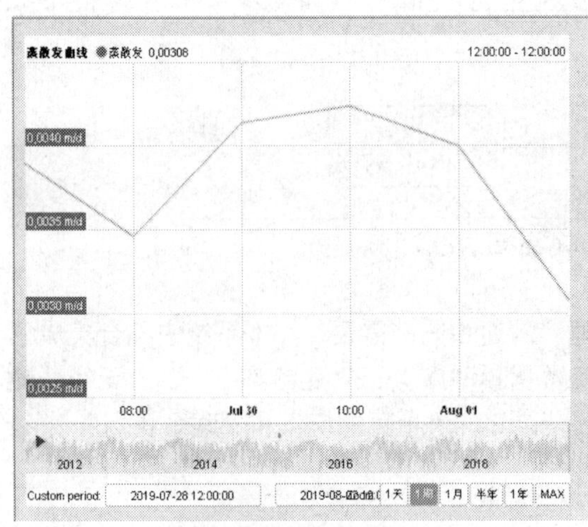

(a) 蒸散发数据同化结果

(b) 输入数据的直方图分析

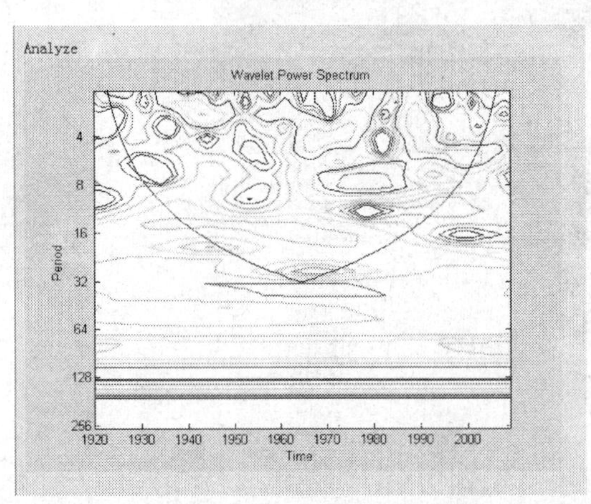

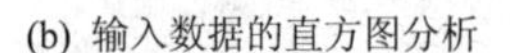

(c) 用小波开展黄河长流径流变化趋势分析

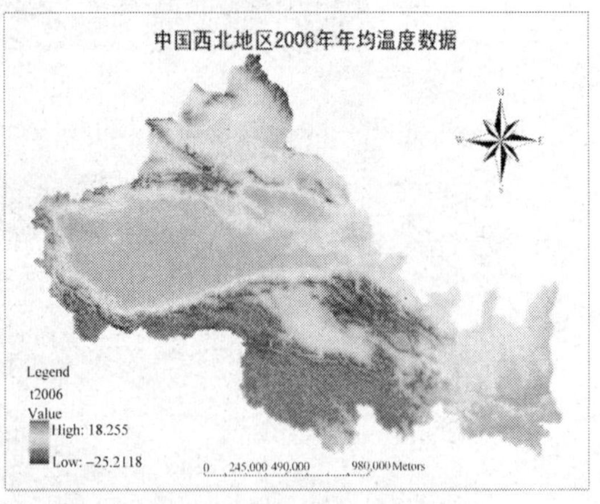

(d) 中国西北地区平均温度插值分析

图 3 模型在线应用可视化结果

每个子模块为研究人员提供了基于 Web 的不同模型计算服务。研究人员在线可对模型运行时间、模型参数、运行参数、初始变量以及驱动数据进行配置，在线进行计算，当计算完成后，可以对模拟的结果进行分类的对比展示。

例如，Markov 模型和 Wavelet 模型插件：利用此功能，在本系统中实现对上传的数据文件进行分析，依据用户提供的数据来计算出预测数据，并在线画出预测图，同时提供预测数据的下载。通过模型网络化应用，提高协作效率。SSiB 和 ENKF 模型插件：在本系统中，在线提供模型数据驱动文件及参数配置文件；对观测要素的数据提供可视化在线展示；完成了模型的基本应用。NetCDF 数据转化工具插件：此转换工具将 ArcGIS 转换到的 ASCII 数据转换为 NetCDF 数据格式，转换得到的 ASCII 数据以一个字母+时间的形式命名，比如 2005 年 12 月份的温度数据应命名为 T200512，即可使用该工具直接在系统完成转换。

另外，在模型数据库中，用户可以根据系统要求的数据格式处理模型数据，然后将处理后的数据上传到服务器，进行模型在线计算，计算完成后，服务器将计算结果返回给用户，并提供时间序列数据的在线可视化分析。

3.2.2 视频监控

基于 B/S 模式，将 Web 客户端的交互能力强、显示内容丰富等优点引入本系统中，弥补了桌面客户端的不足，方便用户的使用。完成野外台站站区和样方的视频监控集成，黑河流域 e-Science 环境监控集成如图 4 所示。

目前已集成沙坡头和格尔木两个国家站的站区和样方监控，为无线视频监控系统实时采集观测样地和站区视频信息，研究人员可在线根据需求对高清摄像头的焦距、饱和度、拍摄方位等进行调整。在本系统中可实时地查看视频监控影像。

图 4 黑河流域 e-Science 环境视频监控集成

3.2.3 无线传输系统

基于三个气象观测系统，采用 Zigbee 技术，建立观测网络环境、传输技术，并结合无线传输技术与互联网技术，实现黑河流域无信号覆盖区域观测系统的数据传输。利用 Zigbee 传输模块与高增益微波天线组建了马粪沟气象观测局域网环境，将三个气象观测站点的数据通过中继以文件包的形式传输到野外台站数据服务器中，再经互联网环境将数据从野外台站数据服务器上传到研究所级数据服务器；在本系统中，实现数据自动传输，并且按数据格式规范与数据自动入库程序操作的马粪沟小流域气象观测数据的可视化在线浏览，如图 5 所示。研究人员可选择感兴趣的观测量以及观测时间范围进行对比浏览，也可以选择某一个观测量进行三个气象站点之间的对比浏览[3]。

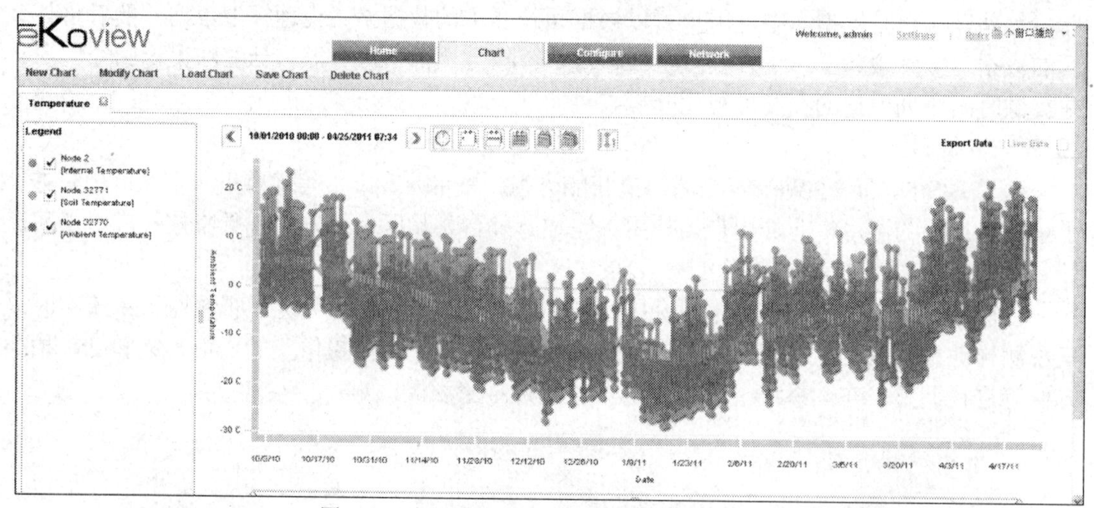

图 5 无线传输系统温度观测数据可视化结果

3.2.4 数据服务

数据服务主要实现数据共享、搜索等功能，综合集成程序运行库，黑河流域生态水文模型数据库和黑河流域 e-Science 数据服务平台，提供了一个水文、生态模型等数据综合处理平台，完成模型数据制备，形成模型模拟的数据环境。其次，系统环境中可进行数据规范、元数据管理和数据分析与加工，提供基于 Web 数据在线和离线分析工具系统，并形成数据处理与分析和可视化的展示平台。程序运行库给研究人员提供多种远程在线调用服务和软件的运行环境，给研究人员提供数据运行和软件使用的绿色通道。

3.2.5 其余模块

应用核心工具集 DCT 实现系统通知通告和项目管理子栏目，通知通告中主要支持虚拟组织协作和文档共享等功能；项目管理中实现项目人员角色分配和管理，项目阶段进展成果提交和展示。应用文档库管理工具（CLB）管理协同工作环境资源库，采用了序列化、搜索、聚类等文档定位方法，提供完善的文档版本管理、权限管理、文档全文检索和标签检索功能，支持用户统一认证管理，实现灵活高效的管理和共享各类数字化文档。应用虚拟组织管理工具（UMT）管理虚拟组织的用户系统，虚拟组织从创建、运行到撤销整个生命周期的各项管理功能，用户资料的应用定制，应用单点登录，有利于科研人员与合作伙伴进行联系和交流。应用日志管理工具（DLOG）支持多种应用日志的统一存放，并提供基于 API 的日志检索。

文献管理工具（LMT）实现文献的管理与共享，依据用户特定学科领域内的文献检索与管理需求，进行自动的文献数据获取，针对相应的结果进行集中管理与共享，同时为用户提供文献检索及详情查看、检索历史保存、个人收藏、文献全文上传/下载、在线预览、文献导入、共享与推荐、文献源及检索周期设定等功能。用 IFrame 插入插件功能嵌入，实现视频会议集成。用 BBS 插件，完成项目论坛管理模块，实现项目论坛分类管理，主题，发表，回帖等功能，如图 6 所示。

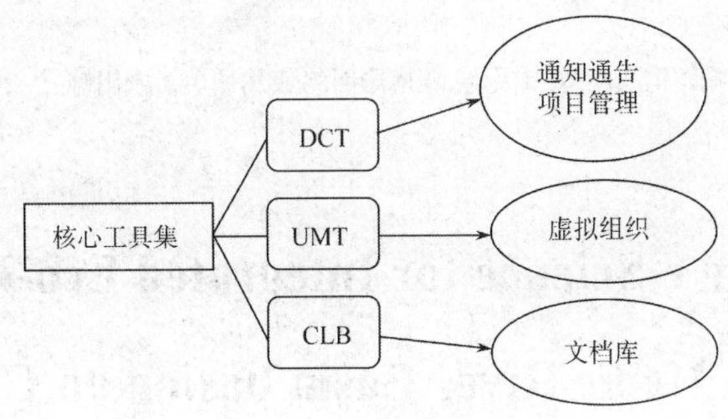

图 6 核心工具集功能图

4. 总结

黑河流域 e-Science 信息化集成研究平台的搭建，从信息层面对生态-水文过程进行整体模拟，利用机理模拟和虚拟环境过程再现，来研究地表环境过程，将进一步完善内陆河研究的数据、模型资源，提升开展前沿研究和应对内陆河流域管理亟需的能力，将在内陆河流域、一级地学研究中起到重要的示范作用。e-Science 在黑河流域中的这种示范作用，也必将引导流域研究思维的变革，促进流域研究方法的改进，形成利用信息技术改进研究方法、加快研究进程、提高研究质量推动；将会成为西北内陆河流域研究重要基础设施，也将逐步形成支撑其他地学研究和生态研究的重要环境，具有重要的应用价值。另外，支持黑河流域生态-水文模型集成研究的 e-Science 协同环境建设，不仅是开展流域集成研究的支撑环境，也是探索实验室、野外站、示范区网络化研究组织结构的新方式。该信息化基础设施的建设，起到手段革新、观念变革、结构重组，形成新型的网络化研究组织结构，这将极大推动内陆河流域集成研究的发展。

另外，网络协同技术的动力来源于广泛的应用需求，其中许多关键技术还有待解决，如群体协作模式、协作控制机制、同步机制、安全控制、应用共享技术等。这些关键技术的深入研究是网络协同应用系统出现飞跃的基础。

其次，在此协同环境中，还需实现异构数据环境的集成；有待应用目前比较主流的，可视化插件对地理观测数据和模型计算结果，以及对数据库中的数据进行多维展示；有待整合多种数据格式转换的工具，并加入基本的地学数据分析工具以便对观测数据直接进行分析判断，且在模型计算过程中，让不同格式的观测数据能够自动适应不同输入格式的模型。有待继续完善较新的模型库和算法库，实现利用分布式计算技术和网格技术，连接科学院高性能计算中心和节点，实现计算资源共享，实现陆面过程模型、数据同化系统和地下水模型等模型的调试和模拟运行，形成流域模型综合集成研究的高性能计算协同环境。

参考文献

[1] 张耀南，程国栋，高美荣，等. 适宜环境与生态研究的 e-Science 探讨. 地球科学进展，2006, 22(10):1083-1090.

[2] 中国科学院计算机网络信息中心. 支持 e-Science 的协同工作环境套件——Duckling. 中国科学院信息化工作动态，2010(20):18-21.

[3] 朱文平，张耀南，罗立辉. 生态-水文中无线传感器网络应用研究. 冰川冻土, 2011(3):573-581.

Constructing e-Science for Integrated Eco-Hydrological Research in Heihe River Basin basing on Collaborative Working Enviroment

Zhang Yaonan[1,3], Kang Jianfang[1,2], Min Yufang[1,3], Wang Yang[1,3], Zhao Xueru[1,3], He Zhenfang[1,3], Zhao Guohui[1,3]

(1. Cole and Arid Regions Environmental and Engineering Research Institute, Chinese Academy of Sciences, LanZhou 730000, China;

2. Lanzhou University, Lanzhou 730000, China;

3. GanSu High Performance and Grid Computing Center, Lanzhou 730000, China)

Abstract According to online Model application requirements and the support for model researches of hydrology and Ecological in Heihe River Basin, this paper proposes the e-Science environment for the integrated study of ecological and hydrological process in inland River Basin based on cooperative work environment in which experts in various disciplines participate. We have completed the workflow supporting Science models online computation and application，deployed database, model library, online application model, such as SSIB, wavelet analysis, markov analysis, Land surface process data assimilation and so on. The study has formed Information infrastructure for the integrated study of Heihe River Basin to Response to watershed management target. It will improve the Heihe River Basin data sharing, model simulation and the watershed management level.

Key words Heihe river basin; Eco-hydrology; e-Science; comprehensive integration; Online Model application

基于科学数据库的黑河流域 e-Science 平台建设

汪　洋[1]　张耀南[2]

（1. 中国科学院计算机网络信息中心　北京　100190;

2. 中国科学院寒区旱区环境与工程研究所　兰州　730000）

摘　要　数据—模型—计算—可视化是黑河流域生态、水文模型研究的一条重要主脉。针对黑河流域研究的集成性、综合性以及多学科交叉的特点，本论文拟建立一个能够整合数据观测、数据传输、数据管理、数据处理、模型管理、模型计算、结果可视化与协同工作环境于一体的科研支撑平台，来有效地支持黑河流域生态、水文模型集成研究。在此基础上，建立以数据观测、采集、传输、管理、共享、处理、分析、模拟、计算、可视化一体的 3M(monitoring, modeling, manipulating)平台，将无线数据传输系统、科学数据库、模型库以及模型模拟系统集成到一起，形成能够集成数据采集与共享、模型管理与计算，能够支持多学科、多尺度模型研究的黑河流域 e-Science 平台，以及支持黑河流域综合集成研究的重要信息化基础设施。

关键词　e-Science；无线数据传输；数据库；模型模拟；黑河流域

1. 引言

在信息时代，科研活动方式已经发生了巨大的变化。支持科研活动的信息化基础设施、研究人员之间海量数据的共享、服务于科研的协同工作环境，是现代信息与通信技术带给传统科研方式的巨大变革。应运而生的 e-Science，由英国科学家 John Taylor[1]于 1999 年提出，其实质就是科研信息化。2000 年，英国 e-Science 研究院主任 Malcolm Atkinson[2]将其定义为利用先进计算思想的研究方式的系统发展，它可以使研究者通过自己的桌面电脑访问和使用分布在各处的数据库、超大规模的计算能力、科学仪器以及高性能可视化。我国对 e-Science 的理解集中在信息化的科研活动上[3-4]，其内涵包括信息化的数据采集、处理、分析等手段，包括建模方式、模型计算方式与科研协同工作方式等，这一系列内容都以科学数据为核心，都是建立在科学数据库的基础之上的。

黑河流域位于河西走廊中部，是我国第二大内陆河流域，生态梯度明显，拥有高山冰雪带、山前绿洲带、中游荒漠带、下游沙漠尾闾湖等典型特征，系统界面分明，几乎完整地包括了寒区和干旱区的主要自然地域，是最具典型景观格局特征的西部内陆河流域，其资源的合理利用问题也是科学界和决策部门关注的焦点[5]。黑河流域关注的生态-水文过程的科学问题和管理问题涉及上、中、下游[6-7]。上游为解决出山口径流变化预测与大气-植被-土壤-冻土-积雪系统耦合问题，主要开展以分布式水文模型、陆面过程模型以及区域气候模型等方面的研究；中游为解决水资源合理利用为核心的流域可持续发展问题，主要开展以水文模型、陆面过程模型、植被生长模型以及与经济耦合的模型等方面的研究；下游在考虑水-生态-经济耦合系统的同时，侧重进行地下水模型、生态模型以及它们之间相互耦合模型的研究。

由于缺乏较完善的观测系统、较系统的数据积累、较容易的模型模拟方法、高性能计算方法以及各种分析方法的信息化支持环境，研究人员无法制备系统的模型驱动数据，无法快速地开展模型应用，无法开展生态、水文模型集成研究。由于观测站点通常位于偏远的荒漠区或高寒、高海拔的极端环境，观测数据的收集耗时费力，甚至人身安全都难以得到保障；而且极端的环境可能导致仪器工作异常，严重地影响观测数据的质量与完整性。为了尽量确保观测数据的完整性，研究人员需要每月或几周收集一次数据，这在极端恶劣的环境下是非常困难的。即便如此，许多研究人员也难以及时获得这些观测数据；而且可能由于仪器或者其他的原因导致观测数据的不正确或不完整。同时，观测数据多以研究室为单位进行管理，导致观测数据分散，没有一个完善的共享系统进行管理，研究人员很难在短时间内收集到研究需要的数据。另一方面，当研究人员获得数据后，还可能需要花费大量时间来对缺失的数据进行填补、插值、格式转换等一系列预处理。在进行模型应用研究时，研究人员还需要选择、熟悉、编译、调试模型，调整模型参数、制备模型驱动数据等，单是一个模型的调试过程，就往往需要花费数星期甚至数月的时间来完成。通常，一个研究人员使用观测数据和地学模型进行模拟并得到可靠的结论，需要两年或更长的时间。总而言之，由于在观测数据获取、数据管理与制备、模型模拟等方面没有较好的信息化基础设施的支持，以往的科学研究模式存在着低效率、少产出、多重复的特点。

因此，我们需要建立一个能够整合数据观测、数据传输、数据管理、数据处理、模型管理、模型计算、结果可视化与协同工作环境于一体的科研支撑平台，来有效地支持黑河流域生态、水文模型集成研究。

2. 黑河流域 e-Science 平台的框架结构

在以数据、模型、计算、可视化的 3M（monitoring，modeling，manipulating）平台为基本构架的黑河 e-Science 平台中，如图 1 所示，着重构建无线数据传输系统，建立模型库的框架原型以及针对模型库的科学数据库，建立模型模拟系统与协同工作环境，并将这些模块有机地串联到一起，形成一个完整的科研平台，使研究人员非常方便地应用平台上所提供的各种工具，包括观测仪器监控、观测数据采集、处理、可视化、共享、模型检索、下载、学习、参数配置、驱动数据制备、计算、模拟结果可视化、模拟结果分析、文献搜索、项目管理、项目文档共享等功能。在此平台上，研究人员可以大大节约时间与精力，把更多的精力投入到科学研究中，提高科研的效率。

3. 黑河流域 e-Science 平台的实现

3.1 无线数据传输系统

观测数据被视为地学研究的核心部分，而最可靠的数据来自于地基观测。目前，大部分数据观测都已实现自动化，数据采集仪（数采仪）将传感器观测获得的电信号转化为我们所

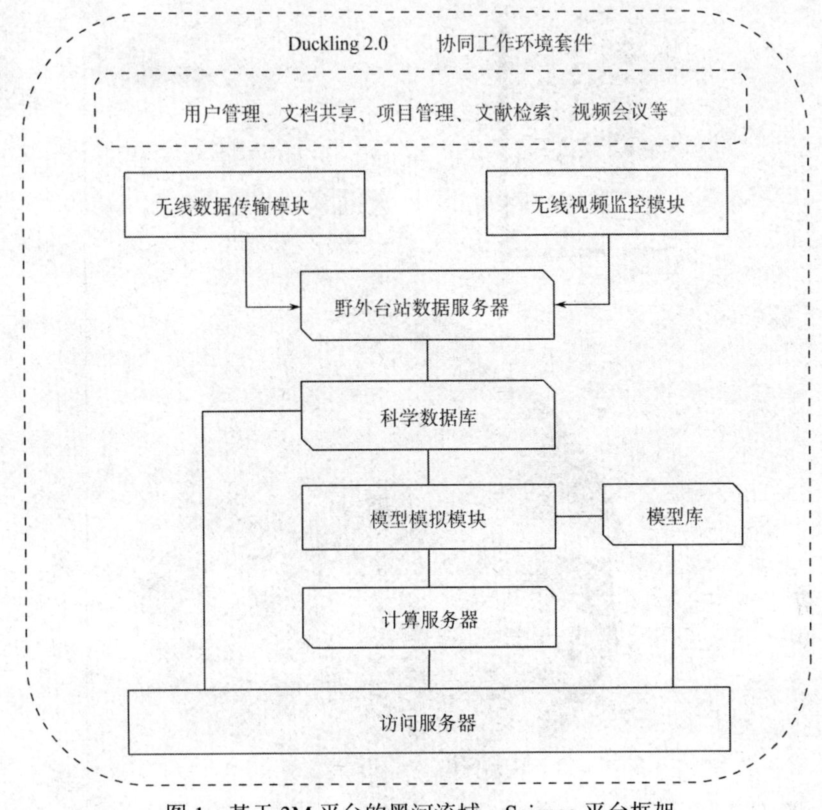

图 1 基于 3M 平台的黑河流域 e-Science 平台框架

熟知的度量值，并将这些数据记录下来。但在我国西北地区，大部分观测数据还没有实现真正的自动化，研究人员需要定期去观测点收集观测数据，而这些观测点又大多分布在偏远的山区，来回往返需要数日或者数周的时间。因此，建立自动的观测网络对于寒旱区地学科学研究来说是十分必要的。我们需要建设一套无线数据传输系统将野外观测数据实时地传输回来，通过无线数据传输模块在野外观测点的数采仪和野外台站之间形成无线的网络连接，再经野外台站通过互联网或移动网络将观测数据传回研究所级数据服务器，在所级数据服务器和观测点之间建立起一条无线和有线混合的数据传输链路。希望通过这种混合的网络技术将观测点的数据实时地传输到所级数据服务器内实现野外环境变量的实时监测。

在黑河流域中，我们选取黑河上游的马粪沟小流域进行示范，目前共有三套气象站部署了无线数据传输系统，三个观测站距离位于流域出口的野外台站约 3~5km，且 2 号点和 3 号点均无法与野外台站进行通信，如图 2 所示。我们采用 Zigbee 技术将三个观测点的观测数据通过无线传输模块以高频微波信号为载波发送到位于流域出口的野外台站，再将接收到的数据转存为数据文件，保存在野外台站数据服务器中。再由野外台站服务器通过 Internet 将观测数据定时发送至所级数据服务器进行入库管理。

3.2 科学数据库与模型库

为了将数据合理、方便地管理起来，所有从气象观测点经过野外台站数据服务器到达所级数据服务器后，都需要将文本格式的数据以表的形式存储到专题数据库中，方便系统管理

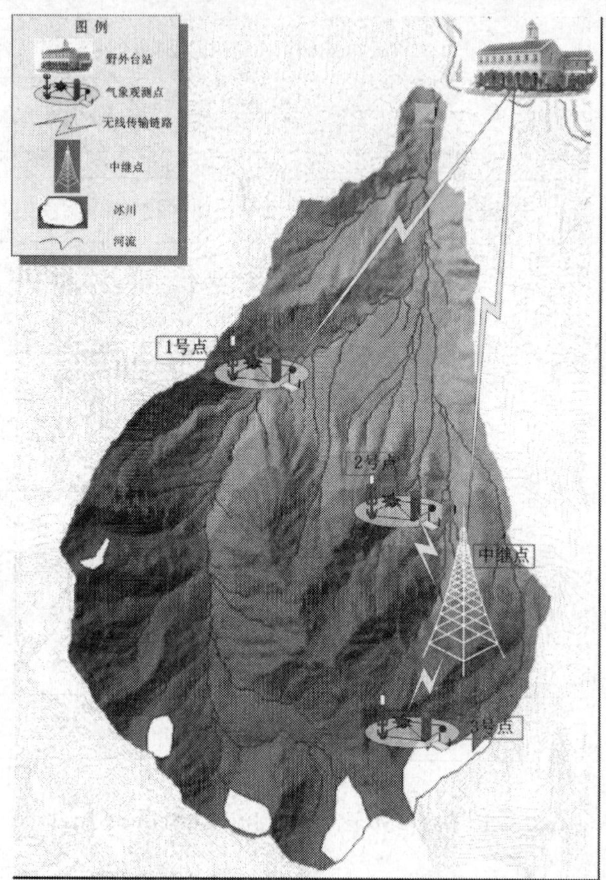

图 2　马粪沟小流域的无线数据传输系统

与调用。在黑河 e-Science 平台中，采用轻量级且开源的 MySQL 对数据进行存储、管理与共享。并且，为了满足地学科学家的需求，数据库中不仅包含了传统的数据检索与下载方式，还引入了元数据对数据进行管理，并且引入了多种数据检索与浏览方式，包括如基于 Google Map 点状标注的空间地图浏览查询功能，按时间轴（timeline）数据浏览的功能，基于 MapServer 的栅格和矢量类型数据的可视化功能，以及基于 AmCharts 的表结构数据可视化功能等。

通过设置规范化的数据库表结构，针对不同的观测数据设计相应的数据程序，完成了气象站自动观测站点数据自动传输至所级数据服务器并自动入库的数据流程，形成了科学数据的可靠、有效的管理方式。

为使研究人员能够利用黑河流域 e-Science 平台开展科学研究，在该平台中引入了模型应用设计了采用元数据管理的黑河流域生态水文模型库。该模型库也采用元数据的管理方式来组织模型库，在模型库元数据中，为地学模型设计了特定的元数据字段，为模型模拟系统方便地提供模型代码、模型介绍、使用说明、输入输出变量、应用案例、参考文献等信息。目前模型库中所包含的模型有：集合卡尔曼滤波算法、小波分析算法、马尔可夫模型、SSiB 模型和 Topmodel 模型等。并且，为了将模型库、科学数据库以及模型模拟系统有机地结合起来，我们在模型库与科学数据库的元数据之间建立了相互可识别的元数据字段。

3.3 模型模拟系统

实验研究为模型提供最基本的观测数据，多种观测手段的引入使得每一分每一秒都在产生多源、多尺度、多分辨率的海量数据，研究人员必须借助各种模型来从这些海量数据中提取出对研究有用的信息。近几十年来，模型研究作为与实验、理论并列的三大研究方法之一在地学中发展十分迅速，这三种研究方法已经密不可分。越来越多的科学家在应用各种模型开展各自的科学研究，也有越来越多的科学家与科学组织针对某一学科领域或综合领域进行新模型的开发与模型间的耦合研究。目前，摆在研究人员面前的问题是，新的模型层出不穷，而且新的模型也都朝着越来越复杂，越来越综合的方向发展，这些模型的使用通常也需要比较多的准备工作。而一些比较经典的，单一领域的模型往往由于缺乏人员维护，研究人员很难获得模型的代码以及帮助文档；缺乏模型机制的更新，一些由个人开发的模型没有持续的研究力量对模型进行改进，而且这类模型通常所需的模型驱动数据与参数数据格式也不统一，需要研究人员针对模型准备模型驱动数据与模型参数。

因此，在黑河e-Science平台中设计了模型模拟系统，借助科学数据库与模型库的数据与模型资源，使研究人员可以使用模型库中的地学模型，并调用科学数据库中相应的数据进行模型运算，从而直接将模拟结果直接返回给研究人员。这种方式不需要研究人员到网上去下载、搜索模型；不需要学习模型源代码的编程语言；不需要研究人员解决复杂程序的编译与调试问题；不需要根据研究区域去收集相关的观测数据；不需要对数据进行复杂的处理来生成模型驱动数据；不需要盲目地去尝试各个参数的取值；也不需要占用研究人员本地的计算以及存储资源。这种方式为研究人员提供了一种基于B/S架构的便捷的模型模拟平台，提高了模型模拟的易用性。

3.4 Duckling 协同工作环境套件

黑河 e-Science 平台框架中，协同工作环境套件[8-9]是由中国科学院计算机网络信息中心面向 e-Science 及中国科学院信息化发展的需求，开发的一套基于互联网的工具软件包，它是专业科研团队提供的综合性资源共享和协作平台，目标是集成数字化的硬件、软件、数据、信息等各类资源，帮助跨地域、跨单位的科研人员，构成一个高效易用的网络化环境，支持和促进信息化时代的新型科研活动方式，目前采用的 Duckling 2.0 版本具有虚拟组织管理、文档管理、协同编辑、文献共享、视频会议等功能，为整个黑河流域 e-Science 平台提供最基本的信息化的项目管理服务与协同工作环境。

4. 应用案例

综合考虑应用示范所选用模型的复杂性以及实用性，我们选择模型库中 SSiB（simplified simple biosphere model）模型作为黑河流域 e-Science 平台的模型应用示范，为研究人员提供该模型的介绍、适用范围、应用案例以及相关参考文献，并为研究人员提供该模型的驱动数据制备程序，将观测数据转换为模型驱动数据，提供易用的模型参数数据制备程序，为研究人员提供模型模拟平台，给出模拟结果。在黑河流域 e-Science 平台中，集成了 Duckling 2.0 平台为研究人员提供虚拟组织管理、文档管理、协同编辑、文献共享、视频会议等功能；在网页上通过 Web 技术集成了数据采集、数据管理、数据存储、模型库、模型计算等应用，研究人员可以通过互联网访问黑河流域 e-Science 平台，进行文档管理、协同编辑、数据浏览、数据下载、模型学习、模型计算等应用。

SSiB 模型[10]是薛永康等在 SiB 模型[11]的基础上提出的，该模型在植物的辐射传输、空气动力学阻力系数和植物气孔阻力系数的计算方面进行了简化，通过参数化方案减少了 SiB 模型中许多参数，但其基本框架、基本方程和大多数过程的参数化方案都来自于 SiB 模型。

研究人员通过模型库了解 SSiB 模型后，进入模型运行配置页面，如图 3 所示，研究人员可以在网页上选择模型运行参数，比如时间步长的选择，研究站点的经纬度，模型模拟初始时间，选择下垫面植被类型（共有 13 种），研究人员也可以根据需求修改模型参数数据。在专题数据库中搜索 SSiB 模型可用的数据，选择合适的数据并制备模型驱动数据，如果没有合适的数据就需要研究人员根据要求制备模型驱动数据，上传驱动数据，然后运行在线模型计算，计算结果以可视化的方式展现给研究人员，如图 4、图 5 所示。

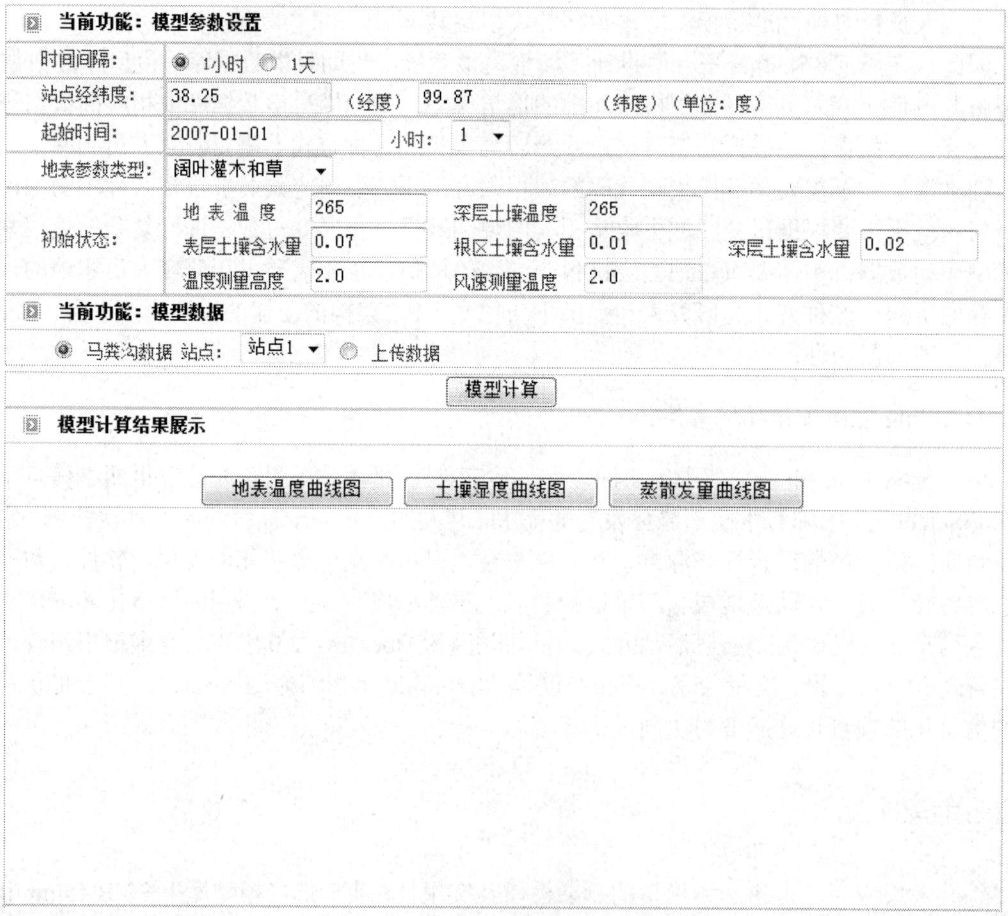

图 3 SSiB 模型参数配置页面

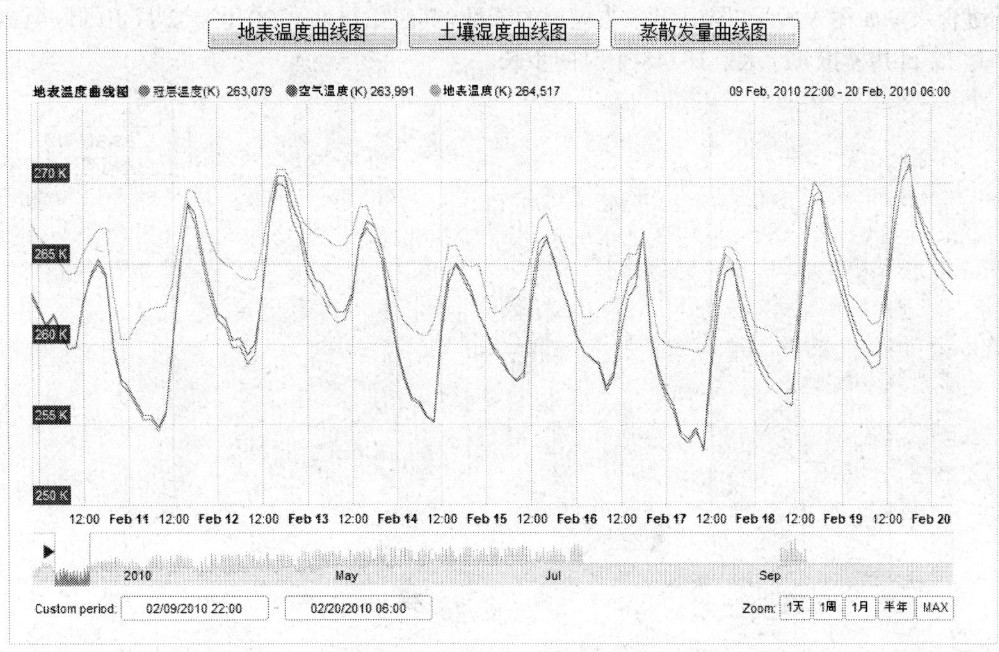

图 4　地表温度曲线图

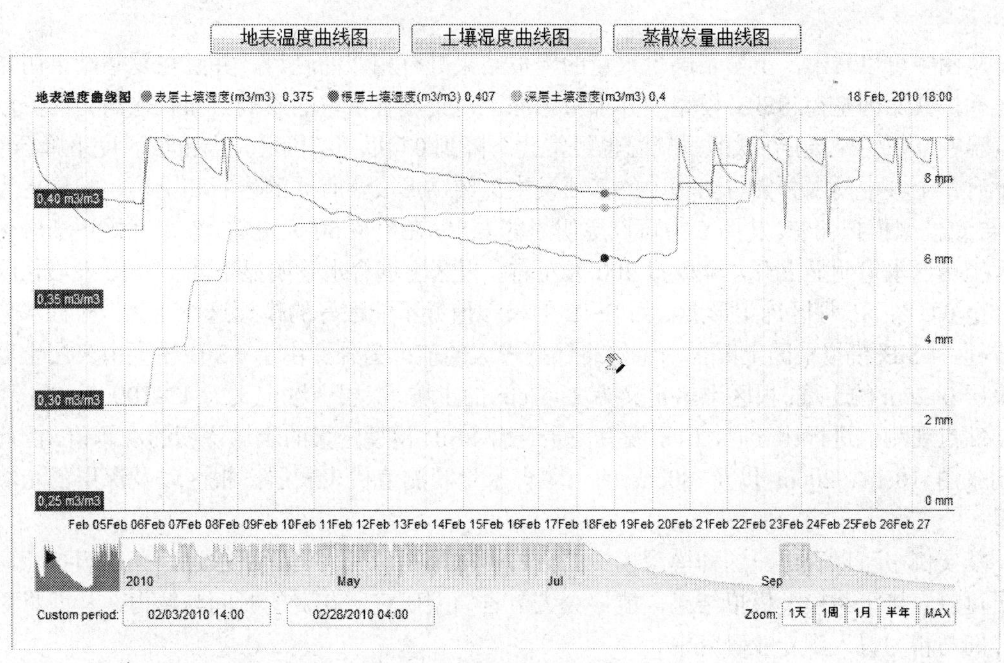

图 5　土壤含水量曲线图

模拟时间段为 2010 年 2 月 10 日至 2011 年 4 月 12 日，模型驱动数据为科学数据库中气象观测数据，模型模拟时间步长为 1 小时，在配置初始值时按照 2010 年 2 月 10 日 0 时的地表温度，土壤含水量等进行配置，温度以及风速测量仪器高度均为 1.5m。经过在线模型计算系统运算后，将数据下载至本地进行深入的分析。通过将模拟的结果日平均或日累加后，表层土壤含水量如图 6 所示。图中 X 轴为模拟的天数，其起始日期从 2010 年 2 月 10 日，至 2011 年 4 月 12 日共模拟 427 天，10248 个时间步长。

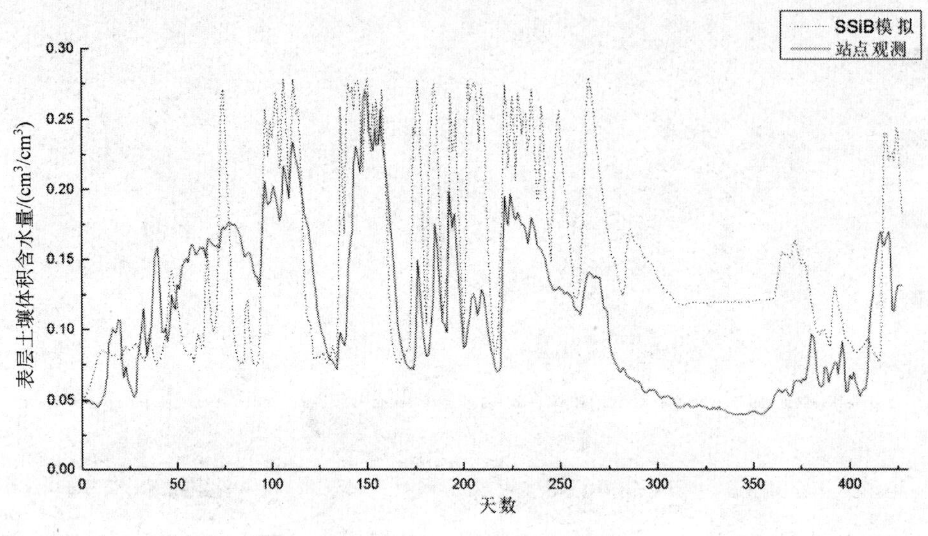

图 6 表层土壤含水量模拟

从图中可以看出，土壤表层含水量的模拟结果具有相似的趋势，并且在夏季结果明显好于冬季，其原因是在 SSiB 模型中并未考虑冻土对土壤含水量的影响。而且在马粪沟流域年均气温在 0℃左右，在春秋两季气温也经常会下降到 0℃以下。因此，当土壤温度下降至 0℃以下时，土壤中的水分会与土壤中的基质发生冻结，形成含有冰的岩石和土壤，被称之为冻土，导致模型模拟偏差。从图 6 中可以更明显的看出，在模拟 50 天左右，冻土开始逐渐融化，根区土壤含水量明显上升，至模拟 200 天左右，根区土壤含水量明显下降至 0.10 左右，温度下降至 0℃以下，根区冻土形成。而 SSiB 的模拟值并不能很好的模拟这些变化，根据水分平衡方程，SSiB 模拟根区土壤含水量始终保持较大的值。另外，由于 SSiB 模型中表层土壤定义表层 0~2cm 的土壤；根区土壤定义为 2~47cm 的土壤，深层土壤定义为 47~100cm 的土壤。在与站点观测值进行比较时，由于没有完全符合 SSiB 模型定义的土壤深度的观测值，因此，分别采用 10cm、20cm 以及 80cm 的土壤含水量观测值代表表层、根区以及深层的土壤含水量。

从实例中可以看出，这种模型模拟的方式可以根据研究人员的需求进行模型模拟，研究人员可以直接下载模型模拟结果，能够大大节省模型研究所花费的时间与精力，从而将更多的时间与精力投入到专业研究中。

5. 结论与展望

在本论文的研究中，通过基于在黑河流域的 e-Science 平台建设，探索了一条在黑河流域适用的以数据为主线的技术路线，从数据的采集、传输、存储、管理、分析，到模型的模拟、计算，并结合可视化技术，形成围绕数据-模型-计算-可视化的 3M 平台框架，建立了无线传输系统、科学数据库与特色模型库、模型模拟系统，以及针对黑河流域研究的协同工作环境。

在无线传输系统中，采用 Zigbee 技术构建了网络环境，实现了将三个观测系统的数据通过中继以文件包的形式传输到野外台站数据服务器中，再经互联网环境将数据从野外台站数据服务器上传到所级数据服务器，实现观测数据的实时传输与展示。在科学数据库与特色模型库中，定义了一套规范数据格式的方法，提出了观测数据自动入库的方法，建立了模型调用科学数据库数据并自动完成数据制备的方法，在科学数据库与模型库之间形成有效地连接，实现观测数据的自动触发入库，科学数据库与模型库的统一管理。在模型模拟系统中，建立了与模型库、科学数据库的关联程序，使用户能够直接调用模型库中的模型并使用科学数据库中的数据进行科学模拟。

实现了基于 Web 技术的数据观测、采集、传输、管理、共享、处理、分析、模拟、计算、可视化一体的 e-Science 平台。实现在 Duckling 2.0 协同工作环境套件中整合无线数据传输系统、科学数据库、模型库以及模型模拟系统，形成能集成数据、模型，能支持多学科、多尺度模型研究的重要信息化基础设施。

本论文虽然在基于黑河流域的 e-Science 平台建设中取得了一些进展，但是在研究中也发现了一些不足。总的来说，在国内，e-Science 概念以及其相关建设才刚刚起步，还需要更先进的信息化技术来解决科学研究中面临的诸多问题，包括高速网络、高性能计算、海量存储环境以及信息化的科学仪器在内的信息化基础设施的建设等。针对本论文的研究，有以下几个方面需要在今后的研究工作中进一步改进和深入：

（1）在无线数据传输系统中，系统的功能还需要完善，使各种网络接入方式都能够可靠地将数据传输回来。

（2）需要更完善的观测数据管理方法，能够判断观测数据中可能会出现异常的情况，实现可靠的自动化的数据管理。

（3）进一步完善模型库的模型数量，为研究人员提供更多种的模型模拟服务。

（4）目前在示范流域中仅布置了一套无线数据传输系统，包括三个气象数据观测点。虽然技术路线已经明确，但要想实现全流域的信息化、自动化，不仅在技术上有一定难度，包括无线传输的自动路由技术，多种无线网络信号的统一管理方案等；而且在经济上也有很大的困难。

参 考 文 献

[1] Taylor J. www.rcuk.ac.uk/escience/default.htm. 1999.

[2] Atkinson M, DeRoure D, Dunlop A, et al. Web service grids: an evolutionary approach. Concurrency and Computation-Practice & Experience, 2005. 17(2-4): 377-389.

[3] 江绵恒. 科学研究的信息化: e-Science. 科研信息化技术与应用, 2008, 1(1): 8-13.

[4] 桂文庄. 什么是 e-Science. 科研信息化技术与应用, 2008, 1(1): 1-7.

[5] 张耀南, 肖洪浪. 内陆河流域综合集成研究所需的 e-Science 环境. 科研信息化技术与应用, 2009, 2(2): 52-64.

[6] 程国栋, 赵传燕. 干旱区内陆河流域生态水文综合集成研究. 地球科学进展, 2008, 23(10): 1005-1012.

[7] 程国栋, 赵传燕. 西北干旱区需水研究. 地球科学进展, 2006, 21(11): 1101-1108.

[8] 南凯, 董科军, 谢建军, 等. 面向云服务的科研协同平台研究. 华中科技大学学报(自然科学版), 2010,38:

14-19.

[9] 南凯, 李华飚, 董科军, 等. 支持 e-Science 的协同工作环境. 科研信息化技术与应用, 2008, 1(1): 35-40.

[10] Xue Y K, Sellers J, Kinter J K, et al. A simplified boisphere model for global climate studies. Journal of Climate, 1991, 4(3): 345-364.

[11] Sellers P J, Mintz Y, Sud Y C, et al. A simple biosphere mode (SIB) for use within general circulation models. Journal of the Atmospheric Sciences, 1986, 43(6): 505-531.

Construction of a Scientific Database Based e-Science Platform for Heihe River Basin

Wang Yang [1], Zhang Yaonan [2]

(1. Computer Network Information Center, Chinese Academy of Sciences, Beijing 100190, China;

2. Cold and Arid Regions Environmental and Engineering Research Institute, Chinese Academy of Sciences, Lanzhou 730000, China)

Abstract Data-model-computing-visualization is an important main line of e-Science application in Heihe River Basin. For promoting integration of watershed research and combination of multi-disciplines, we have built a platform which can integrate data observation, data transmission, data management, data processing, model management, model simulation, results visualization and collaborating environment to support ecological and hydrological research in Heihe River Basin. We constructed a 3M (Monitoring, Modeling, and Manipulating) platform to realize data observation, collection, processing, analyzing, computing and visualizing. We integrated wireless data transmission system, scientific database, model library and model simulation system together to build the key cyberinfrastructure and an integrated e-Science platform to support multi-discipline, multi-scale modeling research.

Key words e-Science; wireless transmission; scientific database; model simulation; Heihe river basin

化合物性质预测方法的比较与性质预测平台的设想

周俊红　陈维明

（中国科学院上海有机化学研究所　上海　200032）

摘　要　本论文详细介绍了使用量子化学方法、分子力学、QSAR/QSPR 方法进行化合物性质预测的原理、各个方法的优缺点以及主要适用的计算对象，同时介绍了化学性质预测平台的初步设想，以便为用户提供更多的化合物性质数据。

关键词　计算方法；性质预测

1. 引言

随着化学研究投入的增加，新化合物每年以几十万种的速度问世，目前化合物数量已达数千万种，但这些化合物的一些实验性质数据却非常匮乏。为满足应用需求，可以利用计算方法获得化合物的一些性质数据，在一定程度上弥补实验性质数据的空白。目前预测性质的方法有多种，如量子化学方法、分子力学、QSAR/QSPR(quantitative structure-activity relationship/quantitative structure-property relationship)方法等。每个方法的理论基础决定了方法的优点以及不足，从而也决定了通过该方法可预测的性质数据以及预测数据的准确性。为了更好地利用预测方法获得化合物性质数据，本文对目前主要预测方法的理论基础、方法的特点以及适用对象进行了介绍，最后对未来化学性质计算平台的建设进行了设想。

2. 计算方法

2.1　量子化学方法

量子化学是以量子力学为基础，利用量子力学的基本原理和方法来研究化学问题的一门学科。量子化学方法的核心是求解薛定谔（Schrödinger）方程，目前可精确求解薛定谔方程的体系，仅限于单电子体系，可用分离变量法求解。对于多电子体系，只能对其进行单电子近似求解，这时，薛定谔方程由微分方程变成一个其次线性的代数方程组。求解该方程组，即求各分子轨道能级与相应的分子轨道展开系数。在此理论框架基础上做一些简化或者改进，即得到各种不同的理论方法。

量子化学方法适用于计算与电子运动相关的性质。通过量子化学计算，可获得偶极矩与

本论文受到中国科学院信息化专项项目、国家科技基础条件平台项目、上海市科委研发公共服务平台项目的资助。

多极矩、极化率、轨道能量与电荷分布、局部电离势、热力学性质、位能面与反应途径、分子或原子光谱等信息。

2.1.1 从头算方法

从头算方法[1]是指基于玻恩-奥本海默近似、单电子近似和非相对论三大近似，利用光速、电子质量、原子核质量和普朗克常数最基本不变的物理量对分子的全部积分严格进行计算，不借助任何经验参数来求解薛定谔方程的计算方法。在求解薛定鄂方程的过程中采用一系列的数学近似，不同的近似也就导致了不同的方法。如 HF(Hartree Fock)[2]方法只考虑了同电子自旋的相关（交换相关）问题，而没有考虑相反自旋的电子相关问题和瞬时电子相关的问题；MPn 微扰(Mϕller-Plesset perturbation) [3]方法考虑了微扰项；而更为精确的计算应包含更多的相关能，如组态相互作用方法 (configuration interaction singles，CIS)[4]、CISD(configuration interaction singles and doubles) [5]和耦合簇方法 (complete active space self consistent field，CASSCF)[6]等。

从头计算法是各种量子化学计算方法中最严格的方法。它的精度较高，误差容易分析，但是其运算复杂、需要的计算时间比较长。原则上，从头算方法可计算任何种类和大小的体系，但考虑到计算资源与计算时间的限制，它一般用于几十个原子以内的体系的精确计算。

2.1.2 半经验方法

半经验方法就是在波函数、Hamilton 算符和积分三个层次上对量子化学计算依据的 Hartree-Fock-Roothaan 方程进行简化，通过实验值拟合的参数修正由于简化引起的误差。

常用的半经验方法包括 AM1、PM3 以及最新发展的更加精确的 PM5、RM1、PM6 方法[7]。其中 AM1 方法可正确预测和计算氢键和活化能，但计算含磷键、过氧键等误差较大。PM3 计算氢键和过氧键误差较小。PM6 方法是目前半经验计算中最精确的方法，它的计算结果的精确性非常接近于 DFT-B3LYP 方法[8]。

半经验计算比第一原理计算快很多，它一般用于几千个原子的体系。目前，MOPAC2009[9]已经可以对 15,000 个原子的体系进行几何优化，对 18,000 个原子的体系进行单点计算。

半经验方法对其适用的体系可以达到很好的精度，但是如果计算的分子与参数化该方法时使用的分子结构不相近，半经验方法可能给出完全错误的结果。半经验方法比较适用于有机分子，因为有机分子的大小适中并主要由少数几种原子构成。

半经验方法计算的分子的几何构型、生成热、偶极矩、离解能、电子亲和势等数值都和实验结果吻合得很好，可以准确地预测许多化学反应的活化势垒和各化合物的生成热。

2.1.3 密度泛函理论

随着量子化学的发展，尤其是 Thomas-Fermi-Dirac 模型的建立，以及 Slater 在量子化学方面的工作，在 Hohenberg-Kohn 理论的基础上，形成了现代密度泛函理论 (density functional theory, DFT)[10]。密度泛函理论基本思想是原子、分子和固体的基态物理性质可以用粒子密度函数来描述。

由于电子密度仅仅是三个变量的函数，而 n 电子波函数是 $3n$ 个变量的函数，因此 DFT 方法可以大大简化电子结构的计算。DFT 如 B3LYP 方法计算精度与 MP2 方法相似，而计算资源要求与 HF 相似，比 MP2 方法小得多，DFT 在速度和精度间提供了很好的折中方案，现在已经能够计算约 100 个原子组成的体系。

DFT 方法相比从头算方法，常常低估活化能，难以很好地重现氢键，不能重现弱的范德华作用。

2.2 分子力学

分子力学[11]是基于经典牛顿力学方程的一种计算分子平衡结构和能量的方法。它假设原子核的运动与电子的运动是独立的，分子是一组靠各种作用力维系在一起的原子集合。它采用位能函数来表示当键长、键角、二面角等结构参数以及非键作用等偏离“理想”值时分子能量（空间能）的变化。采用优化的方法，寻找分子空间能处于极小值状态时分子的构型。

分子力学的计算量小，可用于研究数以千计个原子的体系。它适用于对大分子进行构象分析、研究与空间效应密切相关的有机反应机理、反应活性、有机物的稳定性及生物活性分子的构象与活性的关系。分子力学是一种经验方法，分子力学所依赖的分子力场是在大量的实验数据的基础上产生的，因此当研究对象与所用的分子力学力场参数化基于的分子集合相差甚远时不宜使用，并且也不适用于没有足够多的实验数据的新类型的分子。

分子力学的核心是构筑力场，目前常用的力场主要有：

（1）传统力场（如 AMBER、CHARMM、CVFF、MMX）[12]，一般适用于生物分子。

（2）第二代力场（如 CFF、MMFF94、COMPASS、PCFF、CFF95）[13]，适用于不含过渡金属元素的有机分子体系。

（3）通用力场（如 ESFF、UFF、Dreiding，ESFF）[14]，适用于有机和无机分子的计算，UFF 适用于周期表上的所有元素，Dreiding 适用于有机小分子、大分子和主族元素的计算。

分子力学目前被广泛应用，但分子力学所依赖的分子力场还存在几个问题：

（1）两个相互作用的原子间的诱导偶极作用没有考虑受到其他原子的影响。

（2）非键作用势中假定原子为球形，实际上，非键作用受原子形状的影响，孤对电子也需要被考虑。

（3）谐振势函数不能精确地拟合实验数据。

（4）对于静电作用的处理过于简化，通常依赖于一套固定的原子部分电荷。

2.3 QSAR/QSPR 方法

QSAR/QSPR 方法主要应用各种统计学方法和分子结构参数研究有机化合物的各种物理化学性质和生物活性与其结构之间的定量关系。其基本假设是分子性质的变化是由其结构的变化引起的，分子的结构可以用反映分子结构特征的各种参数（描述符）来描述，即化合物的性质可以用化学结构的函数来表示[15]。QSAR/QSPR 的研究对象包括化合物的各种理化性质、生物活性、毒性、药物的各种代谢动力学参数等，研究领域涉及药物设计、分析化学、环境化学、食品科学和材料科学等学科。

QSAR/QSPR 研究不仅可以建立预测化合物的各种性质的理论模型，而且还可以确定哪些描述符对化合物的性质影响显著，从而在分子水平上了解物质的结构对各种性质的决定性作用。

QSAR 从本质上来说，可分为两大类，即指数法和立体法。指数法主要是建立分子描述符与性质之间的关系，如 1D-QSAR，2D-QSAR[16]。立体法主要是建立分子场与性质之间的关系，如 3D-QSAR、4D-QSAR、5D-QSAR、6D-QSAR[16]。其中应用最广泛的是 2D-QSAR 和 3D-QSAR。最近基于分子片段的定量构效关系方法（FB-QSAR）[17]也引起了人们的兴趣。

2.4 QSAR/QSPR 存在的问题

理论上，一个有效的 QSAR/QSPR 模型可以预测得到化合物的多种性质，可以用于对化合物数据库的批量筛选。但在实际建立与应用 QSAR/QSPR 模型时，常常会出现一些错误，从而导致预测得到的结果不合理。

文献[18]总结了在建立 QSAR/QSPR 模型过程中可能出现的 20 类错误，大体可分为数据集的质量、描述符的选择、模型的验证、模型应用范围的定义、机理解释等几个方面。为使 QSAR/QSPR 模型尽可能合理，在建立模型时，要尽量保证研究对象数据集的完备性、多样性、合理性、来源一致性。在选择描述符时，要尽量选择与作用机理可能相关、具有明确物理意义的描述符，要保证描述符之间不相关。模型建立之后，要对模型进行内部和外部验证，以检验模型的拟合可优度、鲁棒性和预测能力。另外，由于 QSAR/QSPR 模型只对与训练集相似的化合物可以得到好的预测结果，模型应用范围会直接影响 QSAR/QSPR 模型的预测可靠性，因此 QSAR/QSPR 模型应用范围的定义也是非常重要的。

目前定义模型应用域范围的方法主要分为以下四类。

（1）以片段为基础的方法。如果训练集的片段集中不包含待测化合物的组成片段，将定义该待测化合物在应用域范围外。对于该方法，将化合物拆分为片段的算法会影响应用域范围，片段包含化学信息越多，应用域范围越严格。

（2）化学描述符的值范围方法。用多个化学描述符组成的 N 维空间定义应用域。但是有些描述符不能对应用域内外的化合物进行很好的区分，如文献[19]采用 $\log P$ 对测试集进行区分，几乎整个测试集都在应用域范围内，而对同样的数据集采用其他方法区分，其中一部分化合物在应用域范围外。

（3）结构相似性方法。根据相似的结构具有相似的化学性质这一假设，采用结构相似性方法应是更加合理的，但结构相似性是一个主观概念，判断结构相似的方法不同，可能应用域范围也不同；另外即使结构相似的化合物，也可能由于其作用机理不一样，导致性质不一样。

（4）组合方法。文献[19]表明以片段为基础的方法和结构相似性方法结合是一种更好的定义应用域范围的方法。

模型应用范围的定义是比较困难的，一方面化合物结构相似的判断具有主观性；另一方面有些化合物尽管结构相似，由于作用机理不同，导致性质产生很大差异；其次是所定义的模型应用域的方法要能够通过编程实现。目前模型应用域定义仍然是 QSAR/QSPR 的研究热点，人们仍然在探索中。

一个合理的 QSAR/QSPR 模型，应该尽可能给出模型中的描述符与预测性质之间机理相关的解释。需要注意的是，QSAR/QSPR 模型包含的描述符只能说明与其预测性质相关，它们之间并不一定存在因果关系，因此模型包含的一些描述符号可能与作用机理是无关的，这也是导致一部分 QSAR/QSPR 模型预测能力低的一个原因。如果在建立模型之前，作用机理已经明确，根据作用机理建立的模型，其预测能力应该会大大提高。

在建立或应用 QSAR/QSPR 模型时，另外需要注意的是数据集中出现的奇异点（outlier）的处理。数据集奇异点的出现，一部分是由于测量误差或统计波动而引起的，另一部分是由于该奇异点对应的化合物的作用机理与其他化合物不同而导致的奇异点。当两个化合物作用机理不同时，尽管结构非常相似，也可能会有明显不同的活性值，将这种情况称为“activity cliff”，这也是导致 QSAR/QSPR 模型对一些化合物预测能力差的原因。对于由于测量误差或统计波动而引起的奇异点，在建立 QSAR/QSPR 模型时，可直接剔除。而对于“activity cliff”引起的奇异点，原则上，由“activity cliff”引起的奇异点，不可以直接剔除，而应该对“activity cliff”附近的化合物进行测试，将其数据包含进训练集，这样建立的 QSAR/QSPR 模型的预测能力将会提高。

3. 化合物性质计算平台的设想

在设想的化合物性质计算平台中，应包括化合物性质在线计算和数据统计分析两个功能模块。

3.1 化合物性质在线计算

比较常用的性质参数主要包括：理化性质、类药性质及其他一些分子描述符。其中理化性质主要包括：沸点、临界常数、密度、介电常数、电介质极化率、焓、平衡常数、闪点、亨利常数、熔点、分子摩尔折射、等张比容、分配系数、折射率、溶解度、表面张力、蒸汽压、分子量等。类药性质主要包括：疏水常数、氢键给体数目、氢键受体数目、环的数目、极性表面积等。其他一些分子描述符主要用于建立 QSAR/QSPR 模型，主要包括组成成分、拓扑、几何、电子、能量、自相关函数、电拓扑指数等参数。

在设想的化合物性质计算平台中，化合物性质在线计算模块应包括：

（1）量子化学计算。通过量子化学计算可得到电荷、能量、前线轨道、偶极矩、分子极化率、热力学性质等性质参数。

（2）利用 QSAR/QSPR 方法的性质计算。通过 QSAR/QSPR 方法主要计算得到一些理化性质数据。由于 QSAR/QSPR 模型的预测能力的限制，当利用 QSAR/QSPR 模型对任一化合物进行预测时，可能会得到不合理的结果。尽管有些程序对不属于模型应用域内的化合物会给出警告，但由于应用域的定义有一定的主观性，仍然有些化合物的预测结果不合理。

为判断预测结果的可靠性，在设想的化合物性质计算平台中考虑提供多个 QSAR/QSPR 方法的计算结果，并对多个计算结果进行比较，据此划分可信度等级。计算结果的可信度可分为三个等级：可接受、可疑、不可接受。最后只对可接受的值求其平均，作为化合物性质的预测值。

例如，对于同一化合物的 $\log P$，假设可采用三种方法分别进行预测，得到的预测值为 $y1$、$y2$、$y3$。一般认为，$\log P$ 的实验测量误差范围是 $-0.4 \sim 0.4$，我们定义：①$y1$、$y2$、$y3$ 之间的差值小于 ±1.0 时，计算值是可接受的；②$y1$、$y2$、$y3$ 之间的差值介于 ±1.0 和 ±2.0 之间时，计算值是可疑的；③$y1$、$y2$、$y3$ 之间的差值大于 ±2.0 时，计算值是不可接受的。

如果 $y1$、$y2$、$y3$ 中有两个或三个值是可接受的，对可接受的值求其平均，作为化合物性质的预测值提供给用户，并表明该计算值是可接受的；如果 $y1$、$y2$、$y3$ 均为可疑值，直接将三个计算值提供给用户，仅供用户参考，并表明该计算值是可疑的；如果 $y1$、$y2$、$y3$ 均为不可接受的，将不再提供给用户预测值，并提示用户无法得到可接受的预测值。

（3）基本描述符的计算。通过免费的描述符计算程序，为用户提供基本描述符的计算，例如组成成分、拓扑参数、几何参数、自相关函数、电拓扑指数等，以便用户可利用这些参数建立 QSAR/QSPR 模型等用途。

3.2 数据统计分析

为了方便用户对计算得到的数据进行统计分析，在设想的化合物性质计算平台中考虑同时提供统计分析功能。统计分析功能主要利用 MathType 数据统计分析软件，用户可以对计算得到的性质数据进行统计分析，以便观察数据的变化规律以及一些特殊的数据点。

参 考 文 献

[1] Hehre W J, Adom L R, Schleyer P V R, et al. Ab Initio Molecular Orbital Theory. New York:John Wiley&Sons, 1986.

[2] Szabó A, Ostlund N S. Modern Quantum Chemistry: Introduction to Advanced Electronic Structure Theory. New York:McGraw-Hill, 1989.

[3] Head-Gordon M, Pople J A , Frisch M J. MP2 energy evaluation by direct methods. Chemical Physics Letters, 1988,153(6):503-506.

[4] Tirapattur S, Belletête M, Leclerc M ,et al. Study of excited state properties of oligofluorenes by the Singles configuration interaction (CIS) theoretical approach. Journal of Molecular Structure: THEOCHEM, 2003, 625(1-3): 141-148.

[5] Tschumper G S, Schaefer H F. A comparison between the CISD[TQ] wave function and other highly correlated methods: Molecular geometry and harmonic vibrational frequencies of MgH_2. Journal of Chemical Physics,1998,108:7511-7515.

[6] Malmqvist P , Roos B O. The CASSCF state interaction method. Chemical Physics Letters, 1989, 155(2): 189-194.

[7] Stewart J J P. Semiempirical molecular orbital methods//Reviews in Computational Chemistry, New York:John Wiley & Sons, 2007.

[8] Stewart J J P. Comparison of the accuracy of semiempirical and some DFT methods for predicting heats of formation. Journal of Molecular Modeling, 2004,10(6):12.

[9] http://openmopac.net/home.html.

[10] Geerlings P, DeProft F, Langenaeker W. Conceptual density functional theory. Chemical Reviews,2003, 103(5):1793-1874.

[11] Leach A R .Molecular modelling : Principles and Applications.second edition.London:Pearson,2001.

[12] Jr MacKerell A D, Banavali N, Foloppe N. Development and current status of the CHARMM force field for nucleic acids.Biopolymers, 2000,56(4):257-265.

[13] Sun H. COMPASS: An AB Initio force-field optimized for condensed-phase applications-overview with details on alkane and benzene compounds. Journal of Chemical Physics,1998,102(38):7338-7364.

[14] Mayc S L, Olafson B D, Goddard W A. DREIDING: a generic force field for molecular simulations. J. Journal of phgsical chemistry. 1990, 94(26):8897-8909.

[15] 王连生, 韩朔睽. 分子结构、性质与活性. 北京：化学工业出版社, 1997.

[16] Lill M A. Multi-Dimensional QSAR in drug discovery. Drug Discovery Today, 2007,12(23):1013-1017.

[17] Salum L B,Andricopulo A D. Fragment-based QSAR: perspectives in drug design. Molecular Diversity, 2009,13:277-285.

[18] DeardenM J C, Cronin T D, Kaiser K L E. How not develop a quantitative structure activity or structure property relationship (QSAR/QSPR), SAR and QSAR in environmental research. 2009, 20(3-4):241-266.

[19] Ellison C M, Sherhod R, Cronin M T D, et al. Assessment of methods to define the applicability domain of structural alert models. Journal of Chemical Information and Modeling, 2011,51:975-985.

Comparison of Prediction Methods and Some Ideas about Prediction Platform for Compound Properties

Zhou Junhong, Chen Weiming

(Shanghai Institute of Organic Chemistry, Chinese Academy of Sciences, Shanghai 200032,China)

Abstract The basic principle, characteristic and application about Quantum chemistry, molecular mechanics and QSAR/QSPR were Compared. At the same time, some ideas about prediction platform for compound properties were put forward. By this way, more compound property data was easily obtained.

Key words Computation methods; properties prediction

化学反应数据库与量化计算在合成设计中的应用策略

李　佳　解丽娜　胡　静　姚建华

（中国科学院上海有机化学研究所　上海　200032）

摘　要　化学反应数据库通常收集已报道且已成功的化学反应信息，数据库中的信息通常可作为新化合物合成路线设计的参考依据。反合成分析方法是合成设计常用的逻辑分析法之一。量化计算是通过对反应物、产物、各中间体及过渡态的优化计算，得到其具体几何构型和能量，从而构建精确的反应势能面。通过反应势能面中反应物与产物能量差别，以及各过渡态的能垒高低，对该合成反应路径在热力学及动力学上进行综合的评估。两种方法在合成设计中起到互补的作用，可用于不同阶段：数据库方法应用于合成设计的前一个阶段，为后一阶段（量化计算）提供候选合成路线；量化计算应用于合成设计的后一个阶段，从候选的合成路线中选取合理、高效的合成路线。

关键词　反应数据库；反合成分析；量化计算；合成设计

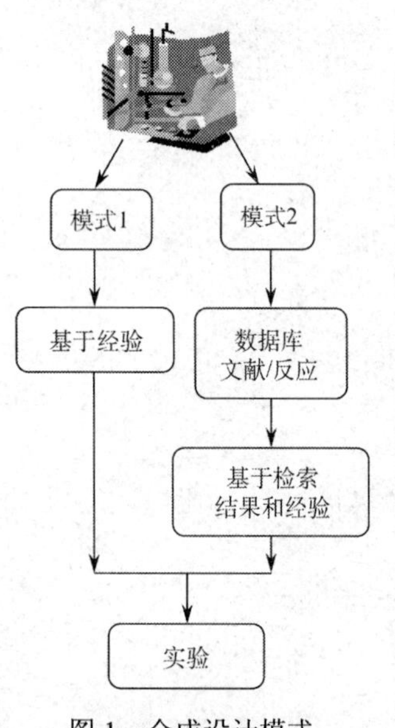

图 1　合成设计模式

随着计算机与互联网技术的发展，它们的应用领域在不断地扩展，其应用深度在不断提高。分子设计、合成设计和结构确定是化学研究中的三大主要内容。合成设计的策略从单纯地依靠化学研究人员的经验，逐渐发展成利用已有的化学实验记录、化学文献信息系统[1-2]、化学反应数据库[3-4]、基于化学反应规则的推理和理论计算，进而形成多种方法的合理组合，开展相应的合成设计工作。

经初步调查，目前大多数化学研究人员开展合成设计工作的模式主要有两种，如图 1 所示。然而，无论是哪种模式，人们都只注重已有的实验记录结果。众所周知，实验记录的内容一般为已经做过的实验内容和结果，因此，它们的内容总是有限的。

在本文中，我们将介绍一种新的合成设计的策略，它的主要特点是，除了注重已有的实验记录，还将量化计算方法应用于合成设计阶段，这将在一定程度上弥补实验记录的有限性。

本论文受国家“973”项目“植物调控相关的候选药物与分子靶标”、基金委项目“除草剂代谢物预测方法研究”、“十二五”支撑项目“化学、生物与信息技术相结合的农药创制技术研究”、环保部公益性项目“部分化学物质属性预测模型和数据研究加工”等项目资助。

1. 方法

反合成分析是 Corey 在 20 世纪 60 年代[5]，总结前人和他自己成功合成多种复杂有机分子的基础上，提出的合成路线设计及逻辑推理方法,创立了根据目标化合物推测其反应物的方法——反合成分析法。该方法现在已成为合成有机化合物，特别是对复杂分子的合成具有独特体系的有效方法。

该方法从目标化合物出发，按一定的逻辑推理原则，通过反合成转变推出目标化合物的前体（precursors）即合成子，再逆向推出前一步的合成子，继续逆向推理下去直至推导出简单的起始原料，从而得到可行的合成反应路径。在此过程中，反合成转变则通过化学反应数据库进行搜索筛选，根据反应数据库中的反应路径逻辑排除大量的不合理反应路径，最后多步的反合成转变筛选得到数条可能的合成反应路径。通常复杂的目标化合物，其合成反应路径存在成百上千条，而反应数据库则在此起到很好的前期筛选作用，使合成化学家更清晰地选择可行性大的反应路径，从而节省大量人力和物力。

对于复杂的目标化合物，通过一些常用的合成逻辑及经验推导，加上反应数据库筛选得到的数条可行反应路径基础上，可采用量子化学理论精确研究。目前量子化学研究方法以及相应计算程序的飞速发展，使得采用量子化学精确研究一定较大体系成为可能，并能得到可靠结果。如其中的密度泛函理论方法，以电子密度为变量，从而节省大量计算时间，处理有机体系有着非常好的效果[6-7]。

通过分别对各条反应路径的反应物、产物、中间体以及各过渡态的优化计算，并对其能量与几何结构详细分析，构建整体反应势能面。而精确的反应势能面则可全面的评估该反应的热力学以及动力学状况，从而以此比较各条反应路径，得到反应条件最为温和且选择效率最高的反应路径，更好地指导和提高具体实验合成效率。

2. 实例

反合成分析针对目标化合物一般先采取分割策略，通常目标化合物中都有多种分割方式，如一个简单的实例，如图 2 所示。

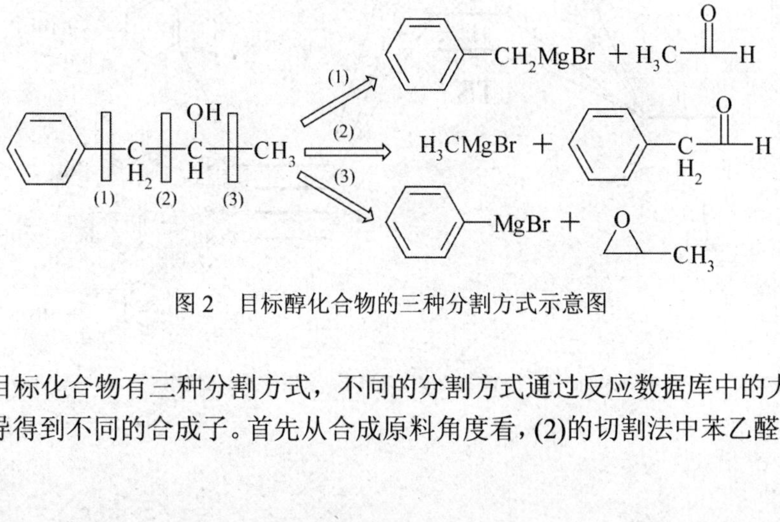

(1) $C_6H_5-CH_2MgBr + H_3C-CHO$

(2) $H_3CMgBr + C_6H_5-CH_2-CHO$

(3) C_6H_5-MgBr + 环氧丙烷（CH_3）

图 2　目标醇化合物的三种分割方式示意图

对于该目标化合物有三种分割方式，不同的分割方式通过反应数据库中的大量反应实例可以搜索推导得到不同的合成子。首先从合成原料角度看，(2)的切割法中苯乙醛不容易得到，将该切割方法排除。而(1)和(3)的切割法中的乙醛和环氧丙烷均较是常见的合成原料，则只需将另一个合成子继续逆向合成推导。通过反应数据库搜索得到如图 3 所示的两条反应路径。

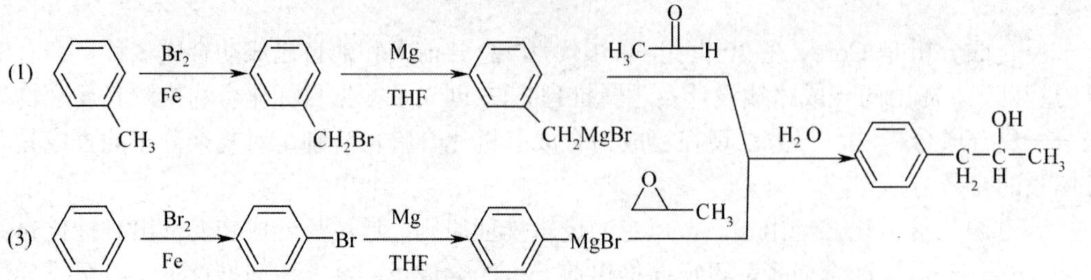

(1) Br_2 / Fe；CH$_3$；CH_2Br；Mg / THF；CH_2MgBr；$H_3C-C(=O)-H$；H_2O；OH；$-\underset{H_2}{C}-\underset{H}{C}-CH_3$

(3) Br_2 / Fe；Br；Mg / THF；MgBr；CH_3

图 3　反合成分析方法通过反应数据库搜索所得两条反应路径示意图

反应(1)与(3)路径均为合理并可行路径，其合成原料也都为常见化合物。比较两条反应路径，其最为关键的步骤在第一步溴化，而后面得到格式试剂的反应大体相同。在此基础上，采用量子化学理论对两条反应路径关键步骤进行精确研究。具体计算采用 Gaussian03 程序[8]，B3LYP 方法[6]及 6-31G 基组[9]进行。通过对其反应物、产物及过渡态的优化计算，得到其能量以及几何结构，构建相应反应势能面，如图 4 所示。

图 4 中反应势能面可以明显表现出两种路径的反应势垒，以及其反应放热情况。而对于反应(1)路径中，溴取代甲苯上甲基氢原子的势垒为 105.7 kJ/mol，明显高于反应(3)路径中取代苯上氢原子的 59.7 kJ/mol。这也表明反应(3)条件相对温和，实际情况中，反应(1)中溴如要取代甲基上氢原子需在光照或溴蒸气条件下才能进行。另外，对于反应(1)还可发现，溴在苯环上甲基的邻、间、对位上取代的势垒均低于在甲基上取代。这表明反应(1)路径在反应选择性上存在非常困难的问题，其最后得率将非常低。如此，通过量子化学的研究，足以将反应(1)的适用性排除，从而最后选择反应(3)路径。

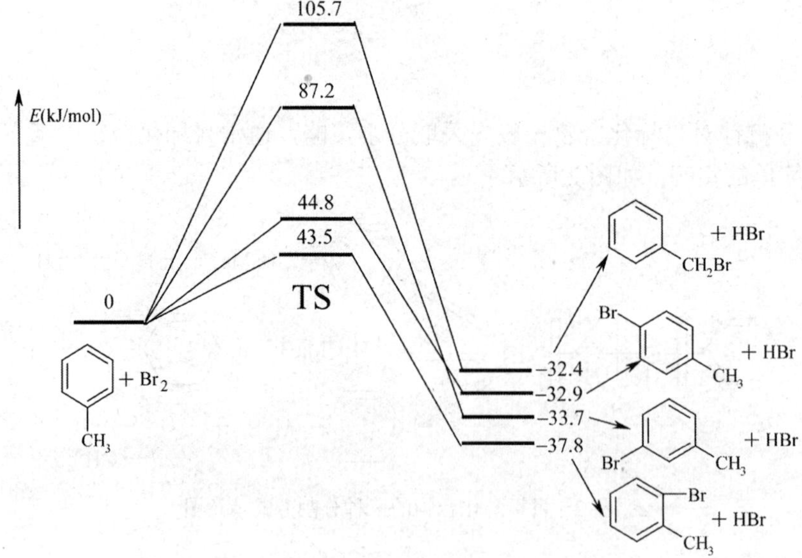

（a）反应(1)路径中溴取代甲苯上氢原子各种可能性

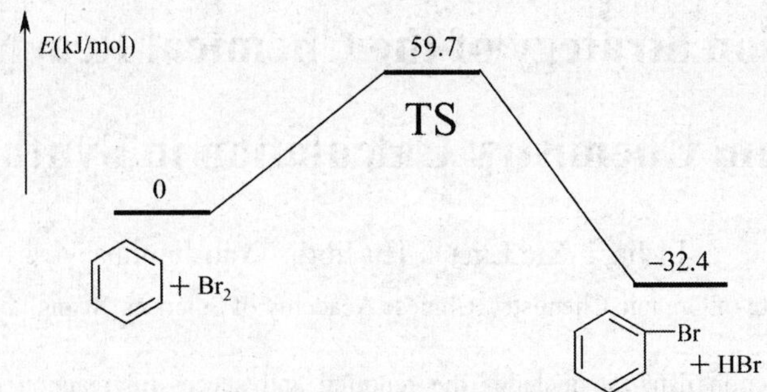

（b）反应(3)路径中溴取代苯环上氢原子

图 4 量化计算所得反应势能面示意图

3. 结论

反应数据库对有机合成反应前期选择确认反应路径有着重要的筛选作用，并且随着反应数据库的日益充实，其作用将更为明显。然而，对于较为复杂或是新颖的目标化合物，通过反应数据库的搜索筛选可能仍然会得到较多的可能反应路径。通过量子化学对其各条反应路径进行精确研究，则可得出其各条反应势能面，从而全面的评估各反应，了解其反应条件温和与否，以及其反应选择性如何等。这对化学合成工作者最后确定反应路径有着重要的指导意义。

参 考 文 献

[1] http://www.reaxys.com.

[2] https://scifinder.cas.org/scifinder.

[3] http://www.heterocycles.jp.

[4] http://www.rsc.org/Publishing/CurrentAwareness/CCR/About.asp.

[5] Corey E J, Chaykovs M. Dimethyloxosulfonium Methylide ($(CH_3)_2SOCH_2$) and Dimethylsulfonium Methylide ($(CH_3)_2SCH_2$) formation and application to organic synthesis. Journal of the American Chemical Society, 1965, 87(6):1353-1364.

[6] Lee C T, Parr R G. Development of the colle-salvetti correlation-energy formula into functional of the electron-density. Physical Review, 1988, 37(2):785-789.

[7] Chen B, Li Y X .Mechanistic understanding of the unexpected meta selectivity in copper-catalyzed anilide C-H bond arylation. Journal of the American Chemical Society, 2011, 133(20):7668-7671.

[8] Frisch M J, Pople J A. GAUSSIAN 03, Revision A.1. Pittsburgh, 2003.

[9] Ditchfield R, Pople J A. Self-consistent molecular-orbital methods. IX. an extended Gaussian-type basis for molecular-orbital studies of organic molecules. Journal of Chemical Physics, 1971, 54(2):724-728.

The Application Strategy of the Chemical Reaction Database and Quantum Chemistry Calculation in Synthesis Design

Li Jia, Xie Lina, Hu Jing, Yao Jianhua

(Shanghai Institute of Organic Chemistry, Chinese Academy of Sciences, Shanghai 200032, China)

Abstract Chemical reaction database includes the reported and successful reaction data, which can be the reference frame in the synthesis design of new compound. The retrosynthetic analysis is one of the logic analysis methods in synthesis design. Quantum chemistry is used to calculate reactant, product, intermediate and transition state, then to get their geometry and energy and the whole energy potential face. The energy difference among the reactant, product and transition state can evaluate the reaction pathway in thermodynamics and dynamics. So the two methods engender the complementary effect in synthesis design. The database is applied to the prophase of synthesis design and screens a few appropriate reaction pathways. And quantum chemistry calculation is applied to the anaphase of synthesis design and gets more appropriate reaction pathways.

Key words reaction database; retrosynthetic analysis; quantum chemistry calculation; synthesis design

基于 MODIS 数据珠江三角洲大气颗粒物反演

杨静学　王云鹏

（中国科学院广州地球化学研究所　广州　510640）

摘　要　大气颗粒物（PM）已经成为城市及城市群大气污染的主要污染指标，传统方法主要采用定点采样的分析与监测方法，精度较高，但耗时费力，而且很难从空间上反映其分布特征。本文利用我院科学数据库提供的 MODIS 共享数据和 6S 模型，运用改进的暗像元方法反演得到 500m 分辨率的珠江三角洲气溶胶光学厚度，并通过引入大气边界层厚度数据和空气相对湿度数据校正得到干空气状态下地面气溶胶消光系数，通过消光系数与 PM10 大气颗粒物浓度的相关关系反演得到珠江三角洲大气颗粒物 PM10 浓度分布图，为建立珠江三角洲大气质量数据库做好技术基础准备。

关键词　MODIS；6S；气溶胶光学厚度；大气颗粒物浓度

1. 引言

随着城市化进程的加快，大气中颗粒物已经成为影响珠三角城市大气质量与人体健康的主要污染指标。目前对于大气颗粒物主要采用站点检测，粤港区域空气质量监测网络已达到每个城市 1 到 2 个站点的密度，但只能粗略了解大气颗粒物的空间分布。由于下垫面与大气背景不同，导致大气颗粒物浓度的巨大差异，站点监测很难准确反映颗粒物空间分布。遥感技术的出现改变了这一现状，使获得卫星过境时的同步大气颗粒物浓度成为可能。依据的理论基础是大气颗粒物浓度与大气气溶胶是正相关的，通过运用遥感数据反演得到大气气溶胶光学厚度，再通过大气气溶胶光学厚度就能反演得到大气颗粒物浓度[1-2]。目前用遥感反演气溶胶光学厚度的方法很多，但可行性最高的是利用 MODIS 反演，因为它是全球免费共享的遥感数据，且时间分辨率很高，每个地点白天都可获得两景影像，分别由上午星 Terra 和下午星 Aqua 搭载的 MODIS 传感器获得[3-4]。

目前 MODIS 已经有很成熟的气溶胶光学厚度产品，但是空间分辨率太低，仅有 10km×10km。对于珠江三角洲，这样一个区域范围并不大的大气质量检测来说是不够的。因此我们改进了 NASA 的气溶胶光学厚度反演算法的超像元窗口的设定规则，从而获得空间分辨率为 500m×500m 的珠江三角洲光学厚度分布图。过去的大量文献是直接拟合气溶胶光学厚度与大气颗粒物浓度的线性关系，而在近两年来的文献中开始关注相对湿度，大气层高度等对这两者关系的影响，而这些在下文中我们也会讨论到。我们的最终目的就是利用遥感数据模拟得到 500m 分辨率的珠江三角洲的大气颗粒物浓度分布图。

2. 数据

本次试验运用的数据包括珠江三角洲的2008年1月3, 4, 5日的MODIS遥感数据（如图1所示），珠江三角洲2008年1月3, 4, 5日16个子站PM10小时值数据，和1月3, 4, 5日NCEP（The National Centers for Environmental Prediction）-CFSR （Climate Forecast System Reanalysis）的大气顶层高度和相对湿度的数据。前者可从我院科学数据共享网上获得，后者可通过NCEP的网站下载得到。

2.1 MODIS遥感数据

利用卫星观测数据反演气溶胶光学厚度主要利用太阳反射波段数据，以气溶胶粒子对太阳辐射的散射为物理机制实现气溶胶信息获取。为了实现大气气溶胶光学厚度反演,需要选择气溶胶散射强，地表反射率低的光谱通道，且卫星观测通道设计上要求波段宽度窄、信噪比高。MODIS 的可见光-短波红外通道（见表 1）适合于反演气溶胶光学厚度参数。由于在半透明层下的地表反射率的差异，陆地和海洋上气溶胶光学厚度的反演算法是不同的。气溶胶光学厚度反演需要根据海洋和陆地特征分别选择观测通道并建立算法（见表 1），从而实现海/陆气溶胶信息获取[5]。

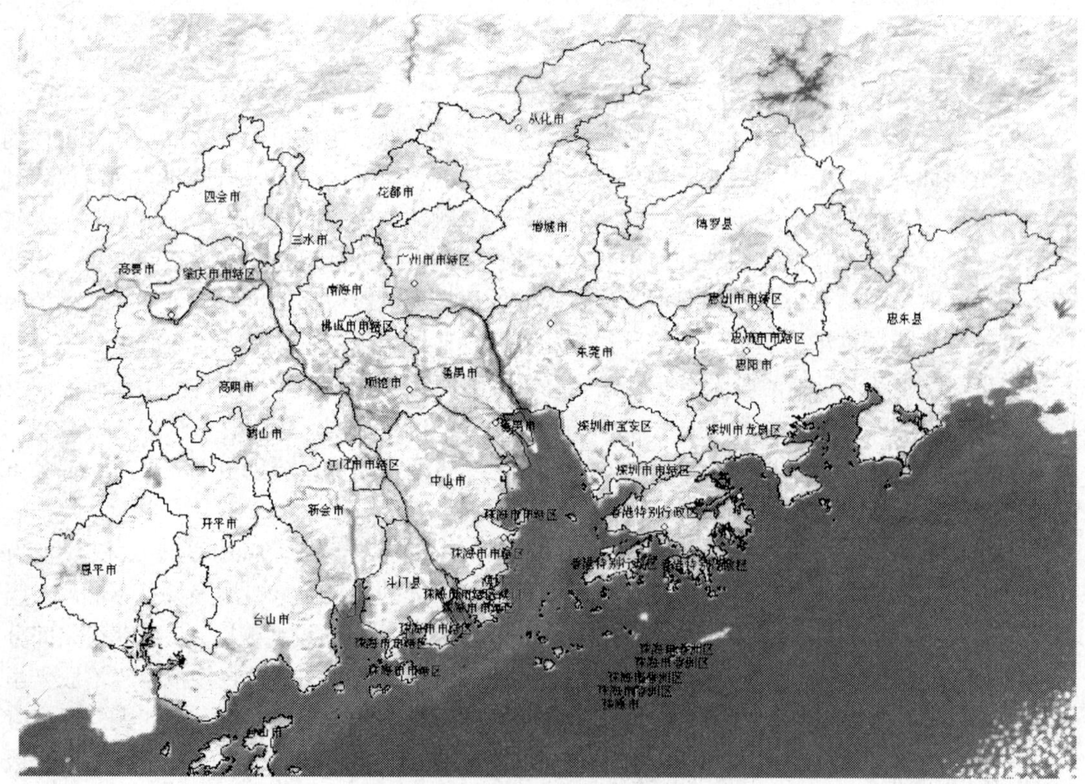

图1 珠江三角洲MODIS遥感影像图

表 1　MODIS 气溶胶产品所用通道

通道序号	中心波长/μm	带宽/μm	空间分辨率/m	AOT 反演区域
1	659	620~670	250	海洋和陆地
2	865	841~876	250	海洋
3	470	459~479	500	海洋和陆地
4	550	545~565	500	海洋和陆地
5	1240	1230~1250	500	海洋
6	1640	1628~1652	500	海洋
7	2130	2105~2155	500	海洋

在陆地区域，采用蓝通道（0.47μm），红通道（0.659μm）和短波红外通道（2.13μm 3.8μm）以暗像元法反演 0.55μm 波长气溶胶光学厚度,求取 0.47μm 和 0.659μm 波长气溶胶光学厚度。

2.2　大气颗粒物浓度站点数据

珠江三角洲 16 个子站 PM10 小时数据包括的站点如图 2 所示，本文所用的数据是 2008 年 1 月 3,4,5 日的上午 11 点的 PM10 浓度数据。在陆地区域，采用蓝通道（0.47μm），红通道（0.659μm）和短波红外通道（2.13μm，3.8μm）以暗像元法反演 0.55μm 波长气溶胶光学厚度,求取 0.47μm 和 0.659μm 波长气溶胶光学厚度。

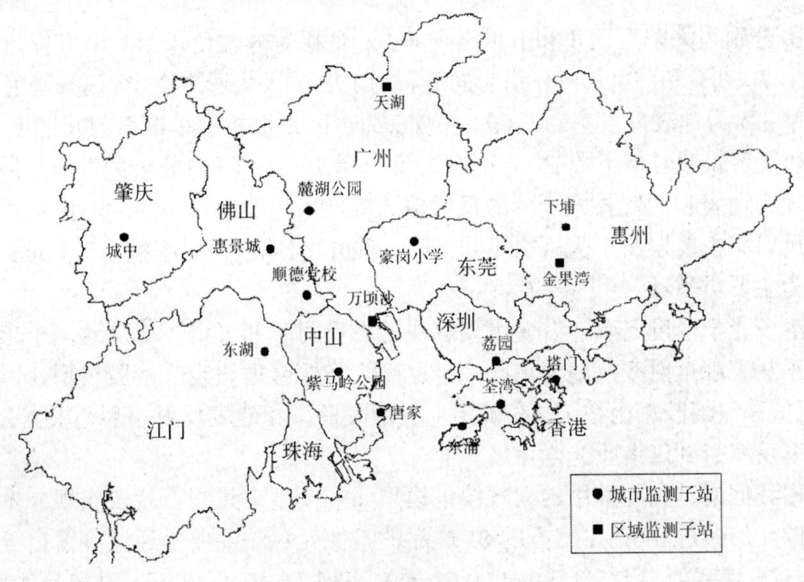

图 2　珠江三角洲 16 个子站地图

2.3　大气顶层高度图和相对湿度图

本文采用的大气顶层高度图和相对湿度图来自 1 月 3, 4, 5 日 NCEP- CFSR。环境预报（NCEP）气候预报系统再分析（CFSR）国家中心初步完成了超过 31 年的时间（1979 年至 2009 年，并一直延续到 2011 年 3 月）的数据分析工作。 CFSR 拥有每天 4 次（00Z，06Z，

12Z，18Z）的分析产品，以及 6 小时的大气，海洋和陆地表面分析产品，这些产品的分辨率包括 0.3 度，0.5 度，1.0 度和 2.5 度。

3. 方法与结果

本次实验分为两大步骤，第一步是通过 MODIS 遥感数据反演得到 500m 分辨率的气溶胶分布图；第二步是通过气溶胶光学厚度值与大气颗粒物浓度的相关关系反演珠江三角洲大气颗粒物浓度分布图。

3.1 反演 500m 气溶胶光学厚度图

卫星遥感陆地上空气溶胶光学厚度发展于大气上界观测的表观反射率。假设陆地表面是均匀朗伯表面，大气垂直均匀变化，卫星测量值可用等效反射率，即表观反射率 ρ*表达：

$$\rho^* = \frac{\pi L}{\mu_s E_s} \tag{1}$$

其中，L 是卫星测量辐亮度；E_s 是大气顶的太阳辐射通量密度；μ_s=cosθ_s，θ_s 是太阳天顶角。假设卫星观测的目标表面为均匀朗伯表面，不考虑气体吸收，那么卫星观测的表观反射率为

$$\rho^*(\theta_s,\theta_v,\phi) = \rho_a(\theta_s,\theta_v,\phi) + \frac{\rho}{1-\rho S}T(\theta_s)T(\theta_v) \tag{2}$$

其中，θ_s 和 θ_v 分别为太阳天顶角和卫星天顶角；φ 是相对方位角，由太阳方位角 φ_s 和卫星方位角 φ_v 确定；T（θ_s）和 T（θ_v）分别为向下和向上整层大气透过率（直射+漫射）；S 为大气的球面反照率；ρ 为地表反射率。T（θ_s）、 T（θ_v）和 S 取决于单次散射反照率 ω_0、气溶胶光学厚度 τ 和气溶胶散射相函数 P。方程右端第一项 ρ_a 为大气中分子和气溶胶散射产生的反射率，第二项为地表和大气共同产生的反射率。当地表反射率很小时（ρ<0.06），公式（2）中卫星观测反射率主要取决于大气贡献项（第一项）；但地表反射率很大时，地面的贡献（第二项）将成为主要贡献项。

陆地气溶胶光学厚度遥感，首先需要解决地表反射率和气溶胶模型这两个未知参数的确定问题。为了从表观反射率反演气溶胶光学厚度，需要合理假定气溶胶模型，以提供单次散射反照率 ω_0 值和气溶胶相函数 P。在确定了气溶胶模型和地表反射率后，根据公式（2），可从表观反射率反演得到气溶胶光学厚度。

这个过程我们通过利用常用的大气校正模型 6S 模型来建立查找表实现。本改进算法的关键在于超像元的改进。NASA 官方的 05 产品的暗像元算法主要是通过开窗口寻找暗像元实现。暗像元方法大多数利用在红（0.60~0.68μm）和蓝（0.40~0.48μm）波段反射率低的特性，根据植被指数（NDVI）或短波红外通道（2.13μm 和 3.8μm）观测值进行暗像元判识，并依据一定的关系假定这些暗像元在可见光红或蓝通道的地表反射率，用于反演气溶胶光学厚度。暗像元算法基于表观反射率的大气贡献项，即利用卫星观测的路径辐射反演气溶胶光学厚度。它是目前陆地上空气溶胶遥感应用最为广泛的算法。算法的关键在于对 500m 分辨率的 1~7 波段 MODIS 影像开超窗口寻找暗像元，通过反演暗像元的气溶胶光学厚度来代表整个窗口内所有像元的气溶胶光学厚度。然而，本文认为，对于这个超窗口内的边缘像原来说是不尽

合理的，因此改变为对每一个像元开一个超窗口进行暗像元计算，计算得到的气溶胶光学厚度结果只赋予中心像元。这样我们就可以得到 500m 分辨率的气溶胶光学厚度了。

3.2 反演珠三角大气颗粒物浓度分布图

通过获得珠江三角洲气溶胶光学厚度，我们就可以拟合各站点的气溶胶光学厚度和大气颗粒物浓度的相关关系了。图 3（a）是直接拟合的两者的关系图。

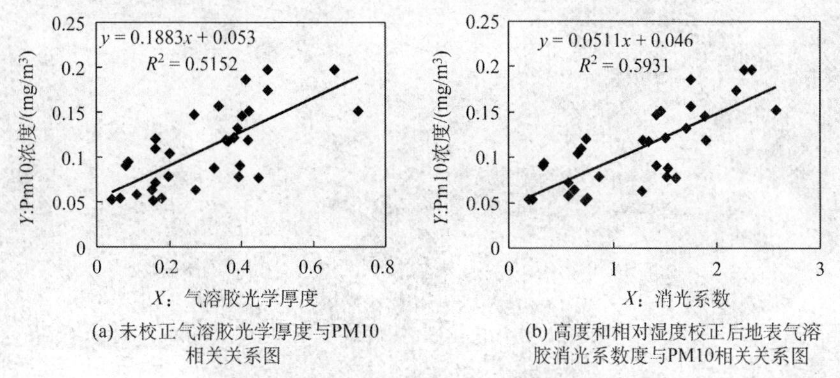

(a) 未校正气溶胶光学厚度与PM10相关关系图

(b) 高度和相对湿度校正后地表气溶胶消光系数度与PM10相关关系图

图 3　气溶胶光学厚度与 PM10 浓度相关关系图

然而根据大气辐射传输理论，AOT 与 PM 成正相关关系，而这种关系通过垂直和相对湿度的方法校正后会有更大提高[6-7]。这是因为 AOT 反映的是整个大气层的气溶胶光学厚度，而 PM 浓度常为地表水平，因此它们的关系与气溶胶垂直分布有关，也与影响气溶胶散射系数的地面相对湿度有关[8]。

这两个属性与大气剖面、环境条件以及气溶胶的粒径分布和化学组分有关。这些属性都有空间和时间的异质性，因此直接通过气溶胶光学厚度来估算大气颗粒物 PM10 浓度有很大的不确定性。为了减小这种不确定性，大气边界层厚度和相对湿度已经被引入如下校正模型：

$$\begin{aligned} f(\mathrm{RH}) &= (1-\mathrm{RH}/100)^{-g} \\ k_{\mathrm{AOT,DRY}}(\lambda) &= \tau_a(\lambda)/[H_A \cdot f(\mathrm{RH})] \end{aligned} \tag{3}$$

其中，$f(\mathrm{RH})$代表相对湿度的校正系数；$k_{\mathrm{AOT,DRY}}(\lambda)$ 代表干空气状态下的地表气溶胶消光系数；$\tau_a(\lambda)$ 代表通过遥感影像反演的气溶胶光学厚度。校正后的 $k_{\mathrm{AOT,DRY}}(\lambda)$ 与大气颗粒物浓度 PM10 的相关关系如图 3（b）所示。最终反演的 1 月 5 日珠江三角洲大气颗粒物 PM10 浓度分布图如图 4 所示。

从图 4 中可以看出，高值区出现在西南板块，这是因为当时正刮东北风，大气中的颗粒物都被往西南迁移。由此可见风向也对大气颗粒物浓度的分布产生很大影响。

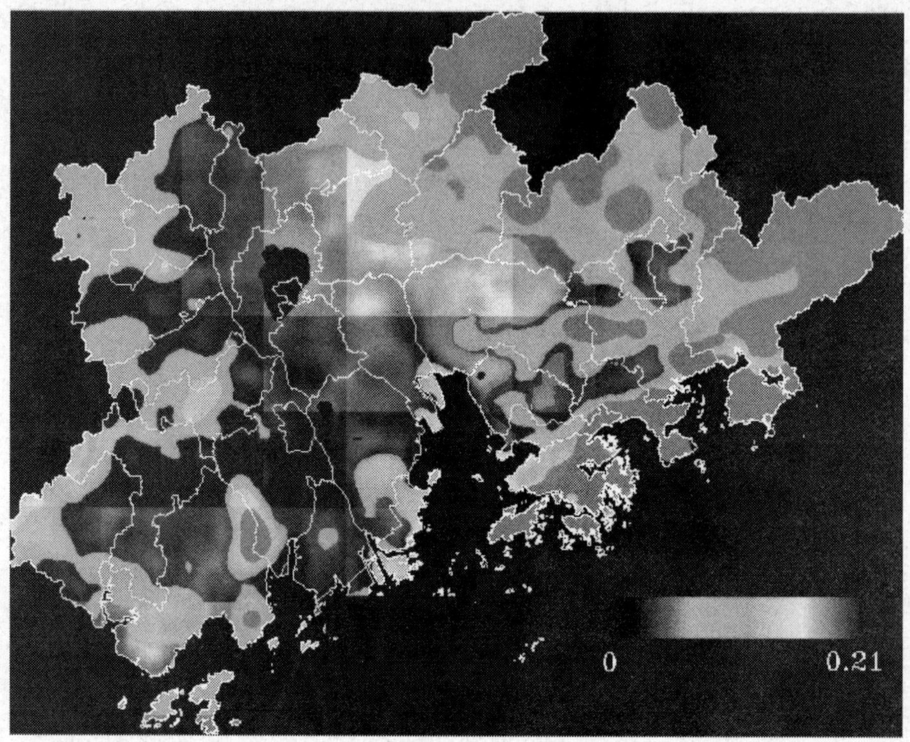

图4 1月5日珠江三角洲大气颗粒物 PM10 浓度分布情况图（单位：mg/m^3）

4. 总结

根据大气辐射传输理论以及气溶胶的光学性质，气溶胶剖面的垂直分布和大气相对湿度影响着气溶胶光学厚度和 PM10 大气颗粒浓度之间的相关关系。当对气溶胶进行垂直校正和湿度校正后，在珠江三角洲地区两者相关关系有显著上升，从 0.5152 提升到 0.5931。通过校正后的地表气溶胶消光系数与颗粒物浓度的相关关系可以获得整个珠三角地区 PM10 颗粒物浓度分布图。

本次研究的 MODIS 数据、DEM 数据都来自科学数据共享网，它们为本次研究提供了基础数据。同时通过这次研究，为我们构建 500m 分辨率的珠江三角洲区域大气颗粒物空间数据库的可行性有了更深入的把握。

参 考 文 献

[1] Zhang L S, Shi G Y. The impact of relative humidity on the radiative property and radiative forcing of sulfate aerosol. Acta Meteorologica Sinica, 2002, 60: 230–237.

[2] Remer L A, Tanré D, Kaufman Y J, et al. Algorithm theoretical basis document (ATBD): Algorithm for remote sensing of tropospheric aerosol from MODIS. Collection 5, Product ID: MOD04/MYD04, 2006.

[3] Remer L A, Kaufman Y J, Tanré D, et al. The MODIS aerosol algorithm, products, and validation. Journal of Atmospheric Sciences, 2005, 62:947-973.

[4]MEPC (Ministry of Environmental Protection of China)AQSC (Administration of Quality Supervision of China). (1996). Environmental air quality standard (GB3095-1996).

[5] Smirnov A, Holben B N, Eck T F, et al. Cloud-screening and quality control algorithms for the AERONET database. Remote Sensing Environment, 2000, 73: 337-349.

[6] Vidot J, Santer R, Ramon D. Atmospheric particulate matter (PM) estimation from SeaWiFS imagery. Remote Sensing Environment, 2007, 111: 1-10.

[7] Wallace L. Correlations of personal exposure to particles with outdoor air measurement: A review of recent studies. Aerosol Science Technology, 2000, 32: 15-25.

[8] 李晓静，张 鹏，张里阳，MODIS 气溶胶光学厚度反演算法技术报告.国家卫星气象中心，北京，2006: 8-15.

MODIS Data Based Inversion of Regional Particulate Matter (PM) in Pearl River Delta

Yang Jingxue, Wang Yunpeng

(Guangzhou Institute of Geochemistry, Chinese Academy of Sciences, Beijing 510640, China)

Abstract Aerosols have extensive impacts on our climate and our environment, particularly, the tropospheric aerosols (also known as particulate matters, PM) can bring adverse effects on public health. The PM concentration has become an important index of air pollution, and gained more and more attention from the administrations and organizations of environmental protection. Theoretical analysis based on the atmospheric radioactive transfer indicated a positive correlation between the aerosol optical thickness (AOT) and the surface-level particulate matter (PM) concentrations, and this correlation is improved significantly using vertical correction and relative humidity correction. In this paper, we calculate AOT using MODIS data and DEM data from scientific database of Chinese Academy of Sciences, and retrieved the “dry” aerosol extinction coefficient at surface level from AOT through the vertical correction and RH correction. And our result shows the correlation between the “dry” aerosol extinction coefficient at surface level and PM10 is better than it between the AOT and PM10. At last we can use the “dry” aerosol extinction coefficient image to gain regional PM10 concentration image which will be collected by Pearl River Delta Air Quality Database.

Key words MODIS；6S；aerosols optical thickness(AOT)；surface-level particulate matter (PM)

地学台站气温观测数据的时空分析模型构建与应用研究

赵国辉[1]　张耀南[1]　汪　洋[2]

（1.中国科学院寒区旱区环境与工程研究所　兰州　730000;
2. 中国科学院计算机网络信息中心　北京　100190）

摘　要　台站观测数据是地球科学研究、模拟与决策管理的基石。数据的质量和数量，直接关系着地学模拟、管理决策、专题制图等领域的具体应用，当今生产与生活中对高时空分辨率环境观测数据及变化趋势信息有着强烈的需求。本文选取中国西北地区气温观测数据作为研究案例，基于小波分析和人工神经网络模型构建了气温的时空分析模型，对地学观测数据蕴含的时空信息进行了分析与应用研究，为观测数据的数据挖掘、制备、应用进行了新的尝试与实践。

关键词　气温；小波分析；人工神经网络；时空分析模型；中国西北地区

1. 引言

自20世纪50年代起，我国地学观测台站逐步加密，目前已形成基层台站网络，但限于经济原因，观测站点数量有限，尤其是我国西部地区，尚不能满足高精度时空数据的需求。如何利用有限的观测台站上获得的信息反演到较大区域上并预测未来的时空变化规律并制备地学数据产品，是地学应用研究目前关注的焦点[1-2]，也是近年来国内外地学研究的重要课题之一。由于地学研究对象（气温、降水、径流等）具有大量的不确定性和复杂性，常规的方法很难对它们的时空变化规律与特征进行清晰地描述，特别是随着地学研究的深入，非线性特征突出，问题也越来越复杂，地学研究中亟待采用新理论和新方法来揭示观测数据序列中所蕴含的时空信息。

为此，本文基于小波分析方法和人工神经网络模型（artificial neural network model，ANN）对地学台站观测数据进行时空模拟分析，以期得到深层次的时空信息，了解环境变化规律和趋势。其次，提高数据集的“密度”和“厚度”，为地学研究提供完备的、栅格化的时空数据集，尤其是为地学模拟计算和区域规划管理、实时数据制图、空间决策、信息发布提供数据来源，服务于生产与生活。

本论文受中国科学院黑河流域生态水文模型集成研究的e-Science 环境项目、中国科学院信息化专项冰雪冻土环境本底专题数据库项目等资助。

2. 数据资料

2.1 案例选取

气温是气候变化最为重要的指标，它能反映气候条件的综合影响，其作为反映地球表层系统热量状况的综合环境指数，不仅是参与自然地域系统界限划分的关键指标，也是地表陆面过程模型模拟的重要参数，因此，气温被广泛地应用于全球变化研究的各个领域。西北地区作为我国气候变化的敏感区和生态脆弱区，与其他地区相比，地貌类型复杂多样，气候变化非常复杂，影响因素众多，气温变动对人类的生产和生活以及自然环境状况都会产生重大影响，因此本文选择地面气温作为研究对象，期望有助于西北地区热量资源分析、农业生产建设、生态环境治理乃至全球变化的研究。

2.2 研究区概况

研究区域介于东经 73°~112°，北纬 31°~49°（图 1），包含甘肃省、青海省、陕西省、宁夏回族自治区、新疆维吾尔自治区，总面积约 309 万平方千米，约占全国陆地总面积的 32.2%。由于地域辽阔，地形复杂，又包含山地、高原、盆地、河谷、沙漠、戈壁等多种复杂的地貌，因此该地区气温的空间时空变化较大，受地形影响非常显著。

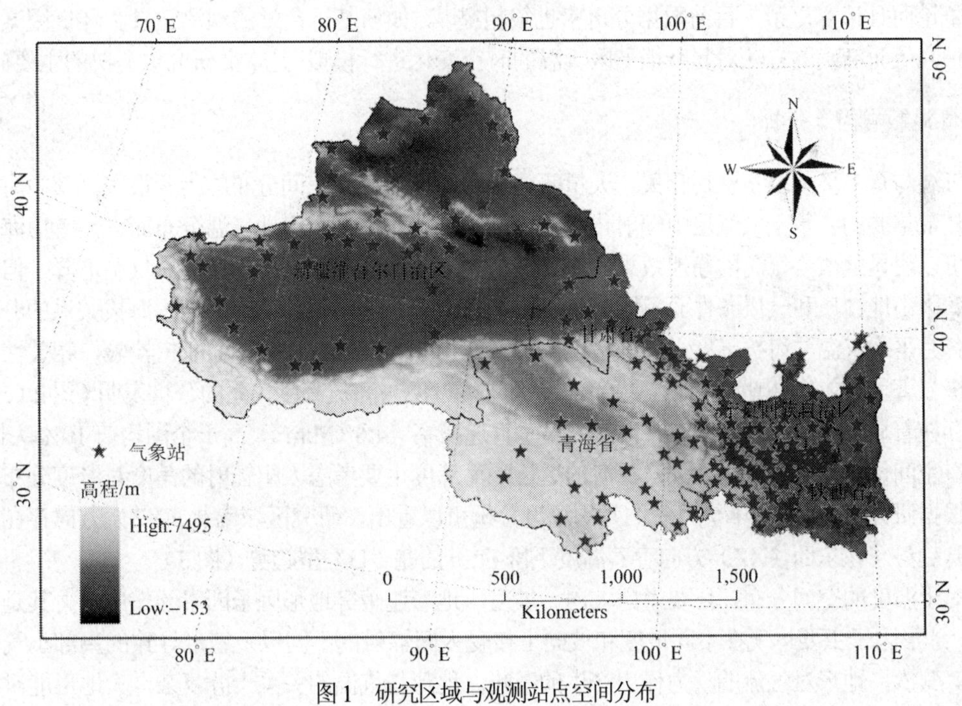

图 1 研究区域与观测站点空间分布

本文气候数据集资料采用甘肃气象科学数据共享网（http://www.climate.gs.cn/）提供的中国西北地区地面气候资料月多要素数据集，数据集站点包括西北地区国家基本站、基准站及甘肃省一般站等，共203个站点，其中甘肃省80个，青海省38个，陕西省22个，宁夏回族自治区10个，新疆维吾尔自治区53个。所获得数据集时间范围为1951年1月至2005年12月，共660条观测记录，由于观测站点的更改、记录数据的保存方式等原因，每个站点的数据长度并不相同，但大多都维持在600条记录左右。

3. 研究方法

自20世纪70年代中期以来，国内学者相继提出了一些温度的计算方法和模型，例如推算山区气温的分离综合法、函数相关法、物候法、非线性相关法等其他方法。这些模型计算过程较烦琐、精度不高、空间数据的分析功能也有限，不便于直接计算和制作气候要素空间分布图，使其应用受到一定的限制[3]，此外这些方法没有普适性，当区域过大或者平坦时将产生较大误差。

近年来，我国部分学者对气象数据空间化进行了研究[4-6]，但面临着缺乏一种高效而精确的空间化方法。在实际应用中，空间插值方法作为主要的地学变量空间化技术，一直发挥着重要的作用。大量研究表明：不同插值方法得到的气温空间分布结果存在较大差异[7]，众多研究者认为最适宜气温空间插值的方法存在明显的不一致[8-11]。除插值方法外，还有多元地理统计模型中，常用的统计因子包括纬度、海拔高度、经度等地理参数[12-15]，在部分研究中，还引用了坡度、坡向、遮蔽度、开阔度等局地地形因子[16]。许多研究人员尝试将GCM （global climate models）和RCM（regional climate models）的模拟结果作为未来气候变化的情景模式，但这些模式不仅存在着概念上的争论而且计算复杂，目前数据分辨率也很粗糙[1]。如何基于台站的观测记录和环境因素，采用一种高效而精确的方法对复杂地形区气温的时空变化进行模拟，是本文研究拟解决的主要问题。

3.1 气温影响因子分析

气温与众多环境要素密切相关。大量研究表明，影响气温空间分布的因素很多，其中海拔的影响是最重要的。基于大气层中辐射传输过程的原理，尤其对于山地气温分布而言，考虑海拔的影响可以明显地改善气温的模拟效果[16]。一般情况下，随着海拔高度的增加，气温下降，但其变化速率因山地性质和气候条件而不同。李军等[17]对中国623个气象站点温度－海拔关系的分析，得出各月平均气温与海拔高度之间都呈现出一定的相关性，经过信度1%的F检验，相关性都表现为极显著。本文对中国西北地区2000年7月平均气温与海拔高度关系的分析表明（图2（c））：两者存在着显著的负相关（R=0.91），气温垂直递减率（4.6°C•km^{-1}）高于全国均值10%以上。

在空间位置中，经度主要涉及离海的远近，而纬度主要考虑太阳辐射的角度对温度分布的影响。根据研究区域2000年7月份的月均温度分析可以看出，研究区域南北（YZ）方向存在着温度上升趋势，在东西（XZ）方向存着温度下降-上升的宽“U”型趋势（图3）。

对于温度的空间分布，还要考虑坡向、坡度、地形遮蔽等地形因子因素的作用，尤其是在山区[3]。地形因子主要体现在不同坡度和坡向上接受太阳辐射的不同以及地形导致的局部小气候特征[18]。其次，地形对气流的动力作用产生的影响。地形与气温的关系十分复杂，大地形能对大范围内的气温分布和变化产生明显作用，局部地形的影响也能使短距离内的气温有很大的差别。通过对研究区域内地形因子对气温的影响进行分析，从图2（a）可以看出，坡向与温度的关系不太明显，但图2（b）中坡度与温度的负相关关系显著。因此以山地、盆地和高原为主的中国西北地

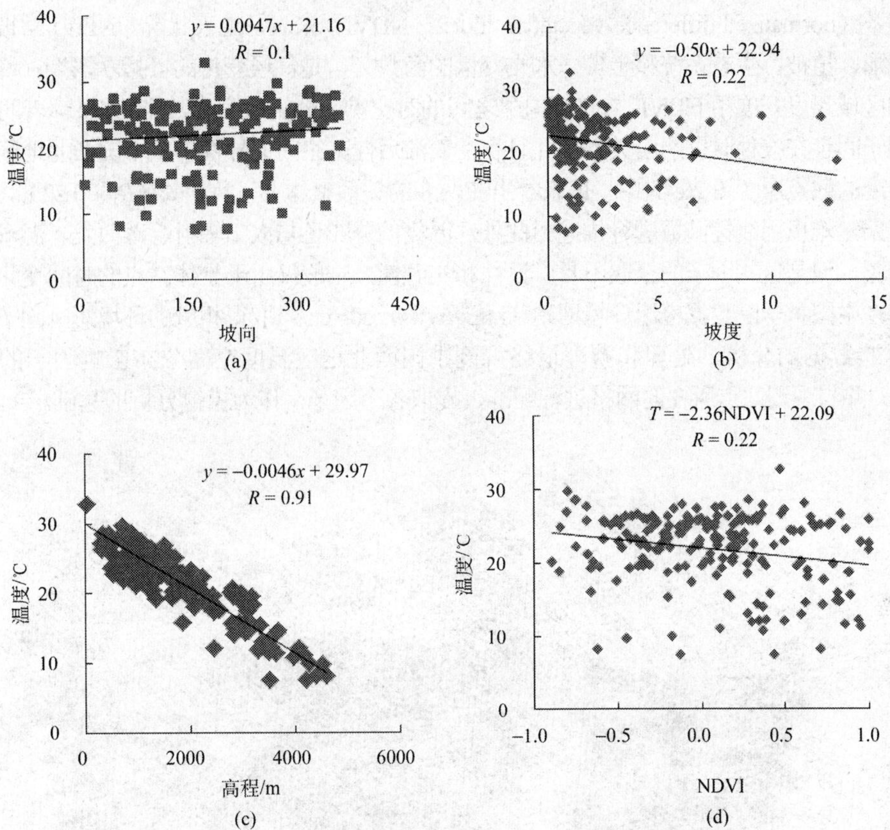

图 2 中国西北地区 2000 年 7 月观测气温值与坡向(a)、坡度(b)、高程(c)与 NDVI(d)散点图

区，在研究过程中适当引入地形因子（坡度、坡向、地形指数）以提高气温要素的空间化精度。

对于地表状况影响因子，主要考虑植被覆盖与土地类型。为描述这些地表特征，可采用归一

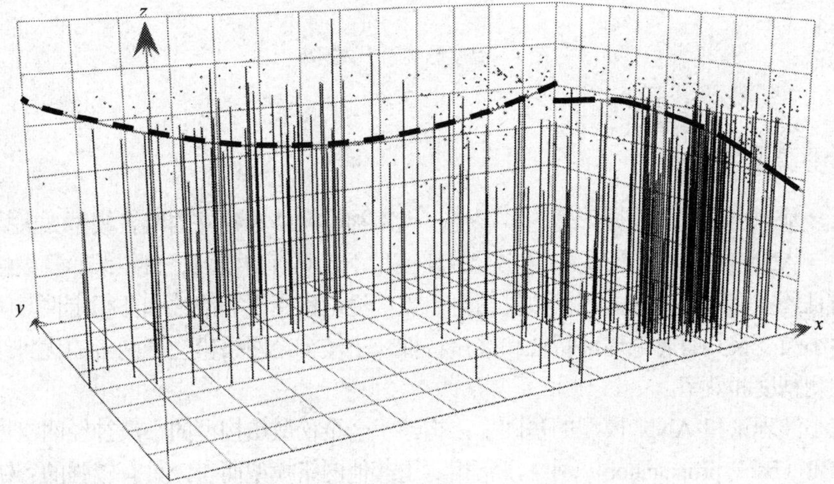

图 3 中国西北地区 2000 年 7 月月均温度空间变化趋势线 （短划线为 x-z 截面上的趋势线，长划线为 y-z 截面上的趋势）

化植被指数（normalized difference vegetation index，NDVI）来表征地表状况。NDVI 常被认为是气候、地形、植被、生态系统和土壤、水文变量的函数[19]，是气候变化的“指示器”。许多学者在全球和区域尺度开展了 NDVI 与气候因子之间的时空响应分析研究[20]，研究结果都表明：NDVI 与气候因子间存在一种时空响应关系，并且存在着滞后性、空间变异性。从中国西北地区 NDVI 与月均温度的散点图（图 2(c)）中，可以看出在两者的关系整体上呈负相关（R=−0.22），整体关系较为复杂，难以用线性函数进行描述。此外，温度的分布还与太阳辐射、蒸散发、温湿度等因子密切相关，但是这些因子的获取不具广泛性和实时性，一般仅用于具体站点的时间变化预测。

我们在中国科学院数据应用环境网站（http://www.csdb.cn/）取得相应的环境影响因子数据，经过对这些数据的分析、处理和整理最终得到中国西北地区温度空间分布影响因子的数据集（图 4），并与观测站点所在的网格进行配准，提取各个因子，作为模拟分析的基础。

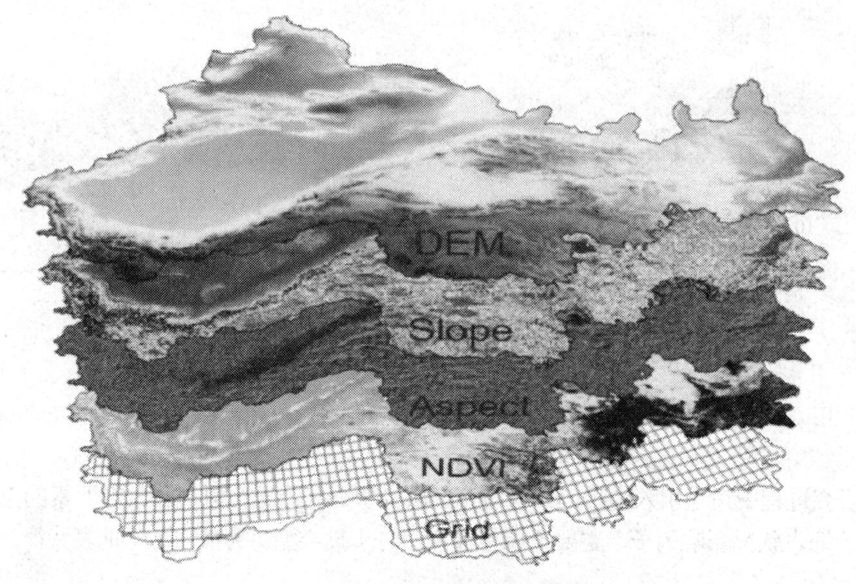

图 4 温度影响因子数据集

3.2 时空分析模型构建

近年来，基于小波理论与分形理论、混沌、人工神经网络等建立的组合模型大大提高了预测精度，其中与 ANN 的组合应用最为广泛。ANN 模型不仅具有自学习、自组织、稳健性、容错性等特性，而且还能高效地处理大规模数据信息，被广泛地应用于非线性和非稳定性时间序列的预测模拟，而小波变换具有时频局部特征和聚焦特性，小波神经网络模型把两者的优势结合起来从而提高了预测精度和效率。

本文在小波理论和 ANN 模型的基础上，构建了一个松散结构型的小波神经网络模型。其中 ANN 采用 BP（back propagation）网络，它相对于其他网络模型而言，具有较强的容错能力，通用性好，机制完善，在地学的众多学科中得到了广泛的应用[21]。具体实现过程为：首先对时间序列进行小波分解，分解为一系列的高低频成分$\{D_1, D_2, \cdots, D_n, A_n\}$，然后把分解得到的不同频率成分作为 ANN 模型的输入部分。由于单一的小波神经网络模型的预见期有限，因此需要动态的改变样本训练集，把 t 时刻通过质量控制的预测结果 O_{t+T} 纳入下一次样本集，对 $[(t+T)+T]$ 时刻做出预测（T 为预见期），动态循环，其原理结构如图 5，该模型利于把握系统的变化特性与趋势。

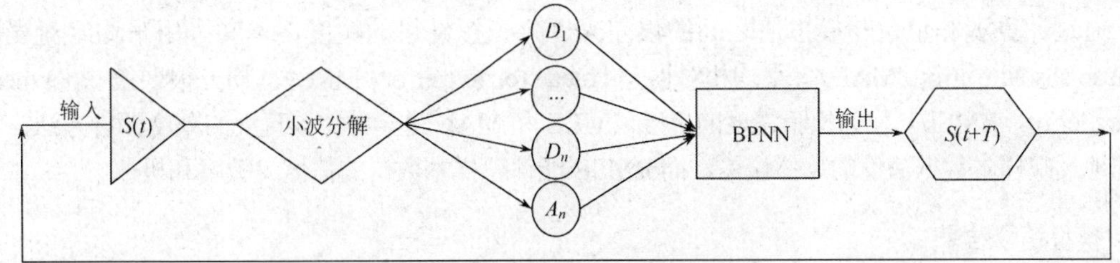

图 5　小波神经网络动态预测模型框架图

对于气温空间上的变化规律，由于在本研究区域站点稀疏，并且分布不均匀，常规模型往往忽略环境影响因子对气温的影响，本文尝试基于 ANN 模型的非线性学习能力，利用不同组合的气温影响因子推导气温的空间分布特征，建立地面气温的分布式模拟模型（图 6），即

$$T_{\lambda,\varphi} = f_{\mathrm{ANN}}\left[\lambda, \varphi, z, G, V\right] \tag{1}$$

式中，f_{ANN} 为气温分布式模拟的 ANN 模型；$T_{\lambda,\varphi}$ 为格点在（λ, φ）的温度；λ 为经度；φ 为纬度；z 为海拔高度；G 为地形因子（坡度、坡向等）；V 为地表覆盖。

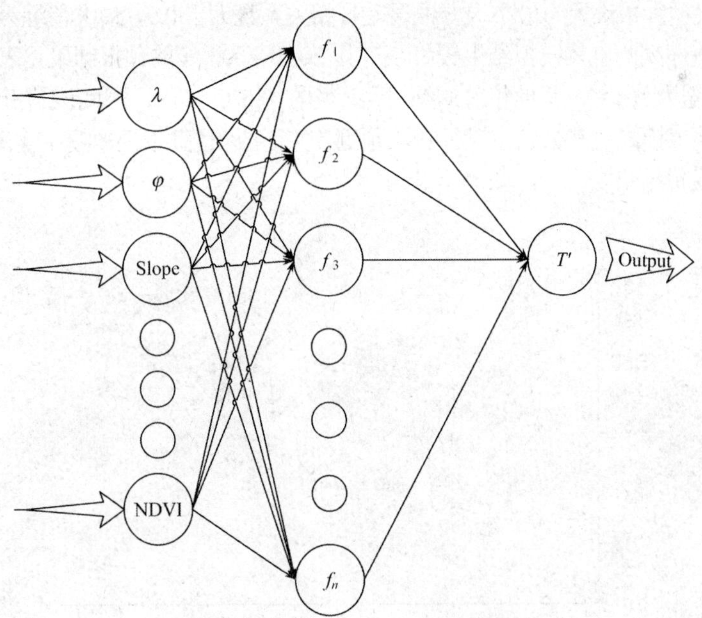

图 6　基于 ANN 的气温空间模拟模型图示

4. 模拟结果

4.1 模型评价指标

通过计算观测记录与模拟值之间的误差来评判模拟结果的精度，本文采用平均绝对误差（mean absolute error，MAE）、平均相对误差（mean relative error，MRE）、均方根误差（root mean square error，RMSE）作为检验精度的标准。MRE 和 MAE 是一种比较直观的精度评价方法，它直观地反映样本数据估值的总体误差，而 RMSE 能体现样本数据的估值灵敏度和极值。

4.2 模型模拟结果

本文采用交叉检验法对各个模型的空间模拟结果进行精度平均，其中随机预选出 50 个站点作为模型的验证数据集，其余 150 个站点作为训练样本集对全区域的气温变化进行空间模拟。

4.2.1 气温时间序列分析

研究区域气象台站的数据集并非等长，数据集还存在着无效值、缺省值和空值。为了使数据序列具有分析意义，对其进行预处理。按照本文构建的 WNN 模型对 2001~2005 年的年均气温数据序列进行模拟，并任选一站点（ID52836，青海杜兰站）进行分析，来说明时间序列模拟的流程。如图 7 所示，1954~2005 年杜兰站气温在过去 52 年里呈上升的趋势，并且具有周期性的变化规律，即趋势性和周期性明显。为了对其进行预测，对序列的相关性进行分析，结果表明序列不论自相关还是偏自相关均存在着 1 年的相关性，因此本文时间预测采用 T=1 年。WNN 模型采用静态预报方式，模型参数设置为最小均方根误差且相关系数大于 0.9，最大训练为 1000 次。WNN 对杜兰气象站观测序列的整体模拟结果较好，对其 2001~2006 年的预报结果见表 1，预测结果除 2001 年的绝对误差为 0.8°C，其他年份的绝对误差均在 0.5°C 之内，因此该站点预测结果具有较高的可信度。按照该模式对其余站点进行自动预测，并形成预测时间序列集，其检验结果见表 2，取得了较理想的模拟结果。

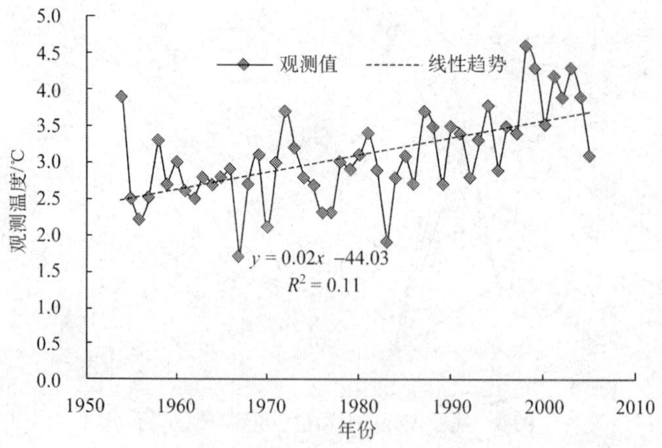

图 7 杜兰气象站 1954~2005 年气温变化过程线（红色虚线为趋势线）

表 1 杜兰站 2001~2006 年均温度预测值

年份	观测值/℃	预报值/℃	绝对误差/℃
2001	3.5	2.7	–0.8
2002	4.2	4.0	–0.2
2003	3.9	3.8	–0.1
2004	4.3	4.0	–0.3
2005	3.1	3.1	0
2006	*	4.2	*

表 2 研究区域内 2001~2005 预测误差分析

年份	0.5/℃	0.5~1/℃	>1/℃
2001	67.0%	23.0%	10.0%
2002	70.5%	23.0%	6.5%
2003	79.0%	15.5%	5.5%
2004	65.5%	27.5%	7.0%
2005	71.5%	22.0%	6.5%

4.2.2 气温空间模拟结果

BPNN 模型参数设置如下：最大训练次数 1000 次，训练目标函数 MSE 为 0，最大失败次数为 5 次，动量调整参数为 0.001，自动调优。模拟结果表明：模型对整个序列的模拟结果具有较高的相关度（R=0.94），并且通过预先选取的 50 个气象站点的验证，计算得知模型的最大绝对误差为 1.01℃，MRE 为 0.05，RMSE 为 1.41，具有较高的精度（图 8），模拟效果较好。为了考虑不同因素对模型结构的影响，分别对输入因子进行调整，同时，根据训练结果相应的调整网络结构和参数，其各个因素下的模型数据结果见表 3，从表 3 中可以看出，高程因子对气温的影响最为显著，其次是 NDVI，坡度、坡向对整体的精度表现不明显。

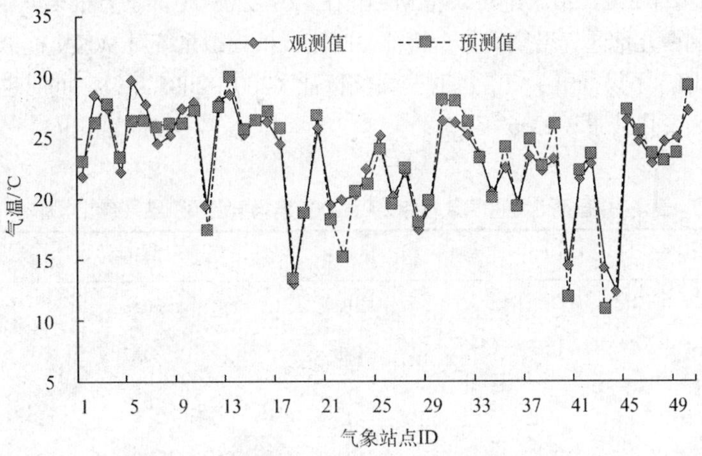

图 8 检验观测站点模拟值与观测值对比图

表3 模型验证误差对比分析

模型	MAE	MRE	RMSE
$f_{BPNN}[\lambda, \varphi, z, G_{slope}, G_{aspect}, NDVI]$	1.01	0.05	1.41
$f_{BPNN}[\lambda, \varphi, z]$	1.16	0.05	1.49
$f_{BPNN}[\lambda, \varphi, z, G_{slope}, G_{aspect}]$	1.17	0.06	1.49
$f_{BPNN}[\lambda, \varphi, z, NDVI]$	1.59	0.08	2.16
薄板样条函数	2.10	0.09	2.54
张力样条函数	2.26	0.10	2.68
全局多项式	2.35	0.11	2.85
克里格	2.25	0.10	2.93
$f_{BPNN}[\lambda, \varphi, G_{slope}, G_{aspect}]$	2.42	0.12	3.05
$f_{BPNN}[\lambda, \varphi]$	2.38	0.11	3.06
反距离权重	2.53	0.12	3.18
局部多项式	2.47	0.11	3.13

此外，为了验证BPNN模型的优越性，本文与常规的空间模拟方法进行了对比分析，评价指标见表3，从中可以看出所建立的ANN模型的优越性，特别是考虑所有环境因子影响的$f_{BPNN}[\lambda, \varphi, z, G_{slope}, G_{aspect}, NDVI]$模型精度最高。从模型中可以看出，海拔在气温的空间分布中起着关键的作用，例如$f_{BPNN}[\lambda, \varphi, z]$到$f_{BPNN}[\lambda, \varphi]$均方根误差RMSE从1.49变为3.06，及其$f_{BPNN}[\lambda, \varphi, z, G_{slope}, G_{aspect}]$到$f_{BPNN}[\lambda, \varphi, G_{slope}, G_{aspect}]$均方根误差同样从1.49变化到了3.05。空间插值方法总体上误差较低，针对本研究区域样条函数表现最优。一旦网络训练完成，就可以对全区域内的气温分布进行反演，形成温度的空间分布数据集（图9），该图直观地展示了西北地区气温的空间分布特征。

本文对中国西北地区所有的站点的2001~2006年的年均气温进行预测，模拟结果与观测值在整个研究区域站点上取得了较好的对应关系（见表4），其决定系数R^2均大于0.98，并且平均绝对误差MAE均小于0.5°C，最大绝对误差MAE*在1.09~2.05 °C，均方根误差则分布在0.5°C附近。为了得到中国西北地区气温空间分布特征，时空分析模拟系统对WNN模拟结果进行空间模拟，其结果见图10，不仅得出了气温的时空变化特征（2001~2005年），同时也得出了中国西北地区年均气温未来变化情景（2006年）。

表4 中国西北地区气象站点2001-2005年均气温预测结果统计指标

年份	MAR	MAR*	RMSE	R^2
2001	0.41	2.05	0.56	0.982
2002	0.36	1.88	0.47	0.988
2003	0.29	1.09	0.37	0.992
2004	0.40	1.71	0.49	0.985
2005	0.36	1.42	0.46	0.989

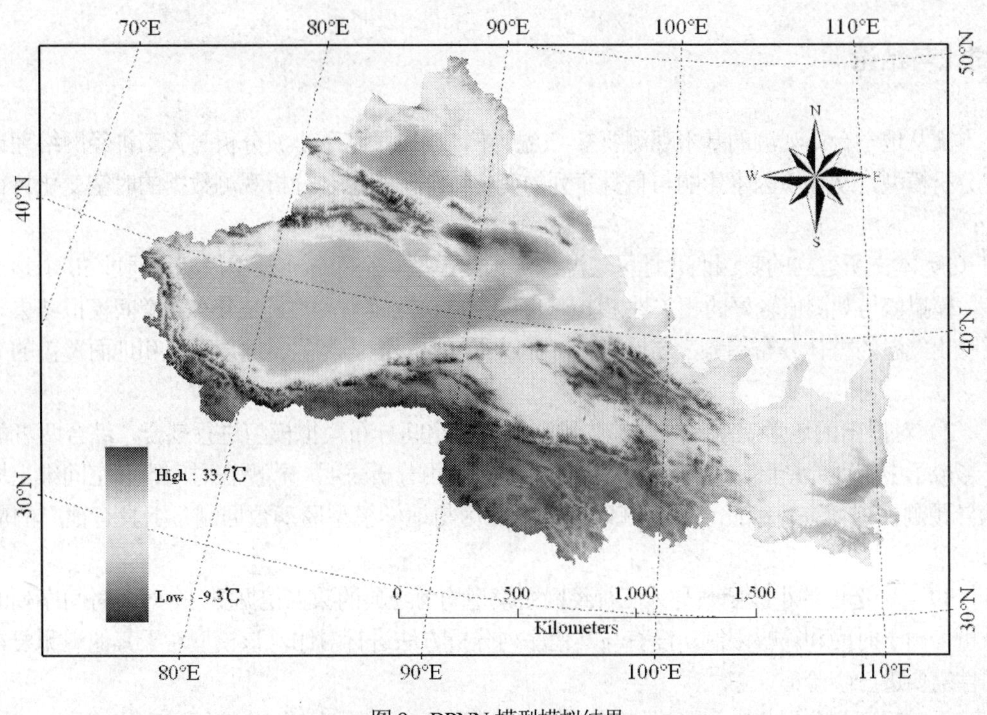

图 9 BPNN 模型模拟结果

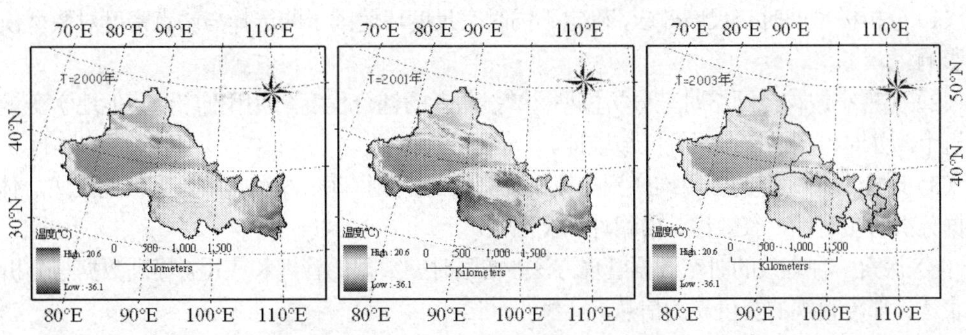

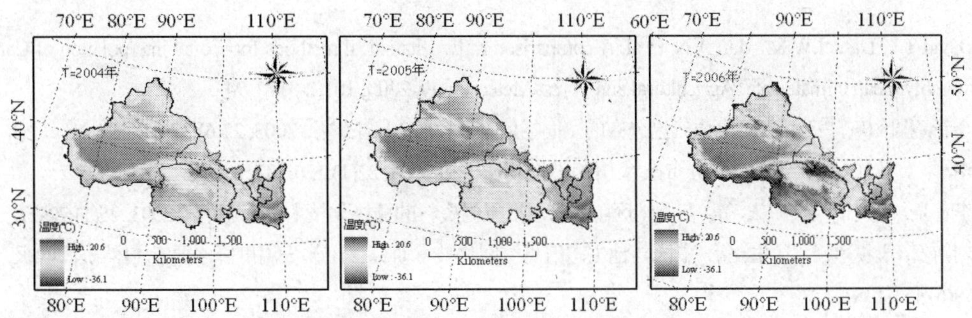

图 10 2001~2006 年中国西北地区年均气温预测结果空间分布特征

5. 讨论与结论

本文从地学台站观测的基本观测要素-气温为例，建立了基于小波分析与人工神经网络理论的时空分析模型，从环境因素影响与自身序列的变化特征，来综合分析观测数据的时空变化特征与趋势：

（1）本文所建立的我国西北地区气温趋势预测模型与空间分布模拟模型，通过50个站点的检验，模拟值与观测值较好的相关性,模拟精度较高，误差较小，尤其是分布式空间模拟结果较好地反映出气温的整体分布趋势、局地变异特征以及气温随地势高差、地形特征和地面覆盖的分布规律。

（2）对提出的地学观测序列的趋势预测模型与空间分布模拟模型进行耦合，综合两者的优势，形成了中国西北地区气温时空预测系统，通过应用分析表明，模型在时间维和空间维上均具有优异预测模拟效果，因此该模型在时空分析应用与地学模型驱动数据制备上具有很广的应用潜力。

（3）文中选取的小波函数与人工神经网络模型均为经典的数据挖掘算法，对于时间序列的预测分析，由于时间和篇幅限制，没有与其他序列分析方法进行对比，该模型对于其他观测要素的适用性需要进一步验证。

基于时间序列分析与空间模拟模型，集成研究环境变量的时空演化特征与变化趋势。可在以下方面开展进一步研究：

（1）分析模型的时空尺度效应，确定不同时空尺度环境因子的选择与站点密度对模型模拟结果的影响。

（2）完善小波神经网络时空分析模型，增强两者的耦合程度，应用推广到其他地学变量的时空分析上，并对模型进行多研究区域验证。

（3）时空分析模型的应用推广到与数据观测仪器、数据库、发布网站等有机地集成一体，增强数据分析的实时性、有效性、前瞻性和全面性。

（4）探索一种有效的时空数据管理方法，增强时空数据的管理和应用，提高数据与分析的可视化表达，形象直观的提供观测信息。

参 考 文 献

[1] David T P, Daniel W M，Ian A N, et al. A comparison of two statistical methods for spatial interpolation of Canadian monthly mean climate data. Agricultural and Forest Meteorology, 2000, 101(2-3):81-94.

[2] 李新, 程国栋, 卢玲. 青藏高原气温分布的空间插值方法比较. 高原气象, 2003, 22(6):37-45.

[3] 李军, 黄敬峰. 山区气温空间分布推算方法评述.山地学报, 2004, 22(1):126-132.

[4] 李正泉, 于贵瑞, 刘新安, 等. 东北地区降水与湿度气候资料的栅格化技术. 资源科学, 2003, 25(1):72-77.

[5] 刘新安, 于贵瑞, 范辽生, 等. 中国陆地生态信息空间化技术研究（III）—温度降水要素.自然资源学报, 2004, 19(6):131-138.

[6] 廖顺宝, 李泽辉.积温数据栅格化方法的实验. 地理研究, 2004, 23(5):61-68.

[7] Jarvis C H, Stuart N A. Comparison among strategies for interpolating maximum and minimum daily air temperatures.

Part Ⅱ: the interaction between number of guiding variables and the type of interpolation method. Journal of Applied Meteorology, 2001, 40(6):1075-1084.

[8] 林忠辉, 莫兴国, 李宏轩, 等. 中国陆地区域气象要素的空间插值. 地理学报, 2002, 57(1):47-56.

[9] 潘耀忠, 龚道溢, 邓磊, 等. 基于DEM的中国陆地多年平均温度插值方法. 地理学报, 2004, 59(3):47-55.

[10] 甄计国, 赵军. 区域积温插值的GIS方法.冰川冻土, 2005, 27(4):591-597.

[11] 刘宇, 陈泮勤, 张稳, 等. 一种地面气温的空间插值方法及其误差分析. 大气科学, 2006, 30(1):146-152.

[12] Lennon J J, Turner J R G. Predicting the spatial distribution of climate：temperature in Great Britain. Journal of Animal Ecology, 1995, 64:370-392.

[13] 傅抱璞，虞静明，卢其尧．山地气候资源与开发利用．南京：南京大学出版社, 1996．

[14] 顾卫，史培军，刘杨，等．渤海和黄海北部地区负积温资源的时空分布特征．自然资源学报，2002, 17(2):168-172.

[15] 方书敏, 秦将为, 李永飞, 等. 基于 GIS的甘肃省气温空间分布模式研究. 兰州大学学报（自然科学版）, 2005, 41(2):6-9.

[16] 游松财，李军.海拔误差影响气温空间插值误差的研究. 自然资源学报，2005,20(1):140-144.

[17] 李军，游松财，黄敬峰. 中国1961~2000年月平均气温空间插值方法与空间分布. 生态环境，2006, 15(1):109-114.

[18] 黄晚华, 帅细强, 汪扩军. 考虑地形条件下山区日照和辐射的GIS模型研究.中国农业气象, 2006, 27 (2):89-93.

[19] 赵英时. 遥感应用分析原理与方法. 北京：科学出版社, 2003

[20] 张永恒, 范广洲, 李腊平, 等. 西南地区植被变化与气温及降水关系的初步分析.高原山地气象研究, 2009, 29(1):6-13.

[21] 李永华, 刘德, 金龙. 基于BP神经网络的汛期降水预测模型研究.气象科学, 2002, 22(4) :461-467.

Research on Construction and Applications of Spatial-Temporal Analysis Model for Geographic Stations Observation Dataset

Zhao Guohui[1], Zhang Yaonan[1], Wang Yang[2]

(1.Cold and Arid Regions Environmental and Engineering Research Institute, Chinese Academy of Sciences，Lanzhou 730000,China;

2. Computer Network Information Center, Chinese Academy of Sciences, Beijing 100190 ,China)

Abstract Geographic monitoring stations dataset is the basis of research, modeling, and management decisions in earth science system. The quality and quantity of the observation dataset is closely related to practical application in geoscience modeling, thematic mapping，managerial decision and so on. At present, the demand on rapidly getting the real-time high spatial-temporal resolution dataset of the changes and tendency of environmental factors （air pollution, temperature and so on） is even more intense. This paper presents and discusses a spatial-temporal analysis model for geographic stations observation dataset based on the artificial neural network model and wavelet analysis. This model is applied to air temperature simulation in Northwest China to determine the dynamic characteristics and spatial distribution. It provides a new attempt and practice for data mining，preparation and application.

Key words air temperature; wavelet analysis; artificial neural network; spatial-temporal analysis model; Northwest China

基于 3S 技术的广西环江县喀斯特区域景观格局分析

张明阳　王克林

（中国科学院亚热带农业生态研究所　长沙　410125）

摘　要　为给喀斯特区域的生态恢复重建提供科学参考，本文通过 3S（remote sensing, RS; geographic information system, GIS; global positioning system, GPS）技术和 Fragstats 软件对喀斯特区域广西环江县 1986 年、1995 年和 2000 年的景观格局进行了分析，结果表明：①在景观尺度上，破碎化程度先减少后增加，斑块形状先趋于规则后趋于复杂，多样性先下降后提高；②在景观类型尺度上，各景观类型的空间格局变化趋势不一致；③由于 20 世纪 90 年代进行大规模的生态环境移民，旱地和草地面积变化最为显著，旱地先减少后增加，草地先增加后减少；④景观格局变化主要在旱地、草地、乔木林地和灌木林地类型间相互转换，由于恶劣的自然条件区域的城镇化水平不高、发展速度不快，人类活动的干扰主要在旱地等农作区。

关键词　广西环江县；景观格局；喀斯特；Fragstats；3S

1. 引言

景观生态学是一门新兴的交叉学科，它主要研究景观的空间格局和生态过程的相互作用。景观格局既是景观异质性的具体体现[1-3]，也是各种生态过程在不同尺度上作用的结果[4-6]。景观格局分析是景观生态学研究的核心问题之一[7-9]，能为研究区的生态环境状况评价及发展趋势分析提供科学依据[10-12]。

喀斯特是一个特殊的地貌类型，山高坡陡，土地瘠薄，生物生产量低，岩石裸露率高，地表植被覆盖率低，环境极其脆弱[13-14]，人口、资源、环境的矛盾非常突出,贫困与生态恶化的双重压力严重制约区域可持续发展。近30年来，世界上许多国家都十分重视对喀斯特环境问题的研究[15-16]。许多学者对以我国西南地区为代表的喀斯特环境进行了大量研究，在诸多方面取得了重要成果[17-18]，但通过景观生态学原理，对其进行景观格局分析，试图从格局、过程和功能来探讨其生态环境变化的研究尚少。本研究以20世纪90年代进行大规模生态环境移民的喀斯特区域广西环江县作为研究区，通过遥感和地理信息系统技术，对1986—1995—2000年期间从景观和景观类型两个层次进行格局变化分析，以期为深入了解喀斯特生态环境变化提供参考，为喀斯特生态环境恢复重建和社会经济可持续发展提供科学参考。

基金项目：中国科学院“十一五”科学数据库子项目（INFO-115-C01-SDB4-15），国家自然科学青年基金（31000223），中国科学院知识创新工程青年人才领域前沿项目（ISACX-LYQY-QN-1102），中国科学院“西部之光”人才培养计划。

2. 研究方法

2.1 自然概况

广西环江县位于广西西北部，地处云贵高原东南缘，位置为 107°51′~108°43′E、24°44′~25°33′N，总面积约为 4500 km²。总地势北高南低，略成盆地。地貌类型多样，有山地、丘陵、峰林谷地、峰丛洼地等。山地占全县总面积的 51.9%，主要分布在东部、北部和西部，西部与西北部多为石山，东部多为土岭。中山（海拔 800 m 以上）占 11.35%；低山（海拔 500~800 m）占 40.57%。属南亚热带向亚热带过渡的季风气候区，气候温暖，雨量充沛。

2.2 研究方法

以喀斯特区域广西环江县 1986 年、1995 年和 2000 年的 TM 卫星影像为数据源（数据来源中国科学院地理科学与资源研究所，10~11 月份）。在 ERDAS8.6 中以事先经过地理配准的地形图作为参照，通过最临近点插值法对 2000 年原始影像进行重采样和几何精纠正，误差控制在 0.5 个像元内，然后以 2000 年影像为基础对 1995 年和 1986 年影像进行精确几何匹配。

针对喀斯特区域地表破碎、地表覆盖复杂的特点，借助 GPS 进行实地考察并建立解译标志。在 ERDAS 中先对 1986 年、1995 年和 2000 年的影像进行监督分类图像解译，得到三个时期的景观类型分布图（各景观类型的分类标准见表 1），并将三个年份的分类结果叠加，提取并修改变化图斑。然后以 ArcGIS 为支撑，对矢量数据进一步进行栅格化，获得具有斑块属性的栅格数据，作为景观格局分析的基础数据。

表 1 景观分类及其标准

景观类型	分类说明
水田	指有水源和灌溉设施，用以种植水稻等水生农作物耕地
旱地	指靠天然降水、用以旱作物生长的耕地
乔木林	指覆盖度>30%的天然和人工成片乔木林地
灌木林	指矮乔木林地和灌丛乔木林地，包括覆盖度<30%的土质地
果园	包括苗圃及各类果园、桑园、茶园等园地
草地	指覆盖度>20%的天然草地、改良草地和割草地
水域	指天然陆地水域和水利设施用地
城镇用地	指县镇以上建成区和交通建设用地
农村居民	指农村居民点
石漠化地	指植被覆盖度在 5%以下的岩石或石砾地

景观格局计算使用国际上流行的景观格局分析软件包 Fragstats 3.3。格局分析在景观与景观类型两种尺度上进行，在景观类型上选用了景观类型面积（CA）、斑块数（NP）、最大斑块指数（LPI）、边缘密度（ED）、景观形状指数（LSI）、相似邻接比（PLADJ）、聚集度（AI）7 个指标；在景观水平上增选了蔓延度指数（CONTAG）、香农多样性指数（SHDI）、香农均

度指数（SHEI）3 个指标。指标计算方法见 Fragstats 3.3 使用说明书，公式采用 Fragstats 3.3 的表示方式。

3. 结果与分析

3.1 景观类型的面积变化

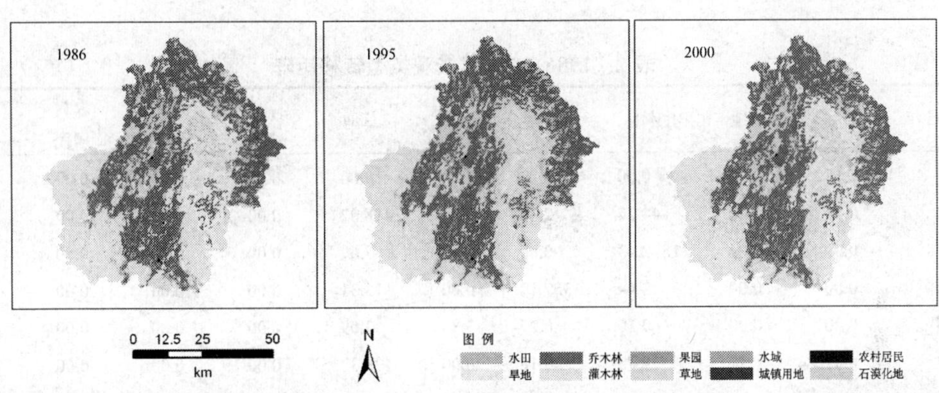

图 1 广西环江县不同时期景观类型分布图

从图 1 可以看出，广西环江县各景观类型在 1986－1995－2000 年间尽管发生了不同程度的相互转换，但居优势的景观类型始终是乔木林地和灌木林地，在三个年份中所占比例分别为 40.60%和 41.72%，40.51%和 30.48%，30.17%和 30.33%。同时从图 1 可以发现，乔木林地主要是沿着海拔相对较高的东部、东北部和中部成“倒 U”型分布，而灌木林地和草地主要是分布在西南部海拔相对较低的区域，而水田和旱地等农作区主要是在中东部的洼地、沟谷区。景观类型分布比较破碎，这与喀斯特区域峰丛、沟谷和洼地等破碎的地貌类型相关。

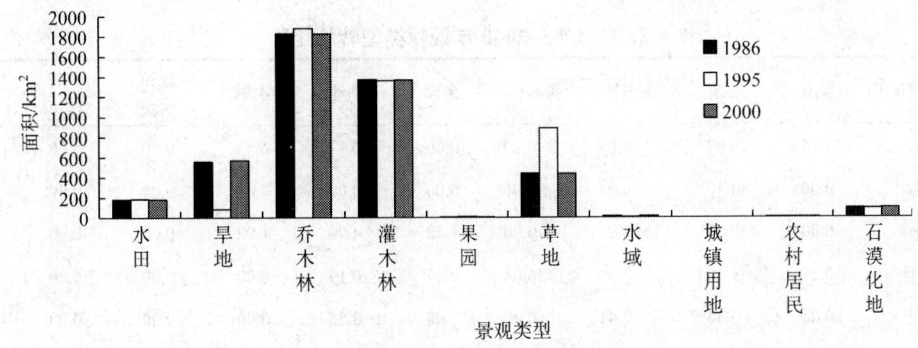

图 2 景观类型面积比例

从图 2 可以看出，旱地、草地的面积变化最大，旱地是先减少后增加，其景观类型总面积百分比从 12.39%减少到 1.83%，再增加到 12.63%，而草地是先增加后减少，其景观类型总面积百分比从 9.70%增加到 19.63%，再减少到 9.63%。这主要是由于环江在 20 世纪 90 年代进行了大规模的生态环境移民，如 1994~1998 年间从生态环境恶劣的喀斯特区古周村向生态环境较好的肯福移民 8 万多人，这个过程中旱地大量增加，主要是由草地开垦为耕地。

从表 2 可知，水田有少部分转化为灌木林地，旱地绝大部分转化为草地，乔木林地、灌木林地、果园和水域也有部分转化为草地，草地和石漠化地分别有部分转化为乔木林地，而城镇和农村居民用几乎不变。这说明 1986~1995 年间，植被覆盖越来越好，水土保持工作有成效，人类活动的影响主要是在农作区如水田、旱地和果园等方面，而喀斯特恶劣的自然环境限制使得区域城镇化水平不高、城镇和农村发展不快。

表 2 1986~1995 年景观类型转移矩阵 （单位：km^2）

1986~1995 年	水田	旱地	乔木林	灌木林	果园	草地	水域	城镇用地	农村居民	石漠化地
水田	183.15	0.00	0.00	0.27	0.00	0.00	0.00	0.00	0.00	0.00
旱地	0.78	80.20	44.24	2.16	0.34	418.02	0.00	0.00	0.00	12.62
乔木林	0.09	0.04	1812.43	0.00	7.41	7.69	0.00	0.00	0.00	2.70
灌木林	0.00	0.00	3.44	1357.17	0.00	13.31	0.00	0.00	0.00	0.38
果园	0.00	0.00	0.10	0.27	3.33	3.09	0.00	0.00	0.00	0.00
草地	0.31	0.11	7.78	0.18	0.00	428.32	0.00	0.00	0.00	0.23
水域	0.43	2.09	1.92	0.00	0.00	3.73	5.64	0.00	0.00	0.00
城镇用地	0.00	0.00	0.00	0.00	0.00	0.00	0.00	0.99	0.00	0.00
农村居民	0.00	0.00	0.00	0.00	0.00	0.00	0.00	0.00	5.56	0.00
石漠化地	0.00	0.00	10.64	0.11	0.00	10.22	0.00	0.00	0.00	75.20

从表 3 可知，水田转化最多是旱地，旱地转化最多是水域，乔木林地转化最多是旱地。草地、灌木林地和石漠化地都有部分转化为旱地。而城镇、农村居民用地和水域面积几乎不变。这说明 1986~1995 年间，人类活动对农作区的影响相当大，其中旱地面积增加很多，这主要也是由于环江县在 20 世纪 90 年代进行了大规模的生态环境移民。

表 3 1995~2000 年景观类型转移矩阵 （单位：km^2）

1995~2000 年	水田	旱地	乔木林	灌木林	果园	草地	水域	城镇用地	农村居民	石漠化地
水田	183.15	0.92	0.09	0.00	0.00	0.17	0.43	0.00	0.00	0.00
旱地	0.00	80.30	0.04	0.00	0.00	0.00	2.09	0.00	0.00	0.00
乔木林	0.00	49.02	1808.95	0.00	1.32	4.90	1.92	0.00	0.00	14.45
灌木林	0.27	3.30	0.00	1356.04	0.27	0.17	0.00	0.00	0.00	0.11
果园	0.00	0.34	7.41	0.00	3.08	0.25	0.00	0.00	0.00	0.00
草地	0.00	421.36	7.09	11.44	2.37	428.12	3.73	0.00	0.00	10.25
水域	0.00	0.00	0.00	0.00	0.00	0.00	5.64	0.00	0.00	0.00
城镇用地	0.00	0.00	0.00	0.00	0.00	0.00	0.00	0.99	0.00	0.00
农村居民	0.00	0.00	0.00	0.00	0.00	0.00	0.00	0.00	5.56	0.00
石漠化地	0.00	13.75	2.70	0.00	0.00	0.23	0.00	0.00	0.00	74.45

同时从图 3 也可以看出，旱地和草地面积的转换主要在中东部生态环境移民集中分布的农牧和林牧农作区等交错带，该区域景观具有易变性和不稳定性，同时说明生态环境移民政策对区域格局影响显著。

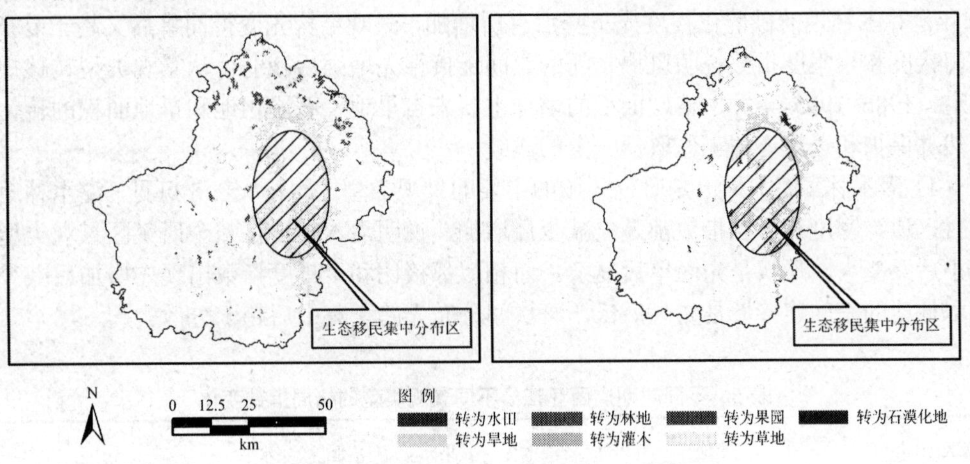

图 3　广西环江县景观类型转移分布图

3.2　景观格局变化分析

3.2.1　景观尺度上景观格局变化分析

由表 4 可知，从 1986－1995－2000 年，研究区内斑块数由 1462 个下降到 1396 个，之后又上升到 1467 个,说明在 1986~1995 年由于封山育林和退耕还林还草等活动，景观破碎化程度下降；而 1995~2000 年，中东部作为主要的移民迁入区人类干扰增加，景观破碎化程度增加。边缘密度和形状指数都是先减少后增加说明形状先趋于规则后趋于复杂。相似邻接比说明景观的空间连接性是先加强后减弱。Shannon 多样性指数和 Shannon 均匀度指数说明景观多样性相对先下降后提高，土地利用最后向着多样化和均匀化发展。

表 4　广西环江县三个时期景观水平上的景观指数变化

年份	斑块数目 NP	斑块密度 PD	最大斑块指数 LPI	边缘密度 ED	形状指数 LSI	蔓延度 CONTAG	相似邻接比 PLADJ	多样性指数 SHDI	均匀度指数 SHEI
1986	1462.00	0.32	37.56	20.03	35.49	64.51	96.91	1.46	0.64
1995	1396.00	0.31	38.80	18.98	33.72	66.96	97.07	1.36	0.59
2000	1467.00	0.33	37.40	20.09	35.59	64.42	96.90	1.47	0.64

3.2.2　景观类型格局变化分析

（1）水田。从表 5 可见，水田的斑块数目、边缘密度、最大斑块指数和形状指数变化趋势说明破碎化程度是先减少后增加，形状先变简单后变复杂；相似邻接比和聚集度指数变化趋势说明水田的空间连接性是先高后低，斑块间分布先趋于集中后趋于分散。

（2）旱地。从表 5 可见，旱地面积是变化最为剧烈的景观类型之一，由 558.42 km^2 减少到 82.60 km^2 后又增加到 569.07 km^2。其斑块数目、边缘密度、最大斑块指数和形状指数说明旱地破碎化程度先变大后变小。相似邻接比和聚集度指数说明旱地的空间连接性是先低后高，斑块间分布先趋于分散后趋于集中。

（3）乔木林。乔木林地是研究区域的最主要的景观类型。从表5可见，从1986－1995－2000年，乔木林地的破碎化程度先下降后有所增加，景观结构先变得简单后又趋于复杂；而相似邻接度和聚集度指数说明斑块之间的空间连接性先增强后减弱。从景观类型转移矩阵分析知道，1986~1995年乔木林地面积的增加主要来自旱地、石漠化地和草地面积的转化，因此天然林保护和退耕还林工作取得一定的成绩。

（4）灌木林。灌木林地是研究区域的主要的景观类型之一，从表5可见，灌木林地的斑块数目、边缘密度和形状指数都是先减少后增加，说明灌木林地在整个研究区景观类型比例先变小后又变大，形状是先简单后复杂。而相似邻接比和聚集度指数出现先增加后减少，说明灌木林地的空间连接性是先高后低，斑块间分布先趋于集中后趋于分散。

表5 不同时期广西环江县不同景观类型的格局指数变化

格局指数	年份	水田	旱地	乔木林	灌木林	果园	草地	水域	城镇用地	农村居民	石漠化地
景观类型面积 CA/km^2	1986	183.85	558.42	1829.85	1373.89	6.81	437.21	13.82	1.00	5.64	96.25
	1995	185.19	82.60	1880.06	1359.75	11.10	884.56	5.63	1.00	5.64	91.20
	2000	183.85	569.07	1825.77	1367.06	7.06	434.12	13.82	1.00	5.64	99.34
斑块数 NP/个	1986	467.00	225.00	121.00	87.00	29.00	375.00	20.00	1.00	61.00	76.00
	1995	470.00	197.00	121.00	75.00	18.00	364.00	9.00	1.00	61.00	80.00
	2000	467.00	243.00	124.00	78.00	18.00	376.00	20.00	1.00	61.00	79.00
最大斑块指数 LPI/%	1986	0.27	9.18	37.56	15.95	0.02	2.28	0.14	0.02	0.01	0.17
	1995	0.28	0.12	38.80	15.98	0.06	9.65	0.10	0.02	0.01	0.17
	2000	0.27	9.23	37.40	15.95	0.02	2.28	0.14	0.02	0.01	0.17
边缘密度 ED /(m/m^2)	1986	4.89	6.40	13.13	6.41	0.18	6.81	0.50	0.02	0.20	1.53
	1995	4.91	1.94	12.64	6.05	0.17	10.23	0.27	0.02	0.20	1.52
	2000	4.89	6.62	13.16	6.30	0.16	6.75	0.50	0.02	0.20	1.59
景观形状指数 LSI/%	1986	40.74	30.83	35.51	20.85	7.82	37.50	15.23	1.69	9.43	18.41
	1995	40.76	24.31	33.77	19.87	5.79	39.47	12.72	1.69	9.43	18.90
	2000	40.74	31.55	35.66	20.57	6.95	37.24	15.23	1.69	9.43	18.84
相似邻接比 PLADJ/%	1986	90.98	96.08	97.51	98.31	91.01	94.62	87.70	94.89	88.04	94.36
	1995	91.01	91.97	97.66	98.38	94.76	96.02	83.84	94.89	88.04	94.06
	2000	90.98	96.03	97.50	98.33	92.11	94.63	87.70	94.89	88.04	94.32
聚集度 AI /%	1986	91.19	96.21	97.58	98.39	92.07	94.76	88.42	97.86	89.17	94.65
	1995	91.21	92.28	97.73	98.46	95.63	96.12	84.92	97.86	89.17	94.36
	2000	91.19	96.15	97.56	98.41	93.17	94.77	88.42	97.86	89.17	94.61

（5）果园。从表5可见，果园斑块个数和边缘密度变化趋势说明破碎化程度是减少；而景观形状指数说明灌木林地形状先趋于简单规则后趋于复杂；相似邻接比和聚集度变化趋势

说明果园的空间连接性先高后低，斑块间分布先趋于集中后趋于分散。

(6)草地。从表 5 可见，从 1986－1995－2000 年，草地的面积从 437.21 km^2 增加到 884.56 km^2 然后又减少到 434.12km^2，面积变化剧烈；边缘密度和景观形状指数说明草地斑块形状先趋于复杂后趋于简单；而相似邻接度和聚集度指数说明斑块之间的空间连接性先增强后减弱。从对景观类型转移矩阵分析可知，1986~1995 年草地面积的增加主要来自旱地、灌木林地和石漠化地面积的转化，说明 1986~1995 年退耕还草工作取得一定的成绩。

（7）水域。从表 5 可见，水域的面积和斑块数都先下降后上升；边缘密度和景观形状指数先下降后增加说明水域斑块形状首先变得规则而后又变得相对复杂；相似邻接度和聚集度指数说明斑块空间连接性先小后大。

（8）城镇用地和农村居民。从表 5 可见，1986－1995－2000 年广西环江的城镇用地和农村居民用地几乎就没有变化，其变化值相对太少，说明喀斯特区域由于生态环境恶劣，城镇化速度不快、建设用地和农村居民用地所占面积变化不大、居民扩张不明显。

（9）石漠化地。从表 5 可见，石漠化地破碎化程度先增加后减少，斑块形状先简单后复杂、分布先分散后集中、连接性和连通性变差后变好。从图 1 和表 2、3 面积转移矩阵可以看出，从 1986~1995 年石漠化地的面积相对减少，其增加主要是来自旱地，而 1995~2000 年石漠化地面积增加，其增加主要来自乔木林地和草地，说明 1986~1995 年水土保持工作颇有成效，而 1995~2000 年由于气候自然因素和人类活动的干扰使得石漠化地面积增加。

4. 结论

经过对喀斯特区域广西环江县 1986—1995—2000 年景观格局变化分析可知：

（1）景观格局分析结果表明，由于自然条件和人类活动的影响，景观破碎化程度先减少后增加，斑块形状先趋于规则后趋于复杂，空间分布先趋于集中后趋于分散，景观多样性水平先下降后提高，景观格局最后向着多样化和均匀化方向发展。

（2）景观类型格局分析表明，各景观类型的破碎化程度、斑块形状、空间连接性和空间分布变化趋势不一致，水田－乔木林地、旱地－石漠化地、灌木林地－果园－水域分别具有一定相似性，而草地变化趋势独具特点，城镇用地和农村居民用地几乎没有变化。

（3）由于 20 世纪 90 年代年进行了大规模的生态环境移民，旱地和草地景观类型的面积发生最为显著的变化，旱地先减少后增加，其面积百分比从 12.39%减少到 1.83%再增加到 12.63%，而草地先增加后减少，其面积百分比从 9.70%增加到 19.63%再减少到 9.63%。

（4）景观格局变化主要是在旱地、草地、乔木林地和灌木林地等景观类型间相互转换，喀斯特区域恶劣的自然条件限制使得区域的城镇化水平不高、发展速度不快。人类活动干扰和破坏主要体现在旱地等农作区。同时喀斯特区域生态环境脆弱,对生态系统的过度干扰和破坏难以恢复，因此必须提高景观多样性和异质性，优化整个区域的景观结构，增强景观稳定性和抗干扰性能，使景观格局有利于当地经济、社会和生态可持续发展。

参 考 文 献

[1] 肖笃宁. 景观生态学: 理论、方法及应用. 北京:中国林业出版社, 1991.

[2] Turner M G, Gardner R H. Quantitative methods in landscape ecology. New York:Sp ringer-Verlag, 1991.

[3] 肖笃宁，李秀珍. 当代景观生态学的进展和展望. 地理科学, 1997, 17(4):356-363.

[4] 傅伯杰，陈利顶，马克明，等.景观生态学原理及应用. 北京:科学出版社, 2001.

[5] Hulshoff R M. Landscape indices describing a Dutch landscape. Landscape Ecology, 1995, 10 (2) :101-111.

[6] Nagaike T, Kamitani T. Factors affecting changes in landscape diversity in rural areas of the fagus crenata forest region of central Japan. Landscape and Urban Planning, 1999, 43(4): 209-216.

[7] 张金屯，邱扬,郑凤英. 景观格局的数量研究方法.山地学报, 2000, 18(4): 346-352.

[8] 白晓慧，张晓红，丁路生. 城市景观河道不同类型驳岸界面微生物生态研究. 生态与农村环境学报, 2007, 23(3):90-92.

[9]Kienast F. Analysis of historic landscape patterns with a geographical information system: a methodological out-line. Landscape Ecology, 1993, (8):103-118.

[10] 肖寒，欧阳志云，赵景柱，等. 海南岛景观空间结构分析. 生态学报, 2001, 21 (1):20-27.

[11] 胡相明，程积民，万惠娥，等. 黄土丘陵区地形、土壤水分与草地的景观格局.生态学报，2006，26 (10): 3276-3285.

[12] 魏静，郑小刚，葛京凤. 石家庄西部太行山区景观格局时空变化. 生态学报, 2007, 27(5): 1993-2001.

[13] 袁道先. 我国西南岩溶石山的环境地质问题. 世界科技研究与发展, 1997, 19(5):93-97.

[14] 向昌国，林华，张平究，等. 中国西南喀斯特生态环境与土壤生物初步研究. 资源科学，2004，26(增刊):98-103.

[15] 吴玉鸣，张燕. 西南岩溶区广西生态安全及资源利用效率. 生态学报, 2007, 27 (1): 242-249.

[16] 张文晖，傅瓦利，张洪，等. 岩溶山区不同土地利用方式对石灰土基本特性的影响.生态与农村环境学报, 2007, 23(3):16-21.

[17] 蒋勇军，袁道先，谢世友，等. 典型岩溶流域土壤有机质空间变异——以云南小江流域为例. 生态学报, 2007, 27 (5): 2040-2047.

[18] 李阳兵，邵景安，魏朝富，等. 岩溶山区不同土地利用方式下土壤质量指标响应. 生态与农村环境学报, 2007, 23(1):12-15.

Analysis of Landscape Pattern in Karst Areas of Huanjiang County, Guangxi Province based on 3S Technology

Zhang Mingyang,　Wang Kelin

(Institute of Subtropical Agriculture, Chinese Academy of Sciences, Changsha 410125，China)

Abstract We have studied the changes of landscape patterns of Huanjiang County from 1986 to 2000 through 3S technology (Remote sensing, Geographic information system, Global positioning system) and using FRAGSTATS. The results show: ① at the landscape level, the fragmentation of landscape decreases firstly and then increases. The shape of patches become more regular firstly and then more complexes; the landscape diversity decreased firstly and then increased relatively; ② at landscape type level, the change trends of each landscape components are different; ③ Because of the environment immigration, the total areas of dry land and meadow change notably.

The areas of the dry land decreases firstly and then increases, and the areas of meadow increases firstly and then decreases; ④ The changes of landscape pattern mainly comes from the inter-conversion among dry land, meadow, woodland, shrub and bareness land, the disturb of human being is embodied in the farming areas such as dry land. Human disturb mainly happen in farming area due to slow process of urbanization and low-speed development.

Key words Huanjiang county; Guangxi province; Landscape pattern; Karst; Fragstats; 3S

黑土生态数据库支持下的农田土壤肥力评价*

付 微[1] 谢叶伟[2] 李 勇[1,3] 赵 军[1] 孟 凯[4]

（1. 中国科学院东北地理与农业生态研究所黑土区农业生态院重点实验室 哈尔滨 150081;
2. 东北林业大学林学院 哈尔滨 150040;
3. 中国科学院研究生院 北京 100049;
4. 黑龙江大学资环学院 哈尔滨 150080）

摘 要 以松嫩平原黑土区为研究区域，在黑土农业生态数据库的支持下，获得各种图件和数据，在ArcGIS中对多源数据进行处理，应用模糊数学、层次分析、加法模型等方法，利用ModelBuilder工具和Python脚本建立评价模型，实现了土壤肥力评价的定量化、自动化、模型化。评价结果表明研究区土壤肥力综合指数介于0.57~0.84，空间分布特征为北高南低。松嫩平原黑土农田土壤肥力评价可以为指导该区域农业生产及制定合理的培肥体制，提高地力提供科学的数据参考和理论依据。

关键词 土壤肥力；ModelBuilder；综合评价；AHP；黑土

1992年，里约热内卢联合国环境与发展大会上通过的《21世纪议程》做出过这样的表述：在可持续发展中，科学的作用之一应是提供资料，以便在决策过程中能够更好地制定和选择环境与发展政策。也就是说，科技在可持续发展中的主要功能是为制定环境与发展政策提供支撑。在应对可持续发展的挑战中，科学合理地制定应对政策和策略比依靠科学技术实现可持续发展本身更为重要。本研究在中国黑土农业生态数据库的支持下，利用长期积累的大量的数据资源，运用地理信息系统（GIS)技术结合模糊数学法[1-3]、层次分析法（AHP）[4-5]等评价方法[6-7]对松嫩平原黑土带23个市县的土壤肥力进行了综合地、定量化地评价，为黑土保育和提高黑土区耕地地力提供科学决策的依据。

松嫩平原位于我国典型黑土区，土壤肥力高、性状好，是我国重要的商品粮生产基地；随着开垦年限的增加，同时由于长期大量施用化肥，重种轻养，造成土壤板结，水肥供应能力下降，土壤肥力锐减，对国家粮食安全构成了威胁，已经引起了社会各界的广泛关注[8,9]。

土壤肥力变化与评价研究一直是国内外科学家研究的热点问题[10-11]。诸多学者分别从不同的角度，采用不同的方法对土壤肥力变化进行了分析和研究[1-7]，针对东北黑土区的土壤养分及主要肥力指标变化特征和空间变异特性也都有一些研究[12-13]。但这些研究多侧重于单个土壤养分，区域尺度较小。大尺度、多因素综合评价研究还少见报道。

* 本论文受黑龙江省自然科学基金重点项目、国家科技支撑项目共同资助。

1. 材料与方法

1.1 研究区概况

研究区为松嫩平原位于黑龙江省界内部分，共计 23 个县。松嫩平原在黑龙江省西南部，主要由松花江、嫩江冲积而成。整个平原略呈菱形，占全省面积 1/3 以上，其中耕地面积 559 万公顷。土壤肥沃，黑土、黑钙土占 60%以上。松嫩平原土壤养分丰富，保水、保肥力强，适合多种作物的生长，是主要的农业土壤资源和国家的重要商品粮基地。主产作物大豆和玉米。

1.2 基础数据来源

本研究中土壤肥力评价的基础数据来源于中国黑土农业生态数据库，该数据库中的空间数据库以 shp 格式存储着大量的植被图、土壤图、土壤养分图、土地利用图、区划图和其他重要的图件。这些图件通过扫描和矢量化处理由 Supermap 公司的软件开发工具编程进行管理。

1.3 数据处理

根据需要，本研究提取了矢量化的松嫩平原地形图、土壤图、行政区划图，2002 年秋收后松嫩平原采样点调查数据等，其中包括 GPS 定位采集的 660 个农田耕层（0~20cm）土壤样品中土壤全量和速效养分的常规化验分析得出的数据。 对这些数据进行进一步的校正、叠合、确定最小评价单元，对研究区多年的施肥投入、作物产量、耕地面积等数据的录入和分析。

2. 研究方法

土壤肥力水平是多个因子共同作用的结果，评价时需要借助一些数学方法将定量与定性因素结合起来。目前，借助数学方法建立相应的具体应用模型已成为各学科的重要研究课题。本研究使用了 ArcGIS中建模工具ModelBuilder，可以集成烦琐的评价流程，使工作变得简单、可重复，计算过程更加快速、准确[14]。

Model Builder是ArcGIS所提供的构造地理科学研究的处理工作流和脚本的图形化建模工具,能加速复杂地理处理模型的设计和实施，集成了3D、空间分析、地统计等多种空间处理工具；同时提供了一个图形化的操作环境,可以在其中创建及修改模型[15]。建模时选择所需要数据和工具,在模型属性中设置相应的参数和环境,利用Python 语言开发完成一个空间处理模型的复杂计算过程。

模型的形成过程实际上就是解决问题的过程，基于 ModelBuilder 模型的构建一般包括以下四个步骤：添加输入数据、添加空间分析工具、设置参数和运行模型。

2.1 输入数据

对于土壤肥力评价的主体，土壤作为一个时空连续的变异体，不论在大尺度上还是在小尺度上，其基础环境信息都具有高度的空间异质性，具有相对独立的连续性，土壤性状也随空间连续变化；输入的数据包括土壤图、土地利用图、区划图在GIS 中进行空间叠加完成的评价底图、土壤养分插值生成的栅格图、DEM图等；综合栅格数据计算量和计算时间等因素，土壤肥力评价单元应首选基于栅格的模型。基于栅格的评价结果不受比例尺大小的影响，可以清晰的表现研究区土壤肥力细小的分布特征。因此，我们根据数据资源和评价的需求，在综合考量前提下，采用了5km×5km栅格作为评价单元。

本次土壤肥力评价研究邀请了11位土壤学、农学和地理学的专家利用特尔菲模型确定了10个评价指标，并分别赋予其不同的隶属度，根据层次分析法的原理，计算并确定各评价指标的权重，并且通过了一致性检验，指标权重见表1。

表1 土壤肥力评价指标体系及其权重

一级指标	一级权重	二级指标	组合权重
理化性状	0.3333	有机质	0.19
		质地	0.1333
土壤养分	0.5000	速效钾	0.1160
		有效磷	0.1661
		全氮	0.0883
		全磷	0.0695
		全钾	0.0601
立地条件	0.1667	积温	0.10
		坡度	0.0303
		年降水量	0.0455

这样我们以土壤图、土地利用图、行政区划图叠加图为底图，提取出研究区的农田斑块，并以此作为掩膜对研究区土壤养分插值图进行切割，输出单元大小为 5km 的栅格图作为Model Builder 的输入，在Model Builder 中通过运算形成了10 个评价指标的栅格图层，作为土壤肥力评价的基础数据，见图 1。

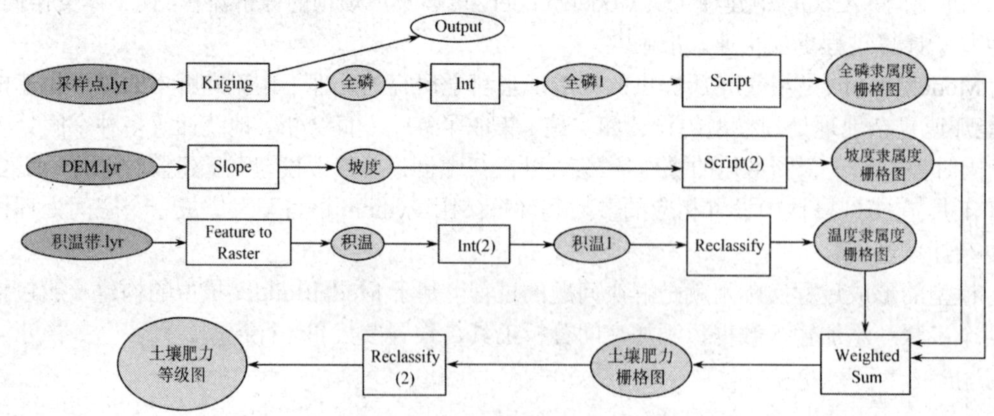

图 1 ModelBuilder 建模计算过程示例图

2.2 添加空间分析工具

添加的主要空间分析工具如下。插值：Kriging 插值。栅格运算工具：Divide，Int， Float，Minus。转换工具：Raster to Polygon，Feature to Raster。3D 分析工具：Slope。重分类工具：Reclassify。裁切：Extract by Mask。叠加：Weighted Overlay。这些工具通过 Python 语言编程，为本研究特定计算功能所调用。

2.3 设置参数和运行模型

需要设置的参数主要有：设定区域；设定输入输出栅格单元大小；用 Python 脚本也可以运用 Reclassify 工具计算隶属度；给图层权重赋值等。由于 ArcGIS 中有些操作要求栅格计算必须为整型变量，为了方便模型中矢量-栅格相互转换、栅格运算，以及提高评价精度，将指标隶属度均置于 10～100。

土壤肥力评价采用的是综合指数 IFI 计算方法，在 ArcGIS 中加权叠加分析工具（weighted sum)进行加法模型计算来实现：

$$\mathrm{IFI}=\sum F_i C_i \quad , i=1,2,\ldots,n$$

式中，IFI 表示土壤肥力综合指数；F_i 指第 i 个因素的隶属度；C_i 指第 i 个因素的组合权重。形成的计算公式如下：

$$\begin{aligned}\mathrm{IFI}=&0.0883\times \mathrm{A1}+0.0695\times \mathrm{A2}+0.0601\times \mathrm{A3}+0.1661\times \mathrm{A4}+0.1160\times \mathrm{A5}+0.2\times \mathrm{A6}\\&+0.1333\times \mathrm{A7}+0.0909\times \mathrm{A8}+0.0455\times \mathrm{A9}+0.0303\times \mathrm{A10}\end{aligned}$$

式中，IFI 表示土壤肥力综合指数；A1 为全氮，A2 为全磷，A3 为碱解氮，A4 为有效磷，A5 为速效钾，A6 为有机质，A7 为质地，A8 为积温，A9 为年均降水量，A10 为坡度。

3. 结果与讨论

3.1 土壤肥力分布特征

土壤肥力综合指数分布在0.57~0.84；根据土壤肥力综合指数分布规律性，并参考相关专家经验将研究区域土壤肥力分为五个等级，并确定土壤肥力等级界限分别为：0.60、0.64、0.69、0.74，得出土壤肥力等级分布图见图2。利用ArcGIS对各等级分布面积进行统计：一级土壤肥力耕地面积占评价区域总面积的5.31%，二级占22.86%，三级占36.95%，四级占27.58%，五级占7.3%，二级到四级水平面积较大，一级和五级水平所占面积相对较小。

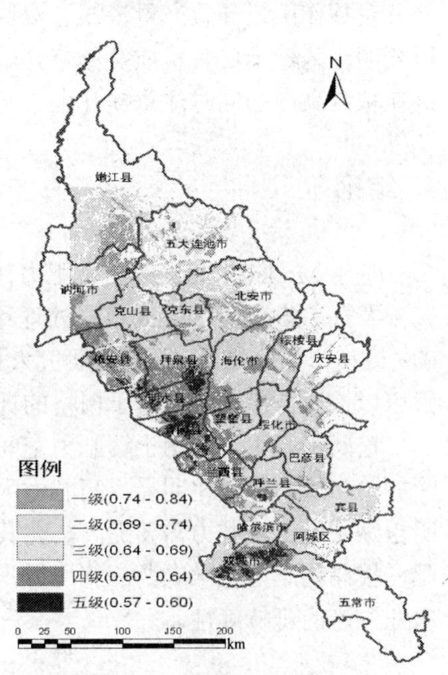

图 2 农田土壤肥力等级分布图

从总体上看，松嫩平原黑土区农田土壤肥力水平东高西低，北高南低；呈现出条带状分布特征，从西南部向东北部土壤肥力水平逐渐增高，但局部地区还有较大变化。土壤肥力综合评价指数最低为0.57，说明部分区域土壤肥力水平相对较低，应该引起足够的重视，要加强对黑土的保育和提升土壤肥力。尤其是西南部青冈县、明水县、兰西县、双城市等应注意培肥，控制化肥与化学农药的施用量，治理水土侵蚀和风沙，以保护农田生态系统和农业生产的可持续性。

3.2 评价结果验证

我们用两种方法来验证评价的结果。首先对土壤肥力的主要指标土壤养分和地力等级的高低进行统计学验证。随机选出 200 个样点，对其土壤有机质含量和速效养分含量与 IFI 指数进行回归分析，分析表明其相关系数大致在 0.7 左右，属于 0.01 水平下的显著相关。另外，又根据各县粮食平均单产（玉米和大豆）进行回归分析，通常情况下，我们认为土壤肥力表征的是土壤的潜在生产力，多年平均单位产量表征了土壤的实际生产力，两者之间有差异，但理论上应该存在一定的相关性；利用 SPSS16.0 对各县土壤肥力综合指数与大豆、玉米的平均单产进行相关性分析发现，在 0.05 水平上，土壤肥力与大豆、玉米的单产呈显著性相关，相关系数分别为：0.406 和 0.318；说明土壤肥力评价结果与土地的实际生产力基本相符。但也表明在大区域内由于水热梯度的影响，土壤肥力的发挥受到了制约，所以相关系数不是很高。土壤肥力为一、二级的哈尔滨市、巴彦县、阿城区等的大豆和玉米的单位产量相对较高；而克东县、海伦市、望奎县、绥化市、呼兰县、宾县等县市平均单位产量水平和土壤肥力水平都处于中间水平；依安县、拜泉县、明水县、青冈县、兰西县的单位产量排序都处于末尾，与其处于四、五级的土壤肥力水平的情况相符合，该区域土壤退化相对严重，土壤肥力较低[16],导致作物产量较低。而嫩江县、五大连池市、北安市、绥棱县虽有较大面积处于一、二级土壤肥力水平，但其粮食单位产量仅处于中下等水平，说明该区域黑土层厚而肥沃，有机质及土壤养分含量都比较高，生产潜力较大，但纬度高、积温低、降水少等因素限制了土壤养分发挥作用，导致产量较低。双城市长年种植玉米，粮食产量较高，但是此次肥力评价分析表明该区域土壤有机质及养分含量较低，评价得到的土壤肥力水平以四级居多，因此，应该在粮食高产的同时注意提升土壤肥力，对黑土进行保育，以实现农业的可持续发展。

4. 结论

基于 ModelBuilder 的土壤肥力评价模型将模糊数学法、层次分析法、加法模型结合起来，充分发挥 GIS 强大的空间数据处理和分析功能，使得评价工作变得简单，计算过程快速、准确；模型一旦建立后，不同的研究人员可以根据对土壤肥力的认识程度来调整指标及其权重，就可以快速得出结果；基于栅格的评价单元能够准确表现土壤肥力的空间分布特征。

松嫩平原黑土农田土壤肥力空间分布呈现出西南低东北高的条带状分布特征，但局部地区如哈尔滨周边变化明显。高肥力区大约在 28.17%，中等肥力以下区域大约占 71.83%，说明松嫩平原土壤肥力需要提高，尤其是西南部青冈县、明水县、兰西县、双城市等应注意培肥，控制化肥与化学农药的施用量，治理水土侵蚀和风沙，有利于保护农田生态系统，以及农业生产的可持续性。

参 考 文 献

[1] Hudson G, Bimie R V. A method of land evaluation including year to year weather variability. Agricultural and Forest Meteorology, 2000, 101(2):203-216.

[2] Thapa R B, Murayama Y. Land evaluation for peri-urban agriculture using analytical hierarchical process and geographic information system techniques: A case study of Hanoi. Land Use Policy, 2008, 25(2):225-239.

[3] 孙波, 张桃林, 赵其国. 我国东南丘陵山区土壤肥力的综合评价. 土壤学报, 1995, 32(4):362-369.

[4] 王建国, 杨林章, 单艳红. 模糊数学在土壤质量评价中的应用研究. 土壤学报, 2001, 38(2):176-183.

[5] 周旭, 安裕伦, 许武成, 等. 基于GIS和改进层次分析法的耕地土壤肥力模糊评价——以贵州省普安县为例. 土壤通报, 2009, 40(1):51-55.

[6] 杨奇勇, 杨劲松, 姚荣江, 等. 基于 GIS 和改进灰色关联模型的土壤肥力评价. 农业工程学报, 2010, 26(4): 100-105.

[7] 沈善敏. 中国土壤肥力. 北京：中国农业出版社, 1998.

[8] 孟凯. 黑龙江省农业生态环境态势与对策//中国环境科学学会学术年会论文集. 北京：中国环境科学出版社，2010.

[9] 魏丹, 杨谦, 迟凤琴. 东北黑土区土壤资源现状与存在问题. 黑龙江农业科学, 2006, (6):69-72.

[10] 汪景宽, 王铁宇, 张旭东, 等. 黑土土壤质量演变初探 I —不同开垦年限黑土主要质量指标演变规律. 沈阳农业大学学报, 2002, 33(1):44-48.

[11] 汪景宽, 王铁宇, 张旭东, 等. 黑土土壤质量演变初探II—不同地区黑土中有机质、氮、硫和磷现状及变化规律. 沈阳农业大学学报, 2002, 33(4):270-273.

[12] 赵军, 葛翠萍, 商磊, 等. 农田黑土有机质和全量氮磷钾不同尺度空间变异分析. 农业系统科学与综合研究, 2007, 23(3):280-284.

[13] 隋跃宇, 张兴义, 谷思玉, 等.论农田黑土肥力评价体系. 农业系统科学与综合研究, 2004, 20(4):265-267.

[14] 周扬, 李潇丽, 吴文祥, 等. 基于 Model Builder 的库区生态敏感性分析. 安徽农业科学, 2009, 37(29):14272-14275.

[15] 季漩. 基于 Model Builder 的水土流失危险性分析模型研究. 内蒙古林业调查设计, 2009, 32(1):101-103.

[16] 李取生, 裘善文, 邓伟. 松嫩平原土地次生盐碱化研究. 地理科学, 1998, 18(3):74-78.

Assessment for Soil Fertility of Cultivated Land Based on the Database in Songnen Plain, China

Fu Wei[1], Xie Yewei[2], Li Yong[1,3], Zhao Jun[1], Meng Kai[4]

(1. Key Laboratory of Mollisols Agroecology, Northeast Institute of Geography and Agroecology, Chinese Academy of Sciences, Harbin 150081, China;

2. School of Forestry, Northeast Forestry University, Harbin 150040, China;

3. Graduate University of Chinese Academy of Sciences, Beijing, 100049, China;

4. College of Agricultural Resources and Environment, Heilongjiang University, Harbin 150080, China)

Abstract Taking a field of Songnen plain of Northeast China as our study area, the graph and data were obtained based on black soil agro-ecology database. Data processing was achieved by ArcGIS sofeware. The automatic, quantitative and modeling evaluation procedure was realized by applying the Model Builder of ArcGIS software and Python script. The Model was built by utilizing fuzzy math, analytics hierarchy process and weighted sum. The evaluating results indicated the comprehensive index of soil fertility ranged from 0.57 to 0.84, the spatial distribution declined from North to South. This research provides consults to improve soil quality and protect the ecological environment and contributes significantly to scientific management and sustainable use of soil resources.

Key words soil fertility; model Builder; fuzzy comprehensive evaluation methods; AHP; black soil

蛋白质组学相关数据库资源分类及其应用

雷小元　卢振举

（中国科学院大连化学物理研究所　大连　116023）

摘　要　蛋白质数据库是蛋白质组学和生物信息学的主要研究工具。本文从蛋白质综合数据信息、序列信息、结构信息、功能信息以及其他主题信息等几个方面，概述了近年来蛋白质数据库的发展动态，对主要的热门蛋白质数据库和资源进行了评价，就国内蛋白质数据库的开发与利用的问题进行了讨论。

关键词　蛋白质组学；蛋白质数据库；生物信息学

蛋白质分子是生物体执行功能的重要分子，许多生物功能最终都要依赖于蛋白质，而非基因来直接完成，如分子的运输、信号的传导、结构的组成、生化反应，等等，所以蛋白质分子中所蕴涵的生物信息种类繁多，形式复杂。只有充分研究这些信息，才可能从这些信息中发现蛋白质分子所包含的功能，将这些信息标准化，建立模型，以研究蛋白质的作用模式、功能机理、调节控制及蛋白质之间的相互作用，因此蛋白质组学作为一门新兴学科应运而生。

蛋白质组（Proteome）的概念是由澳大利亚学者 Wilkins 与 Willians 于 1994 年首先提出[1]，是指生物体全部基因表达的全部蛋白质及其存在方式的总和，是一种细胞、组织或完整生物体在特定时空中所拥有的全套蛋白质。蛋白质组与基因组在概念上有着许多差别，它随着组织、甚至环境状态的不同而改变。蛋白质组具有复杂多变的特点，蛋白质的种类与数量即使在同一生物体相同细胞中在不同时期和环境下也是不同的。因此一个蛋白质组不等同于一个基因组的直接产物。由于网络、大型服务器和广泛的计算机参与，蛋白质组学的研究效率和精确度得以大大提高。蛋白质数据库也大量涌现，成为蛋白质组研究水平和能力的标志。到目前为止，生物学数据库总数已经超过 500 个，其中与蛋白质有关的数据库就有 300 个左右。由此可见，数据库与蛋白质组研究密切相关。

蛋白质数据库不论其数据为何种形式，都具备三种基本功能：①对数据的注释（annotation）功能。所有提交到数据库的数据都要由作者或数据库管理人员进行注释后方能发布。②对数据的检索（search）功能。数据经注释之后，访问者就可以通过数据库网页上提供的搜索引擎进行搜索，找到自己所需的蛋白质信息。③对数据的生物信息分析功能。访问者一旦找到感兴趣的蛋白质信息，就可以运用数据库提供的生物信息分析工具对蛋白质序列的未知数据进行预测，如预测蛋白质的理化性质、预测蛋白质的二级结构、多重序列比对等等[2]，蛋白质数据库的分类方法很多，简单概括为综合数据库、序列数据库、结构数据库、

本论文受中国科学院大连化学物理研究所知识创新工程领域前沿项目资助。

功能数据库和主题数据库五大类。

1. 蛋白质综合数据库

综合数据库是指几乎覆盖了蛋白质组学各个领域，涉及基因组数据、蛋白质分子家族、蛋白质分子功能和结构的详细信息，并且其下包含若干子数据库的门户型大规模数据平台或联盟，其目的是通过与其他资源进行交互查找的方式，让研究人员了解到完整的蛋白质大分子有关的所有信息，其中比较有代表性的是 UniProt 和 PIR。

1.1 UniProt (Universal Protein Resource，http://www.uniprot.org/，http://www.ebi.ac.uk/uniprot/)

UniProt 是由欧洲生物信息研究所（EBI）、蛋白质信息资源数据库（PIR）和瑞士生物信息研究所（SIB）于 2002 年合作建立而成的信息最丰富、资源最广的蛋白质数据库。它是整合 Swiss-Prot、 TrEMBL 和 PSD 三大数据库的数据而成的数据平台[2]。数据主要来自于基因组测序项目完成之后，后续获得的蛋白质序列信息[3]。包含了大量来自文献的蛋白质的生物功能的信息。其可提供详细的蛋白质序列、功能信息，如蛋白质功能描述、结构域结构、转录后修饰、修饰位点、变异度、二级结构、三级结构等，同时提供相关其他数据库进行支持，包括相应的蛋白质序列数据库、三维结构数据库、2-D 凝聚电泳数据库、蛋白质家族数据库的相应链接等等[4]。

1.2 PIR(Protein Information Resource，http://pir.georgetown.edu/)

PIR 是一个集成了关于蛋白质功能预测数据的公共资源的数据库，其目的是支持基因组/蛋白质组研究。PIR 与德国慕尼黑蛋白质测序研究中心（MIPS）、日本国际蛋白质信息数据库（JIPID）合作共同构成了 PIR-国际蛋白质序列数据库（PIR-PSD）一个主要的已预测的蛋白质数据库，包括 250 000 个蛋白质的相关信息。PIR 致力于提供及时的、高质量、最广泛的注释。为提高数据库本身的协同工作能力，PIR 采用开发的数据库框架，利用 XML 技术进行数据发布[5-6]。除了蛋白质序列数据以外，PIR 还包含以下信息：蛋白质名称、蛋白质的分类、蛋白质的来源；关于原始数据的参考文献；蛋白质功能和蛋白质的一般特征，包括基因表达、翻译后处理、活化等；序列中相关的位点、功能区域等，与 90 多个生物数据库（蛋白家族、蛋白质功能、蛋白质网络、蛋白质互作、基因组等数据库）存在着交叉应用。

2. 蛋白质序列数据库

蛋白质序列测定是蛋白质组学研究的基础，随着蛋白质序列信息的指数级增长，以收录蛋白质序列信息为主的蛋白质序列数据库就是主要以这些序列也就是蛋白质的一级结构作为数据源，并辅以序列来源、序列发布时间、序列参考文献、序列特征等内容加以注释，最终形成数据文件，存放于数据库。目前规模比较大型的蛋白质序列数据库有 SWISS-PROT TrEMBL、CDD 等。

2.1 SWISS-PROT(http://www.ebi.ac.uk/swissprot）

SWISS-PROT 是经过注释的蛋白质序列数据库，由 EBI 维护。数据库由蛋白质序列条目构成，每个条目包含蛋白质序列、引用文献信息、分类学信息、注释等，注释中包括蛋白质的功能、转录后修饰、特殊位点和区域、二级结构、四级结构、与其他序列的相似性、序列残缺与疾病的关系、序列变异体和冲突等信息。SWISS-PROT 中尽可能减少了冗余序列，并与其他核酸序列库、蛋白质序列库和蛋白质结构库等 30 多个数据建立了交叉引用，因此利用序列提取系统(SRS)可以方便地检索 SWISS-PROT 和其他 EBI 维护的数据库。 SWISS-PROT 只接受直接测序获得的蛋白质序列，序列提交可以在其 Web 页面上完成。 TrEMBL 数据库则是 SWISS-PROT 数据库的一个由计算机自动注释的增补版，它包含了 EMBL 基因组数据库中所有由编码 DNA 翻译而成但还没整合到 SWISS-PROT 数据库中的蛋白质，也就是未经实验证明的蛋白质序列信息[2]。

2.2 CDD(Conserved Domain Database，http://www.ncbi.nlm.nih.gov/Structure/cdd/cdd.shtml)

蛋白质的功能与其结构密切相关，一个蛋白质的保守结构域在一定程度上体现了该蛋白质的功能。蛋白质保守结构域数据库(CDD)的数据基础是收集的大量保守结构域的序列信息和蛋白质序列信息[7]。检索者通过 CD-Search 服务，可获得蛋白质序列中所含的保守结构域信息，从而分析、预测该蛋白质的功能。

3. 蛋白质结构数据库

蛋白质结构数据库则是另一类重要的蛋白质组学数据库。根据分子生物学中心法则，DNA 的序列是遗传信息的携带者，而蛋白质分子则是主要的生物大分子功能的实现者。蛋白质分子的各种功能，是通过不同的三维空间结构实现的。因此，蛋白质空间结构数据库是生物大分子结构数据库的主要组成部分。蛋白质结构数据库是随 X-射线晶体衍射分子结构测定技术的出现而出现的数据库，其基本内容为实验测定的蛋白质分子空间结构原子坐标。随着质谱和大规模鉴定技术的发展和越来越多的蛋白质分子结构被测定、蛋白质结构分类的研究不断深入，出现了蛋白质家族、折叠模式、结构域、回环等数据库。其中应用的最多的有 PDB 和 SCOP 两大数据库。

3.1 PDB (Protein Data Bank，http://www.rcsb.org/pdb)

蛋白质数据仓库（PDB）是国际上唯一的生物大分子结构数据档案库，由美国 Brookhaven 国家实验室建立，提供蛋白质、核酸等生物大分子的三维结构数据、序列详细信息、生化性质等[8]。PDB 收集的数据来源于 X 光晶体衍射和核磁共振(NMR)的数据，经过整理和确认后存档而成。它提供的信息包括蛋白质、核酸等生物大分子的三维结构数据、序列详细信息、生化性质等。目前 PDB 数据库的维护由结构生物信息学研究合作组织(RCSB)负责。RCSB 的主服务器和世界各地的镜像服务器提供数据库的检索和下载服务，以及关于 PDB 数据文件格式和其他文档的说明，PDB 数据还可以从发行的光盘获得。使用 Rasmol 等软件可以在计算机上按 PDB 文件显示生物大分子的三维结构。

3.2 SCOP（Structural Classification of Proteins Database，http://scop.mrc-lmb.cam.ac.uk/scop/）

蛋白质结构分类数据库(SCOP)详细描述了已知的蛋白质结构以及它们之间的关系。其中结构的分类基于若干层次：用家族来描述相近的进化关系；用超家族来描述远源的进化关系；用折叠子(fold)描述空间几何结构的关系；用折叠类来描述所有折叠子被归于全 α 折叠、全 β 折叠、α/β 折叠、$\alpha+\beta$ 折叠和多结构域等几个大类。同时 SCOP 还提供了一个非冗余的 ASTRAIL 序列库，这个库通常被用来评估各种序列比对算法[8]。此外 SCOP 还提供一个 PDB-ISL 中介序列库，通过与这个库中序列的两两比对，可以找到与未知结构序列远缘的已知结构序列。

4. 蛋白质功能数据库

蛋白质功能数据库实际上也是以蛋白质序列和结构数据库为基础进一步开发的更便于检索和使用的二级数据库，因为从这些数据库中，可以得到有关蛋白质功能、家族、进化以及蛋白与蛋白之间相互作用等各种信息，其中影响比较广泛的有 PROSITE、HSSP、DIP 与 BIND 等。

4.1 PROSITE（Protein Sites and Patterns Database，http://www.expasy.ch/prosite）

蛋白质活性位点和模式的数据库(PROSITE)现由 SIB 维护，PROSITE 数据库收集了生物学有显著意义的蛋白质位点和序列模式，并能根据这些位点和模式快速和可靠地鉴别一个未知功能的蛋白质序列应该属于哪个已知的蛋白质家族。有的情况下，某个蛋白质与已知功能蛋白质的整体序列相似性很低，但由于功能的需要保留了与功能密切相关的序列模式，这样就可能用 PROSITE 进行检索找到隐含的功能 motif，因此是蛋白质组序列分析的有效工具[9]。PROSITE 中涉及的序列模式包括酶的催化位点、配体结合位点、与金属离子结合的残基、二硫键的半胱氨酸、与小分子或其他蛋白质结合的区域等；除了序列模式之外，PROSITE 还包括由多序列比对构建的 profile，能更敏感地发现序列与 profile 的相似性。同时 PROSITE 的主页上提供各种相关检索服务，为使用者提供了方便。

4.2 HSSP(Homology Derived Secondary Structure of Proteins，http://swift. cmbi.ru. nl/gv/hssp/)

同源蛋白数据库(HSSP)是将 PDB 来源的已知结构的蛋白质之与 SWISS-PROT 进行序列比对后的形成的数据库，对于未知结构的蛋白的同源比较很有帮助。HSSP 不但包括已知三维结构的同源蛋白家族，而且包括未知结构的蛋白质分子，并将它们按照同源家族进行分类[10]。

4.3 DIP(Database of Interacting Protein，http://dip.doe-mbi.ucla.edu/)

蛋白质间的相互作用是生命活动的物质基础，也是研究生物反应机制和功能的重要工具和途径。目前蛋白质相互作用数据库（DIP）主要就是收集此类信息。DIP 在使用时可以先用基因的名字等关键词查询，导入较方便。在查询的结果中列出节点（node）与连结（link）两项，节点是叙述所查询的蛋白质的特性，包括蛋白质的功能域（domain）、指纹（fingerprint）

等，若有酶的代码或出现在细胞中的位置，也会一并批注。连结所指的是可能产生的相互作用，DIP 对每一个相互作用的过程都会说明有关证据（实验的方法）与提供文献，此外除巨量分析外，DIP 也记录支持此相互作用的实验数量[11]。DIP 还可以用序列相似性（使用 Blast）、模式（pattern）等查询。至今已收录了约 45000 个蛋白质间的相互作用信息条目。

4.4 BIND(Biomolecular Interaction Network Database，http://www.bind.ca/)

绝大多数已经实验证实的蛋白质相互作用和生物代谢路径的数据都以一种非结构化的方式在生物文献中存储着，这种存储方式是零散的，计算机不可直接处理的。生物大分子相互作用网络数据库 BIND 的目标是以一种机器可读的方式将这些数据整理归纳起来。相比 DIP 而言，BIND 所收录的资料较少，不过其呈现的信息方式比 DIP 要更实用，除了记录蛋白质之间相互作用的条目以外，BIND 还特别区分出其中的一些复合物及其反应的路径。因为复合物与反应路径中可能含有多种相互作用，在 BIND 中所记录的内容与 DIP 相似，包括蛋白质分子的功能域以及在细胞中表达的位置等信息[12]。对于蛋白质间的相互作用，以文字叙述的方式呈现证据，并提供文献的链接。BIND 这种区分出复合物与路径的方法，让使用者能节省许多解读数据的精力，这点要优于 DIP；在查询接口上，除了可以用关键词、序列相似性等进行搜寻外，还允许使用者浏览数据库中所有的资料。BIND 主要的数据来源是文献，他们提供 PreBIND 这个工具，使用者可用 PreBind 浏览他们正在处理的一些可能的交互作用，同时提供相关文献链接，让使用者可自行判断所寻求的相互作用是否为真。

5. 蛋白质主题数据库

针对蛋白质在生物体内的复杂形态和特定行为，国内外诸多单位结合自身学科建设和工作需要，构建了很多具有特色的蛋白质主题数据库，例如酶学数据库（BRENDA）、聚阴离子结合蛋白数据库（DB_PABP）、G 蛋白偶联受体、离子通道数据库（IUPHAR-DB）、环状蛋白数据库（CyBase）、G 蛋白偶联受体-配体数据库（GLIDA）、凝胶电泳图谱数据库（GELBANK）、人体体液蛋白组研究数据库（Sys-BodyFluid）、人类功能作用网络数据库（ConsensusPathDB）、细胞通信网络数据库（EndoNet）、蛋白质基序家族、超家族数据库（MegaMotifBase）、蛋白质基序检测数据库（Minimotif Miner）等，它们的特点是角度新颖，专业性强、技术多样、门类繁多，同样是蛋白质组学以及相关领域科研工作者的得力助手。这些数据库已经成为大型的综合数据库、蛋白序列数据库、蛋白质结构数据库和功能数据库的有力补充。

5.1 HPRD(Human ProteinReferenceDatabase，http://www.hprd.org/)

人类蛋白文献数据库（HPRD）是一个系统性的文献平台，其数据库是由生物医学领域的专业人员通过搜集整理 PubMed 信息，再人工地研读每篇文献，将其中的有关数据提取出来而建立的知识性的文献数据库。只要将所研究的人类蛋白质信息放入这个数据库中进行检索，数据库就会显示出与此蛋白质有关联的其他蛋白质及相关的实验信息[13]。用 HPRD 可直观地描述和了解每个人的蛋白质组蛋白有关的结构域、翻译后修饰、互作网络、与疾病的关联。由于 HPRD 是开源的 Web 应用服务，因此 HPRD 提供的查询功能非常便捷。

5.2 大连化学物理研究所的肽组学数据库

在中国科学院大连化学物理研究所知识创新工程领域前沿项目的支持下，大连化学物理研究所根据本单位科研工作需求，在国内率先开展了肽组学数据库的建设，数据库的主要内容是实验中分离鉴定得到的小肽和活性肽片段，其主要数据项目包括肽段名称、分子式、分子结构、分离方法、分离类型、分离条件、分离度，也包括数学模型和动力学参数以及相关文献，其特点是均基于文本格式和支持查询功能，数据库系统采用安全可靠的 Linux 系统和功能较强的 PostgreSQL 主数据库系统。为了进一步发展，数据库收录的肽段结构采用国际标准 W3C 的 CML（chemical markup language）进行描述，元数据包括化合物名称、化合物结构、分离色谱柱名称等，支持多种格式的数据交换（XML 和 Excel）。本数据库与其他已有数据库相比，更注重网络接口功能以及可视化的使用功能，同时依靠中国科学院的信息资源优势，加强与其他各个院所自身的多种特色数据库的合作联合，使自身建设得到深入发展，功能也得到进一步提升和优化。

6. 展望

蛋白质组学与生物信息学都是近年来的新兴学科，作为二者学科交叉的产物，蛋白质数据库已经成为生命科学研究过程中必不可少的研究手段和工具，目前各相关数据库通过进一步的资源整合，逐步形成了构建于各数据库之上的数据资源平台和数量众多、特色鲜明的主题数据库，大量的蛋白质数据库为各领域科学家利用这些信息资源提供了前所未有的机遇，也必将在生命科学各个领域的研究中起到重要的支撑作用。

未来的蛋白质组学的数据库发展趋势是：随着信息量呈指数级增长，新的数据库以及子库大量涌现的同时，功能更高级、性能更完善、使用更简便明了以及智慧型的数据工具也必将出现。随着各地区，各实验室以及各种类数据库的整合与合作，全球一体化的蛋白质组学数据库最终将进入科研人员的工作与研究中，成为综合应用数学、计算机科学、工程科学以及生物分析技术与理论的超级工具，用以分析复杂的生物学数据和解释生命的奥秘。

参 考 文 献

[1] Wasinger V C, Cordwell S J, Cerpa-Poljak A, et al. Progress with gene-product mapping of the mollicutes: mycoplasma genitaliu, Electrophoresis,1995:16(7):1090-1094.

[2] Apweiler R, Bairoch A, Wu C H. Protein sequence databases. Current Opinion in Chemical Biology, 2004,8:76-80.

[3] Wu C H, Nikolskaya A, Huang H Z. PIRST: family classification system at the protein information resource. Nucleic Acids Research, 2004, 32(1):112-114.

[4] Bairoch A, Apweiler R, Wu C H. The universal protein resource (UniProt). Nucleic Acids Research, 2005, 33(3):154-159.

[5] UniProt Gonsortium.Ongoing and future developments at the Universal Protein Resource. Nucleic Acids Res, 2011. 39:214-219.

[6] Boeckmann B, Bairoch A, Apweiler R. The SWISS-PROT Protein Knowledgebase and Its Supplement

TrEMBL in 2003.Nucleic Acids Research, 2002, 30(1):365-370.

[7] Aron M B, Lu S, Anderson J B, et al. CDD: a conserved domain database for the functional annotation of proteins. Nucleic Acids Research, 2011, 39(1):1-5.

[8] Westbrook J, Feng Z K, Chen L. The protein data bank and structural genomics. Nucleic Acids Research, 2003, 31(1):489-491.

[9] 刘智珺. 生物信息学中数据库技术的应用, 计算机与数字工程, 2009, 37(5):157-159.

[10] 刘军, 马文丽, 姚文娟, 等. 基于神经网络集成的蛋白质二级结构预测模型研究. 安徽农业科学, 2009, 37(27):12884-12886.

[11] 齐记, 邴志桐,杨孔庆. 数据来源对蛋白质相互作用网络度分布的影响,.生物数学学报, 2010, 25(4): 633-638.

[12] 刘伟, 谢红卫. 基于生物信息学方法发现潜在药物靶标. 生物化学与生物物理进展, 2011, 38(1): 13-21.

[13] 余鑫煜, 许正平. 蛋白质相互作用数据库及其应用. 中国生物化学与分子生物学报, 2008, 24(3): 189-196.

The Classification and Utilization of Protein Database Resources in Proteomics

Lei Xiaoyuan, Lu Zhenju

(Dalian Institute of Chemical Physics, Chinese Academy of Sciences , Dalian 116023, China)

Abstract Protein database is the main tool of proteomics and bioinformatics, This paper focused on the synthesized information, sequences structural information and topics of protemics research and summarized the developments of protein database. we made the evaluation of several main databases and resources, and the development and utilization of protein database were also discussed.

Key words proteomics; protein database; bioinformatics

基于 DNA 条形码的物种鉴别系统研究与实现

孟　珍[1]　周园春[1]　黎建辉[1]　王雨华[2]　曾宏辉[3]

（1.中国科学院计算机网络信息中心　北京　100190;
2.中国科学院昆明植物研究所　昆明　650204;
3.中国科学院水生物研究所　武汉　430072）

摘　要　DNA 条形码技术是利用一个或少数几个 DNA 片段对物种进行快速识别和鉴定的一项新技术，是近年来生物学研究的热点。本文结合相关数据和分析模型的应用，从数据流程和模型设计的角度分析了物种鉴别系统的应用特点及其实现，并结合中国植物 DNA 条形码数据管理系统和中国淡水鱼类物种鉴别专业数据库的建设应用情况进行讨论，为生命条形码在其他领域物种鉴别系统的构建提供借鉴经验。

关键词　DNA 条形码；数据管理分析；物种鉴定

1. 引言

DNA 条形码技术是利用标准的、有足够变异的、易扩增且相对较短的 DNA 片段自身在物种内的特异性和种间的多样性而创建的一种新的生物身份识别系统，它可以对物种进行快速的自动鉴定。DNA 条形码技术可以弥补传统分类方法的不足，是日渐萎缩的传统形态分类学强有力的补充，该技术将是今后生物物种鉴定发展的必然趋势[1]。

随着研究的进展，一些生物 DNA 条形码数据平台相继建立，如生命条形码系统 BOLD[2]、鱼类条形码系统 FISH-BOL[3]等。它们均是仅支持一种或是少数几种限定的 Mark/DNA Barcode（如 COI、rbcL+MatK），进而承担数据汇聚和物种鉴定的功能。然而，研究者在实际研究中往往会涉及对不同 DNA Barcode 的研究和积累。针对每一项 DNA Barcode 都有信息数据采集、实验数据保藏及追溯的要求，进而在其研究积累到一定程度后，通过新采集数据与已鉴定数据的比对达到物种快速鉴定的目的[4-9]。这样就急需一种系统架构及其实现方式，满足生物条形码研究过程中，对条形码积累灵活性的选择 Mark、对研究流程中所有数据的保藏、追溯、共享和质量控制，以及对已有积累成果快速发布的鉴定系统。由此，我们设计并实现了基于 DNA 条形码进行物种鉴别的系统 iDNABar[10]来进行 DNA 条形码数据的收集、保藏、物种鉴别和数据追踪。

本文从数据流程和模型设计的角度分析了物种鉴别系统的应用特点及其实现。随后几个部分如下：生物条形码数据及其工作流程设计（见图 1）、物种鉴定模型及其实现、数据质量控制模型及其实现，并讨论了 iDNABar 的进一步发展。

2. DNA Barcode 数据及其工作流特点

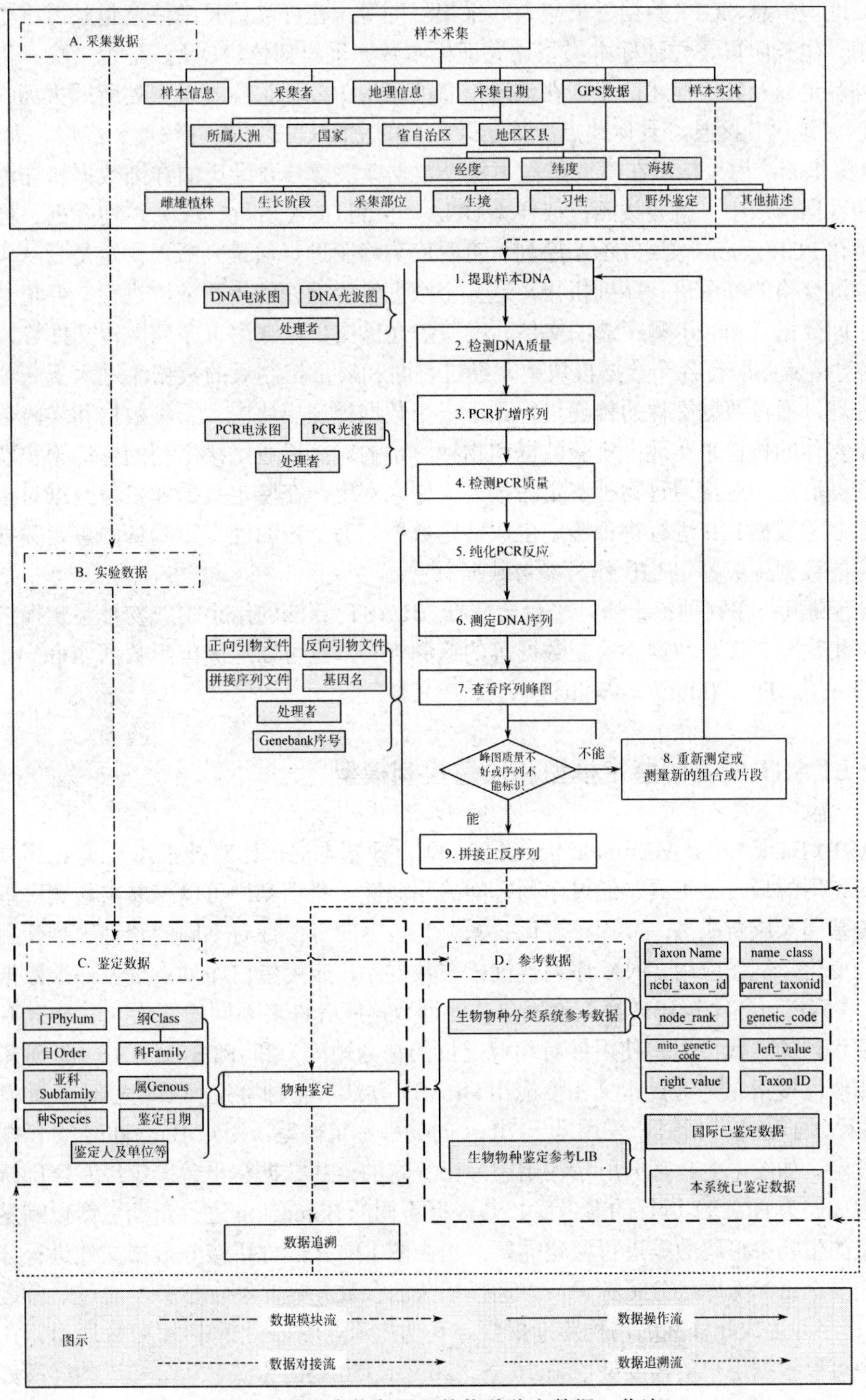

图 1 基于生物条形码的物种鉴定数据工作流

数据模块流：在基于生物条形码的物种鉴定的研究过程中，数据模块主要包括采集数据、实验数据、鉴定数据和参考数据四部分。研究样本的采集，在编号样品实体的同时要记录样品信息、地理信息、GPS数据、采集人、采集日期等。在样品信息中注意记录雌雄植株、是否再繁殖、生长阶段、凭证标本类型、凭证标本数、采集部位、DNA 是否采集、生境、习性、野外鉴定以及其他描述信息。在地理信息的采集中要标记样本采集处所属大洲、国家、省/自治区、地区、区县、具体地点、并记录相关的空间 GPS 数据（纬度、经度、海拔）。

数据操作流：用来标示在研究过程中每个数据模块部分要经历的详细数据操作流程。比如在实验数据模块中，就要按照提取样本DNA、检测DNA质量、PCR扩增序列、检测PCR质量、纯化PCR反应、测定DNA序列、查看序列峰图进行质量判断以决定是否从头进行实验以及检测合格的峰图进行序列拼接，这几个数据实验操作的步骤依次进行，并记录整个过程中的中间数据（如.ab1 测序谱图文件、实验的光谱图、电泳图、序列文本文件等）。

数据对接流：即在各个数据模块中，经过判断和质量控制后的数据流进入下一个数据模块进行处理，通过数据文件的传递进行到下一个数据处理模块中。采集数据和实验数据的对接由样本实体的传递来实现；实验数据和物种鉴定的对接通过拼接序列的传递来实现；物种鉴定和数据追溯的对接通过物种鉴定的报告文件来实现。在鉴定数据和参考数据对接中，一方面依赖参考数据 LIB 进行物种鉴定生成鉴定数据，另一方面经专家确认的鉴定数据和国际上已鉴定的数据生成鉴定 LIB 作为参考数据。

数据追溯流：在物种鉴定后，平台会依据 BLAST 算法的结果生成物种鉴定报告，可以进行对采集数据、实验数据和鉴定数据等的追溯查看，也可以追溯国际数据如 GenBank[11]、DarwinTree[12]、IT IS (http://www.itis.gov) 、BOLD 等。

3. 基于 BLAST 的物种鉴定模型和质量控制模型

BLAST（Basic Local Alignment Search Tool），即基本局部比对搜索工具,是在序列相似性计算中所使用的最常见工具。通过序列之间的相似性，科学家们可以推断出新测序基因的功能，预测基因家族新成员，并探讨进化关系。它可以应对：针对不同的查询序列使用不同的数据库的变化，例如应用 DNA 序列查询核酸数据库、应用蛋白序列查询蛋白质数据库、应用 DNA 序列通过 6 个读码转换查询蛋白质序列数据库等许多不同的变化，以及 PSI-BLAST（蛋白质序列的迭代搜索，使用针对相似定位的评分矩阵）和 RPS-BLAST（针对蛋白保守区域的相似性搜索）[13]等。本文主要应用 BLAST 算法于物种鉴定和质量控制方面。

在进行分子鉴定分析时，采用基于 Blast 的物种鉴定模型，用户 Barcoding 可以根据自己的需要设定。如图 1 中 D 部分所示应用国际已鉴定的公共数据和平台鉴定经专家确认的数据格式化生成作为BLAST运行的参考库，其根据不同的Barcoding进行定期更新以满足研究者用已积累的生物条形码数据进行鉴定需要。当由图 1 中 B 部分拼接好数据文件进行分子鉴定时，首先要选定参考库（分子标记）、选择相关的参数并提交鉴定任务，通过后台运行相关 BLAST 程序并生成此样品的物种鉴别报告。其功能示意图如图 2 中 A 部分所示。在物种鉴别报告中可以根据用户的需要按照前 10 条、20 条或 50 条的方式，从最相近的样品开始进行顺序显示，并且每一条数据都可以进行数据追溯，查看相似样品的鉴定信息、采集信息或实验信息，并给出 Sorce 和 E-value 方面的统计 Flash。进一步可根据用户选定的展示序列数（比

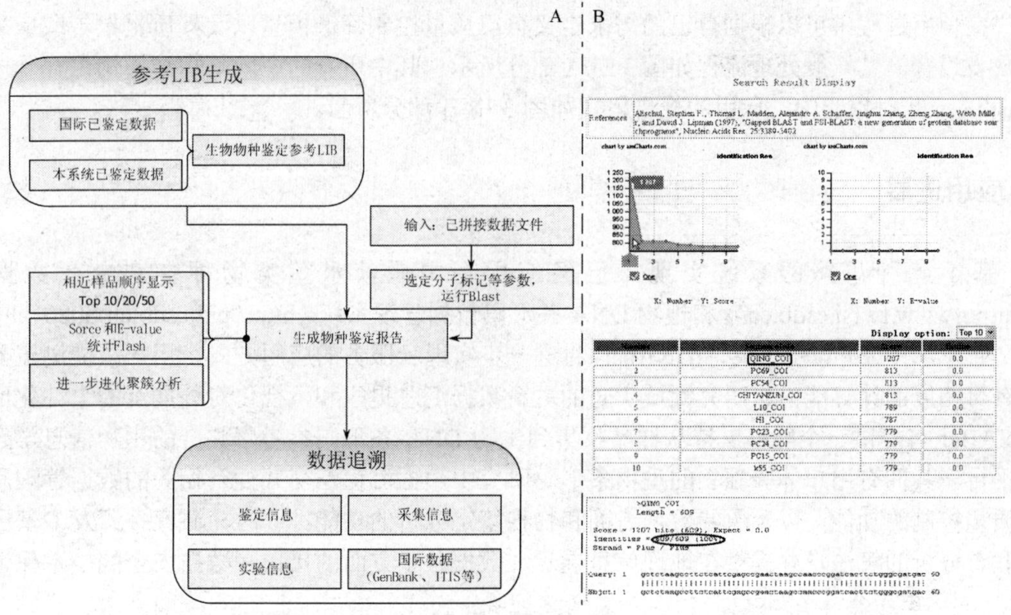

图 2　基于 BLAST 的物种鉴定设计及其实现

如前 50 条）进行进化树的聚簇分析，其结果文件和中间文档均提供给用户查看或下载，其报告呈现界面如图 2 中 B 部分所示。

在进行自测数据校验和质量控制时，采用基于 Blast 的质量控制模型，应用多个程序生成序列质量测评报告给用户和审批人员，以决定是否入库[14]。包括基因序列 N 值和非确定碱基（R/K/M/S/Y/W）的含量的测算，可能的污染物的测算、终止密码子的测算（检测可能的假基因）、自测序列 trace 文件的检测、相似度（bit score）和 E 值（E-value）的计算等，

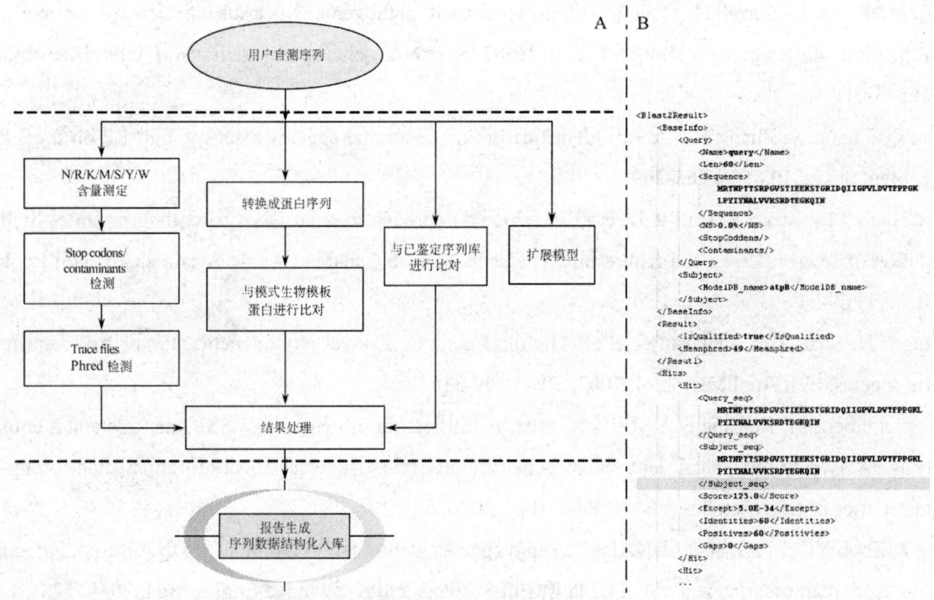

图 3　基于 Blast 的数据质量控制及其实现

用户在使用过程中可以根据自己的需求定义自己质量控制筛选模型以及其质量报告或应用系统缺省设置。其一般处理流程如图3中A部分所示。其中所有的中间处理结果均保存于一个Blast2Result对象当中，应用的报告格式如图3中B部分所示。

4. 应用进展

基于此种思路的系统实现，已经应用在中国淡水鱼类物种鉴别专业数据库（http://www.fwfsi.csdb.cn/）和植物DNA条形码数据管理系统（http://pbl.csdb.cn:8080/）中。

随着需求的进一步拓展，iDNAbar 将进一步实现云服务的应用方式，用户只需浏览器就拥有可拓展的计算能力、研究领域实时的更新数据汇总提醒和可视化对外展示的个性化应用。iDNABar将提供一个能够支持从样品收集到生物DNA条形码参考库整合的生物信息学云服务平台。其拥有用户体验独立的生物条形码研究中数据流程汇交并拥有相关的数据管理和数据质量控制的功能，以及原始数据追溯和物种鉴定分析的功能。同时，研究并开发多基因片段联合分析的算法，并提供在地理信息展示、数据共享方面的接口和数据安全的技术保证。

参 考 文 献

[1] Schindel D, Miller S E. DNA barcoding a useful tool for taxonomists. Nature, 2005, 434(7034):697.

[2] Ratnasingham S, Hebert P D N. BOLD: the barcode of life data system. Molecular Ecology Notes, 2007, 7(3):355-364.

[3] Ward R, et al.The campaign to DNA barcode all fishes, FISH-BOL. Journal of Fish Biology, 2009,74:329-356.

[4] Amer S, Dar Y, lchikawa M, et al. Identification of Fasciola species isolated from Egypt based on sequence analysis of genomic (ITS1 and ITS2) and mitochondrial (NDI and COI) gene markers. Parasitol International, 2011, 60(1):5-12.

[5] Xiao M, Kong F, Sorrell T C et al. Identification of pathogenic Nocardia species by reverse line blot hybridization targeting the 16S rRNA and 16S-23S rRNA gene spacer regions. J Clin Microbiol, 2010, 48(2):503-511.

[6] Wang Q, Zhang X, Zhang H Y, et al. Identification of 12 animal species meat by T-RFLP on the 12S rRNA gene. Meat Sci, 2010,85(2):265-269.

[7] Clerc-Blain J L, Starr J R, Bull R D, et al. A regional approach to plant DNA barcoding provides high species resolution of sedges (Carex and Kobresia, Cyperaceae) in the Canadian Arctic Archipelago. Mol Ecol Resour, 2010, 10(1):69-91.

[8] Nhung P H, Shah MM, Ohkusu K, et al. The dnaJ gene as a novel phylogenetic marker for identification of Vibrio species, Syst Appl Microbiol, 2007, 30(4):309-315.

[9] von Stackelberg M, Rensing S A, Reski R, et al. Identification of genic moss SSR markers and a comparative analysis of twenty-four algal and plant gene indices reveal species-specific rather than group-specific characteristics of microsatellites. BMC Plant Biol, 2006, 6:9.

[10] Meng Z, Zhou YC, Li JH, et al. iDNABar: a rapid species identification toolbox for DNA Barcoding, collection, preservation, identification and tracing. Intelligent Systems and Knowledge Engineering, 2011, 12.

[11] Benson D A, Karsch-Mizrachi I, Lipman D J, et al. GenBank. Nucleic Acids Research, 2008, 36(1):25-30.

[12] Meng Z, Lin X G, He X, et al. Construction of the platform for phylogenetic analysis//Lin S C, Yen E. Data Driven e-Science. Berlin: Springer, 2011.

[13] Altschul S F, Madden T L, Schaffer A A, et al. Gapped BLAST and PSI-BLAST: a new generation of protein database search programs. Nucleic Acids Research, 1997, 25(17):3389-3402.

[14] 刘奇，孟珍，刘勇，等. 基于 BLAST 的数据清洗与质量控制方案. 计算机工程, 2011, 37(4):73-75.

Research and Implementation on Species Identification System of DNA Barcode

Meng Zhen[1], Zhou Yuanchun[1], Li Jianhui[1], Wang Yuhua[2], Zeng Honghui[3]

(1. Computer Network Information Center,Chinese Academy of Sciences, Beijing 100190, China;

2. Kunming Institute of Botany, Chinese Academy of Sciences, Kunming 650204, China;

3. Institute of Hydrobiology, Chinese Academy of Sciences, Wuhan 430072, China)

Abstract DNA barcode technology is a new technology of identificationin biological research by using one or a few DNA fragments for rapid identification of species. Combining features of datasets and analysis models，this paper introduces technology architecture and system implementation of the species identification system. Meanwhile, it discusses the application for the Plant Barcode of life in China and Professional Database for Freshwater Fish Species Identification in China, which could be a reference experience for construction of management system of DNA barcode data.

Key words DNA Barcode; data management; analysis species identification

Research and Implementation on Species Identification System of DNA Barcode